国家出版基金项目
NATIONAL PUBLICATION FOUNDATION

中国传统评书
抢救出版工程

主　编　田连元
执行主编　耿柳

续明英烈（上）

单田芳
单慧莉

编著

春风文艺出版社
·沈阳·

图书在版编目（CIP）数据

续明英烈：上下 / 单田芳，单慧莉编著. —沈阳：
春风文艺出版社，2025.1
（中国传统评书抢救出版工程丛书 / 田连元主编）
ISBN 978 - 7 - 5313 - 6396 - 5

Ⅰ. ①续… Ⅱ. ①单… ②单… Ⅲ. ①北方评书 — 中
国 — 当代 Ⅳ. ①I239.8

中国国家版本馆CIP数据核字（2023）第007892号

春风文艺出版社出版发行

沈阳市和平区十一纬路25号　邮编：110003

辽宁新华印务有限公司印刷

责任编辑：姚宏越　　　　　　责任校对：于文慧
封面设计：黄　宇　　　　　　幅面尺寸：145mm × 210mm
字　　数：537千字　　　　　印　　张：17.5
版　　次：2025年1月第1版　　印　　次：2025年1月第1次
书　　号：ISBN 978-7-5313-6396-5
定　　价：90.00元（全2册）

目 录

上 册

下　册

第一回　金陵城失守归一统
洪武帝登基封百官

公元1368年正月初四，朱元璋在南京即了皇帝位，由打吴王升到明朝的皇帝。打这一天开始，在我们中国的历史上又多了一个庞大的封建王朝——大明帝国。在这一天，朱元璋在奉天殿上升坐九龙，百官朝贺，南七省普天同庆。新朝建立，朱元璋初登大宝，百官都有功劳，俱需封官授爵，以便各司其职，各安其事。朱元璋心头暗忖，主意已定，就在八宝金殿传下圣旨，先加封武官。武官当中要讲功劳最大就是元帅徐达，因此朱元璋加封徐达为中山王。第二个功劳最大的，就是磕头的老六，怀远黑太岁常遇春，加封常遇春为开明王，加封二哥胡大海为护国王，汤和为忠顺王，邓愈为忠义王，郭英老兄弟为武定王，常茂是孝义勇安公。还有八臂哪吒宁伯标，金锤殿下朱沐英……各有封赏，俱是王爵公爵之位。加封的文官有快笔先生李善长做了左班丞相，胡惟庸做了右班丞相，文雅先生宋廉做了监察御史。总而言之，身边这些参知政事的幕僚都各封显官。

有一点也至关重要，外边都封了，他家里边呢？后宫之封最主要的就是册立皇后。朱元璋不忘旧情，封原配夫人马玉媛为皇后，位为六宫之首，母仪天下。下面封有贵妃翁娘娘，翁娘娘之外还有个杨贵妃。再往下德妃、淑妃，三宫六院各有封赏。立长子朱标为东宫守阙殿下，先立储君，以安国本，将来朱元璋不在了，太子继位。另外让他的三亲六故，像韩金虎、马兰等总领禁军。有关封官的事不必细表，后文书中再一一详述。

接下来得修皇宫、修太庙、修武庙、修文庙，大兴土木。

朱元璋虽然取得了皇位，当了皇上，念念不忘大敌当前，现在以黄河为界，黄河以南是大明帝国，黄河以北仍然是元帝国。元顺帝尚在，仍然统治着黄河流域以及黄河以北的地区。所以朱元璋经过跟徐达商议之后，派常遇春率领五十万精兵镇守黄河流域，布施防线，防止元人入侵。派御总兵花云、吴良守太平府，郭子兴守镇江府，胡神守瓜州府，张兴祖守芜湖，郭光卿守滁州，胡德济守乱石山，朱亮祖守宁国……一张圣旨，派出了三十六家御总兵，把守重要城镇。众将领旨，先后离京而去。

　　再有，南七省也不是铁板一块，当时乱得很，除了大元之外，朱元璋还有对头。十八路反王中多数都想当皇上，一看朱元璋当了皇上，眼珠子都红了，那能干吗？不服气。仍然起兵攻打朱元璋。

　　书要简短。洪武元年秋八月这一天，朱元璋正在后宫观看兵书，忽有密使报道："苏州王张士诚起大兵三十万，前锋部队已攻占了天长关，守将何二愣不幸阵亡。"朱元璋闻听大怒，马上传旨击鼓撞钟，召群臣上殿议事。

　　时间不长，文武群臣来到金銮宝殿，朝贺已毕，列立两旁。

　　朱元璋道："朕与张士诚素无冤仇，如今无故出兵，犯我疆土，杀我爱将，实属欺人太甚。朕欲兴师问罪，卿等以为如何？"

　　定国王武殿章出班奏道："张士诚坐镇苏州，已有十几个年头，他手下兵多将广，能事者甚多。此人嫉贤妒能，妄想独吞天下，实乃我大明一害。今出师有名，本应乘此机会，收复东南。"

　　丞相李善长道："想那张士诚、陈友谅、方国珍、马增善等，名为义军，实则净做不义之事。万岁欲北赶大元，必先统一南方七省，以解后顾之忧。如此看来，眼下正是出兵之时也！"

　　朱元璋听罢，就想即刻传旨征剿。可是，略一思索，又犹豫了。为什么？因为中山王徐达重病在身，不能出征；军师刘伯温正在两湖考察民情，尚未归来；开明王常遇春远在开封镇守，未在身边。这三人是他的左膀右臂，没他们随军，朱元璋放心不下啊！于是，他将心思对群臣述说了一番，又说道："此番出征，何人能领兵带队？"

　　护国王胡大海奏道："有什么发愁的？他们不在，不是还有我吗？你给我一支精兵，我把张士诚抓来就是！"

武定王郭英说："二哥鲁莽，又不曾单独领兵带队。倘若有失，大不利也！"

胡大海很不服气，瞪着眼睛说道："我说老七，你怎么也小瞧起二哥来了？你好好想一想，自咱起义以来，什么大事不是我办的？大江大浪我都不怕，何况一个小小的张士诚呢！"

朱元璋听着众人的议论，琢磨片刻，说道："你们不必争论了，朕要御驾亲征！"

李善长一听，忙出班奏道："主公乃万乘之尊，金枝玉叶。如今，国本初定，百业待兴，还是不去为好。"

胡大海接了话茬儿："哼！你们当文官的，就会溜须拍马。当皇上的为什么不能带兵，这是哪家的规矩？老四，你若领兵出征，可以壮军威，鼓士气，那是最好不过的了。"

李善长被胡大海抢白了一顿，觉得不是滋味，可是，又不敢跟他辩理，只得暗自憋气。

朱元璋听罢群臣议论，说道："朕意已决，卿等不必争议了。"说到这里，向殿前扫视了一眼，"孙坚何在？"

钦天监孙坚出班施礼："臣在！"

"朕欲兴兵问罪，何日出师吉利？"

孙坚取出历书，推算了一阵，奏道："八月初五是黄道吉日，主公出征，定然大吉大利。"

"好！"朱元璋站起身形，传出口旨，"朕亲统大兵十万，命郭英为先锋，汤和、邓愈为左护使，武殿章、赵玉为右护使，后军主将朱亮祖押运粮草，胡大海为参赞军机。八月初五祭旗出师，不得有误。"

"遵旨！"

朱元璋将口旨传罢，拂袖退殿。接着，群臣散朝，各自去做应战准备。

书不赘述。到了八月初五这一天，朱元璋头戴双龙双凤金翅盔，体挂金锁大叶连环甲，外披杏黄缎九龙团花战袍，腰系百宝穿花珍珠带，足蹬龙头凤尾牛皮战靴，左肋悬一口五金安铁宝剑，在众将簇拥之下，先祭告天地、拜别宗庙，又到大校场检阅了三军。接着，炮响九声，大队人马浩浩荡荡开出南京。文武百官也尾随而行，一直把朱元璋送到十里长亭。

这阵儿，朱元璋的原配夫人马皇后，率领三宫六院众嫔妃，早已在此候驾多时。朱元璋见了，急忙下马，与皇后相见。马后端起酒杯，双手递到朱元璋面前，说："万岁兴师远征，必能旗开得胜，马到成功，愿陛下保重龙体……"说到此处，她嗓子哽咽了，眼泪围着眼眶直转。

马氏与朱元璋是患难夫妻，多少年来，出生入死，过得是血雨腥风的岁月，担的是数不清的风险。自来南京，太平日子过了还不到半载，又要开兵见仗，而且，这次是丈夫亲自领兵，作为妻子，怎能不替丈夫担心呢？可是，当着文武百官的面，她又不能过于悲伤。所以，她强忍悲痛，故作笑脸。

朱元璋对妻子的心情，了如指掌。他接过酒杯，笑道："休要替朕担心，料那小小的张士诚，掀不起多大风浪。此番出征，定能凯旋。"接着，又把京营殿帅张玉、副殿帅薛凤皋、应天府府尹梅思祖唤到面前，嘱咐道："你们要听从皇后懿诏，好好守卫京城。"

"遵旨！"三人唯唯领命。

朱元璋把事情安排妥当，这才上马出发。马皇后目送元璋走远，率领文武回城。这且按下不提。

且说朱元璋统领雄兵十万，晓行夜宿，饥餐渴饮，直奔天长关进发。

先锋官郭英带领人马，逢山开道，遇水搭桥，长驱直入。这一日，来到天长关外，扎下营寨。次日，四更起床，五鼓造饭，平明列队，讨敌骂阵。

苏州王张士诚手下的大将张克亮，杀出城来，与明军搦战。郭英一马当先，大战张克亮，只用了十几个回合，一枪刺张克亮于马下。苏州兵大败，郭英乘势攻占了天长关。入城后，出榜安民，并派专人向皇上红旗报捷。

翌日，朱元璋进城，嘉奖有功人员，并命大将范永年留守天长，余者继续向西南进军。明军所经之地，攻必克，战必胜，势如破竹，捷报频传。眼看离苏州越来越近了，朱元璋心情非常舒畅，暗自思忖道：可笑张士诚自不量力，竟敢与朕为仇，真乃飞蛾扑火！苏州是鱼米之乡，风景秀丽，有人间天堂之称。朕攻占苏州之后，定要好好庆贺一番。想到这里，恨不能一口将苏州吞掉。

朱元璋不断传旨，催促三军速行。这一天，正督军前进，忽然，先头部队不走了。他不解其意，派人前去打探。时间不长，蓝旗探马跑来启奏："启禀万岁，前面有一出家道人，拦住去路，口口声声要见陛下。武定王不允，他便躺倒在地。武定王命人将他抬走，可是，十个人也抬他不动。现在还在争吵，请旨定夺。"

胡大海闻听，喝道："老七真是个饭桶，把妖道杀了算啦，还用这般麻烦？老四，待我去收拾他！"

朱元璋喝住："慢！二哥不可莽撞。依朕看来，这个道人必有来历。咱何不将他唤到马前，问个原委？"

胡大海不服气地说道："哼！出家人没有好东西，理他做甚？"

朱元璋一听，笑了："话不能那么讲，军师刘伯温不也是出家人吗？怎么说没有好人呢？"

"我是说，除了他之外，没有好人。"

朱元璋知道胡大海一贯无理搅三分，便也不再与他斗口，传旨道："速将道人带来！"

"遵旨！"探马答应一声，转身而去。

时过片刻，只见军兵往左右一闪，武定王郭英领着一个老道，来到朱元璋面前。众人闪目一瞧，但只见：

> 这道人，立马前，
> 相貌堂堂不平凡。
> 头上戴着鱼尾冠，
> 无瑕美玉上边安。
> 八卦衣，身上穿，
> 圆领大袖飘飘然。
> 百宝囊，挎在肩，
> 水袜云鞋脚上穿。
> 面如玉，前额宽，
> 狮鼻阔口柳眉尖。

二眸子，亮如电，

五绺长髯飘胸前。

一把拂尘手中晃，

好似神人降凡间。

朱元璋看罢，暗自称奇。老道转着眼珠，四处趸摸了一番，单手打问讯："无量天尊！贫道参见陛下，万岁，万万岁！"

朱元璋问道："请问仙长在何处修行，法号怎么称呼？"

"贫道自幼在苏州天后宫出家，法号妙真是也！"

朱元璋又问："仙长见朕，欲奏何事？"

"贫道斗胆问一句，万岁意欲何往？"

朱元璋答道："去苏州讨伐张士诚。"

"俗家征战之事，与我出家人无关。不过，今有一事，不可不奏。"

"有话请讲，朕愿闻高论。"

老道说："如今是金秋八月，农家正在开镰收割。万岁引兵十余万，辎重连辎数十余里，所到之处，人踏马轧，对庄稼危害极大。为此，百姓怨声载道。万岁兴仁义之师，名为拯救天下黎庶，实则却给他们带来了苦难。言行相悖，此乃大不义也！贫道斗胆，冒死进言，请陛下三思。"

胡大海听着刺耳，把牛眼一瞪："你这老道真个无理！自古行军打仗，哪有不在地上走的？我们又没长翅膀，能飞到苏州去吗？糟蹋点儿庄稼算得了什么，用不着你瞎操心！"

朱元璋怕胡大海再说难听话，忙接过了话头："仙长言之有理，朕本不忍心糟蹋庄稼，怎奈人多路窄，进军不便啊！但不知仙长有无良策？"

老道笑着说道："主公真乃仁德之君也！贫道自幼生长在此地，对这里的山川地理了如指掌。万岁如不嫌弃，贫道愿为主公领路，既不糟蹋庄稼，又可早日到达苏州。此乃两全之法，不知万岁龙意如何？"

朱元璋闻听大喜，边笑边说道："承蒙仙长惠愿。单等平定苏州，必与你重修庙宇，重加赏赐。"

"贫道不敢贪欲多求，但愿黎民少受涂炭，已是求之不得的了。"

朱元璋命郭英拨给老道一匹快马，在前边带路。老道千恩万谢，策马而去。

此时，胡大海又说道："哼，我看这妖道来得蹊跷，不像善类，万岁因何听他胡言？"

朱元璋道："二哥言之差矣！人家说的俱是正理，咱们焉能不听？况且，人家至诚进言，咱却之也不恭啊！"

胡大海还是犟着他的死理儿："害人之心不可有，防人之心不可无。人无远虑，必有近忧。哼，还是多长几个心眼儿为好！"

武殿章说道："我看不会有什么差错，二弟休再猜疑。"

郭英道："既然主公已传口旨，我们多加提防就是。"

哪知道，这条路是杀机暗藏！

第二回　朱元璋峡谷遭围困
张士诚牛膛驻雄兵

　　老道妙真一番言语，朱元璋听从，令明军离开大道，绕山路而行。起初，山路还不太难走，车马辎重仍可以通行，可是到后来，山路越来越难走了。翻过一架山，又是一道岭，古木密林，道路崎岖。军兵累得呼呼喘气，通身冒汗，一个个口出怨言，叫苦不迭，都想返回原道。

　　朱元璋心中生疑，命军兵去询问老道妙真："此处是什么地方，因何这样难走？还需几时才能到达苏州？"

　　时间不长，军兵回来奏道："禀知我主，妙真道长说，这个地方叫金锁山，转过这架大山，就是苏州。他还说，最多再走两日，便可到达。"

　　朱元璋心想，如此说来，不论往前走，往后退，都一样费劲，还是继续前进有利。于是，马上传旨，晓谕三军，再鼓一把劲儿，冲过难关。

　　到了第二天黄昏，山路变得宽阔多了。掌灯以后，大军来到一片盆地。

　　朱元璋刚要传旨安营，突然间，郭英慌慌张张来到马前："启奏陛下，情况有变，那个老道不见了！"

　　朱元璋倒吸了一口冷气，忙问道："何时不见的？"

　　郭英答道："掌灯时分。"

　　胡大海说道："嘻！我说出家人没有好东西吗，你偏不信，怎么样，我没说错吧？"

郭英道："事已至此，悔也无用。我看咱们往后撤吧，待在这里，于军不利。"

朱元璋点头："快传朕的口旨，前队变后队，后队变前队，掉头撤军！"

口旨传出，军心浮动，人喊马嘶，乱作一团。

正在这时，探马来报："启禀陛下，大事不好！"

"何事惊慌？"

探马道："我军的归路已被苏州官兵截断，粮草全被劫到山外。"

郭英忙问道："后军主将朱亮祖哪里去了？"

探子道："下落不明。"

朱元璋听罢，额角上渗出冷汗，紧咬牙关说："冲出去！一定要冲出去！"说罢，他把御鞭一晃，双脚点镫，飞马直奔后队。众战将不敢停留，各率亲兵尾追而去。

他们来到后队，勒住坐骑，定睛观瞧，只见铁枪将赵玉正指挥军兵搬运石块。

为什么？原来，山口已被苏州兵用巨石和叉车堵死了。什么是叉车呢？就是装满石块的马车，苏州兵把它从山顶扔到山口，左一辆，右一辆，横七竖八的交错在一起，搬不好搬，挪不好挪，是最厉害的障碍物。

朱元璋仔细观看，见叉车、巨石已把山口封严。若想打开，谈何容易呀！可是，事到如今，怕费事也不行了。他亲自指挥三军，动手消除障碍。

正在这时，忽听山头上锣声震耳，炮号连天。霎时间，箭矢、火铳、飞石、土炮，一齐奔明军射来。势如狂风，疾如暴雨，直打得硝烟弥漫，火光冲天。明军死伤惨重，鲜血染红了山野。

朱元璋见势不妙，忙引兵退出险地。一夜之间，明军连冲了七次，也未冲出山口。结果，损伤了人马五六千名，把朱元璋急得五内如焚。

次日天亮，朱元璋等人才看明白，他们四周全是大山，这些山，山势险恶，立如镜面，无处可攀。山上旌旗林立，布满了伏兵，只有南北两座山口可以出入。但是，北山口已被叉车堵死，南山口又被苏州兵用重炮封锁。这样一来，想要出去，比登天还难。朱元璋看罢，不住地捶胸叫苦，对胡大海、郭英等众将说道："千错万错，都错在寡人身上。朕不该耳软心活，中了妖道的诡计，致使诸公跟我受累。"

右护使武殿章道："智者千虑，难免一失。诸葛亮乃古之圣贤，还错用马谡，失了街亭，何况主公乎？"

胡大海也说道："不经一事，不长一智。你日后多听点儿别人的话就好了。如今，后悔能顶何用？"

正在这时，山头上突然炮响三声，打断了他们的谈话。众人抬头观看，只见山上绣旗摇摆，闪出一簇人马。紧接着，人马列立两旁，中间露出一把销金伞，伞下罩定一人：头顶金冠，身披黄袍，腰横玉带，足蹬龙靴，肋佩宝剑，面如重枣，三绺长须，五官端正，相貌堂堂。此人并非别人，正是苏州王张士诚。

朱元璋举目再瞅，见张士诚左侧站立一人：身高体壮，头戴卷沿儿荷叶盔，斗大皂缨飘在脑后，身穿大叶乌金甲，外罩青缎子战袍，面如锅底，黑中透亮，豹头环眼，燕颔虎须，真好像三国的张飞再世。此人正是苏州兵马大元帅张九六，绰号赛张飞。

朱元璋再一细瞧，见张士诚右侧站立着一个出家道人，正是那个领路的妙真。书中交代：他的真名叫张和汴，绰号赛张良，是张士诚手下的军师。在他们左右，还站着几十名大将，一个个威风凛凛，气宇轩昂。

朱元璋正在观瞧，就见一个偏将朝山下喊话："明军听着！请你们的皇上出来答话！"

朱元璋也急了，不管三七二十一，催马出阵，站到队伍最前边，仰面答道："朕就是大明皇帝，尔等有话就讲吧！"

苏州王张士诚兴高采烈、得意扬扬地说道："元璋兄，别来无恙乎？自当年十王兴隆会一别，屈指算来，已有十载。不期在这牛膛峪相遇，幸会啊幸会！"说罢，哈哈大笑。

朱元璋直气得浑身战栗，面色苍白，用手点指苏州王："张士诚！朕与你一无冤二无仇，都是义军，尔何故不宣而战，夺我城池？今日，你施奸计将寡人困在此处，意欲何为？"

张士诚听罢，满脸奸笑道："本王对你实说了吧！俗话说，天无二日，国无二主。你自封为帝，把本王置于何地？这就是我困你的原因。你是个明白人，若能依我三件大事，我便马上放你们逃生；如若不然，定叫你们都死在这牛膣峪中！"

朱元璋问道："哪三件大事？"

张士诚说道："一，你咬破中指，马上下一道血诏，答应把南京、太平、瓜州、镇江、芜湖、滁州等重要城池，划归我有；二，你必须脱袍让位，北面称臣，让我做皇帝；三，把你的军队如数交出，归我统率。这三件缺一不可，望你三思。"

还没等朱元璋说话，胡大海早就忍不住了，扯开大嗓门骂道："别说三件，就连半件我们也不答应！"

张士诚大怒："哼，良言难劝该死的鬼，尔等已死到眼前，还敢如此放肆！来呀，大炮伺候！"

老道张和汴急忙拦住，说道："大王息怒，贫道有话，要对朱元璋去讲。"

"讲！"

"无量天尊！"张和汴口诵法号，冲朱元璋喊话："陛下，事到如今，悔也无用。方才我家大王所提的三件事情，听起来似乎有点儿苛刻，其实不然，起码能保全你们的性命。只要你认罪服输，称臣纳贡，还不失你封侯之位，这有什么不好？比起你当初给人家放牛来，不是要强得多吗？话又说回来了，如今你被困牛膣峪，已成了瓮中之鳖，那三件嘛，你答应也得答应，不答应也得答应。退一步讲，是我们大王体恤上天好生之德，不忍心将你们置于死地，才提出了那三条。只要你一点头，就算把十万余条性命救下了。难道你忍心让那么多人马，陪着你一起送命吗？"

赛张飞张九六也大声喝喊："朱元璋，你放明白一点儿。如今，尔等的粮草已被本帅截获，人以食为天，如不投降，就把你们活活饿死！"

胡大海听着听着，眼珠一转，接了话茬儿："这件事非同儿戏，我们得商量商量，现在就逼哑巴说话，我们死也不从！"

张士诚听罢，与张九六、张和汴耳语了一阵，说道："好，本王就等你们一时。不过，咱可把话说清楚，侥幸是不存在的。到时候，休怪我张某翻脸无情。"说罢，带领兵将扬长而去。

再说朱元璋无精打采地率兵来到一块盆地，大家安营下寨，挖战沟，设鹿角，把四周护好。除派右护使赵玉巡逻而外，其余将官皆到中军议事。

朱元璋长叹一声，说道："张士诚欺人太甚！各位爱卿，有何良策，可解此危？"

郭英奏道："贼兵把守得坚如磐石，突围断无成效。依我看来，最好是搬兵求救。倘若救兵前来，咱来它个里应外合，何愁此危不解？"

"好！"众人听了，点头称是。

朱元璋略思片刻说："张士诚已布下天罗地网，恐怕难出重围。"

右护使武殿章说："是啊！咱们能想到的，人家也能想到，该如何闯出去呢？"

胡大海接过话茬儿："嘻！活人还能让尿憋死？现在是逼上梁山，不上也得上，别的路没有哇！"

朱元璋道："二哥说得有理。不过……谁能铤而走险呢？"

胡大海道："什么走险不走险的，看你说得有多可怜。你是皇上，说话就是圣旨，派到谁头上，谁就得去。反正在这儿待着也是死，还不如死到战场上痛快呢！"

武殿章听了胡大海的话，忙说道："二弟说得对，请万岁传旨吧！"

先锋官郭英摇了摇头："此事非同小可，不可草率。派谁突围，得慎重挑选，不能摸脑袋就算一个。个人死活是小事，主要是能把事办成，这可是关系到十多万条性命的大事啊！"

朱元璋点头说："有理。老七，你看派谁为宜？"

"这个……"郭英四下踅摸了一眼，说道："依微臣之见，此事非我二哥胡大海不可！"

胡大海一听就急了，他把牛眼一瞪："老七，少胡说八道！在座的哪一个不比我强，你怎么专看我老胡别扭？"

郭英说："吓死小弟，也不敢拿二哥取笑。请让大家说说，我提得对不对？"

左护使汤和说道："郭先锋之言极是！我不是当面夸奖您，咱们义军每到了紧要关头，都是由二王出面解危。人们在背地里经常议论，说二王千岁是隋唐的程咬金转世，福大、命大、造化大。除您之外，谁也办不了这种大事。"

汤和这几句话，把胡大海说得飘飘然、然飘飘，都美到云眼儿里去了。

朱元璋说："郭爱卿与汤爱卿言之有理。二哥，您就辛苦一趟吧！"

众将也齐声附和："此事非二王千岁不可，您就辛苦一趟吧！"

胡大海是个顺毛驴，被大家这一顿恭维，早把危险二字抛到了九霄云外："好吧！既然诸位看得起我，那我就走它一趟。不过，咱可得把丑话说到前头，此事能不能办成，我可没有把握，也许刚出门就被人家打死，也许闯营时被人家抓住。也许……这么说吧，我这一去，真是千难万险，九死一生啊，说不定会遇上什么意外。"

邓愈说道："二王千岁久经疆场，经多见广。此番突围，定能逢凶化吉，遇难呈祥。"

胡大海说道："你别念喜歌了。这一回呀，我心里连一点儿底也没有。"

郭英说道："事不宜迟，请二哥速做准备。"

朱元璋提笔在手，写了一道圣旨。飞调三十六路御总兵，到牛膛峪救驾。用过玉玺，用黄缎子包好，交给胡大海。

胡大海将圣旨斜挎在身，饱餐战饭，身披重甲，从亲兵手中接过丝缰，说道："我可要走了，诸位有什么话快点儿说，一会儿再想说可说不上啦！"

朱元璋道："常言说，救兵如救火，请二哥不要耽搁！"

"这个我明白，你就放心吧！"

郭英也说道："方才我问过军需官，现在的粮食仅够十天吃用。二哥你可算着点儿，若超过十天，恐怕咱们就见不着面了。"

胡大海说道："你们放心，只要我老胡活着，就不能让你们归位。"说罢，转身往外就走。朱元璋率领众将，送了一程，又送一程。

胡大海道："诸位留步，送君千里，终有一别。你们还能把我送回南京？"说罢，飞身上马，朝众人抱拳一施礼，奔南山口驰去。

众人恋恋不舍，又遥望了一会儿，才回营而去。

二王千岁胡大海辞别众人，打马如飞，奔南山口而来。此时，金乌西坠，玉兔东升，星光闪烁，月色朦朦，已到了定更时分。胡大海往四外观看：只见那黑乎乎的大山，手挽手，肩并肩，像顶天立地的巨人一般，静静地站在苍穹之下。山头上灯光闪闪，漫无边际。不用问，那准是苏州的兵营哨卡。再往前看，山口左右的两架大山，几乎靠在一起。上面有一架飞桥，好像两个和尚拉着手站在那里。飞桥上风灯摇晃，火把跳跃。

　　胡大海看到这里，把心都提到嗓子眼儿了，暗暗说道：哎呀，成功与失败，就在此一举了。胡大海心里想着，打马向前，眼看离山口越来越近了，突然，飞桥上有人喊话："站住！再往前来，可要开炮了！"

　　胡大海听了，不由心里一哆嗦，够呛！我是站住，还是不站住呢？站住吧，就出不了山口；不站住吧，就得变成炮灰。哎呀，这……他心里想着，马可没有停蹄，照旧往前行走。

　　这时，飞桥上又有人喊叫道："有人要出山口，快点大炮，预备——"

　　胡大海听人家真要开炮，可不敢再往前走了。他灵机一动，计上心头，忙把马带住，扯开大嗓门，高声喊话："不要开炮！我是奉命来见你们头头儿的，有要事相告！"

　　胡大海的嗓音又高又洪亮，这一嗓子，能传出三里多地。他喊话出口，飞桥上果然没有点炮。停了片刻，才有人喊叫："喂！你可听清楚了，不准动，若再前进一步，可别怪我们不客气！"

　　胡大海抬头一看，飞桥上闪出好几十人，他们各擎着强弓硬弩和火铳，都对准了自己。胡大海装出一副若无其事的样子，嬉皮笑脸地冲他们一拱手："弟兄们，辛苦了！在下是明营的大将胡大海，奉我主朱元璋之命，来见你们苏州王张士诚，有要事面禀。你们可别误会，我不是来打仗的。你们看，若要打仗，能是我一个人前来吗？"胡大海连说带比画，跟真的一样。

　　苏州兵听罢，彼此交换着眼色。其中一个小头目说道："既然如此，请胡将军稍候片刻，已有人给我们主将送信去了。"

　　"多谢，多谢！"胡大海说罢，低下脑袋，盘算着下一步的办法。见着他们的主将，我该以何言答对？该用什么办法混出山口？

第三回　胡大海搬兵入险境
赛张飞提矛出连营

上回书说到胡大海心里乱作一团，一时拿不出好主意，只好见机而行。

时间不长，忽听对面马蹄声响。胡大海定睛一看，见灯光明亮之处，闪出一队人马，约有七八百人。他们各擎着兵刃，来到近前，往左右排开。接着，正中闪出两匹战马，马上端坐两员战将。岁数都不大，长相极为相仿，穿戴也相同，都是银盔银甲，白马银枪，面白如玉，光嘴没须，生得潇洒漂亮，好像一对双胞胎。

这两人真是一对孪生兄弟。上垂首那位叫王信，下垂首那位叫王义，他们是苏州著名的老英雄王爱云之子。王爱云绰号江南大侠，此人文武双全，现在扶保张士诚，任职丞相。他的两个儿子是张九六手下的战将，负责把守南山口。

王信、王义听了军兵禀报，不知来者的用意，急忙披挂上马，引马步兵七百，来到山口。哥儿俩往前一看，果然是一人一骑，四处静悄悄的，并无伏兵的迹象。看罢，这才将心放下。王信马往前提，用枪点指："来者是谁？快报上名来！"

胡大海一看，心中暗喜。好啊，原来是两个毛孩子，嗯，好对付。想到这里，他在马上把大肚子一腆，说道："你们先别问我，我先问问你们是谁，看配不配跟我讲话。"

王信一听，心里的话，这个老家伙，口气可不小！说道："你且听了！在下名叫王信，绰号小白龙。他是我弟弟，名叫王义，绰号小白鹤！"

胡大海听罢，从鼻子眼里哼了一声："原来是两个无名之徒！"

王信闻听，火往上撞："黑贼，休要小瞧于我！我们弟兄虽无名气，可我爹爹却是人所共知的英雄。"

"谁？"

"他老人家绰号南侠，现在苏州王手下任丞相之职，名叫王爱云！"

胡大海听了，果然一愣。哎呀，原来他们是老王头儿的儿子呀！嗯，有主意了。胡大海假装恍然大悟的样子，哈哈大笑："啊呀，大水冲了龙王庙——一家人不认识一家人了。闹了半天，你们是我王大哥的令郎呀！"

王信一愣："你是何人？"

胡大海见问，又吹开了："孩子，提起我来，可不是老王卖瓜——自卖自夸。我姓胡名大海，现任大明护国王。想当年，八月十五闹燕京，掐诀念咒破过红衣大炮，还破过三千六百架铁飞鸟。后来，在徐州做了三年太上皇。于桥兵变，大闹真武顶，走马取襄阳，威震三江口，枪挑铁华车。提起我来，声震四海，名贯宇宙，我乃盖世英雄也！"胡大海这顿吹呀！真的也有，假的也有。他也想好了，年轻人好糊弄，啥大就说啥吧！

王氏弟兄早就听说过他的名字，如今听他这么一吹，更不知他吃几碗干饭了。因此，哥儿俩相视无言，茶呆呆发愣。胡大海偷眼一看，心里的话，嗯，唬住了！好，我还得接着吹。于是继续说道："要说起你爹王爱云来，跟我的交情可不是一天两天了。我们老哥儿俩敢比桃园的刘关张，上古的羊角哀、左伯桃。我俩曾同堂学艺，同吃同住，左右不离。他曾对我说过：将来有了儿子，一定拜你为师。后因各保其主，我们俩见面的机会也就不多了。没想到啊，你们现在都这么大了。你娘——我那老嫂子可好吗？说起来，她和你爹成亲的时候，还是我的媒人呢！"他满嘴胡诌八咧，瞪着眼睛说瞎话，真把王氏弟兄给唬住了。

王信说道："胡大叔，我哥儿俩确实不知往事，请您多多恕罪。"说罢，在马上抱拳施礼。

胡大海忙说道："哎！这算不了什么，不知者不怪罪嘛！"

王信又说道："不过，现在咱们各保其主，应先公而后私。恕侄儿无礼，请问大叔，您见我主所为何事？"

胡大海把脸一沉，说道："这也是你们应该问的？我若讲出来，你们能管得了吗？废话少说，快领我去见张士诚！"

王信一听，有点儿为难地说道："这个……"

"这个什么！你们不肯带我去吗？那好，咱可把话说明白了，我有军机要事与他相商。若是耽误了，你们可吃罪不起！"

王信哥儿俩悄声合计道："领他去吧！万一真耽误了大事，那可不好办。"

哥儿俩商议已定，王信拱手道："大叔，既然如此，那我陪您一同前往。"

胡大海点头说道："这才叫会办事的孩子呢。走吧！"说着，催开战骑，穿山口而过。王信忙领一百骑兵，在后边紧紧跟随。他名义上是陪同前往，其实是武装押送。

胡大海心如明镜，暗道，谢天谢地，总算混过了火炮这一关。可是，下一步该怎么办呢？他偷眼朝四外一看，见王信紧紧地贴着自己，后面都是骑兵。他们稳坐雕鞍，弓上弦，刀出鞘，枪尖对着自己的后背直晃。稍有不慎，就得丧命。此刻，胡大海心急似火，恨不能肋生双翅，飞出虎口。可是，他却装得像没事人一般。诸位，这个滋味儿太难熬了。这种差事，也就是胡大海行，换谁也干不了。

胡大海他们走出南山口，行进在一面漫山坡上，越往前走，地势越低，眼前就是一片平地。胡大海偷眼一看，但见眼前帐篷连着帐篷，像海浪一般，望不到尽头。帐篷四周，五步一岗，十步一哨，左一道战壕，右一道鹿角，还筑有几道石墙，把交通口封了个严严实实。

书中暗表：这南山口外，全是苏州兵的连营，那真是星罗棋布，密如蛛网。共设有十八道防线，全长三十余里，真可谓戒备森严啊！

胡大海看罢，暗骂道：狠毒的张士诚！如此防务，即使把救兵搬来，也难以攻破。想到这里，心里头不由堵了个大疙瘩。可又一想，哎呀，我可不能去见张士诚。真若见到他，我可就跑不了啦。嗯，现在就得设法脱身。他眼珠一转，问王信道："此处离中军帐还有多远？"

"快了，再过三道防线就是。"

胡大海四外一瞪摸，见奔西去有一条道儿，那里连营比较稀疏。他打定主意，要从那里逃走。于是，又把鬼点子使出来了："我说侄儿，谁在后边跟着咱们呢？"

"没人呀！"

胡大海故作惊讶："谁说没人，那不是人吗？"

王信听了，赶紧勒住马头，回首观望。那些骑兵见了，也纷纷扭头观瞧。胡大海趁此机会，双脚点镫，奔西边就跑。

王信回过头来一看，见胡大海已经跑出一百步开外，他恍然大悟，高声骂道："黑贼，你哪里跑？"说罢，催马就追。

骑兵们也喊："截住他！快抓胡大海！抓胡大海呀——"

霎时间，苏州兵一阵大乱，纷纷从帐篷里钻了出来。

胡大海灵机一动，也扯开嗓子，一个劲儿地喊叫："快抓胡大海！快抓奸细呀——"

他这一喊不要紧，把苏州兵都弄糊涂了。怎么？他们也不知谁是胡大海了。有些军兵把王信的人马给拦住了，王信大怒："你们瞎了眼啦，截我做甚？"

当兵的认出王信，急忙问道："谁是胡大海？"

"前边那个黑大个儿就是。"

军兵听罢，返回身来又追。他们边追边喊："截住他，前边那个就是胡大海——"

胡大海双手捻枪，也边跑边喊："对！截住他，前边那个就是胡大海——"

此时，夜深天黑，那些苏州军兵，本来就不认识胡大海，再加上穿的戴的也没明显分别，所以，更难辨认敌我。霎时间，整个大营，连喊带叫，热闹得好像开了锅。

再说胡大海，他边喊边跑，左拐右转，在苏州王的兵营盘里可就画开地图了。虽然没遇上什么障碍，可是想要出去，可不那么容易，把他急得周身冒汗。也该着他倒霉，三转两转，竟转到张士诚的中军帐前来了。

且说苏州王张士诚。他施计将朱元璋骗进牛膛峪，真有说不出的痛快。为此，他在南山口外，扎下大帐，隆重庆贺。此时，在座的有大帅张九六，军师张和汴，金锏无敌将吕具，银锤将吕天宝，大力神苏勇，扬威将军吕勇等，共七十余人。大帐之中明灯高照，亮如白昼。桌案上摆着山珍海味，美酒佳肴。帐下鼓乐喧天，奏着得胜乐。侍从出出进进，送酒送菜。张士诚居中而坐，神采奕奕，满面春风，向在座的文武，频频举杯祝贺。

　　金锏无敌将吕具说道："大王洪福齐天，将朱元璋和他的十万大军困在牛膛峪中。朱元璋已成瓮中之鳖，非降即死，大明江山眼看就是我们的了。可喜啊，可贺！"

　　吕具字东人，是苏州人氏，亲兄弟六个，号称吕氏六杰。他自幼受高人传授，武艺出众。生来臂力过人，两膀一晃有千斤的力气，惯使一条一百五十斤重的凤翅镏金锏。马快，力猛，实在是一员虎将。当年，十路义军在九江聚会，吕具曾威震十国，被授予金锏无敌将的称号。盟主大尧王刘福生，用三斤十二两黄金，给他造了一面金牌，上镌横勇无敌、英雄盖世八个大字。从那以后，吕具名声大噪，威震江南。他与张士诚既是挚友，又是君臣。如今，官拜镇国大将军之职，在苏州军兵中威望极高。

　　张士诚听了吕具的这一番言语，哈哈大笑："东人，你说错了，这些计谋出自军师之手，是他劝本王这么办的。咱们应该感谢他，是他为苏州立下了大功！"

　　军师张和汴谦恭地说道："大王过奖了。计谋虽然出自贫道，还要依赖大王明鉴，依赖全体将士用心。我一个人算得了什么？"

　　大帅张九六道："依我看，朱元璋虽然被困，却无归降之意。须知，他绝不是贪生怕死之辈，咱必须严加提防。"

　　张和汴听了，自信地接过话茬儿："这个吗，贫道早已预料到了。他不归降又能如何？只不过枉自搭上性命而已。二十天后，我们就进山收尸吧，看一看朱元璋饿死的那副尊容，哈哈哈哈！"

　　吕具说道："军师休要高兴得太早。朱元璋虽然被困，可外边还有三十六路御总兵，兵力不下四五十万，大将至少数百员。何况，徐达、刘伯温都安然无恙。他们若知朱元璋被困，必然要前来解危救驾。这些，我等不可不防啊！"

张士诚哈哈大笑道："吕将军只知其一，不晓其二。明朝的救兵来不了啦！"

众将闻听，不由愕然起来。

张士诚接着说道："我们这次进兵，不是单独进攻，是事先商量而定的。咱们只要把朱元璋困在牛膛峪，而南汉王陈友谅、九江王陈友璧、徐州王李春等九国联军，就会打他个首尾难顾，攻占南京各地。那时候，刘伯温、徐达之辈都自顾不暇，还怎么来营救朱元璋？"

军师张和汴接着说道："我夜观天象，见朱元璋将星欲坠，紫微星朗照苏州，我家大王不久即可称帝矣！"

众将闻听，无不欢喜，皆离座跪倒，山呼万岁。张士诚一见此情此景，两只眼睛眯成了一条缝儿，嘴都乐得快咧成瓢啦。

正在这个时候，忽听帐外一阵大乱。张士诚收敛了笑容，忙派人出去打探。时间不长，探子回来禀报："明将胡大海闯到中军来了！"

"什么？"张士诚这一惊非同小可，不由酒杯落地。心里说，这是怎么回事？难道胡大海会飞不成？他是怎么混出南山口的？张士诚千头万绪，不得其解。

此时，张九六大声爆叫："大王放心，容本帅将他抓来，一问便知。"说罢，吩咐左右："鞴马抬矛！"

张士诚嘱咐道："多加小心。"

"是！"张九六答应一声，转身出帐，飞身上马，来到外面一看，只见军兵四处乱窜，人声鼎沸，乱成一团。

张九六怒喝一声："擂鼓！"

霎时间，鼓声四起。苏州兵见元帅来了，纷纷归队，一下子安静下来。

这时，胡大海也赶到了，正与张九六马打对头。张九六喝道："姓胡的，休要猖狂，待本帅拿你！"

胡大海见了，大吃一惊，暗自思忖道：唉！我怎么闯到这里来了？遇上这头瘟神，焉有我的命在？又一想，事到如今，干脆，来个痛快的吧！想到这里，他把大黑脑袋一扑棱，朗声问道："对面来的可是张九六兄弟吗？愚兄胡大海在此！"

张九六厉声喝喊："姓胡的，少来这一套！谁是你兄弟，你给谁当哥哥？"

胡大海冷笑一声："哼！想不到天下竟有你这样的畜生！就凭我老胡，管你叫声兄弟，算是往你脸上贴金。你不要捧着屁股亲嘴——不知香臭。你掐手指算算，老胡我的兄弟都是些什么人？怀远黑太岁常遇春怎么样？玉面霸王郭英怎么样？宝枪大将张兴祖怎么样？八臂哪吒宁伯标怎么样？这几位当中，你能比得了哪个？"

张九六听罢，气得哇哇直叫："姓胡的，本帅没工夫与你嚼舌根，我且问你，你是怎么闯出山口的？"

胡大海说："这有何难！老胡我在山里待得心头烦闷，想出来放放风，溜达溜达，你管得着吗？"

张九六见胡大海不说人话，不由得火往上撞。他双手抖矛，分心便刺。胡大海不敢怠慢，操起镔铁大枪，往外招架。只听锵啷一声，两件兵刃撞在一起，把胡大海震得虎口发麻。他心中说道，好大的力气，我不是他的对手。他急中生智，大声喝道："张九六，你是英雄，还是狗熊？"

张九六问："英雄怎么说，狗熊怎么讲？"

胡大海说："若是英雄，咱俩单打独斗；若是狗熊，我让你们一群。"

张九六微微一笑："不是张某说大话，要打你这样的，有一只手就够用了，焉用别人帮忙？"

胡大海说："好，痛快，那就请你进招吧！"

张九六听罢，双脚点镫，运足力气，就要伸手。

胡大海见了，忙说："等一等！"

张九六不解其意，带住坐骑："何事？"

胡大海说："我知道你说话是算数的，可是，我对你手下的人却信不过。他们若见你不是俺老胡的对手，都过来掺和该怎么办？"

张九六冷笑一声："你不用疑神疑鬼，没有本帅的将令，他们谁也不敢妄动！"

"好！你这么一说，我就放心了。来吧！"

张九六二次较力，双手托矛欲刺。

"等一等!"胡大海冷不丁又喊了一嗓子。

张九六又将长矛抽回:"你这个人,怎么这么多毛病?"

胡大海说道:"依我看,咱俩别这样打了。"

"为什么?"

胡大海接着说:"你是英雄,我是好汉。就这么平平常常地比画,岂不被军兵耻笑?要打,咱俩就露点儿特殊本领,你看如何?"

张九六是个性如烈火、爱凿死铆的人,听了胡大海的话,满不在乎地说:"随你的便,本帅奉陪!"

胡大海问:"我且问你,你在张士诚帐下担任何职?"

"兵马大元帅。"张九六瞪着眼睛说道。

"好,我先考考你,当兵马大元帅应具备哪几条?"

张九六不耐烦地说:"休要啰唆,本帅没工夫跟你磨牙。"

胡大海冷笑道:"输了吧?我就料定你不是我老胡的对手。"

张九六气坏了:"胡说!还未动手,怎知本帅输了?"

"张九六啊张九六,你真是地瓜去皮——白数。身为大将,光有武艺能顶何用?俗话说,将在谋而不在勇,兵在精而不在多。有勇无谋之人,不配做大将。想当年,楚霸王项羽有多勇?落了个自刎乌江;三国时的吕布有多勇?被曹操勒死在白门楼。远的不说,就拿元军来说吧,那四宝大将脱脱有多勇?不也死在了我的手下吗?"

张九六听到此处,怒喝道:"少来胡扯!据本帅所知,那脱脱是服毒自尽的,怎说死在你的手下?"

胡大海冷笑着说道:"要不说你不配当元帅呢!真是癞蛤蟆跳水——不懂!那是因为我搬来了宝枪将张兴祖,宝枪破宝刀,脱脱大败,逼得他走投无路,才服毒自杀的。归根结底,还不是死在我的手下吗?"

张九六听腻歪了,说道:"废话少说!你到底打算怎么办吧?"

胡大海说道:"我是想看看你够不够当元帅的材料。这样吧,我给你摆个阵,看你认识不认识。"

张九六不屑一顾:"这有何难,你快摆来!"

胡大海见火候差不多了,他把大枪操起来,在地上画了一个圆圈,足有三间房大小。画罢,问张九六:"你看看,这是一座什么阵?"

"这个……"张九六看了半天，也猜不出来。

胡大海又在圆圈外面画了一条直线，好像是一把大锤。这条直线越画越长，离张九六足有一百步开外。胡大海站在那里，又问张九六："这是什么阵?"胡大海嘴里说着，马往后捎，而且越捎越远。等离张九六挺远了，他急忙调转马头，奔西边就跑。

第四回　胡大海戏耍张九六
宁伯标营救护国王

张九六先是一愣，接着，才知道上了当。直气得他哇哇暴叫，高声大嚷："胡大海，你不是说摆阵吗，怎么逃跑了？"

胡大海边跑边扭头说道："你懂个屁！老胡摆的就是逃跑阵。我说小子，再见！"说罢，用枪金纂（造字）一戳马后鞯，这匹马四蹄蹬开，拼命向前跑去。

苏州兵见了，各擎兵刃，拦住去路。胡大海急了，抡起大枪，一顿乱刺。霎时间，苏州兵撞着的死，挨着的亡，被杀得四处溃逃。到了这个时候，胡大海什么也顾不了啦，一个心眼儿往前逃命。但只见他这匹马，越沟壕，跨障碍，横冲直撞，越跑越快。四更天以后，终于逃出了苏州兵的连营。

这阵，胡大海心里的这个痛快劲儿，那就甭提了。他暗暗合计，我回去之后，定要贴副对联，上写眨眼间倾生丧命，下配打新春两世为人，横批好险好险。胡大海正在瞎琢磨，突然身后有人喊话："胡大海，你哪里走？"

胡大海回头一看，可把他吓了个够呛。怎么？张九六追了上来。

张九六上了胡大海的当，心中十分懊丧，若让他闯出十八道连营，我有何脸面去见苏州王？所以，他在后边拼命追赶。由于他的马快，把军兵远远地甩在了后边，自己单人独骑追到胡大海近前。张九六二话没说，双手捻矛，奔胡大海后心便刺。胡大海急忙往旁边一闪，拨回马头，大战张九六。过了五六个回合，胡大海就顶不住了。他眼珠一转，虚晃一招，拨马便跑。

张九六的马快，眨眼间就又把他追上了。胡大海无奈，只好勉强接战。只累得他盔歪甲斜，热汗直流。他一边打着，一边合计，难道我这回真要玩完了？我该如何将这个瘟神甩掉呢？哎呀，急死我了……想着想着，突然又来了主意。他打着打着，猛然间朝张九六身后疾呼："老英雄唐云来了，快助我一臂之力！"

张九六吓了一跳，拨马跳出圈外，回头一看，没人！扭回头来再看胡大海，已经逃跑了。这一回，把张九六的肚皮都快气破了，他催马又追。眼看又要追上了，只见胡大海猛一抖手，喊道："着法宝！"话音刚落，有一东西，奔张九六的面门打来。

张九六缩脖藏头，这件东西从头上飞过，啪一声，落到马后。张九六勒住坐骑，仔细一看，原来是一只战靴。张九六刚一回头，胡大海又扔过一物。张九六用长矛往外一拨拉，此物又落到地上。回头一看，又是一只战靴。这更把他气坏了，心里说，本帅征战多年，还没遇见过这种臭无赖！什么损招都有，真气死我也！他二目圆睁，挺矛冲杀过来，恨不能一矛扎胡大海个透心凉。

别看胡大海能耐不大，还真不好对付。一抓一转个儿，一碰一打滑儿，又难抓，又难拿。胡大海边战边退，边朝四外踅摸。踅摸什么？他是踅摸着从什么地方逃走合适。

这时，天交五鼓，东方已经发白。远处的村落、山冈，近处的树木、花草，已经隐约可辨。但只见眼前是一面山坡，坡上树木交杂，野草丛生。胡大海心想，干脆，我钻树林往坡顶跑吧！于是，紧催战马，踏草丛，绕树木，奔树林而去。

张九六在后边穷追不舍，边追边喊："胡大海，你往哪里走？"

胡大海边跑边答："请你不必操心，有地方可走！"

张九六怒喝道："本帅一定要把你抓住！"

胡大海笑着说道："爷爷一定要叫你抓不住！"

张九六隔着树空儿，左一矛，右一矛，不住地猛刺；胡大海以树干作屏障，左躲右闪，一点儿也没被扎着。这时，胡大海飞马越过坡脊，开始往下坡跑。坡下是一片稻田，远处闪出一个村庄。胡大海心想，若能进了村子，可就不怕了。他心急只嫌马慢，不住地紧抖嚼环。谁知，那大红马只顾往前飞跑，不料被一个树墩绊到前蹄子上，扑通一声，栽倒在地。大红马一倒，把胡大海甩出三四丈远，啪嚓！摔了个仰面朝天。

张九六心中大喜，飞马来到他面前，用长矛点住他的前心："别动！这回我看你还往哪里跑？"

胡大海心头一凉，完了，这回可彻底完了。不过，他至死嘴也不软，躺在地上，还一个劲儿地跟张九六对付："姓张的，等会儿下手，容我再说一句话。"

张九六怒喝："还有什么可说的？你就闭眼吧！"说罢，把长矛举起，对准了他的前胸。

胡大海冷笑了一声："要是这样，我死了也不会服你！"

"因何不服？"

胡大海说："你连句话都不敢让我说，我还服你什么？"

张九六是个犟眼子，非要弄清原委不可："那你就讲吧！"

胡大海说："哎，这才算英雄呢！实话对你讲吧，我老胡一贯心慈面软，不忍要你的性命，今天饶你不死，快快逃命去吧！"

张九六一听，把鼻子都气歪了。心里说真不害臊，咱俩到底谁败了，我逃什么呢？难道姓胡的吓昏了不成？

此时，胡大海又催促道："你愣什么，还不快走！"

张九六说："尔休要满口胡言，本帅岂能容你！"

胡大海也生气了："哼，良言难劝该死的鬼。你现在不走，待一会儿想走可就来不及了！"

"此话怎讲？"

胡大海又吹上了："要不说你是癞蛤蟆跳水——不懂呢！谁不知我老胡，自幼受过异人传授，神仙指点，学会了拘神遣将的本领。只要我一念真言，天兵天将随时可到。倘若神仙来了，你还跑得了吗？"

"胡诌！"张九六大吼道，"本帅不是三岁的孩童，岂能信你胡说八道？"

胡大海瞪大牛眼说道："不信？那咱试一试，看我的咒语灵不灵！"

张九六冷笑道："那你就念吧，本帅倒要看看！"

胡大海听罢，先坐起身形，从容不迫地活动着胳膊腿。张九六怕他跑掉，瞪着眼睛盯着他，闪亮的长矛直指到他的胸前。心里说，你若敢动，我就扎死你。

胡大海坐在地上，眯缝着双眼，往四处偷看。看什么呢？他看看四周有人没有。若要有人前来，他不就得救了吗？可是，他看了一阵儿，连一个人也没看见。他又怕耽搁时间长了，惹张九六生疑，所以，无奈抬起右臂，伸出中指，口念咒语，假意作法："天灵灵，地灵灵，六字真言一点明。胡大海这里念咒语，呼唤天将与天兵。托塔李，赵公明，二郎神和太白星。金木哪吒三太子，四大金刚魔礼青。驾祥云，下天宫，保佑老胡大英雄。灵光阿弥勒救——"

胡大海那里乱念，张九六这边暗笑，天底下竟有这么不要脸的人，真能绷着脸装蒜。他对胡大海说："念完没有？神仙在哪里？"

胡大海说："别急，你没听说过吗？真言得念三遍。这是头一遍，神仙刚得着信儿。"说罢，缓了一口气，又念第二遍。

张九六等他把第二遍念完，又问："神仙在哪里？"

胡大海认真地说："别急，这会儿正在半路上呢！"别听胡大海嘴里这么说，其实，他心里早凉了。为什么？他一看山坡上下，连个人影儿都没有，谁能来救他？他心想道：等把第三遍念完，我还能说什么？

此时，张九六又催促道："磨蹭什么，还不快念？本帅可把话说清楚，你的神仙拘不来，我可就不客气了！"说罢，把长矛抖了三抖，晃了三晃。

胡大海无奈，扯开嗓门又念道："天灵灵，地灵灵，六字真言一点明……"

说也奇怪，他刚念到金木哪吒三太子的时候，忽听树林之中有人高喊："谨遵法旨，吾神来也！"

这一嗓子，可把张九六吓了个够呛。怎么？他万没想到真有人来捧场啊！

这阵儿，胡大海也是一愣。心里说：这是哪一位？他定睛一看，见树林中钻出一人，飞马来到他二人面前！

见来人，好相貌，

威风凛凛九尺高。
虎头巾，头上罩，
一朵红缨顶梁飘。
身上披，箭袖袍，
一条宝带围在腰。
弓在囊，剑在鞘，
上镶珠宝放光豪。
黄骠马，透骨龙，
四蹄蹚开快如风。
面似火，眉如弓，
两只凤眼亮如灯。
长得好，五官正，
三绺长髯飘前胸。
软藤枪，手中擎，
好像怪蟒舞当空。
人似虎，马赛龙，
十人见了九人惊。

胡大海看罢，顿时心头豁亮起来。来者是谁呀？原来是八臂哪吒宁伯标。

书中交代：宁伯标家资巨富，广有庄田，是凤凰庄的首户。宁伯标的父亲早年去世，只有母亲健在。宁伯标的原配夫人撒氏，是撒敦的女儿，因婆媳不和，早已离去。抛下一个女儿名叫彩霞，年已及笄。宁伯标怕孩子受气，一直未有续娶。宁伯标为了常遇春弃芜湖关后，在家里一躲，吃穿不愁，倒也逍遥自在。为消磨时光，他有时练武，有时读书，有时到郊外行围。前两天，他带了六个家丁，用马车拉着帐篷和炊具，到凤凰岗来打猎。他驻在山坡上，听过路商贾说，牛腔峪一带摆下了战场。细一打听，才知道是张士诚与朱元璋开兵见仗。当然，他是心向明军的，为此，一直记挂在心中。今天早晨，他让家丁看守帐篷，自己单人独马准备到前敌去一趟。这真是无巧不成书，他刚走进树林，忽听山坡上有人喊叫，声音挺熟，可听不清喊叫什么。宁伯标略一思索，顺着声音就来了。刚走到树林边，忽听有人喊："天灵灵，地灵灵……"宁伯标一听，这不是胡大海的声音吗？他怎么跑到这里来了？他又往前紧走了几步，隔着树空一看，只见胡大海坐在地上，正胡说八道呢！而且，张九六托着长矛，站在他的面前。宁伯标看罢，明白了，真使他又惊、又喜、又气、又乐。惊只惊，在这里见到了胡大海；喜只喜，弟兄二人巧相逢；气只气，胡大海胡说八道，丢人现眼；乐只乐，张九六这么大的元帅，竟受了胡大海的摆布。宁伯标心想，干脆，我给二哥捧捧场吧！这才大喊一声"吾神来也"，催马来到他俩面前。

书接前文。胡大海见了宁伯标，精神顿时振作起来。只见他一个鱼跃，站起身形，一手掐腰，一手比画："我就知道你准得来嘛！快，给我打！"

宁伯标也不敢笑，说了声："遵命！"手托金丝软藤宝枪，对张九六说道："张大帅一向可好？宁某这厢有礼了！"

他二人原来认识。三年前，张士诚听说宁伯标回到原籍，曾派张九六相邀，请他到苏州做官。宁伯标假借家有老母，不便远行为由，婉言谢绝，两年前，张九六又亲自赶奔凤凰庄，请他出头。不料，又被他拒绝。一年前，张九六又带着八彩礼品，还有一颗副元帅大印，来到凤凰庄，请他做官。宁伯标以侍母尽孝，无心为宦为理由，还是没有答应。为此，张九六很不高兴。宁伯标见他生气了，才答应道："宁某已隐居深山，今后谁也不保，谁的官也不做。"

这是为什么呢？张九六他保了别人，对自己不利呀！

闲话休提。张九六一看来人是宁伯标，心中十分不悦，勉强还礼道："不敢当不敢当。请问宁将军，你莫非要搭救胡大海不成？"

宁伯标笑道："正是。大概您还不知，胡大海是我的好友，焉有不救之理？请大帅看在宁某的分上，高抬贵手吧！"

张九六大怒，圆睁环眼，倒竖虎须，高声喝喊："姓宁的，我劝你少管闲事！胡大海是我的仇敌，他闯连营，杀伤了许多军兵，本帅正要给弟兄们报仇，岂能把他放掉！"

宁伯标又冷笑了一声："方才我已讲过，他是我的好友，我不能见死不救，请大帅三思！"

"不行，不行，就是不行！"

胡大海一听，气得够呛，急忙出口骂道："你配，你配，你也配！不信，你动老胡一下试试！"

张九六大吼一声，举矛便刺。宁伯标不敢怠慢，一翻手腕，用金丝软藤枪把他的长矛压住，厉声喝喊："张九六，你真不开面吗？"

"不开面又怎样？"

宁伯标说："那就休怪宁某无情了！"说罢，一抖宝枪，拉开了阵势。

张九六来了个打仗先下手，双手抖矛，分心便刺。宁伯标往右一侧身，把这一矛躲开。张九六右手扳回矛头，左手一推矛杆，奔宁伯标左肋点来。宁伯标又一闪身，将这招躲了过去。张九六使了个泰山压顶式，大铁矛挂着风声，奔宁伯标的头顶打来。宁伯标把马一拨，又跳出圈外。此时，张九六问道："宁伯标，为何不来还手？难道你怯战不成？"

宁伯标笑道："非也！宁某是有意让你三招。其一，念你我同在苏州，有同乡之情；其二，念张士诚派你三顾凤凰庄，有一点知遇之恩；其三，宁某打仗，向来让别人先动手。"

胡大海把大腿一拍，夸赞道："你听听，我兄弟多明白！跟你这混蛋怎么比呢？"

张九六又羞又恼，施展开通身的本领，下了绝情。宁伯标不敢大意，与张九六战在一处。胡大海在一旁观阵。他一看张九六，真不愧叫赛张飞，丈八蛇矛上下翻飞，呼呼挂风。但只见：

> 蛇矛枪，快如风，
> 雨打梨花满天星。
> 上打插花盖顶，
> 下扎恶虎掏胸。
> 左刺八仙庆寿，
> 右挑黑龙点睛。
> 霸王一字摔枪式，
> 鬼神见了也心惊。

再看宁伯标。他一不着急，二不忙乱，把金丝软藤枪使得神出鬼没。但只见：

> 一扎眉心二扎肘，
> 三扎咽喉四扎口。
> 五扎金鸡乱点头，
> 六扎怪蟒穿裆走。
> 七扎战马和双腿，
> 八扎双肩挂双手。
> 使开九路绝命枪，
> 十方好汉难逃走。

胡大海看了，不住地点头。

这二人大战了四十多个回合，未分胜负，胡大海心中暗自着急。为什么？他虽然见宁伯标不至于败阵，可又怕万外有一。他眼珠一转，计上心头。暗暗说道：胡大海呀胡大海，你在旁边站着干什么？难道你是看戏的，上不了台？为何不助宁伯标一臂之力？想到此处，他往地上一看，哟，遍地都是石头块儿，有三角的，四棱的，还有长的和圆的。胡大海心想，干脆，我用这些东西砸他吧！于是，他把腰一哈，捡起几块应手的石头，高声喝道："张九六，休要猖狂，着老胡的法宝！"

第五回　马皇后传音调干将
花总兵走马战顽敌

　　话说胡大海抡起石头，奔张九六便打。张九六忙一甩脸，把石头躲过。哪知他刚躲过第一块，第二块又到了。躲过第二块，第三块又到了……

　　诸位，那张九六一边大战宁伯标，一边躲石头，怎能顾得过来呢？稍没留意，被一块石头打在了脑门上，大叫一声，栽到马下。

　　胡大海并不怠慢，一个箭步跳到张九六面前，伸出大手把他按住，不容分说，就是一顿大嘴巴子。一边揍，一边说："我叫你横！我叫你横！哼，看看咱俩谁厉害？"

　　宁伯标也不敢乐，在马上说道："二哥，冤仇宜解不宜结，饶了他吧！"

　　胡大海打过瘾了，这才住手说道："听人劝，吃饱饭。只许你不仁，不许我不义。只当有个屁，把你放了吧！"

　　张九六满脸羞愧，一句话也没说，提矛上马，逃命而去。

　　张九六刚走，胡大海突然一拍脑袋，说道："嘻！坏了，不该放他！"

　　宁伯标问："为什么？"

　　胡大海说："我们十万人马被困在牛膛峪，留着他可以做人质。他这一逃，不就全吹了？"

　　"可也是呀！你怎么不早说？"

　　"方才光顾高兴，把这个茬口给忘了。"

　　宁伯标也追悔不及，无奈说道："此地不宜久留，快随我回家，再做定夺。"

胡大海点头。宁伯标领着胡大海，先找着六个家人，够奔凤凰庄。

一路无话。来到凤凰庄，宾主进到府内，宁伯标先叫家人给胡大海包扎了伤口，又派人给他的大红马调治伤疾，同时，还给胡大海取来衣服鞋帽，让他沐浴更衣。一切料理已毕，宁伯标在大厅设摆酒宴，为他压惊。酒席宴前，胡大海把义军被困的经过，详细说了一番。宁伯标听了，不住地摇头叹息，放下酒杯，说道："二哥，你打算如何行事？"

胡大海说："我身上带着搬兵的圣旨，要把三十六路御总兵调来，解围救驾。"

"嗯！"

胡大海喝了一口酒，又说道："我可不是赖你，眼下国难当头，无论如何，你也得帮忙啊！"

宁伯标说："那是自然，不过……"说到此处，低头不语了。

胡大海不解其意，忙问："兄弟，看你的意思，好像有什么为难之事，何不请讲当面？"

"唉！若得罪了张士诚，我在这儿就不能待了。"

胡大海笑道："你救了驾，立了大功，就是大明的功臣。到那时，封王、封侯是定了的。将来搬到南京去住，那有多美？还留恋这里干什么！"

宁伯标点头道："话虽如此，人总免不了有留恋故土之情。我还好说，就怕老娘难过。"

"你可真是个大孝子。放心吧，老夫人那里，由我去说，管保让她老人家高兴。"

宁伯标说："那敢情好了。另外，我还有一事，要拜托二哥。"

"何事？"

"我有一女，名唤彩霞，今年一十七岁，尚未许配人家。您在朝中居官，结识的人多，看有没有合适的男孩子？我不求他家的门第高下，只要人品好就行。"

胡大海一听，立时捧腹大笑："哈哈哈哈！我说兄弟，你算问对人了。眼下就有一个好小伙子，今年也是一十七岁，文有文才，武有武艺。论人品，万八千里挑不出一个；论长相，什么潘安、宋玉、吕布、子都，他们都得靠边站。保媒的快把门槛踢破了，可是人家这孩子，连一个也相不中。说来也不奇怪，因为人家有能耐呀！双手会写梅花篆字，出口成章，提笔成词，没有人家不懂的事。再说，人家又有钱，又有势，自幼娇生惯养，说一不二，你说人家能随便应亲吗？"

宁伯标听罢，说道："自古道，寒门出孝子，白屋出公卿。如此娇惯的孩子，未必就好。二哥你是知道的，我最讨厌那种纨绔子弟。"

"不，你没猜对。"胡大海说："这孩子可不是浪荡公子。别看家里惯他，他自己却不骄不傲，知书识礼，可讨人喜欢哩！"

宁伯标笑了："既然二哥把他夸得这么好，请问他叫什么名字，是哪一家的公子？"

胡大海提高嗓门道："此人你大概也有耳闻，他就是当今大明皇帝朱元璋的干儿子——世子殿下朱沐英！"

宁伯标说："朱沐英？我曾在芜湖关听说过此人，长得啥样我可没见着！"

胡大海说："沐英那是当世的美男子。这孩子原先姓沐，祖居安徽亳州沐家庄，父亲叫沐洪。当初，为搭救朱元璋，得罪了元兵，他们放火烧了沐家庄，杀死了沐洪和他的全家满门，只逃出沐英一个孩子。朱元璋为报答沐洪一家的救命之恩，把沐英收为义子，改名朱沐英，又姓朱、又姓沐，来了个一子两不绝。后来，黄教真人把他带到江西龙虎山去学艺，又教文，又教武，学艺八年，他学了个文武双全。他一出世，就曾锤震乱石山，大闹十王兴隆会，打死幽州王秦勇，得宝马万里烟云兽，威名远震。之后，攻城破阵，屡建奇功，为众人所瞩目。现在，朱元璋当了皇帝，钦封他为世子殿下。如今他是金枝玉叶，那可了不起哟！"

胡大海这番话，把宁伯标说得时而高兴，时而皱眉。过了片刻，他担心地问道："二哥，人家的门第这么高，咱们恐怕高攀不上吧？"

胡大海笑着说："都有我呢，你怕什么？沐英这孩子，有点儿任性。就拿婚姻这件事来说，他连皇上的话也不听，可是，他却听我的。我叫他上东，他不敢奔西，我叫他打狗，他不敢撵鸡。你放心吧，这门婚事就包在我身上了。"

宁伯标大喜，离席拜道："二哥若能玉成此事，弟铭刻肺腑，当报大恩。"

"看你说的，这可就太见外了。我这个人做事，最爱干脆。一言出口，落在地上捽三节，没有拖泥带水的时候。"宁伯标连声说好，派人到内宅报喜。

这件喜事，很快就在宁府传开了。上上下下的人，无不高兴。

次日清晨，宁氏老夫人在内宅设宴，由宁伯标作陪，来款待胡大海。席前，宁老夫人长叹一声，说道："唉！当年，伯标娶妻撒氏，这个撒氏，乃是奸相撒敦的女儿。元人想用联姻之法，让伯标给他们卖命。这门亲事，老身当初就不愿意。过门后，撒氏与我不睦。三年后，我让伯标将她休出家门。撒氏走后，留下一女，就是我孙女宁彩霞。这孩子从小随老身长大，是我宁家的心肝宝贝。听说你从中为媒，要把我孙女许配给世子殿下朱沐英，真让老身感恩不尽。不过，老身并未见过此人，未免有些放心不下。"

宁伯标听到此处，生怕母亲伤了胡大海的面子，忙接了话茬儿："我二哥是办正事的人，母亲只管放心就是。"

胡大海拱手道："伯母，您就放心吧！这门婚事管保错不了，有错拿我问罪。"

宁老夫人笑道："如此说来，老身就放心了。"

宁伯标又说："二哥，待我将女儿彩霞唤来，请你看看。你是媒人，也好心中有数。"

胡大海忙一摆手："不必。只要丫头不瞎、不瘸、不聋、不哑，不缺胳膊少腿就行，长得好坏都不要紧。"

老夫人微微一笑："不是老身夸口，我这孙女是人中的尖子，敢与月宫嫦娥媲美。"说到此处，冲外面喊话，"秋菊！"

一个俊俏的小丫鬟走进来施礼："老夫人有何吩咐？"

"把你家小姐唤来！"

"是！"秋菊应声而去。

丫鬟走后，老夫人又问胡大海："贤侄，婚事未定之前，能不能让我相看相看姑爷？"

"当然可以。我回京之后，将正事办完，就告知朱沐英。倘若有工夫的话，就让他来一趟。如果您相中了，那就算正式定亲。单等破了牛膛峪，把皇上救出来，就成全他们完婚。您看如何？"

"如此甚好。"

这时，丫鬟秋菊从外边走来禀报："姑娘来了！"

紧接着，就听见环佩叮当，帘子一挑，从外边走进了姑娘宁彩霞。胡大海瞪着牛眼，仔细观瞧。但只见：

> 香风飘，启珠帘，
> 外边走来女婵娟。
> 发似漆，如墨染，
> 高绾云鬟套三环。
> 白又嫩，瓜子脸，
> 两道柳眉黑又弯。
> 水汪汪，杏核眼，
> 清澈明亮似山泉。
> 鼻梁直，如悬胆，
> 樱桃小口红又鲜。
> 玉米牙，元宝耳，
> 两个酒窝腮上悬。
> 身上穿，紫罗衫，
> 外罩八宝绸坎肩。
> 百褶裙，多鲜艳，
> 下衬一对小金莲。
> 亭亭玉立多姿女，
> 恰似嫦娥离广寒。

胡大海看罢，又惊又喜。惊的是，人世间竟有这么美貌的娇娃；喜的是，宁伯标竟有这样一个好女儿。

再说宁彩霞，她慢闪秋波，往屋里扫了一眼，轻移莲步，来到宁氏面前："祖母万福！"说罢，飘飘下拜。

老夫人一摆手说："快去见过你胡伯父！"

宁彩霞转身形来到胡大海面前，轻启朱唇，满面含笑："侄女给伯父叩头！"说罢，撩衣便拜。

胡大海急忙站起身来，往旁边一闪："免礼，免礼。"转身对丫鬟说："快把你家小姐搀起来！"

宁彩霞又给父亲见礼，接着，低颈垂首，站在祖母身后。老太太眼里看，心里爱，拉着孙女的手，一个劲地微笑。彩霞问道："奶奶，今日为何这么高兴？"

"嗯，我太高兴了！"老夫人对胡大海说："贤侄，你看我这孙女如何？"

胡大海把腿一拍："没说的，太好了。难怪你老人家这么宠爱她，我要有这么个女儿，比您爱得更厉害！"

老夫人问："你说的那个朱沐英，可配得上我孙女？"

彩霞闻听，顿时羞红了粉面，用手一推老夫人的肩头："奶奶——"

老夫人笑着说："男大当婚，女大当嫁，用不着害臊。这不，你胡伯父给你提亲来了。"

宁彩霞听罢，芳心乱跳，玉体不安，连脖子都臊红了。她不好意思在此久待，领着丫鬟，一阵风似的跑回闺房。此时，屋里的人都笑了。胡大海笑得最厉害，把屋子震得嗡嗡直响。众人尽情笑罢，老夫人又问胡大海："朱沐英能配上吗？"

"这个吗……"胡大海稍微一愣，"这怎么说呢？……嗯，我看差不多，谁知您相中相不中！"

胡大海嘴里这么说，心里也犯嘀咕。为什么？宁伯标向他提到这件婚事时，胡大海是顺口答应、胡说八道的，为的是让他出头帮忙。后来，越说越深，反倒弄假成真了。胡大海见话难以收回，只好瞪着眼睛瞎说。他心里明白，那朱沐英长得三分像人，七分像鬼，瘦小枯干，相貌丑陋。非但如此，他还口吃，连句整话都说不出来。斗大的字，识不了一箩筐，连自己的名字都不会写。刚才胡大海说的那套，都是假的。不过，也有真的，像朱沐英十七岁啦，没有定亲啦，官拜世子殿下啦，武艺高强啦……那阵儿，胡大海想，就凭朱沐英的身价，娶什么好媳妇没有？除了长相难看一点儿，别的挑不出什么毛病，所以，他才大包大揽。可是，方才一见姑娘，他心里就难受了。怎么？说实在的，朱沐英根本不配！这门亲事若要成了，可算是一朵鲜花插到了牛粪上。胡大海左思右想，最后，使了个无可无不可的办法，说道："伯母，伯标兄弟，我这个媒人，一不图名，二不图利，只不过给你们两家搭个桥。你们也别拿我的话当真，将来见了朱沐英，当面锣，对面鼓，你们自己来定。愿意也好，不愿意也好，谁也别勉强，我也不落埋怨。"

胡大海这几句话，把老夫人逗乐了。宁伯标说："二哥不必多虑。你是一片好意，岂能落下埋怨！"

"这就好，咱们一言为定，好坏可没我的事了。"胡大海心里的话，趁早退出去，今后再别提这码事了。

席散之后，宁伯标陪着胡大海来到前厅，又闲谈了一阵儿，胡大海便起身告辞。宁伯标知道他公务在身，不便挽留，忙叫家人把他的大红马牵到门外。胡大海带好应用之物，向宁伯标作别。宁伯标扶着胡大海上了战马，一直把他送到凤凰庄外。临别时，宁伯标说道："你估计，何时能把救兵搬到？"

"救兵如救火，最多半月，最少十天。"

宁伯标说："二哥一路保重。"

"借你吉言，再见！"说罢，胡大海拱手作别。

宁伯标目送一程，这才转身回府。

单说胡大海。他一路上打马如飞，兼程前进。这一天回到南京，归府后，先与全家见面。胡大海话没多说，休息了片刻，更换好朝服，怀抱圣旨，来到午朝门外。

今天，值日大臣是户部尚书郭光卿。他见了胡大海，不由大吃一惊。胡大海简单向他说了几句，便叫他请皇后升殿。郭光卿不敢怠慢，忙命内侍臣启奏马皇后得知。时间不长，金钟三声响，玉鼓六声催。在京的文武，陆续来到朝房，与胡大海见面。静鞭三响，皇后升殿，文武百官拜罢归班。

郭光卿奏道："护国王胡大海求见凤驾！"

胡大海整理衣冠，跪拜在地："臣胡大海给娘娘叩头！千岁，千千岁！"

马皇后急忙欠身离座，说道："王兄免礼，一旁赐座。"

"谢皇后！"胡大海站起身来，深施一礼，坐在绣龙墩上。

马皇后焦急地问道："请问王兄，两军阵前胜败如何？皇上龙体可好？"

胡大海长叹一声："唉，大事不好了！"接着，把出师以来的情形，详细地讲了一遍。

马皇后听了，二目垂泪："当初皇上不听人谏，才有今日之祸。爱卿，这可如何是好？"

胡大海奏道："事已至此，悔也无用。臣这次奉旨回京，就为搬兵而来，只要救兵去得快，即可化险为夷，转危为安。"说罢，将圣旨呈递过去。

马皇后看见丈夫的亲笔书信，心如刀绞。

胡大海又说："救兵如救火，请娘娘速发凤旨，飞调三十六路御总兵，赶赴前敌救驾。臣也不敢闲着，我打算亲自到瓜州、镇江、宁国去一趟，先把这三路人马带走。远路的可以随后赶去，我可没工夫等他们了。"

马皇后收泪道："王兄一路辛苦了。你先休息几日，待我另派别人搬兵。"

胡大海急了："弟妹呀，你二哥我心如火焚，坐卧不安，哪有心思歇着？还是让我亲自去吧！"

"既然如此，让二哥受累了。"当下，马皇后传凤旨，兵部发调令，立刻差专人用最快的速度，分赴各地。接着，皇后又询问了一些情形，这才挥手退殿。

胡大海回到府里，也不会客，只休息了一夜，次日便奔镇江三镇而去。

单说马皇后。她心惊肉跳地回到后宫，急忙沐浴更衣，去朝拜神佛。她又扶乩，又打卦，一直忙活到半夜。正在蒙眬欲睡之际，忽听外面钟声齐鸣，不知出了何事。马皇后急忙起床，由宫女们服侍着梳洗穿戴。正在这时，内侍臣进来启奏："请皇后升殿，朝臣有要事禀奏！"

马皇后听了，急忙升殿。她刚坐稳身形，便问："何人鸣钟击鼓？有事快快奏来。"

"微臣有本上奏！"京营大帅张玉，出班跪倒，"启奏娘娘，大事不好！"

马皇后一听，吓得一打哆嗦，颤抖着声音说："详细奏来。"

张玉道："昨夜太平府传来急讯，南汉王陈友谅、九江王陈友璧、徐州王李春等，纠集重兵二十余万，不宣而战，猛攻太平府。我军兵单力薄，恐怕凶多吉少！"停顿了一下，又说道，"此事，臣已禀报了中山王徐达。他让我派薛凤皋为将，率兵三千，前去援救，现在情况不明。微臣以为，太平府乃南京之门户，倘若有失，京城危矣！请皇后降旨，早作安排。"

马皇后听罢，瞠目结舌，手足无措。心里说，真是福无双至，祸不单行啊！而今前门有虎，后门有狼，又缺兵，又缺将，这该如何是好？

诸位，讲到此处，说书人先把太平府的情形做番交代：太平府的总兵是花云花智慧，副总兵是双鞭将吴良和飞叉将姚猛。他们率领大军三万，在那里镇守。五天前，花云就探知风声，听说陈友谅要来攻打太平府。他急忙把吴良和姚猛找来，部署了应战准备。谁料次日中午，陈友谅就发兵前来，把太平府围了个水泄不通。

陈友谅亲自讨敌骂阵。花云大怒，披挂整齐，引精兵杀出城来。他来到阵前，立马横棍，往对面一看：只见敌兵铺天盖地，布在城外，刀枪似麦穗，剑戟如麻林，旌旗招展，如同海潮。再仔细一瞅，见五色旗之下，并列着九匹战马，马上都端坐着战将。正中央那人金甲红袍，白马大刀，面如白玉，三绺长髯，二目放光。谁呀？正是南汉王陈友谅。上垂首是九江王陈友璧，台明王方国珍，西凉王马增善，大梁王马进喜；下垂首是徐州王李春，徽州王左君弼，湘西王达世罕，汴州王肖定邦。这些反王全都是盔甲在身，各擎着兵刃，一个个龇牙咧嘴，好不吓人。在他们身后，大将足有二三百名。花云看罢，用棍点指，高声喝喊："陈友谅，何故兴兵犯我疆界？"

陈友谅哈哈大笑道："花将军言之差矣！你我俱是义军，天下乃人人之天下，有德者居之，无德者失之，何存彼此之分？"

"呸！"花云怒斥道："太平府乃是大明帝国的州治，本帅奉命在此镇守，你赶紧退走！"

陈友谅又冷笑了一声："哈哈哈哈！花云，实话告诉你吧，朱元璋已被困在牛膛峪，时下粮草尽绝，十万大军，眼看就要变成饿死鬼。陈某率九国联军来取南京，为的是打你们一个首尾难顾。不出旬月，南京一带就是我们的天下了。这样的大事，你还蒙在鼓里，实在是可怜哪，可笑！"

九江王陈友璧喊道："花云！常言说，识时务者为俊杰。何不献城归顺，以保你高官厚禄！"

花云听罢，直气得哇呀暴叫："陈友璧！你既称义军，就应该对付元兵，解救黎民百姓。你却挂羊头卖狗肉，挑拨离间，反复无常。本帅恨不能食尔之肉，饮尔之血！"

陈友谅气得叫道："良言难劝该死的鬼。"他回身问左右："哪位过去要他的狗命？"

"末将愿往！"话音一落，从陈友谅身后钻出一人，乃是陈友谅手下的金刀无敌将马成功。

陈友谅嘱咐道："花云勇猛，尔不可大意。"

"是！"马成功答应一声，催马抡刀，来到阵前。

花云定睛一看，这家伙长得五大三粗，相貌凶恶，活像一方石碑。花云看罢，喝问道："你是何人？"

马成功答道："金刀无敌将，你马爷爷是也！"说罢，抡刀便砍。

花云暗想，看今日的阵势，不豁出命来是不行了。于是，他双臂用力，往上招架，只听锵啷一声，刀棍碰在一处。花云力大棍沉，把马成功震得双手酸麻。这家伙急忙抽回大刀，换招再战。二将一来一往，杀在一处。花云使了个凤凰单展翅，一棍正扫到马成功的脑袋上，啪嚓一声，打了他个万朵桃花开，死尸栽于马下。陈友谅惊呼道："花云不减当年之勇也！"

陈友璧一听，很不服气，催马抡刀，来战花云。二人刀棍相击，各下绝情。打了十几个回合，花云使了个秋风扫落叶的招数，一棍打折他的马腿。陈友璧坐立不稳，跌落在地。花云举棍要打，忽然听见弓弦作响，一支狼牙箭奔面门而来。花云一甩脸，将利箭躲过。就在这一瞬间，陈友璧来了个就地十八滚，逃回本阵。

湘西王达世罕也是个亡命之徒，一见打仗就红眼。他催开坐骑，手抡开山大斧，来战花云。二十几个回合，被花云一棍将他的大斧崩飞。达世罕见势不妙，拨马便走。花云哪里肯放？使了个泰山压顶，一棍正砸到他的脑袋上，啪嚓一声，脑浆迸流，死于非命。

花云连胜三阵，是越战越勇。这一来，可气坏了南汉王陈友谅。他大吼一声，催开宝马雪里白，抡开日月龙凤刀，要大战花云。

第六回　战太平花智慧捐躯
保南京众太保临阵

话说花云在两军阵上，大战各路反王，一鼓作气，连胜三人。

南汉王陈友谅大怒，催马摆刀，来战花云。二人刀棍并举，互不相让，杀了个地覆天翻。九江王陈友璧恐兄长有失，率领诸王，一同冲杀过来，将花云困在垓心。

俗话说：强狼难胜众犬，好汉抵不住人多。花云力战群顽，把他累得盔斜甲歪，热汗直流。副总兵姚猛、吴良一看，急忙麾军冲杀过去，把花云救出重围，逃回太平府内。陈友谅余怒未消，命人架炮攻城。

花云回到城内，传下令箭，死守太平。他亲定各项守城军规，违者严惩不贷。花云和姚猛、吴良，衣不解带，日夜巡城，亲自督战。战斗一直进行了三天，花云连眼都没有合过。

到了第四天晚上，他率领几名亲兵，视察东城，见那里除一部分军民守城外，其余人都睡觉去了，防守得很松懈。花云大怒，命人把守将白如山找来回话。白如山睡眼蒙眬，衣甲不整，来见主帅。花云怒斥道："本帅已颁下严令，各城须严加把守，你因何私自离开？"

白如山吓得热汗直淌，不住地叩头道："末将一连三天没有睡觉，实在有点儿支持不住了。"

"你困，别人就不困吗？若都去睡觉，谁来守城？你身为营官，擅离职守，抗我令箭，这还了得！来人，把他推出去砍了！"

众将一齐跪倒，苦苦求情。花云不便驳众人的面子，这才把他饶过。不过，活罪没免，狠狠地打了他二十军棍。消息传开，三军肃然，谁也不敢再偷懒了。

且说白如山口服心不服，越想越恨。他把几个好友找来，密议道："太平府乃弹丸之地，怎能抵住九国的兵将？花云沽名钓誉，暴虐无情，我等何必保他？不如多个心眼儿，投降了吧!"

"对!"众死党道："献城立下大功，陈王爷绝不会亏待咱们。"

"对，就这么行事。"几个人密议已毕，又搜罗了死党二十余人，在四更左右，由白如山领着，杀死门军，开关落锁，献了东城。

此时，花云正在帅府议事。忽听街上叫喊连天，忙命人出去查看。片刻，一个亲兵跑来报信："陈友谅杀进城里来了，街上正在混战!"

花云哎呀一声，几乎栽倒在地。他手提宝剑，刚要出去，副总兵姚猛急匆匆跑了进来。花云定睛一瞧，只见他浑身是血，满脸是伤，连头发、胡子都染红了。姚猛急促地说道："完了，一切全完了!请大帅快把家眷找来，随卑职逃命去吧!"

花云听罢，情知大势所趋，忙跑回内宅，把母亲、妻子、娇儿找到一处，说明了原委。花老夫人说道："为娘年纪高迈，不累赘你了。快，带着他们娘儿俩逃命去吧!"

花云道："事急矣，请母亲速行!"

老夫人听罢，略一思索，转身走到内室。花云等了片刻，不见母亲归来，入室一看，老夫人已悬梁自尽。花云抚着母尸，放声痛哭。当他转身走出内室的时候，见妻子卢氏也横剑自刎。到了此刻，花云也顾不了许多了，领着又哭又闹的儿子花茂，来到议事大厅。

姚猛见花云许久才来，急得直跺脚："大帅，快点儿走吧!再晚一步，可就出不了城啦!"

花云说道："这是我子，名叫花茂。请你将他带回南京，好好抚养。"说罢，让孩子给姚猛磕了三个响头。

姚猛惊问道："大帅这是何意?"

"食君禄，当报皇恩。城在我在，城失我亡。"

姚猛说："自古没有不打败仗的将军。只要留得三寸气在，何愁报不了仇呢?大帅，随我逃命要紧。"姚猛再三苦谏，花云执意不从。

正在这时，府门外一阵大乱。紧接着，几个亲兵跑进禀报："陈友谅的大军已杀到帅府来了!"

花云果断地说:"我领人抵挡一阵,你带领孩子从后门逃命去吧!"

姚猛无奈,把花茂背起来就走。孩子舍不得离开爹爹,把嗓子都哭哑了。

花云把牙关一咬,吩咐左右:"抬棍带马,开门迎敌!"

这阵儿,他身边只剩下五六十个人了。花云在前,军兵随后,从辕门杀出,冲进敌队。俗话说:愣的怕横的,横的怕不要命的。花云现在已豁出性命,所以倍加勇猛。只见他棍起处刀枪乱飞,死尸翻滚,把敌兵打得纷纷倒退。

此时,有人飞报陈友谅。南汉王亲领军兵,来到近前,闪目一瞧:只见花云好像一头狂怒的雄狮,横冲直闯,如入无人之境。陈友谅又气又恨,调来三百弓弩手,大声喝喊:"步骑兵后撤,弓弩手上前!"说罢,呼啦一声,联军向四面一闪,把花云和十几名士兵暴露在空地上。

陈友谅喊道:"花云,还不下马投降!"

徐州王李春也喊:"再不归顺,就叫你们变成刺猬!"

陈友璧接着暴叫:"这小子横骨插心,劝也无用。射吧!"

花云四外扫视了一眼,狂笑道:"自古忠臣不怕死,尔等休得啰唆!"

陈友谅无奈,传令放箭。霎时,箭如飞蝗,奔花云射来。可叹花云与那些士兵,皆死于乱箭之下。后人有诗赞曰:

> 大将出寒门,
> 赤胆报君恩。
> 十年征战苦,
> 一朝变忠魂。
> 名利心不撼,
> 富贵不能淫。
> 光辉照史册,
> 万古美名存。

花云死后，陈友谅念他是条好汉，命人用棺椁收殓，葬于城郊。又命人扑灭战火，出榜安民。在此歇兵两日，向南京进发。

再说飞叉将姚猛，他带着亲兵三百余人，背着花茂，冒着烟火，从西门杀出太平府，奔南京疾进。天亮之后，忽听背后有人喊话："姚将军，请等一等！"

姚猛回头一看，正是双鞭将吴良。只见他满身血垢，衣甲破碎，眉毛、胡子都烧没了，真是惨不可言。他身后的十几个亲兵，也都衣冠不整，满脸是伤。

吴良追上前来，失声大哭："花将军为国捐躯了！"

姚猛闻听，心如油煎，不住地垂泪。二将边走边谈，走不多时，忽见对面来了一哨人马。仔细一瞅，原来是自己的军队，为首大将乃薛凤皋。

薛凤皋是从哪儿来的？前文书已有交代，他是受了张玉之命，来太平府救援的。双方见面，述说了原委。姚猛道："陈友谅势大，不可死拼。待咱回京见了娘娘，再做定夺。"

薛凤皋心想，可也是呀！手中只有三千军兵，无济于事。想到此处，只好收兵，与姚、吴二将回京交旨。

马娘娘得知太平府失陷，吓得魂不附体，又听花云捐躯，更是痛断肝肠。她手抚着花茂的肩头，不住地哭泣。片刻过后，马娘娘擦干眼泪，传下凤旨，追封花云为义侯，子袭父职，并且让姚猛把他收养在府中。

次日，警报传来，九国联军已屯兵紫金山，眼看就要攻打应天府。

马娘娘连夜将群臣召来，商讨对敌之策。张玉道："娘娘千岁放心，南京城池坚固，兵精粮足。臣等愿拼死守护，决不让陈友谅得逞。"

马皇后问道："卿手中有多少人马？"

"五万挂零。"

马娘娘又问："大将都不在京城，何人可以御敌？"

张玉答道："现有七家太保在京，俱可领兵杀敌。"

马皇后忙问："这七家太保都是何人？"

张玉说："有常茂、朱沐英、丁世英、武尽忠、武尽孝、常胜和胡强。"

马皇后听罢，眉头舒展，又问："听说常茂等人已随常遇春出镇开封，但不知他们何时回到南京？"

"他们昨夜刚从开封归来。"

马皇后大喜："妙极了！只要有常茂、朱沐英在，咱就不怕了。传旨，宣七家太保上殿。"

"臣遵旨！"

剪断接说。一顿饭的工夫，张玉把七家太保带到勤政殿内。常茂、朱沐英领头，跪倒在地，给马皇后叩头："参见娘娘千岁，千千岁！"

"给四大娘叩头！"

"给四婶婶磕头！"

嘿！粗声，细声，什么味儿的都有。

马皇后说道："免礼平身！"

太保们站起身来，垂手列立在御桌案前。

马皇后问常茂："你爹爹常遇春可好？因何故将你们打发回来？"

常茂翻着雌雄眼，晃着大扁脸，说道："我爹都忙透了，成天排兵布阵，巡逻放哨，把黄河两岸把守得铜帮铁底，固若金汤。可是，元兵贼心不死，时常派兵到黄河南岸骚扰。不过不要紧，都被我爹给整治了。"说到此处，把淌出的鼻涕擦了擦，又接着说，"我爹听说皇上御驾亲征，担心京城空虚，才把我们打发回来。"

马娘娘点了点头："六爷想得太周到了。不用我说，你们大概也都清楚，现在，皇上被张士诚困在牛膛峪，你胡伯父闯出连营，回朝搬兵。南汉王陈友谅，组成九国联军，趁火打劫。昨日，太平失陷，花将军阵亡。敌兵贪得无厌，欲抢南京，现已屯兵紫金山，说不定明后日就要大战。你们想想，怎样才能将敌兵杀退？"

金锤殿下朱沐英道："请……请母后放……放心，俗……俗话说……"朱沐英是个磕巴嘴，口吃得很厉害。只见他伸着脖子，晃着脑袋，青筋蹦起老高，五官都挪位了："兵来将……将挡，水来土……土屯。陈友谅没……没什么了……了不起，来多少咱就收……收拾他多……多少。"

"你快歇会儿吧，都快把我们急死了！"常茂打断他的话，说道："请四大娘放心。我们小哥儿们把敌兵包下了，管叫他们有来无回！"

众太保也一齐说道："娘娘放心，有我们在，南京就没事儿。"

马娘娘听着，不住地点头，对张玉说："张爱卿，这些孩子就交给你了。他们的父兄都不在眼前，千万不要出了差错。"

"臣谨遵凤旨！"说罢，领着众位小英雄，下殿而去。

马后退殿，文武归府，按下不提。

单表大帅张玉。他把众位小英雄带到府中，挨着个儿地作了交代。小太保领命，各自归府。

次日未时，陈友谅发兵，攻打江东门。张玉闻讯，披挂整齐，升坐帅府，把副元帅薛凤皋和大将姚猛、吴良，以及各位小太保请来商量。张玉道："本师受皇上重托，负守卫京师之责，关系重大，非同儿戏。陈友谅胸怀野心，一再与我主为仇。今又领兵犯我京城，实乃本朝一患。愿诸位协力同心，杀敌报国。"

薛凤皋说："请大帅放心，我等愿与京城共存亡。"

张玉点头，操起大令分派道："姚将军与府尹梅思祖同守内城，严防奸人捣乱。如发现可疑之人，立斩不赦；吴良将军领兵三千，保护皇宫及各府的安全；薛副元帅领兵一万，把守水旱十三城，以防敌兵偷越城池。各位小太保，随本帅出征。"众将领命，分头而去。

张玉命中军大将梁云，点齐精兵一万二千人，放炮三响，开关落锁，杀出东门。张玉将人马埋伏在江东桥两翼，由两千弓箭手射住阵脚，他亲带七名太保，立马桥头，向前观看，但见敌兵似海浪，旌旗遮日光，战鼓咚咚响，刀矛闪寒霜。铺天盖地，无边无沿，盔甲鲜明，龙腾虎跃。再仔细一瞅，见纛旗之下，立着一匹战马，马上端坐一人。见此人，金甲红袍，白马大刀。谁？南汉王陈友谅。身后甲士林立，虎视眈眈。张玉看罢，挺枪跃马，来到阵前，高声喝喊："对面可是陈友谅？"

陈友谅单手背刀，手捻三绺胡须，洋洋得意地说道："不错，正是本王。你不是张玉吗？"

张玉点了点头："嗯！陈友谅，你这个人面兽心之徒，无故犯我城池，杀我臣民，本帅正欲兴师问罪，尔却送上门来。还不过来送死，更待何时？"

陈友谅听罢，冷笑道："张玉，你是个聪明人，别办糊涂事。也非本王小看你，就凭你能守住南京吗？眼下，本王亲统大兵二十万，战将数百员，已将南京团团围住。可以说战无不胜，无坚不摧。顺我者昌，逆我者亡，你若明白事理，赶快献城归顺；你若执迷不悟，只有死路一条！"

徽州王左君弼也鼓着蛤蟆眼，扯开破锣嗓，喊道："张玉，放聪明点儿！我们早就知道，南京兵微将寡，朝大空虚，你还逞什么能耐？不如早些投降，哥儿们儿保你吃喝不愁。"众反王听了，不住声地狂笑。

张玉大怒，刚要出战，忽听身后有人喊话："杀鸡焉用宰牛刀？大帅，把这帮坏蛋交给我吧！"

张玉回头一看，正是常遇春的长子常胜。他略一思索，说道："你要多加小心。"

常胜笑着说："请大帅放心。"说罢，催开战马，手舞长枪，直奔两军阵前。张玉把马一拨，回归本队，观敌掠阵。常胜冲到阵前，用枪点指，厉声喝喊："陈友谅，有种的过来，和你家小爷爷大战三百合！"

众反王抬头观看，两军阵上闪出一员小将！但只见：

> 狮子盔张口吞天，
> 朱雀铠虎体遮严。
> 素罗袍藏龙戏水，
> 八宝带玉嵌珠联。
> 护心镜亮如满月，
> 肋下悬玉把龙泉。
> 梅针箭密插宝袋，
> 犀牛弓半边月弯。

凤凰裙双遮两腿，

鱼褡尾钩挂连环。

掌中枪神鬼怕见，

胯下马走海登山。

真像哪吒三太子，

飞身跳下九重天。

　　陈友谅看罢，暗中叫绝。略停片刻，对左右说道："天底下竟有这样的英俊少年。谁去战他？"

　　"某家愿往！"话音一落，身后钻出猛将苏成。他催开枣红马，手擎三尖两刃刀，来到阵前，紧勒丝缰，问道："对面这个小娃娃，报上名来！"

　　"我乃常胜是也！你是何人？"

　　苏成恶狠狠地说道："老子纵横九省，艺压三江，大将苏成便是。"

　　常胜道："原来是无名的小辈。少爷的枪虽快，不扎无能之人。你赶快回去，叫陈友谅过来送死！"

　　苏成听罢，气得哇呀暴叫："小娃娃，胎毛未丰，乳臭未干，竟敢口出狂言。来，今日叫你尝尝爷爷的厉害。"说罢，抢刀就剁。

　　常胜一不慌，二不忙，翻着眼睛往上看着。眼看大刀到了，双手横枪往上一架，大刀正砍到枪杆上，当啷一声，把刀崩开。还没等苏成变换招数，常胜的双手一抖，大枪奔苏成的咽喉刺来。苏成赶紧往旁边一闪身形，这一枪扎空了。苏成使了个金龙缠腰，大刀奔常胜拦腰砍来。常胜使了个怀抱琵琶，把他的大刀磕了出去。一来一往，二人厮杀在一处。

　　别看常胜年纪不大，武艺却不俗。他这条枪使得太好了，像蛟龙摆尾，怪蟒翻身，神出鬼没，上下翻飞，把苏成逼得眼花缭乱，手足无措。战着战着，常胜看出破绽，使了个压顶三枪，扎眉心，挂双眼，苏成急忙抽刀向上招架。谁知常胜这是虚招，他冷不丁把枪头一低，奔苏成的胸前扎来。苏成情知不好，可是再想躲闪已经来不及了，这一枪正扎到他的左乳之下，扎进足有半尺多深。常胜一合阴阳把，把枪尖拔了出来。霎时间，一股热血喷出有五尺多远。苏成惨叫一声，死于马下。他的枣红马见主将阵亡，忙逃归本队。

常胜抬靴子，亮靴底，把枪尖上的鲜血擦净，看着敌兵把尸体抢回，这才又喝问道："哪个再战？"

此时，陈友谅身后又有人喊道："王爷，待我把姓常的收拾掉，给苏将军报仇！"陈友谅点头。

这个人催马摇鞭，直奔常胜而来。常胜一看，这家伙长得又矮又胖，项短脖粗，圆脖膊圆腿，好像一个大肉墩子。只见他头顶虎头盔，身披铁锁甲，双手擎着一对双鞭。看样子，倒有一把气力。常胜看罢，道："来将通名！"

"吾乃江东名将——赛周仓的周正是也！"说罢，抢鞭就打。

常胜正要动手，忽听身后马蹄声响，有人说道："有饭大家吃，有功大家立。哥哥你累了，快回去歇会儿，把这个肉墩子交给我吧！"

常胜一看，是坏小子丁世英。他把马一拨，笑着说："兄弟，多加小心。"

"没事儿！"

常胜回归本队。丁世英把战马一提，来到周正面前，上一眼，下一眼，这个看呀！一边看，一边念叨："我说你这个人，长得怎么那么难看？比水缸多四条腿，比菜墩子多个脑袋，真是人间的怪物，让人看了多难受哇！活着也丢人现眼，快死了得啦！"

周正一听，气得直哼哼。心里说，这小子的嘴可太损了。他抬头一看，吓了一跳。

第七回　小太保扬威胜南汉
野人熊报冤杀李春

话说周正抬头一看丁世英，吓了一跳。

怎么？见对面这个人又瘦又小，脸上干巴巴的，没有血色。没有眉毛，小三角眼，眉角朝下耷拉着，歪鼻子，薄片嘴，满口大板牙，两只扇风的耳朵。身穿青衣，头顶小帽，腰里系着一条绳子。两只鸡爪手，托着一条光腚枪，连枪缨、枪挡都没有，枪尖都生了锈啦。骑的这匹马，光板没毛，马尾巴是根肉棍，还一个劲儿地直扑棱。人也缺德，马也难看，把周正气得哈哈大笑："山要大了，什么野兽都有；人要多了，什么模样儿都有。你还说我难看呢，我看哪，比你可强多了。小辈，你是谁呀？"

丁世英少气无力地说："我说小子，你小点儿声好不好？打仗凭的是能耐，声大顶啥用？我闹病刚好，你可别把我吓着！"

周正一听，说道："就凭你这个模样，还能打仗吗？某家不欺弱小之人，你快逃命去吧！"

丁世英眼珠一转，四外一瞥摸，悄声对周正说道："你呀，是不知道内情，我们那个大元帅张玉算损透了！这不，城里兵马不多，他传了一支将令，把大人、小孩儿都拉出来凑数。我重病还没好，也得被迫出征。他还给我们定了个规矩，每人都得对付一个。谁要办不到，就不给饭吃。所以，我跟你商量商量，咱俩假打假战行不？哪怕打个平手，我也好有个交代。你是英雄，我是狗熊；你是大人，我是孩子。大概你不会不答应吧？"

周正听了，心里合计，嗯，小孩子不会说瞎话，城里肯定缺兵少将。要不，这个病孩子还能出阵吗？

诸位，周正信了丁世英的话，可上当了。也不光是周正，但凡头一次跟丁世英打交道的人，几乎没有不上当的。他生来就是一副病态，其实一点儿病也没有。他使的这条枪，乃是著名的兵器——独角战杵，连宝刀、宝剑都剁不动它。他骑的这匹马，名叫千里橡皮驹，它也不是没毛，它是和大象一样，毛太短，紧贴到身上了。这匹马日行千里，夜走八百，是一匹出名的宝马。周正是个一勇之夫，哪晓得其中的奥妙？丁世英是皂袍将丁德兴之子，武艺高强，不过他长得不起眼儿，一贯以病骗人，要不，怎么得了个坏小子的绰号呢？

周正想罢，冷笑道："好吧，本将军成全你了，陪你走几趟吧！"

丁世英满口称谢，一晃独角战杵，奔周正当胸刺来。不过，他这一刺，连一点儿劲儿也没有。周正漫不经心，用鞭轻轻地往外拨开。丁世英又扎第二枪，奔他的颈嗓。周正一歪脑袋，又让了过去。丁世英双手一抖，又奔周正的小腹扎来。周正一看，这条枪直哆嗦，看样子都有点儿端不住了。他也不躲闪，大大咧咧地用鞭往外拨拉。哪知没有拨动，再用力还没拨动，刹那间，就见丁世英的三角眼瞪圆了，两只胳膊也由细变粗了，大吼一声，洪若撞钟："小子，你就死在这儿吧！"那独角战杵一扎有千斤力气，一下子刺透周正的小腹，枪尖从后腰都露出来了。周正口吐鲜血，撒手扔鞭，死于非命。

丁世英把死尸挑在马下，又现出了病态，大口大口地喘着气说："你这个人长得太糟了。怎么刚一碰就完了？哎哟，可累死我了！"

此时，陈友谅和众反王看得真切，一个个把鼻子都气歪了，命令军兵将周正的尸体抢回。

徐州王李春跟周正非常要好，又是干亲家，哪有不痛之理？他大吼一声，飞马冲到丁世英面前："小辈休走，看刀！"

丁世英把千里橡皮驹一拨，将刀闪过，说道："你们都想欺负我这个病孩子呀！"

"呸！"李春骂："少装蒜！拿命来吧！"说着，又是一刀。

再说雌雄眼常茂。他是各家太保的"元帅"，大家都听他的指挥。他见丁世英打了胜仗，心中痛快，扯开嗓子喊道："我说病孩子，见好就收吧，回来歇一会儿，有人替你！"

丁世英见"元帅"发了话，不敢不从，于是虚晃一招，策马回归本队。

常茂看了一眼野人熊胡强，说道："我说野小子，该你的班儿了，快过去把那个家伙弄死！"

"知道了！"胡强答应一声，手舞虎尾三节棍，迈开飞毛脚，冲到两军阵前，要大战李春。

徐州王李春定睛一看：见胡强身高过丈，膀大腰圆，身穿虎皮衣服，光头没戴帽子，脸上、头上、身上，都长着一层石甲，两眼痴呆，面无表情，跟个石头人一样，阴森森的叫人害怕。

李春看罢，喝问道："你是什么人？快快报上名来！"

胡强干瞪着眼睛看着他，也不动弹，也不说话，连眼皮也不眨一下。

李春更害怕了："你是人是怪，因……因何不语？"

胡强这才瓮声瓮气地说："我乃胡大海之子胡强是也。"

李春听罢，不由一愣，心里说，胡大海也不是这个模样呀！他的儿子，为啥没有一点儿像他的地方？

李春不知，此人不是胡大海的亲生儿子，正是李春御马夫李玉的儿子。当初胡大海在武科场和众弟兄失散之后，曾在李春那里当过国师，后来又到沛县当了知县。李春的马夫李玉夫妇被害，留下一个孩子叫李强，胡大海收为螟蛉义子，并抱着他离开沛县。半路上遇到红教真人张景和，把孩子抱去抚养，并告诉胡大海：等孩子长大成人，叫他下山寻父。胡强十五岁那年，下山认父，一出世，便威震敌胆，人送绰号野人熊。

李春不知底细，愣了片刻，双手抢刀，搂头便砍。胡强见了，连动也没动，只是翻着眼睛往上瞅着。眼看刀头快碰到他脑袋上了，他把脑袋往旁边一闪，伸出左手。噌！就抓住了刀杆，这一下快如闪电，李春想抽刀没来得及，被胡强紧紧地握在掌中。胡强盯着李春的脸，毫无表情地说："撒手！"

李春能撒手吗！他双手紧握刀杆，往回就夺。可是，任凭他如何用力，也没拽回来，这口刀好像长到了胡强手上一样。"撒手！"胡强盯着他，又说了一声。可是，李春连理也不理，照旧用力争夺。野人熊急了，单臂较力，喊道："撒手！"话音一落，只见李春连人带马都从马脖子上滚了下去。李春这回可撒手了，他扔掉大刀，使了个就地十八滚，站起身来就跑。胡强连动也没动，还是没有表情地说："站住！"

李春心里说，我的妈呀！跑还跑不过来呢，岂有站住之理？于是，他脚不沾地，往前直跑。胡强往下一哈腰，甩开双腿，其快如飞，三蹿两跳来到李春背后，伸手抓住他的襟甲丝绦，像拎小鸡似的，往腋下一夹，扭头便往回走。李春拼命地喊叫："陈王爷，快救命啊！"

九国联军见了，无不惊骇。陈友谅也倒吸了一口凉气，心里说，这位怎么这么厉害？朱元璋从哪里划拉来的？他忙问左右："谁去搭救徐州王？"

"末将愿往！"话音一落，只见有一匹战马，快似闪电，疾如流星，直奔胡强冲去。

此人是谁？正是台明王方国珍的兄弟方国瑞，外号人称方大锤。他手使一对镔铁轧油锤，重有八十余斤，也是江南著名的猛将。

方国瑞追到胡强身后，抡起大锤，奔胡强后脑砸来。胡强好像没发觉似的，头也不回，仍旧夹着李春往回走。

这样一来，把大帅张玉可吓了个够呛，心里说，胡强啊，你的耳朵哪里去了？若被人把你砸死，我该如何向胡二哥交代？于是，急忙喊叫："强儿，身后有人！"

胡强好像没听见似的，依然往前行走。眼看大锤落下来了，他冷不丁把李春往上一举，啪！这一锤正砸在李春的脑袋上，打了个稀巴烂。

这就是冤有头债有主，当初李春看中胡强的母亲，杀害了胡强的父亲，导致胡强母亲自尽。如今李强改名胡强，亲手抓住了杀父仇人，被方国瑞误杀，这真是善恶到头终有报，始知天道果无亲。

大帅张玉看到胡强安全，长长出了口气，自言自语地说："好险哪，好险！"

雌雄眼常茂说："请大帅别替俺们担心，这都是训练出来的。"

再说方国瑞。他的大锤落下，以为把胡强打死了，心里挺高兴，回头才看清楚，原来打死的是李春。他又羞又恼，又觉得对不起李春，急得他哇呀呀暴叫："李王爷请原谅，我可不是成心，你的亡魂别散……"下边他打算说，"看我给你报仇雪恨。"可是他一着急，把话说错了："你的亡魂别散，末将随你一同前去。"说到这儿，方国瑞才知道说错了，忙把脑袋一扑棱："嗯……我不去。"

胡强把李春的死尸扔在地上，又龇着牙瞪着眼紧紧盯着方国瑞。方国瑞气急败坏，使了个流星赶月，双锤奔胡强砸来。野人熊又开双腿，使了个海底捞月，三节棍往上一兜，正碰到方国瑞的锤头上。胡强这条棍，是从金陵侯赤福延寿那儿抢来的，乃是五金打造，分量很重。再加上胡强力大过人，只一棍就把他的大锤崩飞了。再看方国瑞，虎口都被震破了，疼得他嗷嗷直叫。

胡强又使了个朝天一炷香，三节棍立着好像一条大棍，奔方国瑞头顶打来。方国瑞吓坏了，忙往旁边躲闪。这一躲闪，虽然躲过了脑袋，可是把肩膀给忘了，只听咔嚓一声，被打了个骨断筋折，顷刻间，死于马下。

常茂乐得直拍巴掌，高声喊道："野小子，打得好，晚上给你清炖大肥鱼！"

胡强听了，冲着常茂咧嘴直笑。他这一笑呀，比哭还要难看。

再说南汉王陈友谅。他见连伤四将，直气得浑身战栗，手脚冰凉。十几年来，他还没打过这么窝囊的仗——让人家说说笑笑就取胜了。他有心自己过去吧，还真有点儿胆怯。怎么？看见胡强就有点儿发瘆。

此时，徽州王左君弼说道："王兄不必忧虑，待小弟胜他。"说罢，催开乌龙马，抢起金钉枣阳槊，直奔胡强。

常茂唯恐胡强有失，往左右一看，说道："咱也该换换人了。小磕巴朱沐英，该你的班儿了。"

"是！"金锤殿下朱沐英答应一声，向元帅张玉讨了将令，催开宝马万里烟云兽，手提链子双锤，把胡强替回。

朱沐英一看左君弼，只见他头顶金盔，身披金甲，外罩鹦哥绿战袍，手提着沉甸甸的金钉枣阳槊。面如瓜皮，连鬓络腮的红胡须，怪眼圆翻，人高马大，真好像庙里的金甲天神。

左君弼本想大战胡强，给李春、方国瑞报仇，没想到对方换了人，上来个又瘦又小的毛孩子。但只见：

雷公嘴，斗鸡眉，
两只猴眼放光辉。
头上顶，世子盔，
一朵红缨脑后披。
金锁甲，鹿筋勒，
玲珑宝带腰中围。
虎皮裙，遮双腿，
上绣双龙紫燕飞。
胯下骑，马乌骓，
毛管发亮漆油黑。
金雕鞍，玉什配，
紫铜串铃项上围。
手中端，乌金锤，
怒瞪双目倒竖眉。
真好像雷公之子下凡尘，
来在阵前显神威。

左君弼看罢多时，喝道："来将通名！"

朱沐英把大锤一并，放在马脖子上，他自己晃着脑袋，憋了半天，才说："我……姓朱，叫……朱沐英。朱……朱元璋是……咱爹！"

"吓！"左君弼忙说："是你爹，不是我爹！"左君弼也气糊涂了，这还用解释吗？他又说："娃娃，本王不与你斗，快让胡强回来，给李王爷抵偿性命！"

朱沐英笑道："你……你说得挺……容易，就凭我们……哥儿们，能给他抵……抵命吗？有本事把……把我赢了，怎么办都……都行，要不，连你也……也得搭上。"

左君弼怒斥道："黄口孺子，竟敢大言欺人。休走，着槊！"说罢，双手抡起金钉枣阳槊，搂头就打。

朱沐英比胡强还稳当，他笑呵呵的，一边翻着猴眼往上看，一边嘴里叨咕："再来点儿，再……再来点儿！"

左君弼听罢，吓了一跳，急忙扳回大槊，问道："你说什么，什么叫再来点儿？"

朱沐英笑着说："你可真是个混……混蛋！我说的意思是……快往我脑袋上打。不再来点儿，能……能挨着脑袋吗？"

"哇呀呀呀——"左君弼暴叫一声，怒喝："打仗就是打仗，何必废话！"说罢，二次抡槊又打。

朱沐英双腿用力，把马夹住，双手用力，把大锤往上一撩，只听锵啷一声，锤槊相撞，火星迸发。这一下子，把左君弼的大槊崩起三尺多高，差点儿撒了手。把他的战马也震得咴儿咴儿叫了几声，倒退了五六步。左君弼用力带住战马，心里说，啊呀，好大的力气！

此时，朱沐英笑道："怎……怎么样？这个滋味儿，不……不错吧？来，再来！"

左君弼暴跳如雷，他本来就是个好斗的家伙，一贯彪悍凶野，见对方挑战，他又抡开大槊，下了毒手。朱沐英不敢疏忽，也舞动双锤，和他战在一处。

书中交代：在十八路反王当中，要讲究武艺，头一个数左君弼凶猛高强。他今年三十六岁，槊沉马快，血气方刚，很难对付。不过，他遇上朱沐英，也算倒了霉啦。朱沐英又有能耐又有鬼主意，比左君弼还难对付。

朱沐英一边打着，一边偷眼观看，心里说，左君弼这家伙是很厉害，八个李春也顶不上他。该着我运气不好，刚上阵就碰上了刺儿头。这可该怎么办呢？哎，有了！想到这里，他的坏水儿又冒了出来。只见他一边打，一边与左君弼唠开了家常，故意气他："我说，你家里几……几口人？娶没……娶老婆？今儿个吃……吃饭没有，干的还是稀……稀的？"

左君弼一听，这个气呀！心里说，哪里来的这么多废话？咱们本是仇人，唠得着吗？左君弼越听越气，越生气就越着急。结果，招数也乱了，头上也冒出了热汗。

朱沐英一看，心中暗笑，我要的就是这个，这回可差不多了。想罢，双锤加紧，不断地进攻。等二马错镫之际，朱沐英翻手一锤，奔左君弼脑后砸来。左君弼情知不妙，使劲往前哈腰闪躲。不过，人虽躲开了，马却没有躲开，这一锤正砸到马的三叉骨上，咔嚓一声，皮开肉绽，骨断筋折，战马疼得咴儿咴儿直叫，当时就瘫到了地上。左君弼也滚鞍落马，摔了个仰面朝天。

朱沐英圈回战马，抢锤就砸。南汉王一看，不敢怠慢，忙摘弓射箭。朱沐英只顾用双锤拨打雕翎，左君弼乘机逃回本队。

这一来，朱沐英可不干了！他心里说，人家都把敌将打死了，唯独我把人放跑，这有多难堪哪！他不顾一切，手舞双锤，紧催战马，奔陈友谅的大队冲去。他像发了疯一般，也不问青红皂白，见人就砸，逢人便打。

陈友谅没提防他会来这么一招，立时手足无措，将士大乱。

再说大帅张玉。他见此情景，又惊又喜，忙把掌中枪往前一指，传下军命："军士们，冲啊——"

将令传下，明军官兵人人奋勇，个个争先。骑兵在前，步兵随后，直奔九国联军扑去。他们边冲边喊："杀呀——""冲啊——""给花将军报仇啊！"随着喊杀声，弓箭、弩箭、火铳，一齐开放。

九国联军招架不住，全线溃退。有的抛刀扔枪，有的喊爹叫娘，一个个狼狈不堪。

明军一鼓作气，追杀了三十多里，收复了紫金山。张玉怕中埋伏，命人鸣金收兵。回城后，查点人马，得知五个太保——常茂、胡强、朱沐英、武尽忠、武尽孝他们都没回来。张玉急得周身是汗，马上派人分头去找。但是，找了两天也没找着。张玉无奈，只好奏知马皇后。

那位问，常茂他们上哪儿去了？原来，他们上牛塍峪救驾去了。这个主意是谁出的？常茂。

他们杀退陈友谅，常茂把朱沐英等人叫到跟前，商议道："皇上率领着十万大军，被困到牛肚子里，眼看就要饿死了。干脆，咱们救驾去吧！"

武尽忠说："那得跟张大帅打个招呼，就这么偷偷走了，家里人不着急吗？"

常茂说："再回去，再回来，一往一返得耽搁两三天。不如趁热打铁，越快越好。"

胡强说："元帅说得对。我们若要回去，张大帅还不一定让咱们去呢！"

武尽孝又问："咱们也不知道牛膛峪在哪儿呀？"

常茂生气地说："你真笨！不知道怕什么，鼻子底下不是有嘴吗？"

"对！"小英雄们都同意了，各乘快马，直奔苏州而行。因为道路不熟，东一头，西一头，走了不少冤枉路。

这一天，他们正往前走，突然阴云密布。刹那间，狂风大作，雷电交加，下起了瓢泼大雨。这几个人无处藏身，全被浇成了水鸭子。过了一会儿，突然一个惊雷，在朱沐英的马前炸开。万里烟云兽吓得一蹦老高，鬃尾乱爹，立即就毛了，四蹄蹬开，拼命地往前奔跑。任凭朱沐英怎样紧勒丝缰，也无济于事。但只见：

> 烟云兽，眼圆睁，
> 四蹄蹬开似狂风。
> 不管沟，不顾坑，
> 刀山火海也敢冲。
> 又翻山，又越岭，
> 好像驾云腾了空。
> 天也旋，地也转，
> 沐英心里直扑腾。
> 小磕巴朱沐英吓坏了！

第八回　英雄气短殿下无理
齐大非偶宁家悔婚

　　上回书说到朱沐英的马被霹雷惊毛了，小磕巴朱沐英吓坏了！他心里明白，若要从马上掉下去，非摔成馅儿饼不可。只见他双手紧紧握住铁过梁，双腿牢牢夹住马肚子，哈着腰，低着头，脸蛋贴到马脖子上，紧闭双眼，把一切都豁出去了，任由宝马奔驰。这匹马一口气跑了一夜，直到次日天亮，天晴了，雨住了，它才逐渐放慢了脚步。

　　此时，朱沐英龇着牙，咧着嘴，在马上慢慢坐直身子，睁开猴眼，往四外观看。周围是一片庄稼地，脚下是一条土道，曲曲弯弯，不知通向什么地方。再回头一瞧，常茂他们四个人的影子都没有。这阵儿，朱沐英感到十分孤独和凄凉。他慢慢从马上跳下来，活动活动筋骨，才觉着腰酸腿疼，浑身难受。他蹲在地上，闭住眼睛，歇息了一会儿，忽然想起，一天一夜没吃东西了，难怪身体这么虚弱。可是，该到哪里找饭充饥呢？他略一思索，打定主意，把马肚带勒紧，鞍子系牢，二次上马，顺着土道往前行走。

　　正当午时，他来到了一个村镇。这个镇子可真不小，东西大街，南北铺户，街上行人不断，热闹非常。朱沐英不顾别的，瞪着猴眼专找饭铺。他见路北有座酒楼，门前高挑着幌子，他紧提丝缰，来到酒楼门前，仔细一看，这是一座七间门面的二层楼，十分敞亮。正中央是穿堂门，左首是账房，右首是厨房。朱沐英看罢，跳下马来，手牵丝缰，朝门口走去。

　　这时，一个伙计迎面跑来，向朱沐英屈膝打躬："客爷，您要用饭吗？快往楼上请，二楼有闲座。"

朱沐英点点头说："这马……"

伙计一笑："客爷放心。我们这里有人专服侍您的坐骑。涮洗饮遛，我们都包了，到时候一块儿算账。"

朱沐英点了点头，伸手摘下大锤，往里就走。伙计急忙将他拦住，又笑着说："您不用费心，挂到马上也丢不了。我们这里，从来没丢过东西。"

朱沐英略思片刻，把锤复又挂到得胜钩上，接着，翻着猴眼对伙计说："这马、马可得给我喂、喂好。一会儿，我还得赶、赶路呢！"

这伙计急得直伸脖子，心里说，这位客爷，说话可太费劲了。他向屋里一招手，又跑来一个小伙计，把缰绳接过去，将马牵到后院。

朱沐英把衣帽整理了一下，跟着这个伙计上了二楼。他定睛一看，但见楼上十分讲究，南北两溜大窗户，十分明亮，黄油地板，亮粉刷墙，还挂着名人字画。十几张八仙桌，都用红木制作，上边铺着台布，给人一种舒适的感觉。楼上顾客不多，疏疏落落，至多十来个人。

朱沐英找了个座位，拉过椅子，坐稳身形。伙计跑来，摆好筷子、吃碟，问道："客爷辛苦了，想用什么酒菜？"

朱沐英都饿迷糊了，信口说道："随便，什么都行。"

这伙计眼力最好，一看就知道他饿得厉害，连说话都打不起精神了。这伙计想赚他一家伙，忙向厨房喊话："灶上的师傅听着！二楼有位客爷，要全羊的酒席一桌——"

朱沐英一听，心想：嚯！这个伙计可够狠的，张嘴就是全羊的酒席，算把我给搭进去了。为什么朱沐英这么想呢？因为他经常下饭馆，知道全羊酒席最贵。时间不长，堂倌儿将酒、菜陆续端来。有四样冷、四样热，大八件、小八件、大八碗、小八碗……那真是肉山酒海，应有尽有。

朱沐英饿急了，也不多言，甩开腮帮子，这顿吃哟！工夫不大，吃了个泰山不卸土，沟满壕平，撑得都不敢动弹了。

未时已过，楼上吃饭的顾客都走了，只剩下朱沐英一人。这阵儿，他已养足了精神，把伙计唤来，说道："算账！"

"是！"伙计答应一声，去到账房。

片刻过后，伙计走来，将账单摆到桌上："一共是十六两七钱银子。"

朱沐英道："不多。我给你二……二十两，剩下的算作小……小费。"

伙计高声冲楼下喊道，"楼上的大爷，赏小费二两三钱银子啊——"

"谢大爷！"楼上楼下传来一片吆喝声。

朱沐英把嘴揩净，伸手去掏银子。一掏呀，当时就傻眼了。怎么？身边没带着。为什么没带？原来他根本没准备出远门，再说，开兵见仗，身上越轻越好，有银子也得掏出去呀！方才饿糊涂了，早把这个茬儿给忘了。

此刻，朱沐英觉得很不自在，脸上也有点儿发烧。吭哧了半天，才说："银子没、没带来，你甭、甭要了。"

"什么？没带钱哪？"伙计心里的话，刮风下雨不知道，自己有没有钱还不知道？这伙计把脸往下一沉，说道："我说客爷，别开玩笑，快把钱付了吧！"

"我、我真没带！"

伙计生气了："没钱可不行。"

朱沐英觉得理亏，又在身上摸了半天，也没摸出分文。无奈，又对伙计说道："那我没、没钱咋办？"

"没钱不行！"

"不行咋办？"

"不行就是不行！"

两个人越吵声音越高，楼下的十来个伙计都闻风而至，把朱沐英围在当中。其中一个伙计抢白道："吃饭不给钱，你还发什么横？你以为我们怕你不成？实话告诉你，不给钱你就别打算走！"说话间，一把抓住了朱沐英的肩头。

朱沐英长这么大，还没受过这种气，当时怒火就撞上来了。他一抬手，啪！给了他一个嘴巴。这一巴掌，朱沐英还觉得没使劲儿，其实，劲儿可不小，伙计的嘴角流出了鲜血。

"好小子，你敢打人？"又一个伙计冲过来，要抓朱沐英。

朱沐英上边一闪身形，下边就是一脚，正踢到他的大腿根上。这伙计站立不稳，噔噔噔噔往后退去。这一退不要紧，正退到楼梯边上，一脚蹬空，从楼上滚了下去。众伙计一看，可不干了："打！"

"打他个二十两银子！"说话间，一个个捋胳膊，挽袖子，往上就闯。

朱沐英一看，心想，不打不行了。反正一个也是打了，两个也是打了，咱就大点儿打吧！想到此处，跳到一个宽敞的地方，身形乱转，双臂齐摇，把这些伙计打了个王八吃西瓜——滚的滚来爬的爬。

有个伙计见势不妙，要给东家送信儿。临行时，高声喝喊："我说小子，有种的你可别走。我叫我们东家去，回来扒你的皮！"

朱沐英大闹酒楼，怒打了饭馆的伙计。伙计们惹他不起，忙给东家送信儿。东家住在西庄以外，往返不足二里。伙计走进厅房，向东家禀报了详细经过。

你当东家是谁？正是八臂哪吒宁伯标。宁爷听罢，紧皱双眉，问道："你们是不是欺负了人家？"

伙计忙说："小人们不敢，是那个人存心捣乱。"

宁伯标把总管宁喜叫来，对他说道："你替我去看看，究竟是怎么回事？"

"是！"宁喜转身刚要出门，宁伯标又把他喝住，嘱咐道："记住，千万不准欺负人家。倘若他真忘了带钱，只要说明原委，就放他去吧！"

"遵命！"宁喜答应一声，跟着伙计，出离宁府。来到酒楼，上二楼闪目一瞧，楼上可热闹啦！但只见盆朝天碗朝地，桌椅也翻了个儿，满地都是饭菜和汤水。再看那些伙计，一个个鼻青脸肿，五官都挪位了。其中有几个人，手里拿着擀面杖、炉钩子，正要和那人交手。宁喜急忙喊话："住手！"

伙计们见总管来了，这才纷纷退下。

宁喜盯着朱沐英打量了半天，这气呀，就不打一处来。为什么？他心里合计：我当是什么顶天立地的英雄呢，原来是个毛孩子。长得其貌不扬，跟个雷公崽子差不多。他有心替伙计们使使横吧，可又不敢。怎么？他不怕别的，只怕东家不答应。所以宁喜硬把火气压下，强作笑脸，拱手说道："小英雄息怒，我给您赔礼了。"说话间，深鞠一躬，又接着言讲，"伙计们言语不周，做事粗野，惹你生气。待我禀明东家，好好地整治整治他们。"

朱沐英闻听，感到一阵内疚。为什么？本来这事就不怪人家呀！他这个人最讲理，吃顺不吃呛。人家一说好话，他更觉得过意不去。于是，忙把手一拱说："没……没说的，都怪我不……不好，谁让我忘……忘带钱了呢！"

宁喜说："我们东家说，没带钱也不要紧。好了，请您走吧！"

朱沐英四周看了看，心里说，把人家都打成了这个样子，就这么一走，也太说不过去了。他略一思索，对宁喜道歉地说："实在对、对不起，等我救了驾，回来之、之后，加倍包赔。"

宁喜听了救驾二字，不由心中一愣。他又看了看朱沐英，问道："请问英雄尊姓大名？"

朱沐英道："实话对你说、说了吧，洪武皇帝朱、朱元璋，是我的义、义父，我是世子殿下，朱、朱沐英。"

"什么?!"宁喜听罢，一蹦老高。

朱沐英吓了一跳："你这是什么毛……毛病？"

此时，宁喜心里说，这不是我们姑爷吗？前几天，二王千岁胡大海从中为媒，把小姐宁彩霞许配给他了。二王千岁还说，过几天就叫姑老爷来相亲，这不是来了吗？因此，宁喜是又惊又喜。不过，他这么一看哪，心头也堵了个疙瘩。为什么？他想，二王千岁曾说，那朱沐英是天下的美男子。可眼前这位长得可……我们老夫人能答应吗？退一步讲，纵然别人愿意，那姑娘也不干呀！又一想，哎，我担这个心干什么？再说，婚姻之事，缘分要紧。想到这里，慌忙跪倒在地："小人有眼不识泰山，请殿下开恩，我给姑老爷叩头了！"

那些伙计们一听，立时都明白了，闹了半天，他是咱姑老爷呀！呼啦一声，都跪倒在地："给殿下叩头！"

"给姑老爷磕头！"

此时，朱沐英是一愣，他心里说："姑老爷？"这话从何说起？嗯，也许他们认错人了，也许被我打糊涂了。朱沐英也没深究，就含糊其辞地说："起、起来吧！"众人闻听，这才站起身来。

宁喜把掌柜的叫到一旁，说道："先把姑老爷请到账房待茶，我给东家送信儿去。"说罢，一溜儿小跑而去。

掌柜的把朱沐英让到楼下，又沏茶，又打净面水，十多个人围着他，直打转转。

再说宁喜。他撒腿如飞，一口气跑回宁府，走进厅房，给宁伯标见礼："恭喜老爷，贺喜老爷！"

宁爷发愣道："何喜之有？"

宁喜说："闹酒楼的不是旁人，是咱们姑老爷朱沐英。"

"是吗?！"宁伯标又惊又喜，心里说，胡大海真是办事的人。他曾说，有时间叫朱沐英来一趟，没想到来得这么快呀！他问宁喜："你姑老爷的相貌如何？"

宁喜见问，立时就为难了。心里说，我该怎么回话呢？平心而论，实在是不怎么样，可这话不能说呀！要说长得不错吧，那不是瞪着眼睛骗人吗？为此，把他急得热汗直流。

宁伯标又问："你倒说话呀，姑老爷的相貌如何？"

宁喜急了，忙说："回禀老爷，姑老爷长得太、太、太难得了。"

宁喜这句话回答得很好，一语双关，不论难看、好看，都能这么讲，这就叫两头堵。

宁伯标没猜透宁喜的意思，只是心中想道，先有胡大海的夸赞，后有宁喜的难得，不用问，姑爷长得一定不错。宁爷心中高兴，吩咐家人张灯结彩、打扫庭院，派人到内宅禀报老夫人得知，又指派宁喜带八名家人，去迎接姑爷。自己也换了新衣，在府中等着迎接贵宾。

宁喜走后，阖府上下都忙活起来了。但只见：大门悬灯、二门结彩，红毡铺地，鼓乐吹动，热闹得不亦乐乎。大厅里摆满了鲜花和盆景，厨房里准备下茶水和酒菜。丫鬟们也换了新衣，一个个如花似玉，追逐着，嬉笑着。整个宁府，充满了欢乐。

且说宁喜。他领人来到酒楼，先给朱沐英施礼，然后笑着说："我们东家在府上恭候大驾，派小人前来迎接姑老爷。您请吧！"

这回，朱沐英可听清楚了，忙说道："你弄、弄错了吧，谁是你家姑、姑老爷？"

宁喜道："这还有错！二王千岁从中为媒，把我们姑娘许配您了。"

朱沐英一听,翻着猴眼琢磨了一阵儿,怪呀!二伯父怎么没对我说呢?难道他光顾搬兵,把这个茬儿给忘了?停了片刻,才问道:"你家主人是、是谁?"

宁喜一听,乐了。这可倒好,原来他真的什么也不知道。他回答说:"我家主人叫宁伯标。"

"宁……伯标?"朱沐英暗想,这个名字好熟啊!……噢,想起来了,他不是我六叔常遇春的好朋友吗?当年当过芜湖的大帅呀!对,是他。想罢,说道:"你们主人我、我知道。可是,这门亲事我、我可不清楚。等我问过胡、胡二伯父再、再说吧。我还有事,不能过府拜、拜见,我告、告辞了。"说罢,转身就走。

宁喜忙把他拦住,说道:"殿下,您可不能走哇!我们主人在家等您呢,您若走了,让小人如何交代呀。"

朱沐英心想:也对!见着宁伯标,将事说清再走也不为晚。于是,说道:"好吧,我就跟你走、走一趟。"

朱沐英在众人簇拥之下,走出酒楼。这阵儿,有个伙计把他的宝马拉到面前。朱沐英一看,不光兵刃俱在,而且宝马的精神也养足了。他手接丝缰,飞身上了坐骑。宁喜领路,前呼后拥,从人群中穿过。

这时,街上看热闹的人可真不少,十个一群,五个一伙,指手画脚,嘀嘀咕咕:"这位英雄是谁?"

"听说是宁员外的姑老爷,还是皇上的干儿子。"

"听说宁员外的姑娘长得不错,怎么招了个这么难看的女婿?"

"冲人家的势力呗,人家是殿下呀!嘻,自古红颜多薄命,好汉无好妻,赖汉娶娇枝啊!"

人们品头论足,议论不休。单说在人群之中,站着一人:头戴六棱抽口硬壮巾,顶梁门安着三尖慈姑叶,右鬓边插着一朵素白绒球,周身穿青,遍体挂皂,勒着十字襻,大带缠腰,蹲裆滚裤,外披青缎子英雄氅,腰里暗带一把五金折铁钢刀。黄面金睛,短胡子茬,看样子,年纪在二十上下。此人眼露凶光,死盯盯地看着朱沐英和他的宝马万里烟云兽。朱沐英走后,这个人也偷偷跟了下去。他是什么人,想干什么？暂且按下不表。

单说朱沐英。他在众人簇拥之下，来到宁府门外。宁喜先跑进府门，喊道："姑老爷来了！"

宁伯标急忙从厅房走了出来，吩咐道："大开中门！"

一般说来，中门是不轻易打开的，除非迎接身份高贵的官员和高亲贵友时才打开。姑老爷是门前的娇客，自然不能慢待。

中门大开后，宁伯标大踏步来到门外。这阵儿，朱沐英已经下了坐马，往前行走。正好，与宁伯标走了个对面。

宁伯标抬头一看，傻了！脑袋瓜子不由嗡了一声，差点儿气趴下。心里说，这就是我的姑爷？不对，我家姑爷绝不能是这个模样！胡大海把他夸得神乎其神，即使有些言过其实，也不至于差到这种地步。可是，他再看那衣着、穿戴、兵刃、战马，又无差错。宁伯标看罢，脸也黄了，汗也冒出来了，心头怦怦直跳。

此时，宁喜过来引见说："老爷，这位就是姑老爷。"他又冲朱沐英讲："殿下，这位就是我们宁老爷。"

朱沐英躬身道："给您施、施礼了。"

宁伯标一听，心里说：怎么，还是个磕巴嘴？胡大海呀，你可把我坑苦了！再见着你的面，非跟你玩命不可！哼，这门亲事算吹，说什么我也不能答应。不过，宁伯标是个有涵养的人，他强压怒火，不笑充笑道："殿下免礼，宁某担当不起。快，往里请吧！"

朱沐英也不客气，大摇大摆从中门而入，踩着红毡，步进大厅。

家人丫鬟们跟在其后，一个个直着脖子，瞪着眼睛，简直像看怪物似的。方才那股高兴劲儿，一下子全没有了。

他们来到大厅，分宾主落座，仆人献茶。朱沐英不知道该说什么，坐在那里，哑口无言。宁伯标堵了一肚子气，有话难以出唇。大厅里静得像无人一般，令人窒息和尴尬。宁喜在一旁急得直搓手，他无话找话，赶紧打破僵局："殿下，您大概不认识凤凰庄吧？"

朱沐英说："不、不认识，头、头一回来。"

宁喜又问："二王千岁没告诉您吗？"

"没、没有哇！我们连面都没、没有见着。"

宁伯标觉得不对茬口，便问："二王千岁回京，没见着你？"

"没、没有。他回京那、那会儿，我正在开、开封。等我回京，他、他倒走了。"

宁伯标听罢，心想，嗯，看这个意思，胡大海没向他提过亲事。如此说来，可就好办了。不过，他也纳闷儿，那么，既然他不为相亲，到此为何？想到这里，问道："殿下不在南京，到我凤凰庄有何贵干？"

"唉，是这么回、回事——"朱沐英就把误走到此的经过，结结巴巴地讲了一遍。

正在这时，一个丫鬟慌慌张张跑进厅房，万福道："老爷，大事不好！老夫人又哭又闹，还要自尽。我们劝说不了，您快看去吧！"

宁伯标一听，立即就明白其中之意了。他忙站起身来，说道："请殿下稍坐，某家去去就来。"他让宁喜陪朱沐英说话，自己转身奔内宅而去。

离房门还挺远呢，宁伯标就听见了母亲的哭叫之声。他心烦意乱，进门一看，见母亲头发蓬乱，眼泡浮肿，哭成了一个泪人儿。身边围着一帮丫鬟婆子，正在婉言相劝。众人见宁爷进来，慌忙闪在两旁，躬身施礼。

宁伯标来到母亲面前，施礼已毕，说道："娘啊，何故哭成这般模样？"

"你把我孙女推进火坑，还来问我？听说那姓朱的比鬼还要难看，我孙女岂能嫁他？你呀，若不把这门亲事退掉，我就死到你的面前！"说到此处，又哭得背过气去。

宁伯标扶着母亲，不住地摇晃。丫鬟、婆子也围了过来，为她捶背揉胸。过了挺长时间，老夫人才缓过气来。

宁伯标双膝跪在母亲面前："娘啊，休要伤心。彩霞是我的女儿，我能把孩子推进火坑吗？这都怪胡大海从中捣鬼，儿一定找他算账！"

老夫人道："胡大海是个什么东西，他安的什么心肠？"

宁伯标说："画龙画虎难画骨，知人知面不知心。儿怎知他是这样的一个坏人？俗话说，不吃一堑，不长一智。儿今后注意就是。"

"今后是今后，眼下，你快去把婚事给我退掉！"

第九回　宁彩霞大义允婚事
朱沐英黉夜丢宝锤

　　宁伯标答应一声，站起身来，擦了擦额边的热汗，不由为难起来。为什么？他心中合计，我见着朱沐英，该怎么说呢？人家根本不知道这门亲事，还说什么退婚？论理，应该冲胡大海说，他是媒人哪！可是，眼下该到哪儿去找他呢？有心不提吧，母亲又不答应，这该如何是好？宁伯标拿不定主意，不住地摇头叹息。

　　正在这时，忽然丫鬟秋菊跑来，施礼道："我家小姐来了！"

　　宁伯标抬头一看，只见四个丫鬟在左右，女儿宁彩霞从外面走了进来。她身穿一套素服，淡妆薄粉，两眼发红，眼泡浮肿，看样子也是刚刚哭过。宁爷心中一阵难过，更觉得对不起女儿。

　　彩霞姑娘一向端庄稳重，知书明礼。见着爹爹，破涕为笑："给爹爹施礼了！"说罢，飘飘下拜。

　　"罢了。"宁伯标心里说，唉，免不了又是一顿埋怨。

　　宁姑娘又给奶奶施了大礼，老夫人哭着说道："孩子，你来得正好。你也不小了，不用背着你，那个姓朱的他太……"

　　姑娘赶紧把奶奶的话打断，说道："孙女我都知道了。"她还能不知道？丫鬟们早给她通风报信了。

　　老夫人说："孩子，别难过。刚才我跟你爹说了，咱把这门亲事退掉就是。"

　　宁姑娘苦笑一声，说道："奶奶不必替孙女操心，这门亲事我愿意。"

　　"啊?！"老夫人和宁伯标同时惊呼了一声，四只眼睛盯着宁彩霞，说不出话来。老夫人以为自己没听清楚，又问了一遍："你说什么？"

姑娘一字一板地说："这门亲事，孙女我愿意。"

老夫人一听，眼珠子瞪得溜圆，不错眼神地盯着宁彩霞，好半天才说："你……你疯了不成？"

姑娘含笑道："没有，孙女我这不是很好吗？"

宁伯标担心姑娘要出意外，忙说："丫头，你说的可是心里话？千万不可欺骗老人哪！"

老夫人也说："你把心里话对我讲讲。"

宁姑娘一不着慌，二不着忙，轻启朱唇："奶奶、爹爹容禀！俗话说，男大当婚，女大当嫁。谁不想找一个称心如意的伴侣？可是，天理不公，往往事不遂心哪！拿我的婚事来讲，奶奶操心，爹爹忧愁，弄得咱家好日子不能好过。依我看来，二王千岁胡大海，不见得是成心坑咱们，无非说话玄了点儿，咱们也不能责怪人家。世子殿下朱沐英，本是金枝玉叶，他武艺高强，门第高贵。除了模样差点儿外，哪方面不比咱们家强？女儿择夫找主，不以衣貌取人，主要取他的品德和能为。隋唐的罗成长得倒好，可是，他目空一切，骄傲过人，终于死在淤泥河中；三国的吕布长得倒好，可是，他见利忘义，反复无常，终于死在白门楼下。再说，孙女这门婚事，早已轰动了邻里。倘若退婚，岂不被人家耻笑？"

"啊？"老夫人一合计，孙女说得也未尝不对。这阵儿，老夫人忽然想起了自己的丈夫宁士达，他不也是个五大三粗的丑八怪吗？日子过得也不错呀！想到这儿，心情才慢慢平静下来。

宁伯标听了女儿的话，像吃了一颗顺气丸，肩上卸了千斤重载，不住地点头称赞。

其实，开始的时候，姑娘也不愿意，她也曾哭得死去活来。后来听说，奶奶为了这门婚事跟爹爹大吵大闹，看样子，非出人命不可。宁彩霞很同情父亲，心想，爹爹孤身过了大半辈子，够可怜的了，若因这门亲事把父亲逼出个好歹来，那还了得？再说，像朱沐英这样的人，除了长得差一点儿，其他都不错呀！宁姑娘打定主意，这才赶到内宅，说出了心里话。

老夫人见孙女乐意，便说："丫头，奶奶可是为了你好啊！你可说准了，到时候别埋怨。"

宁姑娘道："孙女我都想好了，日后绝不反悔。"

宁伯标忙说："娘啊，既然女儿同意，咱们就按亲戚办事，让朱沐英留下定亲的表记才好。"

老夫人说："你是当爹的，看着办吧！"

宁伯标从屋里出来，去到上房。朱沐英见面就说："我可告……告诉你，那个事可不……不行，你们愿意，我……我还不……不干呢！"

原来，宁伯标走后，朱沐英就问宁喜，到底是怎么回事，宁喜说了真情。朱沐英听了，暗自埋怨胡大海，不该胡说八道，惹得人家又哭又闹。再说，自己又不是娶不着媳妇，讨这个厌干吗？所以，宁伯标一进屋，他就说了绝情的言语。

朱沐英这几句话，出乎宁伯标预料。怎么？他好不容易盼着姑娘没事了，可姑爷又不干了。这不是瞧自己的好看吗？

此时，朱沐英瞪着猴眼又说道："我可不是贪花恋……恋色之人，我现在还……还小，正是学能耐的时……时候，没工夫想那娶……娶老婆的事儿。"说罢，起身就走。

宁伯标忙将他拦住："殿下，你可别介意，听我把事情的原委对你说明。"

朱沐英二次坐好。宁伯标把以往的实情讲了一遍，还说："我女儿已经愿意，要我向你索取订婚的表记，你就不要推脱了。"

此时，朱沐英也看出宁伯标为难来了。合计片刻，说道："好吧，我也不让你为……为难，咱们就订……订下吧，多咱反悔都可……可以，我这里好……好说。"说话间，把腰中佩戴的一块玉牌摘下来，递给宁伯标，算作订婚表记。

宁伯标送到内宅，交给女儿。彩霞把自己的一双玉镯摘下来，交给爹爹，宁伯标又到前厅交给朱沐英。这阵儿，宁伯标转忧为喜，命人大摆酒宴，款待姑爷。一霎时，宁府里又热闹起来。你说怪不？这阵儿，宁伯标看着朱沐英，也不像方才那么难看了。

此时，天黑了，各屋都在划拳猜令，比过年还热闹。宁伯标陪着朱沐英，边吃边谈。朱沐英结结巴巴，把南京的战事讲了一遍。宁伯标听说花云战死，非常难过，还掉下了伤心的眼泪。谈到武艺方面，朱沐英说得更是滔滔不绝。翁婿二人越说越投机，不住地开怀畅饮，一直喝到午夜。

宁伯标说道："天色不早了，休息吧，有话明日再谈。"说罢，将朱沐英送到东厢房。

那儿早有人把被褥铺好。宁伯标走后，朱沐英把衣甲卸掉，往被窝里一钻，那个舒服劲儿就甭提了。时间不长，就入了梦乡。

宁府的灯火渐渐地熄灭了，宅内外一片寂静。天空月转星移，北斗升到天中。突然，一个黑影蹿上墙头，手中的钢刀闪着青光。这个人身穿夜行衣，斜背百宝囊，腰缠牛皮软刀鞘，眼露凶光，东张西望。片刻，目光盯到东厢房的窗户上。见院中无人，无犬，他双腿一飘，脚落平地，单手压刀，快似猿猴儿，来在窗下，侧耳静听。听屋内鼾声如雷，他便轻轻地推门而入。

原来，朱沐英睡觉之时，没插房门。这个人进到房中，先趴到地上。停了片刻，见没动静，二次站起身形，来到朱沐英床前，心里说道：朱沐英啊朱沐英，看你睡得多香，干脆，让你来个长睡不醒吧！这个人抢起钢刀，奔朱沐英便剁。

可巧，被朱沐英发觉了。

那位说，朱沐英不是睡着了吗？没有。今晚，他心情高兴，吃多了，肚子里不舒服，他想去出恭，又懒得起床；不去吧，又憋得难受。就这样，迷迷糊糊地在被窝里忍着，一会儿睡，一会儿醒。这个刺客一进屋，他就知道了，并且眯缝着猴眼，偷偷地看着。当刺客的刀还没落下来的时候，朱沐英忽然使了个鸳鸯腿，一脚正踢到他的小肚子上。那刺客哎哟一声暴叫，跌坐在地。朱沐英翻身下床，奔他扑来。那刺客忍着疼痛，一个鱼跃跳到门外。紧接着，朱沐英也跟了出来。那刺客恼羞成怒，又欺朱沐英没有兵刃，便急转身形，抢刀砍来。朱沐英一看，急忙闪在一旁。刺客抽刀转身，使了个小鬼推磨，奔朱沐英腰部砍来。朱沐英往下一哈腰，刀从后背擦过。刺客一翻手，刀奔朱沐英的双腿。朱沐英来了个旱地拔葱，刀从脚下扫过。

这阵儿，朱沐英可有点儿被动。为什么？一则他赤手空拳，没有家什；二则他没穿衣服，而且还光着双脚。再加上这个刺客非常厉害，一刀疾似一刀，一招快似一招，把朱沐英逼得呀，光有招架之功，没有还手之力。

此时，朱沐英心里说坏了，这回非归位不可。他一边打着，一边四外踅摸。忽然，看见房檐下有个养鱼缸，高有三尺，粗有五尺。心里说，嗯，这个武器可不错。他打好主意，一个箭步跳到鱼缸前面，伸手就把它抱了起来。那鱼缸里有多半缸水，还养着不少大金鱼，连缸带水，足有四五百斤，要换个别人，还真搬不动。朱沐英也急了，搬起鱼缸，对准刺客，嗖！扔了出去。

这时，刺客的刀刚落下来，正砍到鱼缸上，只听当啷一声，把他的刀就给磕开了。刺客没顾捡刀，先急忙闪身，把鱼缸躲开。躲是躲开了，不过弄得他满身都是水。鱼缸一落地，摔了个粉粉碎。这一摔不要紧，发出了挺大的响声，把前后院的人都给惊醒了。

门房的老家人往外探头一看，吓得妈呀一声大叫，就叫唤开了："有刺客！不好了，有刺客——"

打更的也看见了，又敲锣，又击梆子："快抓刺客呀！来人哪——"

这个刺客一看不好，飞身上墙，一溜烟似的就跑去了。

朱沐英回到屋里，穿上衣服，把灯点着。这时，宁喜陪着宁伯标，也慌慌张张地走了进来。朱沐英一把抓住宁伯标的前胸，吼叫道："姓宁的，我跟你没完！"

宁爷莫名其妙："殿下，这是何意？"

朱沐英道："我说过，这门亲、亲事，你们愿意就、就愿意，不愿意就拉、拉倒。为什么对我暗、暗下绊子，主使人刺杀于、于我？"

宁伯标听了，急得直起誓："殿下，我哪能办那种事体？天地良心，你可别冤枉人哪！"

朱沐英道："我初来乍、乍到，也没有仇、仇人，你说谁能前、前来杀我？"

宁伯标百口莫辩："是呀，我也正在纳闷儿呢！"

宁喜说："姑老爷息怒，等我家老爷查明此事，您就清楚了。"

朱沐英听着有理，这才就此罢休。

宁伯标来到院中，四处察看。几个家人跑来禀报："启禀员外，姑老爷的马和兵刃不见了！"

朱沐英一听，猴眼圆瞪，暴跳如雷。

一个家人拿着口钢刀，说道："员外爷，这儿有一口钢刀！"

宁伯标接过一看，是一把五金铸造的鬼头大刀，分量很重。再往刀把上一瞅，上面镌着"朱文治"三个小字。宁爷把脚一跺，明白了。他对朱沐英说："殿下放心，刺客找到了，马和兵刃也丢不了了！"

朱沐英一听，莫名其妙。宁伯标长叹一声，说道："离此处三十里，有座高山，名叫二杰岭，山上有三个寨主。大寨主朱文治，二寨主朱文英，三寨主是后来的，名叫秦正方。他们手下有喽兵七八百人，专靠打家劫舍抢掠为生。苏州王张士城没工夫管他们，元兵想管又管不了，地处三不管，所以才成了气候。不过，他们还不敢到我这凤凰庄来捣乱。这口刀就是大寨主的，估计马和兵刃也是他们盗走的。"

朱沐英道："有窝儿就……就好办，现在我就去找……找他们算……算账！"

宁伯标说："殿下不必着急，此事都包在我的身上。待我到二杰岭去一趟，与他们讲清道理，把马和兵刃要回来也就是了，千万不要伤了和气。依目前而论，得罪了他们没有好处。"

朱沐英冷笑道："这种人，野蛮成、成性，恐怕是不、不通道理的。依、依我看，要去咱们一起去，以防万、万一。"

宁爷听着有理，点头应允。

第二天，天光大亮。宁伯标和朱沐英梳洗已毕，用过早饭，两匹战马，带着四个精明强悍的家人以及应手的家伙，还有刺客的那把钢刀，起身要奔二杰岭。临行时，宁伯标把宁喜唤来，说道："我与殿下前去拜山，吉凶难测。假若明天这个时候我们还没回来，那就是出事了。到那时，你保着全家赶快离开此地，去南京找胡大海。切记，切记！"

宁喜领命，一直把主人送出庄外。

再说朱沐英。他骑着普通的马匹，拎着一条铁棍，边走边想，哎呀，也不知常茂他们哪里去了？眼前要有那几个人在，就什么也不用怕了。他又想到宝马和宝锤，这两样，哪一样也离不开呀！真要丢了，到牛膛峪救驾，怎么上阵拼杀？究竟能不能要回，他心里也没底儿。因此，心中烦躁不安。

宁伯标的心里比朱沐英还烦躁。为什么？事情出在自己家里，一来脸面上不好看，二来，难免引起朱沐英的怀疑。此番去二杰岭，能不能称心如愿？若弄不好，还得动武啊！再看身边，总共才有六个人，没一点儿取胜的把握。倘若出了意外，怎能对得起朱元璋？宁爷边走边想，心乱如麻。他们进了大山，只见山岭重叠，连绵不断，古树参天，杂草丛生。朱沐英问道："这就是二杰岭吗？"

"快到了，绕过这架大山就是。我经常到此处行围打猎，从二杰岭下走过几趟。"说着，宁伯标把黄骠马一提，在前边引路。

他们又转过一架大山，地势逐渐就开阔了。见对面有座锥形大山，隐隐约约看见山腰上有一道寨墙，蜿蜒起伏，伸展到密林之中。山头上飘着三角号旗，两根飘带不住地飞舞。他们又往前走了一程，一切都看清楚了，只见有一条山路，直通山内，山口以外，高坡上有几座石头堡垒，密设箭孔，上边有防守的喽兵，有几道鹿角刺网，把山路封严。再往上看，是坚固的寨门。但见，寨门紧闭，墙里墙外都有人把守。

朱沐英看罢，暗自吃惊，没想到蟊贼草寇，还有这么大的气派！难怪元兵和张士诚不能奈何于他！看来，今天要马的事儿，不太容易呀！

正在这时，忽听当当当串锣紧响，震人肺腑。接着，从左右的堡垒之中，冲出四五十人，各摆兵刃，把他们的去路拦住。同时，堡垒上的喽兵张弓搭箭，端弩瞄准要射来人。一个为首的头目，站在人群面前，提着一条花枪，高声喝道："站住！再走一步，我们可就不客气了！"

宁伯标一听，赶紧勒住坐骑，朱沐英与那四个家人，也带住了马匹。宁伯标在马上抱拳道："弟兄们辛苦了！请不要误会，我们是来求见寨主的，烦劳诸位给通禀一声。"

那个头目翻着眼睛，看了一会儿，问道："你们是什么人？"

"在下从凤凰庄而来，名叫宁伯标。"

这个头目听罢，一缩脖子，心里说，原来是赫赫有名的八臂哪吒呀！他立时换副笑脸："噢，原来是宁庄主，失敬，失敬！请略候片刻，容我们禀报。"

宁伯标道："借重，借重。"

这可真是人的名树的影啊！俗话说钱压奴婢，艺压当行。在这一带，有几个不知道八臂哪吒宁伯标的！

再说朱沐英。他耐着性子在这儿等着，等啊，等啊，眼看中午了，还不见有人出来。他实在有点儿不耐烦了，便对宁伯标说："这帮家伙们的臭架子还、还真不小，这是成心做、蹊咱们。干脆，打、打了吧！"

宁伯标劝解道："不可。咱们应先礼后兵，不能让人家抓住把柄。"

朱沐英心里不服，一个劲儿地扑棱脑袋。

到了正晌午时，锣嘟嘟串锣紧响，吱呀呀寨门大开。紧接着，从山上走出一伙人来。

朱沐英翻着猴眼，仔细观看，只见喽兵闪在左右，中间走出三位寨主。中间那人身材高大，细腰窄臂，阔胸宽肩，上头戴红缎子软包巾，鬓插英雄胆，身穿绛紫色箭袖袍，腰系板带，挎着一口宝剑。面如喷血，五官狰狞，两颗虎牙支出唇外，看年纪有三十上下；上首那个身材也在九尺开外，猿臂蜂腰，肩宽背厚，头上脚下一身白，腰挎一口弯刀，面如瓜皮，短胡子茬儿，眯缝眼儿；下首是个黑大个儿，头戴六棱抽口壮巾，周身上下一色黑，腰系板带，背插单刀。来的这三位寨主，正是朱文治、朱文英和秦正方。

宁伯标抢前一步，拱手施礼："在下宁伯标，前来宝山讨扰，望乞恕罪！"

朱文治笑着说："贵足不踏贱地，难得老英雄来到此山。欢迎，欢迎！"

朱文英也说："此处并非讲话之地，请到敝寨待茶。"

"请！"家人把缰绳接过，众人说说笑笑走进寨门。

朱沐英偷眼观看：但见寨门高有两丈，一色用圆木合成，寨墙上搭着跳板，可容双人同行，墙上密摆强弓、硬弩，火枪、礌石，眼前是一条青石铺成的大道，平坦光滑，一直通到半山腰上。数百名彪形大汉分列两旁，五步一岗，十步一哨，每个人都抱着斩马刀，青虚虚的刀刃，闪着寒光。

第十回　宁伯标拜山帮娇客
朱沐英遇仇陷重围

　　宁伯标和朱沐英来到二杰岭，眼前闪出一座大庙。山门已经变成寨门，众人脚踏甬道，走进院内。正面是七间大殿，两旁是明三暗五的配殿。因多年无人油绘，显得荒芜破旧。院内十分宽阔，两旁摆着兵器架子、沙子口袋、石墩子、石锁和几张硬弓。

　　众人迈步上了台阶，走进大殿。原来，佛像都被搬走了。正中央并摆着三张桌案，后面是三把虎皮交椅。墙上挂着许多虎皮、豹皮和熊皮。几十名步兵，在两旁垂手侍立。大寨主朱文治说道："请老英雄上坐。"

　　宁伯标笑道："帅不离位，强宾不敢夺主，小可怎敢僭越？"

　　"哈哈哈哈！"朱文治笑道："老英雄过谦了！"

　　此时，喽兵们急忙走来，在桌案前又安放了几把交椅，众人分宾主落座，仆人献茶。朱沐英一言不发，瞪着猴眼往四外看着，心头一个劲儿地运气。

　　茶罢搁盏，朱文治开口说道："敢问老英雄，今天怎样得暇来到敝山？"

　　朱沐英一听，气儿就上来了。心里说，又行刺，又偷马，还瞪着眼睛装糊涂，真是混账透顶。他刚想说话，就见宁伯标接茬儿道："无事不登三宝殿，在下有一事不明，特来领教。"

　　朱文治笑道："老英雄有话请当面讲，小可愿闻高论。"

　　宁伯标把刺客的那把钢刀取出，说道："昨夜，我拾到钢刀一把，敢问可是贵寨主的吗？"

朱文治将刀接过，看了两眼，说道："这把刀正是小可的，但不知因何落到您手？"

宁伯标一笑，把昨晚的经过讲了一遍。

朱文治听罢，一皱眉头，回头看了看朱文英；朱文英也是一皱眉头，看了看身边的三寨主秦正方。

略停片刻，秦正方突然站起身来，朗声说道："二位哥哥容禀！"冲着宁伯标一声冷笑，又接着说道，"老英雄，既然你们找上门来，我就实话实说了吧！"

原来，秦正方是幽州王秦勇的侄子。当年，乱石山十王兴隆会时，秦勇死在朱沐英锤下，宝马万里烟云兽也被朱沐英夺去。当时，秦正方在场，对这件事目睹眼见。事后，朱元璋抢占了乱石山，联军惨败。尤其秦勇一死，秦正方便无家可归。他先投奔南汉王陈友谅，又投靠西梁王马增善。怎奈这些人都瞧他不起，不予重用。秦正方心中憋气，流落到江苏。后来，结识了朱氏弟兄，到二杰岭入伙，才当上了三寨主。

昨天，他下山踩盘子，在凤凰庄巧遇朱沐英，看见宝马，想起了叔父，顿起杀机。他暗中跟到宁府以外，见马被拉进侧院的马棚，朱沐英被接进内宅。当晚，他先把宝马盗出来，拴到庄外。接着，二次进府，去刺杀朱沐英。因行刺未遂，他逃到庄外，上马回到二杰岭。上山之后，把马交给喽兵喂养，这件事是他背着朱文治、朱文英干的。这两位寨主不是装傻，他们确实不知。谈到这把刀，那是秦正方入伙时朱文治赠给他的。秦正方没料到，宁伯标和朱沐英找上门来。事到如今，瞒是瞒不住了，才当众说明真相。最后还说："杀人偿命，欠债还钱。只要有三寸气在，我就要杀死朱沐英，替叔父报仇。"

朱沐英本来就窝了一肚子火，又听秦正方这么一说，更忍受不住了，啪！把手中的茶碗摔在地上，指着秦正方的鼻子，说道："好小子，我看你是活、活腻歪了。今天，你就是把马给、给了我，也不、不行了，我非要你的狗命不、不可！"说着，一回手，把椅子操起来，奔秦正方砸去。

秦正方不敢怠慢，急忙闪到一旁。

有道是：是亲三分向，大寨主能不袒护自己的人吗？朱文治把脸往下一沉，二目露出逼人的凶光，问道："宁爷，这是何意，你们要仗势欺人吗？"

宁伯标暗自着急，埋怨朱沐英沉不住气。可是，既然事已闹翻，也只好破釜沉舟了。他听朱文治言语刺耳，便冷笑道："一切经过，方才已讲清楚。寨主是个明白人，难道还没分出是非吗？秦寨主行刺盗马，干下了不仁之事。他不但没有歉意，反而出言不逊。哼，这实在是欺人过甚！"

二寨主朱文英说道："宁爷，您这么说可有些不对。"

"怎见得？"

"事情出在您家，假如您自己拜山，我们无二话，赔礼道歉，送还宝马；可是，您没这么做，却把朱沐英带到我们山上。非但如此，您一不引荐，二不说明，分明是倚仗朱元璋的势力来压我们。"

朱沐英听到此处，怒喝道："放屁！你这是没、没理搅理。偷我的马，要杀我，我们还得拜、拜山说小话儿。世上哪有这、这个道理？我问你们，到底给、给不马吧？"

秦正方大怒："朱沐英，想要马也可以，不过，得留下点儿什么！"

"留什么？"

"留下你的脑袋！"秦正方说罢，甩掉外衣，噌！跳到当院，高声喝喊："朱沐英，还不出来受死！"

宁伯标一看闹翻了，也不客气，甩外衣，紧大带，头一个跳进天井当院。

朱沐英领着几个家人也冲了出来，高声喊话："岳父，不用你动、动手，我把他们都包、包下了！"

宁伯标岂能让他动手？忙说："先看我的吧，你给我站脚助威。"

朱沐英不便再争，只好气呼呼地站立一旁。

宁伯标久经大敌，浑身是胆，别看这么紧张的场面，可他一不慌二不忙，从容镇定，稳如泰山。他笑呵呵地向三个寨主一抱拳，说道："列位，依我看，还是不伤和气为好。别忘了，打仗没好手，骂人没好口。真要动起手来，那就不好收场了！"

秦正方怒斥道："姓宁的，少在这儿卖狗皮膏药，秦爷不买你的账!"说罢，从朱文治手中夺过刀来，逼近宁爷。

宁伯标一看，心中暗想，这个姓秦的，未免也太粗野了，待我好好地教训教训他！想到此处，宁伯标一伸手，从腰中抽出宝剑，把空剑鞘交给家人，单手提剑，向秦正方说道："请！"

秦正方亮了个夜战八方藏刀式，劈头盖脑就是一刀。宁爷心平气和，见刀奔顶门砍来，忙往旁边一闪，将刀躲过。接着，右手一翻腕子，用剑把他的刀压住，锵啷一声，刀、剑搅在一起。

秦正方急忙往回抽刀，打算变换招数。哪知，宁伯标的宝剑唰地使了个仙人指路，奔秦正方面门点来。这一剑，快如疾风闪电，把秦正方吓得忙一哈腰，剑从头顶走过。

宁伯标双手握剑，又往下劈。这一招来得好厉害呀，秦正方想躲也来不及了，吓得他把眼一闭，等着受死。宁爷的剑并没有往下落，他把腕子一摆，只把秦正方的帽子削掉。然后撤步抽身，跳出圈外，单手托剑，说道："得罪了！"

秦正方一摸头顶，帽子没了。这小子脸一红，由羞变怒，二次抢刀，又奔宁伯标扑来："姓宁的，少卖人情，老子不受你的！"说罢，分心便刺。

宁伯标大怒，心里说，这个家伙真不知好歹。看来，不给他点儿厉害是不行了。宁伯标使了个海底捞月，把他的刀拨了出去，瞪着眼睛给秦正方相面。

秦正方吓坏了，忙问："你看什么？"

宁伯标笑着说："我看你的耳朵有点儿毛病，想给你削掉一个，你说行不？"

秦正方听罢，气得够呛。心里说，宁伯标，你说话也太损了！这样的事儿，还有商量的吗？他大吼一声，三次摆刀砍来。宁伯标接架相还，又与他战在一处。

朱沐英在一旁看得清楚，秦正方的武艺比宁伯标差多了，连个打下手的资格也不够。宁伯标跟他动手，真好像成人嬉耍顽童一般。

几个回合过后，宁伯标喊道："注意，我可要摘耳朵了。摘左边的那个，右边的没事儿！"说着，剑招加紧，剑锋围着秦正方的脑袋直转。宁伯标使了个拨草寻蛇的招数，剑奔秦正方咽喉刺来。秦正方往右边一甩脑袋，正好把左耳朵亮了出来。宁伯标把剑刃立起来，往上一挑，只听哧的一声，当真把他的左耳朵割掉了。秦正方疼得哎哟直叫，抱着脑袋，磨头就跑。

朱沐英见了，眼珠一转，迈开双腿，冲到他的背后，乘他不备，腾就是一脚。这一脚踢得太重了，只见他摔倒在地，龇龇牙，伸伸腿，气绝身亡。

朱文治看罢，怒火中烧。他忙从兵器架子上抽出一条镔铁大棍，纵身跳到朱沐英面前，怒吼道："好小子，拿命来！"说罢，摆棍就奔头顶砸来。

朱沐英见朱文治冲来，一不担惊，二不害怕，眼看大棍挨到头顶上了，他突然闪身往旁边一躲，使了个金龙探爪，伸手抓住棍头，大叫道："你……给我吧！"用力就拽。

朱文治用力过猛，本来就收不住脚，再加上被朱沐英这么一拽，更站不住了。所以，一下子摔了个狗啃屎，把五官都抢破了。

朱沐英夺棍在手，一翻腕子，奔朱文治后脑就打。正在这时，忽听脑后生风，似有兵器打来。朱沐英不敢怠慢，他垫步拧腰，往前一蹿，快似猿猴儿，跳出有一丈多远。回头一看，原来是二寨主朱文英，手使一条狼牙大棒，奔他来到。

朱文治不敢再战，就势回归本队。

剪断接说。朱文英不是朱沐英的对手，三四个回合就顶不住了。朱文治在后边一看，高声传令："喽啰兵，都给我上！"

"冲啊——"众喽啰一声呐喊，各摆刀枪，冲杀上来。

宁伯标怕姑爷吃亏，也投入战群。霎时间，双方混战在一处。

俗话说：强狼难敌众犬，好汉架不住人多。翁婿二人一无盔甲，二无战马，三无应手的兵刃，他们有能耐也不得施展呀！打着打着，可就有点儿招架不住了。

正在这个时候，忽听寨门外一阵大乱，喽啰兵拼命呼喊："不好了，有人冲进来了——"霎时间，乱作了一团。寨门咣当一倒，喽啰兵跟决了堤的洪水一般，跑进山寨。

紧接着，后边又追上一帮人来。他们跨乘战马，拿着兵器，犹如虎入狼群一般，往前一闯，一条胡同；往后一退，一条胡同；来势凶猛，势不可当。

朱文治和朱文英暗自吃惊：不好！这定是宁伯标到来之前布下的伏兵。宁伯标啊宁伯标，今天我们哥儿俩也豁出去了。定与你们决一胜负。于是，这二人使出了浑身的解数，奋战在乱军之中。

再说朱沐英。他打着打着，听外边大乱，心头也是一愣。他虚晃一招，跳出圈外，定睛一瞧：好！为首之人原来是野人熊胡强。在胡强的背后，还有武尽忠、武尽孝和雌雄眼常茂。

朱沐英看罢，扯开嗓门，高声喊道："元帅，我在这、这儿呢！快、快来呀，要不，我就归、归位了。"

常茂也喊："小磕巴，休要担惊，本帅在此！"

"是！"

那位说：常茂他们是从哪儿来的呢？前文书说过，小太保大战陈友谅得胜之后，并未回城。他们在常茂带领之下，要赶奔牛膛峪解围救驾。半路上，天降大雨，霹雷将朱沐英的战马炸惊，致使朱沐英落荒惊逃，误走凤凰庄，巧遇宁伯标，才有了大战二杰岭这码事儿。

朱沐英的战马惊跑之后，常茂十分着急，跟大伙说："弟兄们，咱得快把小磕巴找到。不然，出了事可不好交代。"

"是啊，咱们快往前找吧！"

就这样，他们顺着朱沐英跑去的方向，往前瞎摸。正好，也来到了凤凰庄。

此时，他们人困马乏，饥饿难挨。常茂跟大伙商量："咱们得先找个地方，吃点儿东西呀！"

"是啊！快找个饭馆子。"

商量已毕，他们在大街上就转悠开了。往东看看，往西瞅瞅，哪儿都不合适。后来，转到了宁伯标的府门跟前。

常茂把雌雄眼一翻，心想，好！不如进他家打尖，反正给人家钱呗。他打定主意，甩镫离鞍，跳下马来，对众弟兄说道："你们在此稍候，待我叩打门环。"说罢，上前敲门。

时过片刻，把守府门的家人宁兴挺着胸膛，来到门前："何人敲门？"

"我！"

"有什么事吗？"

常茂说："我们是过路之人，寻点儿水喝，找点儿饭吃。"

"要饭的？"宁兴把门打开，定睛一看，哟，这帮人是哪儿来的？一个个满脸尘土，其貌不扬。宁兴对他们这些人，是打心眼儿里瞧不起。为什么？他心里合计，当今皇上朱元璋的干儿子——金锤殿下朱沐英，成了老宁家门前的贵客。早晚一成亲，我们都会搬到南京。常言说：王爷门前二品官，到那时，当管家的也该飞黄腾达了，起码弄个二品官当当。因此，他把嘴一撇，把手一背，盛气凌人地说："你们要吃饭、喝水吗？快往东街去，那里饭庄、茶楼什么都有。我们这儿可是王府，你们随便砸门，是犯掉头之罪的！"

常茂又急又饿，没找到饭馆子，本来就窝了一肚子火，再看这小子的这副神态，更是给他火上浇油："你拿王府吓唬谁？就是金銮殿，你家爷爷也不怕。"

"哟，好大的口气。再敢发横，小心给你个厉害。"

"咱看看谁厉害！"

这两个人，三说两说就说翻了。常茂伸出手来，啪！就是一个嘴巴，把宁兴从门口打回院内。宁兴边揉脸蛋，边嚷："哎哟，疼死我了！你是哪里来的暴徒？"

宁兴这么一喊叫，被总管宁喜听见了。今天，宁喜的心哪，一直在嗓子眼儿里悬着。为什么？因为宁伯标跟朱沐英上了二杰岭，凶吉祸福难卜呀！他正在心神不定，忽听宁兴在院中喊叫，他只以为是山上的强人杀进府里来了，所以，急忙跑到院中，去问宁兴："宁兴，出什么事了？"

宁兴跑到宁喜跟前，哭丧着脸说："管家，快看看去吧，门口来了一帮小子，动不动就伸手打人！看把我揍得，脸蛋都肿了！"

"闪在一旁！"宁喜惴惴不安，跟跟跄跄到在门口，定睛一瞧：哟，不像山大王。他们有的顶盔挂甲，有的扎巾箭袖，骑的都是高头大马，看样子都是武将。再仔细一瞅，他们浑身尘土，满脸汗水，像是走长途来的。那宁喜有多聪明，眼珠一转，满脸堆笑，抱拳说道："各位英雄，休要误会。我手下的家人言语不周，多有冒犯，万望见谅。我是府里的总管，你们有什么事情，只管对我言讲。"

常茂本来就是个通情达理之人，一看这位彬彬有礼，也上前一步，抱拳说道："管家，要像你这么讲话，也就打不起来了。我们是走长途来的，路过此地，本想到贵宝宅找点儿水喝，找点儿饭吃，该着多少钱，就给多少钱。他留也好，不留也好，不该恶语欺人。是我一时兴起，失手打了你的家人，望你多多包涵。"

"那算什么？行路之人，打尖吃饭，本是小事一桩。诸位，请往里走吧！"

再说总管宁喜把常茂他们让到上房，先茶后饭，边吃边聊。从谈话之中，宁喜得知他叫常茂，是开明王常遇春的儿子。宁喜十分敬慕，也报出了自己的名姓，说明了宅子的主人，又把朱沐英到府定亲的事情，简单陈述了一番。

常茂听罢，急忙说道："哎呀，这真是大水冲了龙王庙——一家人不认识一家人了。那我们的小磕巴嘴哪里去了？"

宁喜长叹一声，说道："唉，别提了。昨天晚上，府里闹刺客，把殿下的宝马和宝锤，全给丢掉了。今天清晨，宁老爷带着殿下赶到二杰岭要东西去了。他们前去，是凶是吉，还在两可之间哪！"

常茂听了，忙问："二杰岭离这儿有多远？"

"不太远，也就是三十余里。"

常茂说："那好，待我亲自去它一趟。"

"你也要去？"

"管家非知。那小磕巴朱沐英，性情暴躁，粗野鲁莽，我放心不下呀！"

宁喜一听，觉得有理，便说："既然如此，我给你们带路。"

"好！"他们将诸事安排停妥，由宁喜前边带路，直奔二杰岭而去。

第十一回　宁伯标救驾担主帅
小常茂自荐作军师

常茂等人来到二杰岭山口，宁喜举目观瞧，见寨门紧闭，寨墙上备有弓箭、灰瓶、礌石和炮子，喽啰兵戒备森严，把守在门外。宁喜看罢，上前搭话："有劳往里通禀，就说山下来人，要见宁伯标宁老爷。"

喽啰兵横眉立目，把嘴一撇，不予理睬。其中，有个喽兵多嘴，伸着脖子喊道："告诉你们，要见宁伯标，到阴曹地府去吧！宁伯标也好，那个小雷公崽子也好，他们眼看就要归位了，我们寨主正收拾他们呢！"

这小子这么一喊叫，常茂可就着了急啦：啊呀，打上了？这还了得！他一点手，对胡强喊道："胡强！"

胡强非常听他的话："在！"

"拿你的虎尾三节棍，给我把寨门捅开，往里冲！"

"遵命！"胡强答应一声，晃动三节棍，飞身赶奔寨门。

常茂让宁喜在山下听信儿，自己领着一帮小弟兄，如狼似虎，向前冲去。

野人熊胡强头一个冲到寨门底下，抡开三节棍，啪啪啪三棍就把寨门砸塌了。喽啰兵见势不妙，像潮水一般，向院内涌去。众英雄乘胜追击，连破三座寨门，直奔到聚义厅前。

朱沐英见众弟兄前来，顿时心头豁亮起来，冲着常茂，高声呐喊："元帅，快、快帮我揍、揍这两个小子！"

常茂定睛一看，呀，这两人的个头可不小啊！不过，用不着本帅亲自动手！他转脸对弟兄们传令："野人熊，你收拾使狼牙棒的那个；武尽忠、武尽孝，你俩收拾使镔铁棍的那个。我给你们观敌掠阵。"

"遵命！"这三个人答应一声，蹿过去就战住了朱文治和朱文英。

宁伯标见小英雄大战俩寨主，生怕出了意外，他急步来到常茂跟前。宁伯标刚要说话，但见常茂抢先施礼道："这位老爷子，你是我大爷吧？"常茂见来人的衣着打扮，估计是宁伯标，所以才这么问话。

宁伯标见问，不由一愣："你是何人？"

"我叫常茂，我爹是常遇春。"

宁伯标听罢，乐了个够呛。心里说，闹了半天，他是遇春兄弟的儿子。隔辈人相见，分外亲近。但是，眼前战事吃紧，来不及谈论家常，他拉住常茂便说："茂儿啊，事情不能做得太绝。如果把朱氏弟兄伤了，咱们也难下二杰岭。依我看来，能和缓者，必要和缓。咱宁治他一服，也不治他一死。"

常茂一听，顿开茅塞："对，还是老人家料事料得远。"他转脸喊话："我说胡强、武尽忠、武尽孝，能捉活的就捉活的，最好给他们留口！"

"遵命！"

朱文治、朱文英能耐再大，也架不住这帮猛虎。工夫不大，这两个人便双双被擒。野人熊胡强一手拎着一个，来到常茂面前："元帅，你看怎么办吧？是揪脑袋，还是拧胳膊？"说着话，将他俩摁跪在地。

朱文治、朱文英一听，吓得把嘴一咧，啊？世上还有这种刑法？哎哟，这回可该没命了！

宁伯标心想，为了一些小事，倒不必结下大仇。赶紧上前把他俩扶起来，满脸堆笑地说道："二位寨主，多有得罪了，咱们都是一家人哪！"

常茂这时也顺水推舟，接着说道："二位寨主，刚才是开了个小玩笑，请你们可别介意。"

朱文治、朱文英一看，脸色通红，赶紧过来赔礼道歉。就此，大家言归于好，重新进大厅入座，设宴款待。

酒席宴上，朱沐英把误伤秦正方的事情说了一遍，一再向二位寨主道歉。朱氏弟兄平时对秦正方就怀有戒心，再加上朱沐英这么一讲，这事也就拉倒了。

朱文治、朱文英赶紧传话，命喽兵将朱沐英的宝马牵来，宝锤拎来，原物奉还。

常茂看着这二位寨主，心想，这两个人武艺高强，是个人才。现在正是用人之际，何不请他们下山呢！于是说道："二位寨主，我有几句话，不知当讲不当讲？"

"少王爷有话，请讲当面，我等愿闻高论。"

"哎，也不算什么高论。你们说，当贼有什么好处？公道大王也好，什么大王也好，反正是贼。上为贼父贼母、下为贼子贼孙，自己顶风都臭八百里。当今乱世之时，正是英雄出头之日。二位愿不愿跟我们赶奔牛膛峪，解围救驾？只要能把皇上救出来，你们就算有功之臣。将来回到南京，定封你们的官职。到那时，光宗耀祖，改换门庭，那有多好？不知你们哥儿俩乐意不乐意？"

宁伯标一听，心里说，行啊，常茂这孩子还挺会说服人。接着，也在旁边相劝。

朱文治看了看朱文英，把脸一红，说道："少王爷，老前辈，我等深知洪武皇上是有道明君，早有意前去投奔，怎奈无有引荐之人。今日既然遇到各位，愿意拉我等一把，我们何乐而不为？情愿跟随少王爷，到牛膛峪包打前敌，戴罪立功。"众人一听，全都拍手欢迎。

朱文治、朱文英让大家席前饮宴，他二人走出大厅，集合喽兵。工夫不大，喽啰兵簇聚到大厅前边。朱文治站在台阶以上，面对喽啰，慷慨陈词："弟兄们，占山不是长久之计，我们要弃暗投明，扶保皇上。乐意跟着走的，欢迎；不乐意的，拿点儿金银，各自散伙。我要火烧二杰岭，谁也不准再当贼了。"并把解围救驾之事，又述说了一遍。

喽啰兵一听，都愿意扶保朝廷。走正路嘛，谁不高兴呀！朱文治仔细查点，除老弱病残外，选出精兵一千五百人，这就是大明的军队了。

朱文治、朱文英又吩咐做一对门旗和一面纛旗。

此时，众位英雄宴罢，走出大厅。常茂看见门旗，霎时间又来了主意："哎，你们山上谁写字写得好？"

"嗯，倒有一人。"

常茂说："快把他请来！"

片刻工夫，执笔之人手捧文房四宝，来到常茂跟前，恭候军命。

常茂说："门旗上没字，不成体统。你给写一对吧！"

"写什么？"

"上联写，闯重围解救明主；下联写，发天兵踏平苏州。"

"好！"霎时间，一挥而就。写完之后，两杆门旗往那儿一悬，十分壮观。众人看了，无不喝彩。

此时，常茂又说："台旗正中央，给我写一个帅字。旁边再写上：牛膛峪解围第一路。咱就算第一路救兵了。"

"好！"顷刻之间，把字写妥。三面大旗，顺风招展。

宁伯标见诸事已毕，忙说："救兵如救火，咱不能在此久待，应赶奔牛膛峪，前去解围。"

"对！"

常言道："龙无头不走，鸟无头不飞。"这么多人，七嘴八舌的，没有个当家人哪儿行呢？经过一番商议，一致推举宁伯标做临时大帅，执掌兵权。八臂哪吒宁伯标也不推辞。他自己清楚，从身份、岁数和能耐看，非自己不可呀！

此时，常茂把胸脯一拍，来了个毛遂自荐："老前辈，你是元帅，我给你来个军师，兼前部正印先行官，你看如何？"

宁伯标没有说话，只是含笑点头。常茂一看，便端起架子，做了分派：朱文治为左将军，朱文英为右将军，武尽忠、武尽孝殿后，朱沐英、胡强在前头开路。

一切安排已毕，朱文治让喽兵放火烧山。当他们离开二杰岭，来到山口时，宁伯标见到管家宁喜，将原委述说了一番。接着，传令起兵，赶奔牛膛峪。

大队人马路过凤凰庄时，稍作停留。宁伯标回到府内，告诉母亲、女儿和阖府的家人，收拾金银细软之物，到外地躲避一时。为什么？怕动起手来，受了株连。诸事安排已毕，宁伯标来到军营，传下将令："点炮，杀奔牛膛峪！"

书要简短，他们到在离牛膛峪还有十五里的地方，已看到了苏州军兵的连营。宁伯标略一思索，传命军兵：安营扎寨，埋锅造饭。

次日平明，宁伯标吩咐众位小将："披挂整齐，阵前亮队！"

军令传下，小兄弟们一个个撸胳膊挽袖子，摩拳擦掌，把劲儿都鼓了个十足。喽啰兵也不例外，人人跃跃欲试，都想到阵前立功。

亮队之后，宁伯标在台旗之下，立马横枪，定睛瞧看。只见前边马号连马号，连营挨连营，苏州的军队，亚赛海水一般，一眼望不到边际。再往里瞅，便是牛膛峪。

宁伯标看罢，心中暗想，但愿这一阵成功，杀透重围，把皇上朱元璋解救出来。想到这里，浑身力气倍增，大声吩咐道："来呀，讨敌骂阵！"

军令传下，几个年轻的军校，骑着快马，来到阵前，放开嗓门儿，一齐呐喊："呔！苏州的军兵听着，我们是解围救驾来的。赶紧给你们主将送信，叫他快来阵前受死；不然的话，我们就要往里进攻了！"

其实，他们昨天一来，苏州兵就发现了，并且连夜向苏州王张士诚禀报了军情。张士诚闻报，赶紧与大帅张九六仔细商议，决定分兵两路：一路由张九六领兵十万，继续堵着牛膛峪，以防朱元璋他们逃出山口；一路由张士诚带着军师张和汴、金镗无敌将吕具和他的两个兄弟，领兵十万，阻击宁伯标。

今天，他们刚饱餐了战饭，就见有人前来禀报："朱元璋的救兵，在两军阵前讨敌骂阵！"

金镗无敌大将吕具一听，笑了："哈哈哈哈！主公万安。这些碌碌之辈，不是我的对手。别看他们来得快，我让他们败得也快。"

张士诚听罢，含笑点头。他深知吕具的能耐，一个能顶十个。于是说道："吕将军，今天可该看你的了。"

"主公放心，您就快点将吧！"

"嗯！"苏州王传出将令。

张士诚带领兵将，来到两军阵前，闪目一瞧，不由笑出声来。怎么？他见对面才那么一点儿军队。不但人数不多，而且号坎也不整齐，零零散散的队伍之中，有两杆门旗随风飘摆。张士诚再定睛观看，什么？闯重围解救明主；发天兵踏平苏州。哼，好大的口气！

张士诚正在观瞧，宁伯标策马来到两军阵前，把大枪横担在铁过梁上，冲着张士诚，抱拳说道："对面可是苏州王吗？"

张士诚一看来人，觉得面熟。略思片刻，明白了，噢，原来是宁伯标呀！哎，宁伯标不是辞官不做了吗？我曾派人带着厚礼，到他家去过几次，邀他到苏州当官，不料都被他拒绝了。噢，怪不得呢，原来他是朱元璋的人。想到这儿，不由勃然大怒，把马往前提了几步，说道："不错，正是本王。对面可是宁将军吗？"

"正是。"

张士诚问道："宁伯标，看你这意思，莫非是前来解救朱元璋的？"

"正是。王爷，宁某不才，有几句话想讲当面，不知您允许否？"

张士诚把眼一瞪，生气地说："讲！"

宁伯标稳坐雕鞍，从容不迫，一字一板地说道："王爷，值此多事之秋，黎民百姓俱都知道，天下十八路义军之中，包括朱元璋、陈友谅、陈友璧、李春和您等人。百姓对义军无限信赖，盼望你们十八国结成联盟，赶走元顺帝，光复中华十万里锦绣江山，以期解救黎庶出水火。哪知你们大负所望，置仇敌大元而不顾，义军内部却连年争战，互相残害，这是什么道理？就拿您苏州王来说，与朱元璋本无仇恨，却无故兴兵，袭击天长关，攻打明军，致使朱元璋御驾亲征，攻打苏州。如今，义军内讧，让元人在一旁坐收渔利。王爷，您想想看，您干的不是令仇者快、亲者痛的傻事吗？为此，我特意前来，向您进言，速解牛膛峪之围，把洪武皇上放出来。我宁某情愿从中调停，让你们两家反仇为亲，然后，兵合一处，将打一家，共同对付元兵。如果王爷不听良言相劝，执意穷兵黩武，您将是凶多吉少。您想，朱元璋有多大势力？别只看他和一些老将被困，您还应看到，牛膛峪外边还有三十六家御总兵，雄兵不少于百万。如若这些人闻讯赶到，您苏州弹丸之地，能抵挡得了天兵吗？以上言语，敬请王爷三思！"

张士诚听罢，气得浑身颤抖："呀呀呸！宁伯标，你是什么东西，敢在本王面前胡说八道！想当初，你是大元的武状元，曾受元顺帝的重托，任职芜湖关元帅。后来，你说要堂前尽孝，便辞官不做，回归故里。原来，你都是假的。如今，你却改换门庭，抱朱元璋的粗腿，捧臭脚。哼，就凭你这么点儿人马，还想解围救驾？分明是飞蛾扑火——自来送死。来呀，哪一个去要宁伯标的老命？"

张士诚言还未尽，忽听身后有人高喊："王爷，末将愿往！"说罢，有一人策马直奔阵前而来。

苏州王张士诚回头一看，非是别人，正是金铠无敌将吕具的兄弟，名叫吕猛。这吕猛可够猛的，他身材高大，面似西瓜皮一般，黑一道儿，绿一道儿，阔口咧腮，肩宽背厚，活像一只黑熊。头戴翻卷荷叶乌金盔，体挂黄金甲，外穿皂罗袍，胯下乌骓马，掌端三停大砍刀。此人乃是张士诚手下的六猛之一。

张士诚见吕猛上阵，拨马回归本队，观敌掠阵。

吕猛马到阵前，把大刀横端，高声喝喊："呔！姓宁的，就凭你个一勇之夫，还敢顺说我家王爷？刚才我都听见了，你满口是恫吓之词。休走，看刀！"说罢，抡刀便剁。

宁伯标这个人，知书懂礼，最厌恶那种出言不逊的野蛮之人。他见吕猛的大刀剁来，忙拨马闪在一旁，唰！这一刀就走空了。吕猛扳刀头献刀金纂（造字），翻了一个个儿，把大刀当枪使，奔宁伯标前胸就刺。宁伯标一拨马头，又将刀躲过。吕猛撤刀金纂（造字）推刀头，使了个拨云见日，唰！横着就砍来了。宁伯标在马上一哈腰，又将刀躲过。吕猛连发三招，不见宁伯标还手，大怒道："姓宁的，难道尔惧战不成？"

"非也！"

"既不惧战，何故不来还招？"

宁伯标大笑道："哈哈哈哈吕将军，像你这样的无能之辈，还值得我动手吗？非是我口出狂言，要说你哥哥金铠无敌将吕具前来，嗯，我还跟他伸手较量较量，像你这样的，全不值一谈。"

"啊?! 姓宁的，你可把我损苦了。咱们较量较量，看看谁厉害！"

第十二回　小常茂神槊战凤锓
胡大海利口激全军

上回说到宁伯标连让吕猛三招，吕猛气急败坏，又剁来一刀。

这阵儿，常茂也着急了。心想，看吕猛那副模样，说不定真有把子力气。老头子跟他比斗，恐怕不是对手。想到此处，他急忙转过脸来，吩咐一声："来呀！"

众位小将听了，忙围上前去："军师有何吩咐？"

"你们看见没有？今天可是一场大战哪，不能让咱们老元帅亲自出马。你们哪个显显手段，把使刀的小子给我划拉了？"

"我愿去！"

常茂一看，是野人熊胡强，便对他说道："嗯，你是我的先锋官，就得先伸手。快去，把老元帅换下来，把那小子的脑袋给我揪下来。"

"遵命！"胡强答应一声，锵啷啷一晃虎尾三节棍，撒腿如飞，来到两军阵前，站在了两匹战马的中间。

宁伯标正准备接招，见胡强站在马前，不由吓了一跳。他赶紧拨转马头，一涮软藤枪，说道："强啊，你要干什么？"

"军师有话，让你回去休息，由我来划拉他。"

宁伯标心想：对，是该让年轻人多出头。于是说："胡强，多加小心。"说罢，回归本队。

野人熊胡强手提三节棍，站在阵前，上一眼下一眼，直盯盯地瞅着吕猛。这一瞅呀，把吕猛给瞅愣怔了。吕猛也仔细观瞧来人，心里说，世界上竟有这种怪人！问道："呔！你是一人，还是一怪物？"

"去你的，爷爷是人！"

吕猛道："就凭你这副模样，还敢跟本将军动手？"

"对了，我们军师说，让我来薅掉你的脑袋。喂，把脑袋给我吧！"说话间，噗！胡强抡棍就打。

别看吕猛厉害，那得看跟谁较量。要跟胡强战到一处，那他可差远了。二人你来我往，打了五六个照面，吕猛又舞刀砍来。胡强往旁边一闪身形，吕猛的大刀走空。再看胡强，他单手提着三节棍，腾出一只手来，噌！就把吕猛的刀杆抓住了。紧接着，往怀中就拽。吕猛一个没注意，从马脖子上栽倒在地。胡强把三节棍别在腰上，飞身蹿到他身边，"别动！薅脑袋——"话音一落，把他的脑袋抱住，噌！拧了下来。接着，冲常茂高喊："军师，我立了一功！"说完，就要撤阵。

正在这时，吕具的三弟吕勇急眼了，一晃掌中的大砍刀，说道："大哥，待小弟替我二哥报仇！"转脸喊叫："野小子，你别走！"话到马到兵刃到，抡刀直奔野人熊砍来。这一刀还真让他砍上了，咔嚓一声，正砍到胡强的后背上。胡强站立不稳，噔噔噔往前抢了几步，摔了个狗啃屎。

别看胡强被砍了一刀，可是，什么事儿也没有。为什么？前文书说过，原来胡强长了一身石甲，厚有一寸，善避刀枪。吕勇看罢，吓得直缩脖子，不由倒退了几步。胡强可不干了，忙从地上爬起身来："啊呀，你小子没言语怎么就动手呢？呸，连你的脑袋我也薅下来吧。"说着话，瞪眼奔吕勇就冲来了。吕勇赶紧抢开大刀，大战胡强。十几个照面过后，吕勇一个没注意，哧！胡强蹿到他的马后，伸手就把马尾巴给拽住了："你过来吧！"霎时间，把这匹马拽得直往后退。

吕勇扭头一看："啊！你是人吗？"吓得他真魂儿都飞了，不住地往前催马。

野人熊胡强就势上前，操着虎尾三节棍，啪！将他打于马下。紧接着，蹿到他面前，伸出双手，将他的脑袋也拧下。接着，提起两颗头，又要撤阵。

张士诚看了，把嘴一咧，心中暗暗吃惊：哎呀，还有这种人呢！看来，苏州兵马必败无疑了。

吕氏弟兄双双亡命，金铠无敌将吕具可待不住了。他咧着大嘴，又哭又叫："王爷，我要与我兄弟报仇！"说着话，马往前提，晃动掌中的凤翅镏金镋，直奔野人熊胡强扑来。

胡强眨巴着眼睛一看，吓了一跳。为什么？这吕具非一般人可比，他身高足有一丈挂零，肩宽背厚，面如赤金，亚赛金甲天神。头顶凤翅金盔，二龙斗宝，十三曲簪缨。身披九吞八扎金锁连环甲，外罩素罗袍。浓眉大眼，长得威风凛凛，杀气腾腾。尤其是掌中那条凤翅镏金镋，都大得出了号儿啦，太阳一照，灼灼发光，夺人二目。胡强看罢，心想，哟，此人真跟庙里的韦陀差不多少！

吕具看了看胡强，厉声说道："好小子，连伤我两条人命，本将军岂能饶你！休走，拿命来！"说罢，呜！舞镋就砸。

胡强赶紧把两颗人头放下，晃动虎尾三节棍，接架再战。几个回合过后，胡强一个没注意，啪！凤翅镏金镋正打在他的屁股上。胡强站立不稳，噔噔噔跟跄出两丈多远，扑通，摔了个仰面朝天。紧接着，一骨碌爬起身来，也不要那两颗人头了，撒腿就往回跑。

常茂见胡强败下阵来，大吃一惊："啊?！什么人这么大能耐，能胜了我的先锋官?"他略一思索，冲朱沐英喊话："我说小磕巴！"

朱沐英答应道："在！"

"该你的了。你小子战马落荒，犯了罪啦，该由你戴罪立功。"

"遵……遵命！"朱沐英双脚点镫，来到两军阵前，把掌中的大锤一晃，跟吕具见面。

吕具说道："呔！就你这个雷公崽子，还敢跟本将军伸手？快快报上名来，本将军镋下不伤无名之鬼！"

"你别着急，说话小、小点声。能耐大小，不在声音高、高低。不认识我呀？我爹朱、朱元璋，我是他老人家的御儿干、干殿下，我叫朱、朱沐英，外号金、金锤太保。"

"噢！"吕具一听，有这么一号。听说这小子曾锤震乱石山，十分厉害。今天见阵，我得多加小心。想到此处，再没搭话，抢起凤翅镏金镋，便大战朱沐英。

吕具头一招使了个泰山压顶，奔朱沐英脑袋拍来。朱沐英知道这家伙有劲儿，不敢轻敌，他双脚一点镫，双腿把马夹紧，浑身上下较足力气，双腕子提着大锤一兜，好，双锤正巧砸到镋上。兵器碰在一起，锵啷啷一声，震得吕具虎口发酸，差点儿把凤翅镏金镋扔掉。

再看朱沐英，更惨！怎么？他的马退出有一丈多远，把双锤并到一起，腾出那只手来直抖搂："哎哟，大个子，真、真有劲呀！"说罢，抡双锤又战。

战了有二十多个回合，这两个人像打铁一样，叮！当！叮！当！也没分出个胜负。

常茂唯恐朱沐英出事，忙说："武尽忠、武尽孝，该你们哥儿俩换班儿了。快快上去，把小磕巴替下来。"

"遵命！"武尽忠哥儿俩一晃镔铁怀抱拐，撒开双腿，嗒嗒嗒嗒来到两军阵前，高声喊叫："小磕巴，你先回去休息，待我哥儿俩胜他！"

朱沐英真有点儿顶不住了，见他俩上阵，正称心意，拨马回归本队。

武尽忠、武尽孝这两个更鬼，一个打人，一个打马腿，把吕具打得手忙脚乱。不过，吕具的武艺确实高强，大战二十余合，也未分胜负。

常茂一看，心里合计，嗯，又该换人了。忙喊："朱文治、朱文英，你们哥儿俩快去，把武氏弟兄换下来。"

"遵命！"这哥儿俩撒开战马，冲到两军阵前。

书要简短。常茂派人，轮战吕具。金镋无敌将应了一阵又应一阵，打着打着，慢慢地松下劲来，只有招架之功，没有还手之力了。

常茂一看，好，这回该我露脸了。他振作起精神，喊道："众将官，压住阵脚，看军师我的！"说罢，肩扛禹王神槊，来到吕具马前，站稳身形，说："行，你有两下子。我一看你这条凤翅镏金镋，知你受过名人传授，高人指点。来来来，你我大战三百合！"

吕具平端凤翅镏金镋，睁双眼定睛观瞧这位来将。但见这匹马可不错，跟大青缎子一样，鞍鞯嚼环锃明瓦亮。不过，骑马的这个将官可太难看了，跳下马来，平顶身高也不过五尺挂零。盔斜甲歪，衣履不整。往脸上看，一副饼子脸，小蒜头儿鼻子，耷拉着嘴角，左眼像剥了皮的鸭蛋那么大，右眼像香火头儿那么小，四个大板牙稀稀拉拉。别看他人不压众，扛着这条禹王神槊可不错，锃明瓦亮。肩上还斜背一个兜子，鼓鼓囊囊，不知装着何物。吕具看罢多时，压了压一腔怒火，高声喝道："来将通名！"

"问我呀？有名有姓。我本是安徽人，爹爹官拜开明王，姓常名叫常遇春，我是他老人家的二儿子常茂。你若记不住，就叫我茂太爷得了！"

"呸，胡说八道！"

"什么胡说八道？爱叫不叫。哎，你叫什么名字？"

"金镀无敌将吕具。"

常茂还是嬉皮笑脸地说道："噢，你就是吕具？过去就听说你挺厉害，今天一见，果真不假。我说吕将军，我跟你商量点事行不？"

吕具听罢，心里合计，这小子嬉皮笑脸的，什么意思？略停片刻，说道："有话就说吧！"

"我说吕将军，咱们当武将的可真不容易啊！为了各保其主，把脑袋都掖到裤腰带上了，每天征战疆场，不是你死，就是我亡。就刚才来说吧，我们那小哥儿几个，有的把你们人的脑袋拧下来了，有的在前敌打了胜仗，他们都立了大功。这回挨着我了，我要打了败仗，该怎么回去交代呢？请吕将军成全成全我，干脆，把脑袋伸过来，让我把你拍死得啦！"

"胡说！"这几句话可把吕具气坏了，心里说，这是个什么东西？不但五官相貌不怎么的，说出话来也真损呀！吕具怒火难耐，大喊一句："尔往哪里走！"说罢，抢凤翅镏金镀，照常茂就砸来。常茂见镀来了，不敢怠慢，赶紧拨转战马，躲到一旁。吕具不依不饶，回手又是一镀。常茂还不应战，又将镀躲开。就这样，连着四五下，也没还手。吕具不明其详，带住战骑，怒斥道："哎，我说常茂，因何不战？"

常茂眼珠一转："我说吕具，你觉着你的能耐不含糊啊？哼，跟茂太爷我比，你可差远啦！我说吕具，咱们就这样平平常常地对打，有什么意思？我说这么办行不？"

"怎么办？"

"咱打个绝的。"

"绝的，此话怎讲？"

"我说吕具啊，你说你有劲，我说我有劲，那咱俩就来个一对三下，比比谁劲大。"

"怎么比？"

"你砸我三下，我砸你三下。你要把茂太爷砸趴下，那我没说的，算我经师不到，学艺不高；我要把你砸趴下，你也算是个大饭桶。我这个打法，你乐意不？"

吕具听罢，狂声大笑："哈哈哈哈！娃娃，你真会出主意。行，怎么打我都听便。"

"好，够个英雄。既然是我出的主意，还得依着你，先叫你打我三下。我要是招架不住，那我就算输了。若招架过去，翻过手我再打你。你看够朋友不？"

吕具心想，嗯，这还不错。常茂，你真是自找苦头。就你这个头儿，还经得住我砸吗？慢说三下，只用一下就差不多结果了你的狗命！想到此处，答道："好！"

"不过，还有一件。"

"哪一件？"

"咱二人疆场比输赢，是单对单，个对个。所以，咱俩得各自跟自己人讲清楚，不准别人助阵。"

"那是自然。"

二人商量已毕，各自骑马，回归本队。

吕具策马回到阵脚，到了张士诚跟前，跟众将官述说了一番。众将一听，都放心了。为什么？因为他们知道常茂准要吃亏。心里都暗暗合计，要比力气，你常茂可相差太远了。而且还叫别人先打，那你就更倒霉了。张士诚听罢，也十分高兴。吕具嘱咐已毕，一拨战马，又到了两军阵前。

常茂回到本队，跟宁伯标众人一讲，宁爷的眉头不由一皱。心里说，这孩子，怎么把刀把子给了人家啦？哎呀，倘若他有个三长两短，我怎能对得起他爹常遇春呢？想到这儿，不由担心地问道："常茂，你如此行事，可有把握？"

"老人家，我没有金刚钻儿，也不敢揽瓷器活儿，你就放心吧！"

朱沐英在旁边也说："老……老前辈，放……放心吧！这家伙一肚子转轴儿，他……他能吃亏吗?"

宁伯标听罢，仍然放心不下，再三嘱咐常茂，要他多加小心。常茂连连点头，接着辞别众人，策马来到两军阵前，与吕具二次见面，还是嬉皮笑脸地说道:"大个子，你说好了吗?"

"说好了。"

"好，君子一言，快马一鞭，咱们现在就开始。"说着话，常茂晃了晃掌中的禹王神槊，活动活动筋骨，接着，在阵前透了通战马，这才说道:"嗯，这回可差不大离儿了!吕将军，请吧!"说话间，拿出了挨打的架势。

吕具见了，紧咬钢牙，先把战马捎回几丈远，一提丹田气，运足了力气，双手举起凤翅镏金锐，二脚一磕飞虎鞬，催马来到常茂跟前，拼命抢开金锐，呜!奔常茂顶梁就要狠下绝情。

你说常茂这小子的心眼儿有多灵巧?他见吕具的凤翅镏金锐抢来了，急忙高喊了一嗓子:"等一等!我的话还没说说完呢!"

吕具一听，立时泄了浑身的气力，问道:"还有何事?"

"哎，我说大个子，方才我想了想，觉得你这个人挺不仁义!"

"啊?!此话怎讲?"

"你看，我让你先打我，你倒是说两句客气话呀?可你一句也没有说，就恶狠狠地来打茂太爷，这像话吗?哪怕你是假的，也应该让让我呀!就凭这个，我就不赞成你。"

吕具听罢，大笑:"哈哈哈哈!方才你说话之时，我未加思考。其实，谁先动手还不一样?要不，你先打我?"

"哎，这可是你说的?"

"嗯!"

"那我先打你得了!"

"啊!"吕具一听，心里说，这小子，转轴真快呀!他略停片刻，说道:"好，那你就先打我吧!"

"哎，这才算英雄好汉呢!应该。冲你这个岁数，冲我这个年纪，无论哪一方面，我也得先打你。"

"行。那你快点进招!"

宁伯标在后边听了，心头顿时一振，嗯，这小子还真能耐。吕具呀，这一回你可要上当了。众战将也眉开眼笑，窃窃私语。

再说常茂，他把战马一拨，依旧嬉皮笑脸地说道："那我可就不客气了！"说罢，他抢开手中的禹王神槊，在那里就运上劲儿了。

吕具见常茂准备进招，手中平端凤翅镏金铙，眼珠不错神儿地盯着常茂。他心里暗自说道，哼，做大将的，以力为主。就凭你那模样儿，纵然使出吃奶的劲儿来，能有多大力气？

吕具正在暗自思忖，就见常茂高举大槊，策动战马，奔吕具冲了过来。等来到吕具近前，大喊一声："我可要打了！"说罢，一抢手中的禹王神槊，呜！冲吕具砸来。吕具见常茂来势甚猛，忙使出浑身的力气，举火烧天，凝神注视，挥铙往上就搪。

常茂不进招还则罢了，这一进招，倒把吕具打乐了。怎么？他这禹王神槊连一点儿劲都没有，砸在铙杆子上，当啷一声，被崩出老高。常茂砸完这一槊，圈回马来，大声叫道："啊呀，我的劲儿哪里去了？我说大个子，这回不算，咱重打得了！"

"胡说！磨蹭了半天，怎能不算？快快进招，还有你两下。"

常茂装出一副惊慌失措的模样，说道："倒霉，我这是自己给自己找苦头啊！唉，怎么就没劲了呢？"转脸对吕具说："好，不重打就算上一下，这一回待我用大劲。"说罢，催开战马，抢起大槊，又奔吕具砸来。

吕具摆动金铙，锵啷一声，又将大槊磕开。这一回，更把吕具逗乐了。怎么？常茂比上一回还没劲。吕具心里说，小娃娃，你唬人唬得可不浅哪！就凭你这两下子，还想跟我比劲儿？真是笑话。他不屑一顾地对常茂吼叫："娃娃，还有一下！"

"嗯，还有一下，哎呀，我今天怎么就没劲了呢？"

你别听常茂嘴是这么说，心里可真用上劲了。他暗自咬牙，心里说道，吕具，这回我就叫你吃个饱亏！常茂打定主意，把禹王神槊往空中一举，紧催战马，又奔吕具砸来。

吕具连接两招，见常茂没多大力气，因此，这一回也就未加防备。哪知道这一槊疾似闪电，快似流星，锵啷啷一声巨响，砸到了镏金铙的铙杆上。这一下可要了命啦，那么大的金铙无敌将，在马上坐立不稳，哎哟一声，从马屁股后头摔了下去，当时就昏迷不醒了。

吕具掉落马下，常茂也没得好。怎么？那大锐与大槊相撞，当啷一声，把禹王槊颠起有四五尺高。常茂觉得眼前发黑，也哎哟一声，从马脖上出溜了下去，当时也不省了人事。两旁当兵的见了，赶紧闯到两军阵前，各抢着自己的主将，回归本队。这仗没法打了，两方面都收兵撤阵，各自回营。

咱不表张士诚抢救吕具，单说宁伯标众人。他们把常茂抢回大帐，又拽耳朵，又晃脑袋，又捶打前胸，又扑拉后背。朱沐英一看，惊惶失措地说道："完……完了，这……这回他算缓……缓不过来了！"

野人熊胡强也晃着脑袋直扑棱："醒醒，醒醒！"

众人也一再呼唤。过了半天，常茂才慢慢把眼睛睁开："哎呀我的妈哟，可把茂太爷震坏了。哎，我现在活着呢，还是死了？"

大伙一听，这个乐呀："你明明活着，怎么说死了呢？"

"不对，刚才我觉着魂儿都出窍儿了！"

宁伯标走到常茂近前，微微一笑，说道："茂儿，休要胡说。你现在觉得怎么样？"

"好了。哎哟，我的手好疼呀！"说着话，伸出手来一看，哟！虎口都被震裂了。他心里说，哎呀，这吕具可真厉害。我们俩还没算完呢，得想招制服他。想到这儿，常茂不顾伤痛，又要请令对敌。

正在这个时候，探事的蓝旗进帐，跪报军情："报！报元帅和各位将军，给大家道喜！二王千岁胡大海把救兵搬来了！"

宁伯标一听，当时就乐得站了起来："现在何处？"

"离这儿还有十里之遥！"

宁伯标眼睛一亮，当即传下军令："众将官，亮队迎接！"

生力军来了，大家欣喜若狂，赶紧亮队，出营迎接。时间不大，两军会师。宁伯标等人一看，嗬！搬来的人可真不少，宝枪大将张兴祖，飞刀将焦廷，铁枪将赵玉……三十几位御总兵，陆陆续续，各带本部人马，全都来到了。这些军队真是无边无沿，一眼看不到头儿。

胡大海腆着草包肚子，策马走在最前面。众人一看。赶紧过去见礼。胡大海把手一摆，傲慢地说道："免了，免了。今天咱们大家又见面了，哈哈哈哈！"

这时，宁伯标也走了过来，与胡大海见礼。胡大海见是宁伯标，不觉一愣，忙问道："哟，兄弟，你怎么也来了？"

宁伯标用手一指，笑着说道："二哥，待一会儿我跟你再算账！"

胡大海听罢，不解其意，忙问道："哎，有什么账可算的？"

宁伯标说道："这笔账嘛，你心里清楚，我心里明白。等回去再说吧！"

众将官寒暄已毕，兵合一处，将打一家。霎时间，扎好了连营。胡大海传下令箭，摆酒庆功，祝贺会师。酒席宴前，宁伯标把出征以来的经过以及开仗的情形，当着胡大海和各位御总兵，详细讲述了一遍。

胡大海也把搬兵的经过讲了一遍，并且说道："咱大明的家底可都来了，三十六路御总兵，人马不下二十万。再要攻不破牛膛峪，咱可就算彻底完蛋了。"

宁伯标说："不，既然二哥搬来了雄兵，明天疆场见仗，定能大获全胜。"说到此处，宁伯标用手点指胡大海，低声责怪道，"二哥，有你这么干事儿的吗？"

"我，我怎么了？"

"你忘了？我女儿宁彩霞的婚事，你是怎么给办的？"

"哎哟兄弟，这事你可得多担待。你想，二哥我身上有多少大事儿啊？我只顾搬兵救驾了，都把这事儿给撂开手啦。"

"哼，告诉你吧，朱沐英误走凤凰庄，我们见过面了。"接着，就把往事又述说了一遍。

胡大海一听，咧嘴乐了："哈哈哈哈，这不省我的事了！总而言之，见着面就得了。怎么样，这姑爷保险你满意吧？"

"呸！"宁伯标吐了他一脸唾沫，"二哥，你算损透了。有这样牙排似玉，齿白唇红的吗？有这样的美男子吗？要不是我女儿乐意，我们一家子就得出人命！"

"兄弟，就这么着吧！丫头找丈夫，干吗非挑那俊俏漂亮的？俗话说，郎才女貌，挑郎君要挑他的能耐、才气，可不能以貌取人。既然姑娘愿意，咱们当老人的，还有什么话可讲？"

宁伯标与胡大海说笑一番，话锋一转，谈到正题。宁伯标就问：

"二哥，明天怎样出兵见仗？"

胡大海郑重其事地说："兄弟，既然你来了，你就是大帅。我是军师，我给你参谋参谋还行，让我分兵派将，那我可不行。"

"不，还是二哥派将为好。"

胡大海再三推辞，宁伯标也不敢从命。最后，众人一致同意，让胡大海分兵派将，让宁伯标参赞军机，当个谋士。

胡大海万般无奈，只好说道："好，那我就尝尝这当元帅的滋味吧！来呀，传我的令箭，杀牛宰羊，犒赏三军。明天，大伙把本领都拿出来，一鼓作气，冲进牛膛峪，解围救驾！"

"遵命！"

胡大海又吩咐，让二十万军队，盛排宴会，饱吃饱喝。同时还吩咐，凡是当官的，不管大官还是小官，一律到大帐庆贺。

这当官的一来，就有五百人之多呀！他们雁翅形排开，坐在大帐两侧。霎时间，仆人将酒宴摆妥。酒过三巡，菜过五味，胡大海把筷子一放，说道："各位，我有几句话，在酒席宴上，不知当讲不当讲？"

众人一听，忙把筷子放下，齐声说道："二王千岁，有话请讲，我等愿听教诲。"

"王爷，有话您就说吧！"

胡大海说："今天，咱老少爷们儿聚会在一块儿，我心中颇有所感哪！"

"您所感何来？"

"唉！人生一世，不知遇到多少苦乐悲欢，真不容易度过呀！就拿我来说，想当年，卖过私牛，打过把式，卖过艺，给人家看过家护过院，还保过镖。那些年头，风雨飘摇，东窜西奔，历尽了万般艰辛，好不容易才落到乱石山，我们哥儿七个，八拜结交，共举义旗，才算走上了正路。打那儿以后，我跟着老四朱元璋取襄阳，战滁州，定南京，干起了惊天动地的大事，决心要一统天下。这些事情，当初我做梦也没想到过呀！我时常暗暗合计，这是什么原因呢？不管天时地利人和也好，命运也罢，归结到底一句话，得说我老胡有能耐，有本事。别人呀，都不在话下。凭着我胯下马，掌中枪，打遍天下无敌手，不亚于当年的张翼德。上一次，闯牛膛峪搬兵，凭的是我；这次到牛膛峪救驾，不是吹牛，还得靠我。你们呀，只不过是聋子的耳朵——摆设。有我一人冲锋陷阵就够了，你们给我助助威就行，都跟着我沾光吧，哈哈哈哈！"

宁伯标听着不是滋味，冷淡地说道："你休要目中无人！"

胡大海牛眼一瞪，犟着劲地说："什么目中无人，是骡子是马，咱得牵出来遛遛。谁不服气，到两军阵上见个高低。"

胡大海这一顿白话，气恼了手下的众位将军。他们一个个双眉紧锁，暗自思忖道，姓胡的，你也太能吹了！难道只有你是英雄，我们都是摆设？他们暗自议论道："各位兄弟，有劲到阵前使啊，立个大功给他看看！"

"对！明天到疆场上再说。"

众将官暗树雄心，要大破牛膛峪！

第十三回　莽英雄施计擒敌帅
老侠客奋力挫三杰

　　胡大海在酒席宴前信口雌黄，说了一番欺人的话语，气坏了手下的众位将官。他们一个个窝着火，憋着劲，再无心饮酒言欢，互使眼色，相继离开了大帐，去做应战准备。

　　胡大海见两旁战将怒冲冲走出大帐，他不由偷偷一乐，将功劳簿捧在手中，听候佳音。

　　单表雌雄眼常茂。他带着金锤殿下朱沐英、武尽忠、武尽孝这一帮人，走到帐外，气得直扑棱脑瓜："哎呀，可把我气死了！"

　　朱沐英相劝道："你、你生什么气？他那、那叫激将法。"

　　"激将法也叫人生气。他老胡家是英雄，难道我们老常家是狗熊？哼，我非赢了这个吕具，让他瞧瞧我的能耐不可！"

　　"对！有劲得到、到阵前使去！"

　　常茂大喝一声："查点人马！"

　　他哪来的人马呀？就是从二杰岭带来的那些喽啰兵。常茂不等胡大海传令，把一千五百人集合起来，吩咐道："我告诉你们，此番见仗，都把劲使出来，咱一鼓作气杀进牛膛峪。如果哪个畏缩不前，我一榔头把他砸死！"说罢，飞身上马，带领将校军卒，赶奔敌人的连营。

　　这回常茂是偷营劫寨，不用讨敌骂阵。他们来到敌营附近，抬头一看，只见串串的蜈蚣灯，点点的灯头，一眼望不到尽头。常茂求胜心切，略思片刻，突然大喝一声："哒！杀呀——"霎时，一千五百多人越壕沟，跳障碍，就冲了进去。

常茂出其不意地一冲，苏州兵可就乱了阵脚。他们一个个哭爹叫娘，撇刀扔枪，顿时乱作一团。常茂乘势冲锋，领着众人，一口气就推进了三里多地。

常茂正在前进，就听苏州兵的连营里，炮声响动。片刻过后，苏州王张士诚带领金锏无敌将吕具，统兵前来，将常茂给截住。

张士诚自围困牛膛峪，时刻提防朱元璋的救兵前来。因此，他平时就做好了打仗的准备。但是，他可没料到明军会半夜偷营，慌乱之间，他传令举起火把，列开旗门，要截住明军。待明军冲到近前，苏州王张士诚定睛一看，啊？又是白天那个坏小子。"吕将军，常茂来了！"

吕具一看，只气得暴叫："哇呀呀呀！好小子，白天交锋，差点儿叫他把我震死！这个仇焉有不报之理？王爷，您在一旁观敌，看我赢他！"说罢，催开战马，晃动凤翅镏金锏，冲到常茂近前。

常茂抬头一看，见来将是吕具，又嬉皮笑脸地说道："大个子，你挺好啊，咱俩又见面了！"

"呸！少说废话。来来来，你我决一死战！"话音一落，抢锏就砸。

常茂见锏来了，赶紧白话："等一等！我再出个主意好不好？"

"你待着吧，什么主意我也不听了，咱就打吧！"吕具上当上够了，还能再听他的？只见他将凤翅镏金锏抢开，上下翻飞，跟常茂展开了决战。常茂对付吕具，也真有点儿怵头。他见吕具力猛锏沉，来势凶猛，自己不敢轻敌，也使出了浑身的解数。顷刻间，只杀得难分难解。打了五十多个回合，也没分出胜败输赢。

此时，小磕巴嘴朱沐英一看，心想，糟糕，就这样你来我去，难以取胜呀！他看着看着，眼珠一转，来了主意，冲常茂大声喊话："茂，你怎么死、死脑筋呀？你背着兜子干、干什么呢？"

他这么喊叫，别人听不明白，可常茂却十分清楚。哟，这真是一句话点醒了梦中人。我这兜子里装的是龟背五爪金龙抓，此时不使，更待何时？想到这儿，长起了精神。又打了五六个回合，常茂虚晃一招，奔东北方向，拨马就跑。他一边跑着，一边喊叫："大个子，你太厉害了，茂太爷不是对手，不打了，走了！"

吕具听了心想，什么，走？哼！没那么便宜。我两个兄弟吕勇、吕猛已命丧疆场，今天非把你抓住，来报此仇。吕具脑袋瓜子一热，不管青红皂白，催马抡镋就追。时间不长，追了个马头接马尾，他把大镋抡开，照常茂就砸。

此时常茂早已做好准备，他马往前边跑，眼往后边盯，见吕具已经到了身后，忙把禹王神槊交到左手，将右手腾出来，往龟背五爪金龙抓的套里一掏，哗棱！就把飞抓拽了出来。

书中交代：练这种东西，常茂下过苦功。使用时，不用看人，背着脸约莫尺寸就行。只见他把飞抓擎在右手，呜！朝后边扔了出去。

这飞抓来得太快，吕具不知其详，只觉得头顶生风，他仰面一看，什么东西？还没等他看清楚，只听咔嚓一声，正抓在他的头盔上。吕具吓坏了，急忙闭上眼睛，扑棱脑袋，他那意思是把飞抓甩掉。

常茂见了，忙用力往怀里一拽："你下来吧！"那飞抓是越拽链子，里头抓得越紧。吕具再不下去，恐怕连天灵盖都要被人家拽下去了。无奈，他哎哟一声，扑通！栽落马下。常茂拽着链子，一把一把地往回捯手："过来，过来！"就见吕具像死狗一样，被常茂拽到了马前。

野人熊胡强一看，高声吼叫道："妥了，交给我吧！"说罢，噌噌噌噌来到近前，一脚把吕具蹬住，就要拧他的脑袋。

朱沐英忙喊："等、等一等！别、别拧。我说把他抓住就、就得了。待一会儿，你知道我们谁、谁叫人家抓住？到那时，我们还能走马换将呢！换、换不了的时候，再拧、拧他的脑袋。"

常茂让野人熊胡强把吕具捆绑结实，扛在肩头。

苏州王张士诚一看，立时大惊失色。心里说，哎呀，今日打仗，全指着吕具呢！他被抓走，什么人还可以退兵呢？张士诚正在着急呢，忽听后队一阵大乱。刹那间，传来了马挂銮铃之声。紧接着，有人高声喊喝："王爷休要担心，老朽到了！"张士诚回头一看，来者非是别人，正是南侠王爱云。

原来王爱云在苏州王手下任丞相之职。他得知明军偷营，放心不下，便自告奋勇，率领一支军兵，赶来增援。王爱云来到张士诚马前，大声说道："王爷，战事如何？"

张士诚惊慌地说道："啊呀！老侠客，你晚来了一步，吕将军被他们抓住了。"

啊？王爱云一听，顿时脸色更变。他抬头往对面一瞧，可不是吗！只见吕具龇牙咧嘴，被一个野人扛在肩头。老侠客看罢，略一思索，赶紧说道："王爷，不要惊慌，待老朽把吕将军营救回来。"

"老侠客，全指着你呢！"

再说王爱云。他甩镫离鞍，跳下身来，把马匹交给亲兵，迈大步来到常茂的马前，丁字步一站，稳如泰山："对面娃娃，通名再战！"

常茂低头一看：哟，这老头儿是个大个儿，细条条的身材，年龄在八十开外，面如银盆，二目如灯，头发、眼眉、胡子刷白，跟雪一样；头戴杏黄缎子鸭尾巾，半匹黄绫子缠头，身穿月白色短靿，外披英雄氅，兜裆滚裤，脚踏抓地虎快靴，腰中挎着宝剑，古香古色，二尺多长的杏黄灯笼穗儿，垂向地面。真是老当益壮，威风凛凛。常茂看罢，料知这老头儿不含糊，他把脖子一缩，说道："老头儿，你好哇！"

"娃娃，通名上来！"

"你初来乍到，不认识我，他们那些人都知道，我叫常茂，我爹是开明王常遇春！"

"噢！常茂，你可真行啊，把吕将军都给抓住了。娃娃，听老朽相劝，快把吕将军的绑绳解开，送给我们。如若不听良言，今天你难逃公道！"

常茂一听，冷言冷语地说道："哟，怪不得这年头天下大乱呢，闹了半天老头儿都会吹牛！喂，我说老家伙，你有什么能耐，竟敢在你茂太爷面前胡说八道？今天，我非砸死你不可！"说到这儿，把禹王神槊抡起来，就要动手。

南侠往旁边闪过身形，把脸蛋子往下一沉，说道："嗯！常茂，别说是你，就是把你老师搬出来，也非是老朽的对手。你们那儿有主事人没有？让他过来，与我讲话！我跟你个娃娃，没有什么话可讲。"

正在这个时候，宁伯标领着人马赶到了。他借着灯光，往前面仔细一瞅，突然认出来了，心里说，啊呀，这不是我老师王爱云吗？真悬哪，我要晚来一步，常茂非出事不可。想到这里，赶紧甩镫下马，快步来到阵前，对常茂说道："茂儿啊，赶紧回来！"

常茂回头一看，哟，是老前辈宁伯标来了。他不敢违令，赶紧拨转马头，归回本队："我说老人家，你来得正是时候。若晚来一步，我就把老头儿给捶巴死了。"

"胡说！你知道他是谁吗？"

"谁呀？"

"他就是赫赫有名的南侠王爱云。孩儿，你别觉着你的武艺不含糊，若跟这老侠客相比，那可差远了。"

"我管他侠客不侠客的，只要与我为敌，我就得揍他！"

宁伯标生气地说："休要胡说，还不给我退了下去！"

常茂一听，再不敢跟宁伯标耍浑，便噘着嘴回归本队。

宁伯标训走常茂，来到南侠王爱云面前，赶紧撩衣跪倒在地，口尊："师父在上，您老人家一向可好？我这厢有礼了！"说罢，连连磕头施礼。

王爱云低头一看，轻声说道："伯标，起来吧！想不到咱爷儿俩在此相遇啊！"

"谢师父！"宁伯标答应一声，起身站在老英雄身旁。

王爱云接着说："伯标，我听人说，如今你改换门庭，保了朱元璋，对吧？孩子，未曾行事之前，怎么也不想想？苏州王明君有道，待你不薄啊！从前曾命人到你家中，几番请你出面做官。你说老母在堂，不愿居官，王爷只好作罢。那么，既然不愿为官，为何要投靠朱元璋呢？"

"恩师，弟子有下情回禀！本来我不想居官，今日出山，实乃事情所逼呀！您也知道，我自小跟常遇春一块儿长大，亲同手足。看在常遇春的分上，我才跟朱元璋相识。直到现在，我也不想当官。今日上阵，无非是从中帮忙而已！"

"噢？你帮忙打苏州王？"

"徒儿不敢。不过，我觉得张士诚不应当骨肉自残，将朱元璋困在牛膛峪中，因此，我才……"

王爱云打断宁伯标的话语，说道："你才抱打不平？哈哈哈哈，好孩子，行。那么，现在你打算怎么办，难道还想跟为师动手不成？"

"啊呀，吓死徒儿也不敢。"

"既然不敢动手，你就给我退在一旁。赶紧告诉常茂，叫他把金镜无敌将吕具给我放回来。"

"这……"

"怎么？你还敢违抗师命吗？"

"这……恕弟子之罪，此事万难办到。师父您想，两国的仇敌，不是你死，就是我亡，当场不让步，举手不留情啊！常言说，放虎归山，必要伤人，我怎能把吕具放回去呢？况且，我又不是将官，说话能有何用？放与不放，得问人家的主将。"

王爱云听到这里，把眼一瞪，怒冲冲地说道："好小子，这真是儿大不由爷呀！想当年，你跟我学艺的时候，那真是百依百顺；现在，你觉得不含糊了，眼里头也就没我这个师父了。好吧，既然如此，那咱们也就是仇敌了。你赶紧上马，操起你的金丝软藤枪，咱俩决一死斗！"

"师父，吓死徒儿也不敢跟您老人家伸手。"

"你不伸手，我可要抓你了。"王爱云说着话，往后一退身形，腾！甩掉英雄氅，紧了紧腰中的大带，过来就要大战宁伯标。

你别看宁伯标不敢伸手，那帮子青年可不管这套。刚才，王爱云与宁伯标的一番话，他们就憋了一肚子火。现在见王爱云动手了，他们哪有不管之理？只见朱沐英气呼呼地说道："哎，这老、老家伙，真、真不讲理。看我的！"

俗话说：是亲三分向。朱沐英与宁彩霞已经订婚，结成了亲眷。到了紧要关头，能不向着老丈人吗？因此，他催马枪锤，来到南侠王爱云面前，高声喊叫："老家伙，你、吃我一锤吧！"说罢，只听呜的一声，抡锤便砸。

王爱云不敢怠慢，急忙闪身躲过。

宁伯标见他二人战在一处，心中十分着急，暗暗想道，看来拉是拉不住了，这可怎么办呢？急得他直转磨磨。

再看朱沐英，他抡开双臂，左一锤，右一锤，奔王爱云的致命处砸来，恨不能一下儿把他置于死地。

此时，王爱云更加恼怒。他一边交锋，一边用手指着宁伯标："好小子，你站在一旁充好人，却让别人过来打我。看来，你心中再无师徒之谊了。好小子，你等着我！"

　　王爱云往后一退身形，咯嘣！按动绷簧，锵啷！亮出一口宝剑。这一亮剑不要紧，就见两军阵前，唰！打了一道霹闪。他这口宝剑叫紫电青霜，那真是切金断玉，削铁如泥。再看王爱云，他手舞宝剑，冲着朱沐英厉声喝喊："孽障，你给我过来！"

　　"过来就过、过来！"说话间，朱沐英抡锤又打。

　　老侠客见朱沐英抡锤打来，先将身形闪躲一旁，接着，使了个凤凰单展翅的招数，挥动宝刃，唰！奔朱沐英的脖子刺来。

　　朱沐英一看，不敢怠慢，赶紧缩颈藏头。他刚把头低下，唰！宝剑就从他的脑门掠过。朱沐英刚一长身，哪知道王爱云将腕子一翻，使了个脑后摘瓜，唰！又把宝剑刺来。这一剑可把朱沐英吓了个够呛，左躲右闪没来得及，干脆，他把小眼睛一闭，等死了。

　　就在这时，他就听嗖一声，只觉着脖颈冷飕飕的，刮来一股冷风。朱沐英略定心神，明白了，啊，宝剑走空了，他没真砍我呀！

　　别看王爱云心里生气，可他却不忍心下死手。为什么？老头儿心里琢磨，我已经是年过古稀的人了，还能再开杀戒吗？纵然将他杀死，这也不算什么光彩的事情。干脆抓个活的，将吕具换回也就是了。所以，他把宝剑砍空之后，紧接着又用宝剑平着一推，对准朱沐英的脖子，大喝一声："下来！"

　　朱沐英往后一闪身，没有坐稳，扑通，栽于马下。老侠客忙走过去，抬腿将朱沐英踩住，没费吹灰之力，抹肩头拢二臂，把他捆了个结结实实。接着，点手呼唤亲兵："来呀，将他押了回去！"

　　亲兵涌了过来，跟拽死狗一样，把朱沐英拖下阵去。

　　朱沐英被绑被拽，怎能甘休？他拼命呼喊："哎哟，救、救命呀，救命！"

　　喊也没用，让人家拽回本队。

　　王爱云生擒朱沐英，显了个手段，心中十分得意。他手捻胡须，二次站好，冲宁伯标说道："宁伯标，过来吧，你还客气吗？来来来，我奉陪你走几趟！"

常言说，师徒如父子啊！宁伯标再有能耐，也不敢与师父伸手。急得他直搓手跺脚，无有主意。

这阵儿，常茂可急坏了。为什么？他见朱沐英被擒，生怕有个好歹呀！他眼睛一转，四外一瞥摸，高声派将："武尽忠、武尽孝，你们哥儿俩过去，抵挡一阵。"

这哥儿俩听了，吓得脑袋轰了一声，胆怯地说道："哎，元帅，金锤殿下都不是对手，我俩不更是白给吗？"

常茂真气了，他把雌雄眼一瞪，怒斥道："白给也得去，快点儿！"

这哥儿俩不敢违抗军令，只好晃动掌中的镔铁怀抱拐，奔疆场大战南侠王爱云。他俩武艺一般，根本就不行。南侠王爱云左闪右躲，啪啪使了个钩挂连环腿，哥儿俩扑通扑通，全趴在地下了，也被人家生擒活拿。

时间不长，让人家生擒了三个战将。明营军兵见了，无不提心吊胆。

就在这时，南侠又高声问道："哪个还来较量？常茂，你敢不敢过来？"

常茂听罢，把脖子一缩，心中暗想，这老家伙真厉害呀！两军阵上，像玩耍一般，就打了个胜仗。若再让别人过去，也难以取胜。如此说来，非我亲自出马不可啦！想到这里，略思片刻，高声喊话："胡强！"

"有！"

"你千万把吕具扛好。我若被人家抓住，你就来个走马换将，拿吕具先去换我，可别先换小磕巴嘴和那哥儿俩，听见没有？"嘱咐已毕，催马就要上阵。

宁伯标心想，老师父武艺精奇，常茂伸手也是白给呀！可是，已经到了这地步，再劝也无济于事。所以，只好再三嘱咐："茂儿，南侠乃盖世奇才，你千万多加小心！"

常茂不以为然地说道："放心吧，你是他徒弟，磨不开伸手，哼，我可不管这套。"

常茂催马来在阵前，冲王爱云说道："我说老头儿，你挺好啊！

行，你还真有两下子。到底姜是老的辣，茂太爷心服口服，外带佩服。"

王爱云说道："娃娃，你冲上阵来，难道想跟老朽动手不成？"

"动手可不敢，为的是跟你学几招，开开眼。我说老人家，你的能耐真不错，你年轻那阵儿跟谁学的？"

常茂一边说话，一边往前凑，约莫兵器能够上了，他抽冷子把禹王槊抡起来，呜！奔土爱云就砸。

这也就是南侠王爱云了，若换个别人，他非砸上不可。王爱云见槊来了，说时迟，那时快，忙把脑袋一扑棱，噌！侧身跳出圈外。这样一来，常茂这一槊就砸空了。

王爱云站定身形，瞪起双睛，破口大骂："好啊！你这小子，说人话，不办人事。今天我豁出来了，非要你这条性命不可！"说到这儿，一晃紫电青霜剑，要大战常茂。

胜负如何，请听下回分解。

第十四回　救明主援兵进山峪
　　　　　平反王雄师困苏州

　　王爱云怒气冲冲，挥舞宝剑，扑奔常茂。

　　要说常茂，那可真有能耐。他的恩师长臂飘然叟左梦雄，是了不起的武林高手。常言说，名师出高徒。常茂自幼受名人传授，武艺自然十分高强。因此，跟王爱云这样的高人较量，并不怯阵。他把浑身的解数都施展出来了，抡开这条禹王神槊，上下翻飞，招数精奇。嗖嗖嗖，一招紧似一招，一招快似一招，令人眼花缭乱。

　　王爱云一边打着，一边心里盘算，这个娃娃，怪不得逞能呢，果然名不虚传。这也就是碰上我了，若换第二个人，非得吃败仗不可。老侠客一边想着，一边往里进招。就这样，剑来槊去，两个人打了有二十几个回合，也未分出高低。

　　宁伯标在后边给常茂观阵，见他武艺非凡，也不住地点头称赞。心里暗暗说道，这真是老子英雄儿好汉哪！遇春贤弟有这样的好儿子，我都替他高兴。

　　宁伯标正看着呢，突然见王爱云挥舞宝剑，噗噗噗往里紧逼，展开了攻势。

　　这样一来，常茂可有点儿沉不住气了。又打了几个回合，他策马跳出圈外，高声嚷道："哎哟，老家伙，真厉害呀！你家茂太爷不是对手，走了！"说罢，拨马便跑。

　　王爱云不舍，压宝剑紧紧追赶。王爱云本是武林高手，虽然在步下交锋，但他的两条腿可太快了，只见他施展开陆地飞腾术，三晃两晃蹿到常茂马后，把宝剑一摆，就要进招。

常茂今日败阵，一来他真打不赢人家，二来也有假意。什么假意？他想使个败中取胜的招数，用暗器赢他。因此，往下败阵的时候，眼睛却瞟着后边。他见王爱云追了上来，说时迟，那时快，忙把大槊交到左手，伸右手往兜子里一划拉，搜出龟背五爪金龙抓，瞅准王爱云的脑袋，哗棱一声，便使劲抛了出去。

王爱云只顾挥剑追赶，并未预料到常茂会使暗器。他正在举剑进招，忽听头顶上哗棱响了一声。抬头一瞧，啊？我上当了。王爱云武艺真高，他手疾眼快，把脑袋一扑棱，躲了飞抓。不过，脑袋躲开了，肩膀可没躲开。霎时间，被龟背五爪金龙抓死死地抓住肩头。

常茂见飞抓奏效，忙圈回马头，使劲往怀里就拽："你给我趴下吧！"

王爱云久经沙场，什么事情没经见过，能趴下吗？他急中生智，使了个千斤坠，拼命往后就坠。二人各自使劲不要紧，只听噌的一声，将王爱云的衣服和皮肉，一下子就给拽下去了。王爱云活了八十多岁，也没吃过这个亏呀！他疼痛难忍，哎呀一声，身子一侧歪，忙伸手去捂伤口。这一捂不要紧，但只见鲜血从手指缝里淌了下来。

常茂把飞抓拽回来，还有点儿后悔："没抓上脑袋？真倒霉。我说老头儿，咱再重来！"

王爱云可真气坏了！当着两国的军校，中了人家的暗器，这不是当众丢丑吗？老头子眉头紧皱，不顾疼痛，摆开了紫电青霜剑，跟常茂就玩了命啦！

这回，常茂可实在招架不住了。他一边打着，一边合计，哎呀，我可要归位了，这可怎么办呢？

正在这紧要关头，忽听有人高声喊道："老侠客，你这是何苦来呢？快快住手，某家来了！"

这一嗓子，十分清脆。王爱云听了，打垫步抽身跳出圈外，单手压剑，凶狠狠地说道："什么人？"

常茂也拨过马去，把大槊扛在肩头，定睛观瞧。

这时，就见由那边走来一人。此人身高九尺挂零，肩宽背厚。往脸上一看，红彤彤的面孔，白生生的大胡须飘洒前胸，草包肚子朝前鼓着。头戴绛紫色扎巾，身穿绛紫色箭袖，腰煞五色丝鸾大带，蹲裆滚裤，抓地虎快靴，英雄氅搭在肩头，斜背百宝囊，腰中挂着一口红毛宝刀。

常茂看罢，认识。他急忙冲来人喊话："哎哟老人家，您来得正好，快快救我！"

来的这个人是谁？千里追风侠狄恒。想当年，常茂为救常遇春，在瓜州城前展开了一场恶战，多亏千里追风侠狄恒赶到，才给他们双方解围。打那时起，他们就交上了朋友。那么狄恒是从哪儿来的呢？此人家住湖广武昌府，有浑身武艺，却不入宦海生涯，专爱四处游逛，管世上的不平之事。这次，信步走到牛腔峪，正好遇见战场。他不解其意，跟人一打听，才知道朱元璋被困牛腔峪，这是救兵与苏州兵在搦战。老英雄放心不下，急忙走来，跟明军说明来意，来到阵前，正遇上王爱云大战常茂。

狄老英雄不看则可，一看哪，不由埋怨起王爱云来：哎呀，你是什么身份，有多大的本领？怎么不顾自己的尊严，跟一个小孩儿交手呢？再说，你那么大的能耐，那常茂还不吃亏吗？嗯，今天我赶上此事，焉有不管之理？故此大喊一声，来到王爱云面前，抱拳施礼道："老哥哥一向可好？俺狄恒有礼了！"

"啊？是你？"王爱云看见狄恒，心中就明白了八九成。他知道，狄恒虽然不愿居官，可他的心是向着朱元璋的。不过，自己是侠客，有容人之量，不便马上翻脸。所以，他单手提剑，一捋胡须，说道："贤弟，你从何处而来？"

"老哥哥，我跟你不一样。你是苏州王驾前的丞相，我是个草民哪！闷来山头看虎斗，闲来桥头望水流，与世无争呀！这次四处游逛，无意之中，遇上你们双方争战。老哥哥，听愚弟之言，你就算了吧，何必跟孩子一般见识？常言说，大人不把小人怪，宰相肚里能撑船。看在小弟的分上，你高抬贵手，把他饶了就是！"

王爱云听罢，颇感不悦。他不称贤弟称侠客，冷冷地说道："狄老侠客，话可不能这么讲，我们是各保其主啊！他们要救朱元璋，我们要保苏州王。因此才在这儿凶杀恶战。老侠客，你既然与世无争，那就到旁边去看热闹。等我把常茂的脑袋削下，杀退明军，咱们有话再讲！"

"哈哈哈哈！老哥哥，你喝酒了吧，怎么净说糊涂话？你我老弟老兄的，亲如手足，难道还驳我的面子？把这孩子放了，也就算了。他们两国的事情，最好不要掺和。"

"什么？狄恒，刚才之言，难道你没听明白？我吃的是苏州王的俸禄，当的是苏州王的丞相，此事怎能与我无关？狄老侠客，你是不是有意在此阻拦？"

狄恒说："你要这么说呀，还真猜对了。跟你实说吧，与你交手的那个常茂，跟我有多年的交情。今天既然我遇到此事，怎能让他吃亏？老哥哥，若能听我良言相劝，咱就万事大吉；你若要一意孤行，那我可讲不了说不清！"

王爱云一听，生气了："说不清你能怎么的？"

狄恒也是个火性子人，他见王爱云不依不饶，便不再厚脸求告。只见他一揿绷簧，锵啷！把红毛宝刀拽了出来。这一亮刀，刀放寒光，两军阵前打一道雳闪。狄老英雄把宝刀握在掌中，面沉似水，厉声说道："老哥哥，你若实在不听相劝，我可要得罪了！"

嘿！这俩老头儿来了劲啦。常茂在后边一看，乐得在马上直蹦："对对对，狄老侠客，别跟他磨嘴皮子了。这老家伙实在可恶，干脆，给他一家伙，来个痛快得啦！"

狄恒一听，心里说，这孩子多坏呀！你还在那儿吵吵，我若晚来一步，你的性命就难保了。

王爱云刚要伸手，他眼睛一转，想起一件事儿来，忙对狄恒说道："等一等！我说狄老侠客，咱俩有几十年的交情了，从没红过脸面。今日各为其主，只好伸手较量。不过，在动手之前，我有一事相商。"

"老哥哥有话请讲。"

"刚才一场恶战，我们的金镋无敌将吕具，让他们捉住了。他们的金锤殿下朱沐英，还有那武氏弟兄，也让我们生擒。咱们未曾动手，能否来个走马换将，把战将先换回来？"

狄恒一听，忙说："好！"说罢，转回身来，跟常茂商议。

常茂听了，正称心意："好呀，这可太好了。要不，小磕巴嘴他们就全归位了。换！可有一样，我们得一个换三个。如果一个换一个，那我可不答应。"

最后，双方同意，吕具一人换回了朱沐英和武氏弟兄。

换完战将，双方都没有牵挂了。狄恒这才紧大带，晃红毛宝刀，来大战王爱云。这两个老头儿打仗，那真是棋逢对手，将遇良才。五十来个回合，也未分出输赢胜败。他二人正在交锋，忽听从四外传来了惊天动地的大炮声响。紧接着，又传来了三军的呐喊之声："闯呀！杀呀——"

常茂听了，不由一愣，暗想道，这是怎么回事，哪儿来的兵马？他顺着喊声，四处一瞅，看见了旗号，这才将心放下。

原来，来的都是自己的援兵。正东面是中军官梁云、银戟太岁张九成和宝枪大将张兴祖；正西是飞刀大将焦廷、小矬子徐方；后边是铁枪将赵玉。他们各统本部人马，共有几万人，冲牛膛峪簇聚而来。霎时间，展开了一场混战。

宁伯标一看，忙对常茂说道："现在不是单对单、个对个的时候，快往里冲吧！"

常茂点了点头，把禹王神槊往前一晃，高声喊话："军士们，给我冲啊——"

军令传下，这几路大军像潮水一般，直扑向苏州王张士诚的连营。

张士诚急忙传令迎敌，双方展开了一场激烈的混战。兵对兵，将对将，不是你死，就是我亡。整个疆场，只杀得天昏地暗，日月无光。

单表八臂哪吒宁伯标。他率领众家小英雄，一鼓作气，就闯到了牛膛峪的山口。他们正想冲进峪去，解救圣驾，没料到左右两边的山头上发来了大炮。常言道：神仙难躲一溜烟。就这一顿炮轰，明军损伤了无数。他们连冲几次，也未奏效。常茂可急坏了，忙对宁伯标说："啊呀，这该如何是好？硬打硬拼，白白送死啊！"

宁伯标朝山头上细瞅了一番，眼睛一转，计上心来："茂儿啊，我看咱得先占领炮台，尔后再往里冲。"

"对！可是，谁能冲上去呢？"

"你看谁有登高攀险的本领？"

常茂略思片刻，突然眼睛一亮："哎，有了!"说罢，用手指点野人熊胡强，传下军令："野小子，若论爬山越岭，数你最有能耐。你快带领一百精兵，从左边那个山石碴子爬上去，把苏州军兵赶跑，把大炮给我毁掉。听见没有?"

"遵命!"

常茂一转身形，又对小矬子徐方说道："你也别闲着，领上一支人马，从右边爬上山头，夺取炮台。不得有误!"

"遵命!"霎时间，胡强和徐方奉命而去。时间不长，这两个人带领军卒，就爬到了山峰之上。苏州兵正往下放炮呢，突然发现左右两翼有明军出现，他们当时就乱了套啦，不由得乱喊乱叫："了不得啦，朱元璋的人马冲上来了!"

正在苏州兵大乱之际，小矬子徐方晃动一对镔铁鸳鸯棒，野人熊胡强晃动一条虎尾三节棍，冲到近前，噼里啪嚓好一顿暴揍!时间不长，占领了炮台。小矬子徐方对下面高声喊话："弟兄们，没事了，快往里冲啊!"

宁伯标听了，难按心中的激奋之情，忙把大枪往空中一举："杀，杀呀——"随着话音，麾军就朝牛膛峪冲去。

常茂比别人都快，他一马当先，进了牛膛峪，闪目往四外观瞧：见对面有黑压压的连营，同时，也发现了巡逻的哨兵。看服装，是自己人。他催马向前，忙冲军兵喊话："呔!皇上在这儿没有?"

这里面，正是朱元璋被围的营地。现在，朱元璋算惨透啦!当兵的有两三万人，全都死于饥饿之中。只有那些主要的将领和王爷，勉强生存下来。虽然没死，可也三天没吃东西了。朱元璋老在埋怨自己，悔不该当时不慎，误中了奸计。这真是主将无能，累死三军呀!看来，多年的心血，将要毁于一旦，我们就要全军覆没了。我二哥胡大海出去搬兵，因何还不见到来?

正在这时，忽有蓝旗前来送信，说牛膛峪外边杀声贯耳，可能是援兵来了。朱元璋精神一振，命人再探再报。

探马刚出山口，正好遇上常茂。兵丁见了，乐得眼泪都流了出来："哎哟，果然是救星来了。"飞快将佳音报知主公。

这时，常茂策马赶到。他甩镫离鞍，跳下坐骑，把禹王大槊挂好，定睛一瞧，见皇上平安无恙，这才把心放下。他忙撩衣跪倒尘埃，口尊："主公在上，臣救驾来迟，罪该万死。各位叔叔、大爷，我给你们磕头了！"

"免礼，快快请起。"

常茂磕完头，站起身形，又说道："诸位，如今救兵已到，山外全是咱们的人马，赶紧往外冲吧！"

朱元璋连连点头，说道："茂儿啊，别的暂且不说，先弄些吃的吧！眼下，朕与群臣饥肠辘辘，寸步难行啊！"

众人也说："是呀，两腿都抬不起来了！"

正在这时，八臂哪吒宁伯标、金锤殿下朱沐英、野人熊胡强、小矬子徐方、胡大海等众位战将，相继赶到。

还是胡大海心细，他料知牛膛峪里的情况，事先就准备了一百辆大车，满载着粮草吃喝，赶到峪中。胡大海这一出现，军兵们可高兴坏了，赶紧埋锅造饭。

胡大海面对军兵，不断地吵吵："先熬点粥喝，越稀越好。千万可别做干的，小心撑死！"

火头军把稀粥熬妥，先给朱元璋端来了三碗。这皇上接碗在手，瞪起眼睛，嘴唇贴着碗沿一转圈儿，三大碗就没影儿了。其他各将也你争我抢，饱餐了一顿。君臣与兵士用饭已毕，兵合一处，将打一家，开出了牛膛峪。

经过三天激战，张士诚带领残兵败将退回苏州，明军大获全胜。紧接着，朱元璋将群臣文武召在营帐，计功行赏。

朱元璋请千里追风侠狄恒在朝为官，辅佐朝政。老英雄执意不肯，扬长而去。

朱元璋无奈，亲自送走狄恒，而后复进营帐，坐定身形，咬牙切齿地拍案说道："张士诚啊张士诚，我君臣今日之祸，皆因他而起。孤不杀他，死不瞑目。"说罢，当即传下口旨，率领全部人马，要踏平苏州。

眼下，明军凑到一块儿，总共不下四五十万。他们浩浩荡荡，就把苏州城紧紧地困在正中。

朱元璋刚刚传旨安营扎寨，又发布军令："打！给朕把城炸平！"

朱元璋这么一打，张士诚可傻了。他带兵刚刚退回苏州，屁股还没坐稳，不料朱元璋就追赶而至。张士诚左看看，右瞅瞅，口打咳声，说道："唉！早知今日，何必当初啊！如今兵临城下，将至壕边，朕再无力抗敌，咱们献城投降了吧！"

张士诚刚说到这里，忽听旁边有人大声喊道："主公，大丈夫做了不悔，悔了不做。有道是兵来将挡，水来土屯。那朱元璋一众碌碌之辈，有何可怕？微臣不才，愿讨旨出战！"

第十五回　五毒葫芦连伤众将
六神无主出访名师

　　张士诚刚要献城投降，突然被一人拦住。张士诚一看，此人二十来岁，身高八尺挂零，细腰窄臂，双肩抱拢，面如银盆，两道八字眉，一对豹子眼，双眼皮，长睫毛，鼓鼻梁，方海口，牙排似玉，齿白唇红。身披箭袖，腰悬宝剑。长得十分俊俏，是个美男子。这人是谁？正是苏州王张士诚的驸马贺肖。

　　原来，张士诚有个独生女儿，名叫张凤枝，是张士诚的掌上明珠。为给她挑选女婿，费了九牛二虎之力。后来，经南侠王爱云从中做媒，才选中了贺肖。这贺肖也是苏州人氏，名门望族。他自幼酷爱武艺，老师是个出家的和尚，叫三宝罗汉法修。自从被张士诚招为门婿，张士诚对贺肖非常疼爱。虽然他有满身的武艺，可每次打仗，都舍不得让他出征。说实在的，打仗那是玩命，万一有个三长两短，女儿该依靠何人？上一次兵困牛膛峪的时候，贺肖就要前去。张士诚再三再四不答应，让他留到苏州看家。可这一次，朱元璋兵困苏州城，贺肖实在忍不住了，非要讨敌出战。

　　张士诚看罢，迟疑片刻，问道："孩儿，你到疆场交锋，可有把握？"

　　"有！孩儿我定要马到成功！"

　　张士诚又说道："哎，话可不能这么说哟！当初，我认为出兵几十万，把朱元璋困在牛膛峪，不是万无一失吗？谁知道搬砖砸脚面，反弄巧成拙！如今，朱元璋手下要文有文，要武有武，都不是好惹的茬儿。金镗无敌将吕具有多大的能为？他都当场败北，何况是孩儿你呢？"

"哈哈哈！父王，是不是您看我年轻，担心我没什么能耐呀？这个，您老人家只管放心。您来看——"说着话，驸马贺肖把胸前的纽扣解开，冲背后一闪身，拿出个葫芦来。

这个葫芦，长有一尺五六，葫芦嘴是直的，锃明瓦亮，光滑无比。贺肖把小葫芦往前一递，接着说道："父王请看，朱元璋等人的性命，全在我这葫芦里边装着呢！"

"啊！此话怎讲？"

贺肖见问，开怀一笑，说道："实不相瞒，这个葫芦，是我师父法修所赠。这里边装有药物，名叫五毒白蜡汁。这种东西若打到石头上，石头马上就碎；若打到人身上，马上就会化脓，不过七七四十九天，他便化脓血而死。儿臣为练这种暗器，曾下过不少苦功，可以说百发百中。朱元璋手下的人再有能耐，他们能抵得住这五毒葫芦吗？再者说，行与不行，待我出城试它一试。万一转败为胜，我们也省得献城投降啊！父王，您看如何？"

"啊……孩儿，若是这样，那咱就大胆一试。好，速做准备，明天出兵迎敌。"

"好！"

次日黎明，苏州城内的将士军卒，饱餐过战饭，收拾停妥，就要出征。张士诚不敢上阵，他带着文臣武将，登上东城楼，给贺肖观敌掠阵。

单说贺肖，他披挂整齐，背后背着五毒葫芦，胯下马，掌中五股烈焰苗，带领五千军兵，开城门，放吊桥，杀出东关，来到两军阵前，把烈焰苗一摆，军兵一字排开，压住阵脚。接着，命人讨敌骂阵。

时间不长，蓝旗官将军情报到明营。朱元璋听罢，说道："那反贼张士诚已到了绝路，怎么还敢跟我较量？来呀，亮全队，我倒要看看他张士诚还有什么能为！"说罢，点兵三万，御驾亲临，带着所有的战将，来到两军阵前。

明太祖朱元璋在旗罗伞盖之下，定睛往前观看，只见两军阵前，就站着孤单单、冷清清的一员小将。朱元璋看罢，满脸的瞧不起：

"哈哈哈哈！看来，张士诚要孤注一掷，把小娃娃都打发出来了。"说到此处，转脸便问战将，"哪位将军前去擒他？"

"微臣愿往！"

说话的是银戟太岁张九成。他讨下军令，催马晃戟，来到两军阵前，跟贺肖见面："对面的娃娃，报名再战！"

你别看贺肖年轻，因他受过名人的传授，又有五毒葫芦保驾，所以，这家伙倒挺稳当。贺肖见一员老将来到阵前，也是满脸的看不起，他不报姓名，先问来人："你是谁？"

"张九成！"

"啊，无名的小辈。在朱元璋手下，你算个老儿？张九成，我这年轻人不欺负上岁数的。你赶快回去，让那有能为的过来。"

"什么？"张九成一听，气了个大红脸，"娃娃，你的年龄不大，口气可不小啊！休走，看戟！"说罢，哧楞一声，抖戟分心便刺。

贺肖见戟刺来，忙接架相还。二人你来我往，战在一处。

贺肖一边打着，一边琢磨，我父王与大帅，还有众位将军，都在城头给我观战。今天，待我露出两手，让他们瞧瞧。想到这儿，抖擞精神，将烈焰苗舞得上下翻飞，一口气就战了二十几个回合。接着，故意露个破绽，虚晃一招，圈马就走。

张九成见了，心里说，原来你没什么能耐呀，想不到小孩儿也会说大话！嗯，我不如乘胜追击，一举攻占苏州。想到此处，催马摇戟，紧追不舍。

贺肖一面策马奔跑，一面朝后观瞧。他见张九成追上来了，赶紧把烈焰苗交到单手，把葫芦托在掌中，对准张九成的面门，一拍葫芦底，哧！就见有股毒水，直奔他喷来。

张九成刚一愣神，还没弄清是怎么回事，就听哧的一声，这股毒水正喷在脸上。这玩意儿凉丝丝的，跟凉水差不了多少。但是，眨眼的工夫，变样了，张九成就觉得好像一百个马蜂蜇的一样，疼痛难忍。他不由啊呀大叫，撒手扔掉大戟，双手捂脸，摔于马下。

还没等张九成翻身起来，驸马贺肖已赶到眼前："张九成，我说不跟你伸手，你却逞能。哼，这是你自取其祸。着家伙！"话音一落，贺肖挥动烈焰苗，噌！正扎透张九成的前心。可叹哪，大将银戟太岁，今日死于非命。

朱元璋在后边看得清楚，他见张九成死于前敌，不由失声惊呼："啊呀，我的张王兄啊！"随着喊叫，身子一侧歪，差点儿掉到马下。

常言道：打仗亲兄弟，上阵父子兵。宝枪大将张兴祖看爹爹毙命，当场就啊呀了一声，背过气去。众人一见，惊慌失色，赶忙相救。时过片刻，张兴祖苏醒过来，略定心神，圆翻虎目，紧咬牙关，恶狠狠地说道："主公，我要给天伦报仇雪恨！"他没等朱元璋传令，便催战马，冲到贺肖近前，晃动掌中的宝枪，分心进招。

贺肖首阵获胜，心中有了底数。见张兴祖挥枪刺来，忙用烈焰苗接架相还。要讲真能耐，他可不是张兴祖的对手。十几个照面过后，他已渐渐不敌。因此，拨马就走。张兴祖报仇心切，摇枪就追。

贺肖马往前跑，眼朝后盯。眼看张兴祖追上来了，他一抬腿，咯噔！把烈焰苗挂在得胜钩上，伸手摘下葫芦，一拍葫芦底，哧！毒汁又喷在张兴祖的面门上。这玩意儿喷得太快了，谁也躲不开。但见张兴祖疼痛难忍，无奈撒手扔枪，扑通一声，摔到马下。

贺肖一看，幸灾乐祸，暗道，好啊，又一个！他拨过战马，一挺烈焰苗，又要结果张兴祖的性命。

刚才，张九成吃了这个亏，明营已有前车之鉴。朱元璋见贺肖要下毒手，赶紧命令军兵，拈弓搭箭，一支支雕翎直奔贺肖的面门飞去。

贺肖一看，赶紧缩颈藏身，把箭躲过。趁这个机会，明军闯上阵去，将张九成的死尸和张兴祖抢回本队。

这时，朱元璋又问："众将官，哪个出阵？"

"父、父王，该、该我了！"小磕巴嘴朱沐英说罢，晃动掌中的双锤，力战贺肖。二人大战了十几个回合，贺肖寻机一拍葫芦底，哧！又喷出了毒汁。

本来，朱沐英在上阵之前就有防备。可是，他万没想到这毒水喷得这么快，不容易躲啊！他见毒水来了，猴眼一翻，忙扑棱脑袋。这一扑棱，虽然没喷到面门上，却喷到耳朵上，比喷到脸上强点儿，哎呀，也受不了。眨眼之间，疼痛难忍。朱沐英紧咬牙关，往下就败。刚回到本队，扑通一声，掉于马下。

明军一连又派去几员大将，都被贺肖用毒汁击伤。

张士诚在城楼上看得真切，心里不住地暗自祷告，阿弥陀佛！苍天有眼，苏州有救了。他眉飞色舞，冲阵前定睛观瞧，突然高叫一声，传出军令："来呀，给我大开城门，杀！"说罢，他带着三百军兵，如潮水一般，杀出东关。

朱元璋无奈，大败而逃。等退出十五里之遥，才安营下寨。

张士诚追尾一番，怕中埋伏，收兵撤队。这且暂不细表。

单说朱元璋。他退兵安营，将诸事料理已毕，刚回到寝帐，突然得报说，凡受伤之人，均都性命难保。朱元璋听罢，只惊得目瞪口呆。急忙带着将官，到后帐探视。

他们到了那儿一瞅，只见朱沐英、张兴祖、武尽忠、武尽孝、赵玉、梁云这些将官，一个个昏迷不醒，脑袋肿得如麦斗一般，连五官都快分不清了。再一细瞅，凡是受伤之处，全都朝外流淌黄水。这种黄水，臭味难搪。军医大夫都在床前站着，无有主意。朱元璋看罢，对守在床边的军医大夫问道："各位，医治此伤，你们有何良策？"

为首的大夫哭丧着脸，说道："不行啊！主公，咱不知病因，难以对症用药。"

另一个大夫也说道："这些将军人事不省，脉搏微弱，只恐性命不能久长啊！"

前来探望的众人一听，不禁放声大哭，心想：完了！原以为牛膛峪被破，大胜就在眼前，谁知刚出深渊，又陷泥坑。这该怎么办呢？

正在这时，忽听有人叫了一声："主公！"朱元璋扭头一看，说话之人原来是小矬子徐方。

徐方说道："主公，依微臣看来，众将负伤，非比一般，定是因贺肖的暗器所致。绿林之中有个讲究，谁用暗器将人打伤，还得由谁来治，外人恐怕无济于事。微臣不才，情愿夜入苏州，探个究竟。若能找到解药，我就将它盗回。这样，兴许还能保住他们的性命；若盗不来解药，你就为他们料理后事吧！"

朱元璋听罢，担心地说道："啊呀，徐爱卿，你一人进城，岂不是自投罗网？"

"那该怎么办呢？为救众将，我只好铤而走险。"

二王胡大海点头说道:"徐将军言之有理。事到如今,咱只可舍命求药,以营救众将不死。但愿处处留神,不可粗心大意。"

"不劳嘱咐。"

"徐将军何时动身?"

"今天晚间就去。"

常言道:得病乱投医。这阵儿,大夫们不停地想办法,出主意,琢磨着治伤的良方,死马当活马来治。

朱元璋带领众将,回到议事大帐,等候音信。

到了掌灯时分,小矬子徐方饱餐战饭,换好夜行衣靠,绢帕罩头,打好裹腿,背着镔铁鸳鸯棒,挎着百宝囊,来到朱元璋面前,说道:"主公,我这次进城盗药,犹如大海捞针,不一定称人心愿。若能盗来,也不必给我记功;若盗不来,你们也别埋怨。现在我就起身,天亮之前回来。我要是回不来呢,大概也就归位了。到那时,你们再想其他主意。"

朱元璋忙说:"啊呀,但愿徐将军马到成功。"

"我也乐意呀!可是,那谁敢保险呢?主公,假若我真按约不归,你们赶快到唐家寨去请我恩师北侠唐云。他是世外高人,只要愿意相助,肯定会有办法。"

"好,快把地址留下。"

这是小矬子徐方的心细之处。他把地址留下,告辞众人,赶奔苏州。

这阵儿,朱元璋与众位将官,把心都提到嗓子眼儿了,一个个缄口无语,静等着徐方的喜讯。

等着吧!一更天过去了,没见回信;二更天过去了,仍然没有消息……一直等到天光见亮,也没见徐方回来。

朱元璋越等越急,在帐内来回踱步。他自言自语地说:"完了!看来,徐将军是凶多吉少啊!"

此时,众战将也议论纷纷,乱作一团。

胡宾胡大海略思片刻,说道:"看来,徐将军进城,不甚顺利。时间紧迫,咱再不能坐等。不如按他所示,去寻请北侠唐云。"

朱元璋一听,心想,为救燃眉之急,也只好如此了。可是,该让谁去搬请呢？想来想去，想到胡大海了。于是，说道："二哥，劳您到唐家寨走一趟吧！"

其实，胡大海早有此意。所以顺口说道："对！我都想好了，这活儿应该是我的。"

朱元璋又说道："此番前去，不必多带人马，有十人足矣！"

"对。"

胡大海点出了野人熊胡强、雌雄眼常茂、老七郭英……一共老少十人，带着厚礼，按徐方留下的地址，起身赶奔唐家寨。

胡大海带领众人，跟当地人探明路径，天近午时，就到了唐家寨。他们进到寨内一看：哟，这个地方还不小呢！三趟大街的买卖铺户，热闹非常。他们带着礼物，边走边打听，时间不长，就来到了北侠唐云的门前。胡大海跳下马来，命人叩打门环。一个军士边敲门，边问话："里边哪位在家？"

片刻过后，大门一开，从里边走出一个家人。他往外看了一眼，问道："你们找谁呀？"

"请问老侠客唐云可住在此处？"

"嗯，那是我家主人。"

军士指着胡大海，对家人说："这位是我家胡老千岁，特来拜望唐老侠客，请你往里边传禀。"

"哎呀，诸位来得可不遇时了，我家主人不在府内。"

胡大海听了，心里不由一动，问道："真不在家？"

家人认真地答道："真是，他老人家应朋友之邀，今天早晨就出府去了。"

"那得什么时候回来？"

"这可难说。有时早，有时迟，他的行踪不定啊！"

胡大海听罢，心里说，唉，真是倒霉，越着急，越遇麻烦事。他略一思索，说道："这样吧！等老侠回来，劳你转告与他，就说明营的胡大海前来拜见，一来向他问安，二来有要事相求。随身带来些薄礼，请暂存到府内。我们先到街上转转，一会儿再来拜见。"

家人说："好！"他领着军士，将礼物存到府内。接着，众人跟随胡大海，溜上大街。

此时，已到正晌午时。胡大海心想，先吃顿饭再说。等吃饭的工夫，备不住老侠客也就回家了。于是，领人在街上转绕。他们东瞧瞧，西望望，看到了一座酒楼。胡大海说道："咱们就在这儿吃饭吧！"

众人将战马拴到酒楼跟前，胡大海、郭英在先，众人在后，鱼贯而行，一直上到二楼。胡大海闪目一看，这饭馆儿倒也干净。他们找了张桌案，团团围住，要了一桌全羊酒席。这次，要的酒可不多。为什么？因为有重任在身，生怕贪酒误事。另外，这次下饭馆儿，一来为充饥，二来为耗磨时间。所以，大家坐下是边吃边聊。

咱单表常茂。此人与众不同，没有稳当劲儿。坐着坐着，他就站起来了："啊呀，这儿太挤得慌，我得出去方便方便。"说着话，晃晃悠悠就走下楼来。他到了拦柜跟前，正好对着大街，十分热闹。又见拦柜后那把椅子挺高，心想，我要在这儿吃饭，那可比楼上强多了。常茂略一思索，叫道："喂，我说掌柜的是谁呀？"

掌柜的从旁边过来，答道："啊，是我，壮士，有事吗？"

"我跟你商量点儿事行不行？"

"有话请讲。"

"我看这个地方挺好，这儿卖座不？"

"啊？那可不行，这是我们的柜台。"

"柜台怕什么？我多给你钱呀！快，给我端几样菜，我要在这儿吃！"

掌柜的本来不乐意，但是一瞅他们这伙人，骑着马，带着家伙，料定不是善茬儿。他略思片刻，说道："如果壮士非坐这儿不可，那也可以。"说到此处，转身向堂倌儿喊话，"来呀，把柜台擦擦。"

霎时间，走来一个伙计，把柜台收拾干净。

常茂往高椅子上一坐，嬉皮笑脸地说道："这儿多好！掌柜的，我跟楼上是一事，吃完一块儿算账。"

片刻，伙计把饭菜端来。常茂一边吃着，一边瞅着街上的行人，倒也痛快。

这时，大街上迎面走来两个人。这两个人岁数都不超过三十，一个白脸，一个黄脸。他们来到酒楼门前，一抬头，见门口拴着好几匹战马，不由发愣。

白脸的心想，呀，这是谁的？再往马上一看，还挂着家伙呢！他围着马，尤其围着常茂的大黑马，转来转去，不忍离去。

常茂一边吃饭，一边瞅着陌生人的一举一动，心里也纳闷儿起来，这是怎么回事？

此时，就见那个白脸的一点手，把掌柜的叫了过去，问道："掌柜的，这马是谁的？"

"是吃饭客人的。"

"那客人在什么地方？"

"楼上也有，楼下也有。哎——"说着话，用手一指常茂，"看见没？这位也是客人。"

欲知后事如何，请听下回分解。

第十六回　遇武将识货买宝马
会老侠激将赴疆场

两个陌生人，经掌柜的引荐，得知常茂是马主。

他二人迈步过来，抱拳说道："壮士，打扰，打扰！"

常茂一看，把筷子放下，也站起身来："还礼，还礼。二位，有事吗？"

白脸汉说道："英雄，实不相瞒，我们哥儿俩是本地人氏，我叫贾兴文，他叫贾兴武，都是练武人，酷爱兵器和战马。我斗胆问一声，那匹黑马是您的吗？"

常茂听罢，觉得挺有意思，说道："不错，正是我的。"

"您这匹马叫什么名字？"

常茂故意取笑道："啊呀，这个吗……我真想不起来了，就叫它大老黑吧！"

"哪有这名？您是开玩笑了。"

"管他开不开玩笑，你们到底想干什么吧？"

"这……真难说出口啊！常言说，君子不夺人之美。壮士，如果您要愿意，那就把这匹黑马卖给我们吧，我们情愿出大价钱。"

常茂一听，立时就动了肝火。心里说，你们俩算什么东西？人家的宝马，为什么要卖？哼，这又不是马市！这常茂也真调皮，既然如此，你说不卖就得了呗！偏偏他这个人爱搬弄是非，只见他把雌雄眼一转，坏水儿就冒上来了："你们要买马呀？这真是二更打两下——碰点了，我正想拍卖。头些日子，我曾把它牵到马集上，可是，价钱没给上去。这回遇上你们哥儿俩，也算咱前世有缘。"

"哟!"贾氏弟兄一听,只乐得手舞足蹈,忙说:"英雄,快说说,您要卖多少钱?"

"这……我可不好张嘴,你们给个价儿吧!"

"那哪儿能行呢!还是您说为妥,您是卖主呀!"

"常言说,货卖与识家。实不相瞒,这匹马可是千里马,你俩好好看看。"说着话,常茂把二人领到自己的宝马跟前,用手一指,"你们看,这个头儿可不矮呀!蹄至背高八尺,头至尾长丈二。你们再看,蛤蟆脸儿,葡萄眼儿,高蹄穗儿,大蹄碗儿。前裆宽,能容人走;后裆窄,插不进手。这都是宝马的骨架,你们懂吗?"

"懂,懂。要不明白这个,还能买您这匹马吗?哎,您干脆说个价儿得了。"

常茂故意琢磨片刻,说道:"难办哪!要多了吧,诳人;要少了吧,我还真舍不得。也罢,既然你俩出于至诚,那就给这个数儿——"说话间,伸出了两个指头。

贾氏弟兄互相瞅了瞅,心里说:这是多少?两万两,还是两千两?他俩不解其意,问道:"这……您这是什么意思?"

"你们哪,给二百两银子吧!"

"什么?"哥儿俩一听,乐得差点儿蹦起来,"二百两?"他们以为听错了,又重问一句:"英雄,您可说准,是二百两?"

"嗯,二百两银子,就是四个五十两。"

贾兴文说道:"好,咱们一言为定,现钱不赊。"转脸又对贾兴武说道:"兄弟,快到银号提钱。"

"哎!"贾兴武撒脚如飞,奔银号而去。时间不长,将银子提来。

贾兴文把包打开,递到常茂眼前:"壮士,十足的纹银,您过过数儿吧!"

常茂接银在手,摩挲了片刻,说道:"嗯,还行。哎,我说二位朋友,刚才讲的是卖马,这鞍辔、嚼环我可没卖。"

"那是自然,我们买的就是光屁股马。"

"那……你们带剪子没有?"

"要剪子干吗?"

"你看,马上的那些绳啦、扣啦,解着麻烦,干脆剪下来得了。"

"那好。"贾老大从饭馆里借来把剪刀,交给常茂。

常茂接过剪刀,围着自己的大马,转了几圈。嘴里咕咕叨叨,也不知说些什么。最后,来到马屁股这儿,把马尾巴撩起来,用手捋着,一直捋到马尾巴根儿,铰下有十来根短毛,往掌中一托,说道:"哎呀,我真舍不得。唉,既然话已出口,咱不能反悔。给,拿去吧!"

二人一看,愣怔了,忙问:"壮士,你这是何意?"

"马毛啊!二百两银子能买这几根马毛,也算够你们便宜的了。"

"啊?马毛啊!壮士,我们买的是马。"

"放屁!就这马才值二百两银子?说实话吧,你给两万两我也不卖。你们既想捡便宜,那就把这几根马毛拿去吧!"

"哎哟,您开的什么玩笑?谁花钱买马毛呢?"说着话,贾氏弟兄伸手就要牵马。

常茂把手一横,厉声说道:"干什么?你们唐家寨的人,真会捡便宜啊!方才我已经说过,二百两银子,只能买这十几根毛。废话少说,拿去!"

贾氏弟兄一听,不由火往上撞:"哈哈,哪儿来的野小子?你睁开眼睛打听打听,这是唐家寨,大人小孩儿都会武术。我们不欺负人,可也不允许别人欺负。看你这副模样,矬了吧唧,五官不正,还敢在太岁头上动土?小子,我看你是想找亏吃!"

"什么,我找亏吃?我让你们来买马了?还不是你们找上门来,无事生非?你们说,这事赖谁?"

常茂这几句话,可把贾氏弟兄气坏了,赌气说道:"好好好!马,我们不买了,就当说了句笑话。那么,你把银子还给我们吧!"

常茂要起赖来了,只听他嬉皮笑脸地说道:"什么,出手的银子还想往回要?你们刚才一顿起哄,耽误了我办事,得赔多少损失?这银子吗——不给!"

贾兴武说道:"哈,小子你是故意找碴儿啊!哥哥,揍他!"

贾氏弟兄说着话,往后一捎身,噌!将英雄氅脱掉,拉开了架势。

哟!街上的百姓见他们要打架了,霎时间蜂拥而至,把他们围了个里八层，外八层，连屋顶、墙头上都站满了人。一个个交头接耳，议论不休。

此刻，常茂心里也很别扭。为什么？眼下两军阵前战况不利，小磕巴嘴朱沐英等人又受了重伤，性命难保。这次来请北侠唐云，到底能不能请去，请去能不能管用，心里也没底。故此，心里边腻歪，火气就挺旺。常茂见人家拉开了架势，怎肯甘休？只见他也甩掉英雄氅，撸胳膊挽袖子，奔贾氏弟兄就冲了过去。

三人在当街以上，话不投机，当场就动起手来。常茂一看，心里说，哟，还有两下子。他一瞅这哥儿俩的招数，料知他们受过名人的传授，高人的指点。抬腿伸手，都有独到的功夫。不过常茂久经大敌，是何等的英雄，打他们两个，不费吹灰之力。时间不大，就把他们揍了个鼻青脸肿。两个人被暴揍了一顿，扯开嗓门高喊："救命啊，救命啊——"

他们这一喊叫，还真管用了。就见人群外边，突然有人高声答话："呔！哪里来的狂徒，竟敢在唐家寨发疯撒野。休要逞能，某家到了！"

围观的百姓听了，呼啦一下，闪在两旁。只见这喊话之人从外边打垫步，噌！蹿入圈内。

常茂心眼儿挺多，他怕吃亏，急忙跳出圈外。接着，张开臂膀，回头观瞧，但见来了个紫面大汉，个头儿虽不算太高，但也属于大个儿之列。肩宽背厚，膀乍腰圆，两道浓眉，一双大眼，狮子鼻，四字阔口，稍微有点儿胡子茬儿，二目如电，光头没戴帽子，高绾牛心发纂，铜簪别顶。周身上下，一身元青色短靠，腰带后边带着一对链子点钢镗。

常茂看罢，心中合计，哎哟，这兵刃可特殊啊！学艺时听师父讲过，凡是带链的家伙，功夫都深。这是谁呢？

再看这个紫面大汉，来到贾氏弟兄面前，问道："你俩这是怎么回事？"

贾兴文哭丧着脸，说道："师哥，可别提了。你看见没有，这小子算损透了……"接着，便把买马的经过述说了一番。

紫面大汉听罢，又气又乐。气只气，常茂这小子真能讹人；乐只乐，贾氏弟兄平时挺聪明，今天却花二百两银子买了点儿马毛。他略停片刻，说道："你们俩呀都三十多岁的人了，怎么净捅娄子？若不找人家买马，你们能挨了打吗？"

"师哥，话虽如此，他这小子也太不是东西了。我们不买马还不行吗？可他钱也不给退还。师哥，丢人不是我们俩的事，连咱师父带你都丢人了。你快瞅瞅，这千人看，万人瞧，咱这跟头可栽到家了。师哥，你可不能袖手旁观呀！"

这大汉点了点头，说道："嗯，你们闪退一旁。"

贾氏弟兄气呼呼地往旁边一闪，就见紫面大汉到了常茂面前，放开嗓门，拱手说道："朋友，请问尊姓大名，仙乡何处？因何动手，将我师弟打成这般模样？"

常茂一听，心里也犯嘀咕：嗯，这个当师哥的，可比方才那两个强。看他相貌堂堂，声音洪亮，大概是个武林高手。

这阵儿，如果常茂把刚才的真情一讲，那也就拉倒了。可是，咱刚才说了，他满肚子邪气未消，瞅谁都不顺他眼。所以，说话也就不着边儿了。只见他把雌雄眼一翻，狂傲地说道："啊呀！大个子，你是他师哥呀？好，打了孩子大人出来，你来也可以。要问为什么，那俩小子刚才不是都跟你讲了吗？我这人最讲理，既然有你出头露面，那咱这个事可以了结。但有一件，你得把我的马毛给粘上。如粘不上，我可不退银子。"

那个紫脸大汉听了，心中暗想，这小子，真不讲理，原来不怪我那师弟呀！他眼珠一转，大笑道："哈哈哈！朋友，大概你是慕名而来，专门会我的吧？"

常茂听罢，更来劲了："你算什么东西，我来会你？你是野鸡没名，草鞋没号，我找得着你吗？"

紫脸大汉听了，不由脸色更变："哟，你可不准口出不逊。"

"我就是这个脾气，当什么人，说什么话。对你们这帮小子，就得这么相待。"

紫脸大汉见他如此无理，不由火往上攻："也罢，既然你不肯通名，来来来，待某家会会你的本领。看拳！"话音刚落，一个通天炮，奔常茂的鼻子杵来。

常茂见拳击来，忙往旁边闪躲身形。接着，回手就去抓人家的腕子。哪知这人招数变化极快，他把拳头往回一收，正手拳抢开，单峰贯耳，嘭！奔常茂的耳根台上就是一掌。常茂不敢怠慢，赶紧缩颈藏头，将拳躲过。哪料人家出其不意，飞起一脚，又奔常茂的裆里踢来。常茂一看，心里说，啊呀，此人太厉害了。他赶紧使了个张飞大骗马，啪！一个跟头，躲出圈外。

就这几招，常茂就知道此人绝非等闲之辈。暗暗合计道，啊呀，我要吃亏！今天得加把劲儿，要不就得当众出丑！

这二人都用上了心劲儿，他们一来一往，四臂张开，战在一处，只打得难解难分。贾氏弟兄站在一旁，只顾观瞧，也忘了伤痛，一个劲儿地给他师哥加油："哥哥，注意！"

"师兄，加把劲儿，狠狠地揍他！"

这个紫面大汉一边打着，一边暗自赞叹，哎呀，这个小个儿虽然其貌不扬，可本领却不凡哪！这个人他是谁呢？紫面大汉想着想着，一愣神，两个人的四只手扭在了一起。常茂叼着他的腕子，他也叼着常茂的腕子。这回，就凭各自的力量了。紫面大汉心想，这回好了，我一使劲儿，能把你扔出二里地去。想到此处，猛一较劲儿，把常茂提溜起来，嗖嗖嗖！抢得像车轱辘一样，想把常茂甩出去。可是，甩了半天也甩不出去。为什么？常茂抓着他的腕子，入了死扣啦，就像粘在他身上一样。

此时，常茂也真急了："哎哟，你拿我当什么玩意儿了，这么随便抢？哼，这回该我抢你了！"说到这儿，常茂双脚踩地，嗖！骑马蹲裆式站好身形，使了个千斤坠，像长到地上一样，把紫面大汉抖起来，嗖！一连就把他抢了六圈儿。不过，想甩也甩不掉，因为人家也入了死扣啦。

这会儿，两旁看热闹的，全都傻眼了。啊呀！这两个人，真是英雄对好汉哪！

紫面大汉心中暗想，打我出世以来，还没遇到过这样的强手呢！这可该怎么办呢？

正在他二人难解难分之际，人群外边传来了苍老的喊声："好小子，净给我惹事，还不快快住手！"话到声到人也到，只见一人跳进圈内，将巴掌抢开，照着紫脸大汉的脸蛋，啪就来了一记耳光。

常茂抖手跳出圈外，定睛瞧看，哟，闹了半天，外边来了个身材不高的老叟，奔儿喽头，翘下巴，凹陷脸，眼眉往外参参着，鹰钩鼻子，菱角嘴，一双小圆眼，一嘴山羊胡往前撅撅着。秃脑袋上还剩二十几根头发，绾了个小发髻儿，比黄豆粒大不了多少，用红头绳系着。周身上下穿一身元青色短靠，勒着十字襻，板带煞腰，下穿大叉蹲裆滚裤，蹬一双抓地虎快靴。别看那么大的年纪了，却精神抖擞，气宇轩昂。

常茂看罢，料知这位老者必有来历，不觉肃然起敬。

待这老者将那个嘴巴打完，只见紫脸大汉一捂腮帮子，规规矩矩地跪在老者面前，说道："叔叔息怒！"

老头儿把腰一掐，用手指问："孩子，你已经是四十出头的人了，为何这么不晓事？你看，招来这么多人看热闹，人家不笑话我们吗？哼，今天我非打死你不可！"说着话，又伸出了巴掌。

紫面大汉可吓坏了，不住地磕头，口尊："叔叔，侄儿有下情回禀。您老人家曾谆谆告诫我们，不准欺负外来之人。我们牢记您的教诲，从不敢妄为。今天这个事，实在是事出有因啊！"

那贾氏弟兄也跪到老叟面前，口尊恩师，把经过述说一番。

老头儿眯缝着眼，捋着山羊胡，听完原委，说道："嗯，些许小事，讲清楚不就完了？你们哥儿俩也是，为什么夺人之爱？就冲这个，也该挨揍。"

"师父——"

"行啦，还不给我闪退一旁！"

常茂一听，心想，哎，这老头儿还挺讲理。人家越讲理，反觉得他自己把这事做过分了。因此，不由尴尬起来。再看这位老者，他一转身形，来到常茂面前，大笑一声，和颜悦色地说道："小英雄，贵姓呀？"

"啊——"常茂见问，心中合计，我该不该报真名呢？这儿离苏州不远，四周都有敌人。我要说出名来，不知对我有利、还是没利？于是，他略停片刻，这才说道："老头儿，你问不着这个。刚才我一听你说话，就知你是个明白人。干脆，我把这二百两银子退回得了。

刚才怪我做事鲁莽，请你多加包涵。"说话间，将银子递给老头儿。

老头儿接银在手，摇了摇头，说道："哎！银子不银子倒是小事，我就想问问你到底是谁？"

常茂见这老头儿慈眉善目，不像怀有歹意，便悄声说道："问我呀？那好，我告诉给你，你可别对别人讲。我姓常，我叫常茂，我爹就是开明王常遇春。"

"啊？"老者闻听，赶忙拉住常茂的双手，"闹了半天，你就是少王爷，老朽我正来寻找你们。"

"你是谁呀？"

"不才唐云便是！"

正在这时，楼上的胡大海、郭英他们都得知常茂惹事了。胡大海一边下楼，一边生气地说道："常茂这小子，没事就捅马蜂窝。咱们是为请人而来，谁让你打仗呢？"

说话间，他来到人群里边，彼此引见，才知正是要聘请的北侠唐云到此。胡大海赶紧施礼："啊呀老人家，刚才我们已到贵府拜望，因您不在家中，我们才到这里用饭。唉，不料发生了这场误会。"

"无妨，这真是大水冲了龙王庙——一家人不认识一家人了。"说到此处，将紫面大汉叫到身边，给常茂做了引见，"这是我亲侄儿，外人送号紫面天王，叫唐文豹。文豹，这位就是少王爷，常茂常将军。你不许记仇，往后要多亲多近。"

"是是是！"紫面天王唐文豹来到常茂面前，急忙抱拳施礼，"常将军，恕我眼拙，多有得罪，原谅，原谅。"

常茂也赶紧施礼："啊呀，此事全是我一人之过，请大家海涵。"

此时，贾氏兄弟也走了过来，一一相见。

唐老侠客十分高兴，说道："诸位，有话请到家中叙谈，这里不是讲话之所。"

胡大海见这老头儿挺义气，互相寒暄半天，大家这才牵着战马，到了北侠府中。老侠客吩咐手下人役，就要重新摆宴。

胡大海忙说道："老侠客，我们已经用过饭了，休再麻烦。"

老侠客略一停顿，便说："那好。"接着重新献茶，分宾主落座。

北侠唐云坐定身形，问道："二王千岁，你们因何而来？"

胡大海口打咳声："老人家，是您非知。我们老四朱元璋，领兵出征，在苏州城下打了败仗。张士诚的驸马贺肖，不知从哪儿鼓捣了个葫芦，往外净喷毒水儿，连伤了我们十几员大将，现在性命难保。故此，我们来搬请老人家，助我们一臂之力。"

唐云闻听，低头不语。看那个意思，他有点儿犹豫不决。常茂把雌雄眼一翻，心里合计，他不去可不行！这老头儿肯定有特殊本领，我非把他鼓捣出去不可。他想到这里，眼珠一转，忙冲唐云说道："刚才，我二大爷将来龙去脉已讲清楚。还有件大事，我得对您讲明。请问，那小矬子徐方是您什么人？"

"那是我徒弟！"

"完了！如今他落到苏州城内，死活不知啊！"

这一句话，可碰到北侠的心尖儿上了。诸位非知，那徐方是他的命根子呀！北侠唐云得知胡大海的来意，本不想出头。为什么？他心里合计：第一，年纪大了；第二，大哥王爱云现在扶保苏州王，我若露面，势必与他闹翻；第三，自己与世无争，何必过那宦海生涯？因此，他疑虑不定。但是，常茂说出徐方被围，死活不知的话语，正戳到老头儿的心尖子上。

唐云这个人性情古怪，好胜心强，从不愿屈居人下。想当初，哥儿几个在一起闲谈，王爱云曾取笑说，唐云个子小，收不了好徒弟。就这么句扯淡话，却使他勃然大怒。一气之下，遍走天下，寻找高徒。最后，踅摸了一个徐方。为什么找他？因为徐方的个头儿比他还矬。从此，每日教他本领。可以说，为徐方成人，唐云是倾注了最大的心血。徐方若有个三长两短，老头儿能受得了吗？今天听常茂报出了凶信儿，唐云的心头不由一怔，问道："你们究竟发生了什么事情？"

常茂抢着说道："徐方他为救战将，身入图围，死活不明呀！我们知道他是您的心尖宝贝，所以才登府报信儿。老侠客，如今，我们到此求贤，乃世人眼见。您若前去助阵，既能为我们排忧，又能师徒相会。假如小矬子身遭不幸，您还能为徒弟报仇。您若不出山啊，知道的，说您不争名夺利；不知道的，定说您胆小怕事。可那时，您一世英名，岂不付于流水呀！"

胡大海一听，心里直乐，这小子，真能瞎白话啊！干脆，我也劝劝他得了。于是也说道："老侠客，方才茂儿之言，一点儿不假。您纵然不帮我们攻打苏州，也该为您徒弟着想啊！再说，身为侠客，理应替天行道，扶困济危。面对社稷安危的大事，怎能袖手不管呢？老侠客，我这厢有礼了！"说着，起身就是一躬。

郭英也说道："老侠客，我们是奉旨而来，无论如何，您也得赏脸。"

俗话说：牛头不烂多加火。大家再三恳求，唐云的心也就活动了。他点点头说："好吧，恭敬不如遵命。不过，我已经年过古稀，纵然出头露面，也未必能大获全胜。到那时，你们休要埋怨。"

胡大海忙说："老英雄，休要过谦。现在军情紧急，还求您速速动身。"

"好！"

老侠客一点手叫过紫面天王唐文豹，让他严守门户。诸事安排已毕，老侠客带着应用之物，跟众人赶奔前敌。他要大闹苏州城。

欲知后事如何，请听下回分解。

第十七回　聚君臣金帐显手段
展轻功苏州摸敌情

　　胡大海心中合计，老侠客可是救命菩萨。得先派人禀报万岁，让他们大礼相迎。于是，有人骑千里马，回连营送信。

　　朱元璋此刻正心如火焚，坐卧不安，只盼着胡大海求贤的音信，那些受伤的将官，已经奄奄一息，眼看性命都保不住了，他能不发愁吗？

　　正在这时，送信之人回到营帐，把搬请唐云之事述说了一番。众人闻听，无不高兴。

　　朱元璋降旨，让所有武将到五里之外迎接。其余的文官，在营门外排成了两大溜，恭候贵宾。霎时间鼓乐喧天，人们一边等候，一边跷脚遥望。过了一会儿，离老远就看见胡大海腆着肚子，陪着一位老者，并马而来。立时，鞭炮齐鸣，欢声雷动。

　　北侠在马上向四外一观，颇受感动，心里想，朱元璋如此礼贤下士，大伙对我视若救星，我一定有所作为，定不愧对明营。

　　胡大海一看这种场合，觉得十分光彩，对唐云说道："老人家，看见没有？这都是来迎接您的。"

　　"多谢，多谢！"

　　他们马不停蹄，一直来到御帐跟前。这阵儿，朱元璋带领御林兵，早已在此恭候。那朱元璋有多聪明？他见唐云来了，抢步起身，拽住了北侠的马匹："老人家，孤这厢有礼了！"

　　北侠一看，赶紧骗腿从马上跳下来，撩衣跪倒在地："陛下，罪民一步来迟，罪该万死！"

"老人家，此话从何讲起呀！快快请起！"

霎时间，众星捧月，文武群臣将老侠客请进金顶黄罗帐。朱元璋和老侠客分宾主坐定，忙把营中所有的头面人物，对老侠客一一作了引见。北侠起身见礼，重新归座。朱元璋传旨，要设摆盛宴，为贵宾接风。

这时，但见北侠急忙摆手，口尊："主公且慢！二王千岁跟我言讲，说有十几位大将身受重伤。老朽我放心不下，快领我先看个究竟。"

朱元璋一听，真有点儿过意不去，忙说："老人家，您一路风尘仆仆，受尽了鞍马劳乏。还是先歇息一时，再看也不为晚。"

"救人如救火，再耽搁就怕不好办了。"

朱元璋见老侠客如此至诚，忙陪他来到后帐。

进了帐门边儿，老侠客一提鼻子，哟，臭味难闻！他迈步进到帐内一看，但见并排十来张床上，躺着十来员受伤的将官。一个个头如麦斗，肿得连五官都难以辨认，跟死人一般无二。北侠唐云围着病床转了几圈，仔细察看着伤症。看着看着，不由满脸阴云，紧皱了双眉。

朱元璋一瞅唐云的神态，可把他急了个够呛："老人家，他们还有救无救？"

"唉，主公非知，但凡绿林之人，个个不甘人下，都想弄个蝎子的尾巴——独一份，这贺肖也是如此。暗器出自他手，那么他准有解药。而且，非他的解药不可，舍此再无他途。"

朱元璋失望地说："啊呀！如此说来，这些人性命休矣！"

"主公放心，待我今晚夜探苏州，先把解药盗来。有了解药，这些人就算得救了。"老头儿说完，众人才回到金顶黄罗帐，设摆酒宴。

酒席宴前，北侠对朱元璋说道："主公，今晚我夜探苏州，第一，盗取解药；第二，我看看贺肖的毒葫芦。能弄出来就弄出来，能毁坏就将它毁坏。"

朱元璋高兴地说道："太好了，但愿您马到成功。"

酒席宴上，宾主频频举杯，直到掌灯时分，还不罢席。有些将官见唐云如此贪杯，心里不觉暗笑，哼，这个矬老头儿，跟徐方没什么两样！就凭他，还能帮咱的忙？还能盗解药，破苏州？嘻，这不是开玩笑嘛！

也有人心里合计，他在年轻时，可能有过作为。如今上了年纪，也就空有其名了。大家窃窃私语，指手画脚，忧虑不消。

唐云可是世外高人，他的眼睫毛都是空的。用眼朝四处一扫，他就全明白了。心里说，噢，瞧不起我呀？待我显个手段，让你们看一看。老侠客打定主意，操起酒斗，左一杯，右一盏，喝起来没完没了。

朱元璋见了，想劝又不好开口。心里说，这老头儿，如此贪杯，会不会误事？他心里着急，可又无可奈何。

直到定更时分，北侠唐云把二臂一伸，打了个呵欠，懒洋洋地说道："妥了，老朽是酒足饭饱。"说到这儿，转脸问胡大海，"二王千岁，现在是什么时候了？"

"定更天了。"

"啊！早呢，待我再打一个盹儿。"说着话，他就往桌子上趴。可能没趴利索，但见他哧溜一下，出溜到桌子底下去了。

文武一见，哄堂大笑。心里说，这种人还能办事啊？

朱元璋也发愣了，忙说："快把他从桌子底下拽出来，准备床铺，让他安寝。"

众人一听，赶忙围到桌前。等撩起桌帘一看，众人都傻眼了。怎么？唐云是踪迹不见！

常茂一看，惊呼道："啊呀！来无踪，去无影，好高明的手段，好厉害的侠客！"

大伙这才知道，唐云真有超群的能为。

话分两头，单表唐云。他故意在人前卖弄一招，出离了金顶黄罗帐，直接赶奔苏州城。

侠客唐云施展开陆地飞腾术，来到苏州城下。抬头往城上一看，哟，可了不得啦！怎么？只见城头五步一岗，十步一哨，串串蜈蚣灯，把城头照得如同白昼。此时，就听有人说话："精神点儿！王爷有旨，元帅有令，大敌当前，谁也不准打盹儿。若出了毛病，要你们的脑袋！"

"是！"

北侠唐云一想，还不好办呢！我若施展飞檐走壁之能，进城是不在话下。可是，万一被他们发觉，连喊带叫，多有不便哪！最好让他们人不知、鬼不觉才好。老侠客眉头一皱，计上心来。只见他从百宝囊中一伸手，掏出三颗鸡蛋大小的药丸，对着城头，哧！使劲抛去。

那位说，这是什么东西？这叫似火溜光。这玩意见风就着，会放出绿色的火光。

城上的军兵正说着话，忽见空中发出三道绿光。众人不知何物，个个抬头观瞧。

北侠唐云就趁这个空隙，施展起蝎子倒爬城的手段，哧哧哧哧，眨眼之间到了垛口。接着，噌！跳进城内。

城头军兵观看片刻，见火光消失了，他们又瞎议论起来。这是什么东西？是流星，还是什么玩意儿？他们再往四外观看，什么也未发觉。

老侠客进到苏州城里，心中可坦然多了。为什么？因为他太熟悉周围的环境了，行动方便呀！

书中交代：唐家寨离苏州不远，唐云年轻的时候，就是在这里度过的。因此，无论大街小巷，他都了如指掌。

老侠客心想，我该先上哪儿去呢？到王宫吧，王宫太大，去也没用。哎！既然是贺肖把众将打伤，何不到驸马府看个究竟？另外，我也好探听探听徒弟的下落。老英雄打定主意，晃身奔驸马府而去。

贺肖住在西关，跟火神庙是隔壁。北侠到了驸马府前，隐到黑暗之处，手搭凉棚一看：只见府前灯火通明，戒备森严，巡逻兵挺胸腆肚，挎着弯刀，擎着长矛、大戟，不断地来回巡逻。再一细瞧，府门紧紧地关闭着。他见正门不能进去，便矮下身形，绕到驸马府的西墙以外。他略定心神，闪目观瞧，四外无人。展身一看，这墙头高有一丈五六。老侠客微微后退几步，往下一哈身，脚板踩地，噌！飞身形蹿上大墙，用胳膊肘挂住墙头，慢慢展身躯，往院中观看。原来，下边是座花园，棵棵大树，枝繁叶茂。再往远瞅，一座凉亭，隐约可见。他又侧耳细听，万籁俱静。老侠客略停一时，掏出问路飞蝗石，吧嗒扔到地上。又仔细一听，仍没有动静。

此刻，老侠客放心了。他展身形双腿一飘，噌！轻轻落到院内。紧接着，穿宅过院，探听消息。探来探去，见面前一间屋内，灯光明亮。老侠客蹑足潜踪，到近前一看，原来是座玉云轩，里边还传出说话之声。唐云迈步上了台阶，转过曲廊，扒在后窗口，用舌尖舔破窗棂纸，睁一目，闭一目，往屋内窥视。但见屋内宽大，摆设考究，金碧辉煌。往正中一看，只见端坐一人，二十挂零的年纪，面似银盆，两道浓眉，头戴软包巾，身披衮龙袍，腰系金带，脚踏青缎厚底靴子。只生得五官端正，倒挺漂亮。在他的左右，还坐着几位。上首那个，中等身材，面如锅底，腰悬宝剑。下首那个，是位出家的老道，看那相貌，足有七十开外，身背宝剑，手拿拂尘。

老侠客一看呀，都认识。正座的那个白脸小将就是驸马贺肖，上首的那个黑大汉，就是赛张飞张九六——张士诚的元帅，下首的那个老道便是赛张良张和汴——张士诚的军师。

俗话说：要知心腹事，单听背后言。北侠把耳朵贴到窗户纸上，凝神闭气，暗暗地窃听。

此时，就听张九六说道："驸马，此事不必忧虑。干脆，把他收拾了得啦。"

"嗯！"贺肖点点头，说道："自从把他抓住，这小子铁嘴钢牙，守口如瓶。看来，留他也无用。我正想向王爷请旨，处置了他。既然大帅捎信，那咱今夜晚间，就结果了他的狗命。"

北侠一听，脑袋轰的一声，心里猜测，哎呀！他们说的是不是徐方？若是如此，我可算来巧了。想到此处，他的心不由怦怦直跳。

此时，又听军师张和汴说道："无量天尊！近两天来，明营一不讨阵，二不见仗，无声无息。依我所见，他们是在另想对策。驸马，你可要多加提防。"

贺肖听罢，不屑一顾地狂声大笑道："哈哈哈哈！军师，请你转告我家父王，让他放心就是。有五毒葫芦在手，我还惧怕何人？我只盼二位多练精兵，将城池守牢。不用三月，朱元璋便不战自退。"

张九六接了话茬："那是自然。那么，先把小矬子收拾了得啦！"

说罢，他冲门外喊话："去，把那矬贼给我提来！"

这阵儿，北侠唐云的心，都快从嘴里跳出来了。他心里暗自盘算，待我先把徒弟救出来，然后大闹驸马府。他刚要动手，忽又想道：不行！我若因救徐方而捅了马蜂窝，那葫芦和解药就得不到手了。这……老人家心里想着，眼睛一转，有了主意。

正在这时，唐云忽见两个彪形大汉，提着灯笼，拎着钢刀，奔后院而去。

唐云急转身形，偷偷尾随而去。片刻工夫，到了一所宅子前面。老侠客藏身躲在一棵树后，暗中观察一切。这时，就见那两个彪形大汉手拿钥匙，咯嘣一声，把锁头打开，互相说道："到里边提去！"

"是！"说罢，进到屋内。

接着，又听屋内传出徐方的声音："小子们，要杀开刀，吃肉张嘴，若皱眉头，不算英雄好汉！蟊贼，快给爷爷来个利索！"

彪形大汉们恶狠狠地说道："你别厉害，一会儿就送你升天！"

老侠客听得明白，看得清楚，刹那间，就见他们把徐方提了出来。老侠客定睛一看，哎哟，我徒弟可吃苦了！但见徐方浑身是血，满脸是伤，已被折磨得惨不忍睹。老英雄看到此处，不由火往上撞，心里说：好啊，竟敢欺侮我的徒弟，这还了得！想到这儿，老侠客撩起衣服，哗楞一声，捯出十三节链子点穴鞭，他要大闹苏州。

欲知后事如何，请听下回分解。

第十八回　救爱徒潜踪驸马府
盗解药走险多宝楼

北侠唐云，见徐方被打得血肉模糊，犹如万把钢刀扎心一般。他一怒之下，哗楞一声，拽出十三节链子点穴鞭，往手腕上一套，垫步拧身，噌！蹿到众人面前，厉声喝喊："呔！猴儿崽子们，还不住手！"

这两个当差的一听，吓了个蒙头转向。还没等他俩明白过来，就见面前寒光一闪，噗噗！一人身上穿了一个眼儿，当场绝气身亡。北侠唐云疾步过来，把徐方搂到怀中，轻声呼唤："孩儿呀，快睁睁眼，你看是谁来了？"

小矬子徐方听见有人呼喊，睁开小眼，定睛一看，不觉失声叫道："师父！"

"别哭，此地不是讲话之所，为师特来搭救于你。"说着话，唐云往下蹲身，将徐方背到背后，飞身跳出墙外，离开驸马府院。

北侠一边走着，一边合计，我该把他先寄放到什么地方呢？按理说，应当送回连营。可是，来回路途甚远，耽误大事。再说，出入城池也不那么容易。一旦被人发觉，多有不便。唉，不如先放到城里。等我把葫芦、解药盗出之后，再与他一块儿回营。可是，把他放到哪儿保险呢？他东张西望，正好看到了苏州的鼓楼。

这座鼓楼，一共分为三层，上边起脊瓦垄，雕梁画柱，工程十分浩大。如果站到鼓楼的顶端，可以俯览苏州城的全貌。

老侠心想，嗯，不如把他放到楼顶。无论遇到什么情况，也保证他平安无事。想到这儿，他跟徐方商量："孩儿，我先把你放到鼓楼顶上，你看如何？"

"哎呀，那么老高，能行吗？"

"行，那儿平安。"

"那好，一切听师父安排。"

老侠客见左右无人，让徐方把他的脖子抱紧，他自己一溜小跑，来到鼓楼脚下，运足气力，脚尖点地，噌！蹿到鼓楼的第一层上。紧接着，噌噌！蹿到鼓楼顶端，把徐方轻轻放下，说道："孩儿呀，你先待在这儿，千万别动。待为师将事办完，再回来接你。"

"师父，你还要到哪儿去？"

"孩儿，你怎么糊涂了？我不是盗葫芦、取解药吗？"

"啊呀，师父啊！"说话间，徐方拉住北侠，把自己盗药的经过，述说一遍……

前文书说过，徐方在皇上面前，毛遂自荐，进城来盗解药。结果没有成功，刚到城内，就被人家生擒。

原来，徐方也到过驸马府。他觉得自己本领不含糊，就有点儿轻敌。结果，中了人家的埋伏，掉进陷坑，被人家生擒活捉。按张九六的意思，当时就把他杀死了。贺肖却不然，他要从徐方嘴里套出点儿口供，以便了解明营的机密。因此，暂把他押到后院，严加审讯。好一个徐方，有胆量，有骨气，问什么也不招供。这一来，把贺肖可气坏了，又用非刑拷打。今天，要不是北侠唐云赶到，徐方的性命可真就没了。

徐方拉着师父，千叮咛，万嘱托："师父，您可得注意呀！我不是长人家的威风，灭咱爷儿们的锐气。这驸马府内，净是消息儿埋伏。别看贺肖年轻，那小子转轴可不少哩！"

"我知道了。"北侠说完，从百宝囊中掏出个小瓶来，取出止疼药丸，让徐方吞下，又把止疼药膏敷在他的伤口上。诸事料理已毕，北侠这才走下鼓楼，二次赶奔驸马府。

北侠唐云二次翻墙，跳进院内，隐住身形，侧耳细听，银安殿内一阵骚动。

原来，巡逻兵发现徐方被救走，差人被打死，立时就禀告了贺肖。驸马大吃一惊，说道："什么人胆大包天，敢进我的驸马府？搜！"

张九六、张和汴也不怠慢，他们各自带兵，将门户紧闭，仔细搜查。可是搜来搜去，除发现两具死尸之外，一无所获。

贺肖这时心想，此人来无踪，去无影，定是武林高手。想到此处，不禁毛骨悚然，忙跟张九六、张和汴商议对策。

张九六说道："驸马，刚才此举，乃不祥之兆。你想，徐方的武艺，并不含糊，我们没费吹灰之力，就将他擒拿；而今，有人救走徐方，我们却一概不晓。如此说来，明营准请了高人。啊呀，难道是徐方的师父来了？倘若唐羰子进了咱苏州，那可就麻烦了。驸马，你可得当心你的葫芦和解药，若把宝贝丢失，咱们可就性命难保了。"

贺肖说："大帅，依你之见？"

"最好把葫芦放到王宫，那儿御林兵也多，比此处容易保管。"

赛张良张和汴说道："干脆，不如将解药和葫芦带在身边。人到哪儿，物到哪儿，比别人保管都强。"

贺肖听罢，摇摇头说："二位，休要多虑。假如唐羰子真的来了，我也叫他有来无回。"

张九六一听，不解其详，忙问："驸马，此话怎讲？"

"不必细说，跟我一看便知。"说到此处，三人离开银安殿，奔后院而去。

北侠唐云听到这里，暗暗跟在三人身后。过了几层院子，来到一座二层小楼跟前。楼上有匾，刻着多宝楼三个金灿灿的大字。北侠唐云见三人相继进了楼，心想，干脆，我也进去吧！

楼门前有军兵把守，正门不能进去。唐云一纵身，噌！上了楼顶。见四处无人，洇破窗棂纸，往屋内观看：只见正中央一张桌子，两旁摆着几把椅子，靠墙放着几个大铁柜。这铁柜非同一般，每个都有两人多高，顶上吊着八宝琉璃灯。贺肖指着靠墙根的一个大铁柜，说："葫芦、解药就放到这儿，是神仙，也拿它不去。你们看怎么样？"

张九六说："既然如此牢靠，那就放到这里吧！"

"嗯！"贺肖取了钥匙，喀嘣一声，将铁锁打开。他把铁柜门拉开，用手一指："看见没有？都在这儿呢！"

北侠唐云就势一看，哟，那葫芦真在里边放着呢！葫芦上套着鹿皮口袋，外边还挂着缎子面，镶着五色穗头，十分精致美观。

这时，又听贺肖说道："此事只准咱三人知道，千万不可外传。"

"那是自然。"

贺肖重新锁好铁柜，又小声议论了一阵，领他们下楼而去。接着，灯光熄灭。

北侠唐云蹲在凉台上，心中合计，哎呀，这铁柜里的葫芦，是真是假？方才他们议论的那些话，是碰巧让我听到的，还是有意讲给我听的？贺肖这猴儿崽子，绝非一般人可比。我二次回府，是否被他们发觉？唉！干脆，舍不得孩子套不着狼。那葫芦和解药，是真是假，咱怎么能知道呢？算了，拿到手再说。老英雄打定主意，朝四外一趸摸，见贺肖他们没影了，这才站起身来，用手将窗户端开，双腿一飘，跳到屋里。

老英雄蹑足潜踪，来到大柜前边，见上头挂着元宝锁头，他用大拇指头一摁里边的千斤簧，心里有底了，忙从百宝囊里掏出根鹿筋绒绳，先用唾沫洇湿，又挽了个套儿，塞到锁子眼里。三摇两晃，挂住了千斤簧，用手一拽，喀嘣开了。唐云忙将身子闪到一旁，轻轻拉开两扇铁门。为什么？怕里边有暗器。他躲到旁边一看，没事，只见那葫芦、药囊，都在里边放着。老侠客伸手操起那两件东西，掂量掂量，料想不是假的，便急忙揣在兜囊之中。唐云心说，苍天保佑，总算搞到手了。他把铁门关好，转身往外走去。

老侠客顺着原路往回走，来到窗口，还想端起窗户，飞身出去。谁知情况不妙，别看他来的时候端窗户没事，这回一端，机关犯了。忽听嘎啦啦一声巨响，就见窗户口上下有两个大铁夹子，向老英雄的脑袋和腰部卡来。如果中了暗器，纵然卡不死，也会被夹牢。若换个别人，今天是指定走不了啦。可唐云听见响动，啊呀一声，舌尖顶着上牙床，丹田一提气，使了个燕子抄水，噌一下就蹿过了窗户。蹿是蹿出去了，可是人在半空中失去了平衡，只见他脑袋朝下，咻！就落到楼下。唐云心里清楚，想着等快挨地的时候，来个云里翻，双脚点地，没事了。哪料他双脚刚一沾地，正好踩在翻板上，喀啦一转个儿，老英雄的两腿就陷进去了。北侠心里说，不好，这是三环套月的摆布。北侠把脑袋一扑棱，二次提气，噌！双脚没落地就蹿了起来，蹿到空中有一丈多高。正好，旁边是个房檐，他打算用手把它扳住，先换口气。可是，没想到他又上当了。为什么？原来这房檐上也有机关埋伏，都是一色的滚龙刀。他的手刚一摁房檐，滚龙刀的消息儿就犯了，咯啦啦啦一响，朝他的手腕子和胳膊就刺来了。唐云又急横着身子越过了大墙，这才保住了性命。等出了驸马府，到在街上，他的这颗心啊，怦怦直跳。一摸脑袋，秃脑门都沁出了汗水。

此时，唐云心想，谢天谢地，好险哪，好险！当初练武的时候，若不下苦功，今天这条老命就算交代了。贺肖啊贺肖，你小子够毒的。等我把众人救好之后，再回来找你算账。想到这儿，飞身形赶奔鼓楼。

唐云顺着原途来到楼顶上，低声呼唤："孩儿啊，徐方！"再找徐方，踪迹皆无。

"嗯？"老侠客愣了：难道我把路走错了？不对呀，明明我把他放到此处，怎么没了？哎哎，难道他摔下去了？

这阵儿，唐云的心像裂开了一样，忙从楼顶下来，在楼底寻找半天，也没找到。他又想到，徐方已经受了重伤，纵然掉到楼下，他也走不了啊！即便摔死，也得有血迹呀，怎么什么也没有呢？想到这里，他又上鼓楼转了一圈，还是没有找到。这回，老侠客心里可没底了。哎呀，难道说被人家又抓回去了？也许等着不耐烦了，自己回连营去了？老侠客这么想，那么想，百思不得其解。后来，又一琢磨，哎！回连营再说吧，反正解药、葫芦也到手了。想到这儿，顺着原道，回到明营。

这时，已经到了四更时分。北侠唐云刚回连营，就被巡逻放哨的军兵看见了，他们磨头到帅帐报信儿。

洪武皇帝朱元璋得报，忙率领众将官出帐迎接。接着，把北侠接进金顶黄罗帐。

朱元璋先给他道惊，然后又问了辛苦。

老侠客口打唉声，说道："唉，两世为人哪！主公，我总算没有白去，好歹也办了几件事情。"

"老英雄，都办到了？"

"办到了。请问陛下，那徐方回营没有？"

"回来了。"

唐云一听，又惊又喜："他多会儿回来的？"

"至多一个时辰。"

"现在哪里？"

"已到后帐歇息。"

唐云忙说："主公稍等，待我看过。"说罢，转身形奔后帐而去。

再说矬子徐方。他身在床上歇息，心却仍在苏州城内，不住地琢磨：今日之事，实在荒唐。我与师父有言在前，不见不散，哪曾想杀出个狄恒，硬把我背回连营。师父再到鼓楼，找我不到，还不把他老人家急死？他有心再进城寻找师父，怎奈浑身伤疼，难以行走。思前想后，无有主意，心中说道，苍天保佑，盼我师父早点回来。小矬子正在床上合计心思，咯吱一声，帐门推开，走进一人。

徐方定睛一看，原来是恩师唐云。他热泪盈眶，急忙呼唤："师父——"说着，就要下床迎接。

老英雄快步走来，将他摁在床上，怒冲冲地说道："奴才，为何不守诺言，私自回营？"

"师父息怒，这不怪徒儿，是这么回事……"接着，就把详情说了一遍——

原来，北侠唐云刚刚离开鼓楼，突然，一道黑影冲到徐方面前，不容分说，背他就走。徐方不知此人的用意，叫他放下。此人非但不听，反而加快了脚步。片刻工夫，就把他背到了城外。徐方急了，张开大嘴，咬他的脖颈。那人啊呀一声，才把他放在平地。小矬子心中有气，看着此人，就要叫骂。他这一看哪，认出来了。谁？千里追风侠狄恒。

狄恒与四大侠客交情莫逆，常在暗中互相关照。前者，为解明将之危，曾在牛膛峪与王爱云伸手格斗。后来，听说苏州战事吃紧，他放心不下，又黉夜入城，观察动静。正好，发觉北侠也夜探苏州。狄恒未与唐云相见，便在暗里跟踪。跟来跟去，他见北侠将徐方背上了鼓楼。狄恒怕万外有一，这才将徐方救出城外。接着，又把他护送回明营。

老英雄听罢，不住地点头："原来如此。孩儿，你先好好歇息，待为师医治伤将。"说罢，又转身去见洪武皇帝。

北侠唐云来到金顶黄罗帐，当着众将官，从兜囊中掏出葫芦和解药，就要为众人治伤。结果，把药往桌上一倒，气得唐云颜色更变。为什么？哪来的解药，原来都是石灰面子。再把葫芦拿出来，仔细看看，也是一般的葫芦。拍拍葫芦底，白拍。

这时，有的将官就乐了，哼，我就说不行嘛！这老头儿不知从哪儿捡来个破葫芦，愣说他把事办成了。这不是瞪着眼吹牛吗？大伙心里这么想，嘴里可没这么说。不过，脸上的颜色却露了出来。

唐云多咱摔过这样的跟头？他见一样事也没办成，只气得哎哟一声，蹦起老高，头顶差点杵到大帐以外。

朱元璋跟胡大海赶紧解劝："老侠客息怒！胜败乃兵家之常，这回不行，还有下回呢！"

"不！我说主公，我不是自夸其能，老朽闯荡江湖几十载，还没栽过这样的跟头。贺肖啊，好你个猴儿崽子，我跟你没完！主公，你等着，待我再进苏州盗药。"说罢，飞身形出了大帐，噌噌噌噌，二次赶奔苏州。

北侠火气是挺大。等到了外边被风一吹，脑袋也就冷静下来。唐云一边走着，一边琢磨，贺肖啊，大概你知我进城，弄些假葫芦、假解药，故意来糊弄我。哼，你做梦也不会想到，我二次还能回来。这次，我若不把葫芦、解药盗回，还有何脸面去见世人？

唐云到了苏州城内，围着驸马府转了一圈，琢磨道：这回，再不进驸马府了。此处人生地不熟，遍地是消息儿、埋伏。再说，刚才我这么一折腾，他们说不定把葫芦跟解药搁到哪儿去了。哎呀，这该如何是好？

老侠客唐云想着想着，突然眼睛一亮，有了主意。什么主意？他想起大哥南侠王爱云来了。心里说，大哥，你身为张士诚的丞相，葫芦、解药放到哪里，你不能不清楚。咱们是一师之徒，说什么我也得找你帮忙。老头儿打定主意，飞身形赶奔丞相府而去。

前文书说过，唐云对苏州城内的地理，非常熟悉。王爱云在哪里，他闭着眼睛都能摸去。他走到城南，到在丞相府前，飞身上房，定睛一看，屋里灯光明亮，人们已经起床。唐云跳到院中，趴在窗台上仔细偷听，正好传来南侠王爱云的声音："来人哪，快准备早点，五鼓我要陪王伴驾！"

他再一听，是大嫂的声音："唉，这两天你老是起早贪黑，跟张士诚有什么商议的？"

"妇道人家，懂得什么？如今，兵临城下，将至壕边，朱元璋的大队人马，已把苏州城围困了。哪一天不得商议退敌之策？快准备早饭，废话少讲！"

北侠一听，心里说，妥！屋里没外人，就是大哥王爱云。待我进屋去，跟你商量此事。这个忙，你帮也得帮，不帮也得帮。唐云想到这里，在外面高声喝喊："哥哥，恕小弟冒犯之罪，唐云来也！"

欲知后事如何，且听下回分解。

第十九回　二侠对峙各为其主
　　　　一力同心定计而行

唐云在窗外这么一喊，王爱云不由一愣，哟，怎么我二弟来了？他忙冲屋外问话："外面可是二弟吗？"

"不错，正是愚弟。"

"兄弟，快请进来！"

王夫人一听，也赶紧招呼："外面可是老二？"

"一点儿不假。"说话间，北侠唐云迈步进屋，冲着王爱云抱拳作揖："大哥，一向可好？小弟这厢有礼了！"说罢，跪倒在地，连忙磕头。

南侠一看，心中不好受啊！赶紧用手相搀："二弟，快快起来。"南侠将北侠搀起身来，拉着他的双手，盯着他的五官，说道："兄弟，你老了！"

"哥哥，你也老了！"

"唉，岁月如流水啊！快，请坐！"说罢，双双落座。

此时，王夫人从外面进来，说："我说悖子，你真狠心呀！想当年，你哥哥酒后失言，说了几句过头的话语，老弟老兄的，那有什么相干？谁料你就急眼啦！打那儿以后，一赌气，连家门都不登了。哼，今天是什么风把你吹来的？你眼里还有个哥哥啊！"

"大嫂，千错万错，都是我的不对，请你包涵。"

王爱云忙接了话荏儿："妇道人家，少说几句吧！快，给二弟准备吃喝。"

唐云忙说："不！哥哥，我不吃也不喝。今日冒昧前来，是跟你有事相商。"

"那就请讲当面。"

"哥哥，小弟有事相求啊！看在一师之徒的分上，你可别驳我的面子。"

"兄弟，有话直说，休要多虑。咱弟兄情同手足，还有什么说的！"

"哥哥，你身为张士诚手下的丞相，我的来意，难道还不明白？"

"我明白何来？"

"好！既然不知，那我就再说一遍。明主朱元璋，领兵带队，攻打苏州，他们两家争战之事，咱不必详谈。单说在两军阵前，驸马贺肖这个猴儿崽子，使用葫芦，伤了十几个明营的将官。这些我也不管，最不该他将我徒弟徐方给逮住，多悬哪，差点儿要了孩子的性命。我得到音信，一怒之下，这才出头帮忙。为弟在朱元璋面前，已夸下海口，卖下浪言，要破掉葫芦，盗回解药。哥哥，你说倒霉不？这几样事情，我一样也没办到，弄了个烧鸡大窝脖。哥哥，我要栽了跟头，哥哥你的脸上也不好看哪！为此，求你告知我，那葫芦和解药藏在什么地方。咱们快人快语，行与不行，哥哥给个回话。"

"啊呀！"王爱云不听则可，闻听此言，低头不语。为什么？他心中合计，此事实在难办哪！如今，我在苏州王驾前称臣，吃着人家的俸禄，怎能胳膊肘朝外扭呢？若不答应，师弟又求到了跟前。所以，王爱云愁眉紧锁，拿不定主意。

唐云一看，猜透了他的心思："哥哥，看你这个意思，是不想帮忙啊！"

"兄弟，咱们从孩童之时就滚粘在一起，哥哥的为人，你也清楚。常言说，好马不鞴双鞍，烈女不配二夫。如今我扶保了张士诚，怎能再向着朱元璋呢？有道是人各有志，你与苏州王伸手交锋，哥哥我袖手不管，也就算诚心相助了。若叫我公开插手，哎呀，此事可万难遵命！"

"哥哥言之差矣！就因此事难办，才求到你的名下，若要好办，求你何来？再说，只此一回，下不为例，无论你有多难，也不能驳我的面子。"说到此处，忙向夫人求情，"嫂子，你说是吧？"

夫人一听，也咧了嘴啦，"这——老爷，你看二弟求了一回，你……"

南侠颜色更变，立刻接过话茬儿："废话少说，妇道人家，懂些什么？"

北侠唐云一听，火了，猛然间，啪！用力拍了一下桌子。王爱云吓了一跳，问道："二弟，你要干什么？"

"干什么？姓王的，你好不识抬举。我来问你，我徒弟徐方，是不是你的亲徒侄？他被贺肖抓住，酷刑拷打，受尽了折磨。你身为丞相，为何不管？当然，你有为难之处，难以插手，我也不挑你的眼了。那么，今天我求上门来，好话说了半天，纵然你委屈自己，也应该帮我一把呀！怎么你牙口不欠呢？看来，你保张士诚是保定了。告诉你，我保朱元璋，也保定了。看来，咱俩磕头弟兄，已变成了对头冤家。今天你如果不答应，我与你讲不了说不清！"

南侠听罢，也火了，只见他面沉似水，冷冷地问道："兄弟，如此说来，你还想动手吗？"

"那是自然！"唐云真急了，啪！一脚就把八仙桌踹翻。

夫人一看，可吓坏了："哎哟！这个蜂贼，你要耍横呀？有话慢慢商议吗，何必……"

北侠怒冲冲地说道："再说也是对牛弹琴！"说罢，唐云打垫步，跳到天井当院，猛一伸手，哗楞楞拽出十三节链子鞭，点手叫南侠，"姓王的，出来！今天有你没我，有我没你。"

王爱云见唐云如此猖狂，也挺生气。他把大衣闪掉，从腰里摘下紫电青霜剑，迈步走到院内，冲唐云说道："二弟，若有一线之路，咱哥儿俩也别伸手。前者，我与千里追风侠狄恒较量了一番，虽然未分上下，却也得罪了人家。不过，得罪他不要紧，两旁外人嘛！你跟他不一样，咱老弟老兄，都一把白胡子了，还能翻脸吗？兄弟，听我良言相劝，不要在此久待，赶紧逃命去吧！若被苏州王知道，发来天兵，你可难逃公道。"

"哈哈，你想拿官面来卡我？苏州王他算什么东西？既然你对我无情，那就休怪我无义，你拿命来！"说罢，哗楞一声，就是一鞭。

开始，王爱云左躲右闪，不愿还手。打着打着，见唐云招招紧

157

逼，那是真打啊！王爱云无奈，只好拉开架式，接架相还。这两个老头儿，四臂抡开，就战在了一处。

这阵儿，可把夫人急坏了："哎哟，你们老弟老兄的，这是何苦哟？来人呀，快将他们拉住——"

夫人这一喊叫，霎时间，家奴、院公、仆人、奴婢全出来了，一百多人挤了一院子。他们瞪着眼睛，直着脖子，干嚷嚷，谁也不敢过去。

这二人交锋，难分胜负。二十几个回合过后，忽听墙头上有人高声喊话："大哥，二哥，快快住手！"

南侠闻听，打垫步跳出圈外。

北侠哗楞一声，也接住了自己的十三节链子鞭。

南侠、北侠同时回头观瞧：认识！来者非是别人，正是中侠严荣、通臂猿猴吴祯。他二人看罢，心中暗想，这二位是从哪儿来的呢？

通臂猿猴吴祯，帮着明营曾立了不少功劳。朱元璋登基之后，意欲加封他的官职，吴祯再三不从，一说自己年纪高迈，二说他无意居官。朱元璋无奈，赏白银五万两，赐他一块地盘，让他在南京开了一座金陵镖局。这样，他就算养了老了。自朱元璋领兵攻打牛膛峪，吴祯虽然没有出征，但是，两军阵前的战情，却十分关心。他得知明主在苏州受阻，心里十分着急。正好，三哥中侠严荣，从北地燕京赶来，看望吴祯。老哥儿俩互相见面，吴祯就把朱元璋远征的情形述说了一遍。严荣听罢，不住地点头。最后，老哥儿俩商议，到苏州找大哥王爱云，让他从中帮助，以示人情。俗话说：来早了不如来巧了。他二人刚一进府，正碰见二哥唐云与大哥王爱云伸手。因此，老哥儿俩喊了一声，方把他俩劝住。

唐云见他俩来了，忙把前因后果讲了一遍，并说道："你俩评评，他不帮忙对不对？"

王爱云也不示弱，赶忙申诉了自己的理由。

这哥儿俩一听，埋怨地说道："大哥，二哥，咱都什么岁数了？你们这样胡来，难道不怕外人笑话？"

这时，唐云要耍赖了："他如果不答应，今天我就不走。若把我逼急了，我放火烧他的房子！"

王爱云也是一肚子气，他刚要说话，就被严荣和吴祯打断了："有话到屋里去谈，在这儿吵吵什么？"说着话，推推搡搡，老哥儿四个一同进到屋内。

唐云得理不让人，又把经过重说了一遍。

这哥儿俩一听，不住地点头。严荣说道："大哥，刚才听你二人的言语，各说各有理。不过，盐从哪儿咸，醋从哪儿酸，事出有因呀！据我所知，朱元璋胸心宽广，乃是正人君子。他即位之后，对张士诚等人，都以大礼相待。他一再提倡同心协力，共讨大元。可是，张士诚这帮人，居心叵测，背信弃义，放着大元不打，却抄朱元璋的后路，骨肉相残。你误保昏君，可谓千古遗恨哪！大哥，你是明白之人，请放开眼界，仔细想想，将来谁能成为大器？朱元璋也！张士诚、陈友谅等碌碌之辈，鼠目寸光，必败无疑啊！大哥，现在回头，也还不晚。我二哥既然求到名下，你就答应了吧！"说着话，冲吴祯一使眼色，二人双双跪倒在王爱云面前。

王爱云见他三人的言语同出一辙，不觉心头一愣："这……"

唐云忙说："大哥，二位贤弟是后来的，谁是谁非，他们看得最清楚。难道你还不认账吗？"说罢，也跪倒在地。

"这……"王爱云把头一低，犯开了寻思。

这时，夫人也过来相劝："老爷，干脆答应他们得了，你一个人能硬得过大伙儿吗？"

王爱云抬起头来，略停片刻，说道："唉！你们哥儿仨都起来吧！二弟，我答应帮忙。"

唐云一听，忙说："妥了！"

老哥儿仨站起身来，围在桌旁。唐云接着说道："大哥，刚才的事情就算过去了。快，摆点儿吃喝，咱们哥儿四个边吃边谈。"

夫人这下可高兴了，急忙端来了酒菜，这哥儿几个，频频举杯。

北侠唐云心中着急，忙问王爱云："大哥，你怎么帮忙啊？"

王爱云说道："唉！二弟非知，那驸马贺肖是张士诚的眼珠子、心头宝，他使的五毒葫芦，是苏州的保障。因此，他们视若珍宝。每次用完，为安全起见，就存放在王宫的银安殿内。"

唐云忙问："在殿内什么地方？"

"殿后。张士诚坐的那把交椅后边，有八扇屏风，把屏风推开，是个地道。进了地道，里边有个铁匣子。葫芦和解药，就锁在里边。二弟，我已将真情说出。至于用何办法得到这些东西，那就看你的了。"

中侠严荣、通臂猿猴吴祯一听，全傻眼了！忙转脸问北侠唐云："二哥，你有何高见？"

唐云晃了晃大秃脑袋，冲王爱云问道："大哥，你刚才所言可是真的？"

"真的。"

"好！既然如此，我还有一事相求。"

"何事？"

"刚才我在窗外偷听，你说五更天要陪王伴驾。可有此事？"

"对！要不是你来折腾，我早走了。"

"好！大哥，今天你把我带去。"

王爱云一听，吓了个够呛："啊！刚才我已说过，告诉你真情，办法由你自己去想，我可不能带你前去。"

唐云不慌不忙地说："大哥，你听我慢慢说嘛！这带与不带可不一样，绝不给你找麻烦。咱们这么办，你先悄悄用大轿把我带到王宫。你下轿之时，我钻到你的袍子里头。你个儿大，我个儿小，保准不会被人发现。等到了银安殿，你该干什么就干什么。取葫芦、盗解药之事，跟你就无关了。哥哥，你看如何？"

王爱云一听，心头怦怦直跳，"这事太悬了，能行吗？"

"这你只管放心，绝不让大哥受连累。"

那两位老英雄深知唐云的本领，因此也劝说道："大哥，你就把他带去吧，料也无妨。"

王爱云还是犹豫不决："这……我是怕二弟有事！"

"哎！这主意是他自己出的，他心中定有底数。若遇意外，我俩还会帮忙。"

王爱云无奈，只好点头答应，并让中侠严荣、通臂猿猴吴祯在府里听信儿。若有动静，设法解围。

众人吃过早点，南侠衣帽整齐，吩咐顺轿。接着，他把唐云带到大轿旁边。这个大轿挺宽绰，唐云一猫腰，就钻到座儿底下。王爱云往上边一坐，这才起轿赶奔王宫。

这阵儿，天色似亮非亮，王宫里边灯火辉煌，张士诚也已升坐铁瓦银安宝殿。

王爱云来到朝门，见大轿落地，他用脚一蹬唐云，悄声说道："兄弟，到了。能不能跟我进去，这可就要看你的本领了。"

王爱云嘱咐已毕，怀抱象牙笏板，走下大轿。他回头一看，没人。把两条腿稍微一并，觉出来了，原来北侠在他腿裆底下呢！南侠心里说道，啊呀，我二弟真有能耐！他迈开双脚，慢慢走到银安殿上，与张士诚见礼已毕，归班落座。这时，他再一并双腿，没人了。王爱云心里嘀咕，这个桀子，哪里去了？

单说北侠唐云。他随王爱云走上金殿，从袍子缝里往四外一看，见文武群臣列立两旁，两旁还站着很多站殿将军。一个个金盔金甲，银盔银甲，手持着大刀阔斧，槊棒钢枪，站了两大溜，跟两道人墙一样。王爱云正要与张士诚见礼，北侠一撩他的衣襟，使了个就地十八滚，就钻辘到卫队的身后。因为天还没亮，再加上他身轻如燕，所以谁也没有发觉。

这阵儿，他躲到一个站殿将军的身后。北侠抬头一看，见此人个头儿真高，头顶铜盔，身披铁甲，拿着把大斧，跟木头橛子一样。因为他脸朝里站着，正好像一堵影壁墙，挡住了北侠的身形。

唐云的眼睛滴溜溜直转，心里说，下一步我该怎么办呢？他展身一看，见中央果然有把交椅，张士诚正在那儿坐着。再看张士诚身后，果然有八扇洒金屏风。唐云心中又合计，哎呀！如此森严的大殿，我该怎样推开屏风，钻进地道呢？

这时，就听张士诚说道："方才孤得到禀报，言说驸马府内丢失了徐方。并且，有人胆大包天，进府去盗葫芦和解药。当然，他盗去也白高兴，那是假的。可是，尽管如此，也足以说明军情急迫呀！万望诸位，严加防范。"

接着，驸马贺肖当着众人，就讲起了事情的经过。

北侠心里说，哼，你说你的，我干我的。不然，一会儿天亮就不好办了。他抬头看了看这个站殿将军，心中说，我借你的脑袋使使吧！老英雄打定主意，伸手就把刀子拽了出来，他擎刀在手，一长身形，噌！将这个站殿将军的脑袋就给摁住了。说时迟，那时快，刀往脖颈上一推，扑通！这个人死都不知是怎么死的。北侠将刀插在背后，手提人头，嗖！蹿到银安殿的台阶上。他把人头往空中一举，高声喝喊："哒！张士诚，着法宝！"话音一落，呜！连头盔带脑袋，一共二十来斤，奔张士诚就拍去了。

此刻，张士诚毫无准备。他抬头一看，只见有一物，带着金光奔他而来。张士诚吓得魂不附体，啊呀一声，忙往旁边躲闪。这样一来，这颗脑袋没砸着他，正砸到屏风门上，啪！屏风门掖在左右。

与此同时，北侠唐云腾空跃起，飞身往里纵，要盗毒葫芦！

欲知后事如何，请听下回分解。

第二十回　盗解药大闹银安殿
开城门勇夺苏州城

老英雄唐云，用一颗人头开道，把屏风门砸开，飞身蹿进地道。

唐云事先早想好了，若想叫张士诚躲开交椅，别无他途，只得出其不意。因此，他使了个迅雷不及掩耳的手段，啪地将人头扔出。趁殿内大乱之际，他窜进了地道。

唐云进了地道，银安殿的众人才清醒过来。张士诚大声吼叫："不好！有人要抢葫芦！"

这时，元帅张九六、驸马贺肖、军师张和沨、大将吕具，一齐乱喊乱嚷："捉拿这个贼小子！"

"千万别让他跑了！"

"把门堵上！"他们各持兵刃，将门堵严。

南侠王爱云坐在那里，把心都提到嗓子眼儿了。他看到这般情景，不由冒出了冷汗。心里说，二弟呀，这是你自找的！我若不领你前来，你说我无弟兄之情。这倒好，我看你如何对付？

单说驸马贺肖，他手提宝剑，顺着十几磴台阶而下，追进地道。里边残光如豆，若明若暗。他定睛一瞧，见那人已经把箱子打开，撅着屁股，上半截身子已伸到箱内，大概正在掏摸葫芦和药囊。贺肖怒气不息，不管三七二十一，噔噔几步，来到近前，一推屁股："你给我进去吧！"一下子就把他塞进箱子里头了。紧接着，喀！把铁盖扣上了，用锁头锁牢了。

贺肖宝剑还匣，大声喝喊："来人！将箱子抬到外边！"

张九六闻听，马上命令亲兵，将这只大铁箱子，抬到银安殿的当院。

王爱云定睛观瞧，只吓得茶呆呆发愣。心里说，完了！二弟呀，这回，你这条老命算交代了！他爱莫能助，只可干瞪两眼，在那儿瞅着。

这时，就见张士诚冲箱子喊话："哎，箱内之人，你姓甚名谁？你受何人指派，想要干什么？你怎知孤的宝物放在箱内？说！"

贺肖也说道："快说！再不说话，我把你火化为灰！"

他们连问数声，箱内之人也不言语。

张九六走到贺肖跟前，叽咕了一番。他那意思是，把箱盖打开，提出贼人，细问细审。

贺肖一扑棱脑袋，说道："不必多此一举！方才你可曾看见？此人轻功占着一绝，他随着人头，就能窜进地道，这有多大的功夫？若把箱子盖打开，嗖一下让他跑了，咱们岂不前功尽弃了？"

"那……驸马，依你之见？"

"放火，烧！"

张九六担心地问道："那葫芦和解药……"

"哼，我那葫芦不怕烧。那药吗，咱有的是，只要把这小子烧死就行！"

苏州王张士诚点头同意，当即传令军兵，用铁绳将箱子吊起，底下架好干柴，泼上灯油，用火将柴点着。霎时间，浓烟四起，烈焰飞腾。

此刻，南侠的脸色变得煞白。他心中思想，二弟，哥哥可救不了你啦！我纵然以死相拼，也寡不敌众，能有何用呢！王爱云想到此处，不由心灰意懒，呆呆发愣。

时间不长，将铁箱子烧了个通红。估摸着箱内之人也差不多了，军兵才把箱子放下。接着，又用冷水喷洒。贺肖急忙传命："把箱子盖打开！"

军兵用铁棍将盖撬开，立时传来一股呛人的煳味儿。

众人手捂鼻子，闯上前去一看，好吗！这个人呀，都被烧焦了。不过，五官相貌多少还能分辨一点儿。他们用铁钩子将人搭了出来，再仔细观瞧，这人岁数不大，顶多三十左右。

金镖无敌将吕具看罢，大声喊叫："啊呀！这哪是什么刺客？分明是我兄弟吕祥呀！"

众人仔细再看：呀，可不是吕祥！他们一个个面面相觑，呆若木鸡。

正在这时，就听银安殿的房顶上，有人狂声大笑："哈哈哈哈！张士诚，你们别在那儿折腾了，盗葫芦之人在此！"

啊？众人抬头观瞧：就见一位年迈苍苍的老叟，掌中托着葫芦，身上背着药囊，金鸡独立，站在房顶之上。南侠一看，正是二弟唐云。心里说，哎呀，这到底是怎么回事呢？

书中代言：张士诚和贺肖，对毒葫芦非常珍视。为此，在暗室之中专放了个铁箱子，盛放宝物。即使这样，他们还不放心，在十二个时辰当中，又派人轮流守护。这一拨儿，正是副将吕祥。他们一着急，把这茬儿给忘了。

北侠唐云，用人头打开屏风门，飞身进了地道，正好遇见吕祥。这吕祥呢？在暗室之中迷迷糊糊，正坐在箱子上打盹儿。他听到响动，猛一抬头，见进来一人。他不知是王爷派来的，还是元帅派来的，不由愣起神来。就在他愣神的时刻，北侠把手伸出来，使了个鹰爪力，正好抓住了他的脖子，噌！一下就把他掐没了。紧接着，拧开铁锁，揭起箱盖，将葫芦、药囊摸到手中。正在这时，贺肖疾步冲来。北侠急中生智，把吕祥的上身掼到箱内，两腿露在外边，他自己飞身形躲到黑暗的角落。贺肖抓贼心切，哪里想得了许多？他错将吕祥当刺客，随手推入箱内。接着，又盖上盖儿上了大锁。等他们把箱子抬到当院，抱柴火、烘箱子的时候，老英雄趁着混乱之际，这才飞身上了银安宝殿。

南侠王爱云看见师弟，顿时喜出望外，热泪盈眶。心里说道，二弟，我算服了你啦！可是，转念又想，哎呀，你怎么还不快走，到这儿捅马蜂窝干吗？

王爱云哪里知道，北侠唐云另有打算，唐云说罢，飞身形就跳到了院里。

这帮人哪能答应？大将军吕具头一个冲到他面前，把脚一跺，怒斥道："老匹夫，我跟你誓不甘休！休走，看剑！"说罢，唰！奔唐云就刺。

老英雄唐云一不着慌，二不着忙，往旁边一闪身形，说道："小子，你先等一等！"说着，把五毒葫芦带好，从腰里一伸手，哗楞楞拽出十三节链子点穴鞭，就与吕具战在一处。

吕具有能耐不假，但是，没有马呀！俗话说：大将无马，如折双腿。在平地之上，怎是北侠的对手？他二人伸手十几个回合，只见吕具盔歪甲斜，满脸就见汗了。

贺肖在一旁看着，心里合计，今天呀，什么君子战，小人战，哼，把他抓住就好。于是，他大声喊话："上！大家别看着，上！"

贺肖话音一落，就见张九六和张和沛，带着五六十人，将唐云围困在垓心。

这时，张士诚直劲儿许愿："哪位把他抓住，立特功一件。抓！千万别叫他跑了！调箭手伺候！"霎时间，整个银安殿内，乱作一团。

北侠唐云力战群顽，毫无惧色。他打着打着，往旁边一瞧，见大哥王爱云坐在那里，亚赛木雕泥塑一般。北侠眼珠一转，计上心来，他清清嗓门，高声喊话："呀哒！尔等听真，我就是有名的北侠唐云。大师哥就是南侠王爱云，我排行第二，还有中侠严荣和通臂猿猴吴祯。咱们放下远的说近的，你们想，就凭我一人，能盗得了葫芦吗？全仗着我大师兄王爱云帮忙啊！"说到此处，转脸又对王爱云吼叫，"我说师兄，你怎么还在旁边装好人呢？你不是说要倒反苏州，帮我们捉拿张士诚吗？为何还不伸手？"

北侠这一抖搂，苏州君臣才恍然大悟。

南侠王爱云一听，把鼻子都气歪了。嘻！你个燢鬼，算损到家了！唉，到了现在，浑身是嘴，也难以分辨了。无奈，锵啷一声，拽出紫电青霜剑，也加入战群。

王爱云这一上阵，张士诚心里可不好受啊！他大声骂道："王爱云！闹了半天，你吃着孤王，却向着外人。胳膊肘往外拐，调炮往里揍，你还有何良心？"

王爱云到了现在，什么也不顾了，只顾跟着北侠唐云，抢开掌中的利刃，力战群顽。

正打得难分难解之际，可了不得啦！怎么？苏州城的东西南北，同时传来了咚咚地炮声。

张士诚听了，吓得颜色更变。心中合计，噢？这是何人打炮？难道说军队发生了哗变？张士诚正在合计心思，忽见有人撤脚如飞，跑进银安宝殿，跪报军情："启禀王爷，大事不好。城内有人开关落锁，把明营的军队给放进来了！"

王爱云边打边听边寻思，这是怎么回事呢？

说书的一张嘴，表不了两家的事情。咱先按下这头儿，单表那头儿。王爱云带着唐云，赶奔银安殿盗葫芦，家里还留着两个人呢！谁？通臂猿猴吴祯和中侠严荣。这二人也武艺高强，不是省油灯。王爱云他们走后，这老哥儿俩合计，咱们既然来了，就不能在屋里干等着，得设法帮忙啊！

于是，他们商量妥当：由通臂猿猴吴祯保护大嫂，以防万一；中侠严荣去开关落锁，引明军入城。就这样，中侠严荣手提滚龙宝刀，这才来到城门，斩关落锁，给朱元璋送信儿。

朱元璋得报，分兵四路，杀进了苏州城池。

孤城难守。明军如潮水一般，涌上街头。霎时，大街小巷布满了军兵，只剩下孤零零一座王宫。

朱元璋这次进兵，前部正印先锋官，共派了两名：一个是雌雄眼常茂，一个是二王胡大海。他们杀进城里，听说贺肖的毒葫芦被盗，料知北侠也将事办妥。因此，都放下心来。只见常茂把禹王神槊抡开，逢人就砸，见人就打，杀开一条血路，闯进了王宫的正门。

张士诚一听，立即像泄气的皮球，瘫软在一旁，仰天长叹道："可怜哪，数载的心血，化为一旦。跑吧！"说到此处，挣扎着站起身形，带领金锏无敌将吕具、驸马贺肖、军师张和汴、大帅张九六，率亲兵五百余人，夺路而逃。

说也倒霉。张士诚他们刚撤到王宫后门，正好碰上了二王胡大海。

老胡把铁枪一横，高声喊喝："呔！此路不通！张士诚啊，尔还不投降？"

张士诚形若疯狗，垂死挣扎："姓胡的，我跟你没完！"说罢，咯楞！抬腿摘宝刀，力战胡大海。霎时间，双方又是一场恶战。

这时，军兵怕胡大海顶不住，忙给常茂送信儿。常茂领兵三千，来到后门，高声喊叫："二大爷，快快闪开，让我来擒拿这个孽障！"

胡大海见常茂助阵，忙说："哎，我就等着你来立功呢！快把张士诚抓住！"

"遵命！"常茂让胡大海躲到旁边，封锁所有的交通要道。他自己冲向敌群，去抓这些仇敌。

常茂先来迎战张士诚。张士诚抢宝刀往下一剁，正碰到常茂的禹王槊上，嗖！刀飞了。张士诚一看不好，拨马就要逃跑。常茂紧追不舍，催马向前，轻舒猿臂，抓住他的战带，像提小鸡一样，把张士诚走马活擒。接着，拨转马头，往地下一扔，噗！差点儿把张士诚摔死。亲兵卫队过来，抹肩头拢二臂，把他捆了个紧紧登登。

赛张飞张九六见主子被擒，挺蛇矛枪大战常茂。刚过了十几个回合，张九六就顶不住了，只能招招架架。也该着张九六倒霉，正当他脸冲常茂激战的时候，胡大海却从背后偷着上来了。只见老胡一晃掌中大铁枪，大喊一声："你给我在这儿吧！"说罢，呜！这一枪正好刺透他的后心，张九六立时毙命。

胡大海对着死人，又吹开牛了："你有什么能耐？起来，再跟老胡大战三百合！"

常茂一听，差点儿把鼻子气歪，哼，真会抢功。他跟我打，你却偷着上来了。你这是什么能耐？当然，这是心里的话，没时间跟胡大海拌嘴。

第三个上阵的是金镗无敌将吕具。这吕具武艺高强，不次于常茂。前文书说过，二人疆场交锋，由于他麻痹轻敌，曾让常茂占过便宜。俗话说，吃亏长见识，今天他可注了意了。只见他稳操凤翅镏金镗，与常茂战在一处。一百余合过后，也没分输赢。

此时，常茂心想，干脆，我还使飞抓得了。打定主意，虚晃一招，拨马就走。吕具不舍，晃大镗就追。

常茂见敌将追来，抽出龟背五爪金龙抓，大喊一声："着家伙！"

吕具吃过这个亏，早加了小心。他听见常茂喊话，立即带马观瞧。他一看哪，什么东西也没有，常茂压根儿就没扔。他正在一愣，常茂就抓住这个机会，这回可真扔出来了。只听咔嚓一声，正抓在他的护背旗上。

常茂见飞抓击中，顺手把腕子一拢："下来吧你！"话音刚落，扑通！吕具倒于马下。

吕具摔倒在地，还没等翻身呢，胡大海又找便宜来了："小子，哪里走！"说罢，噗！一铁枪刺透咽喉。可惜，那么大能耐的吕具，也死于非命。

驸马贺肖见大势已去，心中暗想，留得青山在，不怕没柴烧。待我逃出苏州，找到师父，让他为我报仇雪恨！想到这里，一晃掌中的五股烈焰苗，夺路就跑。

贺肖想得倒好，那常茂能放他走吗？一晃禹王神槊，在后边就追。等追到鼓楼根底，一场大战，也被常茂生擒。

这时，有人向二王胡大海报信儿，老道张和汴也被抓获。

天近中午，朱元璋率领大队人马，开进苏州。朱元璋升坐银安宝殿，怒气不息，传下口旨："来呀，把反贼提上大殿！"

这场恶战，光俘虏就抓来四百余人，在殿前站了几大溜。接着，把张和汴推进大殿。

朱元璋用手一指："张和汴，孤与你有何仇何恨，为何暗定诡计，将孤骗进牛腔峪？你可知，光明营将士，就死了好几万人。冤有头，债有主，如今你被抓住，还有何话说？"

张和汴自知恶贯满盈，再求饶也无济于事。因此，他破罐破摔，冷笑一声，说道："无量天尊！朱元璋，休要得意忘形。全怪贫道计谋未成，否则，焉有尔的今天？今日贫道被拿，要杀开刀，吃肉张口，我只求速死。"

"好，孤王成全于你。来呀，推出去砍了！"

霎时间，刀斧手将张和汴枭首示众。

接着，又把驸马贺肖推了上来。贺肖跟张和汴不一样，只吓得腿肚子转筋，颜色更变，跪在朱元璋面前，连连求饶。

朱元璋一看，冷笑道："贪生怕死之辈，留你何用？来呀，推出去，杀！"

时间不长，也把贺肖的首级砍下。

这时，又把张士诚推进银安宝殿。张士诚自知性命难保，因此，来在朱元璋面前，立而不跪，闭目等死。但是，出人预料。只见朱元璋站起身来，走到张士诚面前，亲解其绑，以诚相见："王兄受惊了，快快落座。"说罢，将苏州王搀坐在一旁。

朱元璋为何如此行事？因为他知道，虽说攻下苏州，但是，张士诚手下的将领还有许多。常言说，反兵有勇啊！如果杀人过多，引起众怒，那可难以对付。留着张士诚，一来可收买人心，二来让他招安。

张士诚深受感动，急忙离座，跪倒谢恩："多谢陛下不斩之恩。"

朱元璋说道："王兄，休要如此。孤王仍封你为苏州王，望与王兄同心协力，为社稷出力报效。"

"谢万岁！"说罢，坐在一旁。

朱元璋笑逐颜开，朗声说道："来呀！设摆酒宴，全军祝贺。"

正在这时，忽有黄门官进殿跪奏道："启禀万岁，南汉王陈友谅派使臣前来，要拜见我主！"

朱元璋不知情由，略停片刻，大喊一声："命他进来！"

"喳！"黄门官答应一声，领旨下殿。

时间不长，走进一人来到银安殿，撩衣跪倒在龙书案前："参拜万岁！我名爬山虎赵德胜，今奉我主陈友谅之命，前来下书。"说罢，双手将书信举过头顶。

朱元璋闪龙口观瞧，见来人三十几岁，只生得黄面金睛，精明强悍。朱元璋看罢，说道："内侍，将书信呈上。"

"喳！"内侍答应一声，接过书信，转递到龙书案上。

朱元璋展信观瞧。书信的大意是：大元兴兵南下，夺我城池，掳我百姓。务请洪武皇帝到九江赴会，商讨北赶大元之策。

朱元璋正在观看，只见赵德胜贼头贼脑，用眼角余光向四外一瞪摸，嗖地一下，掏出袖箭，心里说道，朱元璋啊朱元璋，你的阳寿尽了。赵德胜挥袖箭，要行刺朱元璋。

欲知后事如何，请听下回分解。

第二十一回　朱元璋挥师阻江口
雌雄眼搬兵遇妖魔

爬山虎赵德胜，掏出袖箭，就要行刺朱元璋。

还没等他暗器出手，金锤殿下朱沐英飞起一脚，当！把他踢翻在地，举起大锤，就要结果他的性命。

朱元璋忙传口旨："且慢！"

朱沐英说道："父王，给他来、来一家伙得、得了，留他何、何用！"

朱元璋道："休要多言。"接着，对赵德胜说道："这一壮士，朕与你往日无仇，近日无恨，此番前来行刺，料定必受别人所差。休要害怕，且讲当面。"

赵德胜行刺未遂，正在闭目等死。谁知朱元璋深明大义，不忍加害。他感恩匪浅，痛诉了前情——

原来，陈友谅野心勃勃，早有意独吞江南七省。但是，朱元璋领兵出征，节节获胜，成了他的眼中之钉。为此，他在九江和邵阳湖埋伏下大兵五十万，以北赶大元为借口，妄图将朱元璋骗进埋伏圈内，以武力诛之。并对赵德胜说，若亲见其人，就用暗器将他除掉。因此，才发生了眼前的这场祸事。

朱元璋听罢，勃然大怒道："陈友谅啊陈友谅，真乃鼠肚鸡肠的无赖之辈。朕被困牛膛峪，你就乘人之危，发兵攻占太平府，杀死花云大将军，差点儿把南京夺去。如今，又密谋诡计，意欲加害孤王。如此仇恨，不共戴天，朕焉有不报之理？"

二王胡大海也点头说道："如今，江南七省俱属咱的治下，唯独叛贼陈友谅，在那里兴风作浪。主公意欲北赶大元，就应先平定内乱，以解后顾之忧。"

朱元璋点头赞成，将赵德胜押出帐外，当即传下口旨：一、急速医治伤将；二、命张士诚继续治理苏州，八臂哪吒宁伯标任监军之职，带二杰岭的朱氏弟兄在此留守；三、操练人马，待命出征。

接着，朱元璋又请四大侠客入朝佐助。这老哥儿四个无心为官，执意不从。最后，离开连营，远走高飞。

朱元璋将诸事料理已毕，又传下口旨："择月兴师，兵发九江。"

时值洪武二年春三月，朱元璋统领雄兵，浩浩荡荡向九江进发。大军所到之处，秋毫无犯，深受百姓拥戴。这一天，兵至九江口。朱元璋传命，安营扎寨。次日，打下战表，与陈友谅宣战。

朱元璋报仇心切，本想速战速决。但是，事与愿违。为什么？此地遍布江河，打的是水战。陈友谅一有精锐的水兵，二有长江之险，实力非常雄厚。而朱元璋呢？却以马步骑兵为主。因此，无论从哪方面讲，都不如陈友谅。打了几仗，都没得胜。结果，让人家占了上风。无奈，只好两军隔江相对，对峙不下。

朱元璋十分着急，经与众战将商议，决定选派特使，回南京搬调水军。那么，派谁合适呢？

就在这时，雌雄眼常茂说话了："万岁，这个差事，我去正合适。一则搬兵，二则也回家看看。"

朱沐英也说道："父、父王，我也想回、回去一趟。"

朱元璋心中合计，常茂这孩子，有勇有谋，让他前去，可保万无一失。于是，点头同意。常茂可乐坏了，当即点出朱沐英、胡强、武尽忠、武尽孝、常胜等人，就要出发。临行前，朱元璋下了一道调兵的圣旨，交给常茂。并且再三嘱咐，速去速归。小弟兄连连点头，这才告辞起身。

这帮小弟兄，一离开军营，都乐坏了。为什么？他们在皇上和老前辈面前，一举一动，都受拘束，简直跟套上夹板一样，这回可自由了，真好比小鸟出笼，蛟龙入海。

常茂一边走着，一边说道："哎呀，这回可太美了！"

"可、可不是吗！我、我说茂啊！"

"什么茂？我是元帅，现在又上任了！"

"好、好吧！元帅，咱、咱得紧走啊！"

"嗯，谁也不准掉队。加鞭！"

众人扬鞭催马，一溜烟尘，向前疾驰。直到正晌午时，来到了一个村庄外边。这阵儿，常茂有些饥饿，对众人说道："哎呀，怪累得慌，该歇息歇息了。"

众人也说："可不是吗，走，进村！"他们进了村庄，打算找个店房。可是，这个村子不大，从东到西走了几趟，也没找到。

常茂心里合计，干脆，找个人家吧，反正咱吃饭给钱。于是，领着众人，又转悠起来。他们来到十字大街，四外观瞧，见西街有座高大的门楼。常茂心想，这家一定不错。于是，领众人到在门前，叩打门环。

片刻过后，院内传来脚步声响，有人将门打开。

常茂上眼一看，开门之人是个年迈的老者。只见他愁眉紧锁，似乎有什么心思。看到这里，不由心中发愣。

这老汉开门一看，见来人顶盔贯甲，扎巾箭袖，跨骑战马，身带兵刃，也是一愣："各位，找谁呀？"

"老丈，我们是过路之人，想借宝宅歇息歇息，讨点儿饭吃。该多少钱，我们如数奉上银两，请你行行方便。"

"这……"老头儿犹豫一时，这才说道："众位若不嫌弃，那就请吧！"

"多谢，多谢。"

小弟兄跳下战马，手提丝缰，先后进到院内。常茂四外一看，院内方砖墁地，收拾得干净整洁。看来，这家准是个财主。

这阵儿，老者把家人唤来，叫他把马牵到后院。常茂对家人说："我们还要赶路，请把鞍子卸下来，好好喂一喂，饮一饮。不白麻烦你们，我们多给银两。"

老者摇摇头："哎！些许小事，何足挂齿。快，屋里请吧！"说着，把众人让进客厅。

常茂进屋一看，虽说不算华贵，倒也宽绰明亮。进得屋来，这些人也不拘束，摘盔的摘盔，卸甲的卸甲，说说笑笑，各自忙活。老者问道："各位，你们吃点儿什么？"

常茂说道："弄点儿牛羊肉最好。"

"这就巧了，刚做好的一锅羊肉。"

"哟，那可正好。"

宅主人十分大方，名酒好肉，白面馒头，摆了满满一桌。小弟兄们都饿急了，一个个狼吞虎咽，又吃又喝。这老者很懂礼貌，也在一旁相陪。

吃着吃着，朱沐英把小猴眼一翻，见这老者低头不语，吧嗒吧嗒直掉眼泪。他用手一捅常茂，两个人咬开了耳朵："茂，你说这老头儿多、多有意思，咱们可、可能吃得多了，把他疼得都哭、哭了。"

"废话，大概心中有事。"

这阵儿，常茂已吃了八成饱。他把筷子一放，说道："老人家！"

"啊，英雄。"

"刚才在门口，就见你好像有什么惆怅之事。何不当面讲讲，我们也好为你分忧解愁啊！"

小弟兄们也吃得差不多了，纷纷放下碗筷，说道："老头儿，有事就说吧。他是我们元帅，凡是我们能帮忙的，一定帮忙。"

"恕老朽眼拙，还不知各位的尊姓大名呢！"

朱沐英说道："不知道啊？我给你引、引见引见。这是我们元帅常、常茂，我们都在皇上驾前为、为臣。我叫朱、朱沐英，那朱洪武是我、我干爹。"

老头儿一听，赶紧跪倒在地："啊呀，原来你们都是在朝的官爷，恕老朽不知之罪。"说罢，趴在地上，直磕响头。

常茂用手相搀："我说老人家，快快请坐。"

"谢座。"老者起身，回归原位。

常茂又问："老人家，你心中之事，能不能跟我们说说？"

"唉！"老头儿口打咳声，诉说起来："各位非知。这个山村叫周家寨，我叫周善，在我膝前只有一女，名唤凤娘。不知为什么，近来她中了邪啦！虽经名医治疗，却也无济于事。为此，我心中烦闷哪！"

众弟兄一听，都觉得奇怪。常茂忙问："什么？什么叫中邪？"

"唉，就是妖魔缠身啊！这个妖怪，经常到我宅子里来。弄得我女儿疯不疯、傻不傻，哭哭啼啼。你们说，我这日子还有什么过头儿？"

常茂又问："那个妖魔是什么模样？"

"我不知道，家人见过。"老者答。

"是吗？你快把家人叫来，待我问问。"

"哎！"老头儿答应一声，走出客厅。

时间不长，周善把家人领来。家人吓得直打哆嗦，跪在地上，连连磕头。

常茂见状，忙说："不必害怕。你什么时候见过妖怪？"

"回好汉爷的话，三天前还来过呢！"

常茂问："那妖怪什么模样？"

"啥样？那可不好说。反正是毛乎乎的，眼睛锃明刷亮，跟灯一样。看见它就吓迷糊了，谁还敢细瞅呢？"

"它从什么方向来的？"

"这……可能是从后山来的。"

"好了。"常茂让家人退去，又对周善说道："老人家，我们吃了你的饭，可不白吃。今晚，我给你降妖捉怪，以报你的舍饭之恩。"

"噢？你会法术？"

"会，我自幼就学法术。只要我一念真言，不管它什么样的妖魔鬼怪，也叫它化为脓血。"

小弟兄们听罢，也不敢笑。心里说，你什么时候学过法术？纯粹是吃饱饭撑的。

哎，周善可信以为真了。他赶忙趴在地上，直磕响头："少王爷，若将妖魔降伏，我终生不忘您的恩德。"

"感谢的话儿以后再说，咱先看看绣房如何？"

"就随尊便。"

周善叫了丫鬟将小姐搀走，领着小弟兄向绣房走去。常茂故意腆起大肚，愣充能耐。

这时，小姐已被搀走。常茂进到绣楼，四处一看，这房子挺好，方砖墁地，蜡糊纸裱墙，窗户挺大，屋内明亮。一张木床，挂着帐帘，还有八仙桌和太师椅。

常茂瞅完，提鼻子闻了闻："啊呀，是有股妖怪味儿啊！"

周善一听，心想，真不简单，人家连味儿都闻出来了。忙问道："少王爷，您看该如何安排？"

常茂又吹乎道："一切应用之物，都在我身上带着。你给他们安排个住处，别让他们来回走动。另外，你把小姐藏好，我且住在绣房。妖怪不来便罢，它要来了，我自有主张。"

"好！"

按照常茂的吩咐，周善做了安排。

到了晚间，朱沐英众人都住在厢房。一路之上都乏累了，谁乐意听常茂扯淡呢！小弟兄倒下时间不长，便呼呼入睡了。

此刻，就常茂一人待在绣房。为防万一，他把禹王神槊放在床边。然后，坐在床上，心中盘算，哎呀，多少日子没睡过舒服觉了，今天该很好享受享受。想到这儿，将外衣宽去，只穿着衬衣就钻进被窝。片刻工夫，便鼾声大作了。

常茂这一觉睡得可真香啊！也不知过了多长时间，忽听窗棂纸沙沙作响。他从梦中惊醒，心里说，啊呀，真有妖怪！常茂脖子后边直冒凉气，心里头怦怦直跳。他屏住呼吸，注视着动静。

就在这时，忽听咯吱吱一响，两扇窗户被推开了。接着，扑通！跳进一物。

常茂不敢动弹，暗里伸手将禹王槊握住，心里想，妖怪，你若不到我眼前，我就不搭理你。想到这儿，他眯缝着两眼仔细一瞅：啊呀！可把常茂吓了个够呛。只见这个妖怪，浑身上下毛茸茸的，头似麦斗，眼赛金灯，果然瘆人。

常茂正在观瞧，就见妖怪一步一步摸到床前。常茂急了，使了个鲤鱼打挺，噌！站起身形，咚！就是一槊。

妖怪见槊打来，还躲得挺快，噌！往旁边闪去，这一槊正砸在八仙桌上，咔嚓一声，把桌子砸了个粉碎。

这个妖怪一看不好，吱儿吱儿怪叫几声，一纵身形，跳窗而逃。

常茂心里说，原来妖怪也怕大槊呀！好，我今天非砸死你不可。想到这儿，他扛起大槊，光着脚板，跳出窗外就追。妖怪见有人追来，翻过后墙，奔后山而去。常茂心里说，怎么也得把你抓住，见了主人，也好有个交代。于是，他不顾一切，紧追不舍。这妖怪也不含糊，身轻如燕，腿快如飞，顺着盘山小道，左拐右绕，噌噌噌噌，一直往前猛跑。

常茂后边追赶，可吃了亏啦。怎么？一来，没有战马；二来，道路不熟；三来，光着脚丫。

常茂追着追着，转过一个山环，定睛细瞅：那妖怪倏忽灭迹。他停住脚步，一边观察，一边心想，这是什么地方？我可不能再追了，待我把小磕巴他们叫来，二次骑马搜山。打定主意，他扛着大槊，就要下山。

就在这个时候，忽听山石碴子左右，锵啷啷串锣一响，伏兵四起。

常茂一愣，仔细观瞧，见对面发来一哨人马，足有二三百人，俱都是喽兵打扮。借着火把的光辉，往正中一看，两匹马上各端坐着一个大王。左边这位：六十多岁的年纪，头戴月白缎子扎巾，身穿月白缎子箭袖，狗舌头长条脸，下嘴唇上长了块红癣，黄焦焦灼胡须，手中擎一对八棱梅花链子点穴镬，像个吊死鬼；右边这个是员小将：蓝靛脸，奔儿喽头，黄眼珠子，小圆眼，胯下艾叶青，掌端锯齿飞镰大砍刀。

常茂正在留神观瞧，就听那个吊死鬼开口问道："呔！对面来人是谁？"

常茂说道："你吵吵什么？我爹开明王常遇春。我是他儿子，名叫常茂。"

使大刀的那个小伙子一听，忙问："什么，你是谁？"

"常茂！"

"哇呀呀呀！"小伙子听罢，气得哇呀暴叫道："天堂有路尔不走，地狱无门自来投。冤家路窄，在此相遇。小子休走，吃我一刀！"

于是，这才要英雄会好汉。

欲知胜败如何，请听下回分解。

第二十二回　康郎山英雄遇好汉
两军阵神槊会宝刀

　　常茂追赶妖怪，遇上了占山的大王。他稳了稳心神，道出自己的真名实姓。

　　这两个山大王不听则可，一听则气得哇呀暴叫。尤其那个使刀的，他二目圆翻，钢牙紧咬，用手指着常茂的鼻尖，大声呵斥道："好小子！我与你有一天二地之仇，三江四海之恨。尔等休走，吃我一刀！"说罢，呜！举起大刀，就要发招。

　　常茂急忙喊话："等一等！我说朋友，要讲打仗，我可不怕。不过，我得先问明白。刚才你说咱们有仇，这仇从何而来？你先讲清楚，再战不迟。"

　　这个年轻人闻听此言，二目之中涌出泪花，心头不由一阵发酸："常茂，要讲此仇，得从老一辈谈起。"

　　原来，使刀的这个小伙子，是赛展雄于锦标的儿子。当年徐达金台拜帅，于锦标不服，他曾连误三卯，折令砍旗，百般不逊。正赶上大元太师脱脱进兵，明营轻易不能取胜，于锦标扬言徐达用兵无方，与元帅打赌击掌，以三天为限，要挫败脱脱。结果，未能成功。于锦标败北，觉得愧见众人，就在滁州城外，横刀自杀。

　　朱元璋闻听，悔恨莫及，追封他为忠烈王，在于桥镇为他修坟立墓，营造了祠堂。

　　于锦标死后，他的妻子悲伤过度，没过半年，也瞑目于九泉，只剩下一个十二岁的孩子，那就是于皋。从此，他就跟表大爷双镢大将丁普郎一起生活。

丁普郎恨透了朱元璋、徐达和众位战将，他以为朱元璋卸磨杀驴，忘恩负义；徐达等人心胸狭窄，嫉贤妒能。所以，从小就不断向于皋述说，朱元璋如何利用你爹，徐达等人如何陷害你爹。你爹之死，纯粹是他们逼的。这孩子年幼，信以为真。从那时起，在心灵里就种下了仇恨的种子，立志长大成人，要为天伦报仇。怎么报仇呢？他便跟双镢大将丁普郎苦学武艺。

丁普郎见这孩子天资聪敏，膂力过人，是一棵好苗，所以，也乐于栽培。后来，丁普郎的武艺已经教完，他又不惜重金，聘请了一位武林高手——神刀无敌武元功。

武老英雄自从收于皋为徒，二人就把劲提在了一起。师父用心教，徒弟用心学。一学就是十年，于皋已经长大成人。

出师之后，于皋跟丁普郎离开于桥镇，投靠了南汉王陈友谅。在那儿不足一年，发觉陈友谅是个外君子、内小人的狂妄之徒，料定不会成其大事。这爷儿俩又欲辞官不做，改换门庭。可是，该投奔何人呢？他们挨个儿数了数，哪个也不称心意。干脆，占山为王吧！就这样，他们流落到东南各省，走遍了各个角落。最后，来到康郎山，遇见了寨主。这个寨主过去跟丁普郎就有些交情。宾主相见，各诉前情。从此，丁普郎与于皋就留在了康郎山。二老一少，独霸一方，谁来打谁，不服天朝辖管。今日下山，巧遇常遇春之子，于皋才变脸动手。

于皋含着眼泪，将前情述说了一番。常茂听罢，说道："啊呀，原来如此。"可是，又觉得不对。常茂心中合计，想当年，影影绰绰听过此事。皇上、元帅提起于锦标，都说他是开国的元勋，功高盖世。为失去这员大将，他们经常唉声叹气，怎么能说成是仇敌呢？常茂又一想，哼，管他呢！我先把他降伏，然后交给皇上，让他发落吧！他打定主意，便说道："啊呀，原来是仇人相遇。不过，你说的只是一面之词。你爹究竟是怎么死的，前因后果自有公论。再说，我爹又没害你爹，我那时还小，更害不着你爹了。你那些废话，跟我说都没用。我呀，是降妖捉怪来的。方才有个妖怪，调戏民女，是你们手下的不是？咱先把这事办完，然后再办别的。"

于皋听罢，不由一愣，转脸问丁普郎："这是怎么回事？"

丁普郎听罢，也不明白，难道是我的喽兵所为？他略停片刻，吩咐一声："来呀，给我查！"

喽啰兵查来查去，把妖怪查出来了。这家伙被带到马前，两腿一软扑通跪倒在地，抖颤着嗓音，说道："二位寨主爷饶命！"

于皋用刀一指，厉声喝喊："你是何人？"

"前锋第八棚的头目，我叫李德才。"

"为何装扮妖怪？"

"寨主爷容禀。前山周家寨内，有个老头儿叫周善。他有个姑娘，长得十分动人。我早想给寨主爷找个压寨夫人，便托人前去提亲。不料，却遭到了拒绝。一怒之下，我就想出了这个坏主意，先把他们吓趴下，然后再逼他应亲。这事是我瞒着寨主爷干的，小人罪该万死！"

"啊！"于皋一听，气撞顶梁，"好小子，你真是胆大妄为。来呀，把他杀了！"

喽啰兵听了，疾步蹿来，将他推到树林边上，手起刀落，咔嚓一声，人头落地。

此时，于皋又对常茂说道："喂，我处置得如何？"

"行，够个英雄，我很佩服。既然妖怪已死，那就没事了。好，咱们回头见！"说罢，常茂转身就走。

于皋催马拦住去路，说道："回头见？没那么便宜。这个事完了，咱俩的事还没完呢！"

常茂故作不知，问道："咱俩有什么事？"

"刚才我那些话白说了？咱们是冤家对头，我要给爹爹报仇！"

"啊，我倒忘了这个茬儿了。于皋，你现在毛儿还嫩，跟茂太爷相比，还多少差点儿。最好找你师父回炉另造，从头学学能耐，再来找我。这阵儿我没工夫理你，再见！"常茂说罢，转身又走。

那于皋哪能答应？锵！抡刀在后边就追。

常茂一看，心想，这小子真凶啊！茂太爷倒要看看，你究竟有什么能耐？于是，站稳身形，说道："于皋，既然你不识好歹，那就来吧！"

这阵儿，于皋的眼都急红了。只见他二次抢刀，力劈华山，砍了下来。常茂往旁边一闪，晃禹王神槊，大战于皋。

几个回合过后，常茂吓了一跳。心里说，哟！这个于皋，好厉害呀！他一看人家这口刀，那是真不含糊。神出鬼没，招数精奇，搂上就够呛。常茂他是大将，眼下没有战马，怎么打怎么别扭。为此，心中十分着急。

正在这时，就听身后銮铃声响。霎时间，朱沐英、武尽忠、武尽孝、胡强、常胜等人，全部赶到。

这帮人正在厢房睡觉，后宅忽然传来了响动。朱沐英头一个蹿到绣房，寻找常茂。结果，踪迹皆无。往地上一瞅，靴子还在床前。他推开窗户，探头窃听。听了片刻，那响声由近及远，传到后山。朱沐英略一思索，转身回到厢房，挨个儿划拉醒众家弟兄："快、快起来，常、常茂要归、归位了！"

大伙吓了一跳，忙问："怎么回事？"

"叫妖怪叼、叼到后山去、去了！"

"哎哟！"大伙急忙披挂整齐，牵出战马，勒紧肚带，操起了兵刃。朱沐英还拎着常茂的靴子，牵着他的战马，率领众家弟兄，火速赶奔后山。可巧，遇见常茂大战于皋。

朱沐英见常茂侧侧歪歪，有点儿顶不住了，马上端锤，冲了过去："茂，我、我来也！"

常茂见了众人，忙冲于皋喊话："等一等！于皋，等我骑上战马，再战不迟！"说话间，虚晃一招，跳出圈外，回到弟兄们面前，穿好战靴，纫镫上马，又要前去拼杀。可是，他刚一拨转马头，忽然想到，不行！刚才就这几下，差点让他划拉趴下。想到此处，他眼睛一转，冲弟兄们喊话："你们几个小子，怎么才来呀？非得治罪你们不可。"说到这儿，冲朱沐英喊道："小磕巴嘴！"

"在！"朱沐英答。

"你先过去迎战，待本帅歇息片刻。"

"遵、遵命！"朱沐英双脚点镫，抡双锤直奔于皋而去。

于皋见朱沐英其貌不扬，并未把他放在心中。把锯齿飞镰大砍刀一横，厉声喝喊："呔！来者为谁？"

"我干爹朱、朱元璋，我是金锤殿下朱、朱沐英。"

于皋一听，满心欢喜："朱沐英？好啊！老朱家没好人，干儿子也一样坏。尔等休走，吃我一刀！"说罢，抡刀就剁。

朱沐英晃双锤往上招架，二马盘旋，战在一处。

于皋的能耐，比朱沐英大得多。大战十几个回合，朱沐英就顶不住了。一个没注意，让人家的大刀砍到头盔上，咔嚓一声，头盔落地。朱沐英不敢再战，赶紧败归本队，对常茂说道："元、元帅，够呛啊！要不是我武艺高、高强，把脑袋就混、混丢了！"

"呸！就你这模样，还武艺高强呢？滚到一边！"常茂转脸对武氏弟兄传令："武尽忠、武尽孝，该你们俩的了！"

"得令！"武氏弟兄答应一声，晃镔铁怀抱拐，撒脚如飞，大战于皋。只过了十几个回合，把他们累了个满头大汗，败归本队。

常茂又派将上阵，结果，全败于皋手下。

常茂派将轮战于皋，一来是休息休息；二来，在旁边仔细看看，究竟这于皋有多大能为。他看了半天，心中有数了。暗自称赞道，行，这蓝靛颏确实有两下子。这回，看茂太爷的吧！常茂打定主意，大喝一声："众将官！"

"有！"

"压住阵脚，看茂太爷的！"说着话，双脚一点儿飞虎鞴，大黑马往前蹿去，来到于皋近前，高声喊话："蓝靛颏，有两下子，一看便知，你受过名人的传授，高人的指点。行，我太赞成了。"

"常茂，少说废话。来来来，你我决一死战。"

"嗯，是得决一死战。不过，咱俩打呀，得打出个名堂来。"

"噢？什么名堂？"

"干脆，你老老实实，撒手扔刀，让我将你拿住得了。我保证以礼相待，绝不叫你委屈。如若不然，你看见我的禹王神槊没有？我非把你的脑袋拍碎不可！到那时，不但你爹的仇报不了，你们爷儿俩还得走一条道！"

"呸！胡说八道。"于皋气坏了，抡开锯齿飞镰大砍刀，再战常茂。

常茂主意真多，他见大刀来了，早也不躲，晚也不躲，单等离顶梁门不远的地方，他的禹王神槊，从底下就兜上来了，正碰到大砍刀的刀杆上，耳轮中只听锵啷啷一响，把大刀掇起有六尺多高。

于皋在马上一栽歪，嗒嗒嗒嗒，战马退出有一丈多远。他不由一愣，心中合计道：这小子个儿不大，力气可不小啊！这也就是我，若换个旁人，刀非撒手不可。于皋发愣，常茂也震得够呛！他使了十足的力气，以为能把人家的砍刀磕飞，结果没有。这一交锋，他就知道于皋有把子力气。不过，常茂心里倒挺高兴。嗯，打仗非得这么打不可。若遇上个稀泥软蛋，也不过瘾哪！常茂略定心神，又对于皋喊话："来来来，蓝靛颏，看家伙！"说罢，抡开禹王神槊，奔于皋砸去。

于皋也不示弱，双手横刀，赶紧招架。就这样，一来一往，二人又战在一处。

这阵儿，朱沐英也有点儿担心，在后边连连喊叫："茂，注、注意啊。你那招要不、不好使，最好使我教、教你的招数！"他也不知教什么来着。

小弟兄也在后边喝喊，给常茂加油。

双镰大将丁普郎，也怕于皋有了闪失。心里说，如若于皋出了事儿，对不起我已死的表弟呀！于是，也在那里喊叫："皋儿，留神注意！"转脸又对喽啰叫嚷："快，擂鼓助威！"

"遵令！"霎时间，战鼓咚咚，响如爆豆。

于皋听到鼓响，立时来了精神。抡开大刀，奋力厮杀。

他二人大战了一百二十个回合，没分胜负。于皋满头大汗，常茂也汗流浃背。打着打着，常茂虚晃一招，把马拨开，说道："等一等！我说咱喘喘气再打，行不？"

"行！"

两个人各归本队。

于皋觉得顶盔挂甲太碍手，他摘盔卸甲，软巾包头，身穿箭袖，把袖面一挽，重新提刀上马。

常茂也全脱光了，上身光着膀子，下边穿个裤衩，斜挎皮囊，肩扛大槊，拨转马头，再战于皋。二人又打了五十个回合，仍没分输赢。

常茂打着打着，心想，要凭真能耐，恐怕赢不了他。干脆，使我的飞抓得了。想到这儿，虚晃一招，带住战马，冲于皋说道："蓝靛颏，你愿意找谁报仇，就去找谁，茂太爷不奉陪了！"说罢，拨马就跑。

于皋以为他真要撤阵，所以，拍马抡刀，在后边就追。

常茂人往前边跑，眼往后边盯。他偷眼一瞅，来了！赶紧把禹王神槊交到单手，冲皮囊里一伸手，哗楞就拽出了龟背五爪金龙抓。常茂打这东西，太有把握了，都不用回头看。只见他把飞抓擎到手上，嘴里喝喊："蓝靛颏，你着家伙吧！"说罢，哗楞一声，顺着肩头，朝身后扔去。霎时间，一道寒光就扑奔于皋。

欲知于皋性命如何，请听下回分解。

第二十三回　鄱阳湖元璋中圈套
截龙岭友谅下绝情

常茂大战于皋，二人拼力对敌，没分胜负。要讲他们的能耐，可以说是旗鼓相当，不分上下。常茂要败中取胜，甩出了龟背五爪金龙抓。

于皋不懂啊！他听到响声，刚一愣神，那大飞抓就抓住了他的后背。本来他穿的是箭袖，勒着十字襻。这下正好，连十字襻、衣服和皮肉，都给抓住了。常茂见飞抓奏效，往怀里就拢。

于皋疼痛难忍，哎哟一声，撒手扔刀，从马脖子上就掉了下去。

常茂赶紧收回飞抓，揣到百宝囊内，拨马来到于皋面前，把禹王神槊一举，厉声喝喊："蓝靛颏，你不是给你爹报仇吗？这回跟你爹一块儿去吧！"话音一落，呜！将槊砸去。

小英雄于皋一看，急忙紧闭了双目。心里说，完了！爹爹，儿对不起您，学了十几年的武艺，不但没给您报了仇，反而连我也搭上了。于皋正闭目等死，可是，常茂的大槊砸到半截，又抽了回去："蓝靛颏，把眼睁开，茂太爷有话要对你说。"

"啊？你因何不打？"

"你拿我当成仇人，我可没拿你当成仇人。那老账不怕算，不过，茂太爷有军务在身，没工夫听你扯淡。今天，我先饶你不死。你若愿意把仇扣解开，言归于好，那我欢迎，我们明营正缺你这样的大将；如果执迷不悟，非要报仇不可，你最好再学点能耐，茂太爷等着你！"说到此处，冲小弟兄们喊话："众将官！"

"喳！"

"随本帅赶奔南京！"

"是！"霎时间，这一行人跃马扬鞭。嗒嗒嗒嗒疾驰而去。

于皋站起身来，茶呆呆看了半天，口打咳声，感叹道："唉，都怪我经师不到、学艺不高啊！常茂，咱们会有见面的时候。"说罢，他垂头丧气，与丁普郎率领喽兵，回到康郎山。往后，丁普郎病故，他又到兴隆山投奔明营。这是后话，暂且不表。

单说常茂众人。他们奔南京去了吗？没有。先到周家寨，将详情告知周善。一切料理停妥，这才奔赴京城。

京城里，元帅徐达的病体已经痊愈，军师刘伯温也考察还朝。这一天，马皇后升坐八宝金殿，正与元帅、军师商议前敌战事，忽见黄门官走来，跪奏道："启禀娘娘得知，常茂率领众人还朝。"

"啊？"马皇后听罢，又惊又喜，忙传口旨："快让他们进殿！"

"遵旨！"黄门官答应一声，转身而去。

时间不长，就见常茂等人风尘仆仆，走上金殿，跪倒丹墀："参见皇后，千岁，千千岁！"

"常茂，你们快快平身落座。"

"谢娘娘！"众人站起身来，坐在一旁。

马娘娘问道："爱卿，前敌军情如何？"

常茂说道："唉，别提了，一言难尽哪！"接着，就把详情禀报了一番，并将皇上的圣旨递上。马皇后看罢，又转递给元帅和军师。

军师刘伯温说道："救兵如救火，前敌既需水兵，就应速速调遣。"

徐达听罢，连连点头，忙将水兵部署情况，禀知娘娘。

马皇后听罢，忙传凤旨："宣于廷玉上殿！"

"遵旨！"黄门官转身下殿。

书中交代：这于廷玉精通水性，对水战很有韬略。现在，他官拜水军元帅。

时间不长，于廷玉迈步上殿，跪倒磕头："臣于廷玉参见娘娘千岁！"

马皇后说道："眼下前敌军情紧急，刻不容缓。命你点水兵五千，战船五百只，三日之后，速到九江增援。"

"臣遵旨!"说罢,站起身形,接过凤旨,转身下殿。

马皇后又与元帅、军师商量了一番。尔后,发下凤旨:命刘伯温、徐达随军前往。诸事安排已毕,卷帘散朝。

三日后,水军大帅于廷玉,检点水兵五千,战船五百,就要出发。

这时,元帅徐达、军师刘伯温与常茂等人,也披挂整齐,赶到码头。他们另乘大船一只,排列在水军中央。

一切料理妥当,于廷玉传下将令。霎时间,战船启动,奔赴九江。

这一天,大军来到了九江的江沿。常茂带领一帮小兄弟,保护着徐达、刘伯温,向皇上交旨。朱元璋见了元帅、军师,激动得热泪盈眶。当即传下口旨,全军祝贺。

这一下儿,朱元璋有了主心骨。他与刘伯温、徐达商量一番,当即写好战表,命人送交陈友谅,约定日期,在江面上决一死战。

自从常茂他们回朝搬兵,双方也未交锋。现在,眼看又要动手,明营的将官、军校,乐得手舞足蹈,直蹦老高。他们一个个摩拳擦掌,都想一鼓作气,将陈友谅生擒活拿。

到了预约之期,朱元璋、刘伯温、徐达以及所有众将,全都准备停妥。他们先骑马到了江边,然后下马登舟,将马牵到船上。霎时,旌旗飘摆,鼓号喧天,杀奔九江岸。

再说陈友谅。自从明营援兵赶来,他们也加强了设防。他与九江王陈友璧、大帅张定边,在江面备下战船一千只,在此应战。

朱元璋乘坐的是金顶鹅黄闹龙舟。他稳坐在二层楼的栏杆后面,左右有元帅徐达和军师刘伯温相陪。朱元璋闪龙目往对面的船上观瞧:但见陈友谅面似银盆,五绺须髯,头顶黄金盔,体挂黄金甲,外罩杏黄缎子衮龙袍,腰悬宝剑。看那神态,真是威风凛凛,令人望而生畏。

朱元璋看罢,用手点指:"对面可是鼠辈陈友谅?"

陈友谅也用手指着朱元璋,说道:"不错,正是本王。尔可是丑鬼朱元璋?"

这两个人,一张口就没好听的。

朱元璋又说道:"陈友谅!今日江面以上,决一死战。有你没我,有我没你。来来来,赶紧派人出阵!"

陈友谅冷笑一声:"那是自然。朱元璋,今天我定叫你有来无回。"话音一落,便传下旨意。

霎时间,就见水军大帅张定边,头戴分水鱼皮帽,鱼尾牙莲子箍,身穿分水服,怀抱一对分水蛾眉刺,点手唤过小船,噌!飞身形跳到船头。紧接着,水兵荡桨摇橹,哗!二十只快船,直奔明军的船队而来。

元帅徐达向朱元璋、刘伯温一使眼色,马上传令,命水军大帅于廷玉接战。

于廷玉早有准备,也是头戴鱼皮帽,身穿分水服,手中擎劈水电光刀,点手唤过船只,前去接战。

常茂他们站在船头,观敌掠阵。在水里打仗,跟陆地上可不一样。江面之上,无风三尺浪。偏赶上今日有风,那浪就更大了。耳轮中只听着哗——哗——浪声滔滔,把船只颠簸得忽上忽下。常茂他们瞅着都头晕,忙用双手紧握栏杆。

再看水军大帅于廷玉。他手中晃劈水电光刀,跟张定边船打对头,各显本领,战在一处。这时,兵对兵,将对将,小船往来,杀声震耳。从日出直打到日落,也未分出输赢。又打了一阵儿,张定边有点儿招架不住,飞身跳入水中,率领小船,败归本队。

于廷玉见敌人败阵,将掌中的宝刀一举,代传军令:"追!"

霎时间,这二十几只快船,风驰电掣一般,追向前去。

朱元璋一看,乐得直拍巴掌:"好,事成有望也!"转脸冲徐达说道:"元帅,赶紧传令,乘胜追击!"

徐达略一思索,操起令字旗,在空中晃了几晃。就见那几百只小船,全都冲过大江。

等他们渡过大江,陈友谅的船队已退入鄱阳湖内。朱元璋穷追不舍,也赶了进去。到在湖内一看,只见天连水,水连天,四外茫茫,一望无际。又追了一程,再找陈友谅的船队,踪迹不见。

这时,夜阑人静,船上点起了火把。元帅徐达向四外观看多时,不觉皱起眉头,对朱元璋说道:"主公,咱们地理不熟,小心上当。

如今咱已打了胜仗，干脆，见好就收吧，明日白天再战不迟。"

朱元璋觉得有理，点头说道："对，撤兵！"

朱元璋想着要撤兵，可是，来不及了。为什么？他们早已进了人家的埋伏圈。还没等调过船头，就见黑暗之中，发出闪闪的火光。紧接着，又传来咚咚地炮声。原来，这是陈友谅事先安排的炮队，正在集中火力，向明营的船队猛轰。人家炮无虚发，时间不长，就击沉明营的好多船只。

朱元璋一看，吓得浑身哆嗦，忙问徐达："大帅，这该如何是好？"

徐达说道："既然中了埋伏，唯有破釜沉舟，死战而已！"

军师刘伯温也说道："劈开牢笼飞彩凤，挣断铁索走蛟龙。背水一战，死里求生。"

话倒好说，做起来却没那么容易呀！眼下，朱元璋的军队，全让人家包围了，那真是插翅难飞，还往哪儿跑啊？没过一个时辰，就损伤了战船三百余只。

朱元璋一看，顿觉天倾地陷："完了，苍天绝我朱某人也！"龙目之中，不由落下了泪水。

此时，有人向朱元璋禀报："启奏我主得知，陈友谅命水兵下好了拦江坝、绝户网，把归路已全部截断。另外，他们的大船满载石头，潜入江底，拦住了水路。"皇上、元帅、军师听了，不由茶呆呆发愣。

正在这时，炮声戛然而止。朱元璋不解其详，与军师、元帅窃窃议论。这阵儿，就听头顶上有人高声说话："朱元璋，抬起头来，看看这是什么地方？"

朱元璋手把栏杆，仰面观瞧，就见头顶上火光闪闪，亮如白昼。借着光亮再一细瞅，正是陈友谅。在他两旁，还有文武相伴。

陈友谅用手一指，厉声喝喊："朱元璋啊朱元璋，现在你已身逢绝地，中了我的埋伏。告诉你，此地名叫截龙岭，你犯了地名啦！你是真龙也好，草龙也罢，该着你归位了。你来看——"说着，他将龙袍一甩，往山头上指去。

朱元璋顺着方向一瞧，就见截龙岭的山头上，几百门大炮，正对准了自己的大船。明营众将知道：神仙难躲一溜烟。只要陈友谅传下旨意，他们立即就会化为灰烬。

陈友谅又接着说道："朱元璋，常言说，国无二主，天无二日。你私自南京称帝，把我陈友谅该置于何地？我就是为报此仇，才如此行事。别看你有雄师百万，哼，远水不解近渴。今天，你已置身于我的炮口之下，只要我两片嘴唇一碰，你们就会火化为灰。可话又说回来了，本王只与你朱元璋一人有仇，跟别人无恨。只要你一人死在我的面前，我便将别人恩放。你若不死，我马上传旨开炮。"

九江王陈友璧也赶紧帮腔："朱元璋，听见没有？你一人去死，就没别人的事了。怎么样？"

啊呀！朱元璋听罢，脑袋嗡了一声，低头不语。

陈友谅见状，狂声大笑："哈哈哈哈，贪生怕死之辈！休要耽搁时间，速给本王一个回答。"

此时，军师刘伯温接了话茬儿："事关重大，容我等三思。"

陈友谅说道："好。不过，休要延误，本王只给你们一盏茶的工夫。"

刘伯温点头，随同战将，把朱元璋拥进船舱。

九江王陈友璧一看，思索片刻，对陈友谅说道："哥哥，朱元璋历来诡计多端。干脆，开炮得了，以免中计。"

"不！炮再厉害，能将他所有的人马打绝？如今，江岸以上，还有他的雄兵百万。若将朱元璋他们打死，激起众怒，岂不因小失大？常言道，人无头不走。只要杀死朱元璋，余者碌碌之辈，那就不堪一击了。"

"那——他们要跑了呢？"

"胡说！他已鱼游釜中，还往哪里逃跑？"

陈友璧听罢，觉得有理。面对朱元璋的船舱，高声吼叫："哎——朱元璋，不出来送死，你还磨蹭什么？"

又过了片刻，就见朱元璋二次出舱。他站在船头，仰面对陈友谅说道："陈友谅，我虽一死，不足留恋。只是这些文武群臣，他们鞍前马后，跟随我征战多年，我不忍心让他们受到株连。"

陈友谅说道："刚才本王有言在先，驷马难追。只要你一死，我立即下令，撤去拦江坝、绝户网，任由他们逃命。"

"好。"朱元璋拽出龙泉宝剑，托在掌中，不住地感叹："苍天哪！想我朱某出身贫寒，从小受尽了人间折磨。我只说步入戎马生涯，以解救父老兄弟出水火，不料壮志未酬，今日却含冤屈死九江。陈友谅啊陈友谅，今生不能报仇，死后变为厉鬼，也要与你算账！"

陈友谅听罢，狂声大笑："哈哈哈哈！朱元璋，再横又有何益？你快抹脖子吧，抹！"

再看朱元璋，他眼往四周扫视了一番，将龙泉剑横担脖颈，紧闭双目，噗！挥剑自刎。只听扑通一声，死尸栽倒船头，鲜血染红了船板。

顷刻间，明营文武百官，跪倒在死尸旁边，哭天喊地，痛不欲生。

陈友谅瞪着眼睛，看得清楚，心中暗笑道，朱元璋，你也有今日呀！哼，将来的天下，就是我陈某人的了。

再说明营众将。皇上一死，顿感天倾地塌。一个个胆战心惊，忐忑不安。二王胡大海哭诉道："老四，你死得好惨哪！哥哥想救你，可又没办法，你的英灵多多体谅吧！"说到此处，抬起头来，对陈友谅高声喊话："陈友谅，算你高明，把我们皇上逼死。可是，方才你说的话，还算不算数？若算，放我们回去；若不算，你就开炮！"

陈友谅说道："二王千岁，休要如此讲话。常言说，君子一言，驷马难追。我只恨朱元璋一人，与你们无关。"说罢，传下口旨："来呀，撤掉拦江坝、绝户网，放各位英雄出湖。"陈友谅传令已毕，军兵依言而行。徐达率领明营船队，退出鄱阳湖，回归连营。

陈友璧见明营撤兵，甚为不满，忙对陈友谅说道："哥哥，我看此事有点儿悬乎。"

"哎！"陈友谅不屑一顾地说："你放心吧！来呀，收兵撤队！"说罢，领兵回营，热烈祝贺。

时过三天，陈友谅正在帐内议论军情，探事蓝旗进帐跪报道："明营的将士在江边扎下大营。他们高挑白幡，为朱元璋超度亡魂。"

陈友谅一听，对陈友璧说道："兄弟，你看怎样？他们办丧事都忙不过来，还有心思打仗？哈哈哈哈！"

正在这时，又有探马禀报："胡大海前来求见王爷！"

众人一听，先是一愣，接着，就议论开来："胡大海他来做甚？杀了他！"

"对，宰了他！"

霎时间，大帐之内，拽宝剑的拽宝剑，抽腰刀的抽腰刀，一个个横眉立目，拉开了架势。

陈友谅把手一摆，喝道："且慢！"止住众人，心中思索起来。

陈友璧见状，紧逼一句："哥哥，你还琢磨什么？干脆把他乱刀分尸得了！"

"不！兄弟你想，朱元璋一死，明营内部肯定动荡不安，备不住出了什么事情。要不，胡大海他也不敢冒险而来。"他转脸又问报事军卒："胡大海带来多少人马？"

"带四个家人，乘一叶扁舟而来。"

陈友谅一听，大笑道："哈哈哈哈！二弟，听见没有？看来，准有要事，待咱面见与他。如若有诈，再杀他不迟。"

陈友璧点了点头，立即传话："排刀手伺候！"

他们点齐了五百彪形大汉，一个个怀抱鬼头大刀，亚赛凶神恶煞一般，立列在两厢。

再看九江王陈友璧，他周身上下收拾紧称利落，带着水军大帅张定边和一百人的卫队，雄赳赳，气昂昂，来到王宫外。抬头一看，果不其然，胡大海跟四个家人站在那里。只见胡大海两眼红肿，跟桃一样，腰里还系条白色孝带。

陈友璧看罢，心中琢磨，嗯，有门儿！常言说，胜者王侯败者贼。大概胡大海无路可走，求我们安排后路来了。想到这里，跨前一步，问道："对面可是二王千岁吗？你不在明营，来见我家弟兄，有何贵干？"

胡大海闻听此言，把眼泪一擦，说道："陈王爷，大事不好了！"说罢，便号啕痛哭起来。

陈友璧不知其详，站在那里，呆呆发愣。

欲知胡大海为何前来，请听下回分解。

第二十四回　陈友谅吊孝入虎穴
刘伯温巧计设樊笼

胡大海见着九江王陈友璧，把大嘴一咧，放声痛哭起来。

陈友璧愣怔片刻，瞪双目就盯住了胡大海。心里暗想，这个姓胡的，满肚子都是转轴。这次，他是夜猫子进宅呀！我得多加谨慎，小心上当。想到此处，说道："二王千岁，不要难过了。这次你来见我家弟兄，有何贵干？"

胡大海擦把眼泪，说道："唉！小孩儿没娘，说起来话长哪！这儿不是讲话之地，快领我到里边会谈。"

"好，那就请吧！"说罢，陈友璧陪胡大海，朝王宫走去。

胡大海往里边走着，用眼睛这么一看，排刀手黑压压站了两大溜！他们一个个雄赳赳，气昂昂，圆睁二目，怀抱砍刀，看那意思，只要一声令下，就会把自己剁成肉渣。不过，胡大海并不介意，只见他腆着草包肚子，迈步来到银安宝殿。

陈友谅笑脸相迎，抱拳拱手："啊呀，胡将军，欢迎，欢迎。"

"王爷一向可好？胡某这厢有礼。"

"不必客气，快快请坐。"说罢，分宾主落座。

此刻，陈友谅也十分警惕。他面对胡大海，上一眼、下一眼、左一眼、右一眼，看了半天，这才问道："胡将军，你来见孤王，所为何事？"

"二位王爷，大事不好哇！"

"噢？何事？"

"唉！我这个人不通文墨，说话颠三倒四，有不对之处，请你们原谅。"

陈友谅说："胡将军不必客气。咱们相识多年，深知其人。今日你既然进宫，那就是我们的客人。有话只管言讲，不要顾忌。"

"多谢，多谢。唉！几天前，你们把朱元璋逼得抹了脖子。皇上一死，我们人心涣散哪！说实话，这几天呀，耗子动刀——窝里反了。有一伙人，主张拉山头，再保一个皇上；另一帮人，则主张去保张士诚。还有一些人，想要投降大元。哎呀，其说不一，议论纷纷哪！为此事，我胡大海可伤透了脑筋。你说说，我姓胡的能保他大元吗？他纵然叫我当太上皇，我也不能去当走狗。那么，不降大元，该保谁呢？原来的十八路王爷，已经死的死，亡的亡，幸存的那几个，屈指算来，也没有一个正经东西。我想来想去，最后就想到你们哥儿俩头上了。那十八路王爷之中，要讲究资格最老、能力最大、实力最雄厚的，就得数你俩。尽管咱们老是开兵见仗，可是，打我心眼儿里却赞成你们。另外，你们也豁达大度，知人善任哪！假如我胡大海投靠你们，你们不会亏待我，这个我心里清楚。可话又说回来了，就我一个人前来，那有什么意思？如今，岁数也大了，能耐也不怎么地，一肚子大粪，饭桶一个。所以，我的意思是，把老四的这个班底，整个给你们拉过来。我倒不图叫你们记功，起码，我得把全营的将士领上正路啊！此事，我已说服了元帅徐达、军师刘伯温和满营众将。可是，也有个别人不同意。为此事，我又琢磨了良久，终于想出了一个办法。现在，全营将士给朱元璋致哀，八方的朋友来了不少，唯独没你们哥儿俩。我说王爷，你们什么空都能漏，唯独这个空可不能漏。假如你俩带着祭礼，赶奔灵棚，烧几张纸，磕两个头，哎呀，那能收买人心哪！让别人一看，那南汉王、九江王，不记前仇，祭奠亡灵，是何等的度量？到那时，人心自然就归顺了。另外，我胡大海再帮帮你们的忙，管保这班底全能接过来。倘若事称人愿，兵合一处，将打一家，何愁天下不定呢？今天，我就为给你们送信而来。你们信也好，不信也好，望三思而行。"

"噢！"陈友谅耳里听着，心里想着，胡大海之言，是否有诈？哎呀，此人惯于三回九转，我可得慎重行事。于是，假意赔笑道："多谢胡将军错爱。至于本王去与不去，我还得从长计议。"

胡大海忙说道："别价！明日我们就在江边设祭，然后就要把棺椁运回南京。你再拖延时日，那还祭奠何人？"

"那——好吧，待我弟兄商议商议。"说到此处，转脸对侍从喊话："来人哪，将胡将军请到客厅，设酒款待。"就这样，陈友谅将胡大海支走了。

胡大海走后，陈友谅将文臣武将召在王宫，共议吊祭之事。这一下，王宫里边可热闹了。怎么？众说纷纭呀！有的人说，胡大海说得对，应到江边烧几张纸，以便收买军心；有的说，胡大海设下了陷阱，其中有诈，若去吊祭，必然凶多吉少。你一言，我一语，争论不休，把房顶都要揭起来了。

此时，陈友谅一言不发。他眨巴着眼睛，皱着眉头，想了好长时间，这才说道："诸位，眼下朱元璋已死。他既已死，全营人心浮动，这也算是必然。既然人心浮动，他们就会思想自己的归宿。由此看来，胡大海之言，不无道理。所以，我打算亲自去一趟，看看那些人对我如何！退一步讲，若有意外，我也不怕。咱的大炮已对准了他们的连营，随时可让他们化为灰烬。倘若苍天保佑，真像胡大海说的那样，接过明营的班底，这可是天作之美呀！众位，你们看如何？"

九江王陈友璧忙说："哥哥，此事如履薄冰，兄弟我不敢苟同。若遇不测，你待如何？"

陈友谅听罢，把嘴一撇说道："哎！刚才我已言讲，他们已成瓮中之鳖，料定不敢对我无理。再者说，一旦有变，咱正好乘虚而入，杀他个片甲无存！"

"这……"

"休要多言，我自有主张。"陈友谅主意已定，谁人相劝也无济于事。最后，将胡大海请来，对他陈述了一番。

胡大海一听，拍手称快："对！常言说，胆小不得将军做。我老胡不辞辛苦，前来通风报信，所为何来？也为我明将的出路，也为你哥儿俩的前程啊！到在那儿，你就知道了。退一步讲，若遇意外，有我老胡担保。"

陈友谅道："多谢，多谢。咱一言为定，明日大营再见。"

"好！"胡大海抱拳施礼，扬长而去。

陈友谅立刻着手准备。他命令水军大帅张定边，准备船只一千艘，每只船上配备水兵和火炮，将大江封锁。由大将带领精兵一万五千名，安排在左右两翼，身边跟随精兵五百，大将二十员。并且定下暗号，一旦灵堂炮响，三路人马同时往里冲杀，打他个措手不及。九江王陈友璧为防不测，也率领三千御林兵，埋伏在江边专等接应。总之，一切安排就绪，这才上床休息。

次日平明，天光见亮，陈友谅等人早早起床，用过早点，带上祭礼，便起身赶奔明营。陈友谅坐在船头，望着那滔滔的江水，顿觉胸襟开阔，心旷神怡。暗暗思想道，朱元璋啊，没想到你死在我的手下！若像胡大海所言，将你的班底端过来，陈某我何愁天下不定？他越想越高兴，做开了皇帝的美梦。

这时，有人前来禀报："禀王爷，大船已到江边。"

陈友谅盼咐一声："抛锚！"霎时间，抛锚，搭跳，众人陪陈友谅走下坐船。

正在这时，只见江边锣鼓喧天，明将列队恭候。头一个是胡大海，第二个是徐达，第三个是刘伯温。再往后边，都是明营的大将。他们一个个头顶麻冠，身披重孝，面色呆滞，眼睛红肿。

陈友谅看罢，心中感叹道，是呀，这些人跟随朱元璋多年，情谊不薄啊！我既来吊祭，也得装出个模样。想到此处，他假意擦擦泪水，跟胡大海等人相见。老胡寒暄一番，说道："陈王爷，快往里请吧！"转身又对侍从喊话："快，先将陈王爷请到偏营休息。"

陈友谅还挺着急，忙说道："别别别，我要先到灵堂吊祭。"

"哎！歇息一时，再去也不为晚。"

"无妨，我心里着急啊！"陈友谅不顾别人相劝，将卫队安置在门外，由胡大海陪同，迈步来到灵堂。他放眼一望：哟，到底是帝王的灵棚，可真肃穆威严哪！

抬起头，看分明，
眼前闪出大灵棚。
吻兽大张口，
左右双宝瓶。

东南挂幔帐，

西北画丹青。

白猿偷仙果，

仙鹤云中行。

桃花柳翠两边摆，

旗罗伞盖列当中。

金桥银桥奈何桥，

善男信女伴金童。

金童打黄幡，

玉女宝盖擎。

八仙桌子当中放，

上掌一盏照尸灯。

灯下供鲜果，

俱用银碗盛。

两边还有一副对，

上下两联写得明。

上联写：江山社稷无人管，

下联配：黎民百姓最伤情。

　　陈友谅看罢，心中也不是滋味。暗自想道，人生一世，只不过如此啊！常言说：三寸气在千般用，一旦无常万事休。唉，别看我现在雄心勃勃，要得天下，谁知哪一天也落到这个下场呢！想到此处，鼻子一酸，不由掉下了眼泪。他来到灵桌跟前，顿足捶胸，说道："王兄，小弟陈友谅给你见礼了。"说着，撩衣跪倒在地，磕了三个响头，便放声痛哭起来。

　　其实，他这完全是逢场作戏。他听了胡大海的言语，要收买人心哪！他以为，哭得越惨，心越至诚。因此，哭起来就没完没了。陈友谅这一哭，引得胡大海也哭开了。哭罢多时，这才劝说道："陈王爷，人死不能复生，保重贵体要紧。"陈友谅哭罢多时，这才站起身来。胡大海说道："请陈王爷偏营休息。"

　　陈友谅道："不，我要在此守灵。"

胡大海相劝再三，陈友谅执意不听。无奈，胡大海命军兵端来饭菜，让他在灵堂用膳。他自己也退了出去。陈友谅草草吃了几口，朝四外一看，明营依旧如初，不像设有圈套，因此，他悬着的心放了下来。直到定更时分，胡大海来到灵堂："陈王爷，天色已晚，快快歇息去吧！"

"唉，我心里难过啊！多坐一会儿，倒觉得好受一些。"陈友谅说完，就见胡大海把大拇哥一竖，挤眉弄眼地说："嘿！陈王爷，你此番前来，那可来好了。方才，我到连营转了一圈儿，见大伙交头接耳，议论纷纷，没一个不赞成你的。原来骂你的那些人，现在也愿意投降归顺了。"

"是吗？胡将军，单等大事告成，你就是开国之勋，我封你一字并肩王。"

"唉！我年纪大了，当不当官，算不了什么，我是替你高兴啊！这么办吧，你再坐一会儿，我出去转转，听人们还说些什么。"

"胡将军多费心了。"

"理应如此。"说罢，胡大海转身走出灵堂。

此时，谯楼鼓打三更。陈友谅暗中盘算道，时间不早，我该走了。他围着灵堂转了一圈，心中暗自好笑，朱元璋啊，想不到你创了半辈子的大业，将要落到我陈友谅之手！如此说来，我还得感谢你呢，再见！想到这儿，转身就走。就在这时，忽听身后有人说道："陈王兄，留步！"

哎，这声音怎么这么熟悉？陈友谅甩脸这么一看："呀！"差点儿把他的魂魄吓飞。为什么？原来喊话之人，正是朱元璋。陈友谅以为见着鬼了，噔噔噔，倒退了几步，冲门外的卫队喊话："侍卫，快快打鬼！"

朱元璋哈哈一阵冷笑，从容地说道："王兄，神鬼谁看见过，小王我没死啊！今天你既然进了明营，那你就别回去了！"

那位说，朱元璋不是抹脖子了吗？原来，自刎之人，并非朱元璋，而是韩成。从前，朱元璋三请徐达之时，就收下了他。为什么收他？因为他的五官相貌颇像朱元璋。朱元璋对韩成特别喜欢，叫他当了参护官，只给朱元璋料理内务。所以，外边征战，韩成很少露面。

这次，常茂回朝搬兵，韩成也跟来了。

陈友谅在截龙岭，力逼朱元璋自刎。军师刘伯温使了个缓兵之计，将文武叫到座舱，商量对策。开始，朱元璋怕连累众人，非要自己去死。可是，别人都不答应。为此，争执不下。

正在这时，韩成撩衣跪倒在朱元璋面前，说道："主公，自从我到滁州，虽跟您多年，却寸功未立。尽管如此，蒙主公知遇之恩，您却给了我高官厚禄。为此，我深感惭愧。现在，该是我立功的时候了。我的五官相貌，颇似主公。您赶紧把王冠、蟒袍给我穿上，我愿替主公捐身。"

朱元璋听罢，深受感动，看着韩成，说道："爱卿，此事万万使不得啊！"

韩成又说道："主公，不要犹豫。事到如今，只有这一条路可走了。"

元帅徐达听罢，不住地点头，说道："主公，韩成忠君爱国，愿意替您殒命，您就该重重加封。古往今来，这种事情也屡见不鲜呀！"

朱元璋再三推辞，最后才勉强答应。紧接着，换穿了衣服。待第二回露面，已经是韩成了。

韩成怎么能把陈友谅给骗了呢？第一，灯光暗淡，离得又远，看得不十分真切；第二，韩成忒像朱元璋；第三，他跟朱元璋多年，一举一动、一言一行，他学得很像。再加上陈友谅万不会想到如此一举，因此，才得以成功。

韩成死后，留下个儿子，叫韩金虎。朱元璋为报答他的替死之恩，把韩金虎招为驸马。你别看韩成如此忠诚，他儿子韩金虎可不是东西。到后来，跟国舅马兰结成死党，专门陷害功臣。这是后话，暂不细表。

韩成死后，军师刘伯温定下了哭丧计，这才把陈友谅骗到明营。

书接前文。陈友谅见到朱元璋，已知中了人家的计谋，气得把脚一跺，暗自埋怨道，嘿！我怎么这么饭桶！可是，事到如今，三十六计，走为上策。想到此处，转身就往外跑。他一边跑，一边喊："来人，快牵马来！"

可是，他叫了半天，也没人答应。为什么？原来他的亲兵卫队，早让明营的将官在暗中收拾了。

陈友谅吓得魄散魂飞，拼命往江边猛跑。他心中想道，只要上了战船，我就得救了。他好不容易来到江边，定睛一看，船在那儿呢！陈友谅喜出望外，高声喊叫："快救本王上船！快点来人！"

就在这时，突听江边传出一声炮响。霎时间，军兵高举灯盏，把江边照如白昼。陈友谅借灯光一看，见军兵前边站着两员大将：一员是胡大海，一员是常茂。

这时，就见胡大海把嘴一咧，说道："陈友谅，现在你已是瓮中之鳖了，还不投降？"

陈友谅一听，跳脚臭骂胡大海："姓胡的，你等着，本王若能大难不死，定把你的肚子掏开，将你的心肝喂狗！"

"你那是白日做梦。"胡大海说到这儿，回头喊话："茂啊！"

"哎！"

"赶快把陈友谅给我生擒活拿！"

"二大爷，放心吧，他跑不了！"常茂催战马，晃禹王神槊，要活捉陈友谅。

第二十五回　开明王爷抱鞍吐血
　　　　　明武皇帝御驾亲征

南汉王陈友谅，被胡大海和常茂截住。他心中暗想，完了！干脆，我抹脖子吧！打定主意，他把宝剑抽出，就要自刎。正在这时，常茂催马赶到。他轻舒猿臂，噌！揪住他的衣领，大声骂道："你少来这套！"说罢，轻轻一提，夹到胳肢窝下，把他生擒活捉。

这阵儿，大江两岸，炮号连天，双方的军队展开了混战。

陈友璧手舞利刃，欲抢明营。哪知被朱沐英截住，二人战在一处。大战二十回合，被朱沐英一锤震到马下，也被获生擒。

陈友谅的部下正在交锋，得知二王被俘，情知大势已去，纷纷举手投降。

常言说：兵败如山倒。没用两天的时间，明军就占领了九江口和鄱阳湖，把陈友谅的这股势力彻底征服。

朱元璋传出口旨，将陈友谅、陈友璧带进大帐。朱元璋问道："陈王兄，你还有何话讲？"

陈友谅见问，低头不语。

朱元璋略停片刻，离开宝座，走到陈友谅面前，亲解其绑。尔后，又携手揽腕，将他按坐在交椅之上，这才规劝道："陈王兄，想当年，你我揭竿而起，为的是外抵大元，内安庶民，实属志同道合呀！不料，壮志未酬，你却心怀叵测，骨肉相残。陈王兄，你这样所为，岂不是干下了仇者快、亲者痛的傻事吗？"

就这几句话，击中了陈友谅的痛处。只见他涕泪横流，站起身形，跪倒在朱元璋脚下，痛诉了以往的过错。并且，愿将手下人马，交由朱元璋统领。

陈友璧也双膝跪倒，恳求饶命。

朱元璋请他俩留在明营，共图大计。这二人再三不从，叩头谢过，离营而去。

从此，陈友谅看破红尘，落发为僧。后文书中，朱元璋遇难，陈友谅还要鼎力相助。这里暂不细表。

陈氏弟兄走后，元帅徐达传下军令，将陈友谅部下认真挑选，分别扩充到明军之中。

诸事料理已毕，朱元璋传旨，把所有将官召至宝帐，行赏贺功。接着，设摆筵宴，共庆胜利。只见大帐以内猜拳行令，酒斗叮当，欢声笑语，响彻四方。君臣文武，都陶醉在胜利的喜悦之中。

正在君臣祝捷之际，只见黄门官疾步奔进大帐，单腿点地，跪倒在朱元璋面前，禀报道："启禀我主！"

"何事？"

"刚才，从西南飞跑来一匹战马。来到辕门以外，马上之人勒住了丝缰。门军见此人浑身是血，满脸是伤，衣履不整，盔斜甲歪，不知出了什么事情。刚要问话，就见那人说，请问，万岁可在这里？门军说，在，你是从哪儿来的？这个人并没搭话，只是说道，啊呀，可算找到了啊！话音一落，便昏死在马下。门军赶紧把他扶到后帐，呼唤了好大工夫，还是人事不省。最后，从他身上搜出一封书信，请万岁过目。"说罢，将书信呈上。

朱元璋见封套上插着根鸡毛，心头一震，忙伸手接过观瞧。他不看则可，一看哪，不由啊呀了一声，呆坐在高脚椅上。帐内文武百官，不知信内情由，一个个互相观瞧，也呆在那里发愣。霎时间，大帐之内，鸦雀无声。

那位说，这到底是封什么书信呢？原来，这是常遇春从开封发来的告急文书。

自从朱元璋兴兵攻打张士诚、陈友谅，他只顾征服内乱，却不料被元顺帝钻了空子。人家再三商议，决定乘虚而入。派四宝大将脱金龙为元帅，虎牙为先锋，虎印为副先锋，带领战将二百员，骑兵步兵五十万，二次兵发中原。元军开来，所向披靡。他们顺南直下，短短数月，连克郑县、洛阳等四十六座重镇。而后又将开封团团围住。开明王常遇春出战，被元军先锋虎牙震得抱鞍吐血，大军被迫倒退五十里，明营将士死伤惨重。因此，派快马到九江求援。那信使日夜兼程，飞马奔路，因劳累过度，故而昏倒在辕门以外。

朱元璋马上召集群臣开会，众人纷纷说："陛下，兵来将挡，水来土掩，没什么了不起的，臣愿讨旨出战。"

"陛下，您放心，只要您发下圣旨，臣愿领兵出战。"

常茂也说道："皇上哎，我爹被困，死活不知，你赶快出兵相救吧！你若不出兵，我可要到前敌救我爹去了！"

朱元璋一摆手说："各位爱卿，现在是征战的年月，朕岂能在京城贪图荣华富贵，刚才你们说话之时我已想好，朕决定御驾亲征，我也别闲着啊，我跟大家一起杀奔开封府。"

您看朱元璋放牛的，有两下子，开国皇帝没有饭桶。您信不信？不信您看那历史上武王伐纣的武王是饭桶吗？开国的汉高祖刘邦饭桶吗？光武帝刘秀饭桶吗？宋太祖赵匡胤、元世祖忽必烈、明太祖朱元璋、清朝的努尔哈赤、皇太极，你看看这历史上，开国皇帝没有饭桶，都有两下子。如果他是个饭桶，他就不可能开国建业。

别看朱元璋读书不多，腹有雄才大略，决定亲自出马，北赶大元，要不怎么叫马上皇帝呢。咱们前文书说了，开国的皇帝没有饭桶，可是往后就不保险了，有的儿子可能行，有的孙子能行，有的中间皇帝还行，可是绝大多数的是黄鼠狼下豆杵子——一辈儿不如一辈儿，败家败完了，最后改朝换代，形成了个规律。

朱元璋旨意颁下，加封徐达为兵马大元帅，刘伯温为军师，前部正印先行官是孝义勇安公常茂、金锤殿下朱沐英。朱元璋统兵五路，发兵六十万是赶奔开封。

这一路上浩浩荡荡，饥餐渴饮，晓行夜宿，这一天到了开封扎下御营，这大营是无边无沿啊！从高处往下一看，真好像大海的波涛相似，旌旗招展，绣带飘扬，刀枪如林。头一天埋锅造饭，第二天开明王常遇春来了，报告军情，前来请罪，把开封府丢了，能不有罪吗？常遇春进了金顶黄罗帐，说道："陛下，罪臣常遇春叩拜陛下。"

朱元璋不忘旧情，忙对磕头的老六说："六弟免礼平身。"

常遇春说："臣打了败仗，伤兵损将，死有余辜。陛下，臣特来请罪！"

朱元璋说："哎呀，老六啊，起来起来……怎么这么说话啊！胜败乃兵家之常事，这算得了什么啊？听说你受了伤？"

"我吐血了，气色不好。"常遇春答。

"六弟我来了，你安心静养，把前敌的事情就交给朕了，你不必焦虑。"

"多谢陛下。"

常遇春心里觉得热乎乎的，有伤也不觉得难受了，让回去休息也没有回去，旁边赐座，他还要参与军机，商量北赶大元的事。

朱元璋了解了前敌的情况，说道："老六啊，元人这次卷土重来，其势之大，出乎意料啊！他们一共发了多少兵马？"

"雄兵百万。"

"领兵带队的是什么人？"

"陛下，他是脱脱太师之子人送绰号四宝大将脱金龙。此人据我所知，头顶珍珠夜明盔，身穿防火绵竹甲，胯下骑日月骠骦马，掌中九凤朝阳刀，力猛刀沉，刀法精奇。这个人文有文才，武有武艺，十分了得。他手下还有两员虎将，一个是前部正印先锋官叫虎牙，还有一个副先锋叫虎印。每人掌中一条禹王大槊，皆有万人敌，他二人乃同胞兄弟，是大王胡尔卡金之子。另外，为壮军威，元顺帝派他的两个哥哥——大王胡尔卡金、二王胡尔卡银和老驸马左都玉，也都随军前来。而且这次来的是三川六国九沟十八寨的雄兵，十分厉害，故此臣才打了败仗。"

"嗯，好吧！六弟啊，朕心中有数了，你好好休息，大帅马上传令，明日四鼓造饭，五鼓点名，在开封城前列队决一死战！"

"臣等遵旨！"常遇春和众大臣回道。

第二天就开了兵了，古代的打仗好看啊，开兵这一列队，雄兵五万，旌旗飘摆，响起阵阵的牛角号声，二十几座大炮，轰轰作响是一展神威。

大炮助军威，摇旗呐喊，在关前列队，朱元璋在伞盖之下跨骑逍遥马，全身的戎装，肋佩宝剑，鸟翅环得胜钩挂一条大枪，威风凛凛，往对面观瞧。

时间不长，开封城吊桥放下，城门大开，杀出一支元兵元将，离着不到一百米也列了队。朱元璋仔细一看，元人是军容整齐，跟当初不一样，这三年缓过气来了，步兵在前，骑兵在后，藤牌手压住阵脚，两旁边全是马刀手，雁翅形排开，是一眼望不到边儿。往正中央一看，旗罗伞盖之下并排有两头金睛白毛大骆驼，为什么不骑马骑骆驼？骆驼那玩意儿它高啊！而且是白毛红眼睛，金鞍玉辔，离着一百来米看得很清楚。上垂首坐的人是个大胖子，面似银盆，眼似铜铃，九转狮子朱砂眉，秤砣鼻子，鲶鱼嘴，耳戴金环，金环给这耳朵坠多长！头上梳着十六根虾米须的辫子，头顶金冠，身披黄袍，外罩四开缉儿袍子，八团龙的马褂，玉石把的弯刀，腰里也不知道系的什么玩意儿，叮咚当当乱响。牛皮靴双插套龙金镫，鸟翅环得胜钩挂着长把紫金瓜，肚子腆腆着，二目凶光四射。一看就知道是领头儿的，穿的戴的与众不同。挨着这个人比他稍微小点儿，稍微瘦了那么一点儿，穿着打扮跟刚才那主儿差不多少，面似晚霞，就像太阳要下山了那种光芒似的颜色，耳戴金环，挂着长把紫金瓜，脖项挂着素珠，怪目圆睁，正盯着朱元璋。

再往旁边看，有一匹宝马良驹，摇头摆尾，踢跳刨嚎。这匹马蹄到背高八尺，头至尾长丈二，毛管刷亮，也是金鞍玉辔，马鞍桥上坐着个年轻人，不超过二十五岁，头顶珍珠夜明盔，身挂防火绵竹甲，胯下日月骓骦马，掌中九凤朝阳刀，这口刀是闪闪发光，夺人二目。小伙子面赛铜盆，气宇轩昂，傲骨英风，也是耳戴金环，嘴撇着，两眼都喷火。看那五官相貌，酷似当年太师脱脱。

往这边看并排有两匹马，坐着两个大个子，人高马大，脑袋都比咱们平常的脑袋大着一号，大脸蛋子，也是耳戴金环，金盔金甲，银盔银甲，每个人掌握一条禹王金槊，嘴也撇着，也往这边看着。

常遇春就在朱元璋身边，朱元璋手提御鞭看着，说道："老六，你给我介绍这都什么人？"

"骑金睛白毛大骆驼的那两个，白脸的就是元顺帝的大哥胡尔卡金，那红脸的是元顺帝的二哥叫胡尔卡银，他们都从金马城来的。看见使刀的那人没有？年轻的二十多岁，那家伙十分了得啊，我就败在他手里了，他就是脱脱太师之子四宝大将脱金龙，此次领兵带队的元帅。另外您再看那俩大个儿，这两个人就是前部正印先锋和副先锋，虎牙跟虎印，力大绝伦啊！"

朱元璋手捻须髯，心里盘算，今天这个仗怎么打？身后满营众将跨骑战马，一个个是怒目而视，知道眼前就是一场血战，究竟输赢胜负谁也拿不准。这时，朱沐英一捅常茂，悄声说道："哎，你、你看见没？那俩大个儿，拿的那玩、玩意儿，跟你的这玩意儿一样。看样子，比你的还、还大一号呢！茂，今儿个，我看够、够你呛！"

"嗯！"常茂心里一动，知道今天遇上了劲敌。

书中暗表，脱金龙和这些元兵从何而来？原来这支兵将是从金马城征调来的，为什么从金马城调兵？因为北地燕京元顺帝直接管辖的军队寥寥无几，招募的新兵又不堪一击，获知朱元璋登了帝位，必会领兵跟元人一争天下，凭自己的实力万难取胜，为之奈何？元顺帝趁着朱元璋忙着对付张士诚、陈友谅，给他留了喘息之机，他马上降了一道圣旨，发往金马城。金马城乃元人的龙兴之地，没进中原的时候他们就住在那儿，元顺帝降旨给他的大哥二哥，说我现在缺兵少将，两位哥哥速调集三川六国九沟十八寨的兵马，给我打个短儿，帮帮忙，把看家的军队，能打的将官全调来，我要跟朱元璋决一雌雄。皇上降旨谁敢不遵？两位王爷闻风而动，就在金马城挑兵选将，选来选去选出三人，就是四宝大将脱金龙、先锋虎牙、副先锋虎印。并集中了所有的兵力，号称百万，其实约有六十来万人，这其中也有畏战充数的，无非是虚张声势，唬人而已。

其中四宝将脱金龙乃是脱脱太师之子，杀父之仇不共戴天，此番为报父仇而来，眼珠子都红了，拼着血气之勇一鼓作气，强渡黄河，占领开封，攻下明朝四十六镇，连战连捷。消息传到北地燕京，元顺帝喜得涕泗横流，到太庙祭告天地祖先，马上降旨表彰四宝将脱金龙，旨意到在军中，满营将士无不奉承，所以今儿这一列队，脱金龙撇嘴抬眉，眼里没人了，觉得常遇春都不是我的对手，那还有谁？朱元璋放牛的妄登大宝，徐达匹夫也是空有其名，他掐指算了算，能跟我分上下的，没人了！故此傲气十足。

两旁列队之后，脱金龙跟胡尔卡金、胡尔卡银两个人商量了之后，亲自出阵，两个王爷就说："大帅多加小心。"

说了句"料也无妨"，脱金龙一马到了两军阵，战马四蹄踏跳，嘶嘶咆哮，脱金龙在马上一横九凤朝阳刀，圆睁二目，指名点姓叫徐达，"我说哪个是徐达？阵前与我答话！"

对面的元帅徐达见此，不免心内思忖：这是我老师脱脱之子，论理这是我的师弟，他已经长大成人了，小的时候我见过他两次，如今长成凛凛之躯，与幼时判若两人。虽然两国相争，各为其主，不免也勾起旧情。看到师弟，想起老师脱脱，徐达的心里很不是滋味儿。一看脱金龙指名点姓叫自己，徐达把马往前一提，向朱元璋说道："陛下，臣到前面应付？"

"爱卿，这小子忒也狂妄！上阵不必留情。"朱元璋说道。

徐达答道："臣遵旨。"说罢一抬腿，咯噔把大刀摘下来，倒背大刀飞马至阵前，跟脱金龙马打对头，相离也就五步多远，"吁——吁——"徐达把大刀横担在铁过梁上，问道："来者可是脱金龙？"

脱金龙一看对面这人，四十来岁，黄白净儿，尖下颏，宽脑门，三绺短墨髯，金盔金甲，外罩素罗袍，一表人才。看半天想不起来，问道："啊！你是何人？"

"在下就是徐达徐国贤啊，你不是叫我吗？"

"啊，你就是徐达啊！好小子，我爹就是叫你给逼死的。当初滁州一战，被你用离间计把我爹逼到木门岭，直困得内无粮草、外无救兵，最后老人家没办法了才服毒自杀。爹啊，您老死得太惨了！今天仇人就在孩儿面前，望爹爹保佑，我给爹报仇了……"说着脱金龙唰地就是一刀。

徐达早就做好了防范，脚下一点马镫，这马一拐弯躲过一刀。徐达赶紧说道："贤弟且慢动手，愚兄有话要说……"

"哪个听你胡言！"脱金龙也不听，唰唰唰又是三刀，徐达仍然没还手，左躲右闪，最后脱金龙锐气已挫，徐达把马圈回来，说道："贤弟，这回容我说几句行吗？"

"你有什么话可讲？"脱金龙说道。

徐达说："贤弟，你张嘴我把你爹逼死，闭嘴你爹死到我手上，错了！你搞错了，不是那么回事儿，我并非畏罪，推脱责任，咱们该怎么回事儿就是怎么回事儿。你爹是我授业恩师，我从小跟他老人家学艺，我如今的弓马武艺以及兵书战策，全是恩师的栽培，不论何时何地，我不忘恩师再造之恩。老师殒身之后，我之悲恸谁能知之？恩师保的是大元朝，我辅保是明主朱元璋，我们各为其主，临阵交锋，实属无奈。当时我就相劝恩师：偌大年纪，何必给无道的昏君卖命？不如及早退归林下，回到金马城安度晚年。您没看见如今元顺帝不理朝政，大权都由奸相撒敦把持，撒敦是什么人，贤弟你难道不清楚吗？撒敦掌权以来非亲不取，非钱财而不重用，悬秤卖官，苛捐杂税多如牛毛，老百姓是逼得走投无路，为了养家全小，不得不铤而走险。如果说一个造反的不对，两个造反又怎么解释？仨造反的你怎么说？为什么普天下都造反？让元顺帝和撒敦逼的！十八路反王，六十四路烟尘，七十二家英雄好汉，各地的英雄俱反，誓要推倒无道的朝廷，这怎么解释？这样一个无道的昏君，老恩师为什么给他卖命？明白人怎么做了糊涂事？可是我苦口相劝，恩师片言不进，最后落得兵戎相见，老人家兵败木门岭。元顺帝听信奸相撒敦的谗言，赐给老太师三般朝典，一条白凌，一把匕首，一瓶毒药，让他老人家选择。恩师奉旨，万般无奈，这才仰药自杀。如今你口口声声要替父申冤，你杀父仇人是谁？是无道的昏君元顺帝，你为什么跟你爹一样，还替这无道的昏君卖命？你保他何用？今天我亲自出马，与你阵前陈情，把这前因后果都说清楚了，贤弟啊，望你收兵撤退，不要助纣为虐，即使你继续为仇人效力，你能阻挡住大势所趋吗？我家主公乃有道明君，诏令天下，百姓无不心悦诚服。今番御驾亲征，定要北赶大元，救民水火……"

脱金龙哪里听得进徐达的长篇大套，待听说到自己不能阻挡住大势所趋，不由气往上撞，脚下一嗑马镫，身子探出去就要刀斩徐达！

208

第二十六回　四宝将肆虐两军阵
雌雄眼力敌脱金龙

上回书说到四宝大将脱金龙横九凤朝阳刀，圆睁二目，不等听完徐达的一番话，下绝情抢刀就砍，跟疯了一样。

徐达能跟他伸手吗？当然不能。一个是身为元帅，自持身份，不能轻易与人交手；第二个，真伸手也白给，打不过脱金龙。所以徐达一带丝缰，这马一转圈，嗒嗒……回归本队，不肯与脱金龙对战。回归本队之后，徐达脸往下一沉，把令字旗晃了三晃，展了三展，说道："众将官，哪位将军去战脱金龙？"

"我去，我去……"大家纷纷争抢要去。

言还未尽，一骑黑马飞出，马上一员大将乌金盔，乌金甲，皂罗袍，大黑马，手中大铁枪，像闪电一般就来到两军阵。徐达这才看清楚，乃是铁枪将赵玉。前文书有言，这个赵玉能耐仅次于常遇春，乃是一员虎将，征战多年，屡立战功，现在是三十六路御总兵之一，此次随朱元璋御驾同来。那位性如烈火，他一看徐达在那儿与脱金龙分说半天，赵玉就不爱听，心说跟他讲什么？对牛弹琴，打仗是靠动嘴皮子的么？一看徐元帅回来一问谁出战，头一个他飞马就出去了，一晃掌中大铁枪哇呀呀爆叫："脱金龙，拿命来，你着枪吧！"刀枪并举就战在一块了，两马趟翻，战鼓如雷。

骑兵作战，冲撞战阵，讲究一个手疾眼快，斗的就是招数、力量和反应快速。这两个人遇到一块儿，啪啪啪杀到十几个回合，赵玉偷眼一看，这个脱金龙十分了得，马快刀急，而且武艺高超。赵玉心内一紧，心想，今天如此阵势，我要打了败仗，在皇上、军师、大帅面前，我怎么交代？我丢不起这人啊！他这一着急，额头见汗，心思飘忽，坏了！稍微一个没注意，他掌中的大铁枪正好碰到人家刀刃上。脱金龙的宝刀叫九凤朝阳，切金断玉，刀刃一蹭铁枪的尖儿，喳嘟嘟一声，赵玉抽回枪来一看，半截枪尖儿被削下去了。人家是宝家伙，不行，我得快走！他刚要拨马，来不及了，脱金龙大吼一声："你给我在这儿吧！"斜肩带臂，一刀把赵玉斩于马下。大黑马跑回去了，死尸栽到地下，鲜血咕嘟咕嘟直冒。脱金龙圈回战马，倒背宝刀，一声冷笑，说道："哼！你无非是徐达的替死鬼，哪个还敢过来？不服的来与本帅比画比画……"

头一仗就死了一员大将，朱元璋在逍遥马上看得清清楚楚，脑袋嗡一下，心中一翻个儿，就好像被谁掏了一把一样。赵玉是开国的元勋，屡立大功，没想到头来死在黄河岸边上了，能不心疼吗？朱元璋用龙袍掩面吩咐一声："快把尸首抢回……"有人过去把尸首抢回来，抬到营房，安葬发丧，那是后话，暂且不提。

赵玉一死，明军一阵喧哗。徐达问一声："哪位将军再战？"

"我！"真有不怕死的，飞刀大将焦廷飞马而出，来战脱金龙。脱金龙一看这位红脸，五绺须髯，掌中三尖两刃刀，胯下一匹大红马。脱金龙问他："你是谁啊？"

"某乃飞刀大将焦廷！"

"哦，无名的小辈，没听说过，怎么，你也想送死？你活够了，本帅就打发你去，拿命来！"二马盘旋就战在一处，两口大刀叮当山响，没有七八回合，就听啊的一声，脱金龙一刀把飞刀大将焦廷的人头砍落，脑瓜摔地轱辘出多远去，死尸栽于马下，战马跑回。

展眼间又死一位。第三位绿袍国公向文忠飞马而出，大战脱金龙，六七个回合，噗的一刀被斩于马下。

未出三刻，连损三员大将，这是明军多年来出兵见阵未遇之事。朱元璋有点儿坐不住了，心想：坏了，这怎么办？出师不利啊。一边指挥兵将把尸首抢回，一边来跟徐达商议。徐达心也没底，照这样打下去兵无斗志，如何是好？派谁出战能扭转局面呢？

单说雌雄眼儿常茂，心中一百二十个不服，本来他想纵马出阵，但常茂心眼多，他一琢磨，先别着急，这个是行家看门道，力巴看热闹，我先沉住气，我在旁边瞅瞅，究竟这脱金龙有多大的能耐，我得心里头有数，然后再打，才能得心应手。所以他没着急讨令，在一边等着看着，他看这刀法是怎么使的，这个路数是怎么回事？暗暗记在心里。

这时徐达寻问身边众将，"哪位将军愿往？"金锤殿下朱沐英用锤捅了一下常茂，常茂一回头问道："怎么回事？"

"我说该、该你了，死了仨了，还找一个，才配、配上两对。你去这正合、合适……"

常茂不爱听这话，说道："你念什么丧经！"

"我不是念丧经，这仗非你打不可，他们别人都不行。"

"不着急，茂太爷看看怎么回事，然后再出去再打。"

朱沐英着急了，"你再不出去，黄、黄花菜都凉了。"转头向元帅喊道："哎，元帅，常茂说了他要出、出去。你出去吧！"说完他用金锤一捅常茂的马屁股，马不知道怎么回事，以为让它跑出去，这匹马是摇头摆尾，四蹄翻飞，来到两军阵前。

常茂回过头去这个骂啊："我说小磕巴嘴儿，你等着我，回去再算账，我要死了变成鬼，我先掐死你……"

朱沐英咯咯直乐咱不必细说。常茂也只得豁出去了，扛着禹王神槊到了近前，勒住马，说道："我说脱金龙，你好啊？"

脱金龙往对面一看就是一愣，见来人骑在马上就像猴儿骑骆驼一样，这匹大黑马毛管儿锃亮，金鞍玉辔，是宝马，可是骑马这主儿六尺多高，骨瘦如柴，饼子脸，这眼睛长得一大一小，大眼睛好像鸭蛋，小眼睛只有香头大小，独头蒜的鼻子，小薄嘴片儿，三分不像人，七分好像鬼。脱金龙见对面这人虽然长得难看，还挺客气，便点了点头，说道："某乃四宝大将脱金龙，来者为谁？"

"哎哎，你小点声好不？你吵吵那么大声干什么？要问我，我姓常叫常茂，你看我眼睛没？一个大一个小，有人管我叫雌雄眼儿，我排行在二，你要记不住这些，你就管我叫茂太爷就得了。"

脱金龙懒得搭理他，直接喝道："废话少说，你要跟本帅交手不成？"

"啊，有这么点意思，今天打算领教，我看看你的九凤朝阳刀有什么能耐？也开个眼界，给死去的三位报仇雪恨，来啊……"

话不投机便当场动手，常茂这条大槊力猛槊沉，别看他个子小，劲儿大，小胳膊细得像麻秆儿，一使上劲儿胳膊那筋都蹦起来了。常茂两腿一夹，脚尖点住双镫，提丹田一力混元气，把压箱底的绝招全拿出来了，这条大槊是上下翻飞，光芒一片。

> 禹王神槊闪金光，
> 招招式式把敌伤。
> 孔雀开屏乾坤扫，
> 鹞子翻身刺胸膛。
> 拦腰解带好玄妙，
> 分天划地拓土疆。
> 力打泰山千钧力，
> 穿身取肋敌命亡。
> 大雁失群寻去路，
> 羊羔跪乳双腿伤。
> 常茂学会禹王槊，
> 天下无敌美名扬。

脱金龙一看，心中一惊，果然人不可貌相，海水不可斗量，本帅要多加留神，不然今儿可要吃亏。我身为一军主帅，我要栽了跟头，不仅颜面尽失，更是关乎全军，只能胜，不能败。故此他也抖擞精神，把九凤朝阳刀舞动得是刀光闪闪。有赞为证：

> 这口刀真奥妙，
> 老君炉把它造。
> 刀尖尖刀把牢，
> 刀背厚刀刃薄。
> 推出去赛云天，
> 撤回来放光豪。
> 有人遇上这把刀，
> 十有八九命难逃。

脱金龙跟常茂二人打了个势均力敌，难分上下。元朝的兵将一看也傻了眼了，胡尔卡金、胡尔卡银生恐大帅打败仗，命令擂鼓助威。巨型大鼓四个人敲，二十四面大鼓同时响起，咕隆咕隆……兵将摇旗呐喊："四宝大将旗开得胜，马到成功，主帅加油啊，使劲啊……"

脱金龙一听炮声，心想大王、二王、满营将士给我鼓劲儿，我说什么也不能打败，他这口刀是越使越猛。朱元璋和徐达、刘伯温一看，不行，得给常茂鼓劲儿，徐达把令字旗一晃，命令道："来啊，给常将军擂鼓助威……"

轰隆轰隆……明营这边鼓声大作，"常将军旗开得胜，马到成功！常将军加油啊，使劲啊！常将军使劲……"

朱沐英比谁吵得都凶，"哎，哎，茂、茂啊，你可不能丢人，顶住——使劲……"

常茂一听，心说你别白话了，要不是有你我能出阵吗？但是事情都逼到这儿了，只能抖擞精神，施展全身的本领，与脱金龙鏖战。两个人打到一百五十回合没有分出胜负，日头平西，天要黑了，脱金龙打着打着一带坐骑，把刀一横喊了声："慢。"

常茂也累坏了，把大槊都往肩头上一担，喘着粗气，说道："你喊什么，不打了？"

脱金龙说道："常茂，没想到啊，我脱金龙出世以来还未遇上过对手，今天遇上你了，打得十分过瘾了，常茂，你看天色将晚，咱俩还没分出胜负，我有意双方罢兵不战，明天吃罢了早饭，你我二人再交手不迟，不知你意下如何？"

常茂一听说道："待着你的吧，要依你这样，黄花菜都凉了，你茂太爷是急性子，黑了怕什么？挑灯夜战。"

脱金龙说道："挑灯夜战？话已出唇可不能反悔！"

常茂说道："一言既出，驷马难追，不分出高低上下，我就不是茂太爷，今天有你没我，是有我没你！"

第二十七回　势均力敌挑灯夜战
娇生惯养拦路抢劫

　　明营之中雌雄眼儿常茂会斗元朝四宝将脱金龙。这两人打的是棋逢对手，将遇良才，上山虎遇着下山虎，云中龙遇上雾中龙，针尖对麦芒，打了个势均力敌，难分胜负。二人由打中午打到日薄西山，眼看就黑天了。常茂兴起，不分出胜负绝不收兵。因此跟脱金龙说好了掌灯夜战，脱金龙一看，心想：我还怕你不成？夜战就夜战。

　　两个人在军阵打了赌，旋回战马，各归本队。常茂归了队了，累得鼻洼鬓角热汗直淌，回来之后休息休息，摘盔卸甲，穿着内衣短裤，旁人把水拿过来，常茂嘴对嘴长流水，吨吨吨……"哎呀，把茂太爷累坏了，你等着我的，缓缓，茂太爷再收拾你。"

　　朱沐英在旁边一看，把大拇指一挑，说道："哎哎、这才叫有、有、骨气，男子汉大丈夫，就得这样，我相信你、你肯定能赢得了脱金龙。"

　　常茂说："你照那话说吧，一会儿吃饱了，喝足了，休息片刻，再决一胜负。"

　　明营的人都给常茂鼓气。元营中脱金龙也回归本队，摘盔卸甲，吁吁直喘，旁人把马扎给他拿去，他坐在马扎上休息休息，身上汗珠顺着后背前心往下直淌，手巾板一个挨着一个。脱金龙一边擦汗一边还在想那常茂，心说这小子长得三分不像人，七分好像鬼，小个不高，干巴巴的，这个劲儿从哪来的？难道我堂堂的四宝将还战他不过？此事绝无可能！

　　时间不大，开列酒饭，脱金龙阵前用饭，大王胡尔卡金、二王胡尔卡银从那白毛大骆驼上也下来了，来到脱金龙近前，说道："大帅，我看不战也罢！"

脱金龙问道："王爷，为什么？"

二王言道："你太累了，你想，你连战四将，刀斩三将，最后又遇上这个常茂，人力毕竟有限，虽然你武艺高超，但是疲劳过度，如果再接着打，我恐怕你力不能支啊。"

脱金龙笑道："二位王爷，请放宽心，脱金龙浑身上下有使不完的劲儿。既然我们一言出口，焉能食言，说话得算数。今天晚上无论如何得挑灯夜战，容臣战败了常茂，然后一鼓作气把朱元璋生擒活拿，在此关键的时候我怎么能退缩？王爷放心！"

二王言道："好吧，既然元帅主意已定，还是好好休息！"

脱金龙胸有成竹，"没事，王爷但放宽心。"

天黑了，军阵之上挑起灯球火把，阵前的军卒每人一只火把，把天都照红了，他们也休息个不大离儿了。四宝大将脱金龙顶盔挂甲，罩袍束带，系甲揽裙，周身上下收拾紧称利落，有人带马抬刀，他飞身上马来到军阵，点手唤常茂。

常茂一看，心想，这小子真有个犟劲，你等着，茂太爷这就到。大家帮着他周身上下收拾好，一摆掌中禹王神槊，飞身跳上战马，也来到两军阵前。

二次交手，九凤朝阳刀与禹王神槊两件兵器碰撞到一起，震得周围军兵耳鸣不已。脱金龙的九凤朝阳刀虽然是一口切金断玉的宝刀，但常茂所使这禹王神槊，更非凡品。书中暗表，常茂使的这个槊与众不同。据说是当年禹王治水的时候，留下四条神槊，这四条神槊是填镇海眼的宝物，分执、掌、权、衡四样。常茂使得这个槊是第四样，叫衡，其形如人握拳，拳中攥着一支笔，笔尖与笔尾露在拳外。拳下有柄，长三尺八，挥舞起来可单手，也可双手握持，通体是锃明瓦亮，重约二百斤，非天生神力者不能施展。

脱金龙虽然是宝刀，对上常茂这条大槊也砍它不动，一碰上备不住伤及刀刃，所以脱金龙这口宝刀等同于凡铁，对敌全凭巧战，那么以他的能耐凭巧战胜常茂谈何容易？两个人一交手，一百五十个回合，还是分不出胜负来。两旁的人观战心都提到嗓子眼儿上，朱元璋是焦躁万分，心说，一旦常茂有失，我们就算败了四阵，四阵一败，兵无斗志，这个仗没法往下打了。他就怕常茂打败仗，越怕越往那不好的地方想，总觉得脱金龙的刀围着常茂的脑袋直转，上一刀下一刀，左一刀右一刀，是刀刀不离后脑勺。朱元璋心内惊恐，那汗就淌下来了。

大伙全神贯注都往战场上看，谁也没注意到，靠着东北地势偏高，那是个大土坡，也不知道从什么时候来了三匹马三个人，悄悄在土坡上站定，三匹马一字排开，居高临下往战场上看。因为是挑灯夜战，四外灯球火把照如白昼一般，所以看得非常清楚。常茂跟脱金龙两个人正战到醋处，三匹马到了。三人上垂首这人骑着白马，是个少年人，看年纪不超过十六七岁，长得细条条的身材，黄白净子、宽脑门、尖下颏儿、面赛冠玉，傲骨英风。往身上看，扎巾箭袖袍，腰里勒着八宝宝带，肋佩宝剑，盔甲在包里头装着，得胜钩上挂着一条五钩神飞亮银枪。下垂首一匹红马，马上坐着一个小胖子，红脸膛，天灵盖是白的，下巴颏儿是白的，慈眉善目，虎头虎脑，让人看见那么有人缘儿。年龄也是在十六七岁，头上火红缎子扎巾，身穿火红缎子箭袖袍，腰扎大带，带着盔甲包，鸟翅环得胜钩挂着一口金背砍山刀，肋佩宝剑。在他们俩的中间是一匹黄骠马，鞍鞯嚼环并不起眼，马鞍桥上坐着一人，看年纪也就是五十岁挂零。此人不修边幅，头上戴着开花破帽，在土坡上晚风一吹，那开花帽噗噜噗噜直响，头上英雄胆也没了，往身上一看，穿得油渍麻花的，一件破袍子，腰里系着一条布带，肩头上、前后心、袖子胳膊肘全是补丁，补丁摞着补丁，下边穿着灯笼裤子。那位说什么叫灯笼裤子？净窟窿，磕膝盖都露出来了。脚下蹬着一双破靴子，前面露脚趾头，后面露脚后跟，怕这靴子穿着不跟劲怎么办？拿麻绳勒着，怕它掉了。长得凹面金睛，朱砂眉，一对黄眼珠子，稍微有点儿鹰钩鼻子，连鬓络腮胡，胡子跟头发乱七八糟都赶毡了，腰板儿也拔不直，手中拿着打马的藤条。

这骑黄马的人说道："哎，这也是来早了，不如来巧了，打得真激烈！"

骑白马的少年说道："太好了，来得正是时候，怎么黑天还打？大概来情绪了，那既然这样，咱们仨到了，干脆下去帮忙吧！"

另一个少年附和道："走、走，下去……"顺着土坡三人就下来了。这是明营的战场，有军中放出的卡哨，恐怕有人袭击后队，这巡逻的哨兵一看，突然来了三匹马三个人，立刻示警，梆子一响，抽弓搭箭做好准备。为首的偏将把马往前一提，把掌中刀一举，嚷道："站住！不准前进。再往前来，我们可要开弓放箭，你们是什么人？"

书中暗表，这个骑白马的少年，是武定王郭英的儿子叫郭彦威。那红脸小胖子，长得虎头虎脑的，是忠顺王汤和之子叫汤琼。正中央骑黄骠马这老头儿，但看长得糟饸饹不起碗儿，跟个乞丐差不多，是本部书了不起的英雄——金眼雕岳伦。他们仨怎么来了？原来朱元璋御驾亲征，留下太子和马娘娘监国，他领着百万雄兵北赶大元，他们在前敌鏖战，南京京城里平安无事，百姓休养生息，日子过得都挺舒服。朝廷也没事，这一闲着就该出事了。且说郭英之子郭彦威，今年才十五岁，少王爷，爹是武定王，开国元勋，随着老主御驾亲征去了，家里没事这孩子就不爱念书，老师一教他念书他脑袋就疼，平时爱练武、爱淘气。家中就这么一个儿子，千顷地一棵苗，顶着怕摔了，捧着怕吓着，怎么也不是。母亲溺爱，疏于管教，都到了十五六岁了，娇生惯养得与三两岁孩子相仿。可以这么说，要星星不敢给月亮，吃尽穿绝，使奴唤婢。一出门一大帮人跟着，这样一来，自然把人就惯坏了。过去有话道：寒门出孝子，白屋出公卿。寒门就容易出孝子，他知道家里的生活艰难，父母也好，长辈也好，挣点钱不容易，故此他省吃俭用，干活也勤快，从小就立事早，为什么说穷人的孩子早当家呢？就是这个原因。相反生活太优越富足了，容易把孩子惯得走了形，结果什么也不是。家里越有钱，孩子越没出息；家里越有势力，这孩子反而变成了纨绔子弟，提笼遛鸟，玩狗架鹰，无所事事。玉面小霸王郭英，跟随朱元璋打天下，英雄盖世，可惜生子不肖，唯一的儿子惯坏了。这郭彦威其实本质尚可，在家闲极难忍，干什么？瞎玩，找谁玩？他最好的朋友，是忠顺王汤和之子叫汤琼，这汤琼就是那位红脸小胖子。他俩投缘，没事凑在一起叽叽嘎嘎，连打带闹。汤琼也不爱读书，一读书脑袋就疼，就打盹，只要玩起来就高兴，玩不够，总嫌这天短，玩得都出了花。

这一天哥儿俩又凑在一块了，带着一帮家人，吃完饭到郊外散散心，一行人就到了紫金山。紫金山树木成行，真山真水，鸟语花香。一开始他们玩打猎，赛马，玩来玩去玩腻了。郭彦威一皱眉，对汤琼道：“哥，咱这玩意有什么意思？”

汤琼说道：“你说咱怎么玩？”

郭彦威道：“咱说了算，怎么玩不都行？怎么开心咱怎么来。我听说咱们的先人想当初都曾占山为王，听他们讲过去的往事，我可羡慕了，咱们也劫一回道玩玩，你看怎么样？来来，都过来……”

汤琼问道：“咱劫谁？”

“走道的啊，有的是啊，咱也劫劫，咱试试这是什么滋味，咱也当当山大王，怎么样？”

汤琼一琢磨说：“行，你出这主意倒挺新鲜，可是，人家谁不认得咱俩啊？”

郭彦威说道：“没关系，咱化装啊。我听老人说，过去作案子把这脸都得画了，画上红颜色的、黑颜色的，这么办，咱也画画。”五六十个家人都围了过来，郭彦威吩咐道：“去去，整那个黑颜色……没有？黑灰也行，快去快去……多准备点儿。”

下人们唯唯而去，结果去了一段时间，弄了点颜色回来，不是黑的就是灰的，郭彦威说：“咱现在就化，我这白脸变成黑……”这抹完一看，跟窦尔敦差不多少。

汤琼抹上，告诉家人也抹上，家人们也不敢不听，每人抹了一张小黑脸。都抹完了郭彦威就说：“你们听着，今天咱玩个新鲜的，咱开始劫道，脚下就是咱占山为王的地方，眼前是一条官道，一会儿有路过的咱就劫，劫他的金银财宝，劫他的行囊褡套，车辆马匹，咱开个心，你们懂吗？”

家人们听了，都犯了难，说道：“少爷，这可犯法啊！”

郭彦威一听，说道：“犯什么法？我们家就是法，别人犯法咱还犯法吗？你听着，不干？不干打折你的腿！”

家人们一听直咧嘴，心想，这简直是玩出圈来了。但不能不听，上指下派，迫不得已，没招，那就劫吧。把刀枪棍棒都准备好了，埋伏在树林之中。小哥俩各自骑着马，带着兵刃，拔着腰板儿，咱就山大王当起来。往官道上一看，推车的、担担儿的，做小买卖，要不就是妇女领着孩子……郭彦威一拨棱脑袋说道："劫这些没有意思，这不能劫，咱得劫大波的买卖，那才过瘾。"

正等着，刚过上午，大波的买卖来了——过军队。有一百多当兵的，都是明营的军队，扛着刀枪，压着十八辆车，车上都插着旗子，两员大将一前一后在这护着，轱辘轱辘正在山脚下路过。车里装的什么？都有银子。两员护车的将官是谁？正好是京营殿帅府的两个将军，左将军铁龙，右将军铁凤，押着十八万两银子回京营殿帅府。因为前敌现在正在打仗，需要军需给养。京营殿帅的责任是筹措粮草，从四面八方筹钱，刚从镇江、瓜州要了十八万两银子，让铁龙、铁凤护着往京城里送。您想一想，就在京城的边儿上，多少年也没有土匪，也没有劫道的，谁也没有思想准备，铁龙、铁凤做梦也没想到有这事儿，两个人骑在马还打盹儿，心里琢磨着，快到家了，天太热了，到家不干别的，交了差之后把银子送到殿帅府，完成任务，回到府里头扒光腚洗个热水澡，然后好好睡一觉，歇他两天再说吧。眼瞅着这就快到家了。

正这么个时候，郭彦威和汤琼顺着大路一瞅，来了！郭彦威是头儿，说道："来了，哥哥准备啊，其他人听着，一打呼哨儿，过去就给我拦住。"

吱灵灵一声哨响，五六十人从树林里头冲出来，一字排开，把军队给拦住了，连咋呼再喊："都站住，别动！"郭彦威从他爹那块学来的架势，拍马到前头，把掌中的银枪一晃："来啊，弟兄们，列立两厢。"站好了他把马往前一提，还背了背词儿，有一套山歌，他想了想，说道："此山是我开，此树是我栽。要打此处过，留下买路财！牙崩半个说不字，尔来看——我这一枪一个管扎不管埋。把东西留下！"

汤琼一听，我兄弟行啊，这套词说得挺溜儿，他在旁边敲边鼓，说道："听着，东西撂下……"

谁能想到出这种事儿？铁龙、铁凤本来在马上骑着打盹儿，天也热，被这一嗓子惊醒了。哥儿俩一琢磨，这事怪啊！在天子脚下，皇城根底下，出来山大王了？光天化日之下竟敢劫道，这胆子有多大？哦，化了装了，谁？不认得。看这样子岁数都不大，这是吃了熊心、咽了豹子胆了，你们这是胆大妄为，这还了得？哥儿俩也不以为意，铁凤押着车辆，铁龙过去交手。铁龙这能耐不在二百五以上，不在二百五之下，正好二百五，是个熊蛋包，不然的话不能把他留在家里，要有两下子早带到前敌上去了。你别看个头挺大挺唬人，结果一伸手百嘛不是，真就不是郭彦威的对手，最后让郭彦威打了个盔歪甲卸，拨马逃走。铁凤上来让汤琼给打跑了，当兵的一看，官儿都跑了，我们管这干什么？嗡——全散了，车就都留在这儿了。

郭彦威一看，高兴说道："太好了，来！给我劫。"一群人把十八辆车给劫了，高高兴兴赶到城里，回府了。有这么劫道的吗？他们大摇大摆把银子车赶进南京城，拐弯抹角到了武定王府。没敢走前门，从后门进来的，郭彦威就说："大哥你先别回家，到我家，把银子咱分完了你再回去，咱弄点儿零花钱。你说这真有意思，什么本钱都不拿，嗷嗷一喊，伸手三下五除二，发财了，太好了！走走……"

且说铁龙、铁凤二人，虽然打了败仗，但他脑袋不糊涂，感觉到事情蹊跷，派几个军兵在后头跟踪，看看这贼是哪儿的，住什么地方，这个贼窝在哪儿？当兵的也化了装在后头悄悄跟着，进了城，拐弯，十字大街再拐弯，哟！一看进了一座王府，转到前边大门那儿一看，武定王府。谁不知道武定王郭七爷啊！难道郭王爷府里还养土匪？几个军兵撒脚如飞回去送信，跟铁龙、铁凤一说，俩人也愣了："胡说八道，你们看准了吗？"

"一点儿都不差，看得清，认得准。我们数着哪，从后门进去的，十八辆车都进去了，一直都关上门了，我们才回来的。"

铁龙、铁凤一看，银子丢了，我们担不了这个责任，大帅怪罪起来，脑袋就保不住了。铁龙、铁凤报到京营殿帅府，大帅就是镇京的元帅薛凤皋，薛大帅得到报告是大吃一惊，问道："有这等事，土匪是谁？谁劫的？"

铁龙、铁凤支支吾吾："大帅，我们不敢说。"

薛凤皋眼睛一瞪，"说，有什么不敢的！"

铁龙、铁凤忙回道："我们已经查明了，是武定王郭英府里的人，但是是谁我们不知道，都用黑灰抹着脸，看岁数还不大，也就十来岁，说话还童子音，把银子劫了，进了武定王府了，肯定是武定王府的人。"

薛凤皋听完也有点发蒙，武定王郭英跟薛凤皋有交情，还有亲戚，薛凤皋的堂妹子嫁给了武定王郭英，所以他对郭家的家事很熟悉，知道有个外甥叫郭彦威，这孩子不学好，能不能是他干的？他爹不在家，我得调查清楚。于是他把案子先摁下了，说道："铁龙、铁凤你们先下去，容本帅调查，如果你们说的属实，本帅自有决断。下去吧，此事不准声张。"

薛凤皋挥退众人，吩咐鞴马，马上加鞭，急急忙忙赶往武定王府。

第二十八回　闯奇祸顽童赴沙场
施恩惠病汉归明军

京营殿帅薛凤皋赶到武定王府，薛夫人一听哥哥来了，赶紧让进厅堂。薛凤皋进来坐下，看了看说道："妹子啊，妹夫在外边不容易，家里怎么样？"

薛夫人忙回道："大哥，家里都挺好的，吃喝不愁，什么事都没有，你军务繁忙，还挂念咱家的事，如果有事我再找你。"

薛凤皋说道："别的事我都放心。就是彦威这孩子，我挺挂念，这孩子最近忙些什么？"

薛夫人忙回道："挺好的，在家里可听话了，天天习文练武，老师教给念书，没事到后边练练身体，哪儿都没去。"

薛凤皋追问道："真没去吗？"

薛夫人答道："嗯嗯，哪儿都没去。"

薛凤皋又道："他上哪儿去能告诉你吗？妹妹，我今天来，可是有事，你把他给我叫来，我有事问他。"

薛夫人忙吩咐："来人啊，去把少爷找来。"

下人转了一圈回来报："回夫人，少爷领着一大帮人在牡丹亭那儿，也不知道分什么东西了，大概来不了。"夫人一听说分东西，正纳闷儿分什么呢，薛凤皋心里咯噔一下，忙说："不用他来了，你陪着我到牡丹亭看看去。"

兄妹二人到牡丹亭这一看，汤琼也在，这时候都把脸洗干净了，汤琼在台阶下站着，郭彦威拿把椅子在当中坐着，挺神气，正吩咐着："那包都分均了，大包小包的称一称都差不多，你们听着，站了前排的分大包，站在第二排的分中等的包，后边的分小包，人人有份，剩下的给我留着，算我们哥儿俩的，懂吗？"

下人们拿着大秤正称银子，薛夫人到跟前一瞅，傻了，这孩子从哪整这么多银子？

薛凤皋一看是气急败坏，"哎呀，妹妹，你刚才还说他习文练武，什么娄子都没捅，他惹了大祸了！是这么这么回事……他没事跑那儿劫道去了，把国家的帑银给劫了，犯了杀头之罪，抄家灭门！"

薛夫人一听，哎哟了一声，好悬背过气去，简直是五雷击顶一样，要了命了。大帅薛凤皋把眼珠子瞪溜圆，问道："汤琼、郭彦威这怎么回事？"

两个小孩儿也傻了，忙说："舅舅！……"

薛凤皋一把把郭彦威给逮住了，问道："这银子从哪来的？说！"

小孩儿们刚才玩得高高兴兴的，一看大人来了，严肃一问，大伙一害怕，扑通跪下："大舅我玩来着，我们抢的。"

薛凤皋脸都气白了，"啊？有这么玩的吗！你犯了杀头之罪，这让皇上和娘娘怪罪下来，把你们送交刑部按律治罪，你爹娘都吃不了得兜着走，你捅了大娄子了！"

到这时候郭彦威、汤琼也真傻了，两个孩子哭了，"那怎么办呢？我们就是为了玩，也不是缺这点儿银子。"

怎么办？瞒不住了，薛凤皋跟妹子一商量，说道："我小小的京营殿帅，官小职微，这事迟早得传出去。我如果把这个事给捂住，将来皇上知道了，我也担不了责任。这么办吧，你的孩子你做主，我的意思你马上告诉忠顺王的夫人，你们两个领着俩孩子，赶奔内宫之中去见马皇后，让皇后做出决定，不然的话祸太大了。"

犹如晴天一个霹雳，怎么办呢？两个夫人带着孩子坐上轿子，赶奔皇宫内院。

如今朱元璋御驾亲征，太子监国。太子叫朱标，生来木讷，呆头呆脑的，处理政务懵懂难决，你跟他禀报点儿什么事，启奏点儿什么事，他脑子里头没数儿，就会嗯嗯啊啊，那政事怎么办？由马皇后垂帘辅政。马娘娘思路敏捷，头脑灵活，代替儿子处理政务。

两位夫人领着孩子到了内宫，见着马娘娘，哭拜于地："娘娘，千岁千千岁，我们惹了大祸，是这么这么的……"

马娘娘听完了之后，不但没生气，还乐了，说道："起来吧，起来吧，看把你们吓得这样。我真不敢想象这孩子有这么大的胆子，他们在哪儿？"

两位夫人回道："在宫外等候旨意，等着您处罚呢。"

马娘娘道："嘻，什么处罚，叫进来我看看！"

两个孩子进来赶紧给皇后磕头，马娘娘过来拉住他们的手，问道："过来，我看看，你叫什么？"

"我叫郭彦威。"

"像你爹，你爹长得就漂亮，你长得也次不了，现在就看出来了。"又问另一个："你叫什么名？"

"我叫汤琼。"

马娘娘道："膘满肉肥，小体格长得还不错。是你们俩在紫金山劫的道吗？"

两人又跪下了，说道："娘娘，我们罪该万死，我们就没想别的，就想玩，听说过去先人、老人都干过这个，我们打算模仿模仿……"

马娘娘听完笑了，说道："真有意思，你们都玩出圈来了。过去行，现在跟过去不一样了，咱们是大明朝廷，国有国法，无规矩不成方圆，没五音难正六律，孩儿啊，你们犯法了。哎……算了吧，念你们年幼无知，这件事情拉倒了吧！"

一句话，这事就算完了。两家人跪倒谢恩，马娘娘一摆手，说道："起来吧，二位夫人往后对孩子得严格管束，对他们要管教不严，就容易出事儿。"

两位夫人忙回："娘娘说得是，娘娘说得是，下不为例！"

马娘娘说道："好了，我看这样吧，这个事就算没那么回事，皇上将来知道了，由我去跟他解释，这事就算没了，你们放心。不过这两个孩子也太叫人不省心，你们干什么玩不好，非得这么干？"

两个孩子忙说："娘娘，你看看我们在家待着，一天也不知道干点什么好了，老主御驾亲征，我们想跟着去帮忙北赶大元。"

马娘娘说道："两个孩子年龄尚小，这事从长计议吧！"

薛夫人谢过娘娘，回府之后见过自己的兄长，薛凤皋说："眼前之事，只不过是个开头，再这样下去，谁知他将来还闯什么大祸？常言说，鸟随鸾凤飞腾远，人伴贤良品格高。依我之见，两个孩子想得也对，不如让他们到前敌投军。到了那里，跟英雄们滚粘在一起，练些本领，也好为国家出力报效。"

薛夫人思想再三，终于想通，便跟汤琼母亲一讲，汤母也点头应允。于是，郭、汤两家择吉日，挑良辰，鞴好战马，收拾好应用之物，带上两名仆人，打点小英雄赶奔黄河岸，去找朱元璋。

这两个孩子，自幼生长在闹市，很少离开府门。到在外边一看，大千世界，青山绿水，鸟语花香，看见什么都新鲜，看见什么都喜欢。他俩没有公务在身，因此，一路之上，自在逍遥，尽情地游玩。

这一天傍晚，他们来到了郑北镇。这儿可不大，才十六七户人家。汤琼和郭彦威略一合计，让仆人前去打点。

过了片刻，仆人回来说，此地十分偏僻，只有一个郑家老店，也不太像样。郭彦威他们见天色将晚，不便赶路，只好由仆人带路，到店内勉强存身。

伙计、掌柜的把他们迎到店房，细一询问，得知他们是少王爷，赶紧端水敬茶，殷勤招待。他们用过晚饭，就让仆人回房歇息。

这阵儿，天气闷热。汤琼、郭彦威把椅子搬到院内，坐在树下，一边乘凉，一边聊天。由于路上辛苦，他们聊着聊着，不知不觉就各自睡去。

他们正在熟睡之际，郭彦威忽然被一阵响动惊醒。他略定心神，睁开双眼，顺声音一瞧，有人！再仔细一看，有五个人，抬着一个东西，蹑手蹑脚，打开店门，走了。郭彦威眼珠一转，捅了捅身边的汤琼，轻声呼唤："大哥，醒醒！"

"什么时候了？哎呀，睡得这么香，叫我做甚？"

"快，有事。"

"什么事？"

"刚才我看见一伙人，抬着个东西，偷偷出了大门。不是贼吧？走，咱们看看去！"

"走！"

两个人收拾一番，高抬腿，轻落足，跟在后边，暗中瞧看。

那五个人出了村镇，走到一条河汊跟前。说是河汊，其实水也挺深。他们把东西抬到河边，东看西瞅，观察动静。

这时，就听一个人小声说道："来，大伙使劲儿，往远点儿扔！"

"行！"说话间，他们一哈腰，抬起一个人来。

郭彦威和汤琼这才明白，哟，原来是个人呀！看这几个小子，鬼鬼祟祟，里边肯定有毛病。想到此处，郭彦威猛然喊了一嗓子："呔！你们要干什么？"

汤琼也接着喊话："快把人放下！"

就这两嗓子，把那几个人吓了个屁滚尿流。他们忙一撒手，扑通把那个人扔到了地上。

郭彦威、汤琼大步流星赶上前去，定睛一看，见地上之人也不哼，也不哈，跟死去一般；再回头一瞅，站在眼前的，原来是店房的掌柜和伙计。

郭彦威把眼一瞪，怒声呵斥："你们为何要把人扔到水里？"

"哎呀！"掌柜的长叹一声，扑通跪到郭彦威面前，说道："少王爷饶命，小人有下情回禀。"

"我可告诉你，只许你实说，不许你胡诌。如果我们听出破绽，定将你们送到官府，严刑审讯。"

"小人岂敢！"

"讲！"

"少王爷息怒，听小人讲来。这个人呀，我们也不知他姓什么、叫什么，在我们店内，住了快四个月啦。他在店房起伙，我们供他吃，供他喝，可他却连一个大子儿也没给。我们本小利微，贴不起呀！唉，就算我们倒霉，他白吃白住不说，可又闹了病啦！这病还挺厉害，现在人事不省。少王爷，你想，他又吃、又喝、又拉、又尿，时间长了，谁能伺候得起呀？尤其最近几日，他病情越来越重，眼看就要咽气。真要死在店房，天哪，这无头的官司，我们打得起吗？无奈，我才想出这么个办法。不料，被少王爷看见。小人该死，小人该死！"

"哼！"郭彦威把眼一瞪，说道，"你的胆子有多大？他气还没咽，你就往河里扔，这不是杀人行凶吗？你懂不懂？"

"我懂，我懂，可我没办法呀！"

"呸！没办法你就害人？既然遇到此事，为何不交给官府处置？"

"这……"

"休要这个那个的，再狡辩也无用。现在，任打任罚，你挑一样吧！"

掌柜的忙问："那——任打怎么说，任罚怎么讲？"

郭彦威说道："任打，把你和那几个坏蛋捆住，扭送官衙，按律治罪，打死活该；任罚，将病人抬回店房，请大夫为他精心调治。多咱治好，多咱完事。"

"那……我认罚得了。"话音一落，几个人又将病人抬回店房。

这时，天已渐亮。掌柜的急忙找来大夫，为病汉医疾。那大夫见二位少王爷在场，不敢糊弄，仔细调理。

郭彦威告诉他说："你就好好治吧！花钱多少，由我付给。不过，你糊弄人可不行。"

"小人不敢。"

大夫精心查看了一番，说道："病人患的是伤寒，可以治好。"

从此，每天三次为他用药。有道是命不当绝，半月过后，果然见了成效。能吃能喝了，还能下床走动。

一天，这人走到掌柜的跟前，紧握他的双手，说道："掌柜的，不是你精心为我调治，我早就性命休矣！如此救命之恩，我终生难忘。"

掌柜的赶紧摇头，说道："不不不，你的救命恩人不是我，是两位少王爷。"

"噢？待我快去拜见。"

"跟我来。"

郑掌柜的领他见了汤琼和郭彦威，这个人倒身下拜，连忙磕头。

郭彦威将他搀起身来，一瞅，哟，这人生得凹面金睛，长相不俗。从谈话之中，得知此人有韬有略，满腹经纶。再一细问，才知他家住河南岳家庄，外号金眼雕，官名叫岳伦。

大汉报出了名姓，汤琼看看郭彦威，郭彦威又看看汤琼，二人再细看岳伦，想起来了："你认不认识宝枪大将张兴祖？"

"啊？那是我兄弟。"

"是不是你教他的枪法？并且，还赠送他一条八宝鹭龙枪？"

"对！哎，二位因何晓得？"

这二人一听，那可太高兴了。郭彦威忙说道："老英雄哎，这真是大水冲了龙王庙——一家人不认识一家人了。实不相瞒，我爹叫郭英，他爹叫汤和。宝枪大将张兴祖，那是我们的哥哥。他平时经常提到你，我们也早想与你相见。这真是踏破铁鞋无觅处，得来全不费工夫，没料到在此不期而遇呀！"说到这里，忙命掌柜的设摆酒席。

掌柜的一听，吓出满脑门冷汗。心里说，这个病鬼，闹半天沾着官亲呢！真要把他扔到河里，我的姥姥呀，那还好得了吗？想到此处，急忙摆酒侍候。

霎时间，酒宴齐备。岳伦居中，汤琼与郭彦威在左右相陪。他们一边饮酒，一边询问岳伦，为何落到这步田地？

岳伦见问，长叹一声，道出了详情——

原来，这金眼雕岳伦，是精忠大帅岳飞的第九代玄孙。想当年，在良乡巧遇张兴祖，二人一见如故，交情越来越深。他把自己的绝招——北霸捻丝枪，传给了兴祖。并且把祖先留下的一条八宝鹭龙枪，也无私相赠。这件事，不知为什么，被元人知道了，派人前来拿他。岳伦事先得信儿，连夜逃走，之后，便漂流在江湖。

按理讲，他本领高强，不管保镖，也能弄碗饭吃。但是，这个人性情古怪，十分清高，谁也不进他的眼。他心中经常琢磨，正因为自己有能耐，才不能保那浑人。若错投门庭，怎能对得起列祖列宗？只好靠打把式卖艺谋生。他干这种营生，实属外行，不会说江湖话，不会办江湖事。结果劲没少费，钱没多挣，刚勉强糊口。日久天长，饥一顿，饱一顿，奔波劳碌，就坐下了病根儿。半年前来到郑北镇，刚进店房，就大病发作。要不是汤琼、郭彦威碰上，那金眼雕岳伦就一命呜呼了。

酒席宴前，这小哥儿俩听了岳伦的一番言语，深表同情。他俩略一合计，便说道："老人家，我们皇上领着几十万雄兵，与元军开仗，正是用人之际。凭你的能为和韬略，到在军营，非当大将不可。干脆，跟我们一块儿走得了。"

"这……"岳伦心里说，这俩孩子说得也有道理。可是，设身处地想想自己，落成了要饭花子的模样，有何脸面去进明营？尤其跟张兴祖交情莫逆，我若前去，岂不给兄弟丢人？想到这儿，他便低头不语。

郭彦威挺聪明，看出了他的心思，忙说道："老英雄，不必犹豫。我们这些人，还能耻笑你吗？你有能耐，还怕什么？这样吧，你若嫌衣衫褴褛，咱花钱现做，何时做妥，咱再动身。"

岳伦再三推辞，郭彦威哪里肯依？不到几天的工夫，就为他赶制了好几套新装。岳伦并不更衣，说道："先把它包好，我就穿着破衣烂衫前往。到在那里，我要看看万岁的颜面。他若愿意收留，我便更衣；他若不愿收留，那只怪我命苦，还穿我的破衣。"

小哥儿俩知他性情古怪，只好任由他来。接着，为他买了一匹黄骠马，三个人算清账目，这才赶奔前敌。

一路上，饥餐渴饮，夜住晓行，马不停蹄，往前蹿路。

这一天，三人刚催马上了这面山坡，居高临下，往下一看，哟！只见西南方向，正在开仗。北面是元营，南面是明军。疆场以上，大旗飘摆，遮天映日，鼓号齐鸣，震耳欲聋。

三个人再仔细观瞧，只见疆场以上，有两员大将，正打得难解难分。

郭彦威看罢，急忙说道："好哇，来早了不如来巧了。走，赶快到前敌报号。"话音一落，三人双脚点镫，急奔向明营的军队。

他们刚冲下土坡，就被哨兵拦住："站住！你们是什么人？"

郭彦威马往前提，说道："我叫郭彦威，他叫汤琼。你们不认识我吗？"

"哟，是少王爷呀！"

"我爹在什么地方？"

"正陪皇上在那儿观敌掠阵。"

"快去送信儿，就说我们来了。"

"是！"答应一声，哨兵转身而去。

汤和与郭英闻讯都来在此地，郭彦威和汤琼，见了天伦老爹爹，双双下马，先磕头问安，后述说了前情。

汤和和郭英听罢，心中也很高兴，勉励他们多立战功，为国家出力报效。

这时，郭彦威又指着岳伦，对爹爹说道："这是宝枪大将张兴祖的朋友——金眼雕岳伦。"

"啊？太好了！"郭英和汤和听了，赶紧过来面见岳伦。

岳伦见老前辈走来，急忙跳下战马，跪倒磕头。

其实，金眼雕岳伦的岁数，比郭英和汤和都大。但从张兴祖那辈论起，就把这两个人当成了前辈。

郭英、汤和见了岳伦，并不小瞧，忙把他搀扶起来，问暖问寒。

这是军阵啊，没工夫闲唠家常。简短说了几句，郭英先领他们归队，而后，自己前去见驾。

这阵儿，朱元璋正伸着脖子观阵。郭英到在他马前，先把情由述说了一番，接着又禀报道："主公，给您道喜，我们来了帮手啦！"

"谁？"

"金眼雕岳伦。"

"岳伦是谁？"

"就是赠张兴祖宝枪的那个高人，他武艺非凡，乃精忠大帅岳飞的后人。"

"噢？现在何处？"

"队伍外边。"

朱元璋心中高兴，忙传口旨："快快请来！"

郭英听了，忙冲来人喊话："岳老英雄，快快过来，万岁有请！"

此刻，汤琼、郭彦威非常高兴，对岳伦说道："老人家，我们皇上是有道明君。他礼贤下士，请你过去。走，快快见驾！"

单说岳伦来到皇上面前，甩镫下马，撩衣倒身下拜，口尊："吾皇在上，草民岳伦参见陛下，万岁，万万岁！"

朱元璋低头一看，嗯？不由心里头直翻个儿。暗自思忖，这就是岳飞的后人？什么金眼雕，这不是要饭的花子吗？就这模样，能有什么本领？看到这里，他是满脸的瞧不起。于是，冷冰冰地说道："啊！免礼平身！"

"谢陛下！"岳伦站起身来，站在一旁。他那意思是，先让朱元璋说几句好听的，然后就出马讨敌。待将脱金龙挫败，也算作为进营的见面礼。

谁料朱元璋却没那么做，他对岳伦说道："你一路风尘，还没吃饭吧？"说到这儿，转脸吩咐郭英说："七弟，先派人将他送到伙头棚吃饭。告知账房，给他二十两银子，让他出营去吧！"

郭英一听，真出乎意料。心里说，四哥呀，你这是什么话？人家是来助阵的，又不是来乞讨的。但是，红嘴白牙，他话已出口。再无法收回。

岳伦他听了朱元璋的这几句言语，腾！由脑门一下子就红到了脚跟儿。这阵儿，他的脑袋比锅都大，恨不能钻进地缝儿。心中暗暗埋怨道，朱元璋啊，都说你是有道的明君，今日一见，原来也是个混蛋！哼，我岳伦堂堂五尺男儿，就值这二十两银子？看来，人情冷落呀！唉，也怪我岳伦鬼迷心窍，真不该到这儿来。当着这么多人的面，这跟头我栽不起呀！干脆，我走了算了。想到这儿，他转身就要出阵。可是，刚一抬腿，突然又停下了脚步。心说，不！我若就这样下去，岂不更给人留下话柄？是骡子是马，咱得牵出来遛遛。待我岳伦拿出几手，战败脱金龙，然后再走，那有何等光彩？

岳伦想到这里，强压怒火，往上躬身施礼道："陛下，饭，我不吃；钱，我不缺。再说，我也不是为这些而来。我要在主公面前讨旨，上阵会斗脱金龙！"

朱元璋一听，心里说，就你这个病鬼子，还想去战脱金龙？哼，简直是无稽之谈。因此，他迟迟不语。朱元璋越是这样，金眼雕越是生气。站在那里，暗暗憋足了心劲儿。

此时，可难坏了宝枪大将张兴祖。他本想跟哥哥亲近亲近，可一看皇上那神态，刹那间凉了半截儿。心里说，你这样羞臊他，也是羞臊我呀！张兴祖有心变脸，可是，当臣下的却又不敢。无可奈何，只好出来打圆场。他强作笑脸，对朱元璋启奏道："陛下，我哥哥岳伦有绝艺在身，他既然讨旨，就必有成竹在胸。请主公降旨，以解疆场燃眉之急。"

张兴祖说罢，岳伦也挺起胸脯，接了话茬儿："陛下，若在两军阵前失利，我甘当军令！"

众人也说道："主公，眼看常茂堪堪不敌，军情危急，赶快换将，速求一胜。"

朱元璋听罢众位将官的言语，这才传下口旨："你既然如此讲话，不妨到疆场一试。"

"遵旨！"岳伦急转身形，走到张兴祖面前，忙说道："兄弟，把你的战马、宝枪，先借我一用。"

张兴祖知道，大将上阵，没有应手的兵刃、战马，那哪儿能成呢！忙将宝马、鼍龙枪递去。

再看岳伦把战马的肚带紧了几扣，直到扳鞍不回、推鞍不去，这才飞身上马，操起了鼍龙宝枪。他心里说，露脸、现眼，在此一举。待我冲到两军阵前，大战脱金龙！

第二十九回　金眼雕受辱战元将　朱元璋情急封高官

这时，朱元璋传下口旨："快快鸣金，让常茂归队！"

霎时间，阵脚两旁，二十几面铜锣，当当当当同时作响。

单说常茂，他在两军阵前，大战脱金龙，又过了一百个回合，还没分输赢。他正在着急，耳轮中忽听锣声紧响，心里说，怎么叫我撤阵呢？大概是皇上放心不下，要派将换我。可是，军营之中，也没人可换哪！常茂不敢抗旨，虚晃一招，拨马跳出圈外，冲脱金龙高声喝道："呔！你小子等着，茂太爷归队有事，暂且撤阵。待一会儿，你我再决一上下。"说罢，拨马归队。

常茂来到朱元璋马前，一抬腿，咯楞！把禹王神槊挂在得胜钩上，拿出手帕，擦擦汗水，问道："陛下，我们没分输赢，你怎么叫我回来呢？"

"茂啊，朕要另派别人，替换迎敌。"

"是吗，谁能替我？"

"就是他！"朱元璋用御鞭点指岳伦。

常茂把雌雄眼一瞪，上一眼，下一眼，踅摸了一番，说道："啊呀！咱们明营成了大杂拌儿啦，什么时候划拉来个要饭花子？"

他还想说难听的话，郭英忙用枪金纂（造字）捅了他一下儿："嘘！"

常茂回头一看，是七叔郭英，他一吐舌头，忙改口说道："好！既然皇上另有委派，我正好歇息一会儿。"话音一落，拨马归队。

你说，此时的岳伦是什么心情？刚来时，被朱元璋羞辱了一顿；

现在，常茂又冷言冷语挖苦了一番。岳伦心如刀绞，浑身发抖啊！可他又一想，人争一口气，佛争一炷香。哼，君子赌志不赌气，干生气能有何用？钱压奴卑，艺压当行，待我露出两手，让他们看看。想到这儿，岳伦双脚点镫，马往前提，只见这匹马四蹄蹬开，像一溜烟似的，冲到两军阵前，与脱金龙马打了对头。

刚才，脱金龙大战常茂，也有点头疼。心里说：常茂这小子，太难对付了。我这口九凤朝阳刀，乃四宝之一，受过爹爹的真传，特别是受过老恩师——镇国金刚佛的指点，可以说是首屈一指。师父曾对我说，就凭你这口刀，便可以纵横天下。怎么刚到黄河岸，就碰上这么个硬茬儿呢？啊呀，若再打几十个回合，恐怕就顶不住了。所以，见常茂撤阵，他心里特别高兴，谢天谢地，可给了我个缓手的机会。

脱金龙正在暗自高兴，忽见对面来了个要饭花子。他仔细看罢多时，心里说，哟！这也是明营的大将？他也是满脸的瞧不起，于是，用九凤朝阳刀一指，狂傲地喊喝道："呔！对面之人，你也是来打仗的吗？"

岳伦强压怒火，答道："正是。"

脱金龙听罢，放声大笑："哈哈哈哈！那么，请问阁下，你尊姓大名、官拜何职？"

岳伦又不卑不亢地回答："我姓岳叫岳伦，外号人送金眼雕。身无寸职，我乃草民百姓。"

"啊，庶民百姓啊！既然如此，你为何还到两军阵前，跟本帅交战？"

岳伦把眼睛一瞪，厉声说道："为什么交战？天下者，乃百姓的天下，你们兵进中原，杀的是百姓，欺的也是百姓。难道说，我们百姓只可任人宰割，就不可奋起反抗吗？废话少说，尔拿命来！"话音一落，岳伦一颤八宝鸬龙枪，就来大战脱金龙。

再看元兵阵脚。胡尔卡金、胡尔卡银、左都玉、虎牙、虎印他们见岳伦上阵，纷纷议论，刚才，脱金龙大战常茂，已累得够呛，应当撤阵歇息，这是一；二，堂堂的二路元帅，能跟一个要饭花子伸手吗？那有多掉价，多丢人哪！于是，胡尔卡金传下旨意，鸣金调回脱金龙。

四宝将不解其意，回归本队，忙问二位王爷。

胡尔卡金述说了一番，并说道："你且休息一时，先缓缓气。像这种要饭之人，随便打发个将官，就能对付他。"

正在这时，忽听有人说话："大王，把这个花子交给我吧。微臣不才，愿到两军阵前立功！"

胡尔卡金一看，讨旨之人是黑金牛。这个家伙，也是胡尔卡金手下有名的上将，官拜都督之职。胡尔卡金说道："将军，多加谨慎。"

黑金牛傲气十足地说道："大王放心！我若连个要饭的也打不败，还当什么都督！"说罢，催开宝马九点桃花兽，一晃掌中牛头镜，来到两军阵前。他那嘴，撅得跟桃儿一样，对岳伦是一百个看不起。只见他把兵刃平端，说道："哎，花儿乞丐，你叫岳伦吗？"

岳伦见元兵换阵，明白了，脱金龙不愿跟自己伸手，怕丢人哪！唉，我金眼雕竟落到这般田地，不但明营瞧不起，就连元营也瞧不起呀！想到这儿，暗气暗憋，周身运足力气，说道："不错，正是在下。来者为谁？"

"黑金牛！小子，难道你活得不耐烦了，跑到疆场前来送死？休走，看镜！"说罢，抡开牛头镜就砸。

岳伦见镜砸来，急忙闪躲身形。一连过了十几个回合，岳伦光躲光闪，没有进招。为什么？他要看看，这些元人究竟有什么本领。知己知彼，百战不殆。

这时，岳伦已心中有数，暗暗说道，这个黑金牛，无非是个草包而已！只见他把丝缰带住，冲敌将喊话："黑金牛，赶紧逃命去吧！某家枪快，不扎无能之辈。"

"呀？"就这句话，差点儿把黑金牛气死，他瞪起牛眼，说道："你看出我什么了，怎么就说我是无能之辈？花儿乞丐，你口气也太大了。休走，看家伙！"话音一落，挥舞大镜，呜！搂头盖顶又砸了下来。

岳伦一看，也生气了，这小子，不给他放点血，还真不行。得，给他来一下子吧！可是，该扎他哪儿呢？岳伦见这家伙的块头儿可真不小，那两条粗腿，跟房柁差不多少。心里想，好，就在他左腿上铆个眼儿吧！岳伦把地点相中，战过五六个回合，虚晃一枪，奔他的双腿啪就扎了过去。这枪来得太快了，当场闪出一道寒光。黑金牛一看，吓了个够呛，急忙晃牛头镋，拨打兵刃。他光顾上头划拉了，没想到岳伦将后把一抬，前把一压，扑棱！这枪冷不了就变换了招数，由打上边扎到下边，噗！正好扎到他的左腿根上。这一枪，扎进足有八寸多深。多亏岳伦手下留情，要不，把他这条腿就卸下去了。不过，这也不轻，疼得黑金牛啊呀一声暴叫，双手扔掉兵刃，捂着伤口，败回本队。

黑金牛一败阵，把疆场的敌我双方都惊动了。

先说朱元璋。刚才二将厮杀，他也仔细瞅着。开始，见岳伦躲躲闪闪，磨磨蹭蹭，他暗自着急。心里说，啊呀，他大概吓傻了。不然，为何如此迟钝？后来，见岳伦发出招来，疾如闪电，快似流星，不由喜出望外。朱元璋是马上皇帝，一看就明白，此人确实武艺超群。他想起自己刚才的话语，不觉有点儿后悔。可是，话已出口，覆水难收，那该怎么办呢？他略一思索，有了主意，忙冲两军阵前喊话："岳将军，扎得好，朕封你为前部正印先锋官！"

好吗，岳伦就这么一枪，就升了个先锋官。

常茂在旁边一听，差点儿气得掉下战马。心里说，啊呀，皇上你是什么毛病？一阵风一阵雨的，这么一枪，就够个先锋官？茂太爷跟你都这么些年了，还没熬上呢！何止是常茂一人？满营众将也有不悦之色。

按下他们不提，再说元营的二位王爷。他们见黑金牛败回，十分恼火，又要派将上阵。

就在这时，忽听旁边有人哇呀暴叫："大王，二王，请将这姓岳的交给某家！"未等传旨，他便一马催出，直奔岳伦。

此人是谁？黑金牛的兄弟黑金亮。他弟兄二人，活像一对丧棒。长相相仿，穿戴相同，也使一条镔铁牛头镋。见着岳伦，也不搭话，搂头盖顶，往下就砸。

岳伦还跟刚才一样，左躲右闪，先让了他十几个回合。他一看哪，这位跟那位一样，也是一个饭桶。他心中有了数，不由一阵好笑："呔！对面元将，逃命去吧！你这两下，不配跟某家动手！"

岳伦这么一说，黑金亮也受不了，他暴跳如雷，大吼大叫："好小子，着家伙！"话音一落，又抢起大锐，往下砸来。

这时，岳伦心想，这位也有点儿贼毛病，还得给他放点儿血。得了，我先跟他讲清楚。于是，他躲过身形，说道："元将，你不听相劝，某家只好下手。我先问你，看见你的左肩头没有？"

黑金亮没听出门道，忙扭头看了看左肩，说道："嗯，看见了。"

"好，现在，我要在你左肩头上扎一枪，不深，也就是二寸左右。我若扎错，算某家无能。"

就这几句话，把黑金亮气得差点儿出溜到马下。心里说，好小子，你口气也太大了，连扎多深都告诉我啊？真是欺人过甚。他不由大喊一声："你着家伙吧！"说罢，抢锐又打。

岳伦跟这种人打仗，犹如嬉戏一般。怎么？武艺相差悬殊呀！别看黑金亮哇哇乱叫，面目可憎，其实，他内里空虚，没有真才实能。刚过了五六个回合，岳伦使了个八方神枪：一扎眉心，二挂两肩。这个快劲儿就别提了，啪啪，真犹如疾风闪电一般。

这回，黑金亮可傻眼了。只见人家枪尖闪光，在眼前乱晃，也不知人家奔哪儿扎了。刚一愣神，就觉着左肩头上麻酥酥的，被人家的枪头点中。他不敢再战，急忙败归本队。

朱元璋一看，更来了精神，心想，岳伦的武艺，实在无与伦比。刚才朕封得太小了，有点儿屈才呀！于是，他又冲阵前高喊："岳将军，刚才朕封的那个官儿不算，我重封你为永安公！"

好吗，岳伦又升了好几格，当上公爷了。

常茂更气坏了，暗自磨叨，哼，他的官儿可真好当，两枪就扎了个公爵。茂太爷拼死拼活这么多年，跟一个叫花子并肩了！他心里的话不敢讲出口来，气得肚里咕噜咕噜直响。

再说元营。他们连败两阵，锐气不由大减。脱金龙是武林高手，瞅着岳伦，也知他不是等闲之辈，不由暗自吃惊，呀！看他刚才这几招，稳中有动啊！说稳，形如泰山；说动，疾如闪电。啊呀，这才叫真正的神出鬼没呢！他又想道，哎，此人既然这么大能耐，怎么没个一官半职呢？他又合计道，若去别人，不是送命，就是被人戏弄。于是，脱金龙二次请旨："王爷，还是微臣前去出战吧！"

"大帅，你方才大战常茂，已累得力竭精疲。看样子，这花子并不好惹，还是不去为妙。"

"王爷放心，刚才我已缓过劲来。"

"既然如此，你要小心谨慎。"

"不劳嘱咐。"说罢，脱金龙紧了紧战带，把周身上下收拾利落，提刀上马，二次冲到两军阵前。

脱金龙这回来到岳伦面前，可就不像上回那样盛气凌人了。他再瞧这个要饭的，开花破帽也好看了，破衣烂衫也顺眼了。这真是有了能耐，一俊遮百丑啊！脱金龙看罢，冲岳伦抱拳施礼道："岳将军，本帅有几句言语，不知可讲否？"

"请讲当面。"岳伦想要听听他说些什么。

脱金龙满脸堆笑道："岳将军，方才你所言，不知真假。你若真是布衣平民，倒不如保我大元。你看，阵脚以上，那是我家两位王爷，俱是元顺帝的皇兄，他们一向礼贤下士，任人唯贤。若能如此，定不失厚禄高官。我是都招讨兵马大元帅，绝不食言。"

岳伦听罢，狂声大笑道："哈哈哈哈！噢，原来给我官做呀！不过，只怕官职太小。"

脱金龙忙问："快讲，你要做什么官？"

"我要给你们当个太上皇！"

脱金龙听罢，腾地把脸一红，脑袋上的青筋蹦起老高："姓岳的，别不识抬举。你是个英雄不假，不过，未必是本帅的对手。来来来，你我大战三百合！"话讲此处，双手舞动九凤朝阳刀，上下翻飞，寒光闪闪，直奔岳伦杀来。但只见：

> 这口刀，五金造，
> 切金断玉宝中宝。
> 刀头长，刀把牢，
> 刀背厚，刀刃薄。
> 推出去，赛云片，
> 撤回来，放光豪。
> 有人遇见这口刀，
> 十有八九命难逃。

金眼雕岳伦刚才跟那两个酒囊饭袋交锋，真如同老手戏婴儿。现在，跟脱金龙动手，那可就加了一百二十个小心。他把祖先传下来的北霸捻丝枪法使出，那真是鬼惧神惊。但只见：

枪出如黄龙摆尾，
枪收似黑虎回头。
枪迎亚赛张飞，
枪送犹如项羽。
枪舞似雪花，
枪摆像风摇。
枪枪不离心窝，
万枪缠绕头脑。
枪护身一团白练，
枪盖体千道银光。
枪法人间少有，
枪锋盖世无双。

这二人战在一处，那真是棋逢对手，将遇良才。偌大的军阵，都看傻眼了。鼓也不敲了，号也不吹了。不管将校军卒，一个个直着脖子瞪着眼，在那里愣愣地观觑。

再说无敌大将常茂，他手压着禹王神槊，睁着雌雄眼，看罢多时，果然看出了岳伦的真才实能。心里说，啊呀，这条枪可受过名人传授，高人指点。嗯，还是皇上有眼力，封他高官可封对了。将他留在营中，早早晚晚，得跟人家学些高招。

不但常茂服气，就连满营众将，也无不敬佩。他们一个个点头咂嘴："啧啧啧，真好！"

一百个回合过后，岳伦没占上风，脱金龙也未捡了便宜。这里必须交代明白：二人没分胜负，这可不是岳伦没有能耐。你想，岳伦刚刚病体痊愈，气力不佳呀！不然，早把他战败了。再打下去，岳伦就觉着两腿酸软，头重脚轻，眼前金花乱冒，心里怦怦直跳。霎时间，虚汗沁满了额角。他心中暗想，坏了，旧病又要复发，这该如何是好？可他又一想，我跟朱元璋置气，这是小事，战元将可是大事。脱金龙这么大的能耐，要不把他降伏，早晚也是个祸害。有心把他整死，可又力不从心。这……岳伦这一着急，虚汗流得更多了。

再说脱金龙。他打着打着，偷眼一瞧，嗯？发现岳伦的身子有些晃荡。他又仔细看了片刻，果然看出门道来了，嗯，要这么着，我干脆来个以力服敌，要了你的老命得啦！想到此处，脱金龙双臂攒力，一刀快似一刀，一刀紧似一刀，加紧了招数。岳伦难以招架，又勉强打了十几个回合，虚晃一枪，拨马就败。

脱金龙一看，心想，我不能放你逃走，若将你留下，迟早也是个麻烦。于是，拍马舞刀，紧追不舍。

这就看得出，脱金龙的韬略不如岳伦。为什么？其实，那岳伦并非真败。他心中暗想，舍不得孩子套不着狼。今天，我得把绝招拿出来，铤而走险，败中取胜。

那位说，岳伦的绝招是什么呢？叫卧马回身枪。这招怎么使唤呢？首先，战马得卧倒。然后，做大将的一条腿蹬镫，一条腿点地，双手端枪往回刺。这得人靠着马，马协助人。有一样配合不当，那就有性命之危。这匹马不是岳伦自己的坐骑，能不能听他使唤，心中没底。不过，既然逼到这步田地，只可豁命一试。所以，他人往前边败，眼往后边盯，时刻准备发招。

这时，就见四宝将这匹马，风驰电掣一般，嗒嗒嗒嗒冲到了自己背后。

做大将的，眼观六路，耳听八方。岳伦竖起耳朵，估摸着敌将的距离，心中有了底数。

这阵儿，就见脱金龙把九凤朝阳刀一举，高声喝道："岳伦，看刀！"话音一落，唰！斜肩带臂，奔岳伦砍来。

与此同时，岳伦左手提枪，右手抓住铁过梁，先往上提，后往下摁。这匹战马是宝马良驹，很通人性。再说，张兴祖也经常使用这种招数。所以，他一提一摁，战马就明白了主人的意思。只见它两条前腿扑通一声，就跪在地上。紧接着，岳伦左脚出镫，身子一转，噌！站到地下，正好跟脱金龙来了个脸对脸。他先将大刀躲开，又急忙挥枪，照脱金龙就刺。

四宝将哪见过这样的招数？他见鼍龙枪奔前心扎来，吓得倒吸口冷气！啊呀，上当了！他使出平生的力气，忙向右边闪身。仗着他年轻，腰腿灵活，躲得比较快当，这一枪就没扎进胸膛，只扎到了左肋扇上。那也不轻呀，霎时间，鲜血染红他的铠甲。脱金龙疼痛难忍，捂着伤口，往下就败。等回到阵脚，撒手扔刀，摔于马下，昏迷过去。

胡尔卡金见四宝将身负重伤，忙让军医官用软床抬走抢救。

朱元璋一看，连声喝彩："好三枪，三枪好！"他把御鞭往前一指传下口旨，"众将官，冲啊——"

霎时间，马队在前，步兵在后，呈扇子面形，像潮水一般，铺天盖地向元兵涌去。元人招架不住，惨败而归。朱元璋旗开得胜，打了个漂亮仗。现在，他不顾别的，先催马到在了岳伦面前。

这阵儿，岳伦已力竭精疲。他拿大枪当拐棍，哈着腰，拄着枪，大口大口喘粗气。等朱元璋走来，他才强打精神，给皇上施礼。

朱元璋满脸生辉，乐呵呵地说道："岳爱卿，岳王兄，你算给咱大明帝国争光露脸了。朕决不亏待你，加封你为永安王。"

好吗，又封了个王爷。这要饭花子，一步登天了。

朱元璋以为，封这样的高官，说不定岳伦该有多么高兴呢！谁料金眼雕岳伦听罢，却面沉似水，根本没理这个茬儿。只见他一转身形，走到张兴祖面前，将宝枪、丝缰递去，说道："兄弟，完璧归赵。来，把那匹黄骠马给我。"

张兴祖把马递过，问道："哥哥，主公加封你为王爷，为何不叩谢皇恩？"

金眼雕开怀大笑道："哈哈哈哈！贤弟，我岳某人命浅福薄，只可乞讨，不能为官。咱弟兄就此分手，后会有期。"话音一落，飞身跨上黄骠马，扬长而去。

岳伦一走，朱元璋心中好生不是滋味。他不住地埋怨自己，唉，朕不该以貌取人哪！常言说，千军易得，一将难求。这么一员大将，失之交臂，令人惋惜。他抬头一看，岳伦已经跑没影儿了。朱元璋略一思忖，忙将张兴祖唤到近前："张爱卿，朕万不该冷淡了岳爱卿。

现在，追悔莫及。你们是磕头把兄弟，亲同骨肉。你奉旨追赶岳伦，就说朕已知错，无论如何也将他请回军营。"

"臣遵旨！"

宝枪大将张兴祖，带了四名亲兵，去追赶岳伦。追了约有半个时辰，才将他追上。张兴祖说道："哥哥，主公已经知错，请你不要计较，快跟我回营！"

"哼，朱元璋以貌取人，乃小人所为也！他虽是一朝皇上，我却瞧他不起。兄弟休费口舌，我意已决，概不从命。"话音一落，又催马而去。

到在后来，燕王朱棣扫北之时，岳伦还要出世。这是后话，暂且不表。

欲知后事如何，请听下回分解。

第三十回　洪武帝亲临兴隆会
虎印将练拳露锋芒

上回书说到张兴祖劝说岳伦回营，岳伦执意不从，张兴祖无奈，只好带着亲兵，回营交旨。

朱元璋听罢，顿足捶胸，后悔不迭。元兵败阵，朱元璋也撤兵回营。这是自到黄河岸取得的第一个大胜利。因此，他传令三军，热烈祝贺。

次日，朱元璋又传令亮队，意欲乘胜歼敌。谁料，元营免战牌高悬，龟缩不动。又过了数日，仍未交锋。

这一天，朱元璋召集文武群臣，又共议军机。

众人议论纷纷，难道说，元军一仗失利，就被打怕了？他们元气未伤，为何不出兵交锋？正在这时，忽有蓝旗官跑来，磕头禀报："主公，元营派来使臣，自称老驸马，叫左都玉，要求见陛下。"

朱元璋一愣，问道："现在何处？"

"营门外候旨。"

"命他进来。"

"遵旨！"蓝旗官答应一声，转身出帐。

时间不长，左都玉迈着大步，走进金顶黄罗宝帐。来在龙书案前，放下马蹄袖，躬身施礼已毕，口尊："外臣左都玉，参见大明帝国皇上陛下，万岁，万万岁！"

朱元璋闪龙目定睛观瞧，见此人年过七旬，长得五大三粗，满脸横肉，乡里乡撒的胡须，头戴牛皮大帽子，斜插两根雉鸡翎，身穿五团龙的黄马褂，马蹄袖，腰系皮带，披着荷包、火镰、火石，还带着风磨铜的烟袋，左肋下，悬挂着玉石把镶宝石的弯刀。别看上了年岁，可他说起话来，声音洪亮，两只眼睛灼灼发光。

朱元璋看罢，心想，古往今来，两国相争，不斩来使。人家既然拜倒在阶下，就应以礼相待。于是，他微微欠身，说道："免礼，一旁落座！"

"谢陛下。"左都玉又深施一礼，在一旁昂然而坐。

此刻，有侍臣献过香茗。

众将不知来者何意，也不便多言。整个大帐以内，一片寂静。

片刻，朱元璋这才问道："请问阁下，今日见朕，有何贵干？"

左都玉见问，说道："外臣奉我家大王、二王差遣，前来为陛下下书。"

"信在何处？"

"在我怀中。"左都玉冲怀里一伸手，取出书信。内侍臣接书在手，恭恭敬敬转呈到龙书案上。

朱元璋启开封套，拽出信笺，展开观瞧。那信的大意是：我胡尔卡金、胡尔卡银，率雄兵五十万，战将几百员，来到黄河岸，与大明帝国开兵见仗。交锋以来，双方俱有伤亡。尤其黄河一带的黎民，离乡背井，惨遭涂炭。为此，我军有意歇兵罢战。特约请皇帝陛下，赶奔兴隆山，赴南北双王兴隆会，以商定和约。日期定于九月初三，万望届时莅临。

朱元璋一连看了三遍，顺手交给元帅徐达。徐达看后，又递给刘伯温。

徐元帅和刘军师想的一样，心里说，哼，自古以来，如此盛会，不无阴谋。咱别追溯那前朝的历史，就拿咱们皇上来讲，想当年，赴乱石山十王兴隆会，也身遭大难，险些殒命。今天，又来个什么南北双王兴隆会，万变不离其宗，绝不能入他圈套。但是，当着左都玉的面，又无法启齿。不过，他们心里还合计，有前车之鉴，万岁绝不会上当受骗。

俗话说：旁观者清，当事者迷。谁料那朱元璋却另有想法。他以为，其一，如今我军攻必克，战必胜，士气正盛。元军处于威慑之下，妥协求和，势在必然；其二，我若不去赴会，元军定笑我胆小如鼠，无帝王之胆略；其三，倘若元军心怀叵测，我有兵有将，能打能杀，怕他何来？想到此处，也未与军师、元帅相商，便冲左都玉发话："难得你们大王、二王的一片盛情。朕修书不及，转告你家王爷，就说朕如期赴会。"

"外臣谨记在心。"

朱元璋又对内侍传旨："来呀，下边赐宴，款待来使。"宴罢，左都玉离营而去。

老驸马走后，军师刘伯温当着朱元璋的面，好一顿埋怨："主公，如此重大的事情，怎不与众人商议，您就贸然做主了呢？我看元人安心不良，咱还是不去为妙。"

元帅徐达也说道："主公，军师所言极是。自元军入侵，势如破竹，凶勇异常。如今虽吃了败仗，可他们元气未伤，绝不会苟且媾和。我主切不可轻信于人，以免身遭不测。"

这时，二王胡大海、武定王郭英、忠顺王汤和和全营众将，也相继进谏。

朱元璋已经钻了牛犄角，面对群臣文武，将他的想法陈述了一番，并说："胆小不得将军做。诸位，你我之见，俱为猜测。兴隆会后，谁是谁非，便知分晓。朕意已决，万无更改。"

众人一听，再不敢多语，只好怏怏而散。

别人不敢多讲，军师刘伯温和元帅徐达可不能不说呀！当天晚上，领着胡大海、郭英、汤和、邓愈等有威望的老臣，二次劝说朱元璋。但是，朱元璋不但不听劝，反而怒形于色。

徐达略思片刻，说道："既然主公执意前往，我等不敢阻拦。不过，您应多带人马。"

"哎！到兴隆山赴会，又不是开兵见仗，多带人马有何用场？"

刘伯温说道："有备无患哪！主公休要固执己见，由我等安排就是。"

为此事，众将官又苦苦相劝一番，朱元璋这才点头应允。当场议定，无敌将常茂、金锤殿下朱沐英、坏小子丁世英、小矬子徐方、野人熊胡强、武尽忠、武尽孝等七人，保驾同行。同时，挑选精兵五百，身披细甲，暗藏利刃，一同前往。接着，他们又商量了赴会的细节。

徐达心想，皇上带着七员大将，五百精兵，到在元营，那是九牛一毛呀！为此，他又偷偷与刘伯温商议，派胡大海、郭英率领三千飞虎军，埋伏在兴隆山的山口；命汤和、邓愈率兵三千，在山外巡逻放哨。另外，徐达亲领大将三十员，率飞虎军一万，离开军营，到外边设防。

当然，这都为以防万一。

到了九月初三这一天，朱元璋早早起床，梳洗更衣。今天，朱元璋的打扮，与往常不同，头顶双龙双凤珍珠冠，内披金锁连环大叶甲，足蹬龙头凤尾牛皮靴，腰中悬挂龙泉剑。看上去威武雄壮，气宇轩昂。

此时，早有人把他的逍遥马鞴好。为防万一，还在得胜钩上挂了条大枪。

这阵儿，七员小将顶盔贯甲，雄姿英发，在身旁伺候。五百精兵也收拾整齐，在营外列队。

朱元璋领着众小将，到在营门以外，扫视了一遍，冲军兵说道："各位，随朕赴会，你们可要辛苦了。"

"主公赴会，我们情愿一同前往。"

"好！赴会回来，必有重赏。"

"谢万岁！"

接着，朱元璋与众小将飞身上马，离开军营。刘伯温与徐达带领众将，一直送到十里以外，君臣这才挥手告别。

按下众人回营不提，单表朱元璋。他带着众人，马不停蹄，直奔兴隆山而来。

兴隆山，离两军阵三十五里。天晴的时候，看得十分清楚，就在黄河的南岸。那儿是一带山冈，没什么险峻的地方。离远看，跟坟丘相似。到处是苍松翠柏，风景十分优美，现在属元朝的管辖。

朱元璋他们来到离兴隆山不远之处，就被元兵看见了。他们互相说道："来了，快给王爷送信儿。"一顿吵吵，飞身而去。

朱元璋又往前走了不足三里之遥，就听炮声九响，霎时间，元军特使左都玉，出来迎接。互相见面，寒暄一番，由左都玉领路，又向兴隆山进发。

到了第二道山口，又传来炮声九响，元军派出前部正印先锋官虎牙、副先锋虎印，前来迎接。

进了第三道山口，就见胡尔卡金、胡尔卡银，率领元营文武百官，列队相迎。

二位王爷满脸笑容，来到朱元璋面前，结结巴巴地说道："欢迎，欢迎，巴图鲁!"

这两位王爷，生长在古国金马城，对汉话不太精通。说话时，舌根发硬，全仗通译官相助。

朱元璋见二位王爷迎来，与众将使了个眼色，甩镫下马，把丝缰交给武氏弟兄，迎上前去，互相寒暄。

这都是常茂的安排。武氏弟兄办事牢靠，让他俩保管战马，万无一失。常言说：大将无马，如折双腿。万一发生了不测之事，没马怎么行呢?

朱元璋与二位王爷寒暄已毕，宾主携手揽腕，便往里走。

前文书说过：这个地方虽然叫山，其实并不算高，遍地都是左一个右一个的山包。山包正中，有一块开阔的平地。平地以上，筑有一座高台。这座高台，完全用木板铺成，方圆有一亩地大小，四周有五色的栏杆，前边摆着兵刃架。顶子用苇席搭成，翘檐起脊，刷着黄漆，锃明瓦亮。离远看，跟黄琉璃瓦差不多少。犄角上挂着纱灯，台前搭着梯子。迎面有条横幅，上面写着金字：南北双王兴隆会。

此时，宾主一行来在台前。胡尔卡金和胡尔卡银陪在朱元璋左右，顺着梯子，登上高台。常茂他们紧护着皇上，不离左右。

接着，胡尔卡金吩咐道："摆宴!"

此时，脱金龙并未在场。为什么？他被岳伦扎了一枪，正在后帐养伤。除他一人之外，元营的上将、副将、牙将全来了。

常茂偷眼一看，哟，黑压压一片，足有二百余人。心里说，看这阵势，咱得小心。万一有个闪错，那可没法交代。想到此处，悄悄捅了捅朱沐英，看了看丁世英，暗示他们严加提防。

再看朱元璋。今天他心情高兴，谈笑风生。在劝酒饮酒之中，话锋一转，谈到了正题。

胡尔卡金放下酒杯，陈述起来。这里咱必须说清楚，他是经通译官说给朱元璋的。大概的意思是，这次，我们所倡南北双王兴隆会，大明帝国皇上应约而至，还真赏脸，我们十分高兴。多年来，两国刀兵四起，狼烟滚滚，致使百姓流离失所，痛苦难言。常言说，民是国之邦本。长此下去，于心何忍！为此，将陛下请来，共谋议和之策。

朱元璋听罢，精神一振，朗声说道："王爷有此诚意，寡人十分敬佩。但不知这议和之事，王爷有何高论？"

胡尔卡金说道："好，既然如此，咱就开诚布公。首先，我们承认你是大明帝国的皇帝。但是，大明与大元，须以黄河为界。黄河以南，属你大明；黄河以北，属我大元。从此，咱两国化干戈为玉帛，永结盟好睦邻。"

朱元璋听罢，不由一阵冷笑："哈哈哈哈，王爷之言差矣！想你元人，盘古至今就定居在北国。而今逐鹿中原，实为世人所不齿。你若真有诚意，咱两国还以长城为界，速将人马撤回。"

为定国界，互不相让，最后，撕破了面皮。只见胡尔卡金操起酒杯，往桌上用力一蹾，说道："陛下，你乃俊杰，应识时务。想我大元帝国，论地盘，有三川六国九沟十八寨；论实力，雄兵百万，战将千员。刚才讲过，我议和之举，并非惧你，而是为黎民着想。你若再固执己见，我将以武力相待。到那时，只怕你十几年的苦心，将化为一旦。再说，你本是布衣出身，如今，一步登天，得下黄河以南大片土地，也该心满意足了。"

胡尔卡金这一顿述说，又劝告，又威胁，还有讥讽挖苦的意思。

朱元璋是久经世面的君王，焉能吃他这个？只见他把桌子一拍，沉下脸来，说道："王爷，休要刚愎自用。你只说自己兵力雄厚，怎么对我天朝的军威，却视而不见呢？前者一战，你们就惨败于我的手下，还伤了你们的四宝大将脱金龙。如若再打下去，后果可想而知。王爷，何去何从，请你抉择。"

胡尔卡金听罢，怒气难按，说道："好！既然如此，再谈无益。不过，我仍给你三天期限，请陛下慎重考虑。如若依旧如初，那只好重新见仗。"

朱元璋一声冷笑："哈哈哈哈！何必多此一举，朕告辞了！"

朱元璋现在挺横，他把袖子一甩，站起身来，领着几员小将，就要朝台下走去。就在这时，忽然从胡尔卡金身后，蹦出了前部正印先锋官虎牙，将朱元璋迎面拦住。只见他瞪着眼，龇着牙，哇呀呀一声暴叫，厉声喝道："站住！朱元璋，我看你是敬酒不吃吃罚酒，牵着不走打着走。今天，你答应也得答应，不答应也得答应。否则，休想出山！"

虎牙这一嗓子，就是信号。他话音一落，再看元军将官，二百多人都各拽刀枪，哗啦一声，就把高台封了个严严实实。常茂一看，忙传令各位小将，也拽出了兵刃。哎哟，双方弓张弩拔，眼看就是一场血战。

就在这一触即发之际，老驸马左都玉赶紧走来，忙打圆场："别别别！众位，休要如此。快快归座，老朽我有话要讲。"接着，说说主，劝劝宾，把他忙了个不亦乐乎。

这阵儿，朱元璋也怕将事闹大。为什么？真要伸了手，寡不敌众，非吃亏不可呀！干脆，就坡下驴得了。于是，回头对常茂等人说道："休要无礼。"

众人一听，把兵刃撤回。朱元璋头一个回归原座，众人又侍立在左右。

胡尔卡金也将众人训斥了一顿，重新归座。

单说老驸马左都玉。待宾主归座之后，开口说道："洪武皇帝，刚才你们所谈，俱是国家大事。若论私情，咱们有何仇恨呢？望你们平心静气，切不可失落和气。陛下，这次南北双王兴隆会，并非我家王爷信口而出，乃为我主元顺帝所倡。此事上顺天意，下得民心。这么好的安邦之策，岂可感情用事？万望陛下以国事为重，替黎民着想，签字画押也就是了。否则，双方伸起手来，岂不是两败俱伤？"

朱元璋听罢，摇头说道："不可。刚才，朕说以长城为界，划定国土，也属本人之意，并未与文武相商。今天，不是寡人翻小肠儿，请你们追溯前情，咱元、明两家，何止以长城为界？那长城以北千里开外，也是中原大国的辖地。想当年，忽必烈创立四大汗国，统十万骑兵南下，平大辽，灭大宋，侵占我中原一百余年，致使我黎民百姓，世世代代受尽了熬煎。这些老账有目共睹，还用咱细算吗？所以，朕提出以长城为界，那也是最大的度量了。你们若真有议和之意，只可依朕而定。舍此，别无他途。"

朱元璋据理力争，和谈没有成功。那些元将，一个个拧眉立目，窃窃私语，不知他们议论些什么。正在这时，从大王胡尔卡金身后，又走出一人，说道："王爷，我有几句话说。"

胡尔卡金一看，原来是前部正印副先锋官虎印。问道："你有何话？"

"王爷，今日和谈，乃是国家大事，全为百姓着想。虽然互不让步，可也不能掰破面皮。常言说，买卖不成仁义在。依我之见，议和之事，休再谈论，不如说些愉快之事。我没别的敬献，愿在席前练趟拳脚，以助酒兴。"

"如此甚好。"

虎印摘盔卸甲，换好短衣襟，腰煞板带，周身收拾利落，来在朱元璋面前，抱拳施礼道："洪武万岁，各位，多多包涵。"说罢，往里撤身，走行门，迈过步，倒转身形，啪啪啪啪，跟旋风一样，就练了起来。

朱元璋眼里看着，心里琢磨，按理说，既然议和不成，就该送我们退席，可他却若无其事，来助酒兴。这到底是他的真意，还是另有所谋？想到这儿，他再定睛观瞧，只见虎印练开了八仙拳，那真是招数精奇，艺业出众呀！

朱沐英不住地点头称赞："行、练、练得挺好，不、不含糊。"

众小将也说道："好，有两下子。"不由拍起掌来。

虎印练完，收招站稳，气不长出，面不更色。他冲朱元璋二次抱拳："见笑，见笑。陛下，我一人独练，枯燥无味。不才欲请一位英雄，帮我接招，不知有无对手？"

别看虎印说话和气，可在话音之中，也带着挑战的意味。这些人都是有名的大将，谁能受他这个？常茂听罢，悄声对众人说道："哎，人家可是叫号儿了，咱们大明帝国，无论在什么场合，也不能丢人现眼。你们谁心中有数，过去一试？"

言还未尽，野人熊胡强就抢着说道："我去！"

常茂说道："嗯！傻小子，看见没有？这家伙像一统石碑，大概有把子力气。你过去狠狠地揍他，可不能给咱们丢人！"

"好！"胡强煞了煞腰中的虎皮，摁了摁头上的虎头巾，将虎尾三节棍交给常茂，一扳桌子，噌！打垫步，拧身形，跳到当场。野人熊胡强的个儿本来不小，但跟虎印相比，矮了一大截，才到人家夹肢窝那儿。

虎印低头一看，见眼前这个人，大宽肩膀，虎背熊腰，料知也不含糊。虎印看罢，略停片刻，这才问道："你贵姓高名啊？"

"我叫胡强。"

"啊！胡将军，你要跟我接招？"

"嗯。"

"那好，请吧！"说罢，便让胡强伸手。

胡强闻听此言，往上一蹿，抡起拳头，腾！奔虎印就打。虎印忙闪身形，将拳头躲过。接着，二人战在一处。

常言说：当场不让步，举手不留情。这二人四臂齐摇，挂定风声，只打得难解难分。七八个回合过后，虎印伸出拳头，朝胡强面门击去。胡强一看，急忙躲闪。就在这时，虎印抬脚啪又来了个扫堂腿。胡强站立不稳，摔了个仰面朝天。这下子，胡强可不干了。他一个鲤鱼打挺，站起身来，往上一蹿，就将虎印拦腰搂住。虎印一看，心想干什么，要摔跤呀？要讲摔跤，这可是我们元人的拿手本领，你这是自讨没趣。于是，他一拉架子，身形转动，没费吹灰之力，又把胡强摔了个跟头。胡强少皮没脸，站起身来，还想往上冲。

常茂急忙喊话："回来！"

胡强不敢抗令，回归本队，对常茂说道："军师，他……"

常茂生气地说道："待着吧，饭桶一个，还不站到一旁！"

"是。"

此时，常茂心想，干脆，差个能人过去，把虎印打败，省得他们纠缠。于是，点手叫过小锉子徐方，说道："我说哥哥，此番交锋，非你不可了！"

徐方把小脑袋一扑棱，不以为然地说道："那是自然。"

"不过，你附耳过来……"

徐方往前一伸脖子，常茂对他如此这般地述说了一顿。徐方听罢，连连点头："英雄所见略同。不用你说，我也早想好了。"说罢，他捋了捋马尾过风透凉巾，紧了紧板带，飞身往上闯，要戏耍虎印。

第三十一回　徐方情急飞镖伤将
　　　　　常茂护主率众闯围

　　元营的前部正印副先锋官虎印，为助酒兴，又练拳，又摔跤，战败了野人熊胡强。常茂灵机一动，对小矮子徐方面授机宜，让他去战虎印。

　　徐方久经大敌，沉着干练。他将衣服收拾利索，从桌后蹿到虎印前边，嘻嘻哈哈地说道："呔！我说大个子，你叫什么名字？"

　　虎印夯撒臂膀，往对面一看，没望见来人，忙问："哎，你在哪儿呢？"

　　"你往下边瞧，我在你眼皮底下呢！"

　　虎印低头一看来人，当时就乐了。见此人身材矬矮，瘦小枯干。脑袋跟枣核差不多，两头儿尖，当间儿粗，奔儿喽头，窝眍眼儿，鹰鼻子，带个尖儿，芝麻牙，薄嘴片儿，罗圈儿腿，烂眼圈儿。别看他长相不济，可眼睛倍儿亮。周身穿青，遍体挂皂，身背一对镔铁棒槌。往那儿一站，倒也有股威风。

　　虎印看罢多时，问道："你是何人？"

　　徐方嬉皮笑脸地说道："哈哈哈哈！报出名来，吓你一溜跟头。在下并非旁人，大将徐方是也！"

　　"好。这么说，你愿意跟本先锋伸手助兴吗？"

　　"那是自然。来来来，快伸手吧，某家奉陪。"

　　虎印一看他那模样，心里说，这个人，像小孩儿一样。若叫我抓住，准能把他扔到黄河之中。他这么一想，可就有点儿轻敌了。只见他往前打垫步，毫无顾忌，抢拳便打。

要在马上，徐方也许不是虎印的对手。这是在步下，他自幼就学的这种功夫，因此动起手来，那是得心应手。就见徐方滴溜溜身形乱转，围着虎印，蹦蹦跳跃，左右出击。虎印像扑蝴蝶一样，扑打徐方。可是，怎么也扑打不着。时间不长，就把虎印忙活了一身热汗。

徐方与虎印较量多时，眼珠一转，出其不意地使了个黑狗钻裆的招数，正钻到虎印的裤裆之中。紧接着，嘭！就用尖脑袋顶他的屁股。

别看徐方个儿小没劲，可他这是就虎印的劲来使的，这一招真厉害，把虎印顶出有一丈多远。他站立不稳，扑通摔了个狗啃屎。

这下儿，虎印的脸上可挂不住了。他从地下站起身来，红着大脸，哇呀暴叫道："好小子，你这是什么招？"

"打人招。"

"好！"虎印也不讲理，只见他噔噔噔快步来到台前，忙朝兵刃架上伸手，拽出一口朴刀，回过身来，奔徐方就砍。

徐方急忙躲过身形，高声说道："哎，咱这不是助酒兴吗，你怎么动开真的了？好，许你不仁，就许我不义。小子，你这叫咎由自取。"话音一落，撤身形，探臂膀，套挽手，亮出镔铁棒槌，两个人就战在一处。

两人一伸手，虎印这才发觉，这小个子并不好惹。他气得够呛，恨不得一刀将徐方劈为两段，但他光恨不行呀，徐方围着他直转悠，连招架都招架不过来，还怎么能劈死人家？

徐方一边打着，一边暗想，刚才常茂对我说过，利在速战，不能拖延时间。干脆，早点儿把他打发了得啦。想到这儿，他虚晃一槌，噌！跳出圈外，嘴里说道："得！我不是你的对手，咱再换个人吧！"说话间，将双棒交在单手，悄悄从鹿皮囊里拽出了暗器枣核镖，假装败去。

徐方这一招，虎印哪里知道，他挺朴刀在后边就道："小个子，站住！"说话间，追到徐方近前，举起朴刀，就要行凶。

就在这时，徐方猛一回身，对着他的面门一展手，嗖！一道寒光，将枣核镖扔出。虎印一看不好，急忙闪躲身形。可是，来不及了，这一镖正钉在他的右眼睛上。虎印中镖，疼得蹦起老高。忙将朴刀扔掉，就去拽镖。可是，他疼糊涂了，冲着镖把，抡拳就打。这一打呀，把外边那半截也钉进去了，当时昏倒在地。

这时，徐方转过身来，到在虎印面前，嬉皮笑脸地说道："哎哟，你看这事弄的，怎么打到这儿了？常言说，救人救个活，杀人杀个死。看你怪可怜的，别受零罪了！"说罢，先将镖拔出收回，然后举起镔铁棒槌，对准虎印的脑袋，啪就搋了一下。虎印脑浆迸裂，当场毙命。

这二人在席前交锋，两旁战将看得真切，当时就乱成一窝蜂啦。但只见元将一阵大乱，高声吵嚷道："了不得啦，先锋官叫人家打死了！"

这时，大王胡尔卡金才撕破面皮。他率领二王胡尔卡银、老驸马左都玉、都督、平章等众位将军，撤下高台，调兵遣将，把朱元璋君臣团团围住。人家说得明白，要给虎印报仇雪恨！

朱元璋已知中计，只好孤注一掷，他忙命军兵，从武氏弟兄那里牵来战马，而后，飞身跨上战骑，各操兵刃，与元军展开混战。

这场战斗，空前惨烈。仗着朱元璋事先已有准备，来的这些人，都是出类拔萃、以一当十的好汉，才把洪武皇帝紧紧保住，且战且退。

可是，众寡悬殊，你再能打，人数太少，前后左右都是元兵元将，被人家死死围在垓心。

常茂一边打着，一边吩咐："听着！正东，朱沐英；正西，丁世英；正南，武尽忠；正北，武尽孝；东北，胡强；西北，徐方；西南，我；正中，主公。咱们摆个圈儿阵，快冲向山口。都听见没有？"

"遵命！"众位小英雄大声回话，连朱元璋也答应出声来。

你别说，常茂就是有两下子。他摆了圈儿阵，把皇上保护在正中，边打边退，倒也有效。

这阵儿，皇上可成了累赘。众人且退且战，血溅征袍，转眼之间，这五百精兵就伤亡过半。

正在这时，前部正印先锋官虎牙，催马提槊，来在近前。常言说，打仗亲兄弟，上阵父子兵。虎牙兄弟虎印死得那么惨，能不报仇吗？

那么，为什么他才来呢？刚才他回到大帐，顶盔贯甲。罩袍束带，周身上下收拾紧称，这才带着亲兵，提槊上马，来找徐方。等到在前敌，吩咐一声："掠开旗门！"霎时间，当嘟嘟三声炮响。元军雁翅排开。他一晃金槊，冲到圆圈儿阵外，暴叫道："呔！小婊子徐方，快来送死！"

徐方一听，吓得缩了缩脖子："我说茂，这是你叫我捅的娄子，你可得给我担着。"

常茂满不在乎地说道："无妨，你保护主公，待我会他！"话音一落，将禹王神槊一晃，提马来见虎牙。

常茂与虎牙的兵刃，都是禹王神槊。可是，他二人的个头儿却不一样：虎牙平顶身高一丈一尺挂零，常茂身高不足五尺。虎牙假若是个口袋，里头能装六个常茂。人家像个金甲天神，常茂却像个猴儿崽子。

两个人马打对头，虎牙用禹王神槊一指，厉声喝喊："常茂，你闪退一旁，快叫那小婊子过来，我要给兄弟报仇！"

常茂说道："大个子，消消火，生那么大气干什么？你没听人说，打仗没好手，骂人没好口。盐在哪儿咸，醋在哪儿酸，事出有因啊！你想，他明明说的是在酒席宴前以助酒兴，怎么又取来朴刀，非要置人家于死地呢？是他把我们婊子逼急了，无奈才使出了枣核镖。你说，这能怪人家吗？你想要徐方的性命不难，他是我手下的战将，你得先把我这元帅给赢了。来来来，咱俩比画比画。"

虎牙听罢，怒火难按，点头说道："好！那我就先打发你，再与徐方算账！"说罢，抢槊就打。

虎牙报仇心切，奋力出击；常茂笑脸相迎，暗中使劲。所以，这两条禹王神槊，碰在一起，咔嚓一声，可就出了笑话啦！怎么？两条大槊都磕出手了。只见常茂哎呀一声，从马上摔了下去；虎牙也坐立不稳，从马脖子上出溜到地上。当时，这两个人都昏迷过去。他二人一昏迷，元军那面也乱了，明营这边也乱了。

朱沐英一看，赶紧跑上前去，单膀较力，把常茂抢回。接着，胡强又把禹王神槊捡回来。

朱沐英见常茂人事不省，吓坏了："哎、哎呀，常茂归、归位了！"他眼珠一转，让野人熊胡强将常茂背在身上。

常茂是一员虎将，顶着半拉天呢！他这一昏迷，别人可就都没底了。等元兵二次冲来，又把朱元璋众人困在垓心。照旧，又是一场混战。

按下他们暂且不说，再表山外。前文书说过，军师刘伯温和元帅徐达，料知此事有诈，事先已三路分兵，做好了应急准备。

胡大海、郭英他们领了三千飞虎军，早已埋伏在兴隆山口外。听见山内杀声四起，知已伸手交锋。胡大海对郭英说道："老七，赶紧闯进去，搭救老四！"

七爷郭英连连点头："嗯，事不宜迟，马上引兵亮队！"

"对，点炮！"

顷刻间，炮声隆隆，杀声阵阵。胡大海手下的三千飞虎军，人人奋勇，个个争先，扑向兴隆山口。

胡大海领兵带队，刚来到山口外，忽听山内信炮响亮，刹那间伏兵四起，元兵冲来，将道路堵住。胡大海和郭英带马一看，只见正中央一杆大旗，顺风飘摆，旗脚下闪出一员年轻的女将。此人头戴七星花战冠，身披百花战袍，内衬金锁连环甲，足踏犀牛皮战靴，肩头横担狐狸尾，脑后斜插雉鸡翎，胯下桃红马，掌端金背七星刀，走兽壶玄天袋，弯弓插箭。再仔细一瞅，这女将长得还真不错！弯弯的柳叶眉，圆圆的杏核眼，鼻如悬胆，口似桃花，元宝耳朵，面似敷粉，二目如电，灼灼发光。

胡大海和郭英看罢，不觉暗自称奇，啊呀，想不到元营之中，也有这么威武英俊的女将。这是谁呢？人们常说，僧道妇女，不可临敌。既然临敌，必有高超的手段。嗯，咱得多加谨慎。

胡大海对郭英说道："老七，你快过去，把这个丫头片子收拾了。"

"对！"郭英点头，催马摇枪，来到女将近前，勒住坐骑，大声喝喊，"这一女将，通名报姓！"

这个女将微微一乐，说道："我爹爹乃大王胡尔卡金，我是他的老姑娘，胡尔金花是也。对面来将，你是何人？"

"武定王郭英便是。"

胡尔金花听罢，不由倒吸一口凉气："哟，闹了半天，你就是名震九州的武定王呀？不期在此相遇，幸会啊幸会。不过，好汉不提当年之勇，你已到了风烛残年，岂是我的对手？快把名将换上，前来会我。"

"什么？"郭英一听，气得脸都变色了。心里说，好你个丫头片子，口气还不小啊！先褒我，后贬我，你逞什么能耐？想到这儿，剑眉倒竖，虎目圆翻，扑棱棱一抖五钩神飞亮银枪，直奔胡尔金花冲去。

别看这丫头岁数不大，却久经大敌，临阵不慌。见银枪扎来，她双手端刀，接架相还。五六个回合过后，郭英暗自吃惊，这个女将稳若泰山，招数精奇，怪不得口吐狂言，确实有些能耐。想到此处，加了小心，他攒足力气，把亮银枪舞开，亚赛那雨打梨花。

又战了三十余个回合，郭英渐渐招数迟钝，鼻洼鬓角沁出了热汗。

胡大海一看，心里说，老七够呛！嗯，我得过去，助他一阵。他刚要催马临敌，可又一想，哎，论能耐，我跟七弟可差远了。他若不行，我更白给。哎呀，这可该怎么办呢？

正在这时，忽见飞虎军阵脚以外，一片大乱。紧接着，又听军兵在那儿喊话："站住！两军阵前正开兵见仗，过往行人禁止通行。再往前来，我们可要开弓放箭了！"

胡大海听罢，心里琢磨：这是谁呢？来阵前为了何事？他略一思索，忙派人前去打探。时间不长，探事军卒回来禀报："回二王千岁，有位白袍小将，说从泗水关而来，非求见你老人家不可。跟他要凭据，他什么也没带着。就凭他那么一说，不放心呀！可这个人说什么也不听，把手下的军兵也给揍了，你看这事该怎么处置？"

胡大海略一思索，又问："他像不像元将？"

"看那长相，不像元人。"

"这……"胡大海心想，不是元人就行。一个小将到这里找我，不会是仇人。于是，对军卒传令："命他马前见我。"

"是！"军兵转身跑去。

时间不长，就见十几个军兵，簇拥着一个小将，来到胡大海马前。

胡大海一看此人，银盔素甲，手提双枪，嘿，四个枪尖。这小伙子长得面似敷粉，目若朗星，黑黝黝两道八字立剑眉，走兽壶玄天袋，弯弓插箭。看年纪，至多也就是二十来岁。生得英俊，长得喜人。

胡大海打量已毕，便问："这一小将，你有何事找我？"

白袍小将看了看胡大海，抬腿挂双枪，从马上跳下来，问道："请问，您就是二王千岁吗？"

"对。"

"啊呀，爹爹呀！"声音一落，这员小将分褐尾，撩战裙，跪倒在地，就给胡大海磕头。

此刻，胡大海十分纳闷儿："孩儿，你我父子称道，从何说起？"

这小孩儿擦擦眼泪，说道："爹爹，您忘了？我天伦老爹爹是泗水关总兵、双枪大将顾振远。曾听爹爹说，从小时起，我就拜您为干爹，有此事无有？"

"哎呀！"一提顾振远，胡大海心如刀绞，为什么？老哥儿俩多年未见，想不到呀！他忙问道："孩子，你小名不是叫大英吗？"

"对，我叫顾大英。"

"嘿！我怎么能不认识你呀！孩子，你爹爹挺好吧？"

胡大海一问，把顾大英问哭了："唉！我爹爹久病不起，于春天病故了。我来在两军阵前，一来向您报丧，二来为国家出力报效。"

"啊？"一听到顾振远已故，胡大海一阵心酸，再看看眼前这雄姿英发的小将，又觉安慰，忙擦擦眼泪说："两军阵前，正是用人之际，你来得太好了。孩子，快快起来，先到兴隆山歇歇去吧，咱大营就在那里。"

"好！"顾大英站起来，上了战马，正要走去，可他往前敌一看，见疆场上正在有人搦战，便问："爹爹，那是谁跟谁交锋？"

"那个黄毛丫头是胡尔卡金的姑娘，叫胡尔金花。那个老将是你七叔郭英。"

"噢！"顾大英略一思忖，说道，"爹爹，请给我一支令箭，待我去战这个丫头！"

胡大海一听，往前敌看了几眼，说道："好，将你七叔替回，让他歇息歇息。"

顾大英听罢，提枪在手，要大战胡尔金花。

第三十二回　顾大英报号战公主
金花女许婚归明营

双枪小将顾大英，到兴隆山口找胡大海报号，正好碰上郭英大战胡尔金花，顾大英提枪上马，就要上阵交锋。胡大海先命军兵鸣金，调郭英回归本队。

其实，郭英早就招架不住了。他撤下阵来，喘着大口的粗气，问道："二哥，因何不让我战？"

"看你累得那副模样，再战呀，非吃亏不可。"说到这里，转脸对双枪小将顾大英传令道："儿啊，该看你的了。"

"遵命！"顾大英催开战马，嗒嗒嗒冲到两军阵前，与胡尔金花相见。

顾大英这是第一次出阵，而且，偏偏又碰上员女将。他有点儿奇怪，女子还能领兵带队？他这么想着，所以就多看了几眼。

胡尔金花双手荷刀，定睛一看，见这员小将，手端双枪，银盔素甲，面似敷粉，白袍白马，长得跟银娃娃一般无二，她暗自赞叹，也茶呆呆愣在那里。过了好大一阵儿，二人也未交锋。

胡大海在后边急了，忙冲阵前喊叫："大英，你倒是伸手啊，光看有什么用？"

胡大海喊罢，顾大英这才如梦方醒，他把双枪一晃，高声断喝道："哒！对面这员女将，你可知我顾大英的厉害？看枪！"说罢，摆双枪往里进招。

胡尔金花见枪刺来，也如梦方醒，忙摆刀接架相还。

这二人战在一处，那才叫好看呢！论长相，一个颜色出众，一个相貌堂堂；论本领，一个能为精奇，一个武艺超群。双方打了五十余个回合，也未分输赢。

这阵儿，胡尔金花一边打着，一边想开了心思。想什么呢？想她自己的终身大事。爹爹呀，你光顾常年征战了，就不想想你的老姑娘？如今，女儿我身大袖长，已经二十四岁了。到在这个年头，高门不娶，低门不就，将来我该依靠何人？当然，多少年来，媒人快踢破了门槛。可是我连一个都看他不上。哎，我看这个姓顾的，倒很不错。不但武艺高强，而且相貌出众。想到这儿，灵机一动，虚晃一招，跳出圈外，拨马奔树林便跑。她一边跑，一边喊："姓顾的，奴家战你不过，败阵去也！"

顾大英不明情由，心里说，既然打仗，不把你治死，也得把你制服。于是，摆开双枪，在后边就追。霎时间，一前一后，双双进了树林。胡尔金花到在无人之处，带住战马，将金背七星刀横担在铁过梁上，微微喘气，等在那里。

片刻工夫，顾大英追上前来，也不说话，摆枪就刺。

胡尔金花将战马拨到一旁，说道："等一等！我说顾将军，奴有话要对你讲。"

顾大英一听，怒声喊道："两国仇敌，有何话说？"

胡尔金花嫣然一笑："哟！仇敌就没话可讲？你我之间，只有国仇，可并无家恨。我说顾将军，本公主爱慕你才貌双全，意欲把终身许配与你，不知顾将军意下如何？"

胡尔金花讲出此言，臊得顾大英满脸通红。他无论如何也没想到，这么大个姑娘，竟会自己提亲。那脸皮多厚啊！于是，他破口大骂："呸！无耻的丫头，你怎能说出这等话来？休走，看枪！"说罢，又扎去一枪。

胡尔金花见枪来了，一点儿也不着急。她先躲过身形，又开口说道："顾将军，咱们是武将家风，何用那三媒六证？为此，姑娘才自己说亲。顾将军，我身在官宦之家，并非找不到头主，只是不称心愿。今日咱二人相见，真让我一见钟情。顾将军，念我一片深情，请将亲事应下就是。嗯？"

"呸！"顾大英仍然生气地骂道："为何如此不知羞耻？不乐意就

是不乐意，你啰唆什么？看枪！"说罢，砰砰砰，一连又是三枪。

这回，胡尔金花可磨不开了。本来，这么大个姑娘，说出这些话来，就很不容易，哪知面前这个男人却如此无情。她见顾大英又将枪刺来，恼羞成怒，摆开金背七星刀，接架相还。眼看着，二人又要战在一处。

就在这个时候，忽听树林外有人喊话："休要动手，媒人到了！"

胡尔金花与顾大英一听，同时拨马跳出圈外，同时回头定睛观瞧：喊话之人原来是胡大海。

胡大海这个人，粗中有细。刚才在两军阵前，他就看出了门道。后来，见胡尔金花假打假战，将顾大英请进树林，他就跟郭英说道："老七，我看这丫头有心思。你在这儿带兵，我去看看。"

郭英说道："二哥，人家年轻人的事，与你何干？"

"哎！这是军情大事，怎么没有相干？真要能收降这个姑娘，眼前之危就迎刃而解了。"

商量已定，胡大海偷偷来到树林外，侧耳一听，果然姑娘当面许亲。可是，顾大英却执意不从。

胡大海听到此处，暗自着急，心里说，这孩子！你的心眼儿怎么不活动点儿？这要把事闹翻，还能有咱的好哇？干脆，我露面得了。所以，他才大喊一声，出现在他们面前。

胡大海不来时，这胡尔金花还真不害臊；胡大海一露面，又说了那么句话，立时把胡尔金花臊得粉面通红，急忙把脸背了过去。顾大英的手脚也没地方搁了，干嘎巴嘴，说不出话来。

胡大海往左看看，往右瞅瞅，略停片刻，眼珠一转，放声大笑道："哈哈哈哈！你俩是金童玉女，女貌郎才，天生的一对，地配的一双。方才公主言之有理，我们光有国恨，并无家仇。你们既愿结为秦晋，我情愿从中为媒。"说到此处，又走到胡尔金花面前，对她言讲："姑娘，现在咱三头对面，把话说清。我来问你，你方才讲的许亲之事，是真是假？是真，咱把它订下；若是口不应心，咱就像刮风一样，让它过去。"

胡尔金花开始有些害臊，后来听胡大海说得有理，她便牙一咬，心一横，抬起头来，说道："胡将军，方才乃是肺腑之言，奴情愿以

261

终身相托。"

胡大海一听，忙说道："哎，这就得了！"他又走到顾大英跟前，问道："大英，金花公主欲许你为妻，你可愿意？"

顾大英这回可急了，忙冲胡大海说道："干爹，我与她萍水相逢，怎能谈及婚姻之事？常言说，人心隔肚皮，做事两不知。她嘴里说的是应亲之事，谁知她心里想的是什么？再者，我刚来军营，寸功未立，却临阵收妻，岂不犯下杀头之罪？"

胡大海听了，眼珠一转，计上心头，忙走到胡尔金花面前，说道："姑娘，刚才大英之言，也有道理。我明营纪律甚严，临阵收妻，要犯杀头之罪。你看这事该……"

胡尔金花听罢，略思片刻，把心一横，对胡大海说道："顾将军若能真心应亲，我情愿倒反元营，为他将功抵过。"

"啊呀，这可是个好主意。"胡大海心里说，我就等你这句话呢！他心中高兴，接着又说道，"既然如此，你有何打算？"

胡尔金花说道："第一，解救朱元璋，把被困兴隆山的明军，全部放出。"

"好！救驾之功，无与伦比，此乃大功一件。这第二呢？"

"第二，我逃离元营，到明营出力报效。"

"好！去到明营，论功行赏，定封你的官职。"

顾大英对胡尔金花，本来也有爱慕之意。又听人家述说了立功之策，自然十分高兴。于是，他也说道："公主既能献功相助，在下十分敬佩。但愿你到了明营，再立奇功，以报效皇恩。"

公主说道："将军放心，容奴家从长计议。"

胡大海在一旁听了，心里说，好吗，这小子得寸进尺，把弓拉得太满了，于是，赶紧过来打圆场："好了，有这些大功，足可以保住他的性命。来，当着我的面儿，你们堆土为炉，插草为香，磕上三个响头，这门亲事就算定下了。"

当下，胡尔金花与顾大英，跳下马来，当着胡大海，依言行事。

胡大海又告诉他俩："你们把身上佩戴的东西，交换一件，作为定礼。"

交换什么呢？两个人分别把腰中佩剑解下，互相一换，就算订下了这门亲事。

此时，胡大海一本正经地说道："姑娘，私事办完，该办公事了。你得想方设法，让我们进兴隆山救驾。"

胡尔金花说道："老前辈，您放心。走，随我来！"说罢，飞身上马，领着胡大海、顾大英来到兴隆山口，一晃掌中的金背七星刀，冲元兵高声喊喝："巴吐鲁！"

巴吐鲁是谁？就是那些元兵。胡尔金花传下军令：让他们向后转身，各自往前走五里。在此期间，不准回头，不准开兵见仗。

当兵的一听，纷纷议论，哎，这是什么阵法？但是，兵随将令草随风，公主说话，谁敢不听？霎时间，元兵朝后退去，把兴隆山口露了出来。

胡大海看罢，心里说，行呀！他与郭英一使眼色，引兵冲进兴隆山口。

进到山口也不过一里多地，正碰上朱元璋一行。他们一面奋战元兵，一面向外冲来。胡尔金花又传出军令，喝退元兵。元兵呼啦往两旁一闪，朱元璋他们这才冲出山外。

此时，徐达、汤和、邓愈带领的巡逻兵，也赶到山口。他们兵合一处，将打一家，这才脱离开险地。

再说大王胡尔卡金。他正指挥元兵，向朱元璋进攻，忽见军兵如潮水一般，败退下来。胡尔卡金莫名其妙，忙问后撤的军兵："哎，这是怎么回事？"

军兵答道："回大王千岁！刚才是公主传令，让我们撤回。"

"啊！"胡尔卡金一听，愣怔了。心想，公主把守山口，她把军兵撤回做甚？于是，又问道："她现在何处？"

"她也撤下来了，而且，她已经到了明营那边。"

"嗯？"胡尔卡金眼珠一转，双脚点镫，朝山外紧紧追赶。刚跑到兴隆山口，正与胡尔金花相遇。他勒住战马，大声喊话："丫头，你往哪里去？"

胡尔金花见爹爹追来，忙对顾大英说道："快，你们先走一程，我随后就到。"话音一落，把战马带住，双手荷刀，等着爹爹。胡尔卡金来到女儿马前，瞪着眼睛，高声喝喊："丫头，你欲何往？"

胡尔金花见问，也不隐瞒，坦白说道："爹爹，实不相瞒，女儿已将终身许配了明将顾大英。现在，我是明营的人了。营救主公朱元璋，便是我的主意。"

"哎呀！"胡尔卡金听罢，气得差点儿掉下战马，他破口大骂道："丫头，难道你疯了不成？一无父母之命，二无媒妁之言，怎敢私订终身？"

"爹爹，胡大海便是媒人。"

胡尔卡金听罢，眼睛一翻，气堵咽喉，昏了过去。

两旁战将见了，急忙闯上前去，捶打前胸，拍打后背，呼唤半天，胡尔卡金这才缓醒过来。他略定心神，颤抖着身躯，说道："丫头，爹算把你白拉扯了，万没想到你会倒卖大元，叛国投敌呀！从现在起，我不是你爹爹，你也不是我女儿，咱是冤家对头。休走，看锤！"说罢，老头子须眉皆乍，凶神附体，一晃短把牛头锤，奔姑娘就砸。

此时，元兵、元将都傻眼了。你说这该向着谁呢？按理说，应当帮着大王打公主，但是，人家是父女呀。他们和好之后，还不是谁动手谁倒霉？干脆，看热闹吧！

这阵儿，就见胡尔卡金左一家伙，右一家伙，恨不得把胡尔金花砸成肉饼。

胡尔金花可没敢伸手，她一边躲闪，一边哀求："爹爹，女儿有下情回禀。"

胡尔卡金这顿折腾，也够累的了。他见女儿说话，正好喘喘粗气，于是，说道："你还有何话说？"

胡尔金花见爹爹住手，急忙慷慨陈词："爹爹，女儿虽属女流之辈，不敢说深明大义，可有些事情也看得明白。就拿您老人家来说，见江南各省的义军互相争战，您就顺着我四叔元顺帝，乘虚兴兵进中原。所到之处，烧杀抢掠，黎民百姓，怨声载道。为此，十三行省，各地揭竿而起，纷纷抗击我大元。远的不说，就说眼前，您在兴隆山，摆下南北双王兴隆会，名则议和，实则想把人家一网打尽。爹，您这样做，岂不怕万人唾骂？爹，我许配明将，一来，了却了我的终身，二来，也能替您留一条归路。早晚大明帝国一统天下之时，您还能保条活命。"

"哇呀呀呀!"胡尔卡金听罢,只气得五火难耐,怒声呵斥道:"你真是信口雌黄,胡言乱语,着家伙!"说罢,又是一阵折腾。

胡尔金花还不敢跟爹爹伸手,只好左躲右闪,往山口外慢慢撤退。

再说二王胡大海。他把朱元璋救出山口,忙派军兵,先将皇上送回连营。另外,又把受伤的常茂抬走,余者后边断后。

此刻,胡大海还惦记着胡尔金花。他长身回头一看,心想,这姑娘,怎么还不回来呢?他眼珠一转,冲身边的顾大英说道:"孩子呀,你得返回去看看,小心你媳妇出事儿。"

顾大英一听,急忙拨转马头,手提双枪,又奔进兴隆山口。顾大英刚进了山口,忽见一溜烟尘,冲来无数元兵。再仔细观瞧,就见一员老将,晃着短把牛头锐,正在追赶胡尔金花。顾大英看罢,大声喊话:"公主,那一老将他是何人?"

"我家爹爹。顾将军,快来救我!"

"公主,不必担惊害怕,待我战他!"话音一落,顾大英马往前提,手摆双枪,冲上前去。

国家出版基金项目
NATIONAL PUBLICATION FOUNDATION

中国传统评书
抢救出版工程

主　编　田连元
执行主编　耿柳

续明英烈（下）

单田芳
单慧莉

编著

春风文艺出版社
·沈阳·

第三十三回 战山口王爷退兵将
讨军令常胜攻台坪

　　双枪小将顾大英，双脚点镫，马往前提，让过公主，截住了胡尔卡金。

　　这阵儿，胡尔金花非常高兴。心里说，我们小两口刚一定情，两颗心就贴到一起了。这不，我遇到为难之事，他立即就来帮忙。

　　胡尔金花是高兴了，可她爹爹胡尔卡金，只气得三煞神暴跳，五灵豪气飞空。他把掌中的短把牛头锏一晃，哇呀呀一声吼叫，带住坐骑，撒目观瞧，但见面前一员小将，银盔素甲，白马银枪，长得威武英俊。他看罢多时，用牛头锏一点，厉声喝喊："哒！娃娃，你是何人？"

　　顾大英一看他那副生气的模样，眼睛一转，故意气他："我说大王千岁，且息雷霆之怒，休发虎狼之威，小可有下情回禀。我爹爹外号双枪将，姓顾名振远，不才是他老人家的不肖之子，双枪小将顾大英。我乃无名之辈，不足谈论。你来看——"说到这儿，他用银枪一指胡尔金花，接着陈说："这位是我的未婚妻子，我是她的未婚丈夫。如此说来，你就是我的岳父老泰山。岳父在上，小婿盔甲在身，不便施以大礼，待我马上一躬。"说罢，抱拳施礼。

　　这几句话，差点儿把胡尔卡金气死！你看他那鼻子眼儿张的，耗子都能钻进去了。他略定心神，爹撒着胡须，说道："好啊！待我抓住你们这对狗男女，一齐砸为肉泥。休走，着家伙！"话音一落，抢起牛头锏，往下就砸。

　　顾大英见锏砸来，并不还手，把马一拨，躲了过去。

胡尔卡金又使了个凤凰单展翅，呜！横着把镗扫来。顾大英使了个金刚铁板桥，往马屁股上一躺，又躲了过去。二马一错镫，胡尔卡金抡起兵刃，又来了第三下。顾大英还没伸手，又拨马躲开。

胡尔卡金纳闷儿，问道："娃娃，因何不战？"

顾大英笑着答道："岳父大人，咱们是亲戚呀！方才我让你三招，都有说道。一则你上了年纪，二则你女儿已成了我的人，三则咱俩初次见面，我不敢以下犯上。不过，有让一让二，没有让三让四。你若仗武艺欺压小人，那我可不干。你胆敢再来伸手，讲不了说不清，我可要撒野了！"

胡尔卡金听罢，气上加气，大声喊话："呸！谁领你的人情？闲话少说，着家伙！"说着，呜呜呜，像发疯一般，将镗抡开。只见他一招紧似一招，一招快似一招，奔顾大英的致命之处，就下了毒手。

此刻，顾大英心里挺不痛快，这老头儿真不通人情。哼，许你不仁，就许我不义。这才晃动双枪，大战胡尔卡金。

两军阵上，不光是他们俩，在胡尔卡金的身边背后，还有数千名元兵元将。二王胡尔卡银唯恐大哥有闪失，也把牛头镗一晃，朗声喊话："巴吐鲁，冲！"霎时间，元军席卷而来。

这阵儿，二王千岁胡大海，早已率兵赶到顾大英身边。他见元军冲来，将铁枪一指，高声吼叫："别看热闹了，冲啊——"霎时间，明营的兵将也铺天盖地而去。眨眼间，双方混战在一起，好一场厮杀。但只见：

> 两军阵炮火连接，
> 八方面马快如梭。
> 三军踊跃齐上阵，
> 马踏人体飞身过。
> 风起处遮天盖地，
> 火来时烟飞焰裏。
> 军呐喊天翻地覆，
> 将施威虎下山坡。
> 兵碰刀叫苦不迭，

将连枪铠甲齐落。

满山野草染碧血，

马死人亡遍地拖。

战罢多时，明营大获全胜，占领了兴隆山。

胡尔卡金微受轻伤，万般无奈，领兵退至黄河岸。

按下元兵不说，单说明营。刘伯温、徐达率领大军冲进兴隆山，扎下营寨，便找来军医官，为常茂治伤。

前文书说过，常茂大战虎牙，二人力气相当，只是震昏迷了，并未受皮肉之苦。经过休息和医治，时间不长，就转危为安。他醒过来一看，眼前已不是两军阵，而是明营，满营众将都守候在床头。他急得一蹦老高，连吵带嚷道："哎，虎牙这兔崽子哪里去了？我非跟他拼命不可！"

众战将急忙相劝道："虎牙早已败兵撤队，你先把劲留着，有了机会再施展吧！"

常茂也别无他法，只好暗气暗憋。

朱元璋此番大难不死，反倒打了胜仗，真使他喜出望外。他马上传旨，歇兵三日，犒赏三军。同时，利用这个机会，让顾大英和胡尔金花拜堂成亲。为什么这么着急呢？因为军营之中，男女不便。再说，胡尔金花年岁也不小了，若不抓紧操办，再打起仗来，又顾不上了。于是乎，明营之中，又办喜事，又庆胜利，真是双喜临门。

三天过后，洪武皇帝朱元璋升坐宝帐，与全营文武共议军情。

这时，就见后军主将朱亮祖出班启奏道："启奏我主，自从苏州收降了陈友谅的军队，我军人数猛增。而后，又仓促发兵，来到开封。为此，营中粮草奇缺。望主公速想良策，以除后顾之忧。"

军师刘伯温也说道："元兵虽然败北，但并未丧失元气。我军取胜之日，还远在天边。如此看来，这粮草可是迫在燃眉呀！"

朱元璋闻奏，忙说道："既然如此，咱快派将催粮。"

元帅徐达说道："此地离南京，路途遥远，非即日可达。若就地征粮，这是荒山僻壤，人烟稀少，也难解几十万大军之急需。"

众人听了，也无计可施。

就在这时，忽见胡尔金花来到龙书案前，万福下拜，启唇奏道："万岁，微臣有本上奏，不知当讲不当讲？"说完，她心里怦怦直跳。为什么？初次见皇上，怕把话讲错。

朱元璋多聪明！一眼就看出了她的心思。因此，和颜悦色地说道："爱卿只管大胆言讲，错也无妨。"

胡尔金花定了定心神，这才慢慢说道："陛下，我爹爹虽然兵败，可他们仍有大兵五十余万，我爹、我叔父不在话下，单说那大元帅脱金龙，武艺高强，又有四宝护身，实非一般人可比。再说，那先锋官虎牙，两臂一晃，千斤力气，也有万夫不当之勇。这也不说，我爹爹曾对我言讲，一旦元兵受挫，咱自有克敌之策。这个克敌之策指的什么，我也弄不明白。总之，他们在黄河岸，必定会与咱决一死战。若想速战速决，只恐难称人愿。为此，必须有充足的粮草。陛下，刚才听军师、元帅所言，我倒有个大胆主张。眼下，元兵的粮草，俱都秘囤在台坪府内。咱若能出其不意，将他们的粮道截断，一来补充了咱的军需，二来他们断绝粮草必不战自乱。"

"哎，对呀！"元帅徐达听了，高兴得一拍大腿，追问道："公主，快往下讲，这台坪府是什么情形？"

公主见元帅如此关注，又认认真真地说道："大帅，这台坪府坐落在偏僻的崇山峻岭之中，是一个不起眼的小镇。据我所知，每天有一千只小船，悄悄从各地开来，往那儿运送粮食。台坪府有几员宿将，为首之人叫孟九公，此人勇冠三军，人送外号金头狮子。他有两个儿子，一个叫双手扳山开路鬼孟洪，另一个叫低头望海夜叉鬼孟恺。这爷仨号称孟氏三杰，都凶得了不得。孟九公还有一个姑娘，叫孟玉环，虽是女流，却也武艺娴熟。她善打暗器，专取上将的首级。为此，元顺帝传旨，让他们爷几个守护粮台，掌握军中的命脉。"

"噢！"徐元帅略思片刻，与朱元璋、刘伯温合计了一番，决定先劫粮。

那么，究竟派谁去劫粮合适呢？此处离元营不足十里。那四宝大将脱金龙、先锋官虎牙，随时都可讨阵，一交锋便是硬仗。若把主将派去，兴隆山就会得而复失。但是，如果不派硬人，粮道又断它不了。为此事，皇上、军师、元帅合计再三，也迟疑不决。

小将们在下边一看，心中就明白了。常茂往前大跨一步，说道："大帅，把抢粮台的差事交给我吧，准保一战成功。不把那金头狮子孟九公抓住，不把粮台得过，你要我的脑袋。"

话音未落，小磕巴嘴朱沐英也蹦到近前："慢、慢着，净你露、露脸了，这事我、我也行。大帅，我去得、得了！"

顾大英、徐方、丁世英、武尽忠、武尽孝、胡强等人，也前来抢令。

正在众人争执之际，又见走来一员小将。他分开众人，来到大帅面前，躬身施礼："大帅，末将有话要说。"

徐达一看，说话的非是旁人，原来是常遇春的长子常胜。

徐达对这个孩子，了如指掌：平时很少说话，喝了磨刀水啦——有内秀。他受过名人指点，高人传授。每次打仗，他也想冲锋陷阵，杀敌立功。可是，一到讨令之时，他不如别人嚷嚷得凶，因此，每次也轮不着他打头阵。其实，他的武艺也非常高超。

徐元帅见他走来，问道："胜啊，你有何事？"

常胜不慌不忙地说道："元帅，我看大伙不必争执了，您把断粮台的差事交给我吧！"

就这么一句话，差点儿把常遇春气趴下。他心里说，啊呀，如此重任，你能担当得起吗？倘若断不了粮道，捅了马蜂窝，岂不是搬砖砸脚，弄巧成拙吗？咱爷儿们丢人现眼不说，那会贻误军中大事呀！不过，他又想到，元帅历来知人善任，绝不会将这么重要的军令，交给常胜。

谁知常胜讨令，却正中了徐元帅的心怀，忙说道："胜啊，劫粮之事，关系重大，只许成功，不许失败。"

"请元帅放心，此番前去，我定会相机而行。"

"好！常胜听令！"

"末将在！"

徐达郑重其事，将大令高高操起，说道："限你三日之内，率兵五千，走马取过台坪府。要胜，大功一件；要败，绝不容宽。"说罢，将令箭递过。

"遵令！"常胜大声答应一句，讨下令箭。

刘伯温觉得，常胜一人，身单势孤，令人放心不下。最后合计，让武尽忠、武尽孝一同前往。

三员小将领骑兵步兵五千，起身奔台坪府而去。常胜一边行走，一边琢磨，唉，都怪自己不争气，自出世以来，没打过一次漂亮仗，没立过一次大功，真给我爹丢人。这次，在众人面前，我已夸下浪言，说下大话，如若不胜，怎么交代？他骑在马上，低着脑袋，冥思苦索，盘算着夺取粮台的办法。

书中暗表：由打兴隆山到台坪府，总共二百二十里的路程。有两条道可以到达。一条官道，一条山路。常胜一来怕人发觉，二来为了抄近，便走了山路。一路上道路崎岖，坎坷不平，十分难行。但是，常胜已下了死令，定在一天一夜之中赶到。如有掉队者，严惩不贷。因为走路太急，三员小将的甲胄都湿透了汗水。

这一天傍晚，终于来在台坪府北边。常胜立马高坡，手搭凉棚往下观看，就见脚下有一座山城，灯光点点。这座城有南门、东门和西门，北临黄河。再一细瞅，河岸上停着不少的船只。

常胜看罢多时，心中合计，看这意思，元人并无准备。嗯，我正好攻其不备。想到此处，传下军令："军兵，原地用饭休息。"

这阵儿，军兵们都累坏了，就等着这句话呢！当时就解鞍歇马，埋锅造饭。

常胜带着武尽忠、武尽孝亲自巡逻，等众人吃过战饭，常胜又把营官、哨兵集中起来，嘱咐了一番。把众人的劲都鼓起来了，这才二次上马，直扑台坪。

他们到了台坪府的南门，常胜吩咐一声："来呀，擂鼓，架云梯，攻城！"

霎时间，战鼓咚咚，杀声震天，划破夜空，惊人魂魄。明营的军兵，人人奋勇，个个争先，一下子就突破了几道防线，冲到城根底下，架起云梯，一个接着一个，跟猴儿爬竿一样，往城上猛攻。

花开两朵，各表一枝。先表台坪府的主将——金头狮子孟九公。元顺帝传旨，叫他在这里看守粮台，孟九公是一百二十个不乐意，心里说，凭我们父子的能耐，应该到两军阵前立功，钻到山沟里看守粮食，这不是大材小用吗？但又不敢抗旨不遵，爷几个每天都生闷气。

后来，孟九公又一合计，这个差事倒也不错，平安保险。此地离前敌二百余里，无论如何，这明军也到不了我的眼皮底下。所以，他防守得十分松懈。

不过，他的两个儿子可没闲着。一天，孟洪对他爹说道："爹，我听人说，刘伯温用兵如神，徐达也十分狡猾。咱也得多加防备，小心把粮食守丢。"

孟九公摇头说道："休要大惊小怪。谁知道这儿有粮食呢?"

孟恺说道："没有不透风的墙，万一泄露秘密，人家非来不可。"

在他两个儿子的催促下，孟九公这才派了几拨人，分头巡城。他们防守得倒也严密。在城头上备有火炮、灰瓶、滚木、礌石，还有硬弓、强弩。

这天晚上，孟恺当班。他正在城楼内，闭目养神，忽听城外号炮连天，这一惊非同小可，把他吓得蹦起老高，忙问军兵："怎么回事?快探听探听。"

守城军兵凝神注视，定睛一瞧，大声惊叫道："不好! 报将军，明兵杀到城底下了，正在架炮攻城!"

"啊!"孟恺一听，魂魄都吓飞了。心里说，他们怎么神不知、鬼不晓就扑到这儿来了? 他略定心神，一面命人给他爹爹送信，一面走出城楼，手扶垛口，往城下观看。只见城下的明兵，黑压压一片。他们攀登云梯，掉下一溜，又上来一溜，死了一层，又来一层，那真是前仆后继，孟恺无奈，只好抽出宝剑，在这儿麾兵守城。

过了有一盏茶的工夫，他父兄便赶到近前。孟九公疾步登上城头，把大汗一擦，急忙问道："儿啊，出什么事了?"

孟恺用手一指，说道："爹，你看!"

孟九公往城下一看，心中合计，看这意思，明营一定摸清了底细，到这里抢粮来了，这仗我该怎么打呢?

时值半夜三更，孟九公也不知来了多少明兵，不敢贸然打仗。跟儿子商量片刻，决定先死守台坪。

他们在这儿死守，常胜可倒了霉啦。为什么? 人家是坐地把守，以逸待劳。常胜一连三次冲锋，都被人家击退。伤兵死将，约有七八百人。

武尽忠、武尽孝一看，忙对常胜说道："不行，兄弟，仗哪能这么打呢？不然，咱这五千人马，一会儿就全完了。见了大帅、军师，怎么交代？"

"你们说该怎么办？"

"逢强智取，遇弱活擒。兄弟，休要着慌，听我哥儿俩给你献上策！"

欲知武氏弟兄献出何计，请听下回分解。

第三十四回　露绝技常胜挫敌将
　　　　使暗器玉环败英雄

　　常胜攻城不利，武氏弟兄献计道："咱们来它个诱虎出洞，先把他们的头目引出来，将他除掉。到那时，元兵就是无头之蝇了，我们再乘机夺取台坪。"

　　常胜问道："他要不出来呢？"

　　"哎！有办法。需这般如此……"

　　常胜听罢，觉得有理，把银枪一晃，先收兵撤队。

　　紧接着，武尽忠、武尽孝挑选了二百名大嗓门儿的精兵，并排站了两大溜，对着城头，按照事先编好的词儿，一齐高声叫骂："呔！孟九公听着，有能耐出城送死，待在城上不算好汉。别让我们杀进城去堵窝掏……"他们骂得太难听了，连爷爷、奶奶、七姑、八姨都骂出来了。

　　孟九公本来就脾气暴躁，在城头一听，只气得嘣嘣直蹦。心里说，这伙龟孙子，这是打仗吗？他们是骂大街的！他怒火难耐，说道："儿啊，快给为父抬刀鞴马。"

　　孟洪忙说道："爹，别上他们的当。你要出城，对咱们不利。干脆，咱装听不见得了。"

　　"放屁！我有耳朵，能听不见吗？哼，大将受杀不受辱。少说废话，快给我开城门，放吊桥！"

　　孟九公出言，铁板钉钉。孟洪、孟恺不敢违令，急忙点兵三千，杀到台坪府外。

　　这阵儿，太阳已爬上山头。金头狮子孟九公，胯下黄骠马，掌中三停大砍刀，冲到城外，摆开一座方阵，立马往对面观瞧。

常胜见孟九公出城，心中暗喜，这激将法还真灵验，到底把他给诱出来了。他把银枪一晃，摆了座二龙出水阵，催马摇枪，直奔孟九公面前。

孟九公往对面一看，这员明将如此英俊，在他身旁，还有两员步下的将官，各操着一对镔铁怀抱拐。战将身后，便是骑兵和步兵。他们各持兵刃，高挑旌旗。旌旗中，有一面大旗惹人注目，上绣一行大字：大明帝国御总兵常。

孟九公看罢多时，将三停大砍刀一晃，厉声喝喊："呔！对面的小将，报名再战！"

常胜一不着慌，二不着忙，带住战马，朗声说道："在下姓常名胜，官拜御总兵之职。提起我吗，你大概不晓。若提起我爹，你总有耳闻，那就是大明帝国开明王常遇春。"

"噢！"孟九公听罢，不由得激灵灵打了个冷战。

这真是人的名儿，树的影儿。那老常家可非一般人可比，一个雷天下亮，老少皆知、妇孺皆晓，因此，孟九公心想，老常家的人上阵，来者不善，看来，眼前是一场凶杀恶斗。想到此处，心头有点儿发怵。不过，做大将的，心里再慌，脸上也不能表露出来。孟九公定了定心神，说道："啊，原来是常将军。你突然领兵前来，难道要夺我的粮台、断我的粮道不成？"

"对，我就是扑奔粮台而来。老将军，我有几句言语，不知当讲不当讲？"

"请将军话讲当面。"

"好，孟老英雄，听您吐字发音，可好似山西人氏？"

"正是，老夫祖籍山西洪洞县。"

"如此说来，您也是中原的子民了。老英雄，我有一事不明，就凭您的能为，怎么去扶保异族偏邦呢？请看，自元顺帝登基以来，暴虐专横，荒淫无度，朝政腐败，民不聊生。因此，才逼反了十八路反王。与此同时，各地的英雄豪杰，也纷纷揭竿而起。他们同仇敌忾，意欲改朝换代。如今，元朝已是风前烛，瓦上霜，危如累卵。您想想看，替他卖命能有什么下场？不是本将军自夸其德，我主是有道的明君，德配天地，人人拥戴。自从统一南方七省，黎民百姓无不拍手称快。眼下，我们正是用人之际。老将军若肯归降献城，交出粮台，我敢保您不失封侯之位。若不听我忠言相劝，仍一意孤行，哈哈哈哈，不是我说句过头的言语，您将要变为刀下之鬼！"

"呸！"孟九公听罢，气得脑袋直扑棱，说道："娃娃，两军阵前是玩命的地方，你说这些废话有何用场？如今，咱俩相遇，就是仇敌。你若将我打败，算我经师不到、学艺不高，得去粮台，我甘愿领罪；若赢不了我孟九公，那你便是飞蛾扑火——自找其死。休走，看刀！"话音一落，马往前提，抡起三停大砍刀，唰！照着常胜就砍了下来。

常胜一看，忙晃掌中的银枪，接架相还。霎时间，二人战在一处。

这阵儿，武尽忠、武尽孝正在后边观战。他俩见常胜枪法精奇，招招紧逼孟九公，不由暗自高兴。

说书人代言：常胜这个人，不爱出风头。在明营之中，好像没这个人似的。其实，他的能耐也挺大，那是常遇春的真传哪！无论枪法门路，招数步眼，都跟他爹一样，只是力气和火候稍微差些。他手中这条银枪，上崩、下压、里撩、外划、剿、拿、绷、扎、压、刺、挑、盖、打、砸，按着利刃，上下飞翻，真像雨打梨花。

再看金头狮子孟九公，他把掌中大刀抡开，力猛刀沉，舞得跟刀山相仿。那真是老当益壮，武艺高强。

这一老一少打了五十余个回合，未分胜负。常胜边打边合计，瞅个空子，使了个卧马回身枪，只听嗖的一声，大枪扑奔孟九公的小腹。孟九公一看不好，急忙往旁边闪躲。可是，躲得慢了点儿，这一枪正扎到他的大腿根上，扎进足有三寸多深。孟九公疼痛难耐，单手提刀，捂着伤口，勒马就跑。

孟洪、孟恺一看，大惊失色。老二过来抢救他爹，老大过去抵住常胜。

几个回合，常胜啪地一枪，正打在孟洪后背上。孟洪眼冒金花，不敢再战，也败阵而逃。

正在常胜耀武扬威的时候，忽见城里出来一队女兵。这队女兵，全是一色红，犹如一片红云，飞到两军阵前，左右一分，正中央闯出一匹桃红战马，直奔常胜。

常胜定睛观瞧：见马鞍桥上端坐一员女将，头罩大红绢帕，身披大红斗篷，内穿大红箭袖，腰束鹿皮带，斜挎百宝囊，掌端一口三尖两刃刀。再往脸上观看，弯弯的细眉，水汪汪的大眼，鼻似悬胆，口若樱桃，牙排似玉，齿白唇红。看那年岁，也就是二十挂零。真是巾帼的英雄，女中的丈夫。

那位说，这员女将是谁？正是孟九公的女儿孟玉环。她没在军中任职，只在家中练武读书。这丫头浑身武艺，早想疆场一试。这次开兵见仗，她非常高兴，命丫鬟打探消息，丫鬟回来报信儿说，城外来了个白袍小将，十分厉害，把老爷子打败了。孟玉环莞尔一笑，点起二百女兵，手提三尖两刃刀，刚杀出台坪，正见爹爹受伤，哥哥败阵。这回，可把姑娘惹火了，心里说，这是谁呀？我非把你剁成八瓣，替父兄报仇不可！于是，紧催桃红马，这才来到两军阵前。

孟玉环来到前敌，定睛一看，眼前一位明营小将，银盔素甲，白马长枪，眉分八彩，目若朗星，准头端正，四字阔口，齿白唇红。看到这里，她心中暗自称赞，哎呀，这位将军，如此英俊！她只顾合计心思了，半天愣在那里，一动不动。

武氏弟兄看到这番光景，不由偷偷一乐，冲常胜喊话："兄弟，这是两军阵，你们干什么呢？"

这一句话，把常胜臊得满脸通红，他猛一激灵，用枪点指，大声喝喊："呔！黄毛丫头，你也来见仗不成？"

"啊？"孟玉环也激灵灵打一冷战，把思绪收回，一晃三尖两刃刀，说道，"正是，对面的将军，你姓常吗？"

"常胜是也！"

"啊！我听说，那开明王常遇春是你爹爹？"

"然！"

"啊呀，真是将门出虎子，怪不得这么凶呢！不过，少在这台坪府发威撒野。若在这儿伸手，那可是圣人门前卖字画，关老爷面前耍大刀。常将军，你可知我是谁吗？"

"不知。"

"孟玉环是也！今年一十九岁，尚未许配人家。"孟玉环说到此处，情知失言，不由颜面一红，晃三尖两刃刀，直奔常胜。

常胜并不怠慢，你来我往，二人杀在一处。

他二人催马舞刀枪，大战八十余个回合，未分胜负输赢。武尽忠、武尽孝一看，急得直嚷嚷："兄弟，留神！军师常说，僧道妇女不可临敌，既临敌，就有奇门的手段，喂！小心她扔零碎！"

这武氏弟兄要不喊哪，孟玉环倒把这个茬口给忘了。他二人这么一喊，将孟玉环提醒了。她心中暗想，对呀！既然凭真能耐战他不过，我何不用暗器伤他？嗯，先伤他，后救他，岂不任由我摆布？

孟玉环会使什么暗器？专打一种五毒梅花针。这东西在竹筒里放着，就藏在她的百宝囊内。使用时，一摁绷簧，便能发出五支，奇快无比，不易躲闪。不过，这暗器离近了管用，离远了就失去威力了。

孟玉环打定主意，虚晃三尖两刃刀，跳出圈外，高声喊话："姓常的，果然厉害，姑娘我不是对手，失陪了！"说罢，拨马就跑。

常胜贪功心切，紧追不舍。白龙马快如闪电，眼看就追了个首尾相连——自己的马头碰姑娘的马尾了。

姑娘偷眼观瞧，心想，嗯，差不多了。只见她把大刀交在单手，往百宝囊中一伸玉腕，噌！就拽出了一节竹筒。开始时，姑娘要伤常胜的五官，后来又想，不能，这么漂亮的相貌，若留下残疾，我于心何忍呢？算了，叫他知道知道我的厉害，服我管教也就是了。想到这儿，她把竹筒托在掌中，一摁绷簧，嗖！几道寒光，扑向常胜的脖颈。

常胜有没有准备？有。一则，他曾听胡尔金花说过；二则，武尽忠、武尽孝给他提了醒了。不过，他万万没有想到，这东西来得这么快。他见暗器打来，急忙侧歪身子，往旁边闪躲。还好，躲过三根梅花针，有两根没躲过去：一根钉到肩胛，另一根钉到脖颈。

这梅花针，跟普通针一样，只是针上有毒。它要扎进人体，毒性发作，任你天大的英雄，也难保活命。

常胜身中毒针，开始，只觉得像蚊子叮了一下，心里说，嘻，这暗器有什么用呢？可是，没用眨眼的工夫，坏了，就觉着五脏上翻，眼前发黑，半拉身子发麻，连耳朵都发木了。常胜心里说，不好！他就要回归本队。可是，毒性发作，已经身不由己了。这阵儿，他已神志不清。两腿无意一磕飞虎鞭，信马由缰，这匹马便奔正东跑去。

武尽忠、武尽孝在后边看着，也挺纳闷儿，忙冲常胜喊话："兄弟，你往哪里去？"他哥儿俩急坏了，撒腿就追。

孟玉环见常胜受伤，赶紧将竹筒装在囊内，心里说，哟，打到他哪儿了，伤得厉害不厉害？我得赶紧给他治伤去，若耽搁久了，还不好办呢！于是，紧催桃红马，在后边就追。

常胜战马一落荒，他趴到铁过梁上，勉强挂好银枪，哇哇吐了几口绿水，心里迷迷糊糊地思想，完了！怪我在大帅面前说了大话，这回我命休矣！他想着想着，就昏迷过去了。到了这步田地，他还能骑稳战马吗？没跑出十五里地，转过一个山弯，刚到在一片树林外边，常胜一撒手，扑通！就摔到马下。

他的白龙马受过训练，很懂人性，它又跑出不远，见主人已经落地，便磨回头来，围着主人，咴儿咴儿高叫。它那意思是，主人呀，快快起来，咱们好跑哇！

单说这树林之中，有一片空地，空地上摆着一把椅子，椅子上坐着一个公子。但见此人，头戴宝蓝色扎巾，身穿宝蓝色箭袖，腰挎宝剑，手拿折扇。此时，他一边扇风，一边指点。在他对面，站着七八条大汉，正练虎尾三节棍。

这帮人正在练武，忽听树林外战马嘶鸣。这位公子一皱眉头，说道："住手！哎，你们听见没有？"

"少爷，树林外有马嘶之声。"

"你们去看看，这是怎么回事。"

"哎！"两个大汉手提三节棍，顺着马叫的声音，快步跑去。

时间不长，回来说道："少爷，路旁倒着一个人，顶着盔，贯着甲，口吐白沫，不省人事。还有一匹战马，围着他又叫又转。"

"噢？待我看过。"说罢，飞身上马，领着众人，来在林外。

这个公子走到那儿以后，跳下马来，走到常胜面前，给他号了号脉，摸了摸胸口，然后一皱眉头，说道："嗯，我明白了。"

众人问道："少爷，你明白什么了？"

"你没看这方向吗？他准是从台坪府败下来的。看这症状，说不定是中了暗器。"

"少爷，你怎么知道？"

"休要多问。这也该着他命不当绝，待我救救他吧！他若是朋友，留他这条命在；他要是仇人，再把他打发回家。快，抬着这人回庄！"

书中暗表：这个公子，就住在附近的于家庄内。他姓于，叫于天庆。父亲外号三手将，名叫于化龙。他还有个妹妹，叫于金萍。这老于家父子，不但武艺高强，而且家道富豪，是本地的财主。想当年，三手大将于化龙，也曾在元顺帝手下称臣，任过洛阳道总兵之职。后来，他见元顺帝昏庸无道，一赌气辞官不做，回归故里。之后，老伴儿去世，他怕儿女受气，没再续弦。

那年头儿，刀兵四起，混乱不堪。尤其僻壤穷乡，今日你来，明日他往，土匪流寇，比比皆是。为保平安，经乡亲父老再三恳求，于化龙才出任联庄会长，把附近二十七个村子联合起来，抽出青壮人员，习练拳脚。得空时，于化龙亲自指教；没空时，就由于天庆训练。今日，正在树林中练武，不期碰上了小将军常胜。

常胜这才巧遇高人，大战孟玉环。

第三十五回　金萍女玉手施解药
天庆兄巧舌联姻缘

书接前文。于天庆吩咐一声，将常胜抬回府中。

这个于天庆，今年二十三岁，尚未娶亲。他独住一处跨院，房子十分宽绰。

于天庆回到府内，命庄客把常胜的战马拴好，将常胜抬到自己床上，他自己净面洗手，宽去外衣，高挽袖子，让庄客帮忙，就把常胜的征衣扒下。

于天庆定睛一看，见他的肩头和脖颈上，有紫色伤痕，而且肿起老高。看罢，忙扭头对庄客说道："快将我爹爹请来！"

庄客说道："少爷，老爷不在家中，到灵谷寺访友去了。"

"哟，坏了！"于天庆一抖搂双手，心中暗想，要治这种伤，除了爹爹，自己不会呀！若再耽搁下去，他的性命就难保了。这该怎么办呢？他想着，忽然眼睛一亮，有了主意，哈，我怎么糊涂了？这种伤疾，除了爹爹之外，还有一人会治——那就是我妹妹于金萍。想到这儿，他疾步奔后宅而去。

书中交代：于金萍今年一十九岁，不仅人才出众，而且武艺超群。胯下马，掌中枪，亦是勇冠三军。她家中排行最小，爹爹疼着她，哥哥宠着她，因此，非常任性。

这阵儿，于金萍正跟丫鬟、婆子在院中乘凉，忽听脚步声响，她一抬头，见哥哥快步走来。姑娘赶紧起身，见礼已毕，问道："哥哥，看你这样匆匆忙忙，有何要事？"

于天庆说道："妹妹，快快快，我求你点儿事。"

"什么事，慌里慌张的？"

"妹妹非知。"于天庆简单说道："刚才，我到树林练武，遇见一个小伙子，昏迷在路旁。我仔细察看，知他中了暗器。我把他抬回府来，本想让爹爹治疗，谁料他外出访友去了。妹妹，这人命关天的大事，你可得帮忙。"

于金萍一听，唰！把脸就沉了下来。她把眉毛一挑，生气地说道："哥哥，有道是多一事不如少一事，你知道这个人是好是歹？哥哥，你从哪儿抬的，再放到哪儿去，省得招惹麻烦。"

"妹妹！"于天庆一听，更加着急地说道："你怎能讲出这种话来？爹爹常说，救人一命，胜造七级浮屠。咱们行武人家，讲的是路见不平，拔刀相助，哪有见死不救之理呢？妹妹，行行好吧，快跟我走！"

"这……"于金萍略一思索，问："哥哥，这个人多大岁数？"

"嗯，二十左右吧！"

姑娘听罢，把脸一红，说道："哥哥，常言说，男女授受不亲，我怎么能为陌生的男子治伤呢？"

"哎哟！眼下是磨盘压手，还顾得了那么多说道。"

于金萍无奈，让丫鬟拎上药箱，跟随哥哥来到前屋。

于金萍来到床前，仔细一瞧，明白了，心里说，哟，这不是五毒梅花针伤的吗？哎，这是咱自己人打的呀！于是，不由愣在一旁。看看哥哥，不想动手。

于天庆挺着急，埋怨地说道："妹妹，你呆什么？再不快治，一会儿就没救了。快，伸手吧！"

姑娘无奈，净过双手，这才打开药箱。于金萍这个药箱内，什么小刀子、小剪子、小钩子、小镊子，药片子、药丸子、药面子、药瓶子、药包子、药罐子、药盒子，那真是应有尽有。有治外伤的，也有治内伤的。练武的家庭，可离不开这个。

于金萍打开药箱，操起一把鸭嘴形的小钳子，伸出双指，轻轻摁住常胜的肩胛，然后用钳子叼出梅花毒针。接着，又把脖颈的毒针拔出。再看受伤之处，露出两个小黑窟窿，往外直淌黄水。姑娘又往伤口上敷了金疮散，拔毒膏，还给他灌下两颗解毒丸。一切料理已毕，姑娘这才净手净面，冲着于天庆说道："哥哥，没事了。"

"哟!"于天庆又惊又喜,"这就没事了?"

"嗯,他伤的不是致命之处。再说,时间又不太长。待一会儿,就能苏醒过来。幸好,身上也留不下残疾。"

"噢,那可太好了。"

这药可真灵验,没过两盏茶的工夫,药力散开,常胜就渐渐苏醒过来。他睁眼一看,见一男一女守在床头,他们身后还有不少百姓,自己躺在一间陌生的屋子里。他不知这是什么地方,用心回忆方才的作战情景。想着,想着,明白了,啊,一定是我受了重伤,这家人把我搭救了。想到这儿,翻身下床,忙说道:"恩公在上,在下给恩公叩头!"说着话,就要撩衣下跪。

于天庆急忙将他拦住,说道:"别别别,咱们岁数差不多,可别这样。"

常胜与于天庆交言搭话,于金萍偷眼一看,不觉芳心乱跳。她知自己在此不便,忙一摆手,带丫鬟走出屋去。

于金萍走到院内,抬头一看:树上拴着一匹白龙战马,鸟翅环上还挂着一条银枪。姑娘看罢,心中一怔,看来,受伤之人是员大将。可是,他从哪儿来呢?这真是惺惺相惜,英雄相爱。姑娘想到此处,脸上泛出了红晕。可是,她又不便多问,略停片刻,她对丫鬟悄声嘱咐道:"你留在这儿,听听这个人是谁,从哪儿来的,干什么来了,等打听明白,随时向我禀报。"

"是!"小丫鬟在屋外偷听,姑娘回奔后宅,等候音信不提。

这时,有人向于天庆报道:"老爷访友归来!"

于天庆一听,急忙迎上前去,拽住爹爹的双手,笑着说道:"爹,咱家来客人了,我还没顾得问他是谁。快走,你去看看吧!"

于化龙问道:"哪儿来的?"

"是这么回事——"接着,于天庆就把刚才的经过述说了一番。

于化龙听罢,也感到心疑。他随儿子来到屋里,抬头一看,对面站着个漂亮的小伙子,五官相貌,十分英俊,仪表堂堂,落落大方。于化龙便问常胜的家乡、名姓。因为人家是救命的恩公,常胜也不隐瞒,便实话实讲。

于化龙听罢,把大腿一拍,惊喜地说道:"哎呀,原来是贵客临

284

门哪！失敬，失敬。"

于天庆也说道："有道是千里有缘来相会，这事可太巧了。"说到此处，忙冲外边喊话："喂，准备酒席！"

于化龙父子将常胜领到席前，热情款待。席间，于化龙问道："常将军，你从何而来？"

常胜见问，就把怎样攻打台坪府，怎样战败孟九公，怎么大战孟玉环，怎样不幸中暗器，怎么落荒败下阵，等等诸事，如实地述说了一遍。

于化龙恍然大悟，说道："噢，原来是孟玉环打的。啊呀，这真是大水冲了龙王庙——一家人不认识一家人了，哈哈哈哈！"

常胜一听，不解其详。初次相见，又不好多问。因此，只好不搭话茬儿。

正在这时，突然跑来一个婆子，撩起帘拢，直冲老头儿摆手。那意思是，请老头儿出去一趟。于化龙不知何事，对常胜说道："失陪，我去去就来。"说罢，走出门去。

那婆子见老爷出门，忙把他领到僻静之处，说道："老人家，快到后宅看看去吧！不知为什么，姑娘突然像中了疯魔一般，大哭起来。任凭大家苦心相劝，也无济于事。光哭还不算，后来，姑娘把抽箱拉开，拿出剪刀，非要自杀不可！"

"噢，这是为何？"

"不知道啊，问她她也不说，我们拉不住，您快看看去吧！"

"哎呀！"于化龙听罢，非常生气，心里说：哼，都怪我把她惯坏了！女孩子家，撒娇耍赖，情有可原，你不该寻死觅活呀！这不是吃饱了撑的吗？

于化龙边想边往前走，刚走到姑娘的绣房跟前，就听屋内传出噼里啪啦的响声。他赶紧进屋一看：好吗！但只见桌子也翻了，板凳也倒了，茶壶茶碗也摔了。姑娘披头散发，手里拿着一把明晃晃的剪刀，站在人群之中。三个丫鬟拉着她的腕子，两个婆子搂着她的腰，正在屋里折腾呢！

于化龙一看，把脸往下一耷拉，阴沉沉地说道："嗯！金萍，这成何体统，你还懂不懂家规？"

俗话说：家有千口，主事一人。老头儿一说话，立时屋里就肃静下来。丫鬟、婆子往左右一闪，当啷一声，姑娘的剪刀落地。于金萍看了看爹爹，一跺双脚，赌气坐在床上，又放声痛哭起来。任凭你怎么劝说，她还是号啕不止。

老头儿一看，搬了把椅子，坐在金萍对面，问道："儿啊，为父出门访友，难道你哥哥欺负你了？"

姑娘不说话。

于化龙又问道："难道丫鬟、婆子惹你生气了？"

姑娘还是不说话。反正，不管你怎么问，姑娘也是徐庶进曹营——一言不发。

这阵儿，可把于化龙气坏了。他把大腿一拍，恼怒地说道："丫头，你可把我气死了！"他万般无奈，也只好闷坐在一旁。

再说于天庆。自爹爹走后，左等不来，右等不来，等着等着就不耐烦了，心中暗想，你把客人撂到这里，干什么去了？难道出什么事了？想到这儿，他让一个总管陪着常胜，自己也奔后宅而来。

于天庆进门一看，见爹爹闷坐一旁，妹妹涕泪长流。他略停片刻，走到于化龙身边，悄声问道："爹，出什么事了？"

于化龙说道："儿啊，你来得正好，你看，这是谁惹着她了，使她这么大哭大闹？"

于天庆一听，来到妹妹身边，也详细询问。可是，问了半天，她还是直劲儿地啼哭。

于天庆年轻，脑瓜子好使。他前前后后这么一想，明白了。心里说，妹妹本来挺高兴，请她给常将军治伤的时候，还没什么不愉快。怎么给他治伤之后，就大哭大闹起来了呢？噢，妹妹不是小孩子了，大概是看见常胜，想起了她的终身大事，嗯，待我上前问过。想到此处，眼睛一转，就把丫鬟、婆子全都打发到屋外。

这阵儿，屋内只剩他们父子三人。于天庆问道："妹妹，我说你呀，一阵阴，一阵晴，一阵喜，一阵忧，真拿你没办法。这样吧，哥哥再问你几句话，说对了，你也别喜欢；说错了，你也别恼我。我来问你，你是不是看中人了？哎，咱们明说吧，你是不是看中那个常胜了？"

这几句话重有千斤哪！姑娘听罢，打了一个冷战，当时那哭声就减弱了。

于天庆一看，有门儿！于是，给他爹使了个眼色。

老爷子心想，啊，原来如此呀！他是又好气，又好笑。可是，当爹的不好随便插嘴，只好坐在那里，侧耳听着。

这时，又听于天庆说道："妹妹，自从母亲去世，是爹爹把咱抚养成人。咱兄妹年幼无知，不能替爹爹料理家务，全靠他老人家打里照外，左右应酬，所以，对你的终身大事，就没过多地操心。虽然提过几门亲事，可是，不是你相不中，就是爹看不上。耽误来耽误去，一直耽误到如今。今天，你巧遇常胜，见人家一表人才，又是名门之后，你就动了心啦。妹妹，我说得对也不对？你就说吧，咱是武将家风，不拘俗礼，快快把心里话讲出来，也免得咱爹爹生气。"

于化龙也频频点头道："丫头，可真有此事？"

姑娘见父兄追问，可了不得啦，哭得声音更高了。

于化龙一看，心里说，不对！大概儿子说错了，委屈了我家姑娘。

这阵儿，于天庆也觉得奇怪，又问道："妹妹，前屋有客人，我跟爹可没工夫老陪着你。是长是短，你得说个明白。你要磨不开说，那咱们这么办，我再问你一句，我要说对了，你就别哭；我若说错，你再接着茬儿哭。现在，我就来问你，你是不是有意将终身许配给小将军常胜？"

姑娘刚才还哭得挺凶呢！听了哥哥的这几句言语，冷不丁就不哭了，再仔细一瞅啊，她还偷偷直乐。

于天庆用手指着妹妹，说道："你呀你，真能磨人。"转过脸来，又对爹爹说："这个事既然妹妹有意，咱们就得设法成全。"

于化龙皱了皱眉头，说道："这话该怎么启口呢？"

"爹，休要讲究俗礼，什么父母之命啦、媒妁之言啦……哪有那个工夫！刚才常将军对我说，人家还急着回前敌呢！等把媒人找来，早晚了八春啦。干脆，咱爷儿俩当面锣、对面鼓，跟他一说不就得了。"

于化龙一扑棱脑袋，说道："这话，当爹的可不能说，你去说说吧。"

于天庆满口应允道："行!"

于天庆不在乎这些。他来到上屋，冲着常胜一抱拳："失陪，失陪。外边有点儿小事，我料理了一番，让你久候了。"

"休要客气。"常胜自然不能说别的。

这时，重新置酒布菜，又举起杯来。宴罢，常胜起身说道："恩公，我手下的军兵，还不知我死活。救命之恩，来日必报。末将不能久留，我要告辞了。"

于天庆忙说道："别!常将军，你身体欠佳，不能远走。你不是怕别人着急吗?那好办，我先派人送信儿，就说你在这里，请他们放心。另外，我挽留你一会儿，有话要讲。"

常胜不敢勉强，只好二次坐定。

于天庆先命庄客到台坪府外，给明军送信儿。而后，把脸一绷，冲常胜问道："请问将军，你今年贵庚了?"

常胜答道："在下虚度年华二十四岁。"

"哟，二十四岁?青春年少，正是大好时光。哎，我斗胆再问一句，你娶没娶妻室?"

这句话一问出口，于天庆的心就吊起来了。为什么?人家若说已有妻室，这事不就一风吹了?

常胜笑了笑，说道："因军务繁忙，尚未娶妻。"

"怎么，没娶媳妇?"

"正是。"

哎，差不多。于天庆一听，才把心放下。可是，稍一琢磨，又吊起来了。忙问道："虽然没有娶亲，可订下了哪家的女子?"

常胜见于天庆连连追问，心里挺不痛快。真来无趣!男子汉大丈夫，坐在席前，不谈正事，谈论这些有何用场?可是，他心里这么想，嘴里可不能这么说。只好勉强答道："未曾。"

于天庆探明了一切，这才说道："常将军，我有一言出口，你可别驳我的面子。我这个人有个毛病，谁要驳了我的面子，我非自杀不可。"

常胜不明白这是怎么回事，便问道："究竟何事?"

于天庆鼓了半天劲，这才开口说道："我给你保个大媒。这个女孩儿，就是我家妹妹于金萍。她文有文才，武有武艺，跟你成亲，可算天作之合。再说，她又是你的救命恩人。因此，这门亲事你万万不能推辞。"

于天庆这几句话，把常胜臊得满脸通红。心里说，这真是天下之大，无奇不有。古往今来，哪有哥哥给妹妹做媒的道理？于是，站起身来，深深施了一礼，说道："恩公，非是驳你的面子，我也有难言的苦衷啊！想我常胜，身为大将之职，那明营军纪严明，十七禁律、五十四斩，犹如铁板钉钉。而今奉命前来，攻打台坪。胜败未见分晓，却私自临阵收妻，这可是掉头之罪呀，末将岂敢冒犯？此事万不能从，望恩公多多体谅。"

于天庆听罢，又忙说道："哎！军中纪律，我全明白。你不就是奉命攻打台坪、抢劫元营的粮台吗？只要你应下这门亲事，我们爷儿仨包打前敌，帮你立功。到那时，将功补过，还能怪你？"

正在这时，三手将于化龙从外边走来。他知事情已经点破，再不用碍口含羞，因此，一进门就接着说道："小将军，非是老朽恫吓于你，就你们这样硬打硬拼，欲得台坪，势比登天哪！你若应下亲事，老夫我自有良策，助你立功。"

常胜听罢，不由得打了个激灵，忙问道："老英雄，您有何良策？"

第三十六回　于化龙携家保明主
常遇春领兵助亲生

于天庆替妹妹向常胜求亲，常胜哪里敢答应。自己是奉命出征，前来攻打台坪，寸功未立，阵前收妻，那是死罪。

于化龙见此情形，这才道出了详情："小将军非知。我与那台坪府主将孟九公，是姑表亲戚。平时，他对我的话，那是言听计从。我若见到他的面，管保不用三言两语，就可将此事办成。再说，若论武艺，他老孟家也不是我老于家的对手。他若不听相劝，我便以武力相服。"

常胜有军令压身，正担心不能取胜。见于家父子如此至诚，只好吞吞吐吐，点头应允。

于天庆一看，十分高兴："妥了，婚姻大事，一言为定。"他忙冲外边高声喊话，"来呀，快给金萍送信儿。然后，阖府张灯结彩，祝贺！"

于天庆为什么这么做呢？为的是让人们知道，这门亲事已大功告成。将来谁想反悔，那也无济于事了。

阖府人等非常高兴，霎时间，大门悬灯，二门结彩，又敲锣鼓，又放鞭炮。全庄的男女老少，也相继前来道喜。

于金萍听说常胜应亲，立时转忧为喜，梳洗更衣，收拾已毕，又与常胜换过了信物，作为表记。

于府内正在热烈祝贺，突听于家庄外，马挂銮铃声响。时间不长，一员女将，策马来到于家门首。

门客一看，认识，谁呀？正是孟九公的女儿孟玉环。只见她满脸汗水，怒气不息。门客不敢多问，急忙进府，向三手将于化龙通报。

于化龙听罢，当时就是一愣。心里说，哎呀，这丫头来得好快呀！为得台坪，我还未想出万全之策，这丫头前来，该跟她说些什么？老头儿一时无有主意，将于金萍、于天庆叫到身边，一同商议对付孟玉环之策。

现在，于金萍当然向着常胜，对孟玉环那是一百个生气。心里说，哼，一个姑娘家，怎么那样心狠？若用毒针把常将军打死，那还了得？打伤人不算，如今你又找上门来，难道还想将他置于死地？哼，我自有办法。姑娘打定主意，便把想法跟父兄讲了一遍。

于化龙皱了皱眉头，说道："丫头，你看着办吧！反正，此事由你做主。"

"好吧！"于金萍对于天庆嘱咐一番，自己带着丫鬟、婆子，到门外迎客。

这阵儿，孟玉环已经跳下战马，挂好了兵刃。她见府内悬灯结彩，喜气洋洋，不知其因，便呆呆立在马前候等。她等了挺长时间，未见有人出迎，正在暗自生气，忽听府内笑声朗朗，于金萍走了出来。

于金萍满脸堆笑，问道："表妹，是哪阵香风把你给吹来了？姐姐我一步迎接来迟，望表妹多多包涵。"

孟玉环说道："表姐，平日家务繁忙，无暇登门请安，今日有公务在身，只得进府打扰。"

"好，有话到屋里再说，请吧！"

此刻，有人将孟玉环的战马牵过，姐俩携手挽腕，赶奔后院。

于金萍将孟玉环让到自己的闺房，姐妹二人双双落座。接着，丫鬟端来茶水、点心，然后退出屋外。

于金萍上一眼、下一眼地瞅着孟玉环，打量已毕，问道："表妹，看你顶盔贯甲，全身戎装，这是从何而来呢？"

孟玉环长叹一声，说道："唉！表姐，实不相瞒，我是从两军阵而来。"

"到此何事？"

"追赶一员敌将。"

于金萍故作惊讶："哟，追赶谁呀？"

孟玉环一本正经地说道："表姐非知。我追的是常遇春之子，名叫常胜。这小子真厉害，那条银枪翻脸不认人，我爹和哥哥，都让他战败了。为此，小妹才带兵上阵。说实话，要讲真能耐，我不是他的对手。无奈，我才用五毒梅花针把他打伤。也是这小子命不当绝，他落荒进了深山，我在后边紧紧追赶，也未追上。后来，我跟樵夫打听，得知他奔这个方向而来。可是，沿途上也未见到他的踪影。刚才来到村口，听人说他摔下战马，已抬到你们府内。表姐，若真有此事，快将他交给小妹，待我带回台坪，请功受赏。"

于金萍听罢，眼珠一转，笑着说道："噢，原来如此。表妹，还真有一个人，抬回我们家里来了。"

孟玉环担心地问道："啊？他现在怎样？"

"人事不省。"

"啊？待我快给他治伤。"

"哎！对头冤家，管他做甚？"

"这——将他治活，我要细审细问。"

于金萍说道："不必操心，我已经把他搭救了。妹妹，你想见他一面吗？"

"自然，我就是专为拿他而来。"

"好，你且稍等片刻。"于金萍朝门外喊话："来人，将明将唤来！"

书中交代：这是于金萍事先的安排，常胜不愿来也得来。他跟随丫鬟、婆子，走到绣房门口，稍停片刻，挑起帘拢，迈步进屋，跟姑娘见面。

孟玉环抬头一看：哟，只见常胜满脸容光，全无受伤之感。看到此处，她才放下心来。可是，刚才对于金萍已说出了那番言语，她碍着面子，只好不怒装怒，拽出宝剑，奔常胜瞎胡比画。常胜在绣房之中，不敢伸手，只可躲闪身形。

就在这时，只见于金萍柳眉倒竖，杏眼圆睁，猛一搋拳，啪！把桌子一拍，怒声呵斥道："住手！这是我的闺房，不是战场。真不识抬举。呸，什么东西！"

于金萍一骂糊涂街，把孟玉环骂愣了。她略停片刻，这才问道："表姐，你这是骂谁？"

"骂你！你进府之时，未见悬灯结彩吗？告诉你吧孟玉环，这常将军非是旁人，那是你表姐夫！还不快快过去，与你姐夫赔礼认错。"

孟玉环一听，犹如当头浇了一瓢凉水，立时就呆愣在那里。她略定心神，暗暗合计，这是怎么回事，他两家何时结的亲呢？孟玉环气急败坏地问道："表姐，这门亲事你们什么时候订的，我怎么不知道？"

于金萍挖苦地说道："噢，照你这么说，我定亲不定亲，还得抬八抬轿，把你请来商量呀！"

孟玉环本来已肝胆欲碎，再加上于金萍这顿抢白，她能受得了吗？不由得浑身战栗，双脚直跺。她略一思忖，便手擎宝剑，发疯似的呼喊道："既然我伤了你的情人，你与我已结下了怨恨。行，你们好好活着吧，我死了算啦！"说罢，双手捧剑，就要自刎身死。

仗着于金萍手快，冲过去就掐住了她的手腕，并说道："你用抹脖子吓唬谁？要死，回你台坪去死，休在我于家行凶。"说罢，将宝剑夺过。

此时，孟玉环意懒心灰，百无生趣。她赌气往椅子上一坐，双手捂脸，也大放悲声。这顿哭呀，比刚才于金萍还惨。

那位说，她哭什么呢？前文书说过，姑娘已经到了成婚的年龄，她是多么盼着，能找到一个称心如意的伴侣呀！今日巧遇常胜，使她一见钟情。她略施小计，将常胜打伤，为的是先伤后救，以了却她的心愿。为此才不辞万苦千辛，找上门来。刚才一看，自己的意中人，却落到了别人之手，如何甘心？她这一肚子难言之隐，不敢对任何人表达，因此才放声痛哭。

于金萍见孟玉环越哭越惨，心里也就有了个约莫。为什么？她也有过这般体验，于金萍琢磨片刻，将常胜打发出去，姐俩便推心置腹，唠开了心里话。

孟玉环是个直性子人，心里有话憋不住，便将前因后果讲述了一遍。

于金萍听罢，乐了："妹妹，休要伤心。若不嫌委屈，咱俩就同

293

守一夫吧，你看如何？"

孟玉环一听，暗想，嗯，若论常将军的相貌、能为，就是一半，也比那不进眼的强。于是，便点头同意。

说书人交代：现在看来二女同守一夫，实属无稽之谈。可是，咱讲的是六百多年前的故事。在那个年代，这事并不奇怪。

姐俩商量已毕，到了前边，对着于化龙和于天庆，将事情原委讲述了一番。这父兄无话可说，又跟常胜商量。

常胜一听，急得直抖搂双手，说道："哎呀，这可不行。收一个妻子，已经罪不容赦。若收双妻，就该株连九族了。"

尽管常胜执意不从，但是，他怎能架得住众人的劝说？常言说：牛头不烂多加火。说着说着，常胜方寸已乱，只好任由人家摆布了。

常胜又与孟玉环换过信物，当夜晚间，众人起身，赶奔台坪。

半路上，正与武尽忠、武尽孝相遇。武尽忠一拍大腿，对常胜说道："嘻！你还活着呀？那阵儿有人报信儿，说你在于家庄，我们放心不下，才又来找你。"

常胜红着脸膛，将武氏弟兄拽到一旁，悄悄说道："二位哥哥，我实在没法办呀，是这么回事——"接着，讲述了前情。

武氏弟兄听罢，猛吃一惊。武尽忠埋怨道："我说常胜，你真行啊！轻易不露面，一露面就俩俩地往家里划拉。哼，我看你回营怎么交代？"

常胜无可奈何地说道："这该怎么办呢？二位哥哥，你们若能把亲事退掉，那我不就没事了？"

武尽孝忙说道："别，现在别退。现在一退呀，满吹。等他们帮咱拿下台坪府，再做商议。"

这哥儿仁商量已毕，回来跟众人引见。寒暄一番，众人二次来到军阵。接着，三手将于化龙吩咐一声："连夜亮队。"

霎时间，明营的军队，点起灯球火把，亮子油松，来到城下，讨敌骂阵，叫孟九公、孟洪、孟恺出来相见。

这阵儿，孟九公早已包扎了伤口。他听到城外骂阵，怒气冲冲，领兵带队，杀出台坪。来到两军阵前一看，哟，对面来的是于化龙、于天庆和于金萍。再一细瞧，自己的女儿孟玉环也站在那儿。在他们身后，还有敌将常胜众人。

孟九公看罢多时，百思不得其解。他略停片刻，催马向前，双手抱腕，说道："对面可是大哥吗？"

于化龙满脸堆笑，说道："兄弟，为兄今日前来，跟你有话要讲。你看看身前背后的这些人，咱都是一家子啊！实不相瞒，是这么回事——"接着，又把前情复述了一遍。

孟九公不听则可，闻听此言，吓得一蹦老高。他战兢兢说道："大哥，你怎能办出这等事来？这要叫人告我一状，焉有我的命在？使不得，万万使不得！"

于化龙说道："九公，常言说，识时务者俊杰也！元顺帝乃是无道的昏王，为此，我十年前就辞官不做了。可你，为什么非保他不可？大将保明主，俊鸟登高枝啊！你孟九公熟读兵书，对故典之事，也并非不晓。我劝你也倒戈归顺，咱同保明主洪武皇帝吧！"

孟九公说道："不行！大哥，此事我无论如何也不能应允。"

"什么？"于化龙把眼一瞪，厉声说道："这真是良言劝不醒该死的鬼。好，你既然不愿答应，那就休怪我无情。"说罢，忙一抬腿，咯楞！摘下大刀，便奔孟九公砍去。

这可倒好，亲戚与亲戚伸了手啦！当然，他们这是赌气，不是真打。孟九公武艺虽精，但不是于化龙的对手。刚过了十几个回合，那于化龙轻舒猿臂，抓住孟九公的战带，轻轻一提，扑通！将他扔到了地上。接着，于化龙把大刀举起，高声断喝："说，你到底归不归降？若归降，一笔勾销，有话好讲；若不归降，我就一刀……"他那意思是，我就一刀砍了你。

此时，孟九公心里有数，暗想道，哼，谅你也不敢动手。所以，他见大刀砍来，并不害怕。

可是，孟洪、孟恺可吓了个够呛。他两人飞马跑来，甩镫离鞍，跳下坐骑，跪在于化龙面前，哀求道："老人家留情！我爹一时糊涂，休要与他计较。这事咱们好商量，好商量！"

其实，于化龙也是吓唬吓唬他，能真砍他吗？

孟洪、孟恺把爹爹搀起身来，拽到无人之处，合计道："爹，别那么死心眼儿了。敌人是来者不善，善者不来呀！徐达分兵派将，让人来抢台坪，事先必有准备。就凭咱们死守，能守得住吗？再者，这件事阴差阳错，业已成就，咱何不顺水推舟呢？"

孟氏弟兄相劝一番，金头狮子终于点头答应。接着，命军兵大开城门，把常胜、武尽忠、武尽孝、于家父子接进台坪。

孟九公来到元军面前，说道："弟兄们，我孟某人已归降明营，保了洪武皇帝。愿意跟我者，欢迎；不愿者，带足川资，各奔他乡。"

元军议论一番，多数人归顺了明军，当时就撤换了旗号。从此，台坪府划归了大明的版图。

这阵儿，旭日东升，天光大亮。众人刚刚吃过早饭，突然间，小校军兵跑来报信儿说，东北方向来了一支人马。看那旗号，乃是明营大将常遇春的军队。

常胜一听，只吓得抖衣而战。他紧紧抓住武氏弟兄和于天庆，乞求道："我爹来了，我，我，我该如何是好？"

于天庆说道："贤弟不必担心，一切由我承当。"说罢，让武氏弟兄亲自带兵，出城迎接。

武氏弟兄领着一干人马，走了不足十里之遥，便碰上了开明王常遇春。

那么，常遇春是打哪儿来的呢？兴隆山。那父子天性，非同一般，自常胜讨令走后，常遇春是把抓揉肠，坐卧不宁。他也知长子常胜有些能耐，可有一样，这个人老实窝囊。他领兵带队，能不能得胜呢？倘若有个三长两短，那该如何是好？为此，他才讨下军令，带领五千人马，到台坪府增援。

常遇春领兵行至半路，就听过路商贾说，台坪府被明军拿下了。那阵儿，他挺高兴，心里说，我儿子还真有两下啊！早知如此，我何必虚惊一场！又往前走了一程，迎面正碰上了武氏弟兄。这爷儿几个见了面，喜出望外。武氏弟兄给六叔行过大礼，便禀报军情。

要说这武氏弟兄，都是一对调皮鬼。说着说着，把话就说歪了。他们对常遇春说道："六叔，要说我那常胜兄弟，能耐可真不善。不善是不善，不过，这次打仗，可全凭的是脸蛋儿。要不是五官相貌长得俊俏，他非吃败仗不可。不信你去看看，一下子就收了于金萍、孟玉环这两个媳妇。六叔，您可别骂他。不然，他可受不了。刚才，听说您来了，吓得他是骨酥肉麻呀！对待孩子，来个一打二哄三吓唬得了。"

"啊！"常遇春本来是个古板之人，听了此言，心中十分不快。他怒火烧胸，吩咐三军，急速前进。

时过不久，大军来到了台坪。孟九公、于化龙等所有众人，一齐亮队，将常遇春接到帅府。

这阵儿，常遇春的心哪，气得怦怦直跳。心里说，奴才，我非杀你不可！

第三十七回　黑太岁遣将取粮草
孟九公折戟搬救兵

　　开明王常遇春，领兵带队增援常胜。半路上，得知他日收双妻，十分气恼。他刚进了台坪，便升坐帅厅，传下军令："军兵，把常胜唤来见我！"

　　亲兵一看，知情不妙。为什么？他们见常六爷的脸蛋子往下一沉，八个人都扶不起来呀！可是，军令如山，哪敢不听？只好往外边喊话："哒！开明王有令，常胜进见哪——"

　　其实，常胜早知道要坏事，他脸也吓白了，汗毛也吓得乍起来了。只好硬着头皮，整银盔，抖战袍，战战兢兢走进帅厅，冲爹爹说道："报！爹爹在上，不肖孩儿常胜参见！"说罢，急忙跪倒磕头。

　　常遇春面沉似水，把虎胆一拍，厉声呵斥道："哇！常胜，我且问你，你奉大帅之命，来台坪府断粮道，这仗是怎么打的？"

　　常胜哆哆嗦嗦地说道："回爹爹的话，儿到这里，一鼓作气，走马取台坪，就把粮道断了。"

　　"哇！那于金萍和孟玉环是怎么回事？讲！"

　　常胜见问，更吓坏了，结结巴巴地说道："这……爹爹息怒，容儿禀报下情。是这么回事——"接着，就把前情详细讲述了一番。

　　常遇春越听越气，没等常胜讲完，便打断他的话语，说道："冤家！你在军中效命多年，怎能忘记那十七禁律、五十四斩？你身为大将，不来认罪，反而大言不惭地狡辩理由。哼，谁肯听你胡言？削刀手，将常胜推出去，杀！"

　　"喳！"

削刀手得令，怀抱鬼头大刀，闯到常胜跟前，打掉头盔，扒掉甲胄，抹肩头拢二臂，绳捆索绑，推推操操，将他架了出去。

常胜一边走着，一边回头哀求道："爹爹饶命，爹爹饶命啊——"

常遇春听了，连理都不理。

这时，满厅众将都吓坏了。尤其那新归降的孟九公、于化龙、孟洪、孟恺、于天庆等人，见此情景，更是局促不安。

于化龙心里说，这个常遇春，怎么这么六亲不认呢？有心与他辩个高低，可是，初次相见，又不好反目。不翻脸吧，眼看门婿就要项上餐刀，这该怎么办呢？他忽然想起了武氏弟兄，眼珠一转，忙对他俩说道："你们弟兄一场，怎么不去求情呢？"

武尽忠说道："老英雄，我哥儿两人微言轻，说话能顶啥用？"

于化龙又着急地说道："那也不能见死不救呀？"

"哎，有的是主意。"

"快讲。"

武尽忠先看了看常遇春，然后趴在于化龙耳边，悄声嘀咕道："必须如此这般……"

"是吗？"于化龙略一思忖，偷偷离开帅厅，见到于金萍和孟玉环，跟她们晓说了一番，并将她俩领进帅厅，让她们上前求情。

这阵儿，两个女将也豁出去了，她们双双跪倒在常遇春面前，同声说道："公爹在上，媳妇这厢有礼！"

常遇春定睛一看，眼前跪下了一双如花似玉的女将，心里说，这就是常胜收下的那两个媳妇呀！他再仔细观瞧，她二人俱都眼梢上挑，瞳孔放光，傲骨英风，英姿飒爽。常遇春看到此处，便动了恻隐之心。尤其这两个儿媳妇施大礼参拜，他也不知如何答对才是，把他弄了个大红脸。时过片刻，这才支支吾吾地说道："呵——下跪者何人？"

"媳妇于金萍。"

"媳妇孟玉环。"

"噢，站起身来。"

于金萍说道："公爹，不必，媳妇有一事不明，愿当面领教。"

"何事？"

"但不知常将军身犯何律、法犯哪条，公爹因何将他问斩？"

常遇春闻听，冷笑一声，说道："姑娘，常胜临阵收妻，违犯了军规。"

于金萍说道："公爹，我看你理事不公。"

"噢，却是为何？"

"公爹请想，常将军奉命攻打台坪府，为的是劫粮。如今，不仅得下了粮台，而且又得下城池、收降战将。由此看来，他已立下了赫赫战功。不过，若无我于、孟两家相助，那么大的功劳，他能唾手可得吗？追溯前情，事出有因。我们为何倒反元营，公爹你是明白之人，一想便知。可是，你进得城来，不问青红皂白，墨守成规，就要杀斩将军，实于情理不容。为此，恳求公爹，网开一面，将他饶过才是。如若不然，妹妹，咱们也死在公爹面前！"说到此处，抽出宝剑，就要自刎。

厅内女兵急忙过来，将她俩拦住，顿时，帅厅一阵大乱。

这时，于化龙拉着孟九公，也跪到常遇春跟前，说道："王爷，我们见洪武皇帝明君有道，明营将官深得人心，才不惜冒天下之大不韪，弃暗投明。如若你固执己见，我们只可辅佐元主。王爷，请退出台坪，我们在疆场上决一死战。"

武氏弟兄见他俩拉开了硬弓，也急忙跪到常遇春面前，说道："六叔，拉倒吧！因为你一个人，弄得大家都不痛快，这是何苦来哟！"

众人这么一讲，常遇春也没咒可念了，这才传下军令，将常胜放回。

常胜来到帅厅，跪倒磕头道："谢爹爹不斩之恩！"

"唉！非是本王不斩于你，是你岳父和媳妇苦苦求情，才饶尔不死。奴才，还不上前谢过！"

常胜一听，恍然大悟，忙向众人大礼参拜。

霎时间，大厅以内皆大欢喜。

常遇春传令，设摆酒宴，全军祝贺。而后，这才跟于化龙、孟九公亲家相见。自家一桌酒席，乘兴聊起天来。酒席宴前，常遇春问孟九公："台坪府总共有多少粮草？"

"回王爷，总共五千石。"

"哟，不少。都在城中吗?"

"不，那么多粮食，台坪府内存放不下。现在，城中只有一千石。另外四千石，还在聚宝山寄存。"

常遇春又问道:"聚宝山离此多远?"

"三十余里。大将左登，在那儿驻守。"

常遇春听罢，皱了皱眉头，心中暗想，如此说来，这粮食还没全到手呀!他略停片刻，冲孟九公问道:"英雄，这左登是何许人也?"

孟九公闻听，大笑一声，说道:"王爷容禀，左登并非别人，乃是老朽的徒弟，替我在那儿看守粮食。不是我吹牛，只要我说一句话，他就得乖乖将粮食献出。"

武尽忠、武尽孝听了，一扑棱脑袋，说道:"我说老英雄，你别把弓拉得太满了。俗话说，人心隔肚皮，做事两不知。现在你已经归顺了明军，那左登还能听你的吗?"

孟九公又说道:"小将军非知。左登这孩子，从小失去爹妈，是我把他抚养成人。后来，我又收他为徒弟。可以说，没有我也就没有他。我敢断定，叫他站着死，他不敢躺着亡。粮草之事嘛，你们只管放心。"

众人听罢，脸上绽出了笑容。

宴罢，孟九公对常遇春说道:"王爷，军情大事，不可耽搁。若被元人知晓，必然带来麻烦。事不宜迟，待我现在就赶奔聚宝山，把粮草调来。"

常遇春听罢，点头同意。

常胜略一思索，说道:"爹爹，老英雄一人前去，令人放心不下，我愿与他同行。"

常胜说罢，于天庆、武尽忠、武尽孝也要跟着前往。

常遇春点头应允。传下将令，让这老少五人带兵三千，起身赶奔聚宝山。

按下众人在台坪府等候消息不提，单表孟九公一行。三十里地，并不甚远。日头偏西，他们就来到了聚宝山的山口。孟九公指指划划，对常胜他们说道:"看见没有?那就是聚宝山。你们看，周围环山，中间是一道山谷。就在那里囤积着四千石粮草，真是易守难攻。元顺帝唯恐粮食丢失，才暗藏到此处。没想到藏了多年，却给你们准备了。"说到这儿，冲山口高声喊话，"来呀，放吊桥，本帅来也！"

守山口的军兵一看，忙说："哟，大帅来了。"说罢，赶紧往里送信儿。

过了半个时辰，左登领兵带队，过了吊桥，一马当先，来到孟九公面前，甩镫离鞍，跳下坐骑，整头盔，抖战袍，躬身施礼已毕，口尊："弟子迎接恩师！"

常胜他们一看：见来人身高九尺开外，细腰窄臂，面似淡银，两道八字立剑眉，斜入鬓角，一对大眼睛，锃明刷亮，准头丰满，四字阔口，齿白唇红。哎哟，真是一表非凡呀！再看他的兵刃，由四个军兵抬着一对渗金蒺藜棒。这对家伙，又大又沉，上秤约一约，至少也有一百余斤。

武尽忠跟武尽孝互相看了一眼，心里说，啊呀！这是空腔，还是实心呀？难道这家伙能有这么大劲，使这对家伙？

这阵儿，孟九公手捻须髯，微微一笑，说道："孩儿，免礼，走，到里面说话。"

左登站起身来，用手指路："恩师，请！"

霎时间，众星捧月，将这老少五人接进山内。到在中军大帐，分宾主落座。

孟九公说道："徒儿，台坪府发生的事情，你知道了吧？"

左登大笑一声，说道："哈哈哈哈，徒儿我知道了。"

孟九公又说道："好，有道是大将保明主，俊鸟登高枝，为师已扶保了洪武皇帝，从今往后，就是大明的臣子。孩儿，此事因时间紧迫，事先未曾与你商量。现在，我跟你说明，你也算大明的臣子了，待一会儿，把粮草收拾齐备，咱一同赶奔明营。"

左登听罢，并未言语。他先吩咐手下军兵，置酒布菜，并说："师父，咱先喝它几盅，边喝边谈。"

时间不长，酒菜摆上。孟九公把筷子一推，说道："哎！徒儿，吃酒事小，公务事大。现在，咱先去清点粮草吧，开明王还等着音信呢！"

左登听了这几句话，立时把脸就变了。他笑一声，说道："恩师，恕弟子不孝，您说的话，我万难遵命。这粮食嘛，一颗也不敢交出。"

"啊？"孟九公听罢，当时就是一愣。过了片刻，这才说道："左登，难道你疯了不成？"

左登冷冰冰地说道："我没疯，我也没傻。师父，您干的这叫何事？元顺帝对咱们恩重如山，并委以重任。您怎么却倒戈投降，归顺那乱臣贼子朱元璋呢？我得信儿之后，就想赶奔台坪，劝说恩师。谁知您却没容细想，倒木已成舟。既然如此，咱别的不讲，您赶快收回成命，把敌将生擒活拿，押往京都，任由天子发落；若您老不听劝告，咱们讲不了说不清，我要——"

"你要干什么？左登，好你个逆子！想当年，恨我瞎了双眼，怎么把你给养大成人呢？现在，我再不与你多言，干脆一句话，把粮草交出！"

左登说道："师父，休再多言。您纵然磨破嘴皮，我也不交！"

孟九公一听，气撞顶梁，大声骂道："好小子，你真是大逆不道！"说话间，抡起巴掌，啪！就给了左登一记耳光。

其实，左登要躲，定能躲开。他没躲的原因是让师父出出气，所以，这一下可打了个实惠，把脸上打出五个指头印来。

这阵儿，左登并不着急，他慢腾腾冲孟九公说道："师父，打得好！您抚养我一场，纵然将我打死，那也应该。唯独这献粮之事，我不能从命！"

孟九公一听，更生气了。抬起脚来，腾腾又踢了他两脚。左登还是一口咬定，不能从命。

这回，可真把孟九公气急了，他怒气冲冲说道："这真是儿大不由爷呀！既然如此，从今以后，咱一刀两断。"话音一落，带着常胜、于天庆、武尽忠、武尽孝，就要下山。

就在这个时候，左登猛然间把桌子一拍，厉声说道："师父，对于您，我无话可讲。但是，这几个人，您可得给我留下！"

就这几句话，差点儿把孟九公气死。只见他一伸手，把腰中的宝剑拽出，说道："左登，从今往后，咱们就是冤家对头。休走，看剑！"说罢，摆剑就刺。

左登一看，噌！躲开身形。接着，飞身跳到大帐以外，将孟九公甩到一边，用手点指常胜，说道："姓常的，休在人群里装蒜，现在不来送死，还等何时？"

　　常胜多咱吃过这个亏？叫人家指鼻子指脸这一顿臭骂，他脸上挂不住啊！只见他把外衣宽掉，伸手摁绷簧，锵啷啷捜出三尺防身宝剑，断喝一声，直奔左登，刹那间，二人战在了一处。

　　常胜觉得自己差不多，所以，交锋交得挺快当。真一伸手，那可差得太远了。只见那左登没费吹灰之力，上头虚晃一招，底下使了个扫堂腿，啪！把常胜摔了个狗啃屎。还没等他站起身来，两旁的削刀手闯来，便将他生擒活拿。

　　武尽忠、武尽孝一看，急了，忙大声喊叫道："好小子，你反了？抓他，跟他玩命！"话音一落，小哥儿俩一晃镔铁怀抱拐，就去大战左登。没过几个回合，也被人家生擒。

　　于天庆心想，我们是一块儿来的。他们光彩，我也体面；他们受罪，我也得陪着。于是，晃动双拳，大战左登。只用了五个回合，也被人家活捉。

　　现在，就剩下孟九公了。他可玩了命啦，左一剑，右一剑，剑剑狠下绝情。

　　左登右躲左闪，并不还手。一边躲闪，一边说道："师父息怒！吓死徒儿，也不敢以小犯上。"

　　孟九公哪能听他的，还是一个劲地进招。可是，打着打着，力气用尽，站立不稳，扑通一声，坐到地上，以头触地，高声叫道："气死我也，我不活了！"

　　左登说道："师父，何必呢！今日之仇，全由他常遇春一人挑起。求您给常遇春送信儿，让他前来送死。他一来，满天云彩全散了。师父，您消消气，千万别这样折腾身子。"

　　此时，孟九公心想，唉，我撞死有什么用呢？无奈，站起身来，把宝剑带好，说道："左登，你等着我，待我回去搬兵。可有一件，念我抚养你这多年，你能不能高抬贵手，把常胜他们几个人饶过？"

　　"师父放心，他们的一根汗毛我也不会伤害，只是不让他们出山。如若不信，我以良心担保。"

"好，我要听的就是这句话。你不是想斗常遇春吗？现在我就回去送信儿。"

"师父，请您转告给他，我只给他一天的时间。如果晚来一步，可休怪我翻脸无情。"

"好，一言为定。"孟九公飞身上马，要给常遇春送信儿。

第三十八回　开明王应战赴疆场
无敌将技高收左登

　　孟九公离开聚宝山，给开明王常遇春送信儿。他一边走，一边心中合计，唉，我已在众人面前夸下海口。如今，非但粮草未得，反倒人被押在山中。这……我还有何脸面去见众人？但是，不管他怎么难过，还得实话实说呀！因此，他硬着头皮，回到台坪府，面见常遇春，如实把经过述说了一遍。

　　常遇春听罢，心中也很着急。但是，他怕把亲家急坏，所以，装出一副若无其事的神态，说道："休要着慌，左登不是让我前去吗？那好，待我立刻动身。到了那里，将孩子们要回更好，若要不出，我便以武力相拼。"

　　孟九公听罢，忙连声说道："对！揍他，狠狠地揍他！"

　　次日平明，常遇春将营中诸事安排已毕，由孟九公带路，点兵五千，奔赴聚宝山。过了两个时辰，大军来到山下。常遇春传下军令，原地扎营。休息一时，命孟九公上前骂阵，自己在后边领兵亮队。

　　时间不长，就听聚宝山中，咚咚咚炮号连天。接着，一支元兵冲下山来。他们来到疆场，分为左右，左登手使渗金蒺藜棒，来到了两军阵前。

　　孟九公冲上前去，用马鞭一指，厉声断喝道："左登！我把兵搬来了。现在，你还有何话讲！"

　　左登在马上抱拳施礼道："恩师，您既然已将兵搬来，那也就再无别事。请您闪退一旁，看我怎么把常遇春生擒！"

　　"什么？"孟九公把嘴一咧，心里暗想，啊呀呀，你也不怕风大闪了舌头。就凭你那两下子，能把常遇春拿住？哼，鬼也不信。想到这儿，拨转马头，来到常遇春马前，用手一指："王爷，那就是小冤家左登。"

"闪退一旁。"常遇春大喝一声，晃动掌中的大铁枪，催开坐骑，来到了左登马前。

左登定睛一瞧：见来人平顶身高足有一丈挂零，面似镔铁，虎背熊腰，两道抹子眉，一对大环眼，宽鼻子，方海口，胸前飘洒一部花白须髯。头顶天王盔，身贯太岁铠，胯下乌骓马，掌端丈八蛇矛枪。那真是威风凛凛，犹如铜打铁铸的天神一般。

左登看罢，暗中喝彩，好，真乃名不虚传。今日交锋，我得倍加提防。左登心里这么想，嘴里可没这么说。只见他抖擞精神，锵啷啷一晃渗金蒺藜棒，高声叫道："对面可是常遇春吗？"

"不错，正是本王，你可是左登？"

"是我。常六爷，你的名声太大，把在下的耳朵都快磨出茧子来了。常言说，见能人，不可交臂而失之。错过良机，则是千古遗恨。在下不才，学了些粗拳笨脚。今日，愿在六爷台前领教。你若将我打败，我便把聚宝山的粮草全部奉献。同时，所抓之人也完璧归赵；如若打我不赢，哈哈哈哈，那后果你可想而知。"

常遇春一听，心里说，哟，这小子，话虽软，可透着骄傲、带着讥刺呀！哼，这真是小马乍行嫌路窄，大鹏展翅恨天低。不给你点儿厉害，也不知马王爷几只眼睛。合计到此处，常遇春的猛劲儿就上来了。他陡然一晃铁枪，高声喝喊："左登，废话少讲，休走，看枪！"说罢，唰！他把大枪一晃，奔左登刺来。

左登定睛一看，呀，这条枪有碗口粗细，慢说打仗，能端起来就不含糊，嗯，今天我倒要亲自一试。左登打定主意，先把一对渗金蒺藜棒合到了一处。等常遇春的大枪刺来，他往旁边一闪身形，抖丹田攒足力气，使了个秋风扫败叶，咔嚓往外一推，这对蒺藜棒正好扫到了枪头上。霎时间，就听锵啷啷一声巨响，把常遇春的蛇矛枪崩出有五尺多远。

这一下，也把左登震坏了！只觉得虎口发酸，两臂发麻。不由栽了两栽，晃了两晃，差点儿滚鞍落马。心里说，嗄，好大的劲头！这也就是我左登，若换旁人，非丧命不可。

常遇春也万没想到，左登能有这么大的力气。等把大枪崩出，他也是虎口发麻，胸膛发热，勉强带住战马，心里头好不是滋味。唉！好汉休提当年之勇，这话一点儿也不假呀！可是，在两军阵前，不容他多思多想。常遇春又抖擞精神，二次与左登战到一处。

这一老一少打仗，那真是棋逢对手，将遇良才。

常遇春把丈八蛇矛枪抢开，上下翻飞，鬼泣神惊，但只见：

> 蛇矛大枪传世间，
> 英雄以此会凶顽。
> 镔铁打成枪一杆，
> 八卦炉内炼周全。
> 前有八路蛇吐芯，
> 后有八路蟒身翻。
> 左有八路龙探爪，
> 右有八路虎登山。
> 上有八路鹤展翅，
> 下有八路猴钻天。
> 共有一百单八路，
> 敌将碰上逃命难。

那左登也不含糊，把一双渗金蒺藜棒抢开，令人胆战心寒。但只见：

> 蒺藜棒，手中拿，
> 左右分，上下砸。
> 先用三棒打五鬼，
> 后用三棒定天涯。
> 棒分三路人难走，
> 棒打九招乱梅花。
> 左登抢开蒺藜棒，

308

拍打崩砸胜对家。

二人大战五十余合，也未分出胜负输赢，不过，左登的鼻洼鬓角见了汗水，常遇春脸上也有些发潮。

这阵儿，常遇春手里打着，心里纳闷儿，怪哉！听说孟九公的能耐，并不出奇，怎么他徒弟有这么大的本领？

其实，这也难怪常遇春纳闷儿，这里自有一番原因——

左登是孟九公的徒弟不假，但是，他的能耐并不是跟孟九公一人学的。孟九公公务繁忙，经常转战南北，很少得空亲自传授。他怕耽搁了徒儿，便请来长臂飘然叟左梦雄，教左登练武。

提起左梦雄，那可是赫赫有名的人物。什么长拳短打，马上步下，软硬功夫，无一不精。跟着这样的师父学能耐，他还能没真本领？他曾学过马前一掌金，也就是金砂掌；马后一掌银，也就是银砂掌；大口天罡气，也就是硬气功；小口天罡气，也就是软气功；连环腿贯裆，铁尺拍肋，油锤贯顶。再加上天资聪敏，体格健壮，所以，软硬的功夫，他是无所不会。

常遇春见左登杀法骁勇，不觉心中发虚。暗暗想道，哎呀，若打了败仗，我有何脸面，去见营中的父老？常遇春越急越冒汗，越冒汗越打不赢。只见他招招架架，累了个手忙脚乱。

就在这个时候，突然从东北方向，传来了銮铃声响。眨眼之间，一匹战马暴土扬尘，飞一般冲到两军阵前。紧接着，就见鞍桥上的将官，晃动禹王神槊，高声喝喊："老爹爹，休要担惊，莫要害怕，儿我来也！"

这一嗓子，常遇春听得十分真切。他虚晃一枪，拨马退归本队，抬头一看，见常茂已站在自己面前。再往后瞧，还有不少顶盔贯甲的将军和一哨人马。他见援兵到来，心中顿感快意。

左登见了，也急忙撤到阵脚，观察动静。

那位说，常茂他们是从哪儿来的呢？前文书说过，自从常胜攻打台坪，他心中就十分挂记。后来，爹爹前去增援，也音空信杳。常茂坐立不安，便到军师刘伯温和元帅徐达面前，苦苦哀告，请求军令。军师和大帅见眼前并无战事，这才点头应允。于是，他带着朱沐英、丁世英、顾大英、胡强，点齐骑兵三千，离开兴隆山，赶奔台坪府。

他们走到离台坪府不远的地方，得到蓝旗官报禀，说开明王已兵发聚宝山。常茂心急如焚，便调转马头，急奔而来。这就是来早了不如来巧了，正碰上爹爹与左登阵前交锋。

常茂来到常遇春面前，带住战马，忙问道："爹，受伤没有？"

"不曾。"

"啊呀，谢天谢地。我说爹呀，这是从哪儿来的个小兔崽子，能在您老人家面前扑棱半天？爹，您在此歇息歇息，待我教训教训这个狂徒！"

这个常茂，一沾打仗，比吃蜜还甜。没等常遇春传令，就调转马头，直奔前敌。他勒住战马，冲着左登，把手中的禹王神槊晃了几晃，高声叫道："哎，我说那小子，你快出来！"

左登不认识常茂，问左右亲兵："这是谁呀？"

有的军兵见过常茂，便说道："将军，他是常遇春的二儿子，名叫常茂，自称茂太爷。"

"什么，就是他？"左登听罢，不由倒吸一口凉气。为什么？他曾多次听说，常茂是自己的老恩师长臂飘然叟左梦雄的亲传弟子，武艺高强，威震大江南北，黄河两岸，今日交锋，必须多加小心。想到这里，掌端双棒，催马到在两军阵前。

左登没上阵时，加了一百个小心。可上阵一看哪，差点儿把他笑出声来。为什么？只见常茂盔斜甲歪，带褪袍松，哪有点儿大将的风度？看到此处，悬着的心就落到了肚内。他用渗金蒺藜棒一指，喝道："呔！来者可是常茂？"

"哎，正是你家茂太爷。我说你叫什么名字？"

"左登是也！"

"我来问你，刚才跟你伸手的那位，你知道他是何人？"

"常遇春。"

"对，那是咱爹。"

"胡说，你爹！"

"对，我爹。你想要啊，我还不给呢！左登，你能吃几碗干饭，自己还不清楚？就凭你这模样，还敢跟常家父子伸手？不是茂太爷吹牛，在我的马前，你若能走过十个回合，我就拜你为师。"

常茂这几句话可说坏了。怎么？把弓拉得太满了，叫人家抓住了话把儿。左登抓住机会，说道："好！常茂，咱们君子一言——"

"快马一鞭。"

"如白染皂——"

"板上钉钉。"

"好！常茂，我若过了十个回合，你该当如何？"

"下马磕头，管你叫祖宗。"

"那好，来，伸手吧！"

"等一等。"常茂又说道："左登，若过不去十个回合，败在茂太爷手下，你当如何对待？"

"这个——"左登略一思索，说道："跟你一样，我拜你为师。"

"不行，你得再添点儿秤。"

"还得添点儿秤？"左登又一合计，说道："好，刚才跟你爹已经说过，我若败在你的手下，把粮草全部交出。抓的俘虏，也完璧归赵。非但如此，我还要倒戈投降，归顺你明营。你看如何？"

"哎，这还差不多。我说，那你就投降吧！"

"啊？你还没赢，我就投降？光凭着吹牛不行，你得拿出真实的本领。"

"你真是不到黄河心不死啊！来，动手！"

"好！"左登答应一声，拨转马头，先退出百步以外。接着，双脚一磕飞虎鞯，小肚子一碰铁过梁，抢动渗金蒺藜棒，人力马力棒力，三力合一，直奔常茂砸来。

常茂见了，忙把战马拨到一旁，喊道："等一等——"

左登见他喊话，浑身憋足的这股劲儿，当时就泄了。问道："常茂，你还有何话讲？"

常茂没话找话，嬉皮笑脸地说道："木不钻不透，砂锅子不打不漏。我话还没说清楚，你着急伸手干什么？"

"有话快讲。"

"哎，你可听清了，你若过了十个回合，那算茂太爷没能耐，我就拜你为师；你若过不了十个回合，就得拜我为师。哎，是这么回事吧？"

"莫来啰唆。有道是话说一遍，车走一转，你还重说它为何？"

"不！我这个人办事，得有把握。好了，重来！"

左登心想，这不是白费劲吗？他二次攒足力量，飞马直奔常茂。

常茂见渗金蒺藜棒砸来，又大声喊话："等一等——"

这一回，可把左登气坏了。他收起双棒，怒声呵斥道："常茂，你这是成心捣蛋啊！"

"什么捣蛋？茂太爷久经大敌，难道怕你不成？大江大浪渡过多少，何惧你这小小的沟渠？方才咱讲，以十个回合赌斗输赢。我又一合计，这十个回合太多，数着数着就忘了。我看呀，咱来它个三下儿定胜负。"

"啊？三下儿？"

"嗯，三个回合。在三招之内，我要把你打败，就收你为徒；我若败在你手，你就收我为徒。你看怎样？"

"好！"左登心里说：就凭我这么大能耐，在你面前还过不去三招？于是，晃动渗金蒺藜棒，三次冲常茂砸来。

说书人交代，常茂这样戏要左登，自有他的用意。他见左登棒大力沉，便想泄泄他的力气。当他第三次砸来，明眼人看得清楚，那个分量就大大不如前两回了。也是左登一时糊涂，才中了常茂的计谋。

常茂见左登重新发招，心中暗喜，好，你中了我的烟泡儿鬼吹灯啦。只见他双脚一点镫，小肚子一碰铁过梁，往上一提丹田气，手晃禹王神槊，早也不伸手，晚也不伸手，单等渗金蒺藜棒离脑门儿只有半尺远的时候，常茂出其不意，使了个海底捞月的招数，这一槊，正碰到双棒上，啪的一声，左登双棒撒手，嗖！飞出有五十步远。这一下可真厉害，把左登的两个虎口全震裂了，在马上不由乱栽乱晃。

这时，正好二马错镫。常茂见机会到了，赶紧把大槊交到单手，左腿出镫，照着左登的后背，腾！就踹去一脚。左登坐不稳身形，扑通！摔于马下。

常茂一看，急忙拨转马头，来到左登面前，高举禹王神槊，大声喝道："好小子，我砸死你得了！"

常言说：惺惺惜惺惺。常茂爱惜左登是个英雄，怎忍心下手呢？

只不过是吓唬吓唬他。

常遇春、孟九公在阵前观战，见常茂举起了禹王神槊，急忙喊叫道："茂儿，住手!"

常茂听了，把禹王神槊收回，对左登说道："哎，不要装死狗，快快起来! 你大概不服气吧? 这不要紧，咱再重来。你多咱服了，多咱拉倒。"

左登圆睁二目，说道："你暗中使坏，算什么能耐? 我就不服，重来。"说到此处，便厚着脸皮，捡起双棒，二次上马，跟常茂又战在一处。

二人大战十几个回合，左登见常茂的武艺果然不俗，他是心服、口服、外带佩服。心里说，我还等人家再端下去呀? 干脆，见好就收吧! 想到此处，急忙带住坐骑，挂好双棒，甩镫离鞍，跪到常茂马前，说道："师兄在上，弟子有礼!"

左登此举，把常茂逗乐了。忙说："哎哟，我可担当不起呀! 不是输了拜我茂太爷为师吗? 怎么叫起师兄来了?"说罢，也挂好兵刃，从马脖子上出溜下去，双手搀起左登。

左登说道："师兄有所不知，长臂飘然叟左梦雄，也是我的授业老恩师。今日一战，师弟我是心服口服加佩服! 请受我一拜!"

常茂忙说道："哈哈哈，从今后，叫我二哥。"

左登听罢，急忙躬身施礼道："如此说来，参见二哥!"

"哎，好兄弟! 这才是不打不成交，往后可别记仇啊!"

左登笑着说道："二哥，别的我且不说，我来问你，在马上打仗，有用脚踹的吗?"

"哎! 你这就外行了。学的武艺是死的，使用时可是活的。这就叫逢强智取，遇弱活擒。若墨守成规，非吃亏不可。兄弟，咱们相处时间短暂，你还不了解我的本领，往后，我把这些奥妙都教给你。"

"好! 二哥，多多指点。"

众人一听，哈哈大笑。接着，左登带领大家，奔上聚宝高山。

第三十九回　起歹心设摆揽尾阵
纳高人起赴三泉山

　　常茂的禹王神槊打得左登心服口服，一举拿下了聚宝山。

　　众人到在山上，左登传令，将常胜、武尽忠、武尽孝、于天庆放出。这几个人来到大厅，与众人相见，各叙其详。

　　接着，左登又把粮草全部交出。除了粮食，还交出好多军需用物。

　　常遇春命众将收拾已毕，先赶奔台坪府。而后，让孟九公、于化龙、孟玉环、于金萍、于天庆留守台坪，余者押送粮草，赶奔兴隆山。

　　这阵儿，朱元璋已得到了探马的禀报。听说老元帅常遇春全胜而归，忙列全队，亲自出迎。到在中军宝帐，常遇春将前情讲了一遍。

　　朱元璋听罢，对常胜联婚之事，并不怪罪。同时，加封左登为将军之职。然后，传出口旨，杀牛宰羊，全营祝贺。

　　正在众人猜拳行令之际，忽见军兵跑进中军宝帐，跪到洪武皇帝面前，禀报道："启禀我主，元营又派来老驸马左都玉，要求见主公！"

　　"啊？他又来做甚？"朱元璋与刘伯温、徐达合计片刻，传出口旨，"命他进帐！"

　　"遵旨！"军兵答应一声，走出帐外。

　　时间不长，老驸马左都玉迈步来到大帐，与朱元璋见礼道："参见大明帝国洪武万岁，万万岁！"

　　朱元璋微微欠身说道："贵使者免礼平身。"

"谢万岁!"道谢已毕,左都玉坐在一旁。

朱元璋略停一时,问道:"贵使者又来见朕,意欲何为?"

"陛下,老朽奉大王、二王之命,前来与您道喜。"

朱元璋不解其意,问道:"喜从何来?"

左都玉说道:"陛下乃有道明君,德配天地。自陛下兴兵以来,迫降张士诚,征服陈友谅。而今,不仅将我元军赶至黄河岸,又以迅雷不及掩耳之势,克我台坪,断我粮道。不仅如此,还将胡尔金花也收在你的部下。此乃天意,才助陛下以成功。由此说来,岂不令人可贺!"

朱元璋说道:"既知天意,你们何不退兵休战?"

"不。老天助你,它也助我。它情知我们单靠厮杀,战你不过,才帮我们在黄河岸边摆了一座金龙搅尾阵,让咱两家以阵来赌输赢。为此,老朽奉命前来,特请陛下、军师、元帅以及各位大将,前去观阵。"

"噢!"朱元璋这才明白,怪不得元军免战牌高悬,原来借此机会,在那儿摆阵呢!想到此处,忙对左都玉说道:"你们既然不怕玩火自焚,我们只好针锋相对。修书不及,请转告你家王爷,我军明日巳时,便前去观阵。"

"老朽转告我家王爷,到时一定接驾。"说罢,左都玉又深施一礼,告辞而去。

老驸马走后,朱元璋与军师、元帅及所有战将,又计议多时,这才退帐。

次日,朱元璋升坐宝帐,选派了徐达、刘伯温、胡大海、常遇春、郭英、张兴祖等人,带着常茂、常胜、丁世英、朱沐英、胡强、左登、顾大英、徐方等小将,统领马步军兵五百,离开兴隆山,直奔黄河岸而去。

明营的大队人马,来到离黄河岸不远的地方,朱元璋举首一瞧,前边果有一道阵墙,像长城一样,逶迤不断,望不到尽头。朱元璋麾军再往前走,就来到了大阵的北门。但见阵墙均用巨石砌成,外表涂着红色兽面,标着图文。门顶一块横匾,上刻金字:金龙搅尾阵。

此时,元军大王胡尔卡金、二王胡尔卡银、四宝大将脱金龙、前部正印先锋官虎牙，还有都督、平章约有一百余人，早已在此恭候。宾主相见，寒暄一番。接着，阵门大开，主人将朱元璋一行领进了大阵。

书中暗表：金龙搅尾阵内，变化万千，神鬼莫测。朱元璋领兵观阵，他也看不出什么奥妙。表面上看，从北门到中央戊己土，约有五里之遥，多是山路，曲曲弯弯，坎坷不平。往两旁观看，除了密林，就是立石。看样子，那里准有伏兵和消息儿、埋伏。再往四外一瞅，空空荡荡，荒无人烟。就地理来讲，若在阵内屯兵五十万，那是绰绰有余。

朱元璋看罢多时，领着众人在阵内转了一圈儿，直到日色平西，这才退出大阵。

此刻，胡尔卡金、胡尔卡银把他们送到阵外，冲朱元璋说道："陛下，长期征杀，黎民百姓受尽了刀兵之苦，故此，才想出这个主意，以此阵赌斗输赢。假如你们破了大阵，我们则服输认罪。到那时，我军便退出长城以北；假如你们破不了大阵，那黄河以南的肥沃良田，便将划归我大元帝国。陛下，不知你敢不敢与我打赌？"

朱元璋听罢，心中合计，古往今来，一旦敌军到了穷途末路，就要玩弄花招，做绝望挣扎。什么大阵？只不过拼凑几个阵式罢了。既然如此，我岂能屈于他的威慑之下？想到此处，也没与军师、大帅商议，便微含一阵冷笑，说道："哼哼哼哼！大王千岁，你蓄谋良久，摆好了大阵，我若不破，你岂不枉费了心肠？咱是君子一言，快马一鞭。好，寡人愿听其便。"

"痛快，痛快。陛下，打阵之事，不能无止无期，请问，咱以几时为限？"

朱元璋不假思索便说道："你看百日如何？"

"好！来来来，咱打赌击掌。"

朱元璋与胡尔卡金伸出手来，连击三掌，就此定下破阵日期。

胡尔卡金率领元将收兵不提，单表洪武皇帝朱元璋。他们君臣一行回到连营，进了中军宝帐，立刻商量破阵之事。

元帅徐达说道："主公，您的话说得太绝了。破阵期限，越长越好，好给咱以回旋的余地，怎么才要了一百天呢？"

这阵儿，朱元璋也感到失言，但是，话已说出，焉能更改？现在，唯有群策群力，商量破阵之策。过了片刻，军师刘伯温问左登道："将军，你在元营效命多年，对大阵可有耳闻？"

"这……"左登说道，"在元营之时，倒也有耳闻。临归降之前，就听他们说，要拿出最后一招，摆座大阵。今天看来，就是这座金龙搅尾阵。我还听说，阵内有水阵，火阵，车攻阵，铁甲连环马，各种消息儿、埋伏……总而言之，奥妙无穷！这个阵，当年由脱脱太师研制而成。他自己没有摆过，临死前，才传给他儿子脱金龙。脱金龙对于此阵，也一知半解，因此，不敢贸然使用。后来，在他师父镇国金刚佛的指教下，才将大阵吃透。此阵不易攻破，万望我主谨慎行事。"

"有理。"朱元璋听罢，不住地点头，接着，他又对众将官问道，"诸位爱卿，有何良策？"众人一听，都像木桩泥塑一般，愣在那里，缄口无语。为什么？没有主意呀！

过了好大一阵儿，左登又说道："主公，我还有一事相禀。"

"快快讲来。"

"我在元营时还曾听说，脱脱太师不敢摆阵，是惧怕中原的两位高人。他知道，这两个人对阵法非常精通。"

"谁？"

"他俩是一母同胞，一个叫罗虹，一个叫罗决。家住三泉山，是两位隐士。胡尔卡金曾重礼相聘，但被人家谢绝。火龙祖张天杰也曾亲自登门相邀，还是未能如愿。无奈，他对罗氏弟兄说：既不帮助我们，也千万不要去帮别人。罗氏弟兄说：征战之事，与隐士无关，我们决不掺和。因此，脱金龙才敢如此妄为。眼下，咱营中若有罗氏弟兄，要破阵那是易如反掌。"

朱元璋一听，乐得当时就站起身来，说道："左将军，这三泉山离此多远？"

"不远，不足百里之遥。"

朱元璋惊喜道："原来近在咫尺呀！无论如何，也得把高人请来！"

"恐怕不容易吧？"左登摇头说："对于罗氏弟兄，我也有过耳闻，他俩性情古怪，十分清高。咱跟他们没有交情，只恐怕不来相助。"

朱元璋说道："有道是心诚则灵，只要我们以厚礼聘之，以人情动之，定能将他们请进军营。"

众人听了，你言我语，各持己见，相争不下。

朱元璋说道："爱卿不必争论，此事非同小可，待朕亲自去请。"

众人听罢，无不摇头，说道："陛下是万乘之尊，哪能离开大营呢？万一有个一差二错，我们可担当不起呀！"

朱元璋听罢，说道："各位爱卿，言之差矣！我朱某人算什么万乘之尊？想当年，南征北战，东藏西躲，经历过多少风险？何曾惧怕过那一差二错？现在不还是个我吗，难道就不能离开军营了？如今，两国相争，正是用人之际。我要亲自登门拜访，给他施大礼、说小话，以诚相待，我就不信，他能将咱拒之门外。朕意已决，明日起身。"

众人知道朱元璋的脾气，他要认准的事，那是一条道儿跑到黑，宁折不弯。因此，也不便再讲别的。

那么，朱元璋访贤，该派谁保驾呢？又经一番议论，由常茂、丁世英、朱沐英、徐方和胡强同行。另外，还挑了二十名亲兵。这些亲兵，全是打七个、踢八个的好手。他们眼观六路，耳听八方，跟那些将官的能耐，相差无几。诸事安排停妥，众人这才放心。

次日，刚刚吃过早饭，朱元璋身着微服，头戴风帽，身披斗篷，内衬金甲，挎着宝剑，带着宝雕弓、金鈚箭，在亲兵和众小将的保护下，从后营门赶奔三泉山。

朱元璋他们一行，走在路上，说说笑笑，心情十分愉快。君臣之间，更觉着亲密无间。走了约有两个时辰，来在一架大岭之下，眼前出现了一条双阳岔道。他们往四周一看，古木参天，地势十分险要。常茂勒住战马，观看多时，冲众人说道："哟，这地方怪吓人的，咱们该走哪条道呢？"

众人也窃窃私语，没有主意。

正在这个时候，突然从脚底的草窠里，哧！蹿出一只怪兽。常茂他们一看，啊？这是什么玩意儿？长有三尺，高有尺半，古铜颜色，尖尖的嘴头，粗粗的尾巴，四条短腿，眼赛金灯。他们正在观瞧，就见这怪兽哧溜跑向前去。

常茂一扑棱脑袋，问道："哎，你们看见没有，那是什么玩意儿？"

朱沐英说道："哎呀，那、那还不、不认识，狐、狐狸呗！"

"胡说！狐狸才不是这样呢！"

常茂又往前瞅了瞅，看见了，忙喊，"哎，在那儿呢！"

众人朝前一看，可不是嘛！这东西离这儿不到三十步远，身子藏在树后，小脑袋探出来，两只小爪往那儿一立，瞪着小眼珠，正往这儿瞅着呢！

此时，朱元璋也感到奇怪。他看了片刻，抽出宝雕弓，搭上金鈚箭，握紧前拳，一松后手，啪！这一箭就射了出去。

要说朱元璋的箭术，那可不含糊，有百步穿杨之能。这一箭，奔怪兽的脑门儿射去。奇怪的是，这个怪兽颇通人性。就见它把脑袋一扑棱，小嘴一张，噌！把箭杆叼住，转身就跑。

这一下，朱元璋觉得挺晦气，顿时失去了笑容。众小将也面面相觑，不敢吱声。

常茂一看，忙说道："追，一定要把金鈚箭追回来！"

众位英雄策马就追，跑到最前边的，是雌雄眼常茂。他一边追赶，一边张弓搭箭，对准怪兽，啪啪啪，一连又发出三支。结果，一支也没射中。

朱沐英、胡强、徐方、丁世英，这帮人也跟着发箭，全都落了空。就这样，他们一边喊叫，一边追赶，等追出三里多地，刚拐过一个山环，不料怪兽踪迹不见。

书中暗表：这只怪兽叫狻猊，性情刁悍，凶猛异常，只在深山老林出没。常茂他们没有见过，所以，就把它当成了怪兽。

常茂他们愣怔一时，又四处寻找。还好，虽然未找到怪兽，却从草莽之中，找到了那支金鈚利箭。大家传看一遍，十分高兴。

这时，那些亲兵也追了上来，只见他们一个个呼呼喘气，热汗淋漓。

朱沐英说道："我看算、算了，别、别找了，咱们走、走吧！"

众人也说道："对，走吧！"说话间，摇鞭催马，就往前赶路。

常茂走了几步，突然想起一件事来。他紧勒战马，猛一回头，对亲兵问道："哎，咱们皇上哪儿去了？"

亲兵们纷纷答道："啊，也跟来了。"

"在哪儿呢？"

这一句话，可点醒了梦中之人。大家回头一看，朱元璋也是踪迹皆无。立时，把所有众人吓得茶呆呆发愣。

略停一时，常茂对大家说道："还愣着干什么？快找吧！"

"对，快找。"

于是，他们调转马头，撒开扇子面，一边寻找，一边喊叫："万岁——您在哪里？"

在这崇山峻岭之中喊叫，那是回声四起呀！霎时间，万岁——万岁——声音震撼了山谷。就这样，他们费了九牛二虎之力，找到天黑，也没见万岁的影儿。

常茂急得直拍大腿，垂头丧气地说道："哎哟，这可要了命喽！"

丁世英说道："不要着急。也许皇上没追上咱们，他自己回营去了。咱们光在这儿着急也无用，不如先回营看看。"

众人一听，七嘴八舌地议论道："嗯，备不住。这儿离连营不太远，皇上不疯、不傻，难道还记不住路。走，回营看看再说。"

常茂他们回到连营一打听，这回可吓得冒汗了，原来皇上根本没有回来。

军师、大帅、满营众将一听皇上失踪，立时就炸了窝啦。徐达急忙升坐宝帐，细问详情。常茂不敢隐瞒，只好实话实讲。

元帅听罢，心里说，不好，肯定出了事啦。只气得他浑身栗战，颜色更变。他把虎胆一拍，厉声喝道："咙！常茂，你们这些该死的奴才！命你们保护万岁，就应用心伺候，谁让你们节外生枝，去行围打猎？像这等废物，每人揍你们十鞭子，轰出连营。限三天之中，把皇上找回。如若万岁有个好歹，杀你们个二罪归一。"

紧接着，一顿鞭打，把他们赶出帐外。这帮人呀，你看看我，我看看你，俱都狼狈不堪。

丁世英把嘴噘起老高，指着常茂的鼻尖，埋怨道："都怪你！你要不追，我们能追吗？"

常茂口打咳声，说道："别埋怨了，咱先想想办法，把我四大爷找回来。唉，这个老头儿，跑到哪儿溜达去了？"

"还有什么办法？出营找呗！"

"对！"

话倒好说，可该到哪儿去找呢？大海茫茫，海里捞针哪！他们找了一天，扑空了；又找了一夜，也扑空了。急得众人抓耳挠腮，坐立不安。

常茂无奈，想了个没办法的办法。什么办法？打卦。他对众人说道："唉，咱们凭天由命吧！你们看着，我先把靴子扔到天上，等它掉下来以后，靴子尖指着哪儿，咱就奔哪儿去找，准保没错。"

大伙问道："那能管用吗？"

"你们懂什么，这玩意儿最管用了。"

"那就快扔吧！"

常茂把靴子脱下，往空中一扔，呜！翻了个个儿，啪嚓落到地上。

众人围过去一看，靴口朝下，靴尖朝东。纷纷乱嚷道："哎，东边！走，奔东边去找。"

常茂穿好靴子，领着众人，便朝正东走去。

他们一直走到次日黄昏，眼前出现了一座高山。抬头一看，啊呀，怪石嶙峋，十分险恶；低头一瞅，山脚下曲曲弯弯，有一条小河。

这阵儿，他们又渴又饿，又困又累。看见河水，都想痛饮几口。于是，翻身下马，跑到河边，双手捧水，就喝了起来。

朱沐英眼尖。他冲水面一看，忙喊道："哎，别、别喝。你们看，那、那是什么？"

众人闪目一看，哟，可不是吗！水面上飘飘忽忽的，果然有一物。仔细观觑，是具死尸！

第四十回　岔路口劫持真天子
黄羊观惊见假道人

常茂他们寻找皇上，无有头绪，口渴正要在河边喝水，突然看见水面上漂过来死尸，上前再一细看：一、二、三、四……啊呀，还有好几具。

朱沐英贪玩，顺手就拽过了一个死人。众人围过去一看，是被人杀死的。又拽过几个一看，只见那些尸体，有的胸膛被刺透，有的脖子被砍伤。看样子，死的时间不长。为什么？死尸完好，并未腐烂。

众人看罢，纷纷议论，这是怎么回事呢？难道说这儿发生过战事？但是，看这些人的衣着，又不像军兵。啊呀，说不定这儿有山贼？议论一番，他们又开始搜索。

他们搜着搜着，冷不丁就听前边树林之中，有人叹息道："老天爷，你怎么不睁眼啊？为什么修桥补路双瞎眼，杀人放火子孙全呢？想我路某人，从未做过坏事，为何让我摊上如此横祸？我活着何用，干脆死了得啦！"

众人一听，噢？这是谁？他们顺着声音往前又走了不远，突然发现了一人。见此人年岁不过二十，已经吊在了一棵歪脖树上。

见死焉有不救之理？徐方噌地一下，蹿到近前，用匕首将绳索割断，把他解救下来。所幸，这人上吊时间不长，众人把他轻轻放到地上，扑拉前胸，捶打后背，略过片刻，他就缓醒过来。此人略定心神，见身边围着不少军兵，不由惊呼道："你们——"

徐方说道："别害怕，我说这位老兄，你没事儿干了，上吊玩啊？"

"废话，有这样玩的吗？"

"那你这是干什么？"

这个人迟疑片刻，问道："你们是干什么的？"

"当兵的。常言说，天下人管天下事，快对我们讲讲，你若有个马高镫低，我们设法帮忙。"

这个人一听，才把心放下。于是，便将前因后果讲了一遍——

原来，他是洛阳人，叫路顺德，以开布庄为生。他媳妇姓顾，是开封人氏，前不久，回娘家省亲。今天，他套着车辆，拉着顾氏，刚路过此地，迎面碰上了一伙强人。为首的是两个贼头儿，不知他们从何而来。在一匹高头大马上，还驮着一人。那人被双臂倒剪，捆绑在鞍桥上。这伙强人无意中碰到车辆，冲上前去，打开车帘，看见顾氏，便连车带人抢到了山上。几个车夫与他们伸手，都被强人结果了性命。接着，又将尸体扔在河中。路顺德痛不欲生，这才寻死上吊。

小兄弟听罢，心头不由就是一动。常茂忙问道："哎，快说说，被捆在马上的那个人，是什么长相？"

"唉，我哪儿顾得上细看呢？反正，他脑袋上裹着块黑布，看人家那意思是，不让他往外看，也不让外人看他。"

"穿什么衣服，你看清没有？"

"穿……好像是黄的，要不就是红的，我记不清了。"

大伙一听，心想，有门儿！真要是打听到皇上的下落，可是不幸中的万幸呀！常茂又问道："你说的这事，过了多少时间啦？"

"至多一顿饭的工夫。"

"那，他们为什么没把你打死？"

"嘻！我一看见出事，撒腿就跑，所以，他们没逮着。"

"那你怎么不报官府，跑到这儿上吊来了？"

"报官府顶啥用？他们连自己都顾不了，还能管得了我呀！我见落得家败人亡，再活着还有个什么劲儿呢？干脆，上吊得了。没想到，正遇见了各位英雄。"

常茂说道："妥了，该你走运。今天遇上我们，你媳妇就算没事了。"

路顺德一听，惊喜非常，忙问道："什么，你们能救我媳妇？哎呀，好汉爷，你们行行好吧，我媳妇可是个好人哪！她的胆子特别小，要是落到这帮人手里……哎呀，我可怎么说呢！"

徐方劝慰道："不要害怕，只要你媳妇没有死，我们就一定能把她救出来。"

此时，众人又议论道："此山叫什么山呢？山上是贼窝子，还是贼窖？不过，既然有了眉目，那就该往前摸索。"打定主意，众人抖擞精神，带着路顺德，顺着盘山小道，向上摸去。

原来，这架山叫锅盔子山。为什么叫这个名呢？它像一口锅，在那儿扣着，又好像个头盔，在那儿摆着。

常茂他们往前走了一个时辰，隐绰绰听到了惊鸟铃响。徐方是步下的将官，对此深知其详，对众人说道："哎，别走了，到了。"

朱沐英把小圆眼一翻，问道："你怎么知、知道？"

"嘻！前头不是有庵，就是有庙。刚才，你们没听见惊鸟铃响吗？"

朱沐英又问道："什么叫惊、惊鸟铃？"

"就是房檐上挂的铃铛，人们怕鸟儿往上头拉屎，就想了这么个办法，风儿一吹，铃铛摆动，当啷当啷一响，就把它惊走了。但凡有惊鸟铃的地方，一般都是古刹禅林。你们先在这儿歇会儿，待我上前看看。"

众人等候不提，单表徐方，这个小燧子，要讲高来高往、飞檐走壁，那可是他的拿手好戏。只见他稳了稳兵刃铁棒槌，斜挎百宝囊，往下一哈腰，噌噌噌噌，顺着惊鸟铃声就疾奔而去。

时间不长，徐方果然发现眼前有一座古刹禅林。这座庙宇，可真不小。庙前有两溜石碑，大的高过一丈，小的也有八尺。里外有五道山门，角檐翘起，挂着惊鸟铃，紧闭着门户。

徐方细看多时，围着大庙转了一圈儿，心中一数，共有五层大殿。他二次又来到正门跟前，拢目光抬头再瞅，见上面有块横匾，上写：黄羊古观。

徐方心想，既然我来到庙前，就得探个明白，看看那伙贼人在不在此处？想到这儿，他转到西墙，脚尖点地，较足丹田气，噌！轻似狸猫，飞身跳上墙头。徐方站稳身形，往院内一瞅：大殿和配殿之中，有点点灯光。侧耳细听，好像有人说话。

徐方想，要知心腹事，但听背后言。嗯，待我上前偷听。想到此处，他双腿一飘，轻轻落到院内，往下一哈腰，噌噌噌噌，奔灯光来到窗外，侧耳一听，这回才听清，原来是女人的声音，而且并非一人。

这阵儿，就听有女人破口大骂道："你这个人呀，骨头是什么长的，难道就不怕挨揍？再那么嘴硬，非打死你不可！趁早答应了算啦，省得皮肉吃苦。"

"不答应就掐她！叫她骂人，叫她嘴硬！"

紧接着，又传出噼里啪嚓地声响。

徐方用舌头舔破窗棂纸，睁一目、闭一目，使了个木匠单吊线，往里瞧看。见屋内捆着一个女人，眼睛红肿，面色憔悴，衣衫撕裂，青丝蓬乱。在她四周，站着四五个五大三粗的泼妇，这几个人，描眉画鬓，抹粉插花，戴着耳坠，满脸横肉，收拾得十分妖艳。她们手中都拎着皮鞭和铁尺，指着被绑之人，又打又骂。

小矬子徐方看罢，顿时明白了一切，心里说，见死焉能不救？他打定主意，见左右无人，轻轻把右脚抬起，啪！就把窗户踹开，紧接着，飞身跳入屋内。

窗户突如其来一响，把屋里的人全吓傻了，乱喊乱叫道："啊？谁？"

这时，就见徐方晃着明光彻亮的匕首刀，冲到那几个妖婆面前，说道："不许动！哪个敢动，就攮死你！"

"好汉爷，饶命啊！"

"别嚷！我说你们是想死啊，还是想活？"

"蝼蚁尚且贪生，何况人乎？"哟，她们还拽文呢！

徐方说道："既想活命，那就都趴在地上。快！"徐方瞪着眼睛说话，谁敢不听？那几个女人颤颤抖抖，就趴到了地上。徐方拽过两床被褥，将她们蒙住。然后，转身来到被绑之人面前，忙问道："你可是路顺德的家眷？"

这女人睁眼一看，面前站着一个矬子，狗蝇胡，小圆眼，其貌瘆人，也不知他所问何为，战战兢兢地说道："你……"

"别怕，我救你来了。快说，你是不是姓顾，你丈夫是不是路顺德？"

"啊，你怎么知道？"

"妥了，到外头再说。快，跟我走！"现在，徐方也顾不上那男女授受不亲的规矩了，拉着顾氏，就往外走。

怎奈，顾氏的两条腿都瘫软了，怎么也迈不开脚步。徐方着急，背起顾氏，一晃身形，跳出屋外，三蹿两蹦就离开了黄羊古观。

再说常茂众人。这阵儿，这几个人急得直蹦。按说，徐方走得时间不长，因为他们心情焦躁，却觉着度日如年。他们正在东张西望，忽见小矬子徐方跑下山来。常茂一个箭步迎上前去，忙问道："大哥，皇上在那儿没有？"

徐方喘着粗气，说道："别急，快，先接一把。"说着，把顾氏放下。

路顺德见媳妇回来了，迎上前去，两口子抱头痛哭。

徐方擦擦汗水，说："咱办完一件说一件，快，你们夫妻逃命去吧！"

夫妻二人千恩万谢，赶路而去。

徐方将刚才之事，对众人述说了一遍，然后，周身上下收拾紧称，二次赶奔黄羊观，这回他可留了神啦。为什么？寻找皇上，关系重大呀！若今天找不着，明天就是最后一天。三天再找不到，那就人头难保。为什么？军令无情啊！

徐方二次来到黄羊观，飘身形跳到院内，他侧耳一听，院内一阵大乱。此刻，就听有人喊叫："前院有没有？"

"没有！"

"后院搜了吗？"

"搜了！"

小矬子明白，准是他们发现我救走顾氏，在观内正寻找我呢！嗯，我先等会儿。想到此处，他隐身在石碑后边，屏气凝神，观察动静。

就在这时，不知何人，突然来到徐方身后，冲着他的枣核脑袋，啪！猛击了一掌。徐方身形一蹦，回头一看，有道黑影从面前一晃，没了。

这下可把徐方吓坏了！心说，这是谁呢，为何这么快当？难道是庙里的人？不对！若是庙里之人，他发现了我，不会跟我开这个玩笑；是自己的人？也不对，常茂他们是马上的将官，没有这么快的身子。那么，这到底是谁呢？想到这里，他一扑棱脑袋，起身奔那个黑影就追了下去。但是，晚了，那黑影儿已踪迹不见。

徐方无奈，二次来到院中。他再侧耳细听，就听大殿之中，传来了吵吵嚷嚷之声。徐方略定心神，蹿到窗前，点破窗纸，往里一看，见屋内灯明蜡亮，把大殿照如白昼。正中间坐着个老道，此人身高过丈，肩宽背厚，膀乍腰圆。再瞅他那张脸膛，从脑门儿到下巴，足有尺半，比驴脸还长。三角的眉毛，一对蛤蟆眼，往外鼓鼓着，狮鼻子，翻鼻子头，鲇鱼嘴，嘴角往下耷拉着。面如瓦灰，一部黄焦焦的胡须，两只大扇风的耳朵，头戴九梁道巾，身穿八卦仙衣，腰系水火丝绦，背背双剑，面带杀气，如恶煞一般。

在老道面前，还站着两人，低着头，垂着手，一动不动。但见这俩人：五短身材，背背单刀。那脸上，不是刀伤就是枪伤，疙里疙瘩，跟个活鬼相似。年岁不大，没过三旬。真是其貌凶悍，活像一对丧棒。

这阵儿，就听老道冲他们训话："混账东西！怎么瞪着两眼，就把人给守丢了呢？"

"师父息怒，我们去到后屋，见那伙女人趴在地上，叫被子蒙着。等掀开一看，已有三人吓得昏死过去。剩下的那两个人说，抓来的那个女的，被一个不速之客背跑了。我们也没闲着呀，紧找慢找也没找着。"

老道听罢，说道："嗯！如此说来，十有八九是明营的人了。"

"谁知道呢！难道是为朱元璋来的？"

哎！徐方听到此处，心里说，有门儿！他又侧起耳朵，仔细窃听。

此时，就听那老道又说道："嗯，你们去看一看，那朱元璋丢没丢？"

"是!"

两个人去不多时，回来禀报："师父，他还锁在屋内，没丢!"

"去，把他给我带来!"

"是!"

徐方一听，心里就怦怦跳开了。有心给常茂送信儿，一想，不行! 现在，还没看到个水落石出。我若下山，在这段时间里出了变化怎么办? 徐方不敢走，只好在这儿认真察看。

这时，就听外边有脚步声音。接着，把一个人架了进来。徐方凝神一看，那人脑袋上套着黑布套。等把布套解下，有两个人架着，将他按坐在一旁。徐方借灯光一瞧，正是洪武皇帝朱元璋。再仔细观觑，见朱元璋像没睡醒似地，还打着鼾声。徐方看到这里，明白了，大概他这是中了蒙汗药。

此时，老道对两个矬胖子一使眼色，就见他俩从腰中取出解药，喷在朱元璋鼻中。时间不长，朱元璋明白过来。他睁开眼睛，定了定心神，只觉得脑仁生疼，心口恶心。往左右看了看，惊问道："啊? 这是什么所在?"

老道把桌子一拍："无量天尊! 万岁，受惊了。您可认识贫道?"

朱元璋听罢，不由就是一愣。心里说，这到底是怎么回事? 他尽量回忆着前情，记得常茂、丁世英、朱沐英、徐方、胡强，还有二十名亲兵，去追赶一个怪兽。自己一时高兴，也在后面猛追。但是，自己的马慢，追来追去也没有追上。当时他合计，我还回原地等着得了。于是，他又回到双阳路口。等了片刻，见对面来了帮人，以为是常茂他们，便赶紧提马向前。到在近前一看，不是常茂。为首之人是一双矬胖子，模样跟活鬼相仿，手中都拎着大刀。后头那些喽啰，全是黑纱蒙面，一看就是匪类。朱元璋有武艺在身，所以并不害怕。

这时，就见那两个矬胖子，上一眼，下一眼，仔细打量着朱元璋。打量了好大工夫，他们嘀咕了几句，突然冲朱元璋喊道："哟，这不是皇帝陛下吗? 哈哈，踏破铁鞋无觅处，得来全不费工夫。皇帝陛下，我们给你施礼了!"说罢，躬身就是一礼。

朱元璋忙问道："你们二位是谁?"

这两人倒挺胆大，报出了真名实姓。上首那人说："我外号人称花面虎，名叫周顺。他叫青面虎周能，是我的胞弟。实不相瞒，我们奉师父所差，出来踩个绺子。真是老天有眼，没想会碰上这么大的买卖。陛下，走吧，跟我们溜达一趟。"

朱元璋听罢，心中暗想，他们要绑架呀！想到此处，火往上撞，一伸手，锵啷！摘下长枪，圆睁龙目，怒声喝道："哎！胆大孟贼，竟敢如此狂为，尔等若明白事理，那就赶紧闪开，咱们井水不犯河水；如若朕的亲兵回来，定要抓你们问罪！"

这两家伙听罢，撇嘴一笑道："哟，到底是当皇上的，一张嘴就是官词儿。哼，我说你问的什么罪？爷爷不怕犯法，怕犯法就不吃这碗干饭。"说到此处，冲喽兵一摆手，恶狠狠地说："抓走！"

"是！"众喽啰答应一声，往上冲来。

朱元璋觉着不含糊，其实不行。为什么？第一，自当皇上以来，刀不血刃，养尊处优，力气头没了；第二，上了年纪。再加上喽啰人多势众，因此，没费多大工夫，三下五除二，喽兵就把朱元璋从马上拽了下来。朱元璋正要呼救，俩矬胖子忙拿出迷魂药来，就喷到了朱元璋脸上。霎时间，朱元璋就不省人事。

周能、周顺二贼人，将朱元璋绑在马上，不敢走大道，他们先在山洞里待了一天一夜，而后顺着羊肠小道，奔黄羊观而去。他俩一边走，一边合计，眼下的这个买卖，比历次都有油水。咱可以叫朱元璋出个字据，让明营带重金前来赎人；也可以将他送到元营，前去请功受赏。无论如何，这也是一本万利之事。快回去交给恩师，任由他老人家发落。想到此处，加快了步伐，一直把朱元璋带到庙内。

那位说，这老道是个什么人呢？这家伙姓时，名叫时碧辉，外号人称黄羊道长。想当年，他在陈友谅手下当过副将，这小子爱吃酒，爱打人，屡犯军纪，被赶出军营。从此，他便流落江湖，沦为土匪。

有一年，他来到锅盔子山黄羊观，不巧身患重病。原来庙内有个老道，叫黄羊道人。这老道慈悲良善，就把时碧辉留到观内，为他精心调治，不到一月，身体痊愈。

时碧辉这小子，真是一条毒蛇。他身体复原之后，到山前山后溜达了一遍，见黄羊观地处险要，便动开心思，打起了主意。

一天晚上，趁屋内无人，他来到黄羊老道面前，说道："师父，你救了我的性命，我感恩匪浅。不过，我还要用用你这地方。师父你呢？早早升天得了。"说罢，对准老道的前胸，噗就是一刀，将老道杀死。

打那时起，时碧辉摇身一变，成了出家的道人。他冒名顶替，也叫黄羊道长。原来的几个小老道，架不住他的威胁利诱，也就顺从他了。

你想，在那个年头，四处兵乱，狼烟滚滚，谁有工夫管这些呢？民不举官不究，因此，他也就逍遥法外，把黄羊观这块道门净地，变成贼窝子了。

之后，他又收了两个徒弟，就是花面虎周顺和青面虎周能，这师徒三人狼狈为奸，欺压乡里，干尽了坏事。

这次，时碧辉叫周能、周顺下山踩盘子、做买卖，结果把朱元璋捆架而来。他们在回来时，走到锅盔子山下，又顺手牵羊，劫了路顺德的车辆，将顾氏抢到庙里，打算作为压寨夫人。没想到被徐方等人发现，这才跟踪而至。

老道时碧辉命人用药把朱元璋解醒，当时他对朱元璋说道："万岁，你现在咬破中指，撕块龙袍，给徐达、刘伯温写封血书，叫他送来一千万两纹银，我便放你回去。少送一两，我就拉下你的耳朵，旋下你的鼻子；若敢不送，我就掏你的心肝，挖你的五脏。"

老道这一番言语，把朱元璋气得五内俱裂。心里说，我堂堂一朝天子，怎能受此凌辱？想到这儿，厉声答道："恶道，你身披仙衣，口念法号，却干出了大逆不道的勾当。哼，单等天兵一到，朕叫你们活命难逃！"

时碧辉也不生气，说道："无量天尊！朱元璋，你死到眼前，还说大话。若不给银子，我就把你送到元营，去请功受赏！"

徐方隐身在外边，耳里听着，心里合计，嗯，看来皇上死不了，因为他们在他身上有所贪求。既然如此，趁此机会，把常茂他们引来，以搭救皇上回营。想到这儿，起身就要走去。

就在这时，徐方身后出现了一人。前文书说过，刚才曾有人打了徐方一个巴掌，还是这位。此人见徐方要走，伸出手来，噌！抓住了他的脖领子，像拎小鸡一样，嗖！顺着窗户就把他扔进了屋内。

欲知徐方后情，请听下回分解。

第四十一回　时碧辉暗使迷魂帕
刁步正谋夺朱家财

徐方被人突然扔到屋内，急忙站稳身形，破口大骂道："谁这么缺德？"

有人突然出现在屋内，吓坏了群贼。他们忙一顿乱喊："无量天尊，天尊无量！"心里说，这是哪位？他是怎么进来的呢？

徐方这个人是真有能耐，否则，非被摔死不可，不过，扔的那位，心里也有数，准知道他摔不坏，否则，他也不那么扔。就见徐方使了个就地十八滚，雁云十八翻，骨碌碌碌，一个鲤鱼打挺，腾！站到当地。

这阵儿徐方脸变色了，心也怦怦直跳，暗自合计，等我找到这个人，非跟他算账不可！不过，火烧眉毛，还得先顾眼前。只见他忙一伸手，锵啷拽出那对镔铁鸳鸯棒，指着老道时碧辉和各个蟊贼，怒斥道："咄！杀不尽的山贼草寇，你们真是胆大包天，光天化日，朗朗乾坤，竟敢抢我们主上，真是死有余辜。万岁，休要担惊，微臣在此！"

朱元璋猛一抬头，看见了徐方，那真是喜出望外。他打起精神，高传口旨："爱卿，快来救孤！"

"万岁放心，这就救驾！"

此时，这群山贼才听明白，闹了半天是明营来人了。不过，到底来了多少人马，他们可不摸底数。

老道时碧辉气急败坏，猛一伸手，锵啷啷拽出了杀人宝剑，飞身就扑徐方而去。

徐方心想，哎呀，我已与凶道会面，来不及给常茂他们送信儿了，干脆，单打独斗吧！想到此处，他四外一趸摸，见屋内不便于周旋，眼珠一转，纵身跳到院内，点手唤老道："牛鼻子！来来来，这个地方宽绰，快快前来送死！"

头一个，青面虎周能先蹦了出来，一晃掌中的刀，直奔徐方。

这二人的个头儿差不多，打起仗来，武艺也是旗鼓相当。徐方心想，现在时间宝贵，不能耽搁，什么君子战、小人战，打赢就行。想到此处，他虚晃一棒，从兜囊中掏出枣核镖，猛一抖手，奔周能就扔了过去。周能只见眼前光华一道，不知什么玩意儿，他正在愣神，枣核镖正好打在他的脑门子上，啪！钉进有一寸多深！周能赶忙撒手扔刀，坐到地上，往外就拔。还没等他拔出来，徐方就蹿到他的面前，手起棒落，啪！打得他当场丧命。

常言说，打仗亲兄弟，上阵父子兵。刚才他俩格斗，周顺看得明白。兄弟身遭不测，他气得哇呀暴叫，转脸对徐方骂道："好小子，你哪里走！"说罢，一压单刀，直奔徐方。

二人交手五六个回合，徐方又是一镖，噗！正钉在周顺的腮帮子上。周顺光顾划拉镖了，一个没注意，徐方又冲到近前，啪！他也死在了当场。

老道时碧辉看到这里，气得暴跳如雷："无量天尊！为师来给你们报仇！"说罢，抡双剑大战徐方。

徐方的能耐确实很大，但在韬略方面，却不如老道。时碧辉刚才在一旁观阵，就看出徐方的飞镖厉害。他心里说，先下手为强，后下手遭殃。你会打暗器，我也并非不会。想到此处，他早就有了主意。他与徐方交锋，刚过了五六个照面，猛一转身，冲着徐方的面门，冷不丁一扬手，嗖！甩出一面迷魂帕，帕上冒出一股烟来。

这迷魂帕，就是包着迷魂药的手绢。使用时，只要将它抖搂出去，药就会冒烟，谁要闻到，就会昏迷不醒。不过，使用时也得注意，第一，自己人的鼻孔里，先得放上解药，要不，也会被熏倒；第二，不能离人太远，太远了药力不足。所以，时碧辉在抖搂它时，得冲着对方的面门。

徐方一见，明白，这帕上有熏香，但是，他知道也晚了，香味往

333

鼻孔里一钻，熏得他打了个喷嚏，双手扔棒，翻身倒地。

老道恶狠狠来到徐方眼前，用剑尖指着他的鼻子，大声骂道："小奴才，自古以来，杀人偿命，欠债还钱，我定拿你的首级，祭奠我徒儿的阴魂！"说罢，就要结果徐方的性命。

就在这千钧一发之际，突然见黄羊观的两扇大门，呜！全倒塌了。紧接着，常茂、胡强、朱沐英、丁世英率领亲兵，冲进古刹。

书中交代：徐方二次入观探听消息，半天没回来，小兄弟们急得心如火焚。常茂打发一个聪明的军兵，到那儿听听动静。这个亲兵翻过大墙，跳到前院，伸着脖子一瞧，啊呀，打起来了！急转身形给常茂送信儿。

常茂听说徐方自己伸了手啦，暗自埋怨，这个矬家伙，怎么不打个招呼，就干起来了？难道说，你自己想抢功吗？他略一思索，怕发生意外，便急忙带领众人，来到黄羊观正门。因为他着急，把禹王神槊高高抡起，猛一使劲，当！把两扇北门砸开，飞马来到前院。

众人冲到观内，徐方已经人事不省。常茂见恶道对着徐方，就要行凶，不由火往上撞，急忙催开战马，冲到恶道近前，抡起神槊便砸。

这老道见有人冲来，忙将身形闪躲一旁，打稽手定睛观瞧，来的人可不少啊！时碧辉有点儿害怕，忙诵法号："无量天尊，来者为谁？"

常茂大声答道："你茂太爷！明营大将常茂是也！"

时碧辉听罢，心想，坏了，最有能耐的人来了。看来，外边的兵一定不少，我这黄羊观难保。三十六计，走为上策。嗯，我不如逃跑了吧！他正要逃走，可又一想，不！我有绝艺在身，怕他何来！恶道想到这儿，眼珠一转，计上心来。只见他虚晃一招，飞身跳出圈外，一扬手，又把那面迷魂帕伸到常茂他们面前。

常茂他们不知底细，一吸鼻子，闻到一股香味儿，霎时间，喷嚏之声响成了一片，紧跟着，明营的将士全都摔倒在地。

此时，把恶道乐了个够呛，他高声叫道："无量天尊！待我把你们的脑袋削下，以报今日之仇！"说罢，剑光一闪，就要下手，忽听角门那儿有人喊叫道："呔！恶道休要猖狂，某家到了！"

334

这一嗓子，犹如一声霹雳，把时碧辉吓了一哆嗦，差点儿将宝剑扔掉。他定了定心神，扭回头来，问道："谁?"

时碧辉话音刚落，这个人已经到在了他的眼前。恶道定睛一看，见此人细腰窄臂，双肩抱拢，扇子面的身躯，面如满月，眉分八彩，眼似金灯，鼓鼻梁，大嘴岔，牙排似玉，元宝耳朵，微微有点儿小黑胡，看样子，至多二十多岁。雪青色绢帕罩头，身穿一身青色夜行衣，勒着十字襻，寸排骨头纽，打着半截鱼鳞裹腿，蹬着一双黑面布鞋，背背空剑鞘，手提一把明晃晃的三皇宝剑，看着勇武英俊，威风凛凛。

时碧辉看罢，心中合计，看他的穿着打扮，既不像居官为宦之人，也不像明营的将官。那么，这是谁呢?此人姓朱名森字永杰，跟朱元璋是同族，按大排行而论，他叫朱元璋为四哥。此人武艺高强，是位顶天立地的英雄好汉。

朱永杰是安徽亳州朱家庄人，父亲名叫朱善。在这方圆百里，是个有钱的人家。说起朱善来，夫妻俩感情不错，可就是没有儿女。到了五十岁那年，这才生下朱森。老来得子，是一大喜事呀，把老两口儿乐得都找不着东西南北了。哪知道美景不长，就在朱森三岁那年，他母亲猝然病故。朱善见永杰幼年丧母，十分心疼，因此，他每日闷闷不乐。

当时，有人劝他，再续一房妻室。可是他怕娇儿受制，执意不从。就这样，他又当爹又当娘，一直把朱森拉扯到七岁。

朱善在安徽各地，有不少买卖。这几年来，他在家陪伴着孩子，对买卖也无暇过问，所以，他心中十分着急。后来，保媒的又说，现在孩子也不小了，娶个继母，也不会受制。你老这样待在家中，也不是长策。朱善合计了良久，心头一活动，就续娶了个老闺女。

这个女人叫刁素芳，住在刁家庄，离此二十八里。过门后，夫妇感情很好。这刁氏年轻，比朱善小二十一岁，别看她岁数小，倒十分体贴人，特别对朱森，照顾得可谓无微不至。朱善暗自高兴，心中常说，总算不错，孩子没有受气。有了贤妻、孝子，我也就心满意足了。

朱森八岁那年，朱善要出外讨账。临走的头天晚上，又对刁氏、朱森好好嘱咐了一番。朱森听说爹要出门，不由流下了眼泪。这些年来，父子从未离开过呀！他吧嗒吧嗒掉着眼泪，跟他爹爹撒娇："爹，带我去吧！"

朱森劝道："哎！我到外边讨账，带上你多有不便。儿啊，跟你母亲在家等着我吧！"

朱森又问道："那你得多咱回来？"

"多则一年，少则半载。为父已近花甲之年，腿脚发笨，不愿再出门了。这次，我把该讨的账讨回来，该封的买卖封闭掉，今后，就永不离开你了。"

朱森还是一个劲儿地撒娇道："爹爹，那我也不让你走！"说罢。双手搂着他爹的腰，用力一拽，无意之中，将爹爹的腰带给拽了下来。

这条腰带可非同一般，乃是用金丝缠绕、珠宝镶成，做工精细，价值连城。朱善酷爱这条腰带，无论走到哪里，也将它围在腰中。

朱森手攥宝带，便对他爹说道："你若不带我前去，我就要你这条带子！"

"好好好，给你系上。"朱善怕朱森继续纠缠，便随手将腰带系到他腰里。

朱森毕竟是个八岁孩子，闹腾到后半夜，两眼一合，睡着了。朱善又把腰带解下，围到自己腰间，这才休息。

天到四更，朱善起床，将一切收拾就绪，叫伙计套好车辆，便动身登程。刁氏相送到府外，又叮咛了一番，这才洒泪而别。

朱善一行走出二十几里，红日才从东方露头，四外一看，眼前是一排窑洞。他们又走了不远，突然间从窑洞里蹿出七八条大汉。

朱善定睛一看，这些人黑灰抹脸，黑纱蒙罩鼻子、嘴巴，手拿应手的家伙，令人看着发瘆。朱善他们还要往前行走，就见他们冲到朱善近前，把车拦住，喝道："站住！"

赶车把式一看，吓了一跳，咯噔一声，将车停下。

朱善见遇上了劫道的，赶紧跳下车来，冲他们抱拳施礼道："各位，辛苦，辛苦。有道是，五湖四海皆朋友，弟兄们，有求于我吗？请讲当面，老朽尽力而为之！"

一个大汉凶狠狠地说道："少说废话，把东西留下！"

朱善百依百顺地说道："好好好，要什么我给什么。你们看，金银财宝都在车上，诸位，行个方便吧！"

"你腰里掖着什么？"

朱善听罢，不由一愣。心里说，这就怪了，我腰里围着带子，外边有长衣服盖着，他们怎么会知道呢？

前文书说过，朱善对此腰带，爱若珍宝，因此，磨磨蹭蹭，舍不得交出。哪知那个大汉一声呼哨，众人闯来，下了死手，就听咔嚓一刀，扎透了朱善的前心。朱善站立不稳，扑通摔倒在地，当场身亡。

这帮强盗真是手黑心冷，杀死朱善不算，就连赶车的和小伙计也无一幸免。他们行凶已毕，赶着车辆，匆忙而去。

这条道是阳关大道，经常有人通过，好几具死尸，横倒在路旁，能不被人发觉吗？时间不长，就被路人知道了，而且越聚越多。

朱善被杀此地，本来离家乡就不远，再说，他又是本地的财主，所以，自然有人认识。他们撒脚如飞，到朱家庄通风报信儿。

刁氏不听则可，闻听此言，吓得妈呀一声，当时就摔倒在地。老总管朱兴安慰一番，陪着主人，带着孩子，乘车赶奔窑地。见了死者，大放悲声。

这阵儿，已有人报告了官府，仵作验尸已毕，悬赏捉拿真凶，让他们料理后事，候听音信。

那个年头，刀兵四起，人人自危，谁还用心料理此案呢？转眼过了一年，案情还是音空信杳。

这年，朱森九岁，他舅父刁步正，来到府里。他进得府来，俨然成了这里的主人，帮着妹妹料理家务，所有财产，都经他手掌握。

仆人们见此情景，很不服气。一个个交头接耳，议论纷纷。但是，人家是舅爷，谁敢当面说个别的！最使人们可恨的是：日久天长，发现他与妹子关系暧昧。他们是叔伯兄妹呀，有时就夜不归宿，住到妹子屋内。

一天，朱森找到刁步正，伸出双手，说道："舅舅，给我钱！"

"要钱买什么？"

"嗯，买点好东西。"

刁步正不高兴地说道:"去,我腰里没有。"

"有有有!"朱森说到这儿,伸手就撩他的衣服,打算去掏银子。这一撩呀,让他大吃一惊,怎么?他见舅舅腰间系着的那条宝带,正是爹的佩带之物。于是忙问刁步正:"舅舅,这不是我爹的那条带子吗?"

朱森的这句话,可捅了马蜂窝,刁步正立时颜色更变,暴跳如雷。他忙把房门关上,噌!从靴靮里抽出匕首,冲朱森怒喝道:"小兔崽子,我宰了你!"说话间,一手将朱森按倒在地,一手举起了匕首刀。

刁步正为什么这么着急呢?显而易见,当年的坏事就是他干的。

书中代言:这刁氏素芳在未出嫁之前,他们兄妹通奸,就干下了败坏人伦之事。后来,听说当地财主朱善要续弦,他们兄妹商议一番,便打定了主意,让刁氏嫁过去,以成亲为幌子,掠夺朱家的财产。若有机会,再将朱善害死,到那时,便可任由他们享受了。

刁氏临过门儿之时,刁步正再三对她言讲:"千万要有耐性,到在朱府,需装出一副慈母姿态,精心照料那个小崽子。等待时机,你我再设法团聚。"

"我知道。"就这样,她讨得了朱善的欢心。

朱善外出讨账之事,刁氏早偷偷派人告诉了他哥哥,所以,才发生了那场凶杀案。刁步正以为,朱善一死,已称心愿,没想到这个秘密,竟被九岁的朱森发觉。因此,他气急败坏,才要杀人灭口。

此时,刁氏也在屋内。她见哥哥行凶,忙悄声说道:"哥哥,住手!"

刁步正不解其意,问道:"怎么,你还给他求情吗?"

"话不能这么说。你看,现在是大白天,屋里屋外都有仆人,若被发现,你我还活得了吗?"

"那……你说怎么办?"

"小孩儿好糊弄,咱们从长计议。"

刁步正听罢,觉得有理,这才将匕首收回,强颜欢笑道:"永杰,舅舅跟你闹着玩呢!起来,起来!"

不管刁步正怎么哄弄,朱森心里算系了扣啦。为什么?刚才他见舅舅五官挪位，凶神附体，真要杀自己呀！虽然没听见他跟后娘说了些什么，反正，他觉着舅舅和后娘没安好心，从此，便跟他们有了心思。

常言道：不怕贼偷，就怕贼谋。刁步正与刁氏又密谋一番，终于想出个害人的招数。这一天，刁氏换了身衣裳，与刁步正一起，领着朱森，到后花园溜达。

这后花园中，有一眼深井。刁氏来到井边，将盖打开，扶着井帮，一边往井底观看，一边说道："哎哟，这井底多凉快，凉气都扑脸！"说话间，暗暗把金簪拔下，扔到井里。紧接着，故作姿态，大嚷大叫道："哎哟，我的金簪掉到井里了。孩子，快下去给娘打捞。"

朱森一听，吓得不由一怔，忙说道："娘，我不会水啊！"

"没事，来，我在上边拽着你。"

"不行，水太深。"

"不深，来，娘拽着你。"

正在这时，刁步正也赶来了，忙说道："来来来，舅舅也扶着你。"说着话，他见左右无人，用力一推，扑通！将朱森扔到井内，回手拿过青石板，又将盖盖严。

他们以为这事干得严密，万无一失，哪知道隔墙有耳，竟被外人知道了。原来，府上有个老总管，叫朱兴，对小主人十分关怀。为什么？他觉得，老主人在世的时候，待自己不薄。如今，老朱家只剩这点儿骨血了，我得拿出良心，对朱森很照应。平时，他心里有数，可就是伸不上手，只好在暗中留神。

朱兴只知刁步正心术不正，可没料到他是杀人凶手。今天，他见女主人和这位舅爷，领着孩子去后花园游玩，就多了个心眼儿。他略一思索，以送茶为名，也想去看个究竟。他刚走到花园，正好看到刁步正将孩子扔到井中。朱兴这一惊非同小可，霎时间茶盘落地，摔了个粉碎。

第四十二回　斩仇人朱森试宝刃
救明主徐方辨高僧

刁步正听到响动，猛一回头，瞧见了朱兴，心里说，哎哟，坏了！他略定心神，三步并作两步，冲到朱兴面前，一把抓住他的前胸，像拎小鸡一样，与刁氏一起，将他由花园拎到屋内，然后，赶紧把门关上，问道："老总管，你刚才看见什么了？"

老朱兴气得浑身战栗，"好小子，我什么都看见了！你伤天害理，竟敢把小主人扔到井里！"说到此处，大声呼喊："救人哪！小主人被扔到井里了——"

"我让你再嚷！"刁氏急忙拿来块汗巾，塞到朱兴的口中。

朱兴上了年纪，本来就没劲儿，再加上着急、生气，被人家这么一堵，也就喊不出来了。

这阵儿，刁步正心中合计，眼下，我该怎么办呢？把他杀死，不敢；不杀，早晚是个祸害。这小子急了个够呛，在屋内直转磨磨儿。他思谋良久，才冲老总管说道："朱兴，方才我一时失手，将外甥推到井里。现在木已成舟，后悔也无用。你在朱府多年，忠心耿耿，令人敬佩。看在已故老爷的分上，休要声张，将此事撂开也就是了。若嚷嚷出去，人命关天，咱朱府岂不遭一场劫难？到在那时，老爷、太太在九泉之下，也难以瞑目呀！"说到此处，掏出钥匙，将柜打开，拿出纹银五百两，递到朱兴面前，"老人家，你已到了风烛残年，该享享清福了，拿去吧，总够你养老的了。往后若有马高镫短，只管说话。"

"啊？"年迈的朱兴，看到这种来头，心里合计，我若硬碰硬，他非立时把我整死不可。我这口气要咽了，谁给小主人报仇雪恨？想到这儿，有了主意。只见他瞅着银子，故意装出犹嫌不足的神态，说道："一条人命呢！五百两银子，就能把我的嘴封严？哼，办不到!"

"行行行，那好说。"说罢，刁步正又拿出纹银三百两，"总共八百，够了吧?"

"嗯，这还差不多。"

"我说老人家，你可不能言而无信。"

"我朱兴说话算话，定把你的嘱咐记在心中。"

"不过，话又说回来了，你纵然将此事声张出去，我也不怕。常言说，有钱能买鬼推磨。实不相瞒，本地的州府县道，都是我的好友，就你一个穷老头儿，告也没用。你若诚心交我这个朋友，将来对你定有好处。"

"好好好!"朱兴拿着银子，从此辞差离开了朱府。

刁步正打发走朱兴，又跟刁氏商量道："咱得把死尸挪个地方，万一这老家伙反过口来，报了官呢?"

"对。"这一对狗男女商量已毕，趁着黑天，每人手拿一根挠钩，前去打捞尸体。他们捞啊捞啊，直捞到天亮，也没捞着。二人心中好生奇怪，这是怎么回事儿呢？难道被水泡化了？或者是井里有泉眼，把尸首抽跑了？他们又捞了三天，也是空忙一场。

那位说，朱森哪儿去了呢？

书中代言，当朱兴被刁步正和刁氏拎到屋内的时候，偏赶上墙外有个老道。这老道身高过丈，把脑袋往里一伸，什么都能看见。他见花园内空无一人，便双腿一飘，跳到井旁。紧接着，揭开井盖儿，跳到井中，将朱森朱永杰救走。

这位老道是谁呢？乃是普陀山的景玄真人罗道爷。罗老道是武林高手，独立一宗，广收门徒。在他手下成了名的英雄，数不胜数。这次离开普陀山，为的是四方化缘，捐款修座老祖楼。哪知误走朱家庄，这才救了朱森朱永杰。

景玄真人把朱森带回普陀山，收他为徒，教给他兵马武艺。罗老道无论兵书战策，还是长拳短打、马步功夫，都有独到之处。朱森跟他学能耐，那还错得了吗？

光阴似箭，日月如梭，转眼之间，过了八个年头。如今，朱森一十七岁，已长大成人。每当想起自己的家事，心头就闷闷不乐。尤其最近，说话前言不搭后语，学本领也心不在焉了。

一天，罗老道将朱永杰叫到身边，说道："徒儿，看你神志恍惚，好像有心事在怀呀！"

"师父！"朱森见问，跪倒在地，眼含热泪，说道："恩师。我爹爹死得不明，家产被人掠夺，徒儿又身遭暗算。若不是恩师相救，焉有徒儿我的命在。常言说，杀父之仇，不共戴天，难道我能白白罢了不成？恳求恩师，容徒儿下山几日，替父报仇！"

"无量天尊！徒儿所言极是。从前，你艺业不精，为师不能放你前往，现在，你的能为大有长进，理应下山，为天伦申冤。不过，你张嘴报仇，闭嘴报仇，实乃妄动之举。试看，州有州官，县有县衙，为何不到那里鸣冤，却要私自动手呢？此番下山，一为祭祖，二为申冤，万不可大开杀戒。"

"徒儿谨遵师命！"

"徒儿，你此番下山，为师无他物相赠。现有三皇宝剑一柄，你把它带在身边。此乃传世之宝，吹毛断发，削铁如泥。望你永存身边，以防不测。"说罢，将宝刃递过。

朱森佩戴三皇宝剑，带足川资，辞别恩师，离开普陀山，赶奔家乡。

朱永杰来到亳州朱家庄外，不禁眼泪流淌。为什么？他回忆起幼年的情景，想起那宗宗件件痛心的事情，心如刀绞。他强压悲愤，买好祭品，经庄民指点，先赶奔自家坟地。

朱森到了祖坟一看，见爹爹的坟头倒也不矮。而且，已与母亲合葬一处。坟头前边有统石碑，石碑前边还有个石桌。朱森看罢，倒身下拜，一边痛放悲声，一边默默祷告，父母在天之灵多多保佑，儿一定要为双亲报仇雪恨。朱永杰一直哭到日头偏西，这才离开坟地，快步奔庄内走去。

朱永杰走到村头，看见一家酒馆，心想，时间尚早，我先喝两壶，酒壮英雄胆嘛！另外，借此机会，也探听一下家中的情形，于是，迈步来到馆内。

朱永杰抬头一看，屋内只有几张桌椅，空无一人。掌柜的趴在柜台上，昏昏欲睡。看这光景，买卖并不兴隆。朱森看罢，坐在桌旁，说道："掌柜的，拿酒来！"

酒家揉揉眼睛，走到朱森面前，忙问道："客官，您喝多少？"

"好酒半斤。"

"好。不过，这儿可没什么好菜，只有腌鸡蛋，五香豆腐。"

"嗯，挺好。"

"您稍等。"说罢，忙置酒布菜，端到桌面。

朱森斟满酒杯，抬头瞧了瞧酒家，不由就是一愣。为什么？他看着眼熟。呵，想起来了，这不是老总管朱兴吗？

与此同时，掌柜的心里也合计，看这五官相貌，这位客官好像我家少主人哪！

二人相视片刻，朱永杰大叫一声："啊呀，你是老总管？"

"你是少主人？"

霎时间，二人手挽着手儿，抱头痛哭。

朱兴哭罢多时，说道："少主人，此处非讲话之所，快跟我到后屋攀谈。"说罢，端着酒菜，领朱森到在后屋。

朱森到了后屋，坐定身形，一边饮酒，一边询问往事。

朱兴长叹一声，说道："少主人哪，自从你被扔到井中，那刁步正非要宰我。我见机行事，不仅保住性命，还得了他八百两纹银。我就打算要好好活着，眼巴巴瞅着他们会得个什么结果。哎呀，我只以为你不在了呢！这真是苍天有眼，是哪位神仙把你搭救了？"

"老总管，多亏高人罗道爷把我相救，是这么回事——"接着，朱永杰就把前情述说了一番。

朱兴听罢，连连点头："这真是好人感动天和地，善有善报，这话一点儿不假。少主人，你这次回庄打算干什么？"

"给我爹报仇。"

"对，早就该报。"

"这刁步正现在干什么？"

"嘻！"朱兴把大腿一拍，说道："别提了，说起他来，能把人

343

肚皮气破。他抢占你家的财产，在这儿开了个武术场子，不知从哪儿弄了些歪门光棍儿，他们横行乡里，无恶不作，把父老乡亲们恨得，牙根儿都快咬碎了。可是，有什么办法呢？听说这刁步正，上至知府，下至知县，文武衙门，那是脚面水——平蹚，全买通了。再说，现在他们府上的打手可不少，你一人孤掌难鸣，此仇不好报哇！"

朱永杰听罢，心里说，师父再三嘱咐，让我到官府申冤。现在看来，此路不通。想到此处，便说道："老总管请放宽心，我现在有绝艺在身，怕他何来？不过，这事你要守口如瓶，万万不可声张。"

"少主人，你要千万小心。"

到了二更时分，朱森将浑身上下收拾紧称，辞别朱兴，一闪身形，噌！飞身上墙，踪迹不见。

老朱兴跪到当院，不住地祷告："苍天哪！保佑我家少主人平安无事。"

朱森施展陆地飞行法的手段，飞檐走壁，霎时间，来到自家门首。他略停片刻，双脚点地，噌！飞身蹿上大墙，定睛往院里一看，不由又难过起来。怎么？故景依旧，人面皆非啊！

此刻，朱森不知那一双狗男女住在哪里，他眼珠一转，将双腿一飘，嗖！像狸猫一样，轻轻跳到院里，爹开臂膀，又四处寻找。

朱森搜索了片刻，忽见从他爹的那间书房内，映出光亮。他疾步蹿到窗前，点透窗棂纸，往屋内一看，那刁步正上身露着光膀子，下身穿着睡裤，光着脚丫，正半躺在被褥垛上。那刁氏坐在灯下，手拿算盘，眼盯账本，正在算账。就听刁步正说道："家里的，算完没有？"

"快了。"

"银两还有多少？"

"唉，都叫你挥霍光了，现在，还不足五万。"

"啊？才剩那么一点儿？"

"那可不，上个月，光知府大人，你就送去两万。"

"哎哟！"刁步正长叹一声，说道："再这样下去，那可就完了。不行，我得想些办法。听说东庄有个活财神，哼，我讹他一下，实在不行。我就绑他个票儿。常言说，人不得外财不富，马不得夜草不肥呀！"

"嘘！"刁氏急忙制止道："呆子，小声点儿，当心被人听见。"

"谁听呢？咱院里也没外人。"

朱森听到此处，火往上撞，心里说，这家伙算损透了，背后想的道道儿，都缺德带冒烟儿。他报仇心切，一摁绷簧，锵啷拽出三皇宝剑，腾！踹开房门，迈步冲进屋内。

门声响动，屋里的人听见了，刁步正漫不经心地问道："谁？"他心里说，半夜三更的，谁来串门儿呢？

就在这时，唰一声，门帘被剁掉，朱森迈大步来到刁步正面前。

"啊！"刁步正见来人满脸杀气，手持利刃，吓得茶呆呆发愣，他面对来人，定睛细看，"啊呀"！不由惊叫了一声。为什么？他认出来了，正是朱森朱永杰。他心中纳闷儿，哎，他不是死了吗，怎么又蹦出来了？啊呀，怪不得没捞到尸首呢，大概有人将他救走了。想到此处，刁步正体如筛糠，赶紧跪倒，哆哆嗦嗦地说道："外甥，我的亲外甥！饶命，饶命啊！"

刁氏听罢，吓得尿了一裤裆，连地方都挪不了啦。

朱森把牙关一咬，用剑尖戳着刁步正的心窝，厉声逼问道："刁步正，我爹是怎么死的？你要如实讲来！"

"外甥，他老人家遇难，跟我有什么相干呀？"

"呔！"朱森一生气，一挥舞宝剑，噌！就把他的耳朵削下一个。

刁步正疼痛难忍，忙说道："我说，我说！当初，怪我财迷心窍，是这么回事——"接着，就把前情讲了一遍。

朱森听着，听到后面，实在听不下去了，心中合计道，恶贯满盈的家伙，让你尝尝我的三皇宝剑吧！想到此处，将腕子一错，大吼一声："你给我死在这儿吧！"话音一落，噗！一剑刺透他的胸膛。

朱森拔出宝剑，一抖剑身："好剑啊好剑，真乃宝刃也！"

朱森正在看剑，刁氏转身就跑。朱森猛一甩手，轱辘！刁氏的脑袋也滚落在地。朱永杰将仇人杀完，转身形到在院内。

这时，打更的正好来到近前，他见有人手提宝剑从屋内出来，料知出了大事，急忙喊叫道："了不得啦，来人呀——"紧接着，锵啷嘟嘟更锣声暴起。

霎时间，府内的打手全赶到院内，他们各操刀枪棒棍，将院子围了个水泄不通。朱森不忍杀伤无辜，他手提宝剑，跳上花池，对大家高声讲道："诸位，我一不是江洋大盗，二不是陆地响马，也不想掠夺什么财产。我父叫朱善，我叫朱永杰，这个家就是我的家。刁步正兄妹做出下贱之事，把我爹爹害死，又把我扔进井中。多亏高人搭救，我才得以存生。今日特意下山，为我爹爹报仇雪恨。诸位，我已把话讲完，有仇的靠前，无恨的靠后。我手中的三皇宝剑，可没长着眼睛！"

这帮人一听，纷纷议论，这个说："真是，跟我们有什么关系呢？爱杀多少杀多少。"

那个说："少爷，那刁步正现在干什么呢？"

朱森说道："早就被我宰了！"

"宰了？那妥了，干脆，咱们各自找饭门子去吧！"

刹那间，众打手轰的一声，全散了。这就叫树倒猢狲散哪！

朱永杰见打手散去，把财产归拢一下，全送给老管家朱兴。诸事料理已毕，二次回普陀山学艺。

罗真人听罢徒儿的述说，不但没有见怪，反而对他更加赏识。从此，又实心实意地传授他本领。

光阴似箭。朱永杰到了二十五岁，艺业学成。这一天，罗道爷将他叫到面前，说道："徒儿，我已给你查明，你跟洪武皇帝朱元璋，本是一家人。大排行而论，他是你四哥。常言说，学会文武艺，货卖帝王家。你应到两军阵前，帮你皇兄北赶大元，统一中华，立万世之功勋。"

"谨遵师命！"朱永杰听罢，背背三皇宝剑，拜别恩师，离开了普陀高山。

其实，朱森早已到了黄河岸边。明营中发生的事情，他也略知一二。那么，他为什么没露面呢？这朱森自尊心很强，心中暗想，我寸功未立，寸草未得，挺大个活人，腆着肚子叫人家四哥，岂不让人说冒认官亲？即便将我认下，张嘴就吃饭，那也不光彩呀！无论如何，也得立点儿功劳，那才理直气壮呢！

正好，朱元璋被获遭擒，五小将被恶道时碧辉抓住，朱永杰这才露面。前文书说过，有人拍了徐方一巴掌，还有人将徐方扔到屋里。那是谁干的？都是朱森朱永杰。

书接前文。朱森手提三皇宝剑，冲到时碧辉面前，只断喝了一嗓子，就把这老道吓了一哆嗦。为什么？时碧辉不知他有多大的能为呀！凶道略定心神，晃掌中丧门剑，直奔朱森。

朱永杰一看，先躲过身形，紧接着，用三皇剑往上一撩，锵啷一声，将丧门剑的剑尖削掉。

时碧辉一看，吓得魂魄都出窍了，心里说，不好，待我用暗器伤他。他想是那么想，可是，来不及了，还没等他动手，朱森就蹿到他眼前，下头一晃，上头一剑，噗！把时碧辉劈为两段。

朱森劈死恶道，蹭净剑上的血迹，去到配房之中，提来一桶凉水，冲常茂、丁世英、朱沐英、徐方、胡强，以及那些亲兵的五官，就喷开了凉水。

片刻，头一个是常茂，从地上骨碌起来。他定了定心神，撒目一看，面前站个年轻人，手中提着宝剑；再朝院里一瞅，倒着一片。他使劲回忆一下，想起来了，嘻，刚才大战恶道，闻到一股香味，就人事不省了。

这时，徐方他们也相继苏醒过来，小弟兄围上前去，向朱森道谢，并询问他的尊姓大名。

朱森道出了真名实姓，常茂捶了他一拳，说道："哎呀，原来咱们是一家子。这么一说，我还得管你叫好听的，你是我叔叔呗？叔叔，请受我等一拜。"说罢，领众家弟兄，躬身施礼。

朱森忙说道："起来，起来，诸位休要客气。你们都叫什么？"

众人通报名姓。寒暄已毕，迈步进屋，去找洪武皇帝。

大伙不进屋还则罢了，到屋里一看，全傻眼了。怎么？朱元璋又踪迹不见。

这时，朱森的脸，唰就变了色啦，他抱歉地说道："这个……"

常茂这顿埋怨，那就甭提了："我说你这个叔叔是怎么弄的？吹呼了半天，怎么把皇上给看丢了？哎，这可不是我诬赖，我管你要人！你找着皇上，还则罢了；若找不着皇上，你也走不了！"

金锤殿下朱沐英，一把拽住朱森的手腕，结结巴巴地说道："哎，你刚才说、说的那话，不、不是糊弄我们吧？那皇上哪、哪儿去了？"

朱森真是有口难言。他忙冲大伙儿说道："诸位，我该怎么跟你们说呢？咱这么办吧，我先尽量去找，若实在找不来，情愿死在你们面前。"说着话，朱森垫步拧身，噌！就蹿上大殿。

徐方一看，也跟着蹿了上去。

他二人手搭凉棚，往四外观看，嗯？在东北的山路中，有一道黑影儿，好像背着个人，正在往前疾进。

朱森用手一指："哎，看见没有？他那身后，是不是背着个人？"

"嗯，像，追！"这二人一前一后，撒腿就追。

前面那个人，没朱森、徐方他们跑得快。为什么？他背着个人哪！一百四五十斤，够吃力的。他一边跑着，一边回头观瞧。见后边有人追来，不由心中发慌。他急忙翻过一架大山，一闪身形，哧溜！进了前边的那片树林。

这阵儿，朱森和徐方也追到近前。朱森刚想迈步进树林，徐方一把将他拽住，说道："等等！咱在明处，人家在暗处，打来暗器，你受得了吗？"

正在这时，就见树林之中走出一个和尚。

朱森、徐方定睛观瞧，但见这个和尚，穿一领青色僧衣，水袜云履。往脸上看，黄白净面，细眉长目，鼻正口方，三绺黑须，文质彬彬。他二人正在观瞧，就见这个和尚来到面前，停住身形，说道："弥陀佛！朋友，再不要追赶了，你们看看我是何人？"

小矬子徐方听了这句话，就觉得耳熟。再仔细一瞅，哎呀，吓得他嘣嘣直蹦。心里说，怎么是他呀？

那位说，这个人是谁呀？正是想当年赫赫有名的南汉王陈友谅。

前文书说过，九江口一场恶战，陈友谅全军覆没，自己也被常茂生擒。朱元璋念其曾有联军之谊，留他在营中效命。陈友谅执意不从，便削发为僧。打那以后，这个人就销声匿迹了。万没想到，今天他会出现在面前。

此刻，徐方心中暗想，九江口一战，他必怀恨在心，今日劫走皇上，定是为报昔日之仇，看来，今天是非玩命不可了。想到此处，对朱森说道:"我说永杰叔,这次可该看你立功了。面前这个秃驴,就是鼎鼎有名的南汉王陈友谅,你快将他抓住。否则,皇上可救不回来!"

朱森听罢,高叫一声:"你瞧好吧!"说罢,晃动三皇剑,要大战陈友谅。

第四十三回　陈友谅带路访贤士
朱元璋指婚纳高人

　　朱森朱永杰听罢徐方的话，晃掌中三皇剑，就扑奔陈友谅。

　　这时，就见陈友谅笑嘻嘻说道："阿弥陀佛！二位将军，休要误会。此处不是讲话之处，走，我领你们去见主公。"

　　徐方听罢这番言语，正在发愣，忽然见树林里又走出一人。谁？朱元璋。只见他走到近前，说道："徐将军，不要多疑，我与陈王兄早已和好，咱们是一家人哪！"

　　徐方一听，忙跪倒磕头："万岁，微臣救驾来迟，望乞恕罪。"

　　朱森也忙收兵刃，跪倒在朱元璋面前："皇兄，愚弟叩见！"

　　"你是何人？"

　　"我名永杰。"接着，将往事述说了一番。

　　朱元璋听罢大喜："这真是祸兮福所倚，朕大难不死，又遇见王爷和族弟。看来，这倒可喜可贺了。"

　　众人一听，不由开怀大笑。

　　讲到此处，说书人还得补叙几句。前文书讲过，南汉王陈友谅兵败九江口，被朱元璋恩放。他离开鄱阳，迁居河南，在三佛寺当了住持。陈友谅为什么当和尚呢？他有他的打算，想当年，联军共举义旗，为北赶大元，一统天下。而今，我却背信弃义，干下了如此蠢事。这还有何脸面活在人间？因此，他脱离红尘，不理人间俗事。平时，闲来无事，就习练拳脚。别看他上了年纪，可那功夫倒比当初强得多。烦闷之时，就走三山踏五岳，四处云游。他嘴里说不理人间俗事，可是口不应心呀！在云游途中，就探知朱元璋兵发黄河岸。为此，他放心不下，也赶到那里打探军情。果然，听到朱元璋在黄羊观身遭不测。他心急如焚，这才夜入观中，趁混乱之际，将朱元璋救出。

朱元璋君臣正在开怀大笑，忽见西南暴土扬尘，跑来一队战骑。等他们来到近前一看，原来是常茂、胡强、朱沐英、丁世英领兵而来。朱元璋把经过一说，众人纷纷过来，向陈友谅道谢。

陈友谅说道："阿弥陀佛！此地离三佛寺不远，屈尊各位大驾，请到那儿详谈。"朱元璋满口应承，带领众人，奔三佛寺而去。

众人来到三佛寺一看，嗐，好雄伟的古刹！但只见，山门雄壮，大殿巍峨。佛坛法座，白玉莲花为台；丹陛云墀，黄金铺就平地。钟鼓楼高，殿角动春雷之响；浮屠塔峻，天际飘仙梵之音。僧众袈裟华丽，寺院果然非凡。

陈友谅将朱元璋他们接进禅堂，先让小徒儿端来清水，让他们梳洗净面。接着，又摆设素宴，热情款待。

席间，陈友谅问道："王已乃金身大驾，此番亲离大营，意欲何往？"

朱元璋口打咳声，就把胡尔卡金以阵决胜负之事，详细述说了一遍，并说道："朕此番离营，是为请高人罗虹、罗决，求他们前来助阵。"

陈友谅听罢，点头说道："噢，原来如此。主公，这罗氏弟兄，贫僧认识。"

朱元璋大喜，问道："王兄，你能否从中帮忙？"

陈友谅说道："主公，这罗氏弟兄，性情十分古怪。他们居住在三泉山，离此并不甚远，可是，贫僧与他们很少往来。据我所知，这罗虹、罗决从不谈吐志向，心中之隐实难令人捉摸。不过，我倒可作一指引，为主公带路。"朱元璋听了大喜。

次日清晨，众人用过斋饭，由陈友谅引路，便来到了三泉山。

陈友谅进到庄内，东拐西绕，走到一座漆黑大门跟前，停下脚步，说道："这儿便是。"

此番搬请高人，朱元璋带了不少厚礼，他冲左右看看，便请陈友谅叩门。

时间不长，走来个家院，打开大门，问道："哎，你们找谁呀？"

陈友谅满面赔笑，迎上前去，说道："阿弥陀佛！贫僧陈友谅，特来拜望你家主人。"

"噢，请稍等片刻。"说罢，家院把门关严，到里边送信儿。片刻，就听院中脚步声响。接着，咣当一声，院门开放。

众人闪目往门内一看，啊呀，差点儿都乐出声来。怎么？这对老头儿，长得可太出人意料了。但只见上首这位：头大如斗，身高不满四尺，奔儿喽头，窝眍眼，鹰钩鼻，菱角嘴，山羊胡，黄眼珠；下首那位，跟他相差无几，只不过眼珠子发红。别看他们其貌不扬，但是，身前身后都有百步的威风，好像长着瘆人毛一般，明眼人一看便知，这两位是武林高手。

陈友谅见罗虹、罗决迎出门来，往前紧走几步，忙打稽首："阿弥陀佛！二位老英雄，贫僧陈友谅来得鲁莽，恕罪，恕罪！"

罗虹、罗决认识陈友谅，虽然接触不多，可也是低头不见抬头见哪！这老哥儿俩见他施礼，也赶紧抱腕躬身道："岂敢，岂敢。老佛爷，您这样施礼，可要折我们的阳寿了，哈哈哈哈！"说到此处，抬头看看众人，问道："这些都是何人？"

"啊，待贫僧与英雄引见——那就是大明洪武皇帝……"

"什么？"俩老头儿听罢，不由一愣。疾步过来，就要磕头。

朱元璋急忙下马，将他俩拦住。接着，携手挽腕，步入院内。

朱元璋知道这哥儿俩性情古怪，带这么多人，七言八语的，怕把事弄糟。因此，将众人留在院里，他只与陈友谅随二位英雄进了大厅。

宾主落座，献茶已毕，罗虹便问道："万岁，陈佛主，今日大驾光临寒舍，不知有何贵干？"

朱元璋口打咳声，说道："老英雄，无事不登三宝殿。朕，乞求二位来了！"

"噢？万岁，您乃一国之君主，富有四海，老朽是普通庶民，能有何用？"

"老英雄言之差矣！眼下，元兵绝望挣扎，摆下了金龙搅尾阵，与明营赌斗输赢。对于此阵，我军将帅无底。朕与元帅、军师早知二位精通阵法。为此，特来慕名相聘。"说到此处，冲厅外喊话，"来呀，将礼物呈上。"

"遵旨。"亲兵答应一声，将礼盒抬进大厅。

朱元璋说道："些许薄礼，不成敬意，望二位英雄笑纳。"

陈友谅起身离座，将礼盒打开一看：有金如意一只，翡翠鸳鸯钵一对，福禄寿三星金像，还有各种绫罗绸缎，珠宝玉翠……算到一块儿，价值万金。

可是，这么贵重的礼物，罗氏弟兄连看都没看。罗虹说道："万岁，刚才您讲话，言过其实了。我若有那么大能耐，还在此受穷吗？别说讲究什么阵法，就讲武术，我们也实属外行。不是我们不识尊敬，这贵重礼物受之有愧。还请万岁快快带走，另请旁人。"

好吗，这个倔老头儿，给朱元璋来了个烧鸡大窝脖儿。

朱元璋气度不凡，他厚着脸皮，又向人家哀求道："老英雄，常言说，真人不露相，露相不真人。您的经天纬地之才，乃世人敬慕，何必过谦？不看僧面看佛面，不看鱼情看水情。望二位看在朕的分上，出山相助。"

陈友谅也不闲着，与朱元璋一唱一和，紧说好话。

这罗虹、罗决真叫古怪，任凭你磨破嘴皮，他们也无动于衷。后来，他们听得不耐烦了，猛地站起身形，把脸一沉，说道："陛下，陈佛主，望你们免开尊口，来人，送客！"说罢，罗氏弟兄拂袖而去。

这时，就见走来几个家院，冲客人说道："嘿嘿，我们主人有话，二位，请吧！"他们不光把人撵出，而且，连礼物也抬出厅外。

这阵儿，常茂、徐方、朱森、朱沐英、丁世英这些人，在院内正等着呢，就见万岁红着脖子，灰溜溜地被赶了出来。常茂嘴快，来到皇上面前，问道："万岁，此事如何？"

"人家不愿出头。"

常茂一听，腾！心头的怒火就攻上来了。他把雌雄眼一翻，说道："什么？真是不识抬举，不就是会破个阵吗？皇上亲自登门相拜，又有茂太爷和众位英雄来请，这是往他脸上贴金。这种人哪，牵着不走，打着倒退。众位，他既不知自爱，走，咱扒他的房子，抄他的老窝！"

小磕巴嘴朱沐英也说道："对！这、这种人哪，就、就得给他点儿颜、颜色看。"

徐方也气坏了，高声喝道："对！烧他的房子，扒他的窗户。"

陈友谅一看，吓了个够呛，心里说，哎呀，有这样请人的吗？纵然人家不出头，也不能引出这么多麻烦呀！他赶忙说道："善哉，善哉，休要如此！"他劝劝这个，又劝劝那个，忙了个不亦乐乎。

最后，朱元璋拜托陈友谅，再找罗氏弟兄面谈。朱元璋心中暗想，费了九牛二虎之力，我能白来吗？你再撵我，我也不走。这是跟我二哥胡大海学的，给他摆个肉头阵。

商量已毕，众人回到大厅，静候音信。陈友谅去到后屋，再请罗氏弟兄。

过了好长时间，就见陈友谅乐呵呵地从后宅走来。

朱元璋赶紧迎上前去，询问道："王兄，他们答应没有？"

陈友谅坐在一旁，说道："阿弥陀佛！真不容易呀，总算应下了。"

朱元璋一听，顿时把悬着的心落到肚内："啊呀，谢天谢地！"

"陛下，话不说不明，木不钻不透。经贫僧一再询问，总算把他们的心里话套出来了。原来，他们确实有为难之处。"

"噢？何事？"

陈友谅接着说道："罗虹只身一人，前去破阵，倒无牵挂；可那老二罗决，膝下还有个姑娘，今年二十九岁，名唤素英。他去破阵，若被元人知道，必然前来报复。为此，留女儿在家，他放心不下。"

"这有何难，将姑娘也带到营中，不就得了？"

"贫僧也曾那样言讲，他说女儿身大袖长，出出入入，多有不便。"

"哎呀，这该如何是好？"

"主公不必着急。方才，我已见到了这位姑娘，她有一身的好武艺，什么长拳短打，马上步下，十八般兵器，样样精通。贫僧跟她交言搭话，才知她谈吐不俗，胸藏锦绣。不过，就是身材短小，模样有点儿不济。刚才，罗氏弟兄跟贫僧言讲，只要明营有人跟素英成亲，他们马上便出山。"

"哎呀！"朱元璋说道："此话何不早讲？明营之中，战将如林。远的不说，眼前就有啊！"

那位说，朱元璋心里想着谁呢？小矬子徐方。这徐方出世以来，屡立战功，现在尚未娶亲。为什么？一则是战事频繁，无暇料理；二则是他模样难看，无人应亲。今天巧遇此事，这岂不是天作之合吗？

朱元璋打好主意，将徐方叫到身边，说道："徐将军，方才陈王兄之言，俱已讲清，你应下这门亲事如何？"

朱元璋这几句话，可把徐方气了个够呛，心里说，你这不是拿我开玩笑吗？叫我配那样的丑八怪？哼，你也就是皇上得了，想说啥说啥，若换个旁人，我非骂他祖宗不可。于是，他强压怒火，说道："陛下，微臣使的是金钟罩、铁布衫，不能娶媳妇，万岁，你另选旁人吧！"

这时，常茂走到徐方跟前，小声讲话："你拉倒吧！皇上是金口玉牙，出言为旨。这门亲事，你答应也得答应，不答应也得答应。要不，他就把你宰了！"

任凭众人相劝，徐方执意不从。

朱元璋招贤心切，不由动了肝火，他把脸一沉，"徐方，你可知抗旨不遵，该犯何罪？"

"这——"徐方无奈，这才说道："既然万岁做主，臣百依百顺。"

徐方应下亲事，陈友谅又找罗氏弟兄晓说。罗决听罢，忙派人给小姐送信儿。

罗素英得信儿，又高兴，又担心。她忙打发丫鬟，暗中相看。

时间不长，丫鬟回来禀告，说徐方能耐出众，是个了不起的英雄，不过，身材短小，长相不济。

姑娘一听，气冲斗牛。她立即跑到罗虹、罗决面前，好一顿折腾。

罗虹耐心相劝道："常言说，一好遮百丑。徐将军武艺高强，能为出众。他与你相配，可也算门当户对。"

罗决也劝说道："徐将军是明营的侯爵，成亲之后，你二人协力同心，共建功勋，也不枉为一世。"

罗氏弟兄婉言相劝，姑娘这才转忧为喜。双方交换表记，订下亲事。

诸事料理已毕，罗氏弟兄随朱元璋，告别陈友谅，带上金丝软藤枪，领着女儿罗素英，跨骑快马，赶奔前敌。

这阵儿，早有探马蓝旗将消息报与徐达和刘伯温。他们亮开全队，走出十里以外，隆重迎接。将众人接进军营，摆设酒宴，为朱元璋等人接风洗尘。

次日，朱元璋升坐宝帐，将文武群臣召至驾前，共议破阵之策。

朱元璋说道："罗老英雄，请将阵内奥妙，话讲当面，我等愿闻高论。"

罗虹一听，站起身形，抱拳施礼道："各位，常言说手大不遮天。由我弟兄破阵，那可担当不起。据老朽所知，这金龙搅尾阵内，包罗万象：有一字长蛇阵、二龙出水阵、天地三才阵、四门兜底阵、五虎群羊阵、七星北斗阵、八门金锁阵、九子连环阵、十面埋伏阵，还有水阵、火阵、机关、消息儿……星罗棋布，这些俱是步古人之后尘，不足谈论。更有甚者，元兵仗着善骑善射之优长，在阵内暗布了铁甲连环马。这连环马疾似狂飙，猛如洪水，实难攻克！"

朱元璋一听，又忙问道："罗爱卿，何为铁甲连环马？"

"据老朽所知，那老驸马驯服战骑数以百计，他把五十匹列为一排，马头安尖刀，马背披铁甲，马与马之间，用锁链紧紧相连。似这等连环战马，共有十排。试看，这十排连环马一齐闯来，焉有咱军兵的命在？"

朱元璋听罢，不由心头发凉，急忙问道："这连环马如何破法？"

罗虹说道："常言说，有宝就有破。请万岁传旨，待我弟兄速速练兵。"接着，便道出了大破连环马的办法。

朱元璋等人听罢，无不为之称奇。当即传下口旨，命罗氏弟兄操练破阵之兵。

罗氏弟兄先挑选了身形灵巧的精兵五百名，每人发钩镰枪一支，利斧一柄，传授跳跃、翻滚技艺和破阵之策。

非止一日，精兵练就，罗氏弟兄向皇上交旨。

朱元璋大喜，忙又与元帅、军师商量兴兵事宜。

次日，刚刚吃过晚饭，元帅徐达传下军令："来呀，点鼓升帐！"

徐元帅率领雄兵，要大破金龙搅尾阵。

第四十四回　徐达布兵于皋发难
继祖殒命左登身亡

明营刚吃过晚饭，元帅徐达突然传下军令："击鼓升帐！"

这可是个新鲜事儿，平常打仗，都在白天，晚间破阵，为的是便于隐蔽。

大帅徐达传下军令，霎时间，鼓响三遍。接着，就见满营众将，甲叶叮当，簪缨乱颤，盔明甲亮，挂剑悬鞭，簇聚到中军大帐。

此时，大元帅徐达怀抱令旗令箭，帐中而坐。上首有洪武皇帝朱元璋，下首是军师刘伯温。罗虹、罗决是客人，也在旁边作陪。余者众将，不管身份高低，俱都分立两厢。但只见金盔金甲，银盔银甲，铜盔铜甲，铁盔铁甲，一个个形若貔貅，气宇轩昂。

罗虹、罗决看罢，不住地点头称赞，怪不得明军攻无不克、战无不胜，果然英雄云集。看到此处，他二人也觉着光彩。

此刻，就见元帅徐达说道："众将官！今日进兵，事关成败，只许胜，不许败。只有破除恶阵，才能杀过黄河，驱走大元。望尔等齐心协力，疆场立功。"

"是！"众将官答应一声，山摇地动。一个个摩拳擦掌，等候奋战。

徐元帅操起令箭，他头一个叫道："常遇春听令！"

"在！"开明王常遇春整盔抖甲，躬身施礼："末将参见大帅！"

"命你带常茂、常胜、顾大英，领兵三千，从北阵门而入，一直打到中央戊己土，配合本帅，不得有误。"

"遵命！"常六爷精神抖擞，将大令接过。

徐达操起第二支令箭，高声喝道："胡大海听令！"

"在！"胡大海分战裙，一撩鱼褙尾，迈步来到桌案跟前，答道："末将参见元帅！"

"命你带胡强、徐方、郭彦威、汤琼，率兵三千，从西阵门杀到中央戊己土，配合本帅，不得有误。"

"遵令！"胡大海接令在手，退归一旁。

徐达又吩咐道："刘军师！"

"无量天尊，刘伯温在！"

"你带领大军一万，在阵外埋伏。单等我们三路人马在中央戊己土汇合，点起信炮，军师再带兵杀进阵中。"

"无量天尊，遵令！"

徐达又传下将令：罗虹、罗决、朱森、左登、郭英、汤和、张兴祖，还有自己的儿子徐继祖，带兵五千，攻打南阵门。

洪武皇帝和余者众将，在营中坐等消息。

徐元帅四路派兵，样样得当。众战将心中，无不高兴。

不过，也有人不高兴。谁？蓝面瘟神——花刀将于皋。前文书说过，花刀将于皋，是于锦标的儿子。自在周家寨与常茂会面，得知前情，他的心中就有些活动。后来，丁普郎病故，更感人单势孤，便策马来到兴隆山，投奔了洪武皇帝。进营后，屡立战功。于皋身高体壮，力气无穷。胯下菊花青，掌端锯齿飞镰大砍刀，那是头一排的猛将。若论能耐，与常茂差不了多少。不过，他心眼儿死板，舌头发笨，平时很少说话。凡是这种人，别看嘴里不讲，心里却很有数。

徐达传令之时，于皋就左瞅瞅，右瞧瞧，心中不是滋味。为什么？他见跟自己年龄差不多的战将，都领了军命，唯独没有自己。于皋心中暗想，难道徐元帅把自己忘了不成？不对，他一向做事谨慎心细，连能为一般的人都派了出去，怎么会将我遗忘呢？他又想了良久，心里说，明白了，他跟我有仇啊！我爹在世之时，曾与他虎帐谈兵，赌头争辩。为此，将我爹活活逼死。徐达，真若如此，那就是你的不对。如今大敌当前，怎能假公济私、贻误军机呢？难道说，为国立功还有厚有薄吗？嗯，我再等等。倘若再不派我，我非质问他不可。

于皋耐着性子，等啊，等啊，等到最后，也未派到自己头上。他实在忍无可忍，在下边就高声吼叫了一嗓子："元帅，末将有话要讲！"

于皋本来就是个大嗓门儿，再加上他又是带气喊的，所以，这声音非常刺耳，把大帐震得嗡嗡直响。众人都吓了一跳，无不甩脸观瞧。

这时，就见于皋横眉立目，迈虎步来到帅案跟前，躬身施礼道："大帅，末将有一事不明，要当面领教。"

徐达和颜悦色地说道："于将军，有话请讲当面。"

"元帅，方才你讲得明白，这一仗事关成败，只许胜，不许败。如今，各家英雄好汉，都派到前敌，攻打恶阵。我于皋一不老，二不小，正是为国出力的大好时候，元帅为何只派别人，而唯独不传我将令？"

"噢！"徐达心里说，于皋这是挑理了。他忙解释道："于将军，咱不能棋胜不顾家。所有战将都去破阵，倘若敌兵乘虚而入，岂不悔之晚矣？须知，皇上还在大帐。你在营中保护万岁，那也重任千钧啊！"

徐达以为，相劝几句，于皋就会心服。谁知于皋一听，却瞪大了眼睛："大帅，照你这么说，有能耐的常茂，怎么不留在帐中？丁世英、朱沐英、朱永杰怎么不留在帐中？我再问你，你儿子徐继祖有何能耐？我于皋不敢跟别人相比，若跟他比，十个徐继祖也不是我的对手。他怎么也跟你破阵，反而我却不行？今天，你派也得派，不派也得派，我非去打阵不可！"这于皋的脾气真暴，当着众人的面儿，咬牙跺脚，指着徐达的鼻子，就数落了一番。

徐达听罢，立时更变了颜色："嗯？于皋，你可知军令如山？休要啰唆，下帐去吧！"他心里说，拿官腔压压他，也就是了。

谁知于皋可不吃这套，他一蹦老高，指着徐达的眼窝，说道："姓徐的，少来这套。你之所为，我于皋心内明白。从前，你逼死我爹；而今，又想把我逼死。哼，休打你的如意算盘，我跟你拼了！"说着话，于皋捋胳膊，挽袖子，就往前闯。

这种事情，在明营之中还是头一次。就见徐达恼羞成怒，把虎胆一拍，厉声呵斥道："唗！胆大的于皋，竟敢抗我的令箭，满嘴胡言，这还了得！"

胡大海一听，气得双脚直跺，他实在压不住火了，回过头来，啪！打了于皋一个嘴巴。于皋一栽趄，赶紧跪倒磕头："干爹！"

于皋对胡大海，一向十分尊重。自己的爹爹去世了，自到明营，就认胡大海为干爹。胡大海对待他，更是比亲儿子还亲。知道的，一个姓胡，一个姓于；不知道的，还以为他们是亲父子呢！

"你这小子！快给元帅赔礼，磕头！"说话间，就摁于皋的脑袋。

徐达一看，心里琢磨，呀，这事还挺不好办。听他话言话语，还惦记着于锦标的事，这是旧恨新仇啊！不行，无论如何，也得先杀杀他的威风，让他下不为例也就是了。于是，二次把虎胆一拍，厉声说道："唗！胆大于皋，竟敢搅闹大帐！拉出去，重责四十军棍！"

军令传下，棍棒手将于皋拉到帐外，扒掉衣甲，就动起了大刑。

于皋真是钢筋铁骨，他紧咬牙关，脑袋杵地，一不哼，二不哈。用刑已毕，又将他拉进大帐。

此时，元帅问道："于皋，服也不服？"

"不服，不服啊！大帅，我还要打阵！"

有再一再二，没有再三再四呀！逼得徐达实在没办法了，这才赌气说道："看来，本帅屈你的才了，于皋听令！"

于皋晃晃悠悠，勉强来到帅案近前，躬身施礼道："末将在！"

"本帅赐你一支令箭，升你为四路接应使。哪路不到，接应哪路。哪路失利，唯你是问！"

"得令！"于皋挣扎起身形，接令在手，记恨在怀。心里说，老匹夫，休要猖狂。常言说，君子报仇，十年不晚。你等着我，若遇机会，定叫你尝尝于某人的厉害。从此，埋下了将帅不和的祸根。暂且不提。

天到寅时，全营众将，各奉军令，分兵攻打大阵。

按下众人不说，单表徐达。他由徐继祖等战将相陪，率精兵五千，一不掌灯笼，二不扬旗号，离开兴隆山，悄悄奔大阵而去。

这会儿，于皋也跟在身后。于皋心里说，既叫我当接应使，那就得随我的便，爱到哪路到哪路。待我先跟上你，看你怎么破阵。

徐达统率军兵，翻过几架大岭，再往前走不多时，就来到金龙搅尾阵前。

徐达曾观过此阵，对这里的山形地貌，心中有数。所不同者，因为现在是夜晚，所以阵墙垛口上，都挂有灯笼。盏盏灯笼，闪闪发亮，衬着夜色，令人发瘆。徐元帅引兵来到南阵门前，赶紧传令，停住脚步。抬头一看，这阵门跟城门差不多少，双门紧闭，黑漆涂地，菊花钉密钉门扇，兽面口叼着铜环。阵门上方挂一块横匾，上书大阵的名称。按照事先部署，徐元帅冲朱森传下军令，让他去破阵门。

朱森朱永杰在普陀山，曾跟景玄真人学过阵法。虽不太精，也略知一二。只见他手提三皇剑，疾步冲到阵门前，一边仔细观察，一边心里合计，我师父曾说，这阵墙内外，暗设壕沟、翻板、连环板；脏坑、净坑、梅花坑；里面都是冲天刀、立天弩。若踩犯了消息儿，性命难保。他细瞅了片刻，眼珠一转，小心翼翼地来到阵门切近，抓住门上左面的铜环，用力往怀中一拽，朝左拧了三扣。紧接着，嗖！双脚落地，退归本队。

说书人交代：元兵这座大阵，机关都在阵内。他们那意思是，明军只有进阵，鱼游釜中，才可聚而歼之。因此，对阵门的安排，也就落了俗套。朱森按常规行事，果然奏效。他刚站稳身形，就听咣当一声巨响，阵门洞开。朱森探头一瞧，阵内黑咕隆咚，一眼望不到边际。又过了一时，见无动静，便对徐达说道："元帅，可以进阵了！"

"冲！"徐达一声令下，带领几千军兵，摇旗呐喊，就冲进金龙搅尾阵内。

元帅徐达进阵一看，眼前是空荡荡的开阔地带。再往远处看，除了大山，就是树林，并未见异常迹象。

军兵正在往前冲杀，就见一排刺眼的灯光，由远而近，从对面飞来。众人不明就里，心中暗自发愣。

"不好！"罗虹、罗决一看，惊叫一声，忙冲元帅说道："元帅，这就是左都玉的铁甲连环马。每匹马上，头顶明灯一盏，向咱们冲来。元帅，快传军令，让军兵闪退两旁！"

徐元帅闻听，忙传军令："众将官，按事先演练的办法，撤！"

军兵得令，犹如潮水一般，向两侧涌去。霎时间，开阔地上空无一人。

与此同时，那罗氏兄弟带领五百精兵，紧握利斧，稳操钩镰枪，迎对面冲去。

书中代言：这连环马头上有刀，背上有甲，可肚下、腿上都没什么防备。为什么？马匹奔跑不便呀！

灯光越来越近。众人一看，好家伙，五十匹战马用铁链连在一起，犹如一条长龙，跑到近前。

再看那些精兵，他们在罗氏弟兄的率领下，迎到马前，滚翻在地，钩马腿儿，剁马蹄儿，捅马肚，戳马眼，转眼间，这排战马就跌倒在地。就连那没受伤的战马，也只好倒在那里，拼命挣扎。为什么？它们都用铁链连着呢，身不由己。

就这样，左都玉又放出五排，就不敢再放了。为什么？放多少，破多少，还有啥用？

徐元帅见罗氏弟兄破了铁甲连环马，心中十分高兴。他立即高举帅旗，大声传令："众将官，乘胜前进，杀呀——"

"杀呀——"军兵得令，跃马横枪，又朝前猛冲。大军冲进二里多地，忽听前面山谷之中，传出一声清脆的炮响。紧接着，伏兵高举灯球火把，亮子油松，将去路截住。

徐元帅停住军兵，立马横刀，定睛瞧看，就见大纛旗下，闪出一匹战马，鞍桥上端坐一员北国大将。这家伙身材高大，摘盔卸甲也有一丈挂零，肩宽背厚，膀乍腰圆，头顶三叉束发紫金冠，体挂连环甲，外罩百花袍，胯下红鬃烈马，掌端禹王神槊。面似蟹盖，疙里疙瘩，斗鸡眉，蛤蟆眼，搂额带上绣着八宝，真好像火炼的金刚。

此人是谁？元军前部正印先锋官虎牙。这家伙两膀一晃，有千斤膂力。一条神槊，力敌万人。在两军阵前，像猛虎一般。

徐达看罢，便问两旁："哪位将军出战？"

此时，花刀将于皋也在身边。他见徐达点将，灵机一动，便说道："元帅派将，难道心中无数？要对付虎牙，别人不行，非徐继祖不可。他那么大的能耐，此时不露，还等何时？"

元帅徐达情知这是风凉话，眼前军情紧急，也无心与他斗口，但是，小将军徐继祖可挂不住了。人有脸，树有皮啊！徐继祖心里说，于皋，这就是你的不对。你跟我爹不和，与我有何相干？噢，你是瞧不起我，用话激我呀？哼，大将军宁死阵前，不死阵后。徐继祖想到此处，催马摇刀，来到徐达面前，忙讨军令："父帅，末将不才，要战虎牙！"

徐达一看，坏了，儿子上当了。他心里说，就你那点儿能耐，还敢去战虎牙？他又一想，若不让儿子上阵，岂不吃于皋耻笑？元帅左思右想，无奈，只得传令："儿啊，多加谨慎。"

"遵命！"说罢，徐继祖紧催战马，冲到两军阵前。

虎牙见明将上阵，他龇牙咧嘴，平端禹王神槊，往对面一瞧，哟，来将银盔素甲，白马大刀，粉面桃腮，十分英俊。看罢，恶狠狠问道："来将通名？"

"我爹兵马大帅徐达，在下徐继祖，官拜将军之职。"

虎牙乐不可支，大声说道："啊！原来是少帅驾到！来来来，跟本将军动手，着家伙！"

这阵儿，虎牙十分高兴，心里说，虽然徐继祖是无名之辈，可他爹是大帅呀！若要将他打死，也顶十个。所以，他较足了劲儿，拼力奋战。

徐继祖虽然武艺不错，可他娇生惯养，从未上疆场摔打过。再加上今天他着急，那掌中刀就不听使唤了。刚战五六个回合，稍没留意，大刀正碰到神槊上，啪！被人家崩出去好几丈远。徐继祖见势不好，拨马要走。虎牙眼疾手快，使了个泰山压顶，大槊往下一砸，啪！将徐继祖打死于马下。

徐达在阵脚看得真切，见儿子惨死阵前，他心里一翻个儿，胸口发热，嗓子眼儿发腥，一口鲜血就撞了上来。不过，他不愿被人看见，赶紧用战袍将血揩净。而后，闭着眼睛，吩咐了一声："将尸体抢回。"

"是！"军兵答应一声，跑到军阵，将徐继祖的死尸抢回，用战袍裹体，差人送回大营。

此时，徐达从心眼儿里埋怨于皋，他要不使激将法，我儿子能去寻死吗？

徐元帅正合计心思，忽见左翼之中一马飞出，直奔虎牙。徐达定睛一看，原来是聚宝山新归降的小英雄左登。

左登也立功心切，心里说，自我归顺明营，寸功未立。眼下，正是出头露脸之时，是骡子是马，得牵出来遛遛，以免让人家下眼观瞧。所以，他未等元帅传令，便晃一对渗金蒺藜棒，赶来参战。

虎牙见了左登，只气得双眼充血，青筋直跳。他破口大骂道："左登，叛匪！竟敢出卖粮草，保了反叛。今日相见，岂能容尔偷生？"说罢，抡起禹王神槊，奔左登就砸。左登并不多说，舞动渗金蒺藜棒，忙接架相还。

好一场凶杀恶战！左登的能耐真不含糊，但见这对蒺藜棒上下翻飞，跟虎牙的大槊碰到一块儿，犹如打铁一般，叮当直响。结果，两个人的虎口都震破了。

别看左登骁勇，毕竟不是虎牙的对手。二十几个回合过后，只累得他盔歪甲斜，带褪袍松。他自知不能取胜，拨马就走。

虎牙不舍，紧紧相追。左登一看，这小子，得寸进尺啊，我何不败中取胜！想到此处，双棒交单手，嗖！抽弓搭箭，扭回头来，奔虎牙就射。

虎牙见一点儿寒光，扑奔颈嗓而来，他忙一闪身，用禹王金槊往外扑拉，将箭崩了出去。他刚崩出一支，第二支又射到面前。他使了个金刚铁板桥，往马后鞧一躺，这支箭贴着鼻尖又飞了过去。

左登连发两箭，没有射中，心里说，嗯，待我使劲射他一支。他又拽出一支狼牙箭来，攒足力气，双臂抡圆，就要射箭。哪知用力过猛，喀蹦！将宝雕弓拉断了。就在这时，虎牙追到近前，高举金槊，往下就砸。左登躲闪不及，绝命身亡。

虎牙连胜两阵，喜不自胜。他精神抖擞，趔转马头，来到两军阵前，又高声咆哮道："还有哪个过来送死？在我这地方，此路不通！"

明营众将一阵大乱，忙把左登的尸体抢回。此刻，元帅徐达面色更变，忙问左右道："哪一个去战虎牙？"

"某家愿往！"

徐达扭头一看，原来答话之人，是新出世的英雄朱森朱永杰！

徐达知道他受过高人的传授、名人的指点，因此，点头传下将令："将军多加谨慎。"

"遵命！"

朱森手提三皇剑，撒开双脚，噔噔噔噔到在两军阵前，亮了个冲天一炷香的架势，大声喝道："呔！尔可知某家的厉害！"

虎牙横神槊低头一看：嗬！这个人穿着打扮，与众不同。但见他青色绢帕罩头，绛青色三叉通口夜行衣，寸排骨头纽，巧勒十字襻，大带煞腰，穿一条蹲裆滚裤，蹬一双抓地虎快靴，斜挎百宝囊，背着空剑鞘，手里拎着一把明晃晃的头号大宝剑。再看五官貌相，也就是二十多岁，微微有些小黑胡。

虎牙看罢，问道："你是什么人？报名再战！"

"家住安徽亳州朱家庄，洪武皇帝是我四哥，我名朱森朱永杰。休走，看剑！"说罢，双脚点地，使了个旱地拔葱，蹦起一丈多高，双手捧剑，分心就刺。

虎牙不敢怠慢，忙往旁边闪躲身形，紧接着，就用神槊往外拨拉。他那意思是，就你那口宝剑，碰到我的大槊，就将它磕飞。

朱森明白这个，心里说，宝剑不能硬碰大槊，我得施展小巧之能。于是，只见他前蹿、后蹦、左躲、右闪，把三皇剑抢开，围着虎牙的脑袋，上一剑，下一剑，左一剑，右一剑，突突直转。不到一会儿的工夫，把虎牙忙活得眼花缭乱，满头大汗。

此时，虎牙心想，这个人比猴子都快，战他不过，哎，我已连胜两阵，何必再与他交锋？干脆，用阵的奥妙赢他得了。于是，虚晃一槊，夺路而逃。

主将逃走，元兵大乱。惶惶如丧家之犬，急急如漏网之鱼。一个个丢盔卸甲，四处溃散。

元帅徐达见了，忙将大刀一摆，传下军令："冲，乘胜追击！"就这样，杀进头道阵门。徐元帅领兵往前冲杀，走不多时，就进了峡谷之中。

就在这时，忽听炮响三声，霎时间伏兵四起。为首一员大将：珍珠夜明盔，防火绵竹甲，日月骕骦马，九凤朝阳刀。谁？原来是四宝大将脱金龙，亲自在这儿督战。

元帅徐达见了脱金龙，心中不由咯噔了一声。他略定心神，双脚点镫，马往前催，来到敌将面前，高声喝道："对面可是师弟？徐达在此!"

脱金龙一看是徐达,只气得咬破了嘴唇:"呸!徐达,忘恩负义之辈!像你这样势利小人,再不配与我交言。今天,你打阵,我守阵,咱俩见个高低。休走,看刀!"说罢,抢刀便剁。

徐达见刀剁来,刚要伸手,就听旁边有人喊话:"元帅,于皋不才,愿会斗于他!"

小将军拍马舞刀,要大战脱金龙。

第四十五回 花刀将反目伤元帅
凶水阵无情淹三军

花刀将于皋，打心眼儿里不服四宝将脱金龙。另外，他也是赌气，打算在徐达面前显露几手，让他瞧瞧。所以，他讨下将令，拍马抢刀，直奔脱金龙而去。

脱金龙平端九凤朝阳刀，定睛瞧看，只见对面这员小将，头顶金盔，身贯金甲，压骑花斑马，掌端大砍刀。哎哟，这口刀真来出奇，大得都出了号啦。刀金篆（造字）三尺三，刀杆三尺三，刀头也三尺多长。若上秤称量，没有一百八十斤，也差不了多少。锃明刷亮，夺人二目。再往脸上看，奔儿喽头，翘下巴，窝眍眼，浓眉毛，大耳朵，面似蓝靛。

脱金龙看罢，暗中称奇。他用九凤朝阳刀一指，厉声喝喊："哒！对面来人，通名再战！"

"我乃蓝面瘟神于皋便是！脱金龙，尔已死到眼前，还不知趣？我于皋已讨下军令，今天要包打金龙搅尾阵。休走，拿命来！"说罢，抢开锯齿飞镰大砍刀，奔脱金龙就剁。

脱金龙闪身躲过，刚想进招，突然从他身后蹿出两员大将。这两个人，一个叫脱金牛，一个叫脱金秀，跟脱金龙都是一家子。这时，就见脱金牛冲到脱金龙马前，说道："元帅，杀鸡焉用宰牛刀？对付这个蓝靛颏，有我就足够了！"

四宝将脱金龙一听，心想，也好，让脱金牛先试试，看看这个于皋有多大的能为。于是，冲脱金牛说道："将军，你要多加小心。"说罢，策马回归纛旗之下，为脱金牛观敌掠阵。

脱金牛也使了一把锯齿飞镰大砍刀，十分凶恶。他见了于皋，并不搭话，抡刀就剁。

于皋见脱金牛上阵，十分不悦，心里说，我战的是脱金龙，打的是有名的上将，你算个什么东西，半截腰来插一杠子？干脆，我早点儿把你打发走算了。想到这儿，横刀招架，二人战到一处。

第二个回合一开始，于皋使了个泰山压顶的招数，大刀奔脱金牛顶梁就剁。脱金牛不敢怠慢，急忙来了个横担铁门闩，往外招架。于皋这一招，真里有假，假里透真。你要不架，他就真砍；你要招架，他就变招。再看于皋，右手往回一拽刀杆，左手猛然把刀金纂（造字）献出，直奔脱金牛的颈嗓点来。这一招来得快如闪电，把脱金牛吓了个够呛。他急忙撤回大刀，来了个怀中抱月，往外招架。于皋一看，赶紧扳刀金纂（造字），推刀头，来了个小鬼推磨，平着奔脱金牛的脖子砍来。脱金牛一看不好，急忙缩颈藏头，躬身伏在马鞍桥上。只见于皋的大刀，贴着他后背的护心镜，唰就砍了过去。可是，脱金牛不能老在马上趴着，他双脚点镫，把身子直起来，刚想进招，万没想到，那于皋双手一翻腕子，使出回光返照绝命刀，又砍了过来。脱金牛再想躲闪没来得及，正被砍到脖子上，噗一声，斗大的人头落于平地。他的战马见主人已死，也跑回本队去了。

于皋带住宝马，一抬靴子底，蹭了蹭刀上的血迹，又冲敌阵高声喊话："呔！哪个还来？今天我包圆儿了！"

明营众将见了，无不拍手称赞。徐达也赶忙吩咐："来呀，擂鼓，给于将军助威！"霎时间，咚咚咚咚，战鼓响如爆豆。于皋一听，浑身更来了精神。

常言说，打仗亲兄弟，上阵父子兵。脱金牛一死，气坏了他兄弟脱金秀。这家伙未曾讨令，便拍马舞刀，直奔于皋扑来。

二人过招，不到十个回合，被于皋斜肩带臂，咔嚓一刀，也斩于马下。

此刻，脱金龙正在观阵。他见连伤两员大将，不由激灵灵打了个冷战。心里说，啊呀，明营之中，有能为的可真不少啊！看来，这于皋也是头一排的英雄，我得多加小心。想到此处，他就要催马上阵。可是，刚走了几步，又把马莛回来了。为什么？他心里合计，哎！今

368

天，他们已进了我的金龙搅尾阵，我放着阵里的东西不使，何必跟他苦苦争斗？只见他眼珠一转，操起帅字旗，在前面摆了几摆，晃了几晃，引兵向后退去。

元帅徐达见脱金龙撤阵，忙传军令："冲！"

霎时间，明营将官军校人人奋勇，个个争先，如潮水一般，向元兵涌去。

时间不长，就杀进了第八道阵门。紧接着，来到中央戊己土，把点将台围困在垓心。

徐达勒住战马，往两旁一看，好，东阵门的常遇春，西阵门的胡大海，也都杀进了大阵。霎时，四路人马聚集在一起，徐元帅心想，若把中央点将台拿下来，这座金龙搅尾阵就算彻底攻克了。想到此处，徐元帅心情激奋，血脉贲张，他东瞅西瞧，冲着身边的战将，连连口传军令："冲！快点儿上！于皋，你还愣着干什么？"

徐元帅心中高兴，看见谁就叫谁冲锋。他对于皋传令，并没什么用意。可是，于皋却来脾气了。他心里合计，姓徐的，你可真行呀！刚才，我杀斩脱金牛，刀劈脱金秀，一直紧忙乎。到了这儿，气还没有喘匀，你就又逼我打阵？我闲着没有？看来，你还记着以前的仇恨，处处要给我穿小鞋呀！哼，我就不动弹，看你能把我怎样？想到此处，横眉立目，直扑棱脑袋，就是不往前冲。

元帅一看，不知情由，忙问："于皋，你因何不往前冲？"

于皋哼了一声，将头扭过，没有说话。

徐达一怔，又说："于皋，本帅讲话，难道你没有听见？你来看，众人都在奋勇打阵，你因何一旁休息？"

这回，于皋可真急了。他心里说，徐达，有我没你，有你没我。哼，我也豁出去了。想到这里，眼珠一转，发出一阵冷笑："哈哈哈！好，我听从元帅将令，这就前去打阵。"说到此处，忙用眼睛朝徐达身后一盯，用手指点，大声疾呼，"哎，那是谁来了？"

徐达一听，以为真有人来了，急忙回头观瞧。

于皋抓紧这个机会，抢起兵刃，奔徐达就是一刀。

别看徐达五十多岁了，可他眼观六路，耳听八方。回头一看没人，就知道上了当。他再想回头，已来不及了，就听金风所响，扑奔自己上身而来。徐元帅情知不好，急忙往旁边躲闪身形。可是，他再躲得快，也没有于皋的刀快，只听咔嚓一声，斜肩带臂，让于皋一刀砍中。

于皋是头一排的武将，力猛刀沉，这一刀砍去，能轻得了吗？所幸的是，元帅徐达身披宝甲，内衬绵竹，中层着铁锁连环甲，外罩大叶黄金甲，光甲胄就有一寸多厚。另外，还背着八杆护背旗。那旗杆，都有手指头粗细，而且都是铁的。要没有这些东西护着，于皋这一刀，就把徐达两分了。就是这样，也砍得够呛：护背旗杆剁折了三根，甲胄砍透了三层。徐达身受重伤，哎哟一声，摔于马下。霎时间，鲜血奔涌，染红了土地。

于皋这一招，谁也没有料到，满营众将惊慌失措，乱嚷乱叫："于皋，你怎么能砍元帅？难道你疯了不成？"

于皋把这一刀发出去了，心里也后悔了，不由痛心疾首，埋怨自己，哎呀，我这是怎么了？不管跟他有多大别扭，在两军阵前，我也不该砍他呀！但是，木已成舟，再后悔也无济于事。

现在，徐元帅死活不知，于皋觉着脸上无光，他眼珠一转，嗖嗖嗖射出了三支反箭，拨马就跑。

胡大海一看，急忙鼓起大肚子，高声喊叫："于皋，你回来！你个混蛋小子，要上哪儿去？"

于皋头也不回，紧催战马，嗒嗒嗒嗒冲出金龙搅尾大阵。

按下于皋不表，单说胡大海和诸位明将，他们赶紧下马，将元帅扶起，定睛一看，只吓得茶呆呆发愣。怎么？那徐达血染征袍，面色姜黄，双目紧闭，已经不省人事了。众战将不敢怠慢，急忙撕碎征袍，为他包扎。

再看攻打将台的明兵，他们见主帅落马，不由军心涣散，不战自溃。

就在这个时候，元营又使用了水阵，只见他们把黄河岸边的暗闸提起，将河水引进阵内。霎时间，洪水像牛吼一般，哗——就把明营官兵的膝盖淹没。不大一会儿，就淹到了肚脐。你说，这仗还能打吗？

胡大海一看，急中生智，暂时代理元帅，传下军令："快抬上元帅，撤离大阵！"

霎时间，明营将士，拼命奔逃。

可是，他们跑得再快，也没有水快呀！时间不长，明军被淹死的不计其数。

此时，元营将士早已躲到了高山坡上。他们事先准备好了强弓、硬弩、灰瓶、礌石以及应手的家什，对着明军，猛然出击。

明营这下可遭殃了，下边水淹着，上头又挨着揍。就这一仗，明营就损伤了四万余人。

明军狼狈不堪，仓皇败出了金龙搅尾阵。等回到连营，胡大海忙向朱元璋禀报了军情，又命军医大夫给元帅治伤。

朱元璋听罢，吓得颜色更变。忙说："于皋，这个小冤家，难道疯了不成？他现在何处？"

胡大海气急败坏地说："跑了，不知这个小兔崽子跑到哪儿去了！"

大伙听了，也咬牙切齿地叫骂："多咱找到于皋，咱再跟他算账！"说罢，围到元帅身边。

众人一看，只见元帅的后背，斜着有一个大口子，足有一尺多长，深可露骨。由于伤势太重，流血过多，所以徐元帅一直昏迷不醒。

仗着明营之中有神医，有好药，急速包扎了伤口，又喂了止血丹药。经过认真调治，两天之后，徐元帅才清醒过来。不过，他的脸跟白纸一样，没有一点儿血色。也不吃喝，也不说话，眼看性命危在旦夕。

朱元璋心如刀绞，心里说，唉，眼看就要大获全胜，不料出了这样的事情。如今，元帅都性命难保，还怎么攻打金龙搅尾阵？想到这里，不由得紧锁双眉。

众将官见元帅的伤势如此严重，也连声叹息。他们君臣别无他策，只好守候在元帅床前，观察动静。

到了第三天，东方刚露出了鱼肚白，忽见蓝旗官撒脚如飞，进帐禀报："报主公，各位将军！"

朱元璋忙问："何事？"

"于皋回营来了!"

"啊?!"众将官闻听,不由一阵大乱。

朱元璋略一思索,忙问:"他在何处?"

"单人独马,在营门口呢!"

"传朕的口旨,命他进来。"

"回主公的话,他不进来。不但不进来,还让徐元帅出去送死。"

朱元璋听罢,只气得双眉倒竖,二目圆翻,啪!狠狠一拍桌案,怒声说道:"这个冤家,真是无法无天。来呀,亮队!"

"是!"

霎时间,朱元璋领着老少英雄,一齐出动,来到了辕门以外。

此时,天色虽不算太亮,但也能看个大概。朱元璋定睛一瞧,可不是吗!只见于皋歪戴金盔,斜披甲胄,胯下宝马,掌端锯齿飞镰大砍刀。也不知他喝了多少酒,连五官都挪位了,压耳毫毛也奔拉下来了,骑在马上,直打晃晃。

朱元璋看罢,又气又恨。他以长者和皇上的身份,拍马来到于皋面前,用御鞭一指,厉声说道:"于皋,冤家!就因你一人之过,我们才在金龙搅尾阵内大败而归,共伤了将士四五万哪!你这罪有多大?再说,元帅哪一点儿得罪你了,你为何要刀砍元帅?还不赶快撒手扔刀,自缚其绑,到帐里向元帅请罪!"

于皋听了,把大刀横担在铁过梁上,抱拳拱手道:"万岁,您说得都对。恕微臣盔甲在身,不能下马施以大礼,我在马上给您作个揖,请您原谅我吧!您对我有天高地厚之恩,我姓于的纵死九泉,也忘不了您的好处。不过,话又说回来了,这个徐达,我跟他却势不两立。想当年,他逼死了我爹;如今,又逼到我头上来了。陛下请想,他要不把我逼急,我能用刀砍他吗?您可记得,未出兵以前,他就找我的茬儿,四路派将,唯独不派我于皋。我跟他辩理,他把眼珠子一瞪,重责了四十军棍。到现在,我腿上的棒伤还没好呢!进了大阵以后,我于皋哪点儿不卖力气?可他硬说我不服从军令,这不是故意找碴儿吗?他是扳着我的鼻子尿尿,骑着我的脖子拉屎,欺人过甚啊!我忍无可忍,才给了他一刀。陛下,请您闪退一旁,我非冲进大帐,把徐达的脑袋摘下来不可!"

朱元璋听罢于皋的这番言语，只气得龙颜大怒，他厉声喝喊："于皋，冤家，你真是胆大包天。朕就不让你进去，你能把朕如何？"

"呀？皇上，我把好话可都说尽了，您若不给我个面子，我就……"

"你要干什么？还敢把朕如何？"

于皋听罢，一瞪双眼，厉声说道："呸！你算个屁！不让进去，我就砍了你！"说话间，抢起锯齿飞镰大砍刀，向朱元璋砍去。

你想，那朱元璋是一国的皇帝，当着群臣文武和将官军校的面，挨了他的谩骂，这能挂得住吗？朱元璋只气得浑身栗抖，体如筛糠。他闪身躲过于皋的兵刃，厉声说道："于皋！竟敢对寡人如此无理，真是无法无天。好，朕豁着性命不要，也要与你争个高低。"说罢，一摆兵刃，就要与于皋伸手交锋。

正在这么个时候，二王胡大海腆着草包肚子，催动战马，嗒嗒嗒嗒来到朱元璋面前，说道："老四，常言说，大人不计小人过，宰相肚里能撑船。你是一国之主，跟这个混蛋生这么大气干什么？快去，你先回归本队，待我去训教训教这个奴才。"

朱元璋怒气不息，哼了一声，这才撤下阵去。

胡大海这个人，脸憨皮厚，能折能弯。别人不容易办到的事情，他都能办到。尤其眼前这件事情，他觉得自己跟于皋的父亲于锦标是莫逆之交，又是于皋的干爹，不管从哪方面说话，都有分量。因此，他把大肚子一腆，脸蛋子一沉，来到于皋面前，端出长者的身份，放开嗓门喝道："于皋，你要干什么，想造反呀，啊？我瞅你越大越不懂事，越大越不是东西，你真是混蛋加三级。徐元帅杀你那阵儿，我觉得你不懂事，大概元帅委屈你了，所以，才替你求情。现在，你把大元帅砍成重伤，他的生命保住保不住，还在两可之间。正因如此，咱破阵而不克，死伤了四五万人。你说你小子这罪过有多大？那真是死有余辜啊！眼下，你不但不来认罪，反倒大骂皇上，你小子良心何在？你也不想想，皇上对你爹、对你，那可有天高地厚之恩啊！就是咬你几口，都不该说个疼字。算了，没空跟你啰唆，常言说，苦海无边，回头是岸，放下屠刀，立地成佛。快，赶紧下马，向万岁请罪。你干爹我对你说话，你敢不听吗，啊？"

于皋对他，跟对别人可不一样。就胡大海那么训他，他也没敢言语。直到胡大海把话说完，于皋这才说道："干爹，您怎么骂我都行。正像您所讲，就是咬我几口，我也不敢说疼。不过，眼前之事，要说我没理，走到天边我也绝不服气。干爹，咱爷儿俩井水不犯河水。请您闪退一旁，休要多管闲事。今儿个，我来者不善，善者不来，定要拼个鱼死网破。不把徐达的脑袋砍下，我死不瞑目！"

"呀？你小子今儿个是吃了臭饭了，还是喝了臭水了，怎么满嘴喷粪？你若有胆量，再把那混话讲一遍！"

"哼，再讲还是那么几句，我要找徐达报仇！"

他们两个正在犟嘴，可气坏了那些年轻的英雄。磕巴嘴朱沐英，本来说话就不利索，再一生气，更说不出话来了："气、气死我了！这、这小子怎么这么不、不讲理？"

武尽忠、武尽孝怂恿常茂说："茂，过去，非你不可！哼，一物降一物，卤水点豆腐。跟这种浑人还讲什么理，干脆，给他点儿颜色看看得了。"

常茂也气得够呛，心说，于皋，你怎么这么不懂人情？大伙说得有理，我得教训教训你。常茂打定主意，一抬腿，咯楞！摘下禹王神槊，催开战马，嗒嗒嗒嗒跑到阵前，冲胡大海高声喊叫："我说二大爷，您老别对牛弹琴了，把这个蓝靛颏交给我吧！"

胡大海一看常茂的姿势，可吓了个够呛。为什么？他心里合计，我们老一辈的人，都顾及情面，到了常茂这一辈，可不讲这个，说翻脸就翻脸呀！真要动起手来，还能有个好吗？所以，胡大海对着常茂，千叮咛，万嘱咐："茂，自己人可不能伤了和气，记住，点到为止。"

常茂说："这您放心，我记住了。"

"好！"胡大海说罢，回归本队。

常茂把禹王神槊一横，雌雄眼一瞪，看看于皋，说道："哎，我说蓝靛颏，你是疯了，傻了，还是着了魔了？啊呀，你浑身酒味熏天，看来喝得可不少啊！我说这美酒应该喝到人肚子里，怎么喝到狗肚子里了？你刚才的一番混话，茂太爷听得比谁都清楚，你本来就犯下了大罪，还狡辩什么？若论玩横的，我比你更会玩。于皋，咱哥儿们儿可不错，子一辈、父一辈的交情。听茂太爷良言相劝，赶快撒手扔刀，下马伏绑。一来，去向徐元帅赔礼道歉；二来，求主公开脱你的死罪。假如你不听茂太爷的良言相劝，我认识你，我这禹王神槊可不认识你！"

常茂刚刚把话说完，于皋便一瞪双眼，厉声呵斥道："呸！雌雄眼，你算个什么东西？就凭你这模样，也敢在我于皋面前说三道四？怎么，你的大槊不认识我呀？哼，我掌中的大砍刀更不认识你！"

"嗯？好，既然如此，咱无话可谈。来来来，今日咱以武相会，你把茂太爷赢了，爱怎么地就怎么地；若赢不了茂太爷，你小子也走不了！"常茂可真气坏了，抢起禹王神槊，呜！搂头就砸。

于皋见槊砸来，急忙横刀招架。巧了，这一槊正砸在他的刀杆上。就这一砸，把于皋可震了个够呛，在马上栽了两栽，晃了两晃，虎口都觉着发麻。

于皋知道常茂力大，不敢再碰他的大槊，于是，便施展小巧之能，变换招路，与他杀在一处。

二人大战了二十多个回合，于皋就顶不住了。只见他刀招散了，只有招架之功，无有还手之力。

这里，咱必须交代清楚：常茂与于皋交锋，并没有下死手。怎么？宁治一服，不治一死嘛！他打算捉个活的。要不，头十招就把于皋拍到这儿了。

于皋见不是常茂的对手，眼珠一转，虚晃一刀，跳出圈外，冲着常茂，高声喝喊："呔！常茂，常言说，君子报仇，十年不晚，若搞不下徐达的脑袋，整不死你这个雌雄眼，我死不瞑目。再见！"说罢，拨转马头，打马奔东北方向跑去。

常茂见他跑了，那能干吗？忙冲于皋大声喝喊："蓝靛颏，你给我回来！"

第四十六回　沙克明冒名刺王驾
花刀将省悟归连营

常茂双脚点镫，抢开禹王神槊，在后面就追。

朱元璋怕他二人有个好歹，急忙率领众将，也追了下去。

哎哟，这可好看极了！于皋前边跑，常茂后边追；常茂身后，又是明营的众将。马快的在前，马慢的在后，哩哩啦啦，拖出有二三里长。

于皋人往前边跑，眼往后边盯。这一盯啊，可把他吓坏了。怎么？常茂的马比他的马快呀！他心里说，照这样跑下去，一会儿就被人家撵上了，这该怎么办呢？他略一思索，用刀金纂（造字）一戳马屁股，单手一抖丝缰，沿着山路，曲里拐弯儿向前跑去。片刻工夫，把常茂就甩出几百步远。

常茂的坐骑是匹宝马良驹，那脚力可非同一般。不大一会儿的工夫，又追了个马头接马尾。常茂稳坐雕鞍，抢槊就砸。于皋无奈，咬着后槽牙，回过头来，又大战了三四个回合。可是，仍不是对手，拨马又跑。

常茂一看，又紧紧追赶。

他二人一前一后，跑出有三十多里，又奔上了一条盘山小道儿。常茂追着追着，刚拐过一个山环，忽见前边跑来两匹战马。常茂追上前去，紧勒丝缰定睛一看，于皋已躲在这两匹马后。前面这匹马上坐着一个蓝脸大汉，身穿青衣，头戴小帽，手中拎着宝剑；后边那匹马上是个黄脸大汉，奔儿喽头，翘下巴，头戴扎巾，身穿箭袖，得胜钩鸟翅环上挂着一条三股烈焰叉。常茂把小眼睛睁开，再一细瞅，啊呀！把他吓了一跳。为什么？他见对面来的那个蓝脸大汉正是于皋，旁边那个黄脸大汉，他不认识。看到此处，心里说，这真是活见鬼了，怎么又出来个于皋呀？那么，刚才那个小子是谁呢？

正在常茂疑惑不解的时候，只见那个蓝脸大汉，掉过头去，用宝剑一指，对来人说道："表哥，你顶着我的盔，穿着我的甲，骑着我的马，拿着我的刀，上明营干什么去了？"

常茂一听，明白了，心里说，原来这家伙是个假于皋。怪不得他野蛮骄横，无理取闹呢！

这时，就见那个假于皋，把脑袋一奔拉，说道："表弟，我这不是替你出气吗？"

于皋一听，大声叫嚷道："哎呀，你可坑死我了！"

那位说，这究竟是怎么回事呢？前文书说过，于皋一刀将徐达砍落马下，恼羞成怒，放了三支反箭，跑出金龙搅尾阵。出阵后，他心里合计，我该投奔哪里呢？反正，连营是不能回去了，那里再没有我的安身立足之地。回康郎山吧？路途遥遥，非即日可达。于是，他信马由缰，走入荒山。

于皋一边行走，一边难过。心里说，唉，我这个人真混哪，脾气一来，就什么也顾不得了。无论如何，也不该刀砍元帅呀！常言说，失手无空。若要把他砍死，我今后怎样为人？可是，世上没有后悔药呀！于皋追悔莫及，又捶胸，又扇自己的嘴巴子。

天将中午，眼前闪出一座山村。于皋心想，得了，先进村吃点东西，喂喂战马，再合计下步该怎么办。于是，他策马奔村庄走来。

偏巧，村口有一家饭铺。他挂上宝刀，下了战马，走进饭馆，要上酒菜，便自斟自饮起来。

等于皋酒足饭饱，叫来堂倌儿一算账，坏了。怎么？没钱。怎么他没带钱呢？你想，破金龙搅尾阵，那是玩命啊，身上越轻越好。谁没事干，愿意多带银子呢？再说，他出阵之后，又没回连营，所以，分文没带。于皋无奈，忙跟堂倌儿解释。并说，愿把自己的宝剑押到这儿，等将来再赎。

山村的小伙计不懂事，不管于皋怎样说小话，他也不听。于是，三说两说，两人就说翻了。

于皋落到现在这个地步，还有什么可顾忌的？只见他伸出拳头，当！把这个伙计打了个满脸开花。

小堂倌儿很不服气，他又吵又嚷，急忙呼唤众位伙计。霎时间，跑过十几个人来，把于皋团团围住。这些个山村庶民，哪是于皋的对手？被于皋一顿拳脚，只揍得滚的滚，爬的爬，一个个鼻青脸肿，狼狈不堪。小堂倌儿无奈，只好去请东家。

时过片刻，小堂倌儿匆匆把东家领来。于皋抬头一看，见进来一个蓝脸大汉，一个黄脸大汉。再一细瞅，连于皋都愣怔了。怎么？只见那个蓝脸大汉，活脱脱就像自己。也是奔儿喽头，翘下巴，深眼窝、黄眼珠，连举止动作也极其相似。于皋看罢，心中纳闷儿，天底下竟有这等奇事，但不知他是谁呀？

等宾主互相问询，这才真相大白。原来，这两个掌柜的不是旁人，正是于皋的亲表兄。那个蓝脸的叫沙克明，那个黄脸的叫沙克亮。一个外号叫蓝面金刚，一个外号叫黄面金刚。姑表弟兄无意相逢，哪有不亲近的道理？沙克明、沙克亮忙把于皋请到内宅。

老夫人见了侄儿，想起了死去的哥哥，不由涕泪横流。寒暄一番，在内宅又摆下了酒宴，一家人团团围坐桌旁，叙谈别后情景。

于皋口打咳声，把自己的身世一五一十讲了一遍。

老夫人听罢，一边擦眼泪，一边问道："今天你是从哪儿来啊？"

于皋一听，也不隐瞒，便说："唉，姑母，我惹祸了！"

"啊，什么祸？"

于皋说："我把徐元帅砍伤了！"接着，就把将帅不和之事，又详细讲了一遍。

老夫人听罢，这一惊非同小可，连声埋怨道："年轻人哪，办事怎么那么毛糙？听你这一讲，你这祸惹得可不小哇！孩子，那将来你怎么办呢？"

"唉！后悔也来不及了，听听风声再说吧！"

几个人听罢，俱都没有良策。

到了晚上，沙克明、沙克亮跟表弟住到一起。他们又置办了一桌酒席，边喝边谈。席间，于皋绘声绘色，讲了明营的详细情况。就连皇上、王爷、大将的模样、性格，都述说无遗。

沙克明性如烈火，越听越恼越有气，对于皋说道："表弟，休要难过，大丈夫做了不悔，悔了不做，砍死徐达也活该。你哪里也不用去了，干脆，跟我们哥儿俩开饭馆，逍遥自在不也是一辈子吗？"

"唉！"于皋说："话虽如此，我总觉着过意不去呀！"

沙克明说："什么过意不去？要是我呀，非把徐达的脑袋砍下不可。表弟放心，待哥哥给你出气。"

弟兄三人闲扯一番，撤去酒席，宽衣睡去。

沙克明躺在床上，合计开了心思，这个徐达，真不是东西，把我表弟欺负得竟到了走投无路的地步。哼，我沙克明焉有不管之理？想来想去，终于想出了一个主意。只见他悄悄坐起身来，兄弟与表弟都已酣然入睡，便偷偷穿戴好于皋的盔甲，骑上他的宝马，拿上他的兵刃，黉夜来到明营，冒名顶替，来杀大元帅徐达。

那于皋呢？到了次日，天光大亮，睁眼一看，只见二表兄沙克亮，不见大表兄沙克明。四处一找，连盔、甲、刀、马，俱都无影无踪了。

沙克亮略一思索，"坏了，我哥哥准是偷偷跑到明营，替你报仇去了！"

于皋听罢，气得蹦蹦直蹦，心里说，表兄性情鲁莽，说不定会干出什么荒唐事来。若捅了娄子，那可就更不好收拾了。于是，对沙克亮说道："表哥，咱们得快追！"

沙克亮忙给于皋找了匹坐骑，弟兄二人飞身上马，离开了山村，顺着小路追来。哎，正在半途，碰上了沙克明。

常茂眼前出现了一真一假两个于皋，倒没了主意，心里说，我手中的大椠，该先砸哪一个呢？所以，不由呆呆发起愣来。

这时，就见花刀将于皋跳下马来，走到常茂近前，说道："茂啊，休要误会。那是我大表哥沙克明，这是我二表哥沙克亮。你先下马，待我给你详细讲来。"

常茂一扑棱脑袋，说道："别给我讲了，我都糊涂了。走，你跟皇上讲吧！"

常茂话音刚落，就见朱元璋、胡大海、常遇春等老少英雄，全都赶到近前。众人一看这眼前的情景，也都迷惑不解。

于皋见了朱元璋、胡大海，那眼泪像珍珠断线一般，淌了下来。他紧走几步，双膝跪到马前，说道："万岁，义父，各位老前辈，我于皋错了！"说罢，放声痛哭起来。

常言说，人怕见面，树怕剥皮。刚才，人们还恨他恨得直咬牙，现在，叫他这么一哭，倒把大伙的心给哭软了。

朱元璋略停片刻，问道："于皋，这到底是怎么回事？那个跟你长得一样的是谁？"

于皋见问，忙把经过禀告了一遍，并说："主公呀，都怪我一念之差，误伤了元帅。我于皋罪在不赦，请主公重重发落我吧！"

朱元璋听罢，急得一抖搂手，说道："孩儿啊，你一念之差不要紧，徐元帅却性命难保，明军也大败而归。唉，往事休再谈论。孩儿，你打算怎么办？"

于皋说："我要回到大营，跪倒在徐元帅面前。到那时，杀剐存留，任听其便。"

朱元璋听罢，再无言语。

这时，沙克明、沙克亮哥儿俩又嘀咕起来了，沙克亮埋怨哥哥说："你干的这叫什么事？捅下这么大的娄子，将来怎么收拾？"

沙克明在众人面前挨了兄弟的训斥，实在挂不住了，没好气地说道："唉，我里外不够人哪！于皋表弟，哥哥我不是人，对不起你；各位老少爷们儿，请多加担待。唉，像我这样的浑人，活着何用？白白糟蹋粮食啊，不如死了得啦！"

众人以为他开玩笑，也没理会。谁料那沙克明拽出宝剑，嚓！真抹脖子了。

胡大海一瞅，忙说："呀！这孩子，脾气怎么这么大呀？来，快点儿抢救！"

晚了，他把气嗓管儿都割断了。

沙克亮一看，放声痛哭。哭罢，把眼泪一揩，走到众人面前，说道："主公，这是我哥哥自找倒霉，他这一死，倒也有个好处。你们不是破不了金龙搅尾阵吗？我给你们献一良策！"沙克亮擦干眼泪，对朱元璋君臣说道："我哥哥的相貌，酷似我家表弟于皋，而元军将士又最恨于皋。为此，我愿拿着哥哥的脑袋，到金龙搅尾阵内卧底。若能受到他们的重用，便可把阵内的奥妙探听出来。到那时，攻克大阵，岂不易如反掌？"

朱元璋听了，眼睛一亮，说道："好，此计甚好。不过，到阵内卧底，事关重大，稍有不慎，便会弄巧成拙。"

"主公放心，若被元军识破，我情愿死在阵内，也绝不透露明营的消息。"

朱元璋君臣，又认真仔细地商量了一番。接着，沙克亮提着他哥哥的人头，直奔金龙搅尾阵而去。这且按下不提。

明营众将他们保着朱元璋，带着于皋，一同回到连营。

于皋刚刚进帐，便摘盔卸甲，脱了个光膀子，头顶竹杖，自服其绑，在朱元璋君臣的陪同下，找元帅请罪。他进寝帐一看，只见徐达仰卧床上，面如白纸。有不少医官，守候床前。于皋见此情景，心里一阵难过，扑通一声，双膝跪倒在床前，口中叫道："元帅，你睁眼看看，不才我回来了！"

徐元帅恍恍惚惚听见耳边有人呼唤，强打精神，睁眼一看，见皇上和各路将军，都围在身边；侧身一瞧，有一人跪在床前。仔细一瞅，原来是于皋。徐元帅见了于皋，心头一冷，不由又紧闭了双目。

此时，就听于皋边哭边说道："元帅，千错万错，都错在我的身上，我不该老惦记着从前的旧恨，误会了您老人家，并且，又对您下了毒手。今天，我向您请罪来了，该杀该剐，您随便处置，我于皋决无怨言。"

要说徐达他恨于皋，那是必然的。你想，要不是于皋使用激将法，他儿子徐继祖能死到阵里？要不是于皋给他一刀，他能落到这步田地？可是，他又见朱元璋和诸位英雄一同陪他前来，就料到是来替于皋求情，倘若自己固执己见，势必有失自己的身份。再说，前敌战事，正在吃紧之时，若再与他计较下去，岂不称了敌人的心愿？徐元帅思前想后，合计再三，最后，点了点头，说道："于将军，此事不全怪你，本帅也有不当之处。快快起来，回帐歇息去吧！"

于皋一听，喜出望外，说："多谢大帅！今后，纵然赴汤蹈火，也要报答您的赦命之恩。"说罢，又磕了三个响头，而后站立床前。

这场风波，就这样平息了。

朱元璋一看此情此景，心中特别高兴。他略思片刻，传下口旨："于皋行凶，本来罪不容赦。念在元帅开恩，免去死罪，不过活罪不免。现在，将于皋的官职一撸到底，贬为平民。"

诸位，朱元璋为什么如此处置于皋呢？一来，安慰元帅徐达；二来，沙克亮到阵内卧底，提的那是颗假脑袋呀！于皋若再公开露面，岂不泄露了机密？正好，利用这个机会，让于皋化装成兵卒，在帐内躲藏。

这场风波平息之后，一来为元帅徐达精心治伤，二来便专心致志地等待着沙克亮的音信。

光阴似箭。明营全体将士，等来等去，一直等了二十多天，沙达亮还是毫无音信。只急得众将官团团乱转，抓耳挠腮。

朱元璋也坐不住了，他把军师刘伯温和满营众将召进帐中，议论军情。大家议论道：难道说，沙克亮被人家识破了？不对，若被识破，为什么听不到半点儿风声？若说没被识破，却为何又不回来送信儿呢？大家你言我语，莫衷一是。最后，大家一致认为，应派一武艺高强之人，偷偷进金龙搅尾阵内，探听消息。

朱元璋觉得有理，与刘伯温商量一番，便将令箭交给小矬子徐方，命他在一天之内，将军情探回。

徐方得令，不敢怠慢，吃罢晚饭，背好铁棒槌，挎好百宝囊，辞别众人，忙奔大阵。

徐方走后，明营众将又在那里静等。但是，一天过去了，徐方也没有回来。众人不由又议论道，徐方做事，一向十分精细，若没有特殊原因，绝不会耽误时间。看来，准是出事了。哎呀！这可怎么办呢？

朱元璋紧皱眉头，合计了片刻，突然对朱森朱永杰说道："御弟，你再辛苦一趟吧！进阵看看，那徐方和沙克亮究竟怎么样了。另外，对于怎样破阵，你也要把情况摸清。"

"遵旨。"

朱永杰心里特别高兴。为什么？这是皇上亲自传给自己的口旨，觉着光荣啊！到了晚上，他周身上下更换了夜行衣靠，背插三皇宝剑，便起身告辞。

朱森毕竟进过大阵,对里边的情况略知一二。只见他往下一哈腰,施展夜行术,一溜小跑,就来到了南阵门跟前。

朱森略定心神,四外一看,左右无人。他还和前次一样,伸出手来,一点兽面,碰动消息儿,咯嘣!阵门开放。紧接着,朱森哧溜一声,跃进阵门,伏卧在地。他借月光仔细察看,见洞内不但空无一人,而且,一无鸡鸣,二无犬吠,黑咕隆咚,伸手不见五指。朱森稳了稳心神,一个鲤鱼打挺,站起身来,飞步跑进大阵。朱森一连进了八道阵门,一直来到了中央戊己土。

那位说:为什么朱森这么顺利呢?这与人多人少有关。如果朱元璋带着千军万马,摇旗呐喊,前来打阵,那总会被元兵发觉。如今是一个人进阵,那可方便多了。尤其朱森,他身轻如燕,有绝妙的轻功,当然不会被人发现。

朱森来到中央戊己土,但见这座中央将台,高有三丈,上面修着五色栏杆。将台中央,是一座雄伟的帅府,两旁设有木梯,可通上下。

朱森看罢,一眨巴眼睛,心里说,嗯,这上边肯定有消息儿、埋伏。听我师父说过,这座阵里,到处都设有翻板、转板、连环板、脏坑、净坑、梅花坑,还有什么冲天刀,立天弩……若一步走错,就会粉身碎骨。啊呀,我可该怎么上去呢?他定睛一看,见将台旁边有一根旗杆,足有十几丈高,上面挂着一盏灯笼。再一细瞧,哟!假于皋的人头,正挂在那里。

看到这里,朱森心里说,噢,看来沙克亮准保没事了。要不,这颗人头能在这里吗?可是那沙克亮在什么地方呢?

朱森略思片刻,疾步来到旗杆底下,仔细查看,见没有什么可疑之处,便施展猴儿爬杆的本领,噌噌噌噌一直爬到杆顶。他略定心神,居高临下,观看片刻,将身一飘,嗖!跳到台上,噌!拧身飞上帅府的房顶。

朱森轻踏瓦垄,往下观看,见院外有巡逻的军兵,两个一对,来回游动。耳中更梆阵响,令人可怖。

他待了有半盏茶的工夫,忽听见有人喊:"大帅巡阵了!"

朱森一怔,急忙往外边观瞧,但见对对红灯开道,前边走来一哨军兵，足有一百多名。正中央有两个人，上首这位，身穿便装，腰佩宝剑。朱森一眼就看出来了，正是四宝大将脱金龙；下首那位，头戴软包巾，身披团龙袍，腰束金带，也拝口宝剑。朱森见了此人，不由眼睛一亮。怎么？原来正是到阵内卧底的沙克亮。

第四十七回　罗道爷大意失阵图
朱元璋麾军破顽敌

沙克亮年轻有为，有勇有谋，胸怀锦绣，道道很多。他提着假于皋的脑袋，进阵请降。凭着两排伶俐齿，三寸不烂舌，把元军哄了个团团乱转。大王胡尔卡金见了于皋的人头，也未细看，当即就封了他个副阵主，让他协助脱金龙守阵。啊呀，这真是天遂人愿哪！

书接前言。朱森定睛看着，就见脱金龙和沙克亮迈步走上帅台。亲兵打开大门，请他二人进了帅府。紧接着，大厅里掌上了明灯，亲兵退出厅外。

朱森略停片刻，脚踏阴阳瓦，使了个珍珠倒卷帘的招数，点破窗棂纸，往厅内一瞧，但见这屋内十分宽绰，正中央设有桌案，两边摆着椅子，靠墙立着不少铁柜。再一细瞧，柜上还有标签，什么天字一号，地字二号，人字三号，才字四号……一个一个往下排列着，约有二十几个，上边都上着象鼻子大锁。脱金龙居中而坐，沙克亮在一旁相陪，正在谈论什么。看那样子，一定是重要军情。

朱森看罢，心说，要知心中事，但听背后言。待我听一听他们讲些什么，以便见机行事。

此时，就听沙克亮对脱金龙说道："大帅，看来今晚又平安无事了。"

脱金龙摇摇头说："不！两国交兵，瞬息万变。别看这阵儿鸦雀无声，说不定一会儿就有人打阵。你我肩负重任，切不可麻痹大意。"

"是，卑职谨记。"

脱金龙又说道："沙将军，你初来乍到，对阵里的奥妙，要尽快精通。倘若打起仗来，本帅就要领兵带队，包打前敌。那时，这大阵就全交给你了。"

"元帅之言极是。不过，我初进大阵，两眼一抹黑，对阵里的布局，一窍不通。若轻举妄动，只怕把事情弄砸。"

"哎！这些日子，我已领你观看了东、西、南、北各个阵门。另外，也看了消息儿、埋伏。只要胆大心细，准保万无一失。"

"大帅，话虽如此讲，可是，这阵里奥妙变化莫测，如今我脑袋里杂乱无章，心中无数啊！"

"别急，今天晚上，我再将阵内机关讲给你听。"

沙克亮乐了，忙说："多谢大帅指点。"

脱金龙从腰中取出钥匙，一挥右手，将沙克亮领到天字一号那个铁柜近前，咯蹦！打掉大锁，拉开铁门，从里边取出不少东西。接着，又放到桌上。

朱森屏气凝神，定睛观瞧，见脱金龙把黄绫包裹展开，露出了一张用丝绸画就的阵图。看到此处，不由心中高兴起来。

此时，就见脱金龙将阵图铺到桌案以上，面对沙克亮，指指点点，讲述起来："副阵主，这便是金龙搅尾阵的全图。想当初，我爹脱脱大帅，曾用了四十八年的心血，才把它搞成。前不久，明营破了咱的铁甲连环马。可是，咱还有其他绝招。尤其这个水阵，那真是空前绝后啊！你看，水源就在这儿。这是消息儿，这是埋伏……"

朱森光能听到说话，却看不清地图，十分着急。心里说，沙克亮已取得了信任，这是好事一件；但是，他怎么才能把阵图弄到手呢？再说，徐方的下落，也得探明呀！这该怎么办呢？

正在朱森发急的时候，突然有人大喊："着火了！了不得啦！着火了！"

朱森抬头一看，只见那窗户以上，呼呼地直蹿火苗，把大厅内外照得透亮。

四宝将脱金龙见了，不由就是一愣。心里说，怪呀，这窗户怎么着了？于是，不由自主地朝窗外望起来。

就在这时，不知是谁，对着脱金龙的面门，啪！就甩去一镖。

脱金龙真不愧是有名的上将，眼观六路，耳听八方，他见飞镖打来，赶紧使了个大哈腰，噗！往下一伏身，躲到了桌子底下。只见那飞镖，啪的一声，钉到了墙上。

沙克亮一见，倒吸了一口凉气，心里说，这是谁呀？莫非是明营派人破阵来了？糟糕，我还没把阵图拿到手，你们着什么急呀！哎呀，这不是故意捅马蜂窝吗？

就在这一刹那，噗！大厅里灯光被熄灭。紧接着，见一道黑影儿，轻似狸猫，快若猿猴儿，蹿到桌上，噌！就把阵图给拿走了。

这一手，沙克亮没看清楚，朱森可看了个明明白白。他心中合计，这是谁呀？好快的身法！疾如闪电一般，就把阵图拿走了。这要是我们的人还好办，若是外人，可就麻烦了。想到此处，眼珠一转，一个虎抱头，跃到地面，撒开双腿就追。

这道黑影儿可够快的，三晃两晃就出了金龙搅尾阵。朱森不舍，在后边紧紧追赶，并且，不住声地喊叫："站住！你给我站住！"

此时，前边闪出一片树林，那道黑影儿跑到树林近前，咻溜就钻进去了。朱森身轻脚快，也追了进去。他在树林之中，左追右赶，突然发现，那个人已蹲在一棵大树底下。朱森垫步拧身，噌！一个箭步冲了过去，伸手抓住他的衣领，厉声呵斥道："你是何人，谁派你进阵，快把阵图给我！"

朱森这一抓不要紧，就听那被抓之人，细声细气地叫嚷道："哎哟！轻点儿，快把我掐死了！"

朱森听罢，仔细一看，原来正是小矬子徐方。哎哟，这可把他弄愣了，忙问："徐将军，是你？"

"是我，不是我是谁？"

"这么说，刚才盗阵图的是你？"

徐方一听，愣了，忙扑棱着脑袋说道："胡说，我有那个能耐吗？"

朱森一惊，忙问："什么，不是你？那你怎么跑到这里蹲着来了？"

"我也不知道。"

这下可把朱森弄糊涂了，急忙仔细盘问。

徐方说道："皇上命我探阵，我刚到了第二道阵门，就掉进陷坑，被人家生擒活捉。并且，脸上被蒙了块黑布，押进牢内。那时，我以为非死不可了。谁知刚押了一天的光景，突然牢门一响，有人前来救我。因为天黑我也没看清他的五官。这个人把我送出大阵，让我蹲到树下，不要言语。待一会儿，他就来接我。咳咳，我还认为那个人就是你呢，闹了半天，你也不清楚！"

朱森一拍大腿，说道："可不！"

"哎呀，这就怪了，这个人是谁呢？"

两个人面面相觑，急出了一身冷汗，为什么？那阵图被人盗跑了呀！

正在这个时候，忽听树林之中，传来脚步声响。紧接着，走到他二人近前，高声说道："朱森，你愣着干什么呢？"

朱森一听，声音非常熟悉，定睛一看：原来是自己的老恩师景玄真人罗老道。再一细瞅：只见罗道爷也穿了一身夜行衣靠，身后背着拂尘。

朱森看罢，喜出望外，急忙跑到师父面前，叩头施礼："恩师在上，徒儿有礼了！"

老道将朱森搀起，用手点着他的脑袋，说道："孩儿啊，自你下了普陀山，为师就放心不下。为此，一直在暗中跟随于你。这次，皇上派你探阵，本应谨慎行事，怎能如此轻敌？若不是为师暗中保护，事先把阵图搞到手中，恐怕你出不了金龙搅尾阵。"

朱森听罢大喜，心里说，天地君亲师，师徒如父子啊！万万没有想到，原来师父在暗地保护自己。想到此处，心中顿感欣慰，忙又问道："师父，这么说，阵图在你手里？"

"可不是嘛！我略施小计，放了把火，扔了支镖，就把阵图拿到手了。"

罗老道说着话，伸手往背后一摸，去取金龙搅尾阵的阵图。他不摸便罢，这一摸呀，当时就傻了。为什么？那阵图是踪迹不见。

这一惊非同小可，那么高身份的景玄真人罗道爷，霎时间，汗珠子比黄豆粒还大，滴滴答答就淌下来了。心里说，这就怪了，我把它就背在了身后，怎么现在没了？莫非掉到地上了？不能，阵图落地也该有声呀！罗老道可急坏了，不由得团团乱转。

这徐方嘴有多损，他见罗老道急成了那个样子，眼珠一转，取笑地说道："我说罗道爷，你那么大的年纪，那么高的身份，那可真是德高望重啊！刚才还把徒弟训了个紫茄子色，我还以为你有多大的能耐呢！闹了半天，你比你徒弟也强不了多少。真叫我可发一笑，嘻嘻嘻嘻！"徐方这一笑，比夜猫子叫唤还难听。

罗道爷一听，脸上实在挂不住了，他冲着树林大声说："是哪位朋友，跟贫道开如此玩笑？若是朋友，就请你快快露面；若是冤家，你也通个姓名。我八十来岁的人了，可别叫我嘴里说出难听的话来。哎，谁拿了我的阵图？"

罗道爷话音一落，就听树林之中有人答道："罗老道！老朽在此！"

树林之中答话之人是谁呀？正是北侠唐云，也就是徐方的师父。这老英雄一生诙谐，最爱闹着玩。他跟景玄真人罗老道，那也是至交。

唐云单手举着阵图，走出树林，奔罗老道而来。

罗道爷见阵图落在唐云之手，这才将心放下，随即高声叫骂道："无量天尊！你个矬贼，真损哪！除你之外，别人不干这事！"

"哈哈哈哈！"唐云大笑一声，说道："老弟老兄的，开个玩笑嘛！我怕你把阵图丢了，才替你保管。"

这四个人寒暄了一番，便回到明营，早有门军禀报了朱元璋。

朱元璋听说来了两位世外高人，欣喜万分，亲自带领文武，将他们接进大帐。

众人分宾主坐定身形，内侍急忙献过香茗。接着，朱森便把探阵的详情，讲述了一番，并把阵图献到朱元璋面前。

朱元璋手捧阵图，左瞅瞅，右看看，猛然间一拍龙书案，说道："这回可好了！朕有了阵图，破阵就不费吹灰之力了。"

接着，朱元璋召集景玄真人罗老道、北侠唐云、老隐士罗虹和罗决，以及全营众将，对照阵图，共议破敌之策。

说书人交代：这金龙搅尾阵内，有好多秘密机关。不过，大都是借鉴前人的战法而设置的。诸如什么一字长蛇阵、二龙出水阵、天地三才阵、四门兜底阵……这些阵势，对于久经疆场的明将来说，早已司空见惯，所以，不难攻克。唯独阵内的铁甲连环马和凶水阵，明将未曾破过。前不久，罗氏弟兄进营，训练了五百精兵，已将铁甲连环马攻破。如今，唯一棘手的，就是这个凶水阵了。

朱元璋与众人对照阵图，合计了多日，终于共同商议出破阵的办法。

这一日，朱元璋升坐大帐，分兵派将，命他们去做应战准备。第一支令箭，传给了朱沐英、丁世英、武尽忠、武尽孝、顾大英、汤琼、郭彦威等六六三十六名上将，让他们分别领兵，攻打大阵；第二支令箭传给了常茂、常胜、于皋、胡强、朱森、徐方，让他们按照阵图所示，带领军兵，奔黄河上游，截断凶水阵的水源；第三支令箭，传给常遇春和胡大海，让他们准备翻天桥、铁飞鸟、火枪、火炮，带领军兵，随时接应。

众将官领命，分头准备而去。

这一来，明营之中可热闹了。只见那些将官，各带领着自己的人马，不分昼夜，滚黏在一起，共同磋商破阵之法。罗老道、唐云、罗虹、罗决也不闲着，这儿走走，那儿看看，这儿指点指点，那儿说道说道，耐心传授技艺，忙得不亦乐乎。

又过了几日，明营之中传出了大好消息。什么？元帅徐达的伤症痊愈了。众人一听，无不为之拍手叫好。

徐元帅根据阵图所示，一路盘问了破阵之法。众将官见问，滔滔不绝地倾吐了自己的打法。徐元帅见万事俱备，便与皇上朱元璋和军师刘伯温商议，决定即刻兴兵。

单说这一日，天将放亮，明营之中击鼓升帐。众将官一个个顶盔贯甲，挂剑悬鞭，一溜小跑，涌进中军大帐。

此刻，元帅徐达早已稳坐在交椅之上。他扫视四周，发布军情："众将官！今日出征，非比寻常。只有大破金龙搅尾阵，才能北赶大元。望尔等同心协力，疆场立功！"接着，又把打阵的办法，详尽地讲述了一遍。

明营众将听了，人人摩拳擦掌，个个跃跃欲试。

徐达将一切安排就绪，大喊一声："出发！"

"喳！"

众将官走出帐外，各领自己的兵马，总共五十万大军，像洪水一般，奔金龙搅尾阵涌去。霎时间，把周长三百余里的凶阵，困在垓心。

紧接着，喊杀声，战鼓声，融为一体，震天动地。

无敌将常茂领着常胜、于皋、胡强、朱森、徐方等人，催马来到了黄河岸边，定睛一看，见元兵又要开闸放水。

常茂急了，高声叫嚷："呔！想要脑袋的，就给茂太爷把闸放下！"说罢，操起禹王神槊，奔元兵冲去。

其他将官也不怠慢，像刮风一般，也尾追而去。

这些守闸的元兵，哪是他们的对手，三下五除二，就被他们杀了个片甲无存。

与此同时，各路人马也奋力杀敌。顷刻之间，便将元兵杀了个落花流水。

元营内大王胡尔卡金见军情紧急，忙将二王胡尔卡银、四宝将脱金龙、大殿下虎牙召至帐内，声嘶力竭地叫嚷道："快快传令军兵，拼命对敌。我要在这黄河岸上，跟朱元璋决一雌雄！"

脱金龙见大势已去，急忙规劝道："大王，大阵被破，已成定局，咱切不可盲目硬拼。常言说，留得青山在，不怕没柴烧。眼下，只可突围。先到北六省将养元气，单等缓过手来，再与他决一胜负。"

二王胡尔卡银等人，也再三相劝。

胡尔卡金无奈，只好传下口旨，全线撤退，北渡黄河。并且，命沙克亮准备船只，沙克亮领命而去。

这时，处处是枪声、炮声，人声鼎沸，好像天塌地陷一般，把胡尔卡金吓得毛骨悚然，魄散魂飞。

"报！"一个军兵跑进大厅，禀报道："启禀千岁，大事不好！"

"何事惊慌？"

"那……那沙克亮是个奸细！"

"此话怎讲？"胡尔卡金急切地问道。

"回大王，他……他把船只都调走了。并且，挑起了大明的旗号。"

"哎呀！"胡尔卡金顿足捶胸，哇！一口鲜血，喷在地上。

众将急忙把胡尔卡金架出大厅，逃往渡口。

幸亏虎牙抢回一部分船只，才保护着大王、二王上了小船。

元兵在撤退的这一天，那可太惨了。怎么？人多船少啊！元兵因为抢着上船，互相残杀，渡船因为超载，不断翻个儿、沉没。就这样，元兵死伤了五万余众。

胡尔卡金站在船头，望着明军将士，咬牙切齿，高声叫骂道："朱元璋，徐达！尔等休要得意，我一日不死，定报此仇！"

就这样，元兵如漏网之鱼，惊弓之鸟，仓皇向北逃窜。

朱元璋率领五十万明军，分九路横渡黄河，乘胜追击，紧紧咬住元兵不放。他们昼夜兼程，一口气把元兵赶出有六百余里。

这一日，朱元璋领兵追到雁庆关，与这里的守将丘彦臣，展开了一场血战。

丘彦臣有倒拉八匹马的神力，绰号八马将军；有三国猛将典韦之勇，人们又送其绰号叫赛典韦。他统精兵三万，在此镇守。他见元兵败进城来，忙率精兵出城。打了几次冲锋，才将明兵抵住。

朱元璋见明军人困马乏，也倒退十里安营扎寨。

胡尔卡金龟缩在城中，一筹莫展。他忙给元顺帝发出紧急表章，求朝廷速派援兵。不几日，八百里紧急折报，送往北地燕京，落到元顺帝的龙书案上。

元顺帝是个罕见的暴君，终日吃喝玩乐，从不过问政务。朝里的大事，都由宠臣——左班丞相撒敦执掌。

撒敦仗着皇上的宠信，专门结党营私，悬秤卖官，把朝政搞得一塌糊涂。近来，前敌失利的消息，像雪片一样飞到燕京。元顺帝听了，也不由心惊肉跳起来。

这一日，他正在后宫与嫔妃们寻欢作乐，忽见内侍臣送来了胡尔卡金的折报。元顺帝看罢，不觉大惊失色，自言自语道："啊呀！看来，孤王的江山难保啊！"他略定心神，命侍臣击鼓撞钟，升坐宝殿。

元顺帝升坐金銮宝殿，将折报详细讲述了一番。文武百官听了，只吓得面如瓦灰。撒敦略定惊魂，出班奏道："陛下，休要惊慌。自古道兵来将挡，水来土屯。别看朱元璋打过黄河，可他一时半时还到不了咱燕京。我们有三川六国九沟十八寨的人马，怕之何来？请把此事交与微臣，我自有良策击退明军。"

元顺帝一听，忙说："就请撒爱卿多多费心。"

"不过……"撒敦说："臣是个文职官员，手中无有兵权啊！陛下，您看这该如何是好？"

元顺帝不假思索地说道："这有何妨！孤王封你为二路兵马大元帅，节制各路大兵，这不就得了？"

撒敦眼珠一转，摇摇头说："只怕不那么简单。胡尔卡金、胡尔卡银和脱金龙，若不听我调遣，那该如何？"

"孤王赐你尚方宝剑一口，有先斩后奏之权！"说罢，摘下宝剑，赐予撒敦。

"多谢陛下！"

"撒爱卿！眼下军情紧急，不可耽搁。速做准备，驰援前敌去吧！"

"是！"撒敦胸前挂上二路之帅印，回到相府。

撒敦有俩儿子，一个叫撒龙，一个叫撒凤。撒龙今年四十多岁，官拜五城兵马司。这小子鬼头鬼脑，倒也有点儿道道。晚上，趁没人的时候，偷偷去问撒敦："爹，您怎么讨这个旨呀？那四宝将脱金龙、大殿下虎牙，都不是朱元璋的对手，您到两军阵前，岂不是飞蛾扑火吗？"

撒敦一听，手捻须髯，笑道："哈哈哈哈！儿啊，看起来，你还是不学短练哪！"说到此处，他往左右看了几眼，压低嗓音，吐出了自己的心里话，"儿啊，你看出没有？咱大元的江山完了！"

第四十八回　撒敦挟诈卖国献宝
元帝化装弃京出逃

　　撒敦在元顺帝面前讨令，并且和自己的儿子说了大元气数已尽。

　　撒龙说："爹，真能这样？"

　　"这还能假！四宝大将脱金龙都挡不住朱元璋，还有谁能破敌？从雁庆关到燕京，把驻守的军兵划拉到一块儿，也不足五万哪！你挨个儿数数，能打仗的战将还有几个？唉，元朝气数已尽，非改朝换代不可了。"

　　撒龙不解地问道："爹，既然如此，那您怎么还……"

　　撒敦说："哎，这正是你短练之处。儿啊，元朝不行了，咱就改弦易辙，扶保明朝。眼下，你我父子先赶奔前敌，接管了兵权。而后，再跟朱元璋讨价还价。想那朱元璋正在用人之际，必定会重用咱父子。到那时，朱元璋坐天下，咱岂不也是开国的元勋吗？孩儿啊，狡兔三窟，何况人乎？"

　　撒龙听了爹爹的这番言语，顿开茅塞，啧啧嘴说道："高，高，您真是神人哪！爹，咱什么时候启程？"

　　"事不宜迟，明日就走。"

　　老撒敦打定主意，立刻命家人收拾东西，准备奔赴前敌。并且，他又把他的同党——兵部尚书扎尔芦达，秘密唤到府中。撒敦对扎尔芦达说明了自己的打算，并且对他嘱咐道："早晚有一天，明兵要打到燕京。那时，你要听我指挥，我让你献城，你就献城。只要你跟着我走，绝不会吃亏。"

　　扎尔芦达点头领命。从此，便在暗中拉拢余党，准备献城，暂不细表。

撒敦匆忙点兵三万，浩浩荡荡，出离燕京，奔雁庆关进发。

这几天，胡尔卡金、胡尔卡银、脱金龙、虎牙，他们心急如焚，正等着救兵呢！听说元兵来到，急忙列队迎接，亲自把撒敦接进帅府大厅。

撒敦稳坐一旁，旁若无人，只见他撇着嘴，眯缝着眼。捧出圣旨，高声道："圣旨到！"

胡尔卡金等人一听，急忙撩衣跪倒在地，"万岁，万岁，万万岁！"

撒敦站起身形，双手捧起圣旨，念道："奉天承运皇帝诏曰——"

圣旨的意思是：命左班丞相撒敦为二路元帅，到前敌执掌兵权。同时，免去脱金龙的元帅之职，违者，尚方宝剑有先斩后奏之权。

脱金龙一听，犹如凉水浇头，立时就傻眼了。心里说，皇上啊，你怎能如此行事？你对别人不知，对撒敦还不晓？他除了吃喝嫖赌，贪污受贿，有什么能耐？对于领兵带队，他更是一窍不通啊！让这样的人执掌兵权，还不得把江山断送掉？但是，旨意上明明白白是这么写的，谁敢抗旨不遵呢？无奈，将帅印交付给撒敦。

撒敦这回可有职有权了！只见他挺着胸，绷着脸，流露出一种七个不服八个不忿、五十六个不在乎的神态。

时过三天，撒敦修书一封，备厚礼一份，派儿子撒龙，偷偷赶奔明营，去面见洪武皇帝朱元璋。

朱元璋正在大厅与元帅、军师议论军情，忽有蓝旗来报："撒敦派使者前来。"

众人一听，不由愣怔起来。刘伯温料事如神，他笑了笑，说道："主公，喜讯来了，你我君臣应如此这般，来个顺水推舟。"

朱元璋听了，眼睛一亮，忙传下口旨："好，快快有请！"

霎时间，红毡铺地，鼓乐齐鸣。元帅、军师率领众将，亲自将撒龙接进大帐。

此时，撒龙甭提有多美了，心里说，我爹真乃神人也，果然不出他所料。他脚踩着红毡，来到朱元璋面前，撩衣倒身下拜，口尊："陛下，外臣撒龙施礼了。祝陛下万寿无疆，万万岁！"这小子挺会说话，拜年的话儿直往外端。

朱元璋亲离宝座，双手相搀："爱卿免礼，平身落座。"

接着，又设摆了盛宴。席间，撒龙将撒敦的亲笔书信，交给朱元璋。

朱元璋接信在手，展开观瞧。密信的大意是：我撒敦料知元人气数已尽，明主当兴，天下将属洪武皇帝。我父子愿保明主，戴罪立功。就眼下而论，从雁庆关到燕京，所有的关隘、渡口、城乡、市镇，皆在我的治下。若万岁能收留我父子，我撒敦保你不用见仗，唾手可得燕京。

洪武皇帝看罢，心中大喜，朗声说道："爱卿！"

撒龙见朱元璋叫他爱卿，更美得不知东南西北了，忙应声道："万岁！"

"你父子既然有此忠心，寡人十分欢迎。回去禀告你家爹爹，孤现在就加封他为一字并肩王。待将来得了天下，我二人再均分江山。"

撒龙一听，心里合计，什么，现在就封了个一字并肩王？啊呀，这比保大元还合算呢！于是，趴在地下，砰砰直磕响头。

朱元璋心情高兴，又钦封撒龙为一品护国公，封撒风为定国公。同时还答应，待得下江山，再官升三级。

撒龙受宠若惊，急忙把礼物呈上。朱元璋定睛一瞧，哟，有定风珠三颗，夜明珠五颗，避水珠八颗，避火珠十颗。还有黄金、珠宝、珊瑚、翡翠……这些礼物，价值连城啊！朱元璋也不客气，将礼物一概收下。临行时，又问撒龙："什么时候可以献城？"

撒龙恳切地说道："请万岁放心，我爹说过，三天之内，一定献城。"

"好！"

撒龙回到雁庆关，见了爹爹，如实述说了一番。撒敦一听，捻须大笑："哈哈哈哈！儿啊，你看如何？人心都是肉长的，咱给姓朱的办事，他能亏待了咱爷们儿吗？这就是为父比别人的高明之处啊！"

"是啊，您做得太好了。不过，人家叫咱三天以内就得献城。"

"哎！哪用三天，明日即可！"

撒敦兵权在手啊！一支令箭，便可调动全军。若有违令者，便用尚方天子剑相逼。因此，他是随心所欲，爱怎么着就怎么着。

四宝将脱金龙，从免职那天起，就觉着来头儿不对。他在暗中观察，果然发现撒龙暗去明营。晚间，他偷偷对胡尔卡金、胡尔卡银说道："撒龙暗去明营，必有隐情。看来，撒敦要卖国呀！咱们在他手下，非受害不可。干脆，三十六计，走为上计。"

商量已毕，在当夜晚间，胡尔卡金他们带了五百亲兵，偷偷离开雁庆关。

撒敦见他们溜了，心中十分高兴。为什么？把他的肉中刺给拔了。因此，行动起来，更加肆无忌惮。当即，传下军令，大开城门，迎朱元璋君臣进关。

撒敦见了朱元璋，不知怎么亲热好了，左一声主公，右一声皇上，叫不绝口。

朱元璋与他寒暄一番，携手挽腕，步入帅厅。因为撒敦被加封为一字并肩王，所以，跟朱元璋平起平坐在一起。

这一下儿，可把雌雄眼常茂气了个够呛。心说，皇上你真糊涂。那撒敦是个什么东西，怎么那样抬举他呢？哼，这种人是墙头草，哪头儿风大随哪头儿，将他留在身边，早晚是个祸害。所以，他跪到朱元璋面前，大声喊叫："陛下，不能留他，咱跟撒敦有血海深仇！"

朱元璋听了，把脸一沉，怒声呵斥道："哇！胆大的常茂，怎能辱骂撒爱卿？若再妄加言语，我定重治你诽谤之罪！"

哟，看那意思，朱元璋对撒敦是无限信赖呀！常茂无奈，噘着大嘴，退了下去。这时，就听朱元璋冲撒敦问道："此处奔北地燕京，都路过什么地方，怎样打法？"

撒敦答道："主公非知，从此地到燕京，所经过的州城府县，守将俱是我的徒弟。只要我一声令下，他们就会倒戈投降。"

撒敦说得果真不假，朱元璋一路上兵不血刃，就来到了燕京城外。百万雄兵，欢呼雀跃。一个个摩拳擦掌，等待破城。

朱元璋将连营扎在城外，与军师、大帅一起，商议攻城之策。

到了八月十五这一天傍晚，明营之中突然响了三声号炮。霎时间，左有常遇春，右有胡大海，正中有徐达，共统领雄兵五十万，战将几百员，一起杀进燕京城内。

那位说：燕京四门紧闭，明军能冲进去吗？能。为什么？撒敦早已秘密捎信给扎尔芦达，与他约好时间，让他开放了城门。

明军进城，乐坏了城中的黎民百姓。他们拿着笤帚、铁锹、菜刀、棍棒，纷纷冲上街头，带着明军，追赶元兵。所以，明军没用多长时间，便顺利地占领了外城。

此时，元顺帝的皇叔——横海王王保保正在城中督战。他见明军来势凶猛，冒死杀开一条血路，进了内宫，向元顺帝报信儿。

元顺帝听了王保保的禀报，才知自己被撒敦出卖，气得他五内俱焚，高声叫骂道："都怪孤王有眼无珠，听信了这个奸佞。有朝一日将他抓住，定把他碎尸万段。"

但是，后悔也来不及了。王保保说道："陛下，休要再埋怨了，臣愿保驾西行。"

元顺帝听罢，口打咳声，说道："唉，事到如今，也只好如此了！"

元顺帝算毒辣到家了，他临行之前，又传下一道圣旨：召三宫六院七十二嫔妃，上殿见驾。这些娘娘，只吓得抖衣而战。她们跌跌撞撞，跪倒在金阶。

元顺帝看罢，说道："众位爱卿，咱君臣就要离别了。本想带你们一起逃走，可是，在这兵荒马乱的年头儿，男女多有不便。倘若明兵杀进宫中，对你们更无好处。你们陪王伴驾多年，俱是有功之臣，孤王不能亏待尔等。来呀，赐你们自尽身亡，到天上等我去吧！"

口旨传下，谁敢不遵？霎时间，悬梁上吊的，投河觅井的，抹脖子的，服毒的……比比皆是。整个皇宫，哭声大动。片刻工夫，就死掉一千多人！

元顺帝见嫔妃们已死，这才了却了心思。他急忙带好金镶玉玺，身着微服，将自己乔装成黎民的模样。

此时，王保保已给他鞴好了一匹大马。君臣二人乘跨坐骑，带了少数亲兵，溜出后宫，直奔东门而去。也该他倒霉，他们刚到在门前，迎面正遇上了开明王常遇春。

常遇春奉了军师之命，在此把守，为的就是捉拿元顺帝。因此，对来往的行人，盘查得尤为认真。

王保保一看，大吃一惊。心里说，这该怎么办呢？哎，拼了算啦！他打定主意，双脚点镫，一晃掌中的独角娃娃槊，冲常遇春砸去。

王保保哪是开明王的对手？没用几个回合，被常遇春一枪刺于马下。王保保一死，那些亲兵也乱成一团，有的倒戈投降，有的钻进了胡同。

元顺帝一看，这可傻眼了。他长这么大也没出过皇宫，连东西南北都找不着了。只见他抱着个玉玺盒子，哭丧着脸叫道："啊呀，谁来保驾？"刚说到此处，又一想，这话可不能说！我现在已乔装改扮，若被人听到，那不是不打自招吗？但是，四外都是明兵，叫朕往哪里去呀？想到此处，不由茶呆呆发愣。

元顺帝正在叫天天不应，叫地地不灵的时刻，忽听背后有人喊叫道："主公。"

元顺帝回头一看：原来是他的王叔铁胳膊老怀王达摩苏，统精兵前来救驾。这真是绝处逢生啊，把他高兴得都掉眼泪了。

达摩苏来到元顺帝面前，劝慰道："主公，不必难过。留得青山在，不怕没柴烧；君子报仇，十年不晚。待臣保护主公，逃出虎口。"说罢，亲自将元顺帝扶在马鞍桥上。

这达摩苏也豁出去了，只见他晃动手中一对短把牛头镗，率领亲兵，冒死突围。眨眼间，和明军展开了一场恶战。他派出一千名敢死队，把常遇春紧紧缠住，自己保着元顺帝，从侧翼突围。直到东方见亮的时候，他们终于杀出一条血路，逃出燕京。

再说朱元璋先命部分官兵，到城中搜剿元军残部，而后，引得胜之兵，浩浩荡荡开进城中。

此时，城中百姓，欢呼雀跃起来。就见那男女老少拥上街头，摆设香案，跪了长长两大溜，跟人墙一样，迎接洪武皇帝。朱元璋一见此情此景，激动得热泪盈眶。他甩镫下马，从百姓面前徒步走过。有时，还与百姓交言搭话。百姓见朱元璋爱民如子，礼贤下士，更加拥戴。

朱元璋带领文武群臣，进了皇宫，不由大吃一惊。怎么？遍地是女尸啊！他急令传旨，命军兵将尸体抬到郊外，挖坑掩埋。

与此同时，朱元璋在徐达和刘伯温的陪同下，又观看了皇宫的建筑：只见那楼台殿阁，金碧辉煌，宫院库府，完好无损。经盘问得知：原来是元朝的兵部尚书扎尔芦达，在这里严加看管，才免遭抢劫。朱元璋大喜，重重加封了他的官职。

明军进城之后，一切安排就绪。朱元璋便传下旨意，出榜安民。接着，在皇宫以内，盛排筵宴，欢庆胜利。

这个宴会可太热闹了。开国功臣和几百员大将，围坐一起，欢声笑语，频频举杯。席间，撒敦嬉皮笑脸地走到朱元璋面前，说道："主公，在雁庆关之时，您曾说过，等把燕京夺下，再重重加封微臣。如今事遂人愿，但不知您加封我个什么官儿呀？"

朱元璋眼珠一转，说道："撒丞相，你的功劳太大，理应重重加封。前者，朕已封你为一字并肩王；今日，再封你个平顶侯。"

"平顶侯？"撒敦莫名其妙，忙问道："主公，这个平顶侯是个什么官儿啊？"

朱元璋把桌子一拍："哎！就是要你的狗命！来呀，把撒家父子绑出去，杀！"

到了现在，撒敦才知上了大当，被人家朱元璋利用了。可是，知道又有何用，被刀斧手推出午门，斩下首级。好吗，可真当上平顶侯了。

撒敦父子一死，人心大快，敲锣打鼓，热烈庆祝。

朱元璋得下燕京，并没耽搁。立即将群臣召至驾前，商议进军之策。

那位说：朱元璋为什么这么着急呢？因为他知道，眼下虽然占领了燕京，但是，元朝的实力并没有垮台。据探马报道，元军还有一百余万，占据着山西、陕西、甘肃等西北的大片领土，长城以内的很多重要关隘，也都在元人手里。因此，仍需乘胜追击。

朱元璋当着文武群臣，述说了自己的想法。众将官闻听，点头称是。于是，当即命元帅徐达率精兵三十万，大将百员，领着胡家父子，从东路追杀元顺帝；命军师刘伯温带大军三十万，大将一百员，带常家父子，从西路追杀元顺帝。

这两路大军，选良辰，择吉日，祭旗出发，且不细表。

朱元璋与余者众将，便留在燕京。那位说，都有谁呀？有张兴祖、汤和、郭英等人，还有十王李文忠。当年朱元璋称帝后，加封姐姐朱玉环为正阳皇姑，加封外甥李文忠十王之职。朱元璋与姐姐从小相依为命，感情极深。因此，朱元璋走到哪里，就将姐姐和外甥带到哪里。当然，这阵儿也就在燕京了。如今，李文忠为京营大帅。

再说那两路大军。自进兵以来，捷报频传。军师刘伯温这一路，走马取过正定府，顺利夺下太原，连打了十八个胜仗。为此，军师命常茂、丁世英、于皋、朱沐英四员小将，回京报捷。

这四员小将得令，十分高兴，带着军师的折报，领着家人常忠，急忙离开太原，奔燕京进发。

这一天，常茂等人来到长辛店。他们到大街一看，只见百姓川流不息，秩序井然，完全是一派太平盛世的情景，看到此处，心中好不高兴。

此时，天近午时。他们进了家饭馆，要了桌全羊的酒席，一边吃喝，一边高谈阔论。

正在这个时候，忽听楼梯声响。接着，走上一个人来。只见他满头大汗，东张西望。略定心神，走到常茂他们桌前，躬身施礼道："王爷，各位英雄，我这儿有礼了。"

来者何人？下回分解。

第四十九回　小英雄回京传捷报
　　　　十王爷进宫探真情

来者是谁呢？

常茂抬头一看：此人三十多岁，一身王官打扮，便问道："哎，你怎么认识我呀？"

"哎哟！鼎鼎大名的无敌将军，谁不认识你呢！"

"有什么事吗？"

"王爷非知。万岁有旨，命我来长辛店，将凯旋的各路英雄，接进皇宫。万岁说，要亲自陛见。事有凑巧，没想到与常将军不期而遇。走，快快进宫去吧，万岁还等着哪！"

"哟！"常茂一听，心里说，打了胜仗，皇上高兴啊，因此才一破昔日的陈规，陛见文武功臣。于是，他把堂倌儿叫来，说道："我们有公务在身，不能在此用饭。刚才要的那桌全羊酒席，我们不要了。"

"这个……"

"放心，我们照样付钱。"常茂几个人，付清酒钱，跟随这个王官，赶奔京城而去。

日头偏西的时候，他们进了燕京。几个人正往前走，忽见迎面又来了个王官。这个王官急匆匆走到他们近前，说道："常将军辛苦了！万岁有旨，命你们在金庭驿馆候驾。"说罢，领常茂众人直奔金庭驿馆。

这所驿馆不仅富丽堂皇，而且招待得也十分周到。常茂等人梳洗已毕，就静等万岁召见。

等啊，等啊，一直等到掌灯时分，皇上还没有到来。常茂觉得挺别扭，心里说：哎呀，都一天没吃东西了，这能受得了吗？他对朱沐英问道："小磕巴嘴，你饿不饿啊？"

"我、我呀，早前腔贴、贴后腔了。"

常茂生气地说道："不吃饭，怎么能行呢！哎，王官，皇上什么时候来呀？"

王官说："这——我哪里知道啊，万岁只是传下口旨，让在这儿等着。"

常茂一扑棱脑袋："哎呀，真要命。干脆，你先给我们弄点儿吃的，填饱肚子，咱再等着。"

"也好。"王官应声而去。

工夫不大，这个王官将酒饭端来。常茂他们急忙围坐桌旁，操起了匙箸，还没等他们吃到嘴边，又走来一位王官，说道："常将军，万岁有旨，让你们速速进宫。并说，要设御宴，招待各位英雄。"

常茂一听，既然如此，就不用在这儿用膳了。于是，转脸对家人常忠说道："你在这儿等着，我们进宫会见皇上。若有人找我们，你就把这事告诉他。"

"是。"

常茂等人也没换衣服，在王官的带领下，起身便走。时间不长，就从后角门进了皇宫。

这小哥儿几个，是头一次来到这里。他们四外一看，只见皇宫内，楼台殿阁，飞檐转角，金碧辉煌，十分雄伟壮观。王官将他们领到一座偏殿跟前，把帘拢一挑，让他们进了屋，说道："各位将军，你们少候片刻，容我去启奏圣上。"

常茂坐稳身形，嘱咐道："快点儿啊！整整一天了，我们还水米没沾牙呢！"

"是。"王官应声而去。

就这样，小哥儿四个，又坐等在偏殿以内。

他们一直等到半夜，也没见着朱元璋的影子。丁世英的心眼活泛，他把小眼睛眨巴眨巴，对常茂说道："茂，这里边会不会有事儿呀？"

"什么事儿？"

"你想，我们刚进长辛店，就说皇上要陛见。可是，直到现在，连皇上的影子也没见到。你说，难道这里头没鬼吗？"

"胡说！皇上跟咱们还能搞什么鬼？"

丁世英摇摇头，说道："茂，多个心眼儿总没有坏处。反正，我觉得这里头有文章。"

常茂说："不要胡猜乱想。依我看，咱也别在这儿傻等了。干脆，咱们找去吧！"

"对！"几个人一商量，就走出了偏殿。

这么大的皇宫，该到哪儿去找呢？他们东一头，西一头，有路就走，有门就进。不多时，就走到一个院内。就在这时，忽听前面有人喊了一声："站住！"

紧接着，又听锣唰唰一棒串锣声响，伏兵四起，把四位英雄围在垓心。

常茂略定心神，定睛一看，但见伏兵四起，手中高挑灯笼，上写着巡逻、御林军的字样。再一细瞅：台阶上还站着位老将。此人头顶铜盔，身披铜甲，外罩红袍，腰悬宝剑，怀里还抱着一支大令。他长了个奔儿喽头，翘下巴，八字眉，黄眼珠。看年纪，也就在六十左右。只见他满脸杀气，不怒自威。

这时，就听这员老将厉声喝道："哇！皇宫大内三尺禁地，尔等竟敢任意横行，这还了得？奉万岁旨意，将他们拿下，绑！"

"是！"御林军得令，蜂拥而上，就要动手。

朱沐英当然不服气，说道："慢！我们犯、犯什么罪了，是皇上叫、叫我们来的。"

于皋见了，也火往上撞，赌气对朱沐英说道："有理走遍天下，叫他们绑吧，等一会儿见了万岁，咱看谁能吃罪得起！"

人家可不听他这一套，三下五除二，就把他们绑了个结结实实。

常茂被绳捆索绑之后，立即就后悔了。怎么？他觉得这来头儿不对啊！这些御林军，把三股绳子拧成一股，单三扣，双三扣，哪儿扣不紧用脚蹑。啊呀，差点儿把他们的骨头勒折。常茂眼珠一转，说道："哎！我说这位老前辈，请你赶紧启奏圣上，就说我们有要事见驾！"

这员老将一听，狂声大笑道："哈哈哈哈！你还想见皇上呀？哼，不怕风大闪了舌头。实话告诉你吧，我是新任的京营殿帅。这一亩三分地，归我掌管。没有皇上的圣旨，不管任何人，只要闯进宫来，就犯下了不赦之罪。"说到此处，冲御林军高声传令："将他们就地正法！"

"什么？"常茂一听，顿时五内俱焚，忙冲朱沐英他们使了个眼色，就在原地扑棱起来。

常言说，双拳不敌四手，好汉架不住人多。御林军呼啦啦拥了上来，将小哥儿四个摁倒在地；紧接着，又把明晃晃的鬼头刀举在空中。

常茂把眼一闭，心说，唉！这些年来，在战场上跌跌撞撞，倒平安无事；没想到回京报捷，倒把脑袋报丢了。若死得明白也行，可死得糊涂啊！真是有冤无处诉，有理讲不清啊！

就在这个时候，忽听有人高声断喝："刀下留人！"

御林军听罢，不由浑身打了个激灵，呼啦一声，闪退在两旁。

常茂等人不解其详，急忙抬起头来，顺声音一瞧：就见前边对对红灯开道，有一列御林军，奔这儿走来。等到近前一瞧，御林军中拥着一人：头戴金盔，身贯金甲，外罩罗袍，身挂宝剑，面似银盆，三绺长髯。此人是谁？正是十王千岁李文忠。

前文书中说过，现在李文忠是京营大帅，执掌着全军的大权。今天晚上，他领着亲兵、卫队巡城。刚走到金庭驿馆门前，正遇见了常忠。

常忠见主人一去不归，心中放心不下，就出门张望。正好，遇见了十王千岁。于是，急忙把他们回京后的详情讲述了一番。

李文忠一听，感觉奇怪，心中想道，我身为京营大帅，此事为何一概不知呢？再说，皇上怎么知道常茂他们回京呢？纵然知道，皇上也不会到金庭驿馆来看他们呀？嗯，其中必有文章。想到此处，便领着亲兵卫队，直奔皇宫，一探究竟。巧了，正好碰见刽子手行凶。于是，才大喝了一声。

十王千岁李文忠迈步来到近前，细一观瞧，见受刑之人是常茂、朱沐英、丁世英和于皋，不由就是一怔。

这下儿，常茂可不干了。他把脑袋瓜一扑棱，说道："哎，我说十王千岁，这是怎么回事儿？我们离开燕京还不到几十天的工夫，怎么就变成这个样子？你说说，我常茂犯了什么罪？皇上为什么杀我们？"

于皋也暴跳如雷："那个抱大令的老家伙，他是个什么东西？"

李文忠说道："此事我也不知道情由，你们暂且委屈一时，容我面见万岁，禀奏详情。"接着，对自己的亲兵传令，"来呀，给他们松绑！"

李文忠是十王千岁，有这个权哪！霎时间，亲兵手持大刀，将绑绳割断。抱大令的老头儿见势不妙，急忙带领御林军，溜了。这个人也真来奇怪，连李文忠也不知道他姓甚名谁。

李文忠让常茂他们在此等候，自己进宫面见他舅父。只见十王千岁，怀抱象牙笏板，步履匆匆，进了皇宫，来回寻找。走来找去，一直找到后宫。只见勤政殿内，灯火辉煌，并且，时而传来吹拉弹唱的声音。

李文忠略一思索，走过玉带桥，转过假山石，迈步上了殿基，从珠帘缝中一看，不由大吃一惊。怎么？只见洪武皇帝，穿一身软绉的龙袍，坐在正中央的龙床上，身边靠着一个娇滴滴的美人。只见这个女人：头上梳着三环套月的美人鬓，身上穿着软绉的衣裙，描眉画鬓，搽粉戴花。在他们两旁，有不少宫女，正在吹奏乐曲。

李文忠看罢，只气得心火难按。心里说，刚刚得下燕京，将士们还在前敌浴血奋战，你却在这里迷恋女色。哼，你所作所为，能对得起何人？想到此处，噌！将珠帘一撩，便闯进勤政殿去。来到朱元璋面前，躬身施礼，说道："臣，李文忠见驾！"

朱元璋正在寻欢作乐。他听到声音，低头一看，见李文忠站到了面前。霎时间，朱元璋尴尬万状。为什么？自己是长辈，又是至高无上的皇帝。刚才这些举动，有失检点啊！他略定心神，说道："文忠，是你！"

"正是微臣！"

"文忠，半夜三更，无有朕的旨意宣诏，你进宫所为何事？"

李文忠着急地问道："万岁呀！臣有一事不明，要当面领教。"

"何事？"

"请问陛下，常茂、于皋、丁世英、朱沐英，刚刚来到皇宫。他们身犯何罪，因何陛下就要将他们开刀问斩？"

李文忠这一句话，把朱元璋问了个丈二和尚——摸不着头脑。他愣怔片刻，反问道："文忠，你待怎讲？"

"万岁，因何传旨，要将常茂他们杀掉？"

"什么？"朱元璋听罢，摇头说道，"哎呀，此事从何谈起！常茂、于皋他们，已跟着军师出征去了。他们什么时候回到皇宫？朕多咱传过旨意，要杀他们几个？"

李文忠听罢，不由动开了心思。他略停片刻，便把方才的所见所闻，如实地述说了一遍。朱元璋听了，立即沉下脸来。心里说，这是谁假传圣旨，干出这等事来？

李文忠启奏道："万岁，此事非同儿戏，定要认真查究。说不定，其中还有什么奥妙。"

"嗯，内侍，升殿！"天光见亮。朱元璋头顶龙冠，身披龙袍，驾坐到九龙口内。

金钟三声响，玉鼓六声催。霎时间，在京的群臣文武，蜂拥而至。朝驾已毕，文东武西，分列两厢。朱元璋面沉似水，冲李文忠说道："爱卿，传朕的口旨，宣常茂四人上殿！"

"遵旨！"李文忠答应一声，走出金殿。

这阵儿，常茂他们已经离开后宫，正在朝房候驾。李文忠走来，对他们说道："万岁有旨，宣你们上殿。你们要实话实讲，定把此事弄他个水落石出。"

常茂他们点了点头，急忙整盔抖甲，与十王千岁一起，来到八宝金殿，跪倒在金阙之下，口尊："参见万岁，万万岁！"

朱元璋说道："卿等平身！"

"谢万岁！"四人磕头谢恩，站立一旁。

朱元璋问道："常爱卿，你们什么时候回到京城，又怎样摊下了祸事？赶紧对朕如实讲来！"

常茂见问，忙说道："万岁，你当真不知啊？那好，听我讲来——"接着，便把怎么奉军师的命令回京报捷，怎么在长辛店碰到王官，怎么住到金庭驿馆，怎么进了皇宫，怎么碰到御林军，怎么被捆绑，怎么被斩杀，怎么碰上十王千岁，等等诸事，详尽地述说了一番。言谈话语中，对朱元璋还有埋怨的意思。

文武百官听罢，都觉得莫名其妙。一个个瞪起眼睛，瞅着皇上，看他如何断理此案。朱元璋也确实不知其详啊！他略停片刻，说道："茂啊，各位爱卿，休要误会，朕实在不知此事。朕来问你，你们可记得那个送信的王官？"

"叫什么名字，咱不知道；不过，他的模样倒还记得。"常茂说道。

朱元璋听罢，传下口旨："来呀，将所有的太监，王官，统统宣上殿来！"

时间不长，内侍臣就把几百名太监和王官，领上殿来。

朱元璋对常茂他们说道："你们上前辨认，看有无那个王官？"

"遵旨！"

常茂带着于皋、丁世英、朱沐英，走到太监和王官面前，瞪起眼睛，一个一个地仔细辨认。可是，把这些人全看过了，也未发现那个送信之人。常茂可急坏了，心里说，哎，这家伙哪里去了？他瞪起雌雄眼，又仔细相面。相着，相着，突然把一个低着脑袋的王官，拽出人群："好小子，你低下脑袋，难道茂太爷就不认识你了？在长辛店之时，不就是你给传的话吗？"

这个王官吓得浑身栗战，扑通一下，跪倒在地。

朱元璋一看，认出来了，他乃是新收的内监，名叫张成。便问道："到长辛店送信，可是你所为？"

"奴才罪该万死，正是小人。"

常茂又说道："还有呢，待我再找找看。"

时间不长，常茂又拽出一个王官，就是领他们到驿馆的那个；接着，又拽出一个太监，就是领他们进宫的那个。这两个家伙也哆哆嗦嗦，跪到朱元璋面前。

朱元璋问常茂："还有没有？"

"没了。"

朱元璋听了，对其余的王官、太监说道："你们都下殿去吧！"

"遵旨!"众王官、太监，应声而去。

朱元璋猛然把龙胆一拍，厉声呵斥道："哇！是谁让你们假传圣旨，还不如实讲来！"

那两个王官一听，不由舌头短了一半，当场瘫软在地。唯独张成，比他们强点儿，跪在那里，东瞅瞅，西瞧瞧，小眼珠子滴溜溜乱转。

朱元璋问道："张成，这到底是怎么回事？"

张成见问，磕磕巴巴地说："陛下，奴才我、我……"看他那意思，好像有难言之隐。

常茂一看，可气了个够呛。他大跨两步，冲到张成面前，伸手抓住他的衣领，啪！就是一个满脸花。这一耳光打得有多重呀，张成就地转了仨圈儿，嘴角都出血了。常茂喝问道："你说不说？你胆敢不讲实话，我把你的肋条抽出来！"好吗！在八宝金殿以上，常茂就动开刑了。

朱元璋也逼问道："奴才，还不快讲！"

张成哭丧着脸，说道："万岁，我要说出真情，您可别生气呀！"

"休要啰唆，快讲！"

张成说道："这件事情，主公您也不知，是贵妃娘娘让我们干的。"

朱元璋一听贵妃二字，立刻这舌头就短了："这……"

常茂一听，心说，嗯，这里边有文章。他眼睛一转，问朱元璋："万岁，这贵妃娘娘是哪位呀？"

丁世英也紧紧追问："万岁，到底是谁？"

文武百官闻听，也不由茶呆呆发愣。

第五十回　朱洪武陷入胭粉计
　　　　小英雄打死芦贵妃

说了半天，这到底是怎么回事？

书中交代：朱元璋占领燕京之后，立即两路派兵，追剿元顺帝。他自己呢？待在京城，听候音信。闲来无事，不是伏案看书，就是在宫中溜达。

这一天，他喝了个酩酊大醉，睡到元顺帝原来的寝宫。等一觉醒来，睁眼一看，见对面墙上，挂着一张水墨丹青，画着一个女人。这张画非同一般，大小尺寸，跟真人一般无二。朱元璋仔细观瞧，只见她鬓发如云，眉弯似黛，面似桃花，眼凝秋水，容多玉润，荡人魂魄。朱元璋看罢，不禁失声叫道："啊呀，不料这尘世以上，竟有这样绝色的女子！"

正在这个时候，忽然张成从外边走来，跪到朱元璋床前，说道："陛下，你莫非夸赞这张画儿不成？"

"是啊！"朱元璋坐起身来，问道，"此画出自何人之手，把这女子画得这般漂亮？"

张成微微一笑，说道："主公，这不是画儿，是真人哪！其实，真人比画儿更漂亮十分。"

朱元璋听了，心头不由一动，忙问道："噢？这个女人是谁呀？"

"启奏圣驾得知！元顺帝手下有个兵部尚书，叫扎尔芦达。这就是他女儿芦婉珍的画像。"

"此女现在何处？"

"现在芦府。实不相瞒，自您进宫，非但不怪罪扎尔芦达，反而还加封了他的官职。他为报答您的天高地厚之恩，便想把女儿送进宫来，陪王伴驾。可是，他又不敢贸然行事。因此，才让奴才把画像挂在屋中。万岁，您若喜欢，就可将她宣进宫来。"

朱元璋听罢张成的这番述说，心头为之一动。他心中合计，多年来，在疆场厮杀征战，看的是刀枪剑戟，听的是炮号锣鼓，想的是军事战策，闻的是漫漫硝烟。如今，自己待在深宫，无所事事，也该享享这人间的乐趣了。可是，不妥！此事若要传扬出去，岂不让文武唾骂？再说，若被马娘娘知道，那还了得？可是，他刚想到这儿，两只眼睛又落到那张画儿上了。他越看越着迷，越看越动心。又琢磨了好大工夫，终于打定主意，笑了笑说道："张成，这张美女图，纯属画匠嬉戏而已，休要与朕取笑。哪有这样的俊俏女子？你把她接来，朕倒要看看是真是假！"

"遵旨！"

次日晚间，扎尔芦达带着女儿，偷偷进了后宫，叩见洪武皇帝。

朱元璋手捻须髯，定睛一瞧，哎呀，这女子长得可太美了，比那美人图还强十分。朱元璋看罢，不由得骨肉发酥，神魂颠倒。于是，出口便说道："朕加封你为贵妃，留到宫里，陪王伴驾。不过，此事须暂时保密。待全国统一，再公之于众。另外，封扎尔芦达为内府都堂，统帅御林军，掌管皇宫的一切。"

前文书提到的那个抱大令的老头儿，就是扎尔芦达。

朱元璋的这件艳事，文武群臣一概不知。他只以为，在这深宫大内，音信隔绝，不会被外人发觉。从此，每日跟芦贵妃一起，形影不离，追欢取乐。今天巧了，正好被李文忠见着。刚才，常茂等人当着文武百官的面，一再追问详情，他怎么好讲出口呢？因此，只见他脸红脖子粗，吭哧了半天，也未说出个所以然来。

文武百官见皇上如此窘态，不由得交头接耳，窃窃私语。

常茂真有个犟劲儿。他见皇上支支吾吾，便又追问道："万岁，这到底是怎么回事儿？何不当着文武的面，讲个明白？"

朱元璋无奈，只好说道："茂儿，这是孤王新纳的贵妃。"

常茂一听，乐了："啊呀，皇上又讨了个小老婆？哎，你愿讨几个讨几个，跟我们无关。现在要问的是，为什么斩杀我们？这可是件大事，咱得闹清楚。"

朱元璋也觉得纳闷儿。他略一思忖，传下圣旨："来人，宣芦贵妃上殿！"

"遵旨！"

时间不长，扎尔芦达、芦贵妃被带到金殿。这个芦贵妃，可非一般人能比，别看才二十多岁，可她经多见广，久经世故。来到金殿，毫不怯阵。只见她从从容容走到龙书案前，飘飘下拜："臣妾参见陛下！"

朱元璋一看，问道："爱妃，因何传朕的旨意，斩杀四位爱卿？"

芦贵妃听了，不由一愣，答道："此话从何谈起？臣妾就知道伺候皇上，对于国家大事，从来不敢过问。但不知这是谁血口喷人？万岁，臣妾冤枉！"

朱元璋听了，心中十分高兴。怎么？他就盼着芦贵妃说这句话呢！这样一来，不就没事了吗？于是，说道："嗯，朕就知道你冤枉。"说到此处，把龙目一瞪，对张成喝道："哇！贵妃并未假传圣旨，你却无事生非，恶语中伤。朕来问你，你到底受了何人的主使？"

张成一听，只吓得浑身栗战。他跪爬到芦贵妃脚前，申辩说："娘娘，您可得讲天地良心呀！不是您亲口对我们这么说的吗？为此事，您还每人给了我们三千两银子呢！您还说，事成之后，另有重赏。怎么今儿个您出尔反尔，不敢承认了？"

芦贵妃一听，只气得银牙紧咬，杏眼圆瞪，怒声呵斥道："你真能胡编哪！我与这些将军，往日无冤，近日无仇，怎能无故加害他们？你真是个臭诬赖，血口喷人！"

扎尔芦达也说道："万岁呀！张成乃是元顺帝的心腹，我父女归顺投降，他心怀不满。为此，才胡编乱造，加害于我。请万岁不要听他一面之词，为我父女做主啊！"

其实，这件事真是他扎尔芦达父女干的。这个扎尔芦达，确实不是个好东西。在撒敦领兵出城以前，曾与他密谋定计，要引明军进城，推翻元顺帝。待朱元璋杀了撒敦之后，又暗下狠心，要凭着他女儿的容颜，巧设脂粉计，先离间朱元璋君臣的感情，断去朱元璋的左膀右臂，再将朱元璋置于死地。这一招果然灵验，朱元璋中了计。他们迫不及待呀，刚过了不多日子，便干下了如此勾当。

芦贵妃怕事情败露，四外一踅摸，见爹爹腰里挎着一口杀人宝剑。她乘人不备，忙伸单手，噌！搜出利刃，冲张成厉声呵斥道："奴才，竟敢以下犯上，待我结果你的狗命！"说罢，噌！一剑刺透了张成的胸膛。好毒辣的芦贵妃，她倒来了个杀人灭口。

常茂一看，全明白了。只见他把雌雄眼一瞪，噌！往前一纵，腾！搜住了芦贵妃的当胸。芦贵妃吓得够呛，不由宝剑落地。她眼瞅皇上，嘴里高喊："你要干什么？"

常茂把脑袋一扑棱，说道："我们的冤枉还没弄明白，谁让你杀人灭口？看来，你绝不是个好东西！"说到此处，啪！就是一个嘴巴。

常茂有多大力气！就这一下，把芦贵妃打得转了一个圈儿，摔出有一丈多远。正好，摔到了朱沐英面前。

朱沐英一看，心想，你常茂敢揍，难道我就不敢！于是，飞起一脚，腾！正端到芦贵妃的屁股上。这一脚更重，把她端得骨碌碌一滚，正停到于皋跟前。

于皋一看，心想，我也来一下儿吧！于是，又一个嘴巴，把她扇回常茂跟前。

诸位你想，那芦贵妃是个娇滴滴的弱女，能架得住这顿折腾吗？霎时间，只见她翻翻眼儿，伸伸腿儿，当场气绝身亡。

芦贵妃之死，朱元璋看得是真真切切。此时，他脑袋嗡了一下儿，差点儿背过气去。心里说，胆大的常茂，当着寡人的面儿，竟把贵妃打死，这不是犯上作乱，羞臊孤王吗？他恼羞成怒，啪！把龙胆一拍，怒声呵斥道："咦！常茂，你们要造反呀？今日，在朕面前，竟把娘娘打死。来日，说不定还会把寡人斩杀。似这等乱朝臣子，留你们何益？来呀，将他们推出去，杀！"

金瓜武士不敢怠慢，往上一闯，就把他们抹肩头拢二臂，捆了个结结实实。

常茂胆子再大，也不敢跟朱元璋翻脸呀！只见他与朱沐英他们使了个眼色，就朝殿外走去。他一边走，一边骂道："无道的昏君！全国还没有统一，你就如此荒淫，真让文武百官痛心呀！你等着，茂太爷死在九泉之下，也得把你掐死！"

朱元璋听了，气得须发皆乍。他哆嗦着嗓音，问道："哪位爱卿愿讨监斩旨意？"

"微臣愿往！"话音一落，有一人紧走几步，跪到朱元璋面前。众人一看，正是芦贵妃的爹爹扎尔芦达。

此时，又听扎尔芦达说道："万岁，我女儿死得好惨、好冤哪！我要亲自杀斩凶手，为我女儿报仇！"

朱元璋也没多想，忙提起御笔，刷刷点点，写好圣旨，说道："扎尔芦达，拿朕的旨意，赶奔午门，单等午时三刻，将常茂四人正法！"说罢，将圣旨递过。

"遵旨！"

扎尔芦达讨下旨意，带了三千铁甲军，赶奔午门，将法场护住，等候旨意行刑。

十王李文忠见朱元璋传下监斩旨意，只气得浑身栗抖，体如筛糠。他高声喝道："万岁且慢，微臣有下情回禀！"

朱元璋一听，那是一百个不痛快。心里说，哼，若不是你李文忠进宫奏本，哪有眼前这场祸事？论理说，你是罪魁祸首，应将你斩首才对。念你是朕的外甥，将你饶过也就是了，你还保的何本？于是，瞪起眼睛，喝问道："文忠，你有何话讲？"

"启奏陛下，常茂他们杀不得。"

"嗯？"

"陛下圣明！常茂他们奉军师之命，不远千里，回京报捷。不料，却被奸人所害。刚才，张成已供出芦贵妃假传圣旨之真情。俗话说，冤有头，债有主。常茂他们一怒之下，打死芦贵妃，这也不算不对。退一步讲，纵然冤枉了她，也不能因一个女人，就斩杀您的股肱之臣哪！"

朱元璋一听，生气地说道："胡说！那张成与扎尔芦达不和，才无中生有，嫁祸于人。常茂怎能只听一面之词，就动手行凶，打死贵妃？再说，他们心目之中还有没有我这个皇上？不管芦贵妃身犯何罪，也应请旨定夺。怎能随便拳打脚踢，致死人命呢？很明显，常茂他们自恃功高，全不把朕放到心上。早早晚晚，朕也会死到他们手里。如今，他们已犯下大不敬之罪，朕传令斩杀他等，有何不对？"

李文忠又申辩道:"陛下,纵然常茂他们犯下大不敬之罪,也不该斩杀呀!如今,元顺帝还未抓到,元人还没征服。两军阵前,正是用人之际,您怎忍心杀掉功臣?请陛下开恩!"说罢,跪倒在地。

在京的文武百官,也都同情常茂四人,只是没人挑头儿,不敢轻举妄动。如今见十王求情,也都纷纷跪到朱元璋脚下,启奏道:"陛下,念常茂他们功重如山,您开恩才是啊!"

朱元璋见众人都来求情,如同火上浇油。他手拍龙胆,说道:"哇!尔等想聚众闹事不成?朕意已决,不能更改!李文忠,你赶紧退了下去。若敢违抗圣命,你也难逃法网。"

李文忠一听,怒火难按。他仰起头来,问道:"陛下,但不知微臣身犯何罪?"

朱元璋冷冰冰地说道:"哼,你搅闹金殿,跟常茂他们一般无二!"

李文忠冷笑道:"欲加之罪,何患无辞!"

朱元璋一听,大怒道:"放肆!来人,将李文忠也推了出去,一块儿枭首示众!"

朱元璋突然变得如此无情,文武百官谁也没有料到。金瓜武士不敢违旨,将李文忠打掉头盔,扒掉蟒袍,绳捆索绑起来。此刻,李文忠都快气疯了。他跳着脚骂道:"昏君!你之所作所为,与元顺帝何异?杀吧,你把忠良都杀掉,我看谁保你坐江山?"

当着文武群臣的面儿,朱元璋挨了这顿训斥,他能受得了吗?只见他一拍桌案,高声吼叫道:"哇!快把他的嘴堵上。推下去,杀!"

霎时间,李文忠也被推到法场。

常茂见李文忠也被绑来了,心里说,好吗,又多了一位。他开口问道:"我说十王千岁,你怎么也来了?"

"唉!"李文忠口打咳声,把前因后果讲述了一遍。

常茂听罢,说道:"行,够朋友,够义气。我说十王千岁,你也不要着急。脑袋掉了,还不是碗大个疤吗?叫他杀吧,快点儿给茂太爷来个痛快!"

朱沐英也喊:"快、快点儿,给、给爷爷来个痛快。"

扎尔芦达见李文忠也被押进刑场,十分高兴。他眼珠一转,急忙吩咐道："来呀，快点追魂炮！"

"喳！"

霎时间，咚！咚！连着响了两声追魂炮。啊呀，若第三声炮一响，那就要人头落地了。

正在这千钧一发之际，突然从法场以外，跑来一哨骑兵。为首者有三员大将，他们汗流满面，满身征尘。谁呀？正中央是二王胡大海，上首是顾大英，下首是胡强。

那位说，胡家父子这是从哪儿来呀？白阳关。他们随大帅追赶元顺帝，一路之上，势如破竹，打了一个又一个胜仗。现在，已把元顺帝逼到了柳河川。若再加把劲儿，就能将元人的势力彻底消灭。

但是，事不遂人愿。明兵几十万人，得吃饭哪！现在粮食不足，吃饭成了问题。元人临撤退之时，来了个坚壁清野，把各地的粮食都抢光、烧光了。

为此，胡家父子奉了大帅之命，回京催粮。

他们刚来到午朝门前，忽然听到了鸣炮之声。胡大海向百姓询问情由，得知午门外立下了法场，要抄斩罪犯。二王千岁心头一怔，急忙率领顾大英和胡强，双脚点镫，马往前催，片刻工夫就赶到午门近前。

胡大海停住战马，长身形往法场上一瞧，好嘛，就见木桩以上，一溜捆着五个人。再一细瞅，看见了常茂。心里说，呀，这不是茂儿吗？他们犯什么罪了？胡大海疑惑不解，急忙大喊了一声："呔！刀下留人——"喊罢，爷儿仁一同闯进了法场。

这些护法场的军兵，心里头都向着这些开国的元勋。他们见胡大海到来，那真是喜出望外，霎时间，自动闪开了一条人胡同，将胡大海他们放进法场。

胡大海跨乘坐骑，来到桩橛近前，飞身下马，忙冲常茂问道："茂儿，为何落到这般光景？"

常茂见了亲人，心头一亮，眼中流下了泪水："二大爷呀——"叫一声，痛哭起来。他这一哭不要紧，李文忠、于皋、丁世英、朱沐英，也都跟着号啕起来。

胡大海一看此情此景，急得直跺双脚："孩子们，你们受了什么委屈？快快对伯父讲来！"

顾大英也急得要命，连忙催促道："茂，快说呀！光哭能有何用？"

常茂止住悲声，便把来龙去脉，一五一十地讲了一番。他讲完之后，李文忠又把皇上的所作所为，说了个淋漓尽致。

胡大海性如烈火，哪能受得了这个？只见他一蹦多高，放声大叫道："哇呀呀呀，气死我也！茂儿，按理说，我应该把你们放了，可是，上边还有个皇上呢，咱得给他留个面子。你们先委屈一时，待我费点儿唾沫星子，跟他讲讲道理。然后，让他降旨，把你们释放。倘若他不听相劝，咱再给他来个厉害。大英，跟我上殿见驾！"

顾大英见干爹来了脾气，忙说："干爹，八宝金殿不同连营，这是有尺寸的地方。人家为君，咱们为臣呀！您别老觉着跟人家是磕头的把兄弟，拿当初比现在。今非昔比，那一套不行了。干爹，此番求情，可不能发火，要以理服人。一旦跟皇上顶撞起来，不但求不下人情，恐怕咱们父子也得吃亏。"

胡大海听罢，把眼一瞪，说道："什么？你个孬种，莫非怕死了不成？"

"不，我并非怕死。您想，咱们人单势孤啊！若把事情弄砸，他们可就救不了啦！"

胡大海听了，琢磨片刻，说道："嗯，你说得倒也有道理。咱这么办吧，在上殿以前，咱先把这事儿安排安排。大英，你先带领咱们的骑兵，把法场护住。没有我的话，任何人不准随便进来；如果出了意外，唯你是问。"

顾大英答道："请干爹放心。"

胡大海又对胡强说道："走，咱先见见监斩官，跟他打个招呼！"说罢，二人一同走上前去。

这时，扎尔芦达已经认出了胡大海。心里说：哎呀，真来倒霉，怎么偏偏他回来了？看样子，这人是杀不成了！他又一想，哎！皇上的火儿可不小，难道还顶不住个胡大海？再说，等胡大海一离法场，我就命令开刀。到那时，人头落地，你纵然讲下人情，又有何用？

第五十一回　胡大海金銮殿叱骂
朱玉环紫禁城解围

　　扎尔芦达正在合计心思，胡大海和胡强已来到近前。扎尔芦达无奈，只好硬着头皮，走出监斩棚，躬身施礼道："二王千岁可好？我扎尔芦达迎接来迟，请当面恕罪。"

　　胡大海一见是扎尔芦达，立时就明白了。心里说，哼，我早就瞅着你不是个好东西。你替元顺帝效命多年，能跟我们一心吗？这个监斩官的差事，别人总不能干，非你不可！胡大海强压怒火，说道："还礼，还礼，原来监斩官是你啊！"

　　"唉！皇上的旨意，咱哪敢不遵啊！"

　　"我说扎尔芦达，我要上殿求情。在此期间，你得高抬贵手，不要开刀。自你倒反大元，归顺明营，咱们处得不错。这么点儿面子，你无论如何也得给我。"

　　扎尔芦达装出一副万般无奈的模样，说："法场的规矩，您知道得比我清楚。眼下追魂炮都响了两声啦，我怎敢耽搁时间？若皇上怪罪下来，我可担当不起呀！"

　　胡大海逼问道："什么，你不敢耽搁呀？"

　　"二王千岁，我可没长两颗脑袋。"

　　老胡点了点头，说道："可也是呀！这么办吧，你的脑袋我来担保。皇上怪罪，有我顶着，如何？"

　　扎尔芦达忙说："不行！公事属公事，私交属私交。二王，你还不懂这个？"

　　胡大海一看，心里说，这个家伙，一抓一转个儿，贼光溜滑呀！

他眼珠一转，说道："好，刚才我跟你说几句小话，那是往你脸上贴金。既然你不肯赏脸，我老胡自有办法。"说到此处，扭回头来，冲野人熊高声喝喊："胡强！"

"在！"

"把虎尾三节棍拿出来，陪扎尔芦达将军待一会儿。"

"遵命！"野人熊胡强哗楞一声，拽出了虎尾三节棍，伸手便擎住了扎尔芦达的胳膊。

扎尔芦达一看，吓得都尿到裤子里了。心里说，胡大海，你算损透了！这野人熊蛮不讲理，一不高兴，还不把我掐死呀？于是，急忙冲胡大海说道："二王千岁，您快告诉少王爷，千万别让他打死我呀！"

胡大海说："嗯，别害怕。只要你不冒坏水儿，不传令杀人，就能平安无事。"

胡大海将法场安排已毕，这才赶奔八宝金殿。他一边走着，一边埋怨，老四啊，天下还没到手，你怎么就翻脸不认人了呢？到了金殿，我非和你较量一番不可！又一想，哎，顾大英再三嘱咐，让我以理服人。嗯，我还得见机行事，费点儿周折。胡大海步履匆匆，来到九龙口前，躬身施礼道："臣，胡大海参见我主，万岁，万岁，万万岁！"

朱元璋见胡大海走进金殿，脑袋不由嗡了一下。为什么？一则，胡大海是他磕头的把兄弟，有多年的交情；二则，老胡家功重如山；三则，胡大海快人快语，不管三七二十一，逮住什么扔什么，不好对付。可是，他又一想，哼，我是皇上，出口为旨。就是你胡大海讲情，我也绝不能准。想到此处，他微微一欠身形，说道："哟，二哥回来了！免礼平身！一旁落座！"

"谢万岁！"说罢，胡大海坐在一旁。

这会儿，朱元璋还假装没事人呢！他强颜欢笑道："二哥，你这是从哪儿来呀？"

"白阳关。"

"噢！回京有何大事？"

胡大海见问，掏出封书信，说道："万岁，这是元帅给你修的本章，请龙目御览。"说罢，呈递到龙书案上。

朱元璋接过本章，一目十行地看了几眼，说道："二哥，不必焦急，朕派人筹粮就是。你一路浑身劳累，先到金庭驿馆歇息去吧！"他心里合计，先把胡大海支走再说。

胡大海一听，心里说，哼，你倒说了个轻巧。他略停一时，说道："万岁且慢。方才，臣路过午朝门，见那里立下了法场。仔细观看，原来要杀常茂五人。万岁，但不知常茂他们身犯何律，法犯哪条？"

朱元璋见问，未曾说话，先摇头晃脑，口打咳声："唉！二哥，这几个东西，目无君主，狂傲至极，简直要拆八宝金殿。他们横眉立目，恨不能啃朕几口呀！"

胡大海强压怒火，说道："哎！老四，盐从哪儿咸，醋从哪儿酸，事出有因啊！你详细说说，他们究竟为了何事？"

朱元璋见问，便厚着脸皮，详细述说了一番，最后又说道："二哥，他们现在已犯下了不赦之罪，朕是非杀不可！"

胡大海听罢朱元璋的话，不由茶呆呆发愣。心里说，哎呀，老四果然变了。若是当初，他说这些混话，我非扇他俩嘴巴子不可。现在，人家是一国的皇帝，咱这当哥哥的是臣下呀！这八宝金殿是有尺寸的地方，说话可得注意。不然，又会犯大不敬的罪过。想到此处，他压了压怒火，便婉言相劝道："万岁，听你这么一讲，我都清楚了。这几个孩子，从小娇生惯养，也太不像话了。跑到八宝金殿，胡折腾什么？芦贵妃有没有罪，得由皇上发落。他们随便致死人命，这不是目无法纪吗？这个事呀，也难怪四弟你生气。要碰到我的头上，说不定会气死。可是，话又说回来了，不管怎么着，常茂他们是有功之臣。再说，看在老六常遇春的分上，也不能冲他们开刀呀！眼下，两军阵前正在用人之时，若将他们杀死，一来会寒了众人的心，二来，往后的仗也无法打了。四弟，不看僧面看佛面，不看鱼情看水情，你就把他们饶了吧！你要觉着出不了气，那就把他们带进殿来，爱打爱骂，随你的便，多咱你出了气，咱再拉倒。在气头上将他们杀死，后悔可就晚了！"

"哼哼哼哼！"朱元璋冷笑一声，说道："老常家功高日月，朕并

420

未亏待他们。封常遇春为开明王，常茂为孝义勇安公，哪个不是高官厚禄？都怪朕从前管教不严，姑息迁就，才将他们惯坏。今天，他们敢在金殿上打死娘娘，明天，还不得将寡人打死？这功是功，过是过，不能混为一谈。若犯重罪而不治罪，岂能服众？二哥，休再多费口舌。我意已决，定斩不饶！"

"什么？"胡大海听罢，瞪起牛眼，就想发火。可是，他立时想起顾大英的嘱咐，才将怒火按下。略定心神，又规劝道："哎！老四，这么办吧！你先给他们记下这笔账，让他们北赶大元，立功赎罪。将来，再酌情定罪。这颗脑袋呢，就算临时借给他们。四弟，这准可以吧？再说，不看别人，还得看看我呢！咱老弟老兄这么多年，就算二哥我求你了。四弟，你开开恩吧！"

朱元璋又说道："二哥，正因为咱老弟老兄，朕才耐心规劝于你。若换个旁人，早把他轰到殿外去了。至于这几个人嘛，朕是非杀不可！"

胡大海一听，再想忍耐也忍不住了。他站起身来，大声说道："四弟，你真不开恩呀？哎呀，难怪人们说，龙眼无恩，翻脸无情呢！老四，你把这些人的功劳扔到一旁，为了一个不值当的芦贵妃，就如此绝情啊！到头来，连二哥我的话，都当成了耳旁风，真让人寒心。现在，我就问你一句，你饶是不饶？"

朱元璋一看，心里说，胡大海来脾气了！哼，难道我怕你不成？于是，脸红脖子粗地说道："二哥，朕已说过，万无更改。"

胡大海这回可犯脾气了："好哇，今天我可要跟你较较真儿了！你饶，得饶；不饶，也得饶。"

朱元璋一听，挖苦地说道："二哥，你若是皇上，朕就听你的；可惜，你不是皇上，说话不能算数。"

这哥儿俩，你言我语，针锋相对，越顶越烈。满朝文武，一个个面带惊慌，像木桩一般，立在殿下，鸦雀无声。正在这时，金殿以外乱成了一团。只听有人喊叫道："了不得啦，杀人了，造反了！"

朱元璋与胡大海听了，不由就是一愣。他俩也顾不得再斗口舌了，忙甩脸朝门外望去。满朝文武，也无不惊骇。

这是怎么回事呢？原来，这事都出在顾大英、胡强身上。前文书说过，他们俩一个护守法场，一个看着监斩官扎尔芦达，等着胡大海上殿求情。可是，左等不回来，右等没音信。顾大英怕干爹吃亏，便派心腹到金殿探听消息。

片刻，心腹回来说："二王跟皇上吵起来了。看来，非出事儿不可！"

顾大英一听，心里说，这皇上也太不像话了。哼，饶与不饶，你讲了不算，得由我们爷儿们做主。想到此处，不管三七二十一，命令亲兵，为常茂等人解开了绑绳。

与此同时，野人熊胡强也伸了手啦。只见他啪一巴掌，打掉扎尔芦达的三颗门牙，就把他撺回了金殿。

常茂他们解掉绑绳，让手下人找来战马、兵刃，小哥儿几个飞身上了坐骑，各操家伙，就杀奔八宝金殿。

御林军上前阻拦，被常茂抢开大槊，揍死了无数。要不，怎么有人喊叫呢！

朱元璋一听，只吓得颜色更变："啊呀！二哥，你看见没有？他们可真反了啊！似这样之人，朕岂能饶过？各位爱卿，哪一个愿讨旨问罪？"

文武百官一看，心里说，哼，你也有着急的时候呀？慢说没能耐，纵然有能耐，咱也不干！他们一个个假装没听见，眼观鼻，鼻对口，口问心，往那儿一站，跟泥塑一般，缄口不语。

朱元璋见无人讨旨，只急得抓耳挠腮，忙说道："诸位卿家，你们可知养兵千日，用在一时吗？"

正在这时，他忽然看见扎尔芦达了，说道："扎尔芦达，你快前去抵挡一阵。"

扎尔芦达接旨，心里说，这老胡家、老常家，是大明帝国的栋梁。若将他们诛灭，大明的江山便可得而复失。于是，他点兵三千，提刀上马，高声喊喝道："来呀，列开旗门！"

扎尔芦达惯使一口錾铁宝刀，切金断玉，削铁如泥。他带领三千军兵，将常茂一行截住，高声喝道："哒！常茂，你们要造反不成？本钦差奉旨在此等候，尔等哪里走？"

常茂是久经沙场的大将，还能被他唬住？只见他把雌雄眼一瞪，说道:"好哇!扎尔芦达,若有胆量,过来比试比试!"

"常茂,休要大言欺人,休走,看刀!"扎尔芦达说罢,抢刀便剁。

常茂见刀砍来,忙用大槊磕开。紧接着,抢动禹王神槊,快似闪电一般,啪!拍到他的护背旗上。扎尔芦达躲闪不及,滚鞍落马,口吐鲜血,昏厥过去。

常茂拿着禹王神槊,点着扎尔芦达的脑袋,说道:"老家伙,就这点儿能耐,还敢跟茂太爷伸手?干脆,给你个痛快得了!"说罢,啪!将他的脑袋砸成了肉饼。御林军见主将阵亡,不由四处溃逃。

常茂四处一趸摸,领着丁世英、朱沐英、于皋、李文忠,齐发战马,紧抖嚼环,直奔金殿而去。朱元璋见势不妙,在宫娥、太监的簇拥下,直奔后宫逃去。

胡大海见状,腆着肚子冷笑道:"嘿嘿,祸起萧墙,自己找的。哼,我早盼着这一招呢!"说罢,也走出金殿,找常茂他们去了。

常茂一行闯进金殿,马不停蹄,一直把朱元璋撵到紫禁城内。

这座紫禁城,十分坚固。紫禁城外为外宫,建有三座大殿,是接见群臣,议论政事的地方。紫禁城内是寝宫,皇上和三宫六院七十二嫔妃,俱都住在里边。这座紫禁城墙,足有三丈多高,城门一尺多厚,门上钉满菊花铜钉,十分坚固。朱元璋跑进内宫,急忙吩咐道:"掩门,快快掩门!"

太监急忙把宫门关闭,插上横闩。

常茂他们追到近前一瞧,见皇上已经进了内宫。常茂心中生气,高声叫嚷道:"哼,跑了和尚跑不了庙。今日你要不讲清楚,咱就没个完。"说罢,策马来到城门跟前,抢开禹王神槊,当!当!就砸了起来。要不是城门坚固,早让他砸开了。

朱元璋在里面听了,急得直搓双手:"哎哟,这该如何是好?"他左思右想,突然想出了一个主意,"内侍,快到内宫将老公主请来!"

"遵旨!"内侍答应一声,急速而去。

这老公主朱玉环是朱元璋的亲姐姐,也就是十王千岁李文忠的母亲。老公主非常善良,对朱元璋十分疼爱。不管朱元璋走到哪里,她也要跟到哪里。为什么？生怕别人照顾不好兄弟。平时，她也没什么事儿，跟随兄弟，享受着荣华富贵，倒也逍遥自在。

内侍臣跑到老公主面前，一五一十地述说了一番。朱玉环听罢，只吓得魂不附体。她万没料到，耗子动刀——窝里反哪！老公主暗暗埋怨儿子李文忠，冤家，你怎敢以小犯上，打你舅舅呢？她越思越想越有气，在众人搀扶下，急忙乘坐凤辇，来到紫禁城前。

朱元璋见姐姐来了，急忙把自己的委屈叙述了一番。并说："李文忠也吃里爬外，跟着那帮人惹是生非。姐姐，你看这该如何是好？"

老公主一听，忙说："陛下，休要惊慌。你且闪退一旁，待我教训这伙奴才。"说罢，对内侍大声喊叫："来呀，开城！"

朱元璋忙说道："姐姐，这门可开不得！他们闯进来该怎么办？"

朱玉环摇摇头说："不会，这帮人不会如此无理。"

朱元璋听罢，急忙躲藏起来。这时，老公主乘着凤辇，来到紫禁城外。

常茂他们见凤辇抬出城来，立时就料知是老公主朱玉环。常茂众人赶紧甩镫下马，挂好兵刃，跪倒在辇前。老公主下了凤辇，颤颤巍巍，用手相搀："各位将军免礼！"

"多谢公主！"说罢，站在一旁。

老公主定了定心神，喝道："文忠！"

"母亲！"

"孩儿啊，难道你要造反？难道你要夺你舅舅的江山？"

李文忠急忙申辩道："母亲，休听那些不实之词。若是无缘无故，我们这些人能造反吗？此乃事出有因啊！"接着，就把经过述说了一番。

老公主听罢，暗暗埋怨兄弟的所作所为。不过，不管怎么说，她得向着朱元璋。因此，略停一时，说道："文忠，那也不能任性胡来呀。纵然你们闯进紫禁城，难道敢把皇上打死不成？茂儿，皇上委屈了你们，你们把怨气咽下就是。我看这样吧，让皇上赔个不是，满天云彩也就尽散了。如果你们不听相劝，我情愿死在你们面前。"

常茂众人见老夫人如此相劝，不由怒火消了一半儿。他们你瞅瞅我，我看看你，谁也拿不定主意。

胡大海在后边偷偷一看，见众人折腾得差不多了，心里就说，嗯，给朱元璋个教训，往后不干这种坏事就行了。于是，他腆起草包肚子，分开人群，来到常茂他们面前，大声呵斥道："行了！别得理不让人。快，把家伙收起来，站到一旁。"说罢，又走到朱玉环近前，问道："皇上认错吗？哎呀，他要不回回脖，恐怕这事还不好办呢！"

朱玉环说道："二王放心，我定让他向各位功臣赔礼。"说罢，复乘凤辇，进了内宫。朱元璋正在寝宫着急，见姐姐到来，急忙细问情由。

朱玉环禀明了经过，并且对他陈述其利害，敦促他以国事为重，放下架子，向功臣们赔礼道歉。

此刻，朱元璋已经冷静下来。他心里合计，唉，都怪我鬼迷心窍，误中了元贼的胭粉之计，以致做出这等糊涂事来。千错万错，都是我一人之错。我一定要痛改前非，悔过自新。想到此处，传旨击鼓升殿。

朱元璋出了紫禁城，二次升坐八宝金殿。立即传旨，把常茂众人宣上殿来。他面对众人，热泪盈眶，直言不讳地述说了自己的过错。

在那封建年代，皇帝是神圣不可侵犯！朱元璋能做到这步，那就算难能可贵的了。胡大海一看此情此景，心中也很难过。他急忙向常茂众人使眼色，让他们也给皇上回回脖。

常茂众人心领神会，呼啦一声，跪到朱元璋面前，说道："万岁，我们性情鲁莽，做得太过分了。陛下，您消消气吧，我们给您磕头了！"说罢，又磕了一顿响头。

朱元璋听罢，心中高兴，并且说道："诸位爱卿，往后朕若有不对之处，你们只管当面直言。"

"多谢万岁开恩。"说罢，站起身来，立到两旁。

就这样，君臣言归于好。

正在这个时候，午朝门外又飞跑来一匹快马。但见这匹马，扑通一声，跌倒在地，将鞍桥上的将官，摔到尘埃。御林军围上前去一看，但见此人鼻子眼儿出血，面如白纸，呼呼直喘，昏迷不醒。

御林军急忙禀报给黄门官，让他转奏万岁得知。

朱元璋听罢，忙派胡大海探知究竟。

胡大海急忙来到午朝门，定睛一看，原来是前营将官。从他身上一搜，搜出一封紧急公文。胡大海命令随从，将来人抬到朝房营救，自己赶奔金殿，将公文呈递到龙书案上。

朱元璋捧起公文，急忙拆开观看。不见则已，一看哪，吓得他茶呆呆发愣。

第五十二回　无名将死守盘蛇岭
田再镖拜师周家村

朱元璋拆开公文，仔细观瞧，原来是军师刘伯温发来的告急折报。大致的意思是：臣奉旨离京，追赶大元。一路之上，攻无不取，战无不胜，势如破竹，每战必捷。如今，已占领白阳关，把元兵撵进柳河川。据探马报知，昏君元顺帝也在那里。前部正印先锋官常遇春，贪功心切，率领大将百员，铁甲军三万，翻山越岭，向柳河川摸去。不料，误中埋伏。现在，战将与军兵，都被困在柳河川内。臣曾领兵带队，前去救援，但是，连攻七次而未能如愿。望主公见字，速派援兵，以解此危。

朱元璋看罢，心急如焚，暗暗想道：常遇春所率部队，俱是明军主力。倘若出了差错，就等于折去自己的臂膀。另外，由此看来，元人势力依旧不小。若再反扑回来，岂不前功尽弃？想到此处，果断地传下旨意："朕要御驾亲征。"

文武群臣听了，无不欢欣鼓舞。

接着，朱元璋分兵派将：十王李文忠留守燕京，常茂为前部正印先锋官，于皋为副先锋，胡家父子押运粮草。诸事料理已毕，朱元璋亲统精兵五万，浩浩荡荡，离开燕京，奔白阳关进发。

一路上，饥餐渴饮，晓行夜住，马不停蹄，兼程前进。

这一天，大队人马刚来到盘蛇岭前，突然间，先头部队停住了脚步。先锋官常茂不解其意，忙问左右："哎，这是怎么回事？"

军兵答道："盘蛇岭的道路被人家破坏，行人车马难以通过。"

常茂听罢，忙传将令："赶紧抢修。"

"是！"

过了一顿饭的工夫，还没修完。常茂心中着急，催马到了队伍前头，仔细一看，啊呀，这儿的地势，十分凶险。但只见四面环山，正中是一条山道。这条山道上，挖了不少大坑。每个坑宽有两丈，深有丈余。常茂心里说，这哪能一时半晌就填平呢？他再举目四处观瞧，但见怪石林立，松柏遮天，阴森森令人害怕。他心说，看来，山中必有埋伏。于是，急忙传令道："军兵，兵撤三里！"

"遵命！"霎时间，后队变前队，就要撤兵。

就在这时，忽听四面的山头上，炮号如雷。紧接着，就见灰瓶、火炮、滚木、礌石，像狂风冰雹一样，奔明兵砸来。

仗着常茂指挥有方，经过一番挣扎，才将军兵引出山外。就是这样，也有不少军兵受伤。顿时，全军乱作一团。

常茂晃动禹王神槊，传下口令："站住，点炮安营！"

常言说：家有千口，主事一人。有常茂在这儿盯着，人心才稳定下来。他们转回头，扎住阵脚，重新整队，扎下了营寨。

常茂瞅着山头，心里说，不用问，这准是元人的伏兵。看来，他们成心要把我爹困死在柳河川呀！想到此处，怒火难按，紧催战马，冲到山前，讨敌骂阵："呔！杀不尽的匪贼，赶紧出来，跟茂太爷决一死战！"

片刻，就见盘山道上，绣旗高挑，杀下一支军兵。

常茂瞪眼一瞧，但见这些旌旗，并不像元人的旗号。怎么？上面没有字啊！这支军兵来到近前，往左右一分，中间闪出一员小将。

常茂再仔细一瞅，但只见：

> 这员将实在威严，
> 看岁数正在当年。
> 细高挑双肩抱拢，
> 白脸膛貌赛潘安。
> 亮眼睛鼻如悬胆，
> 大耳朵口能容拳。
> 狮子盔张口吞天，

428

朱雀铠虎体遮严。
素罗袍苍龙戏水，
八宝带富贵长绵。
胸前挂护心宝镜，
肋下悬玉把龙泉。
壶中插狼牙利箭，
犀牛弓半边月弯。
凤凰裙双遮马面，
鱼褟尾钩挂连环。
掌中枪神鬼怕见，
胯下马走海登山。
恰似那哪吒太子，
来到了地下人间。

　　常茂看罢，心里琢磨，哎哟，这个小将，像玉石雕刻的一般，真是气死吕布，不让赵云啊！明营众将看了，赞不绝口。

　　正在这时，就见这个年轻人，摇枪催马，来到常茂近前，高声问道："对面，可是明营的军队？"

　　常茂答道："哎，一点儿不假。"

　　"你是何人？"

　　"什么，连我都不认识？坐稳当，听我给你报报真名实姓。我家住安徽怀远县，咱爹就是开明王常遇春，本人爵封孝义勇安公，名叫雌雄眼常茂。你若记不住，就叫茂太爷好了！"

　　小伙子听罢，心头一怔，紧勒坐骑照夜玉狮子，倒退了几步。心里说，这真是人的名儿，树的影儿，常茂这个名字，尽人皆知啊！真没想到，头一阵就遇上他了。于是，盯着常茂，仔细瞧看。

　　此人不看则可，一看哪，差点儿把牙笑掉。怎么？只见常茂：貌不惊人，人不压众，三分像人，七分像鬼。衣履不整，盔歪甲斜，带褪袍松，狼狈不堪。看罢，不由纳闷儿起来，心里说，就这般模样，他是怎样成的名呢？啊呀，真让人发笑。看来，传言不可轻信。但是，他又一想，不过，也不能轻敌。他既有那么大的名望，必定有特殊的手段。他左思右想，合计了半天，这才用枪点指，高声喊叫道："呔！你就是常茂？"

常茂大大咧咧地说道："哎，就是茂太爷！你叫什么名字？"

"哈哈！"那人大笑一声，说道："常茂，本人有名有姓，不过，现在不能与你透露。看见没有？你若能胜了我掌中的花枪，我不但报名，还要拜你为师；否则，我不但不通名姓，还要把你们扎死在山前。"

常茂一听，开怀大笑："哈哈哈哈！行，茂太爷就喜欢你这样的英雄。不过，你要知道，茂太爷自出世以来，久临疆场。似你这样说大话、吹大牛的人，见过不少。小子，看槊！"说罢，乘人不备，突然把禹王神槊举起，使了个泰山压顶的招数，呜的一声，奔这小伙儿的脑袋砸来。

其实，这小伙儿早有提防。别看他嘴里跟常茂说话，眼睛却紧紧盯着对方。一看禹王神槊来了，他一不躲、二不闪，横掌中的花枪，使了个举火烧天的招数，啪！就去接招。要说敢接常茂神槊的，那可为数不多。这小伙子这样做，是要试试常茂的力气。

此时，就见常茂的禹王神槊，正砸到此人的枪杆以上。霎时间，只听锵啷一声，把常茂的神槊，颠起有四尺多高，差点儿撒手。常茂只觉得两膀酸麻，虎口发疼，宝马良驹不由倒退了七八步地。

那个小伙子呢？他也够呛。被常茂这么一砸，也觉着骨酸筋疼，那照夜玉狮子也倒退出一丈多远。他偷眼一看，坏了！左手的虎口已被震破，鲜血顺着手腕，滴滴答答往下直淌。这小伙子一皱眉头，心里说，嗯，常茂果然厉害，我得多加谨慎。

正在这时，忽听常茂背后有人喊叫："茂啊，你快到后边歇会儿，把这小子交给我吧！"话音一落，只见一匹战马，嗒嗒嗒嗒来到常茂面前。

此人是谁？坏小子丁世英。这个人七十二个转轴儿，三十六个心眼儿，有一肚子坏水儿。凡跟他打过交道的人，都知道他的能为。丁世英怕常茂吃亏，因此，冲到近前，要替他对敌。

常茂一看，心里说，好！让他抵挡一阵，我先看个究竟。等心中有了底数，再去胜他。于是，把马一蹩，对丁世英说道："这小子非比寻常，你要多加注意。"说罢，调转马头，回归本队。

丁世英催马来到两军阵前，咯噔一下，带住了战马。

这个小伙子一看，很不痛快。心里说，我打的是常茂，你来凑什么热闹？再一细瞅，此人的长相，比常茂还难看十分。因此，他是一百二十个看不起，冲丁世英高声喝道："咦，来将通名！"

丁世英一听，少气无力地说道："哎哟，你小声点儿好不好？打仗凭的是本领，不是凭话音高低。"

"少说废话，快通上名来！"

"问我呀？你听我慢慢道来。刚才跟你伸手的那个常茂，是我们的元帅。你再瞅瞅那一帮子，都是他手下的战将。我们打仗，有个规矩，遇上英雄得轮流动手。不然，就不让吃饭。你看，我闹病刚好，也得前来跟你较量。我说这位英雄，你陪我走两趟，应付两下儿行不？"

"噢？"小伙子心里说，这是什么规矩？他略一思索，又问道："你到底是谁？"

"我呀，无名之辈，叫丁世英。英雄，你能答应我吗？"

那小伙子又一思忖，说道："好吧，休要耽误工夫，赶紧动手！"

"好！"丁世英操起独角战杵，就扎了过去。

那小伙子一看，差点儿笑出声来。怎么？只见那杵杆晃晃悠悠，连一点儿力气都没有。因此，他操起花枪，随随便便就去接招。

丁世英见他草率应战，心中十分高兴。只见他紧咬牙关，暗自较劲。等杵尖离对方不远的时候，咔楞！急速向他前心扎去。

这小伙子一看，急忙摆动花枪，去磕打他的独角战杵。可是，他拨了几下，也未拨动。心里说，不好，这小子的力气，比常茂也小不了多少，我上当了！于是，他仗着高超的武艺，赶紧来个甩腿大闪身，右腿甩掉马镫，把身子一转，才将这一杵躲开。就是这样，把他也吓出一身冷汗。

这个小将可气了个够呛。他将马蓥回，稳坐雕鞍，高声呐喊："咦，你这是什么战法？"

"哎呀，我这是对付对付呗，还能谈得上战法？来，重来！"

这回，这小伙子可动开真格儿的了。只见他舞动花枪，如飞龙一

431

般，直奔丁世英。丁世英见对方来势凶猛，自知不是对手。勉强应付了六七个回合，寻机跳出圈儿外，说道："英雄，你真行啊！我不是对手，败阵去也！"说罢，拨马回归本队。

蓝面瘟神于皋见丁世英撤阵，紧催战马，平端锯齿狼牙大砍刀，来到这个小伙子面前。这小伙子定睛一看，见来人金盔金甲，跨马端刀，倒也有一股威风。看罢，互通名姓，花枪对大刀，二人战在一处。

这二人交锋，你来我往，互不相让。五十多个回合，没分输赢。

正在这时，皇上朱元璋也赶到前敌来了。

朱元璋领兵来到连营，刚将诸事安排已毕，便得到了前敌的军情。他放心不下，带胡大海、顾大英、胡强，领着御林军，来到两军阵前。朱元璋在绣旗之下，闪目观瞧。看着看着，脸上不由露出了笑容。胡大海知道朱元璋有爱将癖性。因此，明知故问道："老四，你琢磨什么呢？"

朱元璋问道："二哥，这小伙子是谁？你看，他武艺精湛，非一般人可比呀！若能将他收降，咱岂不又添只臂膀？"

"嗯，我也是这么琢磨，但不知人家降与不降。"说到此处，眼珠一转，冲常茂嘀咕道，"茂，你快快过去，最好把他降服。若能成功，算你一次大功。"

常茂一听，说道："啊呀，这可没有把握。我得想些办法，见机而行。"于是，冲军兵喊话："来呀，敲勾兵锣，将蓝靛额撤回阵来！"

霎时间，铜锣紧响。

军中规定：闻鼓必进，闻金必退。于皋听到锣响，虚晃一招，回归本队。他把大刀一背，冲常茂说道："茂，为何叫我撤阵？"

常茂说："你先喘喘气，该换我的班儿了。我要不行，你再过去。"说罢，一催战马，嗒嗒嗒嗒二次来到两军阵前，说道："小伙子，你确实有两下子，茂太爷十分佩服。哎，我和你商量点儿事，行不？"

"何事？"

"你能不能倒戈投降，保我们的皇上？若能那样，我保你高官得做，骏马得骑。小伙子，如何？"

小伙子一听，狂声大笑道："哈哈哈哈！常茂，叫某投降，你凭什么？"

"这个——凭我掌中的禹王神槊。"

"好！若能把我赢了，我便倒戈投降；要赢不了，你性命难逃！"

常茂一听，怒不可遏，马往前奔，抢开大槊就要交手。

那位说，这个小英雄是谁呀？听说书人慢慢道来。

此人姓田名再镖，家住在太原府西三十六里的田家寨。大哥田再仁，二哥田再义，他是老三，小名叫田三儿。父母在世之时，家道富豪，骡马成群，也算是殷实的人家。他两个哥哥帮着父亲管理田园，一年四季打里照外，忙得不可开交。

这田再镖可跟他哥哥不一样，他从小酷爱武术，什么使枪弄棒、打拳踢腿，没事的时候，自己就瞎蹦跶。不管村里来了练武艺的、变戏法的、玩狗熊的，田再镖那是非看不可。看完之后，回到家中，模仿人家的架势，就折腾起来。

他的俩哥哥，对他的所作所为，十分反感，经常跟父亲说："爹，你要好好管教老三，让他念书识字，学学算盘，将来长大成人，好管理咱们的产业。像他这么练武艺，瞎蹦跶，放荡惯了，他还能有个好哇？"

父亲对于小儿子，格外疼爱，因此，随便答道："哎！再镖还小，爱蹦跶就叫他蹦跶去吧。反正，咱们家有的是钱，也不在乎这点儿。"

老大、老二听罢，也不好再说什么了。

光阴似箭。田再镖长到十三四岁，练得更凶了。有时候，还把教师爷——什么神拳李，花枪三，请到家中，供吃供喝，跟人家学能耐。这些老师当中，有的有真能耐，有的纯粹是骗人。反正，教上一阵儿，糊弄俩钱就拉倒。尽管如此，田再镖的能耐也是与日俱增。

田再镖十五岁那年，父母双亡，从此，便由大哥、二哥执掌家业。

这回，田再镖可受气了。花钱受限制，行动受约束。俩哥哥只叫他专心务农，不让他混入江湖。

田再镖这孩子，从小就很有主见，无论兄长怎么阻拦，他是不理那一套。到时候，照样请教师，照样奉送银两。为此，这小哥儿三个，常常争吵得面红耳赤。

后来，大哥二哥相继娶了媳妇，这俩嫂子，对田再镖的所作所为，也十分不满，经常在丈夫面前吹风，说他的坏话。俩哥哥架不住枕边风，牙关一咬，便决定分家。于是，请来族长，把地照房财分开。

田再镖十分高兴，为什么？他心里合计，这回，独门独户，自己当家做主，再不受别人管了。从此，他把有名的教师，请来了十几位。那真是座上客常满，樽中酒不空啊！每日谈枪论棒，习练武艺。

田再镖最喜欢大枪，有个教师花枪李得知此事，十分高兴。亲自走上门来，传授技艺，并且对他说道："枪，乃兵刃之中的贼，枪扎一条线，敌将最难抵挡。盘古至今，有无数英雄，都以大枪而闻名天下。你要勤学苦练，学到真实的本领。"

从此，田再镖便到处找枪谱，四处拜名师，在枪上狠下开了功夫。虽然花了不少银两，可是，学到了不少本领。

俗话说：坐吃山空。田再镖只顾学武艺，花钱如流水。不到一年，就把分得的银两折腾光了。不过，他并不可惜，索性把房、地全部卖掉，照旧练武。直到后来，连饭都吃不上了，他这才为难起来。无奈，厚着脸皮，到兄长家登门告贷。结果，吃了嫂嫂的闭门羹，空手而归。

田再镖回到家中，心里十分懊丧。唉，今非昔比，没料到一母同胞，也变得如此无情。看来，得长志气，不然，愧对祖先哪！他左思右想，终于拿定了主意。他一赌气卖掉了剩余家产，买上纸马香锞，跪到父母的坟前，默默祷告：爹娘，在天之灵多多保佑，保孩儿学好能耐，为咱祖上争光。祭祖已毕，离开了故乡。

田再镖离开田家寨，便在外头漂流。这一天，来到太原府内。他定睛一看：只见大街上，红男绿女，拥挤不动，车马行人，熙熙攘攘，铺户整齐，买卖兴隆。看到这里，心中非常高兴，这么繁华的闹市，还愁找碗饭吃？可是，外出谋生，得有本领。士农工商，他哪样都不懂，没过几日，就把兜里的钱花光了。这阵儿，他才觉得，在家事事好，出门处处难哪！不由心灰意懒，发起愁来。

这一天，他心情烦躁，走进饭馆，喝开了闷酒。一边喝着，一边合计，我已立志学武，纵有天大的困难，也不灰心。眼下，最好能访到名师，否则，将一事无成呀！

正在这时，有一老叟坐在他面前。经过一番攀谈，这位老者明白了他的心意。于是，对他言讲："太原府东面，有个周家寨。那里有位著名的英雄，叫神枪大侠周坤，他若愿收你为徒，那算你福分不浅。孩子，你何不前去试试？"

田再镖听罢，顿时振奋起来，急忙说道："多谢老伯指点。"说罢，深鞠一躬，急忙离开饭店。

田再镖来到大街上，用仅有的纹银，买了四样点心，赶奔周家寨。进村后，经村民指引，来到周坤府前，急忙叩打门环。

时间不长，有个小孩儿，打开府门，细瞅几眼，问道："哎，你找谁呀？"

田再镖忙凑上前去，问道："请问，周老侠客在家吗？"

那小孩儿略一迟疑，反问道："你找老侠客何事？"

"我要拜他老人家为师，烦请你往里禀报一下。噢，请把点心也带给他老人家。"说罢，将礼物递上前去。

这个小孩儿听了，冲他一笑，说道："请你把礼物收回去吧，我家老爷根本不会武术。"说罢，咣当一声，将门关闭。

田再镖一看，犹如冷水浇头，他心里说，哎呀，这是怎么回事？那个老伯说得有根有蔓儿，难道还哄我不成？看来，人家是不愿收我为徒。嗯，常言说，心诚则灵，我就待着不走，非见到这位高人不可。于是，他拎着点心，就在门前转悠，一直等到天黑，连饭也没吃，也没见人出来。他眼珠一转，索性坐在了台阶上。心里说，反正，你准有开门的时候，若有人开门，我就跪着叫师父，到那时，你收也得收，不收也得收。

田再镖坐了整整一夜，还未见有人开门。直到次日天明，才听见院内传来脚步声响，接着，咣当一声，府门大开。

田再镖定睛一看，来人四十多岁，是个院公的打扮。只见他正拿着笤帚，低下头去，打扫庭院。田再镖略一思索，走上前去，苦苦哀求道："这位大哥，我借问一声，老侠客在家吗？我是特意来求见他的，从昨天一直等到了现在，请您发发善心，给我送个信儿吧！"

那人抬起头来，说道："你想干什么？"

"我要拜师。"

那人又说道："笑话！我家老员外根本不懂武艺，向来没收过徒弟。你打哪儿来，快回哪儿去吧！"说罢，咣当一声，又把门关上了。

这阵儿，田再镖也明白了，嗯，人家确实是不收徒弟啊！不过，我费尽了辛苦，好不容易才找到高人，岂能轻易失之？于是，他又稳稳地坐在了台阶以上。

就这样，一直等到第三天清晨，还是未见来人。他忍着饥，忍着渴，把点心摆到台阶以上，自己索性跪到了门前。

田再镖的这些举动，过路行人也莫名其妙。他们纷纷围上前来，询问道："哎，你这是怎么回事？"

"这儿又不是庙，跑到这儿上什么供呀？"

众人指手画脚，问短道长。田再镖旁若无人，默不作声。

田再镖一直又等到下午，忽然阴云密布，咔嚓一声惊雷，下起了瓢泼大雨，把他浇得跟落汤鸡一样。就是这样，他跪在地上，也纹丝未动。心里说，若不收我为徒，我情愿跪个钉糟木烂。

单等雨过天晴，已经又是次日清晨了。田再镖又饥又渴，再加上被雨一淋，当时就病倒门前，不省人事。

第五十三回　两军阵常茂施妙计
白阳关皇后临军营

田再镖又饥又渴又困又冷，昏倒在周家门前。

院公一看，忙给老英雄周坤送信儿。

其实，周坤早就得到了禀报。怎么？那个小孩儿早跟他述说了一切。不过，像登门拜师这种事，周坤一年不知要遇多少回，已经习以为常了。每次都是这样，将来人拒之门外。为什么他不收徒弟呢？因为他伤心了。老英雄曾费了不少心血教徒弟武艺，结果，一个也未教成，而且，还有些人打着周坤的招牌，去为非作歹。因此，他一怒之下，发下誓言，不再收徒。

今天，他听说此人不仅跪在门前，迟迟不走，而已被雨淋得还昏了过去。周老侠客深受感动，这才带领家人，出门瞧看。等他来到门外，定睛一瞧，但见泥水之中，确实躺着一人。老英雄动了恻隐之心，忙命人把田再镖抬到屋内，为他更衣。接着，又给他服了药丸。

时间不长，田再镖苏醒过来。

周老侠客又命厨房做了挂面汤，田再镖一连吃了四碗。立时，只吃得满头大汗，紧接着，跪到周坤面前，直磕响头。

周老侠客拉着他的双手，仔细观看，但见这孩子，身材匀称，五官端正，实在讨人喜欢。他将田再镖按坐在一旁，便攀谈起来。

田再镖哭诉了前情，老英雄听罢，很受感动，说道："孩子，你想拜师学艺，能下苦功吗？"

田再镖一听，忙说："能下，什么苦功都能下。"

"能豁得出去吗？"

"能，什么都能豁得出去。"

老英雄略停一时，说道："世上无难事，只怕有心人。好吧，咱们先试试看。你若能学好，我就收你为徒，你若学不好，我就将你打发回家。走，咱先到院中演练演练。"说罢，领再镖走到院内。

田再镖并不胆怯，他从兵刃架上取下花枪，练习了一番。

神枪大侠周坤看了，不由大吃一惊。心里说：哟，这孩子的能耐不错呀！看他这条枪，上封、下扎、里撩、外划，啪啪啪挂定风声，神出鬼没呀！再说，伸手动脚，也有独到之处。看罢，便问道："你的能耐是谁教的？"

田再镖说："杂巴凑呗！这个也教，那个也教，我各取其长，便练成了这个样子。"

周坤听罢，忙说："好！你有这些功夫，再练起来，不用多久，就入门儿了。"

打这以后，田再镖就跟周坤学起了枪法。

光阴似箭，转眼就是一年。经周坤仔细观察，见田再镖很有出息，不仅刻苦练功，而且忠诚老实。因此，就决定正式收他为徒。

这一天，周坤将武林中的好友请来，设罢香案，祭告天地，收田再镖为闭门弟子。从此，这爷儿俩更是形影不离。周坤把毕生练就的枪法，毫不保留地教给了再镖。这套枪法，一共八八六十四路，既有霸王的一字摔枪式，也有罗家、杨家、高家枪法的精华。除了教枪法门路，还教兵书战策。因此，没用多久，田再镖就文武双全了。

可是，美景不长。又过了一年，老恩师得病身亡。在临死前，留下遗嘱，把自己的宝马照夜玉狮子和宝枪，传给田再镖。田再镖含悲忍泪，掩埋了恩师的尸体，料理完丧事，便骑马挎枪，离开周家寨，浪迹江湖。

一天，他游游逛逛，来到盘蛇岭前。

盘蛇岭上，有一位寨主，名叫花花太岁李冰，这小子性情暴躁，干尽了坏事。他领着一千多名喽兵，经常打家劫舍。

这一天，他正在聚义厅饮酒，喽兵禀报，有人骑马来到山前。李冰急忙放下酒杯，领喽兵来到山下。他定睛一看，见田再镖这匹坐骑，实在眼馋。于是，忙摆兵刃，奔田再镖杀来。

田再镖牛刀小试，只用一个回合，就把他刺于马下。

喽兵一看，急忙跪到田再镖马前，叫他上山来当寨主。

田再镖心中合计，嗯，眼前我走投无路，正好到山上存身。今后之事，慢慢再说。于是，他便成了盘蛇岭的寨主。

田再镖当寨主，与花花太岁李冰可截然不同。他告诉喽兵，要公买公卖，自种自吃。除贪官污吏、土豪劣绅而外，不得随便打劫。经过他费心整顿，两年的工夫，盘蛇岭焕然一新，喽啰变成了义兵，深受百姓拥戴。

前不久，元顺帝逃离燕京，路过此地。那时，许给田再镖许多好处，并说："你若能扶保元朝，孤封你为将军之职。"

再镖听罢，心里说，我是中原的子民，能扶保异族吗？不能。于是，他假意应允道："容我见机而行。"

打这以后，元顺帝经常派人前来，为他送粮送饷，供他军中的一切。田再镖心里说，切不可急于行事，我倒要暗中探听探听。若明军替天行道，能救黎民出水火，我就扶保大明，若明军还不及元军，我再扶保元顺帝。

这一次，元顺帝派使臣上山，让他阻截明兵。田再镖点头，欣然受命。别看他表面答应，其实，心里有自己的想法：嗯，这正是我与明军接触的好机会，到两军阵前，我再做定夺。因此，他命令喽兵，把路面破坏，阻截明军，之后，又率兵来到两军阵前。田再镖来到疆场，施展开了浑身的武艺，所以那么厉害的于皋，也没把他打败。

书接前文。常茂想收降田再镖，二次来到疆场，抢起大槊就砸。田再镖也不怠慢，忙摆花枪招架。霎时间，枪来槊往，又战到一处。打了一百多个回合，也未分出输赢胜负。

此时，只见常茂的蒜头鼻子上，沁出了汗水；田再镖也不轻松，鼻洼鬓角也出了热汗。整个疆场，二马蹬翻，嗒嗒嗒嗒，荡起一片烟尘。

朱元璋稳坐雕鞍，伸脖子往前观看，既赞美常茂，又赞美田再镖，不住声地喊叫："好，好！啊呀，朕若能收下这员虎将，可是不幸中的万幸呀！"

胡大海与全营众将，也都夸赞不绝。

这阵儿，一百二十个回合过去了，常茂还未取胜，这雌雄眼可就有些沉不住气了，心里话，哎呀，茂太爷打出世以来，还没费过这么大的劲呢！看来，单凭禹王神槊万难取胜。他一低头，看见了自己的暗器——龟背五爪金龙抓。心说，哎！我怎么聪明反被聪明误，把这个玩意儿忘了？干脆，给他来一下儿算了。于是，眼珠儿一转，虚晃一招，拨马就跑。

田再镖不明就里，紧追不舍。

常茂人往前边败，耳往后边听。估摸田再镖追到了身后，他忙把禹王神槊交于左手，腾出右手来，拽出龟背五爪金龙抓，常茂把手一抖搂，就见这只九斤十二两重的大飞抓，顺着他的肩头，哗楞一声，朝身后扔去。紧接着，常茂用力往回就拽。可是，拽了半天，只听咯楞咯楞老响，就是拽不回来。常茂不由纳闷儿起来：哎，这是怎么回事？难道他的脑袋是铜打铁铸的不成？

那位说，这是怎么回事呀？原来，田再镖也有赢人的东西——他擅使电光锤。他斜背着的兜囊里边，就装着这件暗器。这个电光锤也是九斤十二两，用浑铁凝铜制造，在银水里走了十六遍，锃明刷亮。他也轻易不肯使用，因见常茂难对付，所以，在追赶他的时候，也把暗器掏了出来。巧了，当常茂扔来飞抓之时，田再镖急忙用电光锤招架。霎时间，两件兵刃抓挠到一起。要不，怎么能发出咯楞咯楞的声音呢！

常茂往前一拽，大声喊叫道："你给我下来吧！"

田再镖见了，也往怀里一拽："你给我撒手吧！"

常茂拽了半天，也没奏效。他拨回马头一看，这才真相大白。说道："啊呀，原来抓住颗铁脑袋，怪不得拽不动呢！"常茂仔细一瞧，见飞抓抓着电光锤，已入了死扣。

现在，他俩就该比力气了。谁的劲大，把对方拉过来，谁就能占上风。可是，这两个人是棋逢对手，谁能让步呢？常茂豁出去了，田再镖也玩了命啦，各自抓着链子，拼命往怀里拽。

"你给我！"

"你给我！"

"你撒手！"

"你撒手！"

这两匹战马，把链子拖得紧绷绷，在战场上转开了圆圈儿。结果，拽了半天，谁也没有拽赢。

常茂急了，在马上猛一调个儿，后脊背对着田再镖，把链子搭上肩头，扣住马的铁过梁，往下一哈腰，双脚点镫，借着马的力气，要想战胜田再镖。

田再镖一看，也照常茂的方法，调转身形，把链子搭在肩头，扣住铁过梁，双脚点镫，紧紧地催马向前。

哎哟，两旁的将士一看，不由鼓掌喝彩。是呀，他们哪见过这样的凶杀恶斗！这两个人拽着拽着，猛然间，扑通！扑通！一齐从马上掉了下来。为什么？链子断了。常茂扔掉飞抓，田再镖扔掉电光锤，在步下就伸了手啦。田再镖抢拳就打，常茂飞脚就踢。霎时间，二人就抱在了一起。

这回，那可更热闹了。一会儿，常茂按住了田再镖；一会儿，田再镖又骑住了常茂。二人滚来滚去，还是不分输赢。

胡大海看到此处，十分着急。心里说，不行！二虎相争，必有一伤。他略一合计，忙跟朱元璋商量："老四，咱们可不能再看热闹了。我看，一齐下手，把他逮住得了！"

朱元璋点头，忙命于皋、丁世英、朱沐英、胡强、顾大英，前去助战。

这些小英雄得令，跳下马来，冲到两军阵前，将田再镖紧紧摁住。

田再镖能耐再大，也架不住明将人多势众啊！立时，就被生擒活拿了。

田再镖被绑，很不服气。他跺着双脚，高声叫骂道："呸！常茂，你们算什么英雄？哼，真是攒鸡毛凑掸子，我死也不服。"

朱元璋一看，十分高兴。他亲自跳下战马，来到田再镖近前，上一眼，下一眼，仔细看了七十二眼。接着，亲自为他解开绑绳，并且笑呵呵说道："小将军，方才多有得罪，朕这厢赔礼了。"说罢，便一躬到地。

田再镖见他自称为朕，不由就是一愣，忙问道："你是何人？"

常茂忙抢着说："这就是我们的洪武皇帝。"

"什么？"田再镖听罢，大出预料。心里说，啊呀，皇上是真龙天子啊！人家给我施礼道歉，我怎能担当得起呢？由此看来，朱元璋礼贤下士，确实是有道的明君啊！

常茂见田再镖没有言语，以为他还生闷气呢！因此，也走到近前，说道："小白脸儿，人常说，不打不成交，方才我多有得罪，请你原谅。"说罢，也抱拳一躬。

常言说：横的难咽，顺的好吃。刚才，朱元璋一礼，常茂一躬，把田再镖闹得面红过耳，羞愧难当。心里说，哎呀，我算个什么人？充其量还不是个蟊贼草寇？方才，我在山下设下障碍，伤了明营不少人马。按理说，今日被人拿住，准得开刀问斩，可是，人家反倒与咱认错，这不是往咱脸上贴金吗？嗯，我可别不识抬举。田再镖有多聪明，想到此处，撩衣跪到朱元璋面前，砰砰直磕响头："吾皇万岁，草民阻截官兵，罪该万死。蒙万岁不弃，我愿效犬马之劳。"说到此处，又将身形转向常茂，"常将军，我也向你赔礼了。"

朱元璋一看，急忙伸手相搀。接着，将外罩的龙袍脱下，披在田再镖身上，亲口加封田再镖为龙凤大将军，并任前部副先锋之职。

田再镖受宠若惊，挨个儿向众人赔礼道歉，并且，把自己的身世和阻截明兵的原因，也述说了一番。

朱元璋听罢，点了点头，说道："人生一世，道路坎坷啊！将军能弃暗投明，足见深明大义，有远见卓识。望你奋勇杀敌，为国立功。"

"臣下谨记。"

就这样，大家言归于好。

田再镖又启奏道："万岁，盘蛇岭上还有一千多人，请旨定夺。"

朱元璋朗声说道："有愿降者，一律欢迎。"

"遵旨！"

田再镖随同常茂，回到盘蛇岭，对喽啰述说了来意。众人听了，欢声雷动。霎时间，火烧盘蛇岭，兵合一处，将打一家，喽兵一跃变成了明军。

朱元璋收下田再镖和盘蛇岭的喽兵，军威大振。当即拔营起寨，向前进发。这一天，就来到了白阳关前。

军师刘伯温得报，急忙率领文官武将，将朱元璋君臣接进城内。接着，盛排筵宴，为皇上接风。

席间，朱元璋点手叫过田再镖，向军师和满营众将做了引见，并且，叙谈了收复盘蛇岭的经过。众人见了，无不欢喜。

军师心眼儿挺多，暗自思忖道，田再镖跟常茂打得那么厉害，会不会结下仇怨？他略一思索，有了主意。于是，开口说道："有道是惺惺相惜，依我之见，常茂与田将军，都是英雄好汉，应结为金兰之好。"

常茂一听，乐得小脑袋直扑棱："军师哎，你可说到我的心里去了。"

田再镖也乐得直哈哈。

朱沐英、丁世英一看，急了，厚着脸皮，非要凑一份儿不可。

朱元璋与刘伯温会心一笑，点头同意。后来，连于皋也算在内，这小哥儿五个，冲北磕头，结成了异姓弟兄。按岁数排列，常茂为大，田再镖是老疙瘩。

俗话说：磕头三次入祖坟。从此，他们更是形影不离，交情越处越厚。

朱元璋御驾亲征，一是向前敌押粮草，二是到柳河川营救常遇春。诸事料理已毕，便召集众将，商议破敌之策。

正在这时，突然有人进帐禀报："启奏陛下和军师，马娘娘、韩驸马和公主驾到！"

朱元璋一听，顿感意外。心里说，这是前线哪，皇后到此为何？他略一思索，便命军师刘伯温，带队出迎。

那位说，马娘娘怎么来了呢？朱元璋占领燕京，曾派人给马娘娘报捷，并且，也说明了眼前的激战情形。马娘娘知道，元顺帝越在灭亡之时，越要拼命挣扎。我何不带领驸马，去助万岁一臂之力？因此，不远万里，由南京赶到前敌。

刘伯温带领群臣文武，出营一看，嚓！三千御林兵，分列左右，旗罗伞盖，金碧辉煌。正中央，停着两乘凤辇。

刘伯温一看便知，前边是昭阳正官马皇后，后边是景阳公主朱碧仙。

刘伯温再一细瞅：但见凤辇旁边，还立着一匹战骑。这匹马高蹄穗儿，大蹄碗儿，金鞍玉辔，鬃毛发多，浑身上下火炭一般，亚赛欢龙。马上端坐一人：头戴凤翅金盔，二龙斗宝；搂颔带上，密匝匝扣满金钉；身披金锁连环甲，外罩杏黄衮龙袍，手擎一条虎头錾金枪。往脸上看：浓眉大眼，阔口咧腮。看这副模样，倒也有百步的威风。

书中代言：此人就是马娘娘的姑爷——东床驸马韩金虎，前文书说过，朱元璋攻打鄱阳湖，大战南汉王陈友谅，不幸误中埋伏，被困在九江口。多亏韩成替死，才使他化险为夷。朱元璋为报答韩成的救命之恩，立时将他的儿子韩金虎招为东床驸马。马娘娘对韩金虎，更是十分疼爱，含着怕化了，顶着怕摔了，比对亲儿子还亲。这样一来，可把韩金虎给娇惯坏了。只见他大大咧咧，坐在马上，旁若无人。看他那样子，那是七个不服，八个不忿，五十六个不在乎啊！

刘伯温看罢，带领文武百官，跳下战马，呼啦啦跪倒在马娘娘的凤辇跟前，口尊："臣，迎接娘娘千岁，千千岁！"

马娘娘听了，命宫娥、彩女挑起帘栊，探身一看，哟，接驾的人可真不少啊！她心中十分高兴，说道："军师，各位将军，免礼平身！"

"谢娘娘千岁！"

众将官站起身形，又来到公主眼前，二次跪倒，给公主磕头。

公主朱碧仙十分聪明，隔着纱帘赶紧说话："军师，各位将军，我可担当不起呀，快快免礼平身。"

"谢公主！"大家又站起身来。

马娘娘见众人没向驸马见礼，心里说，嗯，大概他们不认识。于是，急忙来做引见："军师，各位爱卿，这位是东床驸马韩金虎！"

"噢！"军师一听，连忙率领众人，来到韩金虎马前，躬身施礼道："驸马爷在上，臣等有礼了！"

韩金虎见众人没给他磕头，挑开理了。心里说，哟，难怪说人分三六九等呢！公主是金枝玉叶，我也不例外呀！怎么给她磕头，不给我磕头呢？他心中不快，脸上就露出来了。只见韩金虎把大环眼一眨，把嘴一撇，冷冰冰地说道："嗯，免礼平身！"

"谢驸马！"

常茂一听，觉得不对。他把雌雄眼一瞪，心里说，哟，看那意思，他不高兴呀！哼，你也就是驸马，我不得不哈哈腰，若冲你这模样，非揍你一顿不可！

那帮小年轻也看出来了，都气了个够呛。朱沐英心里说，我爹沐洪，为救皇上，他也搭上了性命。要讲功劳，我比你大得多。可是，我跟士兵、战将有什么区别？你一个小小的驸马，有什么了不起？朱沐英眼睛一转，忙给常茂拱火儿："茂，这小子目中无、无人哪！"

常茂小声说道："嗯，我看着他也别扭。"

"没、没事，日后咱好好调理调、调理他。"

"你放心，让他好受不了！"

诸位，你说韩金虎倒霉不倒霉？还没进白阳关呢，就有人把他算计上了。

众人寒暄一番，吹吹打打，将娘娘、公主和驸马接进关城，来见圣驾。

朱元璋迎上前去，说道："皇后，一路辛苦了！"

"多谢陛下动问。我闻知战事吃紧，放心不下，特意赶到前敌，为万岁分忧解愁。"

"哎呀，难为你了。来，快快请坐。"

接着，公主和韩金虎，双双拜见父皇。

君臣寒暄一番，坐定身形，朱元璋说道："皇后，你们历经千山万水，受尽了鞍马劳乏，先去后营歇息去吧！待朕商议军情之后，再去看你。"

马娘娘最关心前敌战事，因此才从南京赶奔而来。她听万岁说要商议军情，那能轻易离开吗？因此，就问朱元璋："万岁，什么军情急事？"

"皇后非知。常遇春被困柳河川，亟待救援。为此，急需商讨对敌之策。"

"噢，救兵如救火啊。我等也来听听，万一能给您出个主意呢！"

"好。"

此时，就听军师说道："白阳关以北十里，有座天荡山。元人在那里修筑了无数炮台，把我军挡住。过了天荡山，还有十八道连营。闯过这些连营，才是柳河川。元人在那里设防严密，咱们很难通过呀！依臣之见，须派一员猛将，先闯天荡山炮台，后闯十八道连营，去到柳河川，给开明王报信儿，与他约会时间，里应外合，共破敌兵。万岁，龙意如何？"

"嗯，有理。"朱元璋略思片刻，说道，"又闯炮台，又闯连营，千难万险呀！但不知何人能胜此任？"

"这个——我心中也无数。依臣看来，只好在全营将官之中挑选了。"

正在这时，忽听有人喊了一声："万岁、军师，臣不才愿往！"

此人是谁？下回书分解。

第五十四回　花枪将讨令闯危地
　　　　　韩金虎力大举千斤

这声音十分洪亮，众人扭头一看，原来是龙凤大将军田再镖。

刚才，皇上和军师商议军情，田再镖听得真切，他心里合计，到柳河川报信儿，这可是个冒险的差事。干脆，我报得了。一来，报答万岁的知遇之恩；二来，也给把兄弟们争一口气。所以，迈虎步来到朱元璋面前，躬身讨令。

朱元璋一看，十分高兴。心里说，还是朕有眼力，料知他是个栋梁之材。于是，也没跟军师商议，当时就传出口旨："田爱卿，朕赐你一支令箭，命你赶奔柳河川送信儿。若把此事办成，寡人再加封你的官职。"

"谢主公。"

刘伯温听罢，忙抽出令箭，冲田再镖递去。

田再镖刚要伸手去接，又听有人嗷地喊了一嗓子："等一等！万岁，姓田的不配担任此职！"众人闻听，顺声音一看：啊？不由大吃一惊。

谁呀？原来是刚来的东床驸马韩金虎。只见他手扶桌案，站起身来，歪着脖子，狂傲地说道："且慢，我还有话要说。"

朱元璋见驸马说话，不好驳他的面子，说道："金虎，有何话讲？"

"陛下，刚才听您议论，既要闯炮台，又要闯连营，这个差事非同小可。若派无名之辈，恐怕难胜此任。儿臣自幼受名人传授，高人指点，十八般武艺，样样精通。不才初来乍到，愿讨此令，到阵前立功。"

众将官一听，不由嗤之以鼻。

常茂听罢，气得直哼哼。心里说，山林大了，什么野兽都有啊！哪有这么狂傲的家伙？真能自吹自擂。嗯，万岁，我看你把令给谁！

此时，朱元璋也为难了，他瞧瞧刘伯温，看看众将官，稍停片刻，这才说道："金虎，军中无戏言。能否与开明王送信儿，关系到几十万人的生命啊！"

"主公放心，臣没有金刚钻儿，也不敢揽瓷器活儿。"

军师见朱元璋有此心意，就要把令箭给他。

常茂一看，急忙挺身而出，大声嚷道："等一等！军师，我说两句。"

韩金虎回头一看，原来是常茂，他心中很不痛快，把嘴噘起老高。

这时，就见常茂来到龙书案前，冲军师躬身施礼已毕，说："刚才驸马讨令，愿到阵前立功，令我非常敬佩。但是，究竟武艺如何，能不能担当此任？咱心中可没底。那田再镖是何等的英雄，一杆花枪，能纵横天下，依微臣之见，把令传给龙凤将军，保准万无一失。"

朱沐英、丁世英、于皋、胡强，也都一齐嚷嚷道："今后立功的机会有的是，叫驸马以后再说，这次事关重大，把令箭传给田再镖吧！"

马娘娘一听，嫣然一笑，说道："陛下，军师，驸马的能为，我了如指掌，因此，才将他带到前敌，为您出力报效。他既然自告奋勇愿讨此令，那就叫他试试去吧！"

常茂忙说："娘娘，这可不是弄着玩的，成败在此一举。若弄不好，几十万颗脑袋就得掉地啊！"

"这——"马娘娘一听，顿时满面通红。

就这样，你一言，我一语，互相争执起来。

军师见双方互不相让，略一思索，说道："众将官都为战事操心，本军师十分敬佩。依我之见，咱别向灯，也别向火，不如让驸马与田将军比试比试，谁能耐大，就得此令。"

"好！"

"同意！"

韩金虎一听，把胸脯拍得啪啪直响，痛痛快快地说道："好！俗话说，是骡子是马，咱牵出来遛遛！姓田的，走，咱到殿下比武。"说罢，迈步下殿，命亲兵抬枪鞴马，拉开了架势。

此时，田再镖很不痛快。心里说，早知如此，何必当初啊！人家是东床驸马，自己是普通的战将。伸起手来，刀枪无眼。若有闪失，我怎能吃罪得起？于是，他迟迟疑疑，不愿较量。

常茂看出了田再镖的心思，说道："兄弟，他既然愿比，咱可不能服输。若胜不了人家，情愿将大令交出。"

田再镖被逼无奈，这才迈步走下大帐，吩咐了一声："鞴马抬枪！"

大帐前面，就是一片空地，非常宽阔。二人在此较量，那是绰绰有余。

驸马与龙凤将军比武，谁不想看个热闹？因此，众将官蜂拥而至，围在了四周。尤其那马娘娘，她生怕驸马有个好歹，早早地带着公主，坐在了帐前。

二人准备停妥，便动起手来。只见驸马韩金虎，一晃手中的虎头鏨金枪，砰砰砰，先来了个金鸡乱点头，后来了个怪蟒出洞。众人一看，拍手叫绝。

前文书说过，韩金虎自进了皇宫，马娘娘对他十分宠爱，样样事情都顺着他来。韩金虎力大无穷，爱练武术，为此，马娘娘就四处派人，请高手，访名师。前后算来，不下一二百人。一人教他一招，他就能学一二百招。后来，韩金虎不满足了，马娘娘又撒下人马，从深山之中请了位老隐士，人送绰号神枪镇江南。此人姓周，叫周泰，他在皇宫待了三年，掰着手教韩金虎大枪的功夫，因此，韩金虎能为猛增，尤其手中的虎头鏨金枪，舞动起来，那真是龙飞凤舞，神出鬼没。

韩金虎有武艺在身，因此，他经常心中合计，可惜我是金枝玉叶，不能到疆场厮杀，若到了前敌，谁能是我的对手？哼，什么常茂、朱沐英、丁世英、于皋……他们都得拜我为师。他呀，早想在人前显能，露露自己的手段了！

今天，韩金虎总算如愿以偿了。只见他阴阳一合把，将大枪颤了三颤，摇了三摇，冲田再镖高声喝道："田再镖，不快快过来，还等什么？"

田再镖听了，把掌中的花枪一颤，先抱拳拱手："驸马，我田再镖乃是无名的小卒。虽也学过些粗拳笨脚，但是，武艺不精，疏漏百出。今天，愿在驸马爷的台前，多多领教，还望您手下超生，留我一条性命。"

"哈哈哈哈！"韩金虎大笑一声，说："你倒挺会讲话呀！既然你甘拜下风，那就快对军师说明，把令箭交给驸马爷算了！"

田再镖听罢，心里说，你真浑哪，连句客气话也听不出来。他微微一笑，说道："驸马，既然主公传下比武的口旨，田某人不敢抗旨不遵。因此，只好在驸马爷面前走两趟了。"

"好，那你就伸手吧！"

"如此说来，在下就不恭了。"田再镖说罢，把花枪一抖，一扑棱，分心便刺。

韩金虎使了个怀中抱月的招数，急忙往外招架。霎时间，二马盘旋，战在一处。

常言说：是亲三分向。常茂这帮小英雄，把眼都瞪圆了，站在圈儿外，暗暗替田再镖使劲。

再看田再镖，面对驸马，招招架架，不敢下手。为什么？他有顾忌啊！人家是堂堂的东床驸马。他把我扎了，没事儿；我要扎了他，焉能吃罪得起？

韩金虎争强好胜，得理不让人。只见他一枪紧似一枪，一枪快似一枪，枪枪都奔向田再镖的致命之处。

诸位，这就是韩金虎的不对了。比武较量，为的是分个高低，讨令送信儿。他与田再镖无冤无恨，为什么要狠下绝情呢？

常茂在圈外瞅着，心里说，要这么比试，那可不行！他赶紧喊了一嗓子："等一等。"

田再镖与韩金虎听了，忙策马跳出圈外。

韩金虎是一百二十个不高兴，心里说，常茂，你嚷嚷什么？真是仨鼻子眼儿，多出一口气！

军师也问："茂，你因何拦住？"

常茂说道："若这么比武，比不出个高低上下。你们看见没有？驸马爷心黑手狠，枪下无情，可那田再镖不敢还手啊！他的心思我明白，总是怕伤着驸马爷，万岁怪罪。军师你说，这怎么能行呢？"

军师笑了笑，说道："唉！比武场上，应各显神通。倘若失手伤了对方，万岁也不怪罪。"说到此处，转脸问皇上，"主公，您说对吗？"

朱元璋连连点头："对。"

常茂一听，忙说道："哎，万岁，我就等您这句话呢！不过，空口无凭，最好立个字据，你们看行不？"

"好！"

于是，韩金虎与田再镖，来到皇上和军师面前，立下了军令状。上面写道：误伤对方，不究责任。

此时，常茂又偷眼观瞧马娘娘，只见她面沉似水，十分不悦。看到此处，心中合计，哎呀，这娘娘可不好对付呀！别看他俩立下了军令状，将来皇后要翻了脸，还是个麻烦。常茂把雌雄眼一转，抢过军令状，来到马娘娘面前，说道："娘娘千岁，你看这军令状如何？"

马娘娘略停片刻，答道："常将军，既然万岁、军师允许，还有何话说？"

常茂说道："明白，还是娘娘千岁明白。"话音一落，冲韩金虎、田再镖摆了摆手，高声喝道："比武开始！"

常茂把田再镖拉到一边，低声嘱咐道："兄弟，别害怕，把你的本领使出来吧！"

"不劳嘱咐。"

二人操枪上马，又战在一处。

这回，田再镖跟刚才可不一样了。只见他精神抖擞，手疾眼快，把花枪舞动得上下翻飞。众人看了，无不喝彩。

再看韩金虎，几个回合过后，他就只有招架之功，没有还手之力了。别看他受过名人传授，武艺高强，那得分跟谁比。他跟田再镖较量，那可是戴草帽儿亲嘴儿——差远了。四十多个回合过后，只见韩金虎盔歪甲斜，热汗直淌。

田再镖一边迎战，一边与他商议："驸马，咱们点到为止。依我看，你把令箭让给我吧！都是为国家效力，何必苦苦争斗呢？"

韩金虎把大环眼一瞪，高声吼叫道："胡说！我没败在你手下，凭什么把令给你？"

田再镖又说："驸马，你休要逼人过甚。若再比下去，可没你的好处。"

"难道我怕你不成？废话少说，看枪！"韩金虎说罢，砰！又是一枪。

田再镖一看，可气了个够呛。他把大枪拨开，又对韩金虎说道："驸马，既然你执迷不悟，我可要下手了！告诉你，我要在你左大腿根扎一枪。若扎错地方，算我无能。"

韩金虎气得哇呀暴叫道："休要大言欺人！"

这可不是田再镖说大话，刚才，二人交锋几十个回合，他已看出了韩金虎的能为。只见他双臂一抖，啪啪啪使了个盖顶三枪：扎脑门儿，挂两眼，把韩金虎累得手忙脚乱，大枪只顾在眼前扑拉了。那田再镖眼珠一转，冷不了把枪一转个儿，对准他的左大腿，噗！就是一枪，霎时间，鲜血直流。

韩金虎坐立不稳，栽于马下。

说到此处，咱必须交代清楚：田再镖这一枪，扎得并不深。韩金虎只受些皮肉之苦，不碍大事。当然，田再镖是没成心伤他，不然，有十个韩金虎也死过去了。

这韩金虎也真怪，本来，他伤得不重，可是，他捂着伤口，故意大喊大叫："哎哟，可疼死我了。"一边喊着，一边在地上打起滚儿来。

马娘娘和公主在旁边一看，她们的心都要碎了，急忙喊叫道："啊呀，快看看驸马的伤势！"

"是！"

一旁军医官拥上前去，把驸马抢回。扒掉衣甲一看，伤情不重。他们给驸马敷了药面儿，喂了止疼丹药，一切料理完毕，便跟皇后说："请娘娘放心吧，没事儿！"

马皇后听罢，这才长出了一口粗气。不过，她却记恨起田再镖

452

来。心里说，比武较量，点到为止。你逞什么能耐，怎么忍心下此毒手呢？不过，马娘娘再生气，也不能越理行事。为什么？方才已立下军令状，白纸黑字，写得清楚呀！

此刻，军师十分高兴，他把大令举起，朗声说道："田再镖，命你闯营送信，不得有误。"

"遵令！"田再镖精神抖擞，走上前来，就要接令，

韩金虎见了，把大环眼一瞪，高声喊叫道："等一等！传他令箭，本驸马不服！"

军师一愣，问道："驸马，你已败在田再镖手下，为何还不服？"

韩金虎无理搅三分，说道："刚才我一时疏忽，才中了他的暗算。这个嘛，显不出能耐高低。现在，我要跟他比试比试力气。"

朱元璋一看，挺不高兴。心里说，如今，急等着派兵，磨盘压手呀！老在这儿磨蹭，岂不要延误战事？于是，冲韩金虎说道："日后，立功机会甚多，你就不要再纠缠了。"

马娘娘向着韩金虎，她能服气吗？她眼睛一转，冲朱元璋说："陛下，闯营送信，如履薄冰，必须选派有能为之人。还是让他二人比比力气，以确保送信成功。"

朱元璋听罢，略一合计，便传旨比试力气。

先说韩金虎。他摘头盔，卸铠甲，换成短衣襟，小打扮，把浑身上下收拾利落，便冲大帐走来。

那位说，刚才他不是受伤了吗？只是皮里向外点了那么一下儿，无碍大事。刚才韩金虎乱喊乱叫，那只不过是逢场作戏而已。

大帐两旁，各摆铁狮子一尊。这狮子高有五尺，踩着绣球，歪着脑袋，造型十分生动，连底座带狮子足有一千余斤。

韩金虎来到铁狮子近前，仔细观察了一番。然后，伸出右手，扳住底座，丹田一较劲，好！把铁狮子扳活动了。于是，他站起身形，甩甩胳膊，踢踢双腿，摆出副骑马蹲裆式的架势，一只手将狮子腿攥住，一只手把铁底座抓牢，运足平生的力气，大喊一声："起！"随着吼叫，把铁狮子抱到怀里头。他缓过口气，瞪双目，咬牙关，一翻腕子，真不含糊，把铁狮子举过了头顶。

马娘娘一看，禁不住喝彩："好神力，好神力！"

韩金虎略停一时，又费了九牛二虎之力，把铁狮子放回原处。就这几下儿折腾，把他累出了一身热汗，连衣服都湿透了。

侍从急忙为他递过毛巾。韩金虎边擦汗边说："田再镖，这回该看你的了！"

"驸马见笑了！"田再镖来到铁狮子近前，一不慌，二不忙，骑马蹲裆式站好，左手抓狮子腿，右手扳底座，较足丹田气，大喊一声："起！"只见噌地一下，把铁狮子举过头顶。

四周的人看了，鼓掌如雷："好，好神力啊！"

常茂比谁都吵吵得欢："好神力，比韩驸马可强多了！喂，你们说是不是呀？"

"可不是嘛，举得真好！"

韩金虎听了，觉得很不自在。

马娘娘见田再镖胜过了东床驸马，挺不痛快。心中暗想道，驸马若就此甘拜下风，我脸上也无光啊！再说，今后他怎么在人前站立呢？想到此处，眼珠一转，急忙传下凤旨："田将军，快将铁狮子举过来，我有话要讲。"

那位说：马娘娘这是干什么呢？她是想拖延时间，让田再镖举着狮子，当众出丑。若能那样，令箭岂不交给她的爱婿韩金虎了？

田再镖见马娘娘传下凤旨，不敢不遵。只见他举着千斤铁狮，咬着牙，瞪着眼，一步一挪，终于来到了她的面前。

马娘娘没话找话，随便说道："再镖啊，你力大无穷，不愧是一员虎将，但不知你家住哪里啊？"

诸位，田再镖举着这么重的铁狮子，能说出话来吗？但是，不说又不行。他只好强咬牙关，回答道，"启奏娘娘，我是太原人氏。"

"噢！你弟兄几人呀？"

"我弟兄三人。"

"这就是了。再镖，你成亲没有啊？"

这个马娘娘，问起话来，没完没了。

再看田再镖头上的汗珠子，跟黄豆粒儿一般，嘀嘀嗒嗒往下直滴。两条腿，两只胳膊，都哆嗦开了。

常茂在一旁看得明白，心里说，马娘娘啊，你这是干什么？再这样下去，还不把田再镖累死？再说，若弄不好，也容易把他自己砸死呀！于是，他大声喊话："再镖兄弟，举不动就放下说话。"

此刻，田再镖也确实举不动了。他一边回答娘娘的问话，一边思忖道：娘娘，这就是你的不对了。我田再镖抢先锋也好，包打前敌也好，还不是为到柳河川解救开明王吗？想不到你护短竟到了如此地步。他刚想到这儿，正好常茂又喊了一嗓子，他心里话，嗯，活人还能让尿憋死？干脆，我放下算了。想到此处，扭转身形，就想把铁狮子放回原处。可是，由于他举得时间太长，双手都不听使唤了。呼地一下，这铁狮子冲马娘娘就砸了过去。

文武百官一看，吓得嗷嗷乱叫，一个个都紧闭了眼睛。

第五十五回　田再镖闯营传书信
开明王爱将赠乌骓

　　马娘娘见势不妙，说时迟，那时快，就在铁狮子砸来的一刹那。噌！她倒在地上。紧接着，来了个就地十八滚，骨碌碌碌，从桌案底下滚了出去。与此同时，咔嚓，铁狮子落下，把龙书案砸了个粉碎。

　　马娘娘是死里逃生啊！只见她面如白纸，浑身栗抖。时过片刻，定了定惊魂，站起身来，颤声吼叫道："哇！大胆，放肆！陛下，田再镖居心不良，他要刺王杀驾啊！"

　　刚才这一番折腾，朱元璋看得明白，也把他吓出了一身虚汗。

　　一旁早把胡大海气坏了。老胡这个人，向来不拘什么君臣礼仪，张嘴就是老四。只见他站起身来，把草包肚子一腆，高声叫道："田再镖与马娘娘有何仇何恨，他怎么能故意行凶呢？咱们说话可不能信口开河，得凭良心呀！你没见吗？他举着那么重的东西，胳膊都哆嗦了。他本想将狮子放到平地，不料身不由己，才将它误砸到娘娘面前。再说，我弟妹也够呛，没事的时候，你唠八天八夜，那也可以，人家举那么重的东西，你却没完没了地问话，这不成心要人家的好看吗？你说田再镖刺王杀驾，我不赞成。我倒认为，有人想看田再镖的笑话。"

　　胡大海这张嘴，可不让人。当当几句，把马娘娘说了个面红耳赤。她略定心神，说道："二哥，你说谁看田再镖的笑话？"

　　"我不知道。谁干的，谁心里明白。"

　　常茂一看，紧走两步，来到近前，说道："皇上，娘娘，方才我二大爷说的，句句都是实话。田再镖举着那么重的东西，又待了那么长时间，他确实是举不动了。因此，一滑溜，才无意落到娘娘面前，根本不是故意行凶。我看呀，纯粹是场误会。既然是误会。万岁，娘娘，你们消消气！"

常茂怕胡大海与皇上顶牛儿，才出来给他们和稀泥。

朱元璋也不是糊涂之人，这件事情的发生，他也暗自埋怨马皇后，于是直给马娘娘使眼色。

马娘娘带公主、驸马来到前敌，也是为出力报效啊！刚才她那样难为田再镖，并没安什么坏心，只不过想让驸马出头露面罢了。如今，她见田再镖那么大的能为，心中也十分高兴。为什么？千军易得，一将难求。想到此处，不由对自己的所作所为，也后悔起来。因此，她见朱元璋给她使眼色，正好就坡下驴，所以，对朱元璋说道："陛下，你就看着办吧！"

"好！"朱元璋对群臣文武说道，"各位爱卿，刚才确实是一场误会。娘娘受了虚惊，讲了些过头的言语，也情有可原。"

此时，朱元璋心想，眼前军情吃紧，还得派人给常遇春送信哪！于是，又与全营将军，商议起来。

众将官悄声议论道："若派韩金虎，田再镖不服；若派田再镖，韩金虎不服。"他们没有良策，只好低头不语。

常茂不愧是久经沙场的英雄，脑子里有九九八十一个转轴儿。他略一思索，对朱元璋启奏道："万岁，此番送信，非同一般。依我看来，派一个人也行，派两个人也可。叫他们一个攻东路，一个攻西路。哪路先到柳河川，便是正式的先锋官。"

朱元璋一听，觉得有理，忙对田再镖和韩金虎说道："二位爱卿，你们看常茂之言如何？"

田再镖说道："臣遵旨！"

韩金虎也说道："臣遵旨！"

接着，军师便向他二人传下了令箭。

韩金虎和田再镖，一样的血气方刚，一样的争强好胜。于是，他俩心中就铆上劲了，非要把功劳抢到手不可。

军师又为他俩派随从的大将。

常茂眼珠儿一转，把年轻的将官叫到旁边，嘀咕一阵，做了安排。就见武尽忠、武尽孝、常胜、顾大英、汤琼、郭彦威等十来个人，来到龙书案前，一齐躬身施礼道："主公、军师，我等愿随田先锋出征。"

常茂、胡强、于皋、朱沐英、于世英这帮人，也来到近前，说道："陛下，我们乐意保护驸马爷！"

马娘娘一看，十分高兴，心里说，常茂是无敌将军，他手中的禹王神槊，可打遍天下。有他出征，驸马就平安无事了。

其实，她可想错了，常茂是另有打算。

诸事料理已毕，各路小将顶盔贯甲，罩袍束带，挂剑悬鞭，带好兵刃，跟小老虎一般，来到辕门以外，飞身上了战骑。

临行前，军师刘伯温再三嘱托，不论谁见到开明王，千万要告诉他，明晚三更，以信炮为号，里应外合，大破元兵。军师又想到，韩金虎与田再镖，都是新进连营的将官，常遇春并不认识。为此，他请朱元璋下了诏旨，每人一份儿，进了柳河川，面交开明王。

这二人将诏旨揣到怀内，这才带领上将，各引兵三千，提枪上马，杀出白阳关。

说书人一张嘴，表不了两家的事情，先说田再镖。他与武尽忠、武尽孝、常胜、汤琼、顾大英、郭彦威等十几个小弟兄，从东路边走边唠，不知不觉就来到了天荡山下。花枪将田再镖立马横枪，抬头观瞧，嚯，好大的天荡山哪！好像一个笔架，矗立在对面。这座山中间，有两个豁口，看来，若到柳河川，必须从那里通过。如此说来，那儿肯定有重兵把守。他再往天荡山前一瞧，只见元军的连营，一道挨着一道，跟大海的波涛一般，一眼望不到尽头。再仔细一瞅，连营内外，元军多如牛毛，他们各持兵刃，刀枪似麦穗，剑戟似柴篷，看得令人眼花缭乱。田再镖看罢，把马的肚带连紧几扣，把蒙面纱巾往脸上一蒙，把花枪往空中一举，高声喝道："弟兄们，冲啊——"

霎时间，三千多只小老虎，嗷地一嗓子，就向元营冲去。

元人早有戒备。他们在连营前边，光战壕就挖了三道，每道战壕宽有两丈，深有两丈，里边都灌满了水，壕底还安有毒蒺藜和尖刀，只要掉进去，保准没命。另外，在这壕边上，还密布着蒺藜、障碍。要想过去，比登天还难。除此而外，他们在连营里边还修了一道土围子，这道土围子厚有五尺，高有丈五。上边设有箭眼，元兵日夜在这儿巡逻。刚才，营外来了三千多明军，人家能看不见吗？因此，急忙跑进头层防线，禀报这里的主将。

主将名叫完颜阿乌龙，是大金川的太子。胯下赤兔马，掌中金钉枣阳槊，是一员猛将。

完颜阿乌龙得报，不由暗自发笑。心里说，明兵几千人马敢来攻打天荡山？哎呀，这真是天大的笑话。他披挂整齐，亲自领兵带队，上了土围子。等他站稳身形，撒目一瞅，可不是吗！明营的军队，像扇子面一样，冲了上来。跑在最前边的，有十几匹战马，由于战马太快，马蹄子后面荡起了一溜尘土。

完颜阿乌龙看罢，狂声大笑道："哈哈哈哈！飞蛾扑火，自来送死。快，放箭！"

霎时间，箭似飞蝗，奔明军射去。这一来，明军的伤亡可太大了。不论是骑兵，还是步兵，成排成排地往下倒。

田再镖只顾冲锋，不幸肩头上也中了一箭。他紧咬牙关，把箭拔出。坏了，拖出一块肉来。霎时间，鲜血如注，往外流淌。

田再镖身为大将，还在乎这个？只见他双脚点镫，打马如飞，就冲进了元营。

前文书说过，这战壕宽有两尺，深有两丈，总共是三道。再说，里边还有土围子。明军从此通过，谈何容易呀！

可田再镖骑的战马，叫照夜玉狮子，浑身上下，跟雪一样白，唯独头顶上，有一撮红毛。离远看，像一盏红灯，闪闪发光。他知道，自己骑的是宝马良驹，因此，面对壕沟，全无惧色。只见他两腿一磕飞虎鞯，二脚紧踹绷镫绳，紧提丝缰，拼命向壕沟冲去。

这匹宝马，明白主人的心意，只见它鬃尾乱乥，蹄跳刨豪，把脖子往上一仰，唏溜溜一声吼叫，跟闪电一般，向前冲去。好吗，人借马力，马借人力，呜！一跃越过这道战壕。

田再镖凭着宝马，越过去了。可是，其他的人可过不去呀！他们急得抓耳挠腮，在壕沟边团团乱转。

田再镖跨过战壕，摆开掌中的花枪，面对阻截的元兵，好一顿厮杀。花枪到处，死尸翻滚。时间不长，又冲过了两道战壕，越过了土围子，杀到元兵的心腹重地。此时，他回头一看，好吗！自己的军兵是踪影皆无！他听到了后面的喊杀声，料知双方已展开激战，心里合计，这该怎么办？我要不要回去接应？哎，干脆，往前冲吧！于是，又舞起花枪，向前冲去。

田再镖进了元营，如入无人之境。他也不用顾忌，逢人就杀，见人就刺。眨眼间，又冲出一里之遥。就在这时，忽听前面炮声如雷，紧接着，冲来一哨元兵。他们列为左右，中间闪出一员大将。

田再镖定睛一瞅，见此人头顶金盔，身贯金甲，压骑大红马，掌端金钉枣阳槊。来者非是别人，正是大都督完颜阿乌龙。

完颜阿乌龙来到近前，哇呀暴叫道："明将，休往前来，本都督在此！"话罢，又冲元兵传令："巴图鲁，压住阵脚！"

"喳！"霎时间，元兵摆了个二龙出水的阵势，挡住了田再镖的去路。

此时，田再镖并没多说，只见他圆睁虎目，双手摇枪，奔完颜阿乌龙扎来。

完颜阿乌龙见田再镖把枪刺来，心里说，哼，看你这副小白脸，念书写字还行，若到疆场厮杀，哪儿有你的便宜？

结果，他可吃了亏啦，没过几个回合，被田再镖刺中了咽喉，当即死于马下。

田再镖马不停蹄，又往前冲。刚冲了片刻工夫，又碰上了一个都督，这家伙也是头顶金盔，身披金甲，坐骑黄骠马，掌端狼牙棒。二人见面，也不通名姓，便战在一处。几个回合过后，趁二马错镫之际，田再镖把花枪交于左手，锵啷啷拽出了短剑。说时迟，那时快，对准这家伙的脑袋，唰就是一下。霎时间，咔嚓一声，把他的脑袋劈为两半。

田再镖催马上前，逢兵杀兵，遇将斩将，时间不长，就闯过了这十八道连营。紧接着，又奔天荡山闯去。

天荡山的主将，名叫赤福延恺。他是金陵侯赤福延寿的儿子，今年二十一岁，胯下黄骠战马，惯使燕尾神枪，那也是有名的上将。

这时，他正在帐中静坐，突然军兵来报说，明将闯进山来。

赤福延恺听罢，心中纳闷儿，这就怪了！沿途有那么多人把守，怎么还容他闯进山来？于是，将浑身收拾紧称，飞身上马，带领元兵，转过炮台，冲下山来。正好，跟田再镖打了个照面儿。

赤福延恺一看田再镖，不由得吓了一跳。怎么？只见他满脸血迹，连模样都辨认不出了。他仔细打量一番，大声呵斥道："呔！对面来人，你叫什么名字？"

"某家田再镖是也，休走，看枪！"田再镖都杀红眼了，哪儿有工夫跟他磨牙？唰地一枪，就扎了过去。

赤福延恺不敢怠慢，忙用燕尾神枪往外招架，霎时间，二马盘旋，战在一处。

过了二十几个回合，田再镖心中合计道：他这条燕尾神枪，可真厉害，若这样硬打硬拼，恐怕不是他的对手，干脆，待我败中取胜。想到此处，他虚晃一枪，拨马跳出圈外，往下就败。

赤福延恺不知其详，大声喊叫道："明将，往哪里逃？"话音未落，策马便追。眨眼间，追了个马头接马尾。田再镖见赤福延恺追到身后，急忙拽出电光飞锤，猛一抖手，哗！随着一道寒光，冲他砸去。

赤福延恺一扑棱脑袋，心里说，哎，这是什么玩意儿？他还没明白是怎么回事呢，那电光锤已来到眼前。怎么办？他忙把身子往后一挺，将脑袋躲开。可是，却把身子给了电光锤。这一锤，正砸到护心镜上。啪！把它砸了个七扭八歪。哎呀！赤福延恺大叫一声，扔掉燕尾神枪，摔到马下。赤福延恺赶忙一骨碌站起身来，只觉着头重脚轻，心口发热，哇一口鲜血，喷到地上。

田再镖本想将他扎死，可是，元兵、元将闯了上来，田再镖心想，没工夫跟他们在这儿周旋，闯山送信要紧，田再镖跃马扬鞭，终于闯过层层哨卡，来到了柳河川。

这柳河川，两山对峙，当间儿是个山口，里边是常遇春的驻地。田再镖闯到里边，便碰上了明营的哨卡。

现在，明兵内无粮草，外无救兵，已断顿好几天了。

这道哨卡的守将，是火德真君罗祥。此人胯下火焰驹，掌端五股烈焰苗，也是有名的上将。他为防元兵的追击，也挖了几道战壕，每日带领军兵，在此巡守。刚才，听军兵来报说，有人闯进山来。他以为元军来了，便带领弓箭手，隐身到土丘之后。

这时，田再镖策马跑来。罗祥从土丘后定睛一瞧，吃了一惊。怎么？从衣着打扮来看，不是元人，而是自己人。看到这里，不由高兴起来。

田再镖马不停蹄，霎时来到面前。

火德真君罗祥，这才跳出身来，扯开嗓子喊道："站住！再往前走，我们可要开弓放箭了！"

罗祥话音刚落，一百多名弓箭手，拉开架式，对准了田再镖。

田再镖紧勒战马，定睛一瞧，啊呀，自己人，终于到地方了。于是，抬腿挂花枪，抱拳拱手道："各位，休要误会，我奉主公和军师之命，前来为开明王下书！"

罗祥略一迟疑，又问道："是吗？我怎么不认识你呀？"

"末将刚进明营，我叫田再镖。"

"既然如此，你且稍等。"

罗祥令人飞报开明王，自己领人走出土丘。等到了近前，盯着田再镖，又打量了一番，这才说道："姓田的，快跳下马来。"

田再镖遵命，离鞍下马。

罗祥又说道："把手举起来，我们得检查检查。"

军兵围上前来，把田再镖的宝剑、花枪、电光锤，一一没收。

罗祥来到田再镖面前，看了几眼，又问道："田再镖，你说你刚进明营，有何为凭？"

"这……现有万岁的诏旨。"

"那你把它请出来，我得过目。"

"是！"田再镖答应一声，从贴身的怀内取出诏旨，双手呈递到罗祥面前。

罗祥一看，果然是朱元璋的诏旨。他怎么知道？上头有玉玺大印哪！看罢，这才与他双双上马，奔中军营帐走去。

此时，军兵已报知开明王常遇春。罗祥与田再镖来到帐外，一个中军官就迎到近前，说道："开明王有请！"

田再镖闻听，甩镫离鞍，抖擞精神，整盔抖甲，由罗祥陪同，迈虎步来到帐里，高声道："末将田再镖，告进！"话音一落，分褐尾，撩战裙，来到开明王桌前，跪倒磕头。

常遇春自被困柳河川，已有好多时日。为此事，他费尽了心机，曾有几次，率军冲围，结果，都被人家赶了回来。

眼看着一天天过去了，营中粮食不足，军心涣散，急得他一筹莫展，如坐针毡。心中不住地合计道，四哥，我已派人闯营送信，为何还不派兵前来？难道说，送信之人有什么意外不成？他正在着急，忽有军兵来报，说有明营将官进山送信。常遇春闻听大喜，就要迎出帐外，正好，田再镖走进帐来。

常遇春定睛一看，见来人满身血迹，热汗淋漓。心里说，哎呀，这孩子真是死里逃生啊！他急忙起身离座，来到田再镖跟前，伸双手相搀："将军辛苦了，快快请起。"

"多谢王爷。"

常遇春问道："听说你刚到明营？"

"是，我叫田再镖，跟令郎常茂，是磕头的把兄弟，他是我大哥。"

常遇春听罢，十分高兴，"噢！快快请坐！"

"在王爷面前，小可焉敢就座？"

"哎！你与众不同，快坐。来人哪，快将吃的端来！"

什么吃的？刚好，饿死一匹马，时间不长，端来一块马肉。

田再镖有多聪明？他一看就明白了详情。因此，没舍得吃，急忙端到常遇春跟前。众人推让一番，田再镖才吃了几口。

田再镖吃罢，常遇春细问情由。

罗祥说道："现有万岁的诏旨，请王爷过目。"说罢，将诏书呈上。

常遇春看罢，不住地点头。

田再镖说道："临行之前，军师再三嘱咐，让我面告于您，明晚三更，以信炮为号，里应外合，大破元兵。"

常遇春听罢，传下将令："罗将军，你速告军兵得知，让他们悄悄做好应战准备。"

"是！"罗祥答应一声，走出帐外。

常遇春又对田再镖说道："孩子，你先不要回去了。单等明日闯

463

营之时，还望你助我一臂之力。"

"不行。"田再镖说道："我现在就得回去。"

"这是为何？"

"主公与军师还等着回音，若不回去报信儿，他们明晚就不会发兵。"

"啊呀！"常遇春拍着他的肩头，说道："孩子，你闯十几道连营，力斩多名元将，已经筋疲力尽了；眼下，如何能再冲闯回去呢？万一出了意外，岂不耽误了军机？"

田再镖一笑，说道："王爷只管放心，只要我谨慎小心，定会平安无事。王爷，咱们后会有期，孩儿这就要告辞了！"

常遇春不便挽留，便将田再镖送到中军帐外。

他二人到了帐外一看，傻眼了。怎么？只见那匹照夜玉狮子，浑身栗抖，热汗直淌。他们知道，人能勉强顶住，马可体力不支了。

常遇春是久经疆场的大将，他明白，大将无马，如折双腿。看这马的样子，万难闯出连营了。他略一思索，有了个主意。忙对马童说道："来呀，把我的战马牵来！"马童答应一声，将开明王的乌骓马牵了过来。

常遇春说道："孩子，我这匹脚力，也是宝马良驹。快快骑上它，闯营去吧！把你的马留下，让它休息休息！"

田再镖连忙说道："王爷，那……那怎么行啊？"

"孩子，军情要紧，不可耽搁，来，快接丝缰。"

"遵令！"

田再镖牵过了乌骓宝马，仔细一看，嚯！这匹战马，跟大青缎子一样，比起照夜玉狮子来，高一头，多一臂，鞍鞯嚼环，锃明瓦亮。他稍稍一抖丝缰，只见那乌骓马把脖子一仰，唏溜溜直叫，四个蹄子腾腾直踏地皮，大有腾云驾雾之势。

田再镖看罢，十分高兴。扳鞍纫镫，飞身上马，说道："告辞！"猛加一鞭，离开柳河川，赶奔元营。

田再镖二番往回闯营，这才引出大战火龙祖。

第五十六回　天荡山诓骗火龙祖
田再镖身中燕尾枪

田再镖刚才闯营来的时候，那是出其不意，所以，元兵丝毫没有准备。可是，当他闯过天荡山，那可算捅了马蜂窝啦。元兵见有人闯进柳河川，急忙飞报元顺帝。

元顺帝闻讯，急忙集聚文武，商议对策。群臣议论道："明将闯营，定是给常遇春送信。送信之后，还会返回明营，以互通军情。如此说来，无论如何，也不能让他们两头儿通。"

元顺帝点头同意，于是，重新调兵遣将，将重要哨卡封严。

田再镖乘跨乌雅宝马，刚来到天荡山下，就听当一声炮响，霎时间，元兵列开旗门。紧接着，门旗之下，闯出一匹战马，马鞍桥上端坐着一个老道。

田再镖自打仗以来，还没见过老道出阵。他仔细观瞧，见此人身高过丈，头戴五梁道巾，金簪别顶，脑门儿上安了块无瑕美玉。两只大三角眼，灼灼放光。老道身穿灰布道袍，白护领，白水袖，腰系水火丝绦，下身白袜云履。斜背着两个大兜子，鼓鼓囊囊，不知装有何物。再仔细一看：手提着拂尘，背背着宝剑。这口宝剑，非比寻常，金把钩，金什件，白鲨鱼皮剑匣，二尺半长的杏黄灯笼穗儿，在肩头上直摇摆。明眼人一看，便知是一件宝兵刃。再往脸上端详：面似骷髅，斗鸡眉，三角眼，鹰钩鼻子，菱角嘴，满嘴的板牙，黄焦焦的胡须，飘撒在胸前。稳坐在雕鞍以上，然然飘，飘飘然，酷似神仙下界。

田再镖看罢，心中合计，师父曾对我言讲，僧道妇女很少出阵，既然出阵，必有手段。嗯，我要多加谨慎。想到此处，用花枪一点，说道："呔！对面出家之人，因何拦住本将军的道路？快快闪开！"

这老道坐在马上，稳如泰山。他眯缝着双眼，把拂尘一摆，高诵道号："无量天尊！孽障，尔已死到眼前，还敢如此狂傲？你可认识贫道？"

田再镖气冲牛斗，高声答道："哼，谁认识你这个妖人！"

老道说道："那我就对你实说了吧！贫道在元顺帝驾前称臣，身为护国军师，外号火龙祖，我名张天杰！"

这老道不报名便罢，一报出名姓，田再镖不由就是一惊。一提丝缰，乌骓马倒退了七八步。

那位说，他认识这个张天杰吗？不认识。但是，他从小学艺的时候，就从师父、朋友、江湖豪杰的嘴里，经常听到他的名字。据说，在古国金马城，三川六国九沟十八寨一带，那是头一个武林高手。张天杰自己创了一套剑术，叫飞燕连环剑，一共有一百零八招。他独立门户，广收弟子。凡是练武艺的，提起他来，没有不挑大拇指的。为此，有人叫他为北昆仑。这是什么意思？就是说他武功盖世，德望无边。

田再镖略定心神，心里说，哎呀，没想到元营之中，竟还有这么个祸害！看来，我想闯过天荡山，那是势若登天哪！

正在这时，又见老道张天杰，用拂尘一指田再镖，说道："娃娃，贫道并非大言欺人，你纵然再练上二十年武艺，能有什么本领？掐巴掐巴，不够一盘子；捏巴捏巴，不够一碗。在贫道面前，你得甘拜下风。你看，我家万岁，正在半山腰观敌掠阵。你要明白事理，就扔枪下马，赶紧投降归顺。我家万岁保你高官得做，骏马得骑。你跟贫道在一起，也好教你点儿能耐。你若不服，那咱就比试比试。非是贫道大话吓你，我定叫你化为齑粉！"

田再镖不由倒吸了一口冷气！可是，他略定心神，又想到，如今主公、军师和满营众将，都急等着回信儿，倘若消息不通，那就贻误了军机大事。事到如今怕也没用，只有与他决一雌雄。想到此处，心一横，牙一咬，眼一瞪，胸一挺，将花枪抖了三抖，颤了三颤，厉声呵斥道："妖道！你偌大年纪，还到疆场做甚？闻听人说，你们出家之人，扫地不伤蝼蚁命，爱惜飞蛾纱罩灯，晨昏三叩首，早晚一炷香，你怎么却跑到两军阵前，杀生害命来了？哼，你唬别人还行，你家小爷田再镖，可不听你这一套。休走，看枪！"话音一落，将花枪一抖，奔他的咽喉便刺。

张天杰一听，气得够呛，他大声喝道："孽障！你吃了熊心，还是咽了豹胆，这么大口气！既然如此，看祖师爷怎样教训于你！"

张天杰连背后的宝剑都没抽，只是举起了掌中的铁拂尘。

他这把铁拂尘，也是兵器，杆有鸭蛋粗细，由镔铁打造而成。外头用银水走了好几遍，锃明刷亮。这铁拂尘其硬无比，一般兵器砍它不动。

张天杰微微一闪身形，使了个海底捞月的招数，举起铁拂尘，奔田再镖的花枪杆来。正好，碰到了枪尖上，霎时，锵啷一声，火光四溅，把田再镖震得虎口发酸，两臂发麻。

啊呀，好大的力气！田再镖心想，哎，一不做，二不休，干脆，豁出去算了！想到这儿，把掌中花枪摆开，上下翻飞。但只见：

> 上八枪，插花盖顶，
> 下八枪，枯树盘根。
> 左八枪，八仙祝寿，
> 右八枪，老君开炉。
> 犹如飞龙乱窜，
> 令人眼花缭乱。

张天杰打着打着，心里合计，哎呀，果然后生可畏呀！这个小娃娃，别看年纪不大，果然有独到的功夫。今天，也就是我将他截住了，若换旁人，焉有命在？

他二人刚交锋之时，老道左躲右闪，并未认真对付。为什么？他想看看田再镖究竟有多大能耐。等二十几个回合之后，张天杰见田再镖能为出众，便开始认真起来。这一下儿可了不得啦，只见老道把铁拂尘一摆，挂定风声，嗖嗖直响。这回又过了七八个照面，田再镖就钉不住了，累得他热汗直淌，眼花缭乱。在他双目之中，左也是张天杰，右也是张天杰，前也是张天杰，后也是张天杰。为什么？老道像走马灯一样，身子太快了。

花枪将战到此处，心头怦怦直跳，暗暗合计道，不行！常言说，好汉不吃眼前亏，个人死活事小，传递军情可是大事儿。想到此处，眼珠一转，有了主意。只见他虚晃一枪，拨马跑出圈外，忙抬右腿，咯楞！把枪挂好，赶紧抱拳拱手道："道爷，请您住手！"

张天杰不知情由，撤回铁拂尘，高声叫道："无量天尊！孽障，你意欲何为？"

田再镖急忙说道："道爷，我有几句言语，要对您讲，把话讲完，任杀任斩，由您发落。"

"讲！"

"道爷，您的名声太大了，素有北昆仑之称。提起您的名字，真好比天边日月，普照九州啊！在我孩童之时，我师父就经常提到您的名讳。常言道，见高人，不可交臂而失之。为此，我才假意与您伸手，为的是跟您学些能耐。果不其然，咱二人交锋，您在天上，我在地下，真没法相比呀！为此，我想拜您为师，不知您可否收留于我？"

张天杰听罢，不由就是一愣。心中暗想，怪哉！我与他是两国的仇敌，他怎么提起拜师来了？难道说，在我的威慑之下，这娃娃有意投降不成？若能如此，倒也不错。眼下，元顺帝正在用人之际，为他收下这员虎将，贫道也算立下了大功。想到此处，开怀大笑道："哈哈哈哈！田再镖，你说的可是真话？"

"真的，您若不嫌弃，那可是我的福分了。不过，我现在已保了朱元璋，我的兄嫂俱在他的治下。若现在就倒戈顺降，必然会给他们带来横祸。因此，请师父先将我放过去，待我把家眷安排停妥，便马上前来找您。到那时，再为您牵马坠镫，师父，您看怎么样？"

其实，田再镖口不对心，他这样说小话，完全是为了欺骗这个妖道。

那张天杰上当了吗？上了。为什么？因为他过分狂傲，只知有己，不知有人，以为自己武艺高超，把田再镖降伏了。再说，惺惺相惜嘛，他心中也十分喜欢这个小将。因此，他又追问道："娃娃，你说的可是真话？"

"不假，若口不应心，我愿死在乱箭之下。"

古人最讲迷信，对诅咒起誓十分讲究，似乎将来总有报应。因此，别看田再镖嘴里那么说，他却悄悄用手指头在屁股底下写道：不算，不算！嘿，他还来这套呢！

张天杰听罢，琢磨了好大一阵儿。心想，既然他对天盟誓，那就是真心。可是，他会不会玩弄花招，有意欺骗于我？不过，欺骗也无妨。沿途之上，已设下了天罗地网。若有意外，谅你插翅难逃。我将你放过，倒显出我气度不凡。想到这儿，这才高诵道号："无量天尊！田再镖，咱们一言为定，若敢假话哄人，我定找你算账。"说到这里，把马一带，道路闪开，"田再镖，你快过去吧！"

"多谢师父！"田再镖一声道谢，催开乌骓宝马，嗒嗒嗒嗒！奔跑而去。

田再镖顺着原路，刚来到天荡山下，忽听炮声隆隆。霎时间，伏兵四起，紧接着，就听元军乱吼乱叫道："又是这小子回来了！"

"别让他跑掉，抓住他！"

田再镖听罢，立马横枪，往对面一瞧：但见门旗闪处，立着两员大将，这两个人，像孪生兄弟，一个金脸，一个银脸，全都身高过丈，阔口咧腮，头如麦斗，眼似铜铃。每人掌中，平端着一条禹王大槊，这副模样，真亚赛金甲天神！

书中交代：那个金脸大汉，叫白天宝；那个银脸大汉，叫白天亮。这二人异常骁勇，都有举鼎拔山之力。上次，田再镖闯天荡山之时，他二人拉着队伍巡逻去了。等他俩回来，田再镖已冲了过去。因此，白氏兄弟怒火满胸，在此等候。正好，田再镖二番冲来，与他俩相遇。

元兵见了田再镖，忙对这二位都督说道："都督，就是他，就是他扎死我们好多人！"

这真是仇人相见，分外眼红。白天宝把牙一咬，说道："自古以来，杀人偿命，欠债还钱。这不，他给咱送命来了！兄弟，你给我压住阵脚，待我赢他！"

白天亮说道："哥哥，多加谨慎！"

"无妨。"说罢，白天宝双脚一点飞虎镫，马往前催，晃动禹王大槊，急奔田再镖而来。

田再镖不敢怠慢，晃动花枪，大战元将白天宝。可是，他一进招，觉得力气不行了！为什么？一个人的精力，毕竟有限。田再镖闯了多少道连营，才赶到柳河川。接着，又磨头儿往回冲杀。你想，他的力气还有多少？再说，偏又遇上这么一员猛将，更显得力不从心了。因此，没战几个回合，就觉得手脚迟钝起来。他一边搦战，一边偷眼观瞧，但见白天宝的这条大槊，挂定风声，嗖嗖直响。稍不留神，就得被砸成肉饼。

此时，田再镖心中合计道，啊呀，我可不能这样硬拼。师父常说，有力使力，无力使智；逢强智取，遇弱活擒。是呀，我何不用计赢他！想到这里，虚晃一枪，策马跳出圈外，高声喊道："某家不是对手，败阵去也！"话音一落，催开战马，奔东北方向跑去。

白天宝一看，气得哇呀暴叫，他也高声喝道："娃娃，你跑不了啦！"说着话，双脚一点飞虎鞯，这马跟闪电一样，追上前去。

时间不大，白天宝就追了个马头碰马尾。他把大槊高高举起，就朝田再镖砸去。田再镖见敌将追来，把花枪交于单手，偷偷拽出了电光锤。他打这件暗器，跟常茂扔龟背五爪金龙抓一样，那是百发百中。只见他猛一抖手，嗖！从肩头上将锤扔出。

白天宝只顾举槊了，没想到田再镖来这么一手儿。他还没明白是怎么回事呢，那电光锤就砸到了他的脑袋上，只听啪的一声，就把他砸死于马下。

田再镖这一招，白天亮看得是真真切切，疼得他大声吼叫道："哥哥，你那么大的英雄，怎么没小心暗器呀！你的在天之灵别散，看小弟给兄长报仇！"话音一落，催马抡槊，来战田再镖。

五六个回合之后，田再镖心中合计道：呀，这小子也是一员猛将，嗯，待我再用电光锤赢他。于是，他又把暗器操在手中。他正寻机进招，又一想，不行！吃亏上当，只是一回。再若使用电光锤，他总有防备。想到此处，只见他拨马跑出圈外，挂好花枪，将电光锤装入兜囊，然后，急忙摘下弯弓，拿出一只三棱透甲锥，认扣搭弦，冷不丁一回身，啪！就将透甲锥射了出去。

说书人暗表：身为大将，得讲究弓、刀、石、马、步、箭这六种本领。要不会射箭，或是射而不中，那就不符大将的身份。花枪将田再镖，在这方面可下过苦功，有百步穿杨的本领，尤其眼前，他离白天亮还不足三十步，所以，这一箭正射到他的脑门儿上。由于田再镖用力过猛，这只透甲锥从前边射过去，从后脑勺就出来了。可怜那白氏弟兄，双双死于花枪将之手。

田再镖心中高兴，把弯弓带好，复又摘下花枪，二次奔元营冲去。

常言说，将是兵的胆，兵是将的威。大将阵亡，那是旗倒兵散啊！因此，田再镖很顺利地登上了天荡山。

这阵儿，田再镖心中暗想，翻过这架山，往前再走十里，就是白阳关，不用多时，就能与主公、军师相见了。想到这儿，精神立刻振奋起来，又朝前冲去。

这座天荡山上，还有座小山，叫笔架山。离老远看，活像笔架一样，故此得名。这个笔架山，有三个尖儿，两个豁口。要想到白阳关，必须打这儿通过。

田再镖刚走到笔架山前，忽听传来了炮声。紧接着，有一员大将，带领元兵，截住了去路。

这会儿，田再镖已力竭精疲，遇上元将就头疼。可是，迫不得已，也得伸手。他定睛一看，认识，谁呀？原来正是前次被他战败的那个大都督赤福延恺。

前文书说过：田再镖使出败中取胜的招数，扔出电光锤，砸到他的护心镜上，把他砸得抱鞍吐了鲜血。元顺帝见他负了重伤，意欲传旨，叫他歇息，赤福延恺也是铁打的汉子，非要报仇不可。元顺帝见他如此果断，便为他拨重兵一千，仍旧把守笔架山。

赤福延恺来到田再镖近前，把燕尾神枪一抖，恶狠狠地说道："小子，还认识本都督吗？"

田再镖说道："怎么不认识，不是我砸过你一锤吗？"

这一句话，戳到了赤福延恺的痛处，他高声暴叫道："呸！姓田的，那算什么能耐？打仗讲究真实本领，你用暗器赢我，那不光彩！今天，本都督就要报这一锤之仇。休走，看枪！"话音一落，晃燕尾神枪，大战田再镖。

他们二人：田再镖精疲力竭，浑身酸软；赤福延恺吐血受伤，体力不支。都不敢硬打硬拼，都想用巧招赢人。

二人打了有三十余个回合，赤福延恺眼珠一转，拨转马头，奔笔架山的豁口而去。

田再镖也非得从那儿通过呀！因此，催马便追。他刚追到山口，抬头一看：眼前是一条羊肠小道，曲曲弯弯，通向山外。在小道旁边，戳着一面纛旗。这面旗长有两丈七八，旗杆有碗口粗细，上头是风磨铜的顶子，红缎子旗面，镶着黑边。

这时，赤福延恺已从旗杆旁边通过，田再镖略一思索，便下定决心，冲旗杆闯去。

田再镖这么一冲，坏了！怎么？原来这杆旗也是暗器，当田再镖来到旗杆下的时候，啪！大旗一倒，就冲花枪将砸来。

这杆大旗，上头是风磨铜的顶子，连旗杆的分量算在一起，重有百斤，跟锤一样，真要砸上，那还受得了吗？

田再镖见大旗砸来，急忙使个举火朝天的架势，咯楞一下，就把旗杆给架住了。架是架住了，一震之下，田再镖差点儿出溜到马下，霎时间，只觉得金星乱冒，胸口发热，在马上摇晃起来。他本想把旗杆推下去，可是，不行啊，连一点儿劲也没了。

与此同时，那赤福延恺拨转马头，又向田再镖扑来。

田再镖举着花枪，光顾对付旗杆了，也没顾及敌将。那赤福延恺马快枪快，照着田再镖的前心，就将燕尾神枪扎来。

田再镖见了，大吃一惊，他想躲闪，没来得及，就把身子往旁边闪去。可是，他上面还托着那么重的旗杆呢！就这么躲闪，那能利索得了吗？因此，被燕尾神枪扎进了腹腔。

那位说，怎么叫燕尾神枪呢？因为这件兵刃非同一般，跟燕子尾巴相仿，两个尖儿。两尖儿中间，还有个带刃的半圆形圈儿。这种兵刃有独到的妙处：能咬别人的兵刃。不过，也有短处，扎人的时候，不如一个尖儿的扎得深。

赤福延恺手持燕尾神枪，刺进田再镖腹腔，这一刺，能有四寸多深，那能受得了吗？就听花枪将啊呀一声，撒手扔枪，立时栽于马下。

欲知后事如何，请听下回分解。

第五十七回　韩驸马疆场泄私愤
老侠客阵前辨忠奸

赤福延恺一看，乐得够呛。他双手握枪，腾！往回就拖。

田再镖瘫软在地，鲜血直流。

赤福延恺一看，高声叫骂道："姓田的，今日咱俩相逢，该着本都督报仇雪恨！"说罢，翻身下马，挂好燕尾神枪，锵啷一声，将马刀拽出。他想把田再镖的脑袋剁下，好回去请功，另外，也出出心中的恶气。他噔噔噔紧走两步，来到田再镖面前，定睛一瞅：只见田再镖仰面朝天，面如白纸，牙关紧咬，二目紧闭。赤福延恺看罢，摁住他的脑袋，说道："小子，你就活到今天吧！"他以为田再镖已经死了，所以，举起马刀，就要砍他的脑袋。

田再镖虽然挨了一枪，血流得不少，伤也不轻，可是，并未扎到他致命之处。他模模糊糊醒过腔来，微睁双眼一看：呀，赤福延恺手提马刀，站到面前，正要行凶。看到此处，也不知他从哪儿来的力气，只见他噌的一声，一跃而起，拦腰就将赤福延恺紧紧抱住。

就这一下儿，差点儿把赤福延恺吓死！他撒手扔刀，与田再镖滚粘到一处。

田再镖心里说，干脆，我把你掐死得了！这田再镖，那可真了不起，受了那么重的伤，流了那么多的血，还把赤福延恺的咽喉掐住了。

赤福延恺挣了半天，也没挣脱。三蹬跶，两蹬跶，绝气身亡。田再镖见他死去，身子一软，也瘫倒在地。

正在这个时候，突然从密林之中，蹿出一匹战马来，只见他挥舞兵刃，杀散元兵元将，接着，来到田再镖和赤福延恺面前，他略一思索，下了战马，把花枪将扶起，端详了半天，终于认出来了："哟，这不是田再镖吗？"他又仔细观看，只见田再镖的腹部，直往外淌血，心里说：好！姓田的，你也有今天哪！哼，该着老子我报仇雪恨！

那位说，来人是谁呀？正是东床驸马韩金虎。前文书说过，韩金虎奉军师之命，带着常茂、丁世英、朱沐英、于皋等人，要奔西路，到柳河川送信。常茂这小子，那可真坏，他名义上是保护驸马，其实是想寻机调理他。

韩金虎领兵带队离开白阳关，向天荡山进发。一路上，常茂取笑道："我说驸马爷……"

"何事？"

"你这个人，可真不错呀！观其表，知其内；观其面，知其心。你要能耐有能耐，要才干有才干，万岁皇爷真有眼力，怪不得选你当驸马呢！"

诸位，这不是带刺儿的话吗？

韩金虎不懂香臭，以为常茂真夸奖他呢！这一捧啊，倒使他飘飘然了，于是不由把眼睛一眯，暗自得意起来。

常茂又说："驸马爷，往后，您还得多多关照，我们小哥儿几个的前程，就全托付给驸马爷了。"

朱沐英更损，在旁边也帮着说道："可、可不是嘛！鸟随鸾凤飞、飞腾远，人伴贤良品、品格高。往后，驸马爷你就多拉、拉巴拉巴我们。"

于皋拙嘴笨腮，不会讲话，只是一个劲儿地暗笑。心里说，你们真会拿人开心。

韩金虎却不然，全当成好话了，把他乐得，嘴都撇成个八字了，接着就说道："你们放心，全包在驸马爷的身上了，只要我在皇上面前美言几句，就能保你们前程无量！"

"谢驸马爷！"

常茂嘴里这么说，心里却暗自恨他，哼！像我们做武将的，成天出生入死，踏冰卧雪，把脑袋都掖到裤腰带上了。可是就这还比不上他说的几句话呢！上嘴唇一碰下嘴唇，就能定你的前程。哼，韩金虎，你看着，我非收拾你不可！

这时，已经来到了元营，常茂把禹王神槊一晃，说道："驸马爷，到了！"说罢，拥着韩金虎，就杀了进去。

到了两军阵前，常茂的本领可得以施展了。只见他把大槊抡开，噼里啪嚓，乒乒乓乓，好一顿猛揍。元兵那是碰着就死，挨着就亡。

朱沐英掌中那对链子锤，更是厉害，离着老远，就砸了出去，把元兵打得，又滚又爬，喊爹叫娘。

于皋抡开大刀，像纺车轱辘一般，有时，一刀就削下八颗脑袋。

丁世英的独角战杵，也不让人，有时，像穿糖葫芦一般，一穿就是五六个。

韩金虎一看，十分高兴，他也晃动虎头錾金枪，向元兵元将杀去。

他们往前冲了二里之遥，忽听当啷一声炮响，有一员大将拦住去路。

常茂瞪起雌雄眼一瞧，认识，谁呀？雁庆关的总兵，外号人称铁戟赛典韦，姓丘名彦臣。这家伙十分厉害，掌中一对大铁戟，足有一百二十余斤。黑脸膛，乌金盔，乌金甲，乌骓马。浑身上下，跟个煤块儿差不多。

常茂看罢，心里说，嗯，是时候了！于是，忙冲那小哥儿几个使出了眼色。他那意思是，咱们该收场了。接着，又大声喊叫道："哎呀，这大老黑可厉害，咱们不是对手，快撤吧！"说罢，带着那几位，匆忙溜去，只把这位驸马韩金虎扔到了疆场。

韩金虎一看，又气又怕，心里暗骂道："常茂，你小子算损透了！哼，等我回到白阳关，非告你们一状不可！想到这儿，强打精神，晃枪大战丘彦臣。"

韩金虎哪里是丘彦臣的对手？只过了二十几个回合，就把韩金虎累了个盔歪甲斜，带褪袍松。他不敢恋战，拨马就跑。他本想返回白阳关，可是，心里一慌，便迷了路径，无奈落荒而逃。

丘彦臣甩下元兵，单人独骑，紧追不舍。片刻工夫，就将他追进了树林。

韩金虎像耗子一般，哧溜哧溜，穿梭而逃，恨不能钻进地缝。

就在这时，这片树林之中，正席地坐着两个老头儿。但见这二人：须眉如雪，面似古月，皱纹堆累，鹤发童颜。看年纪，足有八十开外，但是，容光焕发，气宇轩昂。一个背背宝剑，一个腰挎红毛宝刀。

韩金虎被追得屁滚尿流，扯开嗓门儿，乱喊乱叫："救命，救命啊——"

韩金虎这一叫唤，被这两个老头儿听见了。他们站起身来，搭凉棚往对面观瞧，就见一前一后跑来两匹战马。前边的将官，头盔也丢了，披头散发，倒提虎头枪，狼狈不堪；后边紧紧跟着一员大将，金盔金甲，黑马大戟。再一细看，前边是明营的将官，后边是元营的战将。

两个老头儿看到此处，明白了。他们能见死不救吗？因此，站起身形，快步如飞，拦住韩金虎的马头，高声说道："站住！年轻人，这是怎么回事？"

韩金虎上气不接下气地说道："老人家，我是洪武皇帝的东床驸马，叫韩金虎。你们看，那是元营的番将。老英雄，快快救我一命吧！"

那个背宝剑的老者说道："好，你先躲到旁边，把那个小子交给我好了。"

韩金虎听罢，心里说，听他这口气，难道真有能耐？苍天保佑，但愿如此。于是，急忙隐身到两个老者的背后。

此时，就见这位背宝剑的老者，对挎宝刀的老者使了个手势，他自己走上前去，丁字步一站，拦住丘彦臣的马头，说道："站住！我说你是谁呀？"

丘彦臣一看对面站着一个人，个头儿不高，大秃脑袋，足有八十多岁，于是急忙勒住丝缰，心里说，你算什么东西，竟敢拦住爷的马头？于是把双戟十字插花，在马前一担，狂傲地说道："问我吗？铁戟赛典韦丘彦臣是也！"

"噢——你是扶保谁的？"

"持保明主元顺帝。"

"什么？你是扶保他的？"老者不悦道："丘彦臣，俗话说，杀人不过头点地，你看，那人已经甘拜了下风，你何必苦苦追赶？算了，将他饶过才是。"

丘彦臣一听，怒发冲冠："啊！你是干什么的？"

"这你休要多管。我只告诉你，若将他饶过，咱们万事大吉；若不听相劝，我可不答应。"

"什么？"丘彦臣听罢，气冲两肋，操起双戟，奔老者就扎。

这老头儿毫不介意，连宝剑都没动，赤手空拳与他比画起来。两三个回合过后，老者唰一纵身形，纵到他的背后，伸出右手的中指，腾！一戳他的腰眼，说道："别动！"

这一戳可非比寻常，怎么？正戳到丘彦臣的穴道上。只见丘彦臣举着戟、张着嘴、瞪着眼，形如塑像，纹丝不动了。

韩金虎站在一旁，看得明白，心里说，哎哟，点穴呀！这老头儿还会这种功夫呀？忙策马来到老者面前，说道："老人家闪开，待我结果他的狗命！"

老者摇了摇头，说道："别！不到万不得已的时候，就不该狠下死手。"说罢，走到丘彦臣马前，脚尖拧地，噌！将身蹿到空中，伸出右手，冲他的背后，啪就猛击了一掌。这一掌击得真好，将穴给打活了。丘彦臣醒过腔来，吃惊地看了看老头儿，不敢再战，拨马就跑。

老者冲着丘彦臣的背影，高声呼喊道："慢跑，我不追你。千万当心，不要摔下马来。"

丘彦臣听见假装没听见，一溜烟尘，催马逃去。

那位说：这两个老头儿是谁呀？原来是中侠严荣和通臂猿猴剑侠吴祯。

前文书曾说过：北侠唐云为盗解药，拜登丞相府，严荣与吴祯规劝王爱云鼎力相助。朱元璋在攻下苏州城后，曾再三挽留，请他二人在军中效命。严荣与吴祯是行侠仗义之人，哪愿老待在营中？因此，当朱元璋发兵九江之时，严荣又回到了北国，吴祯又回到了金陵镖局。

这二人虽不愿投身戎伍，但是，心里却常常挂念着战事。前不久，吴祯听商贾议论，说洪武皇帝占领了燕京，他心中十分高兴。后来，又听说元兵负隅顽抗，洪武皇帝正欲兴师问罪。吴祯听罢，放心不下，便起身赶奔北国，找到中侠严荣，商议助阵之策。二人合计了一番，便冲前敌赶来。他俩刚走到这里，正好碰见丘彦臣追赶韩金虎。

韩金虎见丘彦臣跑走，这才甩镫下马，拜谢二位老者的救命之恩。

严荣还礼已毕，问道："驸马，你这是要到哪里？"

韩金虎说道："奉皇上的旨意，军师的大令，赶奔柳河川，去救开明王。"接着，又把元兵围困柳河川之事，述说了一番。

严荣又问："既然军情如此紧急，为何只派你一人前去？"

"这……"韩金虎心里说：哪是我一人？还有常茂他们一伙呢！不过，那雌雄眼算损透了，只把我一人扔到这儿。可是，这话他不能说呀！于是，就胡诌上了："老人家非知，皇上说我武艺超群，只身一人，便可胜任；若领兵带队，恐怕元兵发现。怎奈，双拳难敌四手，好汉架不住人多。元营将官见我武艺出众，使轮流战我。因此，才被迫落荒而逃。"

老侠客听罢，不由暗自发笑。心里说，你已狼狈到这般模样，还吹什么牛呀？刚把你救下，你就又长牙了。可是，他又一想，前敌战事这么吃紧，咱何不助一臂之力呢？于是，又说道："驸马，你去柳河川送信，既然觉得人单势孤，我俩情愿随你前往。"

韩金虎一听，十分高兴。心里说，这倒不错。万一再遇到元将，他拿手指头一戳，不就得胜了！又一想，不行！他俩保我，我还能立什么功呢？回到皇上面前，也不好交代呀！再说，常茂他们更瞧不起我了。因此，他又琢磨了半天，突然眼睛一亮，说道："老人家，您二位偌大年纪，我怎忍心再增添麻烦？这样吧，只要将我送过天荡山，你们就可以离去了，如何？"

严荣听罢，不假思索地说："也好。"

于是，中侠严荣与剑侠吴祯，将韩金虎送过天荡山。而后，挥手告别。

韩金虎告辞老英雄，心里说，难关已经通过，这回可平安无事了。他心中高兴，端起大枪，紧催战马，就奔前边跑去。

可是，他跑了一程，又过不去了。怎么？前边是元军的连营啊！但只见营挨营，帐挨帐，跟潮水一般，一眼都望不到尽头。看到此处，吓得他一缩脖子，心里说，啊呀，早知这样，就该让那俩老头儿多送几步。想到此处，急忙回头观看。可是，俩老头儿已踪迹不见。

此刻，韩金虎又合计开了心思，我可不能冒险闯营，干脆，返回去算了。可是，他扭回头一看，坏了。怎么？这天荡山有重兵把守，自己过不去！如今，他进不能进，退不能退，只吓得六神无主，惶恐不安。他立马路旁，又怕被人发觉。于是，眼珠儿一转，便钻进了树林，甩镫下马，隐身到僻静之处。要等待时机，再逃回连营。

时过不久，从天荡山那边，传来了天崩地裂的炮声。紧接着，战鼓声，喊杀声，响成了一片。韩金虎一愣，操枪上马，来到林边，一看不好！怎么？见对面都是元兵元将。他心里说，哎，明营的将士哪儿去了？他又看了半天，也不敢轻易露面。又过了很长时间，喊杀声消失了。他这才沿着树林，拨马前行。

韩金虎刚来到笔架山上，突然见元将、明将扭打在一处。他心里纳闷儿，这是谁呢？过了一会儿，见他俩都不动弹了，他这才壮着胆子，骑马来到这二人面前。韩金虎定睛一瞅，哟，原来是田再镖。

若是别人，在这紧要关头，定会把田再镖救回连营。但是，韩金虎心狠手黑，只见他眼露凶光，暗咬钢牙，心里说道，田再镖，你还活着啊？好吗，谁让你欺负驸马爷呢！哼，这就是报应。想到此处，翻身下马，来到田再镖面前，操起虎头錾金枪，对准他的咽喉，就要行刺。

正在这千钧一发之际，忽听身后大喊了一声："住手！"

韩金虎一听，激灵灵打了个冷战。心里说，哎，这喊声怎么这么耳熟？他回头一看，正是中侠严荣和剑侠吴祯。

书中交代：他二人与韩金虎分手，本来想去白阳关。可是，二人一合计，眼下两军正在激烈交战，咱二人寸功不立，赤手空拳去见皇上，有多难堪？所以，他俩又磨身冲进树林，奋力拼杀起来。方才，田再镖大战赤福延恺，他俩在树林中看得真真切切。严荣与吴祯虽然不认识田再镖，可是，看到他的能为，也挑起拇指称赞。后来，见他俩双双倒地，两位老英雄正要去相救，就在这时，韩金虎抢先一步，冲到田再镖面前。他刚要行凶，两位老侠客已然跳到他的身后，这才将他拦住。

剑侠吴祯面沉似水，喝问道："你要干什么？"

"我……"韩金虎支支吾吾地说道："老英雄非知，他是我们自己的人，不幸受了重伤。你看，他鲜血流淌，多受罪呀！反正他也活不成了，不如趁早给他个痛快！"

"呸！"吴祯听罢，只气得心火难按，怒冲冲说道："韩金虎，既然是自己人，你不但不救，为何还要谋杀？今天遇上老朽，岂能容你？"

韩金虎一听，把脑瓜一扑棱，耍开了无赖："你要干什么？你敢把东床驸马如何？"

通臂猿猴吴祯，根本不听他这一套，他往上一闯，用中指轻轻一点儿他的胸膛，说道："别动！"

韩金虎还真听话，往那儿一站，嘴歪眼斜，不能动弹了。

吴祯又把他打翻在地，从皮囊中掏出绳索，将他捆了个结结实实，然后又把他扶上了战马。

与此同时，中侠严荣来到田再镖面前，又敷药，又包扎，为他调理伤疾。料理已毕，也将他扶到乌骓马上。

就这样，两位侠客各牵一匹战马，顺利闯出元营，回到白阳关。

二位老侠客来到白阳关，全营将士无不高兴。皇上朱元璋命军师刘伯温，率领众将，迎出城外。

宾主相见，彼此寒暄了一番。众人见田再镖与韩金虎驮在马上，不解其详，顿时议论纷纷。

这阵儿，朱元璋早已在厅前等候。他见二位侠客走来，彼此客气一番，便携手揽腕，走进大厅。

君臣归座后，吴祯就把韩金虎之事，详细述说了一番。

朱元璋一听，顿时面红过耳，急忙说道："啊，竟有这种事情？快为田爱卿治伤。"

"遵旨！"军医官答应一声，忙将田再镖抬到后帐。

这时，韩金虎已被押进大厅。只见他抖抖颤颤，跪倒在地，心里不住地合计，这回可坏了，我命难保啊！

朱元璋看罢，气得龙颜更变。他传下口旨："来呀，将韩金虎推出去，斩！"

"是！"刽子手拥上前来，抹肩头，拢二臂，将韩金虎绳捆索绑。接着，连推带拽，拖到门外。

欲知韩金虎性命如何，请听下回分解。

第五十八回　剿敌寇徐达发百将
遇老道常茂对强敌

朱元璋听罢老侠客的述说，气得龙颜更变。急忙传下口旨，将韩金虎推出去斩首。

满营众将一看，都挺高兴。为什么？韩金虎伤人太重，激起了众怒。因此，谁也没有出面讲情。

马娘娘一看，她再也坐不稳屁股了。心里说，万岁，你怎么这么糊涂呀？我把他带到两军阵前，还不是为保你的江山？他纵然有千错万错，也不该将他斩杀呀！若将他处死，那公主还不得守寡啊？想到此处，她厚着脸皮，来到朱元璋面前，说道："陛下息怒！"

"皇后，有何话讲？"

"陛下，东床驸马韩金虎，在两军阵前，官报私仇，实在可恶。纵然千刀万剐，也不为过。可是，话又说回来，人非圣贤，谁能无过？他为讨令箭，记恨田再镖的能为，因此才下黑手。说来说去，他还是为替您出力呀！再说，他只是想着行凶，又没造成后果。望主公高抬贵手，将他饶过才是。"

朱元璋一听，心里合计道，朕早想赦免于他，可是，眼下军情正急，若不顺民心，惹恼众怒，那还了得？想到此处，他偷眼观瞧众位将官，只见人人横眉立目，均有不服之色。他略一思索，这才高声喝道："哇！金虎所为，天理难容。朕意已决，非杀不可！"

马娘娘一听，立时吓出了冷汗。心里说，看来，皇上这回要动真的了。啊呀，这该如何是好？她眼珠儿一转，急忙来到公主朱碧仙面前，与她耳语了一番。

公主朱碧仙跪到朱元璋面前，哭哭啼啼，为驸马求情。

朱元璋把头扭在一旁，未加理睬。

马娘娘见公主未能讲下人情，眼珠儿一转，又有了主意。她来到朱元璋面前，说道："万岁，既然您非杀不可，臣妾还有什么话讲？请万岁恩赐片刻之工，我要与公主祭奠法场。"

朱元璋听罢，点头应允。

那位说：片刻之工是多长？没准儿，可长可短。

马娘娘的脑子可真够使唤，假说祭奠法场，其实这是缓兵之计，她带着公主，步履匆匆，便奔田再镖的病房走来。

田再镖挨了一枪，伤势很重。幸亏遇上二位老侠客，得到及时营救，才保全了一条活命。不过尽管如此，他还是昏昏沉沉。医官和侍从守在床前，时刻不离左右。

此刻，马娘娘带领公主，来到床前。皇后问军医官："田将军怎么样？"

"刚吃过药，现在已经见好。"

"我想问他几句话，行吗？"

"娘娘，田将军伤势太重，不便讲话。"

"不！现在有要事，非说不可！"

军医官一听，怎敢抗旨？忙闪退到一旁。马娘娘趴到田再镖耳边，轻声呼唤："田将军苏醒，我和公主看你来了！"

田再镖恍恍惚惚，睁开惺忪两眼，仔细端详了半天，这才认出是正宫娘娘和公主。田再镖这个人，最重礼仪，心里说，在娘娘面前，自己怎么能躺着呢？他紧咬牙关，挣扎着就要下床。

马娘娘满面赔笑，急忙将他摁住，轻声说道："田将军，休要拘礼。你遭此不幸，伤到你身上，疼在我心头。哎呀！"话音一落，便呜呜咽咽地抽泣起来。

公主也落下了眼泪。

田再镖见了，很受感动。霎时间，两行眼泪也滚出眼眶。

马娘娘哭罢多时，收住眼泪，道出了真情："田将军，有一事相求！"

田再镖少气无力地说道："娘娘，有话只管吩咐！"

"我那驸马韩金虎，真是个小人哪！嫉贤妒能，要对你暗下毒手。皇上闻知此事，十分恼怒，非杀他不可。满营众将求情，主公一概不准。事到如今，只好求着你了。再镖啊，常言说，将军额前能跑马，宰相肚里能撑船。又道是大人办大事，大笔写大字。你呀，别跟他一般见识。请你向皇上求个人情，留驸马一条命在。倘若事成，我忘不了将军的好处。"

公主一听，又号啕痛哭起来。

田再镖听罢，心里说，韩金虎嫉贤妒能，对我欲下毒手，已经结下了深仇大恨，我岂能为他求情？可是，又一想，不对。娘娘为救驸马，已求到我面前，难道还能驳她的面子？若真将韩金虎杀死，往后，那皇上、娘娘和公主，还不记恨于我？到那时，我还怎样在营中立脚？再说，冤仇宜解不宜结。眼下正是用人之际，营中内讧，岂不让元军耻笑？想到此处，便点头说道："娘娘，微臣确实不知此事，既然如此，待我面见万岁。若求不下情来，我情愿死在万岁驾前。"

马娘娘听了，眼睛一亮，忙说道："好孩子，你真懂事。"

田再镖行走不便，于是，马娘娘忙命侍从，用软床将他抬到前厅。

朱元璋闪龙目一瞧，见内侍将花枪将放到龙书案前，急忙欠身问道："爱卿，你这是何事？"

"万岁呀！"田再镖强打精神，启奏道，"微臣闻听，皇上为了我，要杀驸马。陛下，这可万万使不得。眼下大敌当前，正在用人之际，岂能因小事而杀大将？驸马爷一时糊涂，办了错事，望陛下念他父韩成替主死难的功劳，还是饶了他吧！"

朱元璋听了田再镖的这番言语，深受感动。心里说，田爱卿气度非凡，真乃寡人的股肱之臣也！于是，看了看群臣文武，对花枪将说道："田将军既然带伤求情，孤王准下就是。"说到此处，又大声传下口旨："来呀，把韩金虎放了。"

"是！"御林军应声而去。

时间不长，韩金虎被带进大厅。他急忙跪倒在朱元璋面前，磕头亚赛鸡叨碎米："谢主公不斩之恩。"

朱元璋大声喝道："哇！论你的罪恶，朕决不容赦。多亏田爱卿带病求情，才将你饶恕。还不谢过我那田爱卿？"

韩金虎听罢，立即面红过耳。心里说，怪我鼠肚鸡肠，铸成了如此大祸。急忙来到软床旁边，撩衣跪倒，连声认错："田将军，某以前所为，追悔莫及。我韩金虎也是有血有肉之人，你的大恩大德，来日必报。"说罢，连连磕头。

诸事已毕，朱元璋又命人将田再镖抬回后面去了。

一场风波，就此了结。

接着，明营中传来了喜讯，元帅徐达，引兵来到前敌。

朱元璋欣喜若狂，亲自出关，把中山王接了进来。

那位说，徐达是从哪儿来呢？前文书说过，朱元璋统领人马，于八月十五攻克燕京。接着，两路分兵，追剿元兵。徐元帅带领战将上百名，雄兵三十万，向残敌进攻。几个月来，捷报频传。先后收复了晋南、凉州、天水和甘肃一带的大片土地，把元人赶出雁门关、嘉峪关、玉门关，一直撵到了大西北。就在这阵儿，元帅听探马报到，说皇上在天荡山与元人对敌。他放心不下，这才引兵前来助战。

此时，常茂他们也回营交旨。君臣相见，非常高兴。朱元璋传旨，盛排宴筵，全营祝贺。席间，徐元帅面对皇上和军师，将征战详情述说了一番。

朱元璋也把白阳关的军情讲了一遍，并说："你来得正好。明晚三更，要里应外合，大破天荡山，搭救开明王。"

刘伯温见大帅前来，便把令旗、令箭交于他手。徐达再三谦让，刘伯温执意不从，说道："你是大帅，就得分兵派将。"

元帅无奈，接管了大印。

宴罢，徐达将剑侠吴祯、中侠严荣和众将官召至一处，共议军情。计议多时，当场分兵派将：胡大海、胡强、顾大英、汤琼、郭彦威等将官，率领铁甲兵五万，从左翼出发；常茂、朱沐英、丁世英、于皋和韩金虎，领兵五万，从右翼出发；元帅徐达亲领上将七十余人，从正面捉拿元顺帝。诸事分派已毕，便去做征战准备。

次日清晨，全军出动。他们偃旗息鼓，按指定地点，埋伏在天荡山下。徐元帅对这一仗，十分重视，光火炮就集中了四百五十余门。

元末明初，武器已经相当发达。大战场上，都离不开这种武器。

另外，还有一种火枪，叫二人抬，火药里边掺上砂子，杀伤力也很可观。不过，这种武器，还很拙笨，数量也有限。所以，一般战场，还是以弓箭刀矛为主。

当日夜晚，天黑得如墨染一般，伸手不见五指。明营的军兵，臂膀缠上了白布，手中擎好了兵刃。单等一声令下，就要冲锋陷阵。

元帅徐达撒目观瞧，见天荡山上灯火通明。离远看，闪闪烁烁，像繁星一般。偶尔，还能听到元兵巡逻的声音。看罢，心潮起伏，跃跃欲试。

此时，军兵来到大帅马前，说道："报大帅，时辰到了！"

徐元帅眼睛一亮，大声传令："放火箭，点炮！"

一声令下，犹如山倒。霎时间，啪啪啪，三支火箭凌空而起，在夜空中划出三条火线。紧跟着，明营四百余门大炮，喷吐火舌，咚咚咚同时怒吼，把大地震得又颤又摇。十五万军兵见了，像潮水一般，奔天荡山冲去。

这一场战斗，空前激烈。元军也孤注一掷，调动十万人马，前来迎战。眨眼间，敌我混在一处，展开了肉搏。

这么大的场面，同时难以描绘，单说右翼的无敌将常茂。他带领着磕头弟兄，冲进元营。只见他像雄狮一般，把禹王神槊舞动如飞，喊里喀喳，好一顿暴揍。往前一闯，一溜胡同，往后一退，一溜胡同，把元兵打得死尸翻滚，撇刀扔枪。他们一鼓作气，就闯到了天荡山脚下。

正在这个时候，忽听对面一声炮响。霎时间，元兵四起。他们高挑灯球火把，亮子油松，将两军阵照如白昼。

常茂紧勒丝缰，见门旗闪处，闯出一匹战马。借着火光一瞧，马鞍桥上端坐一个老道。此人平顶身高一丈挂零，细腰围，宽肩膀，两腮干瘪，形若骷髅，头戴五梁道巾，金簪别顶，脑门儿上安块无瑕美玉，身穿灰白道袍，白护领，白水袖，腰系水火丝绦，脚上水袜云履。背背宝剑，手端铁拂尘。往脸上看，奔儿喽头，窝眍眼，鹰钩鼻子，菱角嘴，颏下一部黄焦焦的胡须。看那模样，令人发瘆。谁呀？正是火龙祖张天杰。

书中交代：四宝大将脱金龙，领着大王胡尔卡金、二王胡尔卡银

486

等人，逃离雁庆关，便偷偷匿迹于柳河川内。后来，元顺帝也被刘伯温追到这里。这样一来，他们君臣又不期而遇。眼下，他们已到了穷途末路。为此，惊恐万状，每日计议退兵之策。脱金龙很有韬略，他一面调动了三州六国九沟十八寨的援兵，另一方面又四处聘请高人，所以，把张天杰也搬到前敌。

这恶道来到两军阵前，摆出一副若无其事的姿态。他心里说，武林之中，谁能是我的对手？前者，他放走田再镖，也有些后悔。为什么？元兵在背后埋怨他无能啊！为此，他心中十分窝火。今日是关键的一仗，老道决心大显身手。临行前，他又在元顺帝驾前吹下了大话："请主公放心，贫道就是太公。太公在此，诸神退位，明营休想闯进山来。"

如今，元顺帝已是咬败的鹌鹑，斗败的公鸡，他拉着张天杰的双手，说道："军师，全依赖你了。"

"无量天尊！托我主的洪福，待贫道阵前立功。"

就这样，他下了天荡山，来到两军阵前。没想到，正遇上了雌雄眼常茂。

两军对垒，摆开阵势。老道双脚点镫，马往前提，用铁拂尘一指。大声喊叫道："咄！对面的明将，还不过来送死？"

常茂睁着雌雄眼一看："牛鼻子，休夸海口，待茂太爷把你砸成肉饼！"说罢，挥舞禹王神槊，冲上前去。

等他到了近前，借着火光仔细一瞅，不由倒吸了一口凉气。为什么？他见这个老道，长得可太凶狠了。别的不讲，单说他那两只眼睛，就跟鬼火一般，闪闪发光。

常茂不仅艺高胆大，而且谨慎心细。他怕不是老道的对手，因此，没敢伸手交锋。只见他点手唤过朱沐英、丁世英、于皋、武尽忠、武尽孝等众家小兄弟，小声嘱咐道："你们千万注意，待一会儿我出去交锋，你们要如此这般。他若要那的，咱就这么的；他要这么的，咱就那么的！"

众人听罢，点头答应道："你就放心吧！"

常茂将军情安排停妥，这才拨转马头，二次来到张天杰的马前。他把禹王神槊往肩上一扛，先龇牙笑，后冲张天杰说道："老道，你好啊？哎，吃饭没有？"

张天杰一听，气得高诵道号："无量天尊！"他心里说，真是废话。两军阵前，这是玩命的地方，你管我吃饭没吃？他抬起头来，盯着常茂打量多时，用铁拂尘一指，厉声喝道："呔！娃娃，你是何人？"

常茂一听，又嬉皮笑脸地说道："哎，你小点儿声行不行？打仗凭的是能耐，又不凭嗓门儿大小。你要问我呀？我就给你背背家谱。我家祖籍安徽怀远县，我爹在洪武皇帝驾前官封开明王，名叫常遇春。我是他老人家膝前不肖的二儿子，人送外号无敌将，名叫常茂。你若记不住，就叫茂太爷好了！"

张天杰听常茂把名报完，不由为之一愣。为什么？人的名儿，树的影儿啊！常茂的名声那有多大？威震三川六国九沟十八寨，元兵元将提起他来，无不胆战心寒。张天杰在未到中原之前，耳朵里就灌满了他的名字。偏巧，今天在天荡山下，居然二人会面。

此刻，老道心中暗想，这人这么大名声，为何如此模样？嗯，有道是人不可貌相，海水不可斗量啊！看来，贫道也得多加谨慎。想到这儿，他把铁拂尘背好，摁绷簧，探臂膀，唰！就拽出了一口七星丧门剑。

这把宝剑是大号的，剑苗有四尺多长，由纯钢打造而成。不能说切金断玉，削铁如泥，但是一般兵器，架不住他招呼。

张天杰手擎宝剑，高声喊喝："常茂，孽障！从前，你出了点儿名，碰上的都是些饭桶，若早碰上我北昆仑，焉有尔的命在？来来来，赶紧动手！"说罢，就要进招。

常茂一看，急忙喊叫道："等一等！老道，我有一事不明，倒要当面请教。"

张天杰愣怔一下，说道："讲！"

"老道，看你这长相，大概已经七十开外了吧？你若闲来无事，念念经文，比什么不强！也好在你百年之后，到上界享福哇。可你，怎么来到两军阵前，玩刀弄枪，杀生害命呢？茂太爷有好生之德，不欺负老头儿，放你逃命去吧！快让你后边的元兵元将过来，与我决一上下。你看如何？"

"什么？"张天杰见常茂瞧不起自己，只气得青筋暴跳，怒发冲冠。他舞动宝剑，就要与常茂玩命。

正在这时，忽然有人冲老道喊叫道："军师休要动手，把他交给我吧！"话音刚落，一匹快马嗒嗒嗒嗒疾如闪电，冲到了两军阵前。

张天杰定睛一看，原来是大殿下虎牙。前文书说过，这虎牙是大王胡尔卡金的儿子，官拜前部正印先锋官。他跟随四宝大将脱金龙，到黄河岸边，曾跟明营多次见仗。这小子掌中也是一条禹王神槊，跟常茂的能耐不相上下。后来，朱元璋大破金龙搅尾阵，元兵被迫撤过黄河，他随脱金龙一起，也隐身于这里，刚才，虎牙正在天荡山上看守炮台，听说常茂又来了。虎牙是好斗之徒，忙到元顺帝驾前讨下令箭，这才冲到两军阵前。

张天杰见虎牙上阵，自己急忙拨转马头，回归本队，观敌掠阵。

虎牙用禹王神槊一点，高声叫道："哎，常茂，你还认识我吗？"

常茂瞧看一番，认出来了："哎呀，老朋友又见面了，喂，你活得挺好啊？"

"废话！常茂，今天咱俩一定要分个上下，论个高低，不然，我绝不收兵！"

"你收什么兵？今天，茂太爷就打发你去见阎王！"

常茂心说，若不把他置于死地，早晚也是一个祸害。于是，举起禹王神槊，与他战在一处。

虎牙这个家伙，又彪又愣，又狠又冲，把禹王神槊摆开，嗖嗖挂定风声，跟纺车轱辘相仿。

常茂还能怕他吗？只见他抢起大槊，也是挂定风声，上下翻飞。这二人碰到一起，那真是针尖儿对麦芒，真打实揍啊！两条大槊碰到一块儿，犹如打铁一般，叮当直响。

两员猛将胜负如何？且听下回分解。

第五十九回　元顺帝驻兵沙雁岭
朱洪武派将金马城

几个回合过后，虎牙不敢再碰常茂的兵刃了。怎么？把他的虎口给震裂了。

常茂也不敢碰虎牙的兵刃了。怎么？他只觉得心口发热，眼前发黑。心里说，再这么打下去，茂太爷非吐血不可。干脆，待我用巧招赢他。

又战过几个回合，常茂故意卖个破绽，虚晃一招，拨马跳出圈儿外，高声喊道："行，你的能为大有长进，比以前可强多了。茂太爷不是对手，待我换个人与你交锋！"话音一落，催马奔西北方向跑去。

虎牙见常茂败阵，既高兴，又生气。高兴的是占了上风，生气的是他要逃跑。虎牙心说，若不把常茂整死，早晚是个大害，趁此机会，把他打死算了。于是，抢槊就追。

常茂人往前头败，眼往后边盯。他见虎牙追到了马后，忙把大槊交于左手，右手往皮囊里一划拉，急速套上挽手套，哗愣拽出了九斤十二两的龟背五爪金龙抓。紧接着，往身后一扔，一道寒光扑奔虎牙。

虎牙只顾追赶，丝毫没有提防。见一物飞来，还没弄明白是怎么回事呢，啪嚓一声，就被抓住了脑袋。好嘛，他的三叉束发金冠和头发，都被飞抓死死叼住。

常茂见飞抓奏效，拽住索链，往怀里就拽。

虎牙一看，急得直扑棱脑袋。谁料，那飞抓是越扑棱越紧，三拽两拽，飞抓的五个齿子，都紧紧地抠到肉里头了。虎牙疼痛难忍，撒手扔槊，栽于马下。

常茂紧抓索绳，催开战马，在两军阵前，嗒嗒嗒嗒就转开了大圈儿。

哎呀，这虎牙可太惨了！时间不长，天灵盖就被拽了下去，霎时间，绝气身亡。

于皋他们在后边看了，齐声说道："活该，这是他罪有应得。"

常茂见虎牙已死，将飞抓松开，擦干血迹，揣到皮囊。接着，催开战马，二次来到两军阵前，高声喊叫："哪个还来送死？"

火龙祖张天杰见大殿下虎牙惨死在地，只气得五脏冒火，七窍生烟，凶狠狠说道："无量天尊！常茂，你也太狠毒了。休要逞能，待贫道赢你！"说罢，催开坐骑，大战常茂。

这个老道，果然武艺精湛，与常茂刚一照面儿，就来了个盖顶三剑。常茂忙晃禹王神槊，往上胡抢。他那意思，想把宝剑拨飞，可是谈何容易呀！人家一翻手腕，宝剑又奔了下盘。既扎前心，又挂两肋。常茂荷槊刚往下招架，人家的宝剑唰啦又撤了回去。接着，扎小腹，奔双腿。常茂握槊刚奔到下边，人家的宝剑唰啦又奔上边来了。接着，扎两眼，点眉心。常茂一看，赶紧缩颈藏头。可是，他躲得稍慢了一点儿。只听咔嚓一声，将常茂的头盔砍落在地。

就这几招，可把常茂吓坏了。他心里慌乱，双手就不听使唤了。啪啪啪几个照面儿，被张天杰一剑，点到了大腿根儿上。虽说扎得不深，可也鲜血直淌。他不敢再战，拨马就跑。

老道一看，忙喊道："冤家，把命留下！"

常茂的嘴也不闲着，他边跑边喊道："我不想留！"

"你给我站住！"

"哼，我就不站住！"他边跑边抬杠。

正在这时，东有于皋，西有朱沐英，南有丁世英，北有武尽忠和武尽孝等人，呼啦一声，把张天杰围在垓心。前文书说过，常茂在战前不是做了安排吗？这就是他的主意。

嗟，这帮小老虎一起闯上阵来，群战恶道，那打的是难解难分啊！于皋抢起大刀，唰！就是一刀。张天杰刚用宝剑架住，朱沐英的链子锤就到了。他一哈腰，刚把链子锤躲过，丁世英的独角战杵，又捅到了他的后腰。老道刚刚往外一闪，武尽忠、武尽孝的镔铁怀抱拐又打了过来。老道躲过这面儿，躲不过那面儿，把他忙乎得像走马灯一样，团团乱转。

常言说，恶虎架不住一群狼，张天杰能耐再大，在这帮人面前，也占不了便宜。

此时，常茂已包扎完伤口。他怒气不息，高声暴叫道："茂太爷非报仇不可！"说罢，又重新加入战群。

张天杰折腾了好大一阵儿，只累得吁吁带喘，浑身冒汗。他一边招架，一边叫喊："孽障、娃娃，你们算什么英雄，怎么群殴啊？这不算真实本领。"

常茂说道："废话，像你这样的，就得大伙儿来打！兄弟们，使劲儿！"

常茂这一叫号，大伙儿的劲儿更足了。

又战过一时，张天杰稍没留意，被朱沐英的链子锤搂到了屁股上。就这一锤，把张天杰搂到马下，摔了个仰面朝天。

于皋一看，忙把锯齿飞镰大砍刀往空中一举，冲到他近前，唰！就是一刀。他的意思，要把恶道拦腰斩断。

那张天杰不光有马上功夫，还有步下的本领。他见于皋把刀砍来，赶紧使了个就地十八滚、云燕十八翻，骨碌碌碌一溜跟头，从于皋的马肚子底下就钻了过去。

大伙磨过马头，再一观瞧，老道已一瘸一颠，逃之夭夭。什么北昆仑啦，火龙祖啦，都不管用。若众人搂他，他也干没辙。

元军见老道败阵，不战而自乱。明军像潮水一般，涌上前去。天将黎明，明军就占领了天荡山。

与此同时，开明王常遇春带领军兵，与火德真君罗祥，也从柳河川突围出来。两军相遇，群情振奋。将打一家，兵合一处，又乘胜追击元兵。

这样一来，元兵更顶不住了。有的奔大路，有的跑小道儿，有的钻山沟，有的藏树林……那真是狼狈不堪哪！

常茂在乱军之中，瞪着虎目，东闯西杀，不找别人，专找昏君元顺帝。等他闯过一道小山岗，长身一看，前面有一伙元兵，这伙人金盔金甲，银盔银甲，铜盔铜甲，铁盔铁甲，乘跨着战骑，都是当官儿的打扮。在他们中间，拥着一人。此人龙冠龙袍，平端着大刀。

常茂看到这里，心中合计，嗯，此人就是元顺帝，不然，没这么排场。于是忙催开宝马良驹，像闪电一般，追上前去，高声呐喊道："元顺帝，站住，茂太爷来了！"

就这一嗓子，元将从马上掉下了六个。怎么？吓的。有几个元将，拨马过来，想抵挡一阵。常茂摆开禹王神槊，一顿暴揍，就将他们砸于马下。

那个戴龙冠的不敢停留，落荒而逃。

常茂一看，心里说，打了这些年的仗，为了什么？还不是为征服你这个昏君？哼，任凭你跑到天边去，我也要将你抓住。他打定主意，手提大槊，催马就追。

那位说，他是不是元顺帝呀？就是。此时，元顺帝身边已没有亲兵了，他慌不择路，顺着一条盘山小道，催马就往山顶奔跑。

常茂也不怠慢，拼命往前追赶。

元顺帝见常茂尾追而来，埋头紧摇御鞭。又跑不多时，他的坐骑突然停下了脚步。元顺帝不解其意，低头一看，不由吓出了一身冷汗。怎么？眼前是万丈深涧。他不由大叫一声："朕命休矣！"元顺帝身逢绝境，只吓得体如筛糠。他心中合计道，朕若落到明营，非得挨剐不可。堂堂皇帝陛下，岂能受此羞辱？唉，干脆，跳崖自杀得了。想到这儿，他牙一咬，心一横，龙袍蒙面，就要自寻无常。

正在这千钧一发之际，突然在东北方向有人喊道："陛下，休要担惊，微臣到了！"话音未落，冲着常茂，啪！射来一支雕翎箭。

常茂一看，急忙扑棱脑袋，将箭躲开。

这时，那人已经策马来到近前。

常茂一看，哟，原来是四宝大将脱金龙。不由心中合计道，完了！此人一来，这元顺帝是逮不着了。

脱金龙从哪儿来呢？天荡山一战，元兵大乱，各奔东西，谁也顾不了谁啦。四宝将脱金龙多了个心眼儿，他带着五百亲兵卫队，去寻找皇上。经过多次询问，这才赶到悬崖。他定睛一看，可吓了一跳，心里说，若晚来一步，陛下性命就难保了。因此，他一边喊话，一边射箭。紧接着，拍马抡刀，这才来到近前，把常茂拦住。

亲兵卫队不敢怠慢，呼啦啦拥上前来，将皇上救下山去。

常茂一看，只气得两眼发红。心里说，到嘴的肥肉没吃着，这不前功尽弃吗？于是，他把一肚子闷火，全撒到了脱金龙身上："好小子！早不来，晚不来，正在节骨眼儿上你倒来了。今天，抓不到你的狗主子，茂太爷拿你顶账！"话音刚落，呜！抡起神槊就砸了下来。

"开！"脱金龙随着喝喊之声，横刀朝外招架。霎时间，二马盘旋，战在一处。脱金龙不敢恋战。为什么？一，他曾与常茂多次交锋，知道他的厉害，所以有点儿胆怯；二，他心中惦记着皇上。因此，刚打了十几个回合，便拨马而逃。

常茂不舍，赶上前去，又混战了一场。

后来，收兵锣紧敲，常茂听了，这才引队收兵。

天荡山一仗，元军大败，明营大捷，不但收复了天荡山，而且还占领了柳河川附近的十六个州县。

按下明营祝捷不提，单表元顺帝。他率领残兵败将，忙忙如漏网之鱼，一口气跑到紧挨万里长城的沙雁岭。

元顺帝安营下寨已毕，进了金顶黄罗宝帐。他往左右瞧着，但见手下的文武，一个个鼻青脸肿，狼狈不堪。看罢多时，心如刀绞，心灰意懒道："唉！都是朕无福无道，连累诸位爱卿。如今，已到穷途末路，朕还有何脸面活在人世？干脆，一死了之！"说罢，噌楞一声，拽出三尺龙泉宝剑，就要自刎。

脱金龙眼疾手快，急忙将他拦住。文武群臣也拥上来，苦苦相劝。

元顺帝见此情景，不住地摇头叹息。

此刻，坐在一旁的护国军师张天杰，也心如油煎啊！他皱着眉头，琢磨了好大一阵儿，这才诵出道号："无量天尊！陛下，贫道有几句话，不知当讲否？"

元顺帝说道："仙长，有话请讲！"

"万岁，休要难过。常言说，胜败乃兵家常事。一次失利，还可以重整旗鼓，据贫道所知，东周列国之时，乐毅为将，兵伐齐国。齐国不敌，七十二城丢了七十，只剩下莒和即墨二城。后来，帷幄运筹，终于转败为胜。汉高祖刘邦，久败于项羽。结果，在九里山设下埋伏，大战垓下，一举而成功，逼得霸王自刎乌江。主公，如今咱有雄兵几十万，还有三川六国九沟十八寨的人马。只要鼓士气，壮军威，抖擞精神，重振旗号，何愁不灭明军？"

文武群臣，也婉言相劝。

常言说，话是开心锁。元顺帝听罢众人的述说，像吃了开心丸儿一样，立即打消了寻死的念头。他忙问道："各位爱卿，有何良策战胜明军？"

脱金龙启奏道："万岁，刚才我师父所言极是。依微臣之见，一，请马上传旨，飞调三川六国九沟十八寨三十万精兵，到前敌助战；二，晓谕全军将士，振作精神，抓紧练兵，加强防范，固守沙雁岭；三，传檄四方，招募天下的英雄豪杰。若能这样，咱定能转败为胜。"

"好，就依爱卿所奏。"

张天杰又启奏道："主公，沙雁岭这一带，贫道非常熟悉。距此不远，有道火龙沟。那个地方地势险要，难攻易守。贫道意欲在那里设些机关埋伏，凭借天堑，跟朱元璋决一雌雄。"

元顺帝听罢，眼睛一亮，赶忙说道："一切听军师安排。"

就这样，张天杰与脱金龙二人，一方面传令调兵，一方面又亲领元兵元将，到火龙沟去布置。

明军自占领天荡山，军师刘伯温与大帅徐达，便挑选部分军兵，乔装打扮，到沙雁岭刺探军情。因此，元营的一举一动，明营是了如指掌。

为此，朱元璋召集文武，共议对敌之策。众人议论纷纷，各抒己见。他们以为，元营调兵遣将，这倒不怕。兵来将挡，水来土屯嘛！眼下，连获全胜，士气正盛，敌方纵然搬来救兵，也难抵挡明营的天兵天将。但是，那火龙祖张天杰是世外高人，他带领将士，到火龙沟去活动，必有特殊谋算。

众将官议论到这里，不由紧皱了眉头。

那位说，明营派出那么多人马，就没有探听到火龙沟的情形吗？没有。为什么？那老道张天杰老谋深算，精通战策。他们刚进沟内，便派下了无数元兵，在四周层层设卡，盘查来往行人。无论是谁，没有他和脱金龙的手令，一概不让入内。你想，元兵把火龙沟围了个水泄不通，那些探马怎么能打听到里边的情形呢？

这阵儿，大帐内鸦雀无声。朱元璋环视一周，问道："众位爱卿，火龙沟深妙莫测，这该如何是好？"

众人见问，谁也没敢言语。

就在这时，忽听有人高声说道："陛下，老朽愿献一策！"

众人顺声音一看，原来是中侠严荣和剑侠吴祯。

朱元璋一看，十分高兴："二位老英雄有何高见，快快讲来。"

严荣瞅了瞅众人，朗声说道："老朽久居塞外，对北国的山川地理了如指掌。这道火龙沟，我也进过数次。还是我刚刚记事的时候，这道沟内发生了一桩奇事。那一天，阳光普照，晴空万里。不知为什么，沟内升起一团阴云。突然，炸开一个惊雷，沟内燃起了一场大火。这场火可太大了，远远望去，就像一条火龙。故此，才有了今天的名字。"

老严荣这一番述说，满营众将都听得心惊，更觉火龙沟深不可测。

严荣接着说道："这条火龙沟，四周都是陡峭的大山，山头儿上密林遮日，沟底下蒿草没膝。沟内是一块开阔地带，正好屯兵。依老朽看来，那张天杰定是依仗着山川地貌来布置埋伏。"

通臂猿猴吴祯接着说道："张天杰有绝艺在身，最擅长火攻。因此，才得了火龙祖的美称。依老朽之见，他定想在火龙沟中，施展他的绝招。"

众人听罢，立刻议论起来。

军师略思片刻，问道："但不知这火攻是如何战法？"

严荣说道："火攻者，放火烧杀也！平时，将易燃之物，暗藏在我军必经之地；战时，遍地点燃烈火，一举而歼灭我军。"

朱元璋忙问："老英雄，但不知如何破法？"

严荣摇了摇头，说道："不知。但是，若想冲进沟内，就必须有千里火龙驹和防火绵竹甲。"

徐达一听，忙说："老英雄，这防火绵竹甲，是不是脱金龙的宝甲？"

"对!"

"但不知这千里火龙驹现在哪里?"

严荣说道:"这匹宝马是元顺帝的三哥——三王胡尔卡山的坐骑,现在胡国金马城。那一年,我亲眼得见,胡尔卡山为炫耀自己,在金马城北,命军兵架干柴二里多远,同时点燃,催宝马从火中通过。那可真神了,宝马一根鬃毛无损。"

刘伯温略思片刻,说道:"破敌之策,容当仔细运筹。眼下看来,急需盗甲、盗马呀!"

众人闻听,点头称是。

又经一番议论,朱元璋传下旨意:命朱永杰与徐方盗甲,命常茂与田再镖盗马。并且,给了他们一个月的期限。

那位说,田再镖不是负伤了吗?须知,那中侠严荣和通臂猿猴剑侠吴祯有绝妙的治疗本领。这些天来,由他俩亲自调理,那真是手到病除啊!

四位小英雄得令,急忙去做准备。

花开两朵,各表一枝。按下朱永杰和徐方盗甲不提,单表常茂和田再镖。他俩一边准备行装,一边议论,真感困难重重。一,要想去金马城,就得混出长城,越过雁门关。那里俱是元人的治下,行动多有不便。二,语言不通。常茂多年征战疆场,经常与元人交往,只会说那么几句。不过,田再镖比他可强多了。他年轻时就闯荡江湖,会说元人的语言。三,得化装改扮。他俩合计多时,扮成行商客旅,带上应用之物,跨骑战马,偷偷出了营门,绕道先奔雁门关而去。

他俩一路上饥餐渴饮,晓行夜住。全凭田再镖的俐齿伶牙,左右周旋,终于混出长城,顺利地来到金马城附近。

那位说,怎么这座城池叫金马城呢?这个城的东关,立着一尊高大的铜像,雕塑着一匹铜马。只见它前蹄腾空而起,十分壮观。这铜马就叫金马,故此得名。

常茂他们老远观赏一番,一不投宿,二不用饭,围着城池,来回转绕。这么一转,这才知道:这座金马城,跟中原的城池差不多少。四周城墙,用砖砌就,又高又大,只不过在城池的犄角,设有圆形堡垒。另外,四个城门都把守得很严。出城进城,都要经门军仔细检查，稍有怀疑，便由门军押走。他们在东城门这边儿待了不多时，就见押走了两对可疑的人。

常茂与田再镖看到这里，一使眼色，来到僻静之处，议论道，不行！若要这样进城，非叫人家查出来不可！无奈，二人又围着城池转悠起来。直到日色偏西，也没敢冒险进城。他们只好离开城池，向东南方向奔去。

二人信马由缰，走了有一个时辰，眼前闪出一片树林。略一合计，催马进到林内，甩镫下马，席地而坐，吃起了干粮。一边吃着，一边攀谈。

常茂急得直吵吵："哎呀，这可够呛！若要军师在跟前，早就有主意了。唉，茂太爷无能啊！你先给我巡风放哨，我可累坏了，先睡一觉。"说罢，把嘴一抹，倒头便睡。霎时间，鼻息如雷。

田再镖可睡不着。他站起身来，背着双手，在树林里来回溜达，思谋着进城的办法。

正在这时，树林外突然传来了喊叫之声："救命啊！救命啊——"

欲知后事如何，下回分解。

第六十回　花枪将无意遇公主
银铃女有心招东床

花枪将听到树林之中有人喊救命，忙紧走几步，冲出树林，手搭凉棚往路上一看，但见烟尘起处，跑来一匹战马。马上之人趴在鞍桥以上，拼命催马。那马奔跑如飞，四蹄都快离开了地面。在他后边，还追着十几匹战骑。追赶之人，头裹黑巾，面罩青纱，每人手擎一把明晃晃的马刀。他们扬鞭催马，紧追不舍。

田再镖一边观看，一边合计，哎，这是怎么回事？备不住是劫道的。在这僻野荒郊，土匪出没，并不为奇。既然如此，焉有不救之理？想到这儿，转身跑进树林，飞身上马，稳操花枪，便冲了出来。

这时，那个被追之人，已到了田再镖切近。他见了花枪将，喜出望外，大声呼唤道："壮士救命！"当然，他说的是元人的语言。

田再镖忙说道："你闪退一旁！"说罢，催马过来，将那伙儿强盗拦住。

那伙儿强盗见只来了一个人，也没拿他当回事儿。他们抢起马刀，搂头就砍。田再镖抖开花枪，没用几个回合，就挑死了八个。剩下的那些匪徒，不敢再战，便匆匆拨马而逃。

这时，常茂也从梦中惊醒，他拎着大槊，跑出树林，问道："哎，这是怎么回事儿？"

田再镖来到近前，低声述说了经过。

常茂听罢，十分后悔："哎呀！这么热闹的事情，我没赶上。哎，再给他们补上一槊得了！"说罢，冲着那八个落马的歹徒，每人又搂了一槊。

这几个人，本来就活不了，再补这一下儿，更活不了啦！

此时，被救之人也定下心来。他把满头大汗擦干，紧走两步，来到常茂、田再镖面前，撩衣跪倒在地，不住地磕起了响头："二位恩公，我这里叩谢了！"

田再镖一看，赶紧用手相搀："请起，请起！"

此刻，常茂和田再镖这才观看明白，闹了半天，他是个老头儿。看年纪，准有六十多岁。头上梳着八根虾米须的发辫，蓝巾包头，身穿绛紫色长袍，脚踏虎头马靴，腰中挎着弯刀。

这时，就见老头儿站起身形，掏出两根金条，递到田再镖面前。田再镖一笑，又将他双手推回。老头儿觉着过意不去，眼珠儿一转，问道："二位，你们贵姓啊？"

常茂一听："这——"他把路上改的名儿给忘了。

田再镖一看，忙接了话茬儿："老人家，我叫绷葫芦把儿，他叫把儿葫芦绷。"

"噢！你们是干什么的？"

田再镖长叹一声，说道，"我们是经商客旅，以贩马为生。在这多乱之秋，买卖也不得做呀！打算投亲奔友，请人帮助，也好混碗饭吃。金马城内，有我个姑母。多少年来，音信不通。如今，我们想进城投亲。可是，城门把守甚严，不好进去。正在此发愁，却遇上了你老人家。"

"噢，原来如此。就凭你们这么大的能耐，还愁吃不饱饭吗？眼下，国家正处用人之际，二位就该投身戎伍。为了报答二位的救命之恩，我保你们高官得做，骏马得骑。走，随我进城。"

常茂一听，心里说，哟，好大的口气。看来，这个人定有根底。

田再镖问道："你认识守城的门军？"

那人说道："何止是认识，实话告诉你们吧，我官拜御前大臣，名叫黑尔本。三王胡尔卡山，跟我还是亲戚呢！"

田再镖听罢，心里就是一动。暗暗合计道，看来通过黑尔本，就能接近胡尔卡山。若能如此，盗马之事就成功有望了。想到此处，忙套近乎："如此说来，多谢你老人家。"

500

三人又寒暄一番，飞身上马，便奔金马城而去。

一路上，田再镖问道："你身为御前大臣，为何落得这般模样？"

黑尔本口打咳声，说道："嗐，前方战事不利呀！元顺帝困守沙雁岭，正在调兵遣将。我奉三王胡尔卡山之命，为前敌送去一批粮草。诸事办完，往回行走，不料遇上了强盗，几个亲兵也被他们杀了。"

三人边走边谈，不用一个时辰，就来到了东城门前。只见那守城的元兵，一个个雄赳赳，气昂昂，瞪着眼睛，正在查看行人。

别看他们对百姓那么凶狠，可是见了黑尔本，就像老鼠见了猫一般，规规矩矩站在那里，忙举手行礼。他们说了三言五语，就把常茂和田再镖领进城内。

当天晚上，黑尔本把他俩安排到金庭驿馆下榻。临分手时，黑尔本对他俩说道："明天，再帮你们去找姑妈。另外，我向三王交旨的时候，再设法保举二位。"说罢，转身而去。

小哥儿俩送走黑尔本，回到寝房。他们四外一踅摸，见屋里的陈设十分雅致。常茂走到床前，铺开闪缎面的被褥，脱光衣服，往里边一钻，眯着雌雄眼，眉飞色舞地说道："多美呀，咱哥儿俩也享受享受吧！等回到连营，哪有这个福气？"

田再镖小声说道："睡觉归睡觉，千万别误了咱的大事啊！"

二人又议论一番，熄灯而眠。

这一觉睡得真香啊！直到次日日上三竿，他俩才翻身下床。梳洗完毕，一边吃早点，一边等着黑尔本。可是，一直到晌午，也没等着。

田再镖心中着急，对常茂说道："你先在此等候，待我到街上溜达溜达，以便见机行事，筹划盗马良策。"

常茂说道："也好，我睡个晌觉。不过，你要快去快回，以免挂记。"说罢，又倒身睡去。

田再镖骑上战马，离开金庭驿馆，来到金马城的大街上。这里是一派北国的景象，跟中原大不一样。只见那行人如蚁，做买做卖，密密匝匝，水泄不通。他无心观赏异乡的闹市，略一思索，穿过人群，奔王宫而去。

田再镖催马来到王宫后边，撒目观瞧，见这儿比较安静，还有成排的树木。再定睛细瞅，宫墙高大，飞檐碧瓦，气象森严。他看罢多时，一提丝缰，便围着王宫又察看起来。

　　正在这个时候，忽听头顶上传来了响声。田再镖仰脸一瞧，但见有一个东西，翻着个儿就奔他而来。田再镖急中生智，伸出右手，噌！把它擎到手中。他拿到面前，仔细一看，原来是只死雁。只见它脖子上插着一支雕翎，滴滴答答直流鲜血。他拔下羽箭再看，哟，箭杆涂金。他心中合计道，这支雕翎，非一般人所有。但不知这是谁射的呢？

　　正在这时，又听对面鸾铃声响。接着，传来了女人的话音："哎，掉到哪儿去了？"

　　"谁知道呢！"

　　随着说话之声，嗒嗒嗒嗒马蹄紧响，由远而近，冲田再镖跑来。

　　田再镖一看，马上是四名女子。她们头裹红巾，插着鹅翎，身穿锦袍，腰系宝带，足蹬马靴，弯弓插箭，手中还拿着家伙。看年岁，不足二十。一个个满面红光，体格健壮。看这模样，不像宫女，倒像战将。

　　田再镖正在观看，这四个女子已冲到近前。她们冲花枪将一看，七嘴八舌地嚷嚷道："呀！这不是咱们的大雁吗？怎么落到这个人之手？"

　　有个女子满脸怒色，冲田再镖说道："哎，快把它还给我们！"

　　田再镖一听，挺不高兴，心里说，这人怎么不懂礼貌？他略一思索，哼了一声："哼，明明是我捡的，怎么能说是你的？"

　　那女子一听，圆睁杏眼，说道："哟，你还嘴硬！你知道那是谁射的？我们公主。待一会儿公主来了，非治你的罪不可！"

　　他们正在争吵，从对面又跑来一匹战马。田再镖抬头一看，马鞍桥上也端坐一个女子。只见她：头戴七星花额子冠，插着雉鸡翎，身穿百花袍，内衬细甲，腰系玲珑带，足蹬犀牛皮战靴。看年纪，也不过二十来岁。胯下马金鞍玉辔，得胜钩挂着长枪，走兽壶玄天袋，弯弓插箭，箭杆上也涂着淡金。看她这副容颜，那可真是貌若天仙。

　　这时，公主已马到近前。她冲丫鬟问道："为何在此争吵？"

"回公主的话，您射中的大雁，落到了这个人手里。我们跟他要，他不但不给，还要耍横。"

"是吗？什么人这么大胆？"

公主来到田再镖切近，仔细一瞧，立刻心中就翻了个个儿。为什么？田再镖这小伙儿，长得太漂亮了。不仅五官英俊，一表人才，而且穿着不俗，体态潇洒。公主看罢多时，转怒为喜，冲田再镖说道："壮士，那只雁真是被我射中的，你就还给我吧！"

田再镖思索片刻，说道："对不起，请把雁拿去吧，多有得罪了。"说罢，将大雁递给公主面前。

正在这时，又听头顶上响起了大雁的叫声。田再镖抬头看罢，一时高兴，说道："公主，方才多有得罪。除还你这只大雁，再赠送一只。"说罢，眼望天空，张弓搭箭，对准前拳，一松后手，将箭射出。

霎时间，一只大雁中箭落地。他飞马将雁捡回，递到公主面前。

公主接雁在手，定睛一看，好，雕翎正中咽喉，于是笑眯眯地说道："真乃神射手也！请问壮士，尊姓大名？"

"啊，我叫绷葫芦把儿。"这名儿可真别扭。

"噢！住在何处？"

"我随朋友把儿葫芦绷，从外地进城省亲。进城之时，遇上了御前大臣黑尔本，他把我们引到了金庭驿馆。"

"你们从前就认识黑尔本吗？"

"不，是路上巧遇。"

公主问到此处，眼珠儿一转，捧着大雁，领着随从，转身而去。田再镖望着公主的背影，不由觉得好笑。他又在街上转了一圈儿，这才回到驿馆。

此时，常茂也醒了。他问道："上哪儿溜达去了，怎么这会儿才回来？"

田再镖并不隐瞒，把详情述说了一遍。

常茂听着听着，把雌雄眼一瞪，说道："啊呀，原来你没干好事！"

"胡说，我那是巧遇！"

"巧遇也好，不巧遇也罢，听你这么一讲，那公主对你可有点儿意思。哈哈哈哈！"

田再镖捶了他一拳，没说别的。

华灯初上之时，黑尔本兴冲冲来到金庭驿馆，吩咐侍从，设摆酒宴。席间，黑尔本问道："二位，你们看见我家公主了？"

常茂一扑棱脑袋，说道："我可没看着，他看着了。"

"噢！你们是怎么遇上的？"

田再镖见问，又把上街游逛、巧拾落雁、与公主相遇等事，述说了一遍。

黑尔本听罢，拍手大笑："哈哈哈哈！恭喜壮士，贺喜壮士，你该走红运了！"

"什么？"田再镖一愣，"此话从何说起？"

黑尔本说道："今天下午，我刚向三王交了令箭，就被公主唤去，向我询问你俩的详情。并且，还把你当场射雁之事，也述说了一番。她夸你箭法神奇，模样俊俏，同时，让我转告你俩，明天，在王宫的御校场内，公主要招选佳婿。让你们也去下场，争夺驸马。看来，公主有意于你呀！你说，这还不是一件喜事？"

常茂一愣神，问道："哎，她是谁的公主？"

"哟，您还不知道呀？她是我家三王胡尔卡山的女儿，名叫银铃。这银铃公主，不但长得漂亮，而且精通兵法。在咱金马城一带，那是女中魁首啊！为此，三王把她当成了掌上明珠。现在，已到了成亲的年龄，所以，各地的狼主、殿下，差来不少媒人，都想玉成此事。可是，这银铃公主心高气傲，一个也没相中。为此事，她父亲胡尔卡山十分着急。前些天，公主与王爷就商量着，要在御校场比武，挑选驸马。若有威震武科场而且经公主愿意的，那就选他为东床驸马。现在，已晓谕各地英雄，让他们前来夺魁。你们俩呀，就看有没有这个福气了！"

二人听了，暗自高兴。最后，黑尔本又谆谆嘱咐道："明天早饭后，我在御校场东门，等候二位。"俩人点头答应，黑尔本辞别而去。

黑尔本走后，常茂跟田再镖小声商议道："校场比武，他们谁能是你的对手？这回，该你走运了。不但盗宝马，还能弄个媳妇。"

"不许胡说！"

"哎，这可不是开玩笑。公主对你有情有意，才让黑尔本前来送信儿。不要怕，茂太爷助你一臂之力。当然，娶媳妇事小，能靠近胡尔卡山，盗出宝马，才是大事。到时候，你要随机应变，却不可把事办吹！"

田再镖听了，不住地点头。

次日平明，小哥儿俩换好衣裳，内衬宝甲，各带兵刃，离开金庭驿馆，赶奔御校场而去。他们来到东门，并未见到黑尔本。等候一时，还未来人。常茂心中着急，说道："这个黑尔本，说话太没准儿了。走，咱们到那边溜达溜达。"说罢，又奔西边走去。

西面地势较高，围墙也矮。那里站着一伙儿百姓，正往校场内观瞧。

常茂和田再镖也催马上了高坡，往校场内观看：但见这座御校场，地势非常宽阔，坐北朝南有一座大殿。这座大殿，起脊瓦垄，雕梁画柱，金碧辉煌。往殿上一瞧，后边竖着八扇洒金的屏风，前面摆着桌子。描金椅上，坐着一人，跟褪了毛儿的狗熊差不多。若上秤一量，足有三百六十五斤！只见他头戴金顶鸭翎帽，身穿九团龙马褂，袍子遮着膝盖，手上戴着玉石戒指，大脸蛋儿跟脸盆不相上下，两撇燕尾胡左右分着，鼻梁上还卡着副淡茶色眼镜，背后还梳着虾米须的发辫。往那儿一坐，跟大肉墩相仿。在他两旁，站着都督、平章、王官，足有二三百人。在他旁边的交椅之上，还坐着一位如花似玉的美人。只见她面色不悦，眉头紧皱，一对杏眼滴溜溜乱转，不知匿摸什么。再往台下一看，五步一岗，十步一哨，那真是戒备森严。御校场里，彩旗飘扬。在旗下，足有好几百人，黑的、白的、丑的、俊的、老的、少的、高的、矮的、胖的、瘦的，什么模样的都有。从服饰上看，有的扎巾箭袖，有的顶盔贯甲，有的包着头巾，有的耳戴金环……五花八门，应有尽有。他们的手中，分别拿着十八般兵刃。不用问，这都是为夺驸马而来的。

田再镖和常茂正在观瞧，忽听鼓响三通。紧接着，正中央那个大胖子，吱咯一声，站起身来，面对众人，开口讲话："诸位，本王乃胡尔卡山是也！现在，就要给银铃公主招选驸马。前来比武者，都是三川六国九沟十八寨的英雄好汉。不是狼主，就是殿下。最小的官职，也在二品以上。你们争夺驸马，得明白几条规矩。一，凡威震武科场者，又要公主愿意的，方可中选；二，比武场上，打死勿论；三，下场者先要标名挂号，经允许方可比武。"说罢，回归原座。

三王话音刚落，就见一杆皂旗脚下，闯出一匹高头大马。马鞍桥上端坐一人：头戴三叉束发金冠，面如淡金，阔口咧腮，满脸癞皮疙瘩，耳戴烧饼大的金环，胯下压骑大马柴草黄，掌中锯齿飞镰大砍刀。看年纪，足有四十来岁。他催动坐骑，到台前报号。

此人是大金川的殿下，名叫瓦尔金都。这个家伙，曾六次向银铃公主求亲，都被公主拒绝了。但是，他还不死心。今天，要显示显示本领，非把公主夺到手中不可。

胡尔卡山为他标名挂号已毕，这家伙催马来到梅花圈儿内，停下战骑，抖擞精神，平端大刀，高声断喝道："哎！各位英雄，你们可认识某家？我乃大金川殿下瓦尔金都是也！公主那是我的人了，你们谁也夺不去。若不识时务，敢来动手，某家非要你的狗命！"

这家伙说话太伤众了，他的话音刚落，就听有人高声叫喊道："呸！休要大言欺人，某家与你争个高低！"说罢，飞马蹿到台前，标名挂号。

三王一看，原来是小金川的殿下，名叫完颜乌骨龙。

这小子标名已毕，拨马来到梅花圈儿内，用大斧子一指，说道："哎！我说朋友，你若识时务，就将公主让于某家，如若不然，定叫你斧下做鬼！"

瓦尔金都一听，只气得哇呀暴叫道："别想夺我的美人儿。休走，看刀！"说罢，抢刀就剁。

完颜乌骨龙一看，不敢怠慢，双手端斧，往外招架。

于是，刀斧并举，二人战在一处。

此时，常茂正在那儿看热闹呢！心里说，这两个人，旗鼓相当，都有力气。不过，招数稍迟钝一些。嗯，待我进去较量较量！又一想，不行，我们事先有安排呀！想到此处，他就偷眼观看田再镖。只见他一边看着比武，一边竖眉立目，暗中使劲。看那样子，也恨不能飞马跳进梅花圈儿内。

常茂看罢，心里说，哟，你着急什么，想跟公主早点儿见面呀？

得了，那我就成全成全你吧！只见常茂偷着操起槊把，砰！冲着田再镖的马屁股捅去。

这一下儿可要了命啦。怎么？这匹马挨了一下儿，疼痛难忍。只见它唏溜溜一声暴叫，四蹄腾空而起，嗖！越过矮宫墙，冲进校场。

田再镖可吓坏了，心里说，这是怎么回事呢？他万般无奈，双手紧抠铁过梁，随着战马，也进了校场。

田再镖的战马蹿进御校场，霎时引起了一阵大乱。

第六十一回　御校场再镖夺魁首
花烛夜银铃知真情

　　上回书说到常茂将田再镖的战马一捅咕，花枪将连人带马蹿进御校场，霎时引起了一阵大乱。

　　三王胡尔卡山冲冲大怒，吩咐手下文武，鞴马抬刀，就要亲自前去查看。

　　这时，银铃公主正坐在台上，她心神不定，眼珠儿乱转。打量谁呢？打量田再镖。刚才，她见有人飞马而来，一眼就看出是射箭的那个绷葫芦把儿。心里这个高兴劲儿，那就甭提了。于是，急忙站起身来，对三王说道："爹爹且慢！这么点儿小事，怎能惊动您的大驾？待女儿前去看个究竟。"

　　银铃一边朝前走，一边心里埋怨黑尔本：这个人呀，让你在宫门外迎接二位英雄，你上哪里去了？

　　她刚走出大殿，就见黑尔本气喘吁吁，来到公主面前。他先给公主请安，然后又述说了前情——

　　今天清晨，他正要如约到东门接人，正巧碰到一个朋友，说有过路商贾，出卖珍珠宝翠。三王早有言在先，命黑尔本去买奇珍异宝，要给女儿做聘礼。黑尔本见机会难得，他自己去找客商，便叫这位朋友去东门接人。他这个朋友也真叫够呛，光知道接人，并没打听他们的模样长相。所以，在那儿等了半天，也没把人等进校场。

　　黑尔本把事办完，跑来问他的朋友："客人进场没有？"

　　那个朋友说道："根本没来。"

　　黑尔本信以为真，便向校场走去。他刚进门，正瞅见绷葫芦把儿闯进宫墙。接着，又见公主走下殿来。因此，才赶忙来到公主面前，述说前情。

银铃公主性情温顺，也没见怪。她告诉黑尔本说："快把二位英雄带来，让他们下场比试。"说罢，转身上殿。

黑尔本急转身形，冲着田再镖，一面跑，一面高喊："哎，绷葫芦把儿，我在这儿呢！"

众人一听，心里说，这个名儿可真新鲜。哪来了这么个绷葫芦把儿呢？

田再镖听了，催马来到他的近前。

黑尔本忙说："此一事怪我，请壮士包涵。刚才你飞马跳墙，三王和公主都看见了。走，快到殿前回话。"

田再镖说道："我的朋友把儿葫芦绷，还在外边呢！如果不把他领来，他也要跳宫墙了！"

"别别别，现在我就去接他。"黑尔本按照田再镖指点的方向，黑尔本去接常茂。常茂挺高兴，跟着他进了校场。接着，黑尔本带领绷葫芦把儿、把儿葫芦绷来到殿前。常茂与田再镖，见了三王胡尔卡山，施礼已毕，如实地述说了一遍。

胡尔卡山听罢，挺不高兴。心里说，黑尔本，你真是糊涂！难道说他们救了你的性命，就把他们带进校场？本王有言在先，今天是比武择婿，不是殿下、将军，或不是二品官衔的，根本无权进场。这两个人乃是无职的平民，怎能进场较量？想到此处，啪！把桌案一拍，大发雷霆道："岂有此理！胡闹！"

黑尔本见状，只吓得汗珠子直淌。他连忙说道："王爷，容禀！这个事吗，不怪微臣。"

"怪谁？"

"怪——"黑尔本不敢直言，两眼直瞅银铃公主。

公主一看，嫣然一笑，说道："爹爹，这事确实不能怪他，都怪女儿我啊！"

"丫头，此话怎讲？"

"爹爹非知。昨天，我到外边行围打猎，正好遇上了绷葫芦把儿这位英雄。我见他人才出众，武艺精通，为此，才告诉黑尔本，把二位英雄带进御校场来！"

"噢！"三王听罢，连连点头。三王宠爱女儿，犹如掌上明珠。因此，姑娘在爹爹面前，说一不二。既然是姑娘答应的事，那三王当然不能说别的了。于是，说道："好！就让他俩下场比武吧。"

黑尔本听罢，转忧为喜。噔噔噔跑到常茂与田再镖面前，说道："二位，给你们道喜了！三王传旨，允许你们比武。若能独占鳌头，那就是驸马爷了，哈哈哈哈！"

二人听罢，点头道谢。

田再镖对招不招驸马，倒不在意，设法接近胡尔卡山，盗宝马，这倒是大事。因此，他心中早有了打算。只见他把马的肚带连紧几扣，直到推鞍不去、扳鞍不回，才算罢休。接着，又整整头盔，抖抖甲胄，煞煞大带，蹬蹬皮靴，二次操枪上马。

常茂嘱咐他说："进了校场，使劲儿拼杀。天塌下来，有茂太爷顶着。"

田再镖点头，一催战马，闯进梅花圈儿内。

梅花圈儿内还有两个人呢！谁呀？瓦尔金都和完颜乌骨龙。他二人还未分出输赢，却又闯进一个人来。两位殿下一看，勃然大怒。他俩也不交锋了，扭过头来，一起对准了田再镖。

大金川殿下瓦尔金都，大声喝道："呔！你懂不懂武科场的规矩？我们还未分胜负，你为何闯进场来？"

田再镖说道："怎能如此讲话？你也夺驸马，我也夺驸马。你能进场，我为何不能？今天，你若将我打败，我二话不说。我若将你打败，那驸马就是我的。"

二位殿下听罢，气得直哼哼。那瓦尔金都不容分说，抢起锯齿飞镰大砍刀，奔田再镖剁来。

田再镖听了常茂的嘱咐，心中有了底数。因此，他一交锋，就使出了进手的招数。只见他操起花枪，往外招架。刚战过五六个回合，瞅准机会，噗！一枪刺透对方的咽喉。霎时间，瓦尔金都的尸首栽于马下。

那位说，他怎么敢致死人命呢？一来有常茂嘱咐，二来，胡尔卡山有言在先，打死勿论嘛。

小金川的殿下一看，哎呀一声暴叫，怒声呵斥道："好小子，你拿命来！"话音一落，抢起开山斧，直奔田再镖。

田再镖一看，又挺枪招架。三五个回合过后，噗一枪，又把完颜乌骨龙刺于马下。还有几个不服气的，又下场交锋。结果，也被田再镖置于死地。

这阵儿，人群之中议论纷纷。有的说："今天比武选驸马，可有些毛病啊！"

"什么毛病？"

"三王曾说，凡下场者，必须得够身份。刚才我听说，这绷葫芦把儿是个过路商客，怎么他也上场了呢？哼，三王说话不算话，拿我们开玩笑啊！既然如此，咱不服气。"

"那……你说该怎么办？"

"起哄！反正，驸马咱是夺不到了。依我看，把公主抢到手得了。你们说怎样？"

"对，咱就这么办！"

霎时间，这帮人一不标名，二不挂号，扬鞭催马，闯进梅花圈儿，把田再镖包围起来。田再镖一看，不由心慌起来。赶紧摇动花枪，与他们战在一处。

常茂在旁边一看，心里说，哟，这帮人没安好心，成心起哄哪！忙把禹王神槊往空中一举，高声喝道："呔！朋友，不必着急，把儿葫芦绷来也！"

常茂的能耐多大呀！就好像虎入羊群一般，抡起大槊，噼里啪嚓，这一顿暴揍。时间不长，就砸死了七个。余者不敢再战，一个个望影而逃。

三王胡尔卡山一看，心里说，这哪是争夺驸马？简直是玩命！赶紧传下旨意："比武完毕！"

就这样，一场争夺驸马的比斗，总算结束了。入选者是谁？就是绷葫芦把儿田再镖。

俗话说：人无头不走。那个挑头儿闹事的跑了，其他的乌合之众也一哄而散。

按下众人不提，单说田再镖，他来到殿前，参见三王，倒身下拜。

胡尔卡山盯着田再镖，上一眼、下一眼、左一眼、右一眼，打量了八九七十二眼。看罢，手捻须髯，放声大笑："公主真好眼力呀！此人不光武艺高强，而且相貌出众。"

于是，三王命田再镖留在王宫，让黑尔本将常茂送回金庭驿馆。

常茂在临走之时，暗暗嘱咐田再镖："你心眼儿可得活动点儿。茂太爷等你的信儿，越快越好。"说罢，走出校场。

胡尔卡山性情直爽，刚将比武之事料理已毕，便传下旨意："准备洞房，明日就让他夫妻拜堂成亲。"

次日，王宫内张灯结彩，鼓乐喧天。田再镖按照人家的风俗，与银铃公主合卺成亲。

田再镖进了洞房一看，屋内到处是奇珍异宝，金碧辉煌。床上鸳鸯枕、闪缎被，地上龙凤毯、金交椅，墙上挂着镇宅剑、镇宅弓。

这阵儿，公主已到内室更衣。田再镖一人倚立在桌边，想开了心思。如今，我已混进宫来，该用什么办法，才能将千里火龙驹盗回去呢？临行之时，只给了一个月的期限，时间不等人哪！再说，我与银铃公主，本是两国的仇敌，怎么能结成夫妻呢？田再镖思前想后，局促不安。

正在这时，屋外脚步声响，银铃公主走了进来。她带上门户，端起御酒，放在田再镖面前。

银铃公主心中高兴，坐在田再镖对面，真是谈笑风生啊！相比之下，田再镖倒拘谨腼腆得多。那公主又让酒，又让菜，不停地忙乎。田再镖盛情难却，便饮起酒来。田再镖酒量不大，再加上他心中有事，所以，三杯酒下肚，就觉得头重脚轻，忙说："哎呀，我够量了。"

公主莞尔一笑，说道："今天是喜庆日子，请驸马多饮几杯。"

"不不不，实在喝不下去了。"田再镖说罢，站起身来，晃晃悠悠，躺倒在凤床之上。

公主为他盖好被子，自己面对银灯，坐在一旁。

天到三更，公主走到床前，要扒田再镖的靴子，意欲让他宽衣就寝。

田再镖忙一转身，面冲墙壁，又睡去了。

公主只认为他喝多了，也没多想。斜靠到交椅上，便在那儿假寝。什么叫假寝呢？就是迷迷糊糊打盹儿睡。

又过了好长时间，田再镖果真睡着了。他不但睡觉，而且还说起了梦话："万岁，元帅，可愁死我了！"

这一嗓子声音挺高，把公主吓了一跳。她扑棱一下站起身来，定了定心神，暗暗想道，哟，驸马跟谁说话呢？什么万岁、元帅，这可不像跟我爹爹讲话的样子呀！

田再镖在梦中，说的是中原话。正巧，银铃公主也精通汉语。她琢磨片刻，心里说，啊呀，他原来是个中原人哪！想到此处，来到田再镖身旁，轻声呼唤道："驸马，驸马——"

田再镖还在说着梦话呢："大帅，你等着吧。这马……保险没事儿！"

公主听罢，心中又是一怔，这马……没事儿？她想着想着，忽然明白了：啊呀，莫非我上当了？哼，今晚，我非把此事弄个水落石出。想到这里，摘下镇宅宝剑，紧走两步，来到田再镖面前，大声喝道："驸马，驸马苏醒！"

花枪将坐起身来，揉眼一看，只见公主满面杀气，手提利刃，站到了面前。他不知其情，忙问道："公主，你这是为了何事？"

"得了吧！"公主大喊一声，往后退了两步，说道，"你到底是什么人？是金马城的行商客旅，还是中原的奸细？说出实话，还则罢了，若有半句虚假，我定要你的性命！"

田再镖听罢，脑袋嗡了一声，心里说，不好，事情变化得这么快呀？我刚打了个盹儿，怎么就出现了这么多麻烦？难道有人告密了，还是常茂犯了案？他略一思索，站起身来，镇静地说道："公主，你刚才之言，从何说起？"

"哼，休要充傻！告诉你，刚才你说梦话的时候，已口吐了真情。我来问你，你又叫元帅，又叫军师，又说马……这到底是怎么回事？"

田再镖一听，真像当头浇了一瓢凉水，立时就明白了一切。他心里说，看来事已败露，这该如何是好？若动手赢她，不费吹灰之力。不过，那将会因小失大，可是，若不拼命，该怎样继续哄骗人家呢？

他眼珠儿一转，冷笑一声，说道："公主，既然你已猜中真情，那我也不再瞒你。实话对你说吧，我生在中原，长在神州，乃是山西太原府人氏，扶保大明洪武皇帝，身为前部正印先锋官，花枪将田再镖是也！"

这几句话，犹如霹雷一般，立时把银铃公主的真魂儿都吓跑了。她容颜更变，高声大叫道："哟，原来你真是个奸细。休走，看剑！"说罢，摆剑就刺。

田再镖急忙闪过身形，公主柳眉倒竖，杏眼圆睁，又冲到田再镖近前，喝问道："田再镖，你来此究竟为了何事？"

田再镖说道："好吧！你我既已结成夫妻，我也不便瞒你。我奉洪武皇帝之命，前来盗马！"

"什么马？"

"就是你爹的那匹千里火龙驹。"

"你盗它何用？"

"公主非知。现在，元顺帝偏居一隅，在沙雁岭与明营顽抗。更有甚者，那恶道张天杰，在火龙沟内暗设机关，妄图以火取胜。要克火龙沟，就得靠你爹的坐骑。为此我才乔装改扮，更名换姓。另外，再告诉你，跟我前来的那个把儿葫芦绷，就是威震中原的雌雄眼常茂。公主，我已将真情讲出。要杀要剐，任听其便。"

公主一听，气冲斗牛。心里说，既然如此，我是非杀不可了。于是，操起宝剑，冲田再镖扑去。田再镖也不还手。把眼一闭，把脖子一伸，在那里等死。

第六十二回　银铃女巧设赛马场
田再镖施计离樊笼

　　公主来到田再镖面前，比画了三下儿，没舍得下手。她心里合计，洞房花烛之夜，行凶杀害驸马，若传扬出去，岂不让人耻笑？可是，若不将他杀死，摆在眼前的事情，该如何处置呢？性情温顺的银铃公主，左思右想没有主意，于是锵啷啷把宝剑扔到地上，往桌上一趴，便放声大哭起来。她一边哭泣，一边磨叨："田再镖，你真缺德呀！你是个骗子，你找我的便宜。"

　　田再镖一听，吃不消了。忙接话茬儿说道："哎，公主，你可把话说清楚。常言说，大丈夫受杀不受辱。你说，谁找你的便宜？我怎么欺骗你了？是你愿意招我为驸马，又不是我自己找上门来！今天，你为什么反咬一口呢？公主，到底你杀不杀？若不动手，田某可要告辞了。"说罢，转身就要走。

　　"等等！"公主喝住田再镖，心里合计道，我已与他结成夫妻，他又是我的意中人。再说，我那姐姐胡尔金花，不也是嫁了明营大将吗？得了，为了我的终身，也顾不了那么许多。想到此处，止住悲声，说道："田再镖，你骗我也好，不骗我也罢，反正你我入了洞房。既然如此，我的终身就依靠你了。难道你就这么狠心，愿意将我扔下，自己扬长而去吗？"

　　"这……"田再镖一听，立时哑口无言。过了片刻，这才说道："公主，我下场比武，争夺驸马，为的是进宫盗马，并非找你的便宜。既然生米做成熟饭，我田再镖怎忍心将你抛弃？"

　　"若是这样，我就放心了。驸马，休要着急，为妻愿从中帮忙。"

田再镖一听，喜出望外，忙说："好，多谢公主。"

夫妻二人，言归于好。坐在银烛之下，商量盗马之策。

银铃公主喜爱驸马至深，因此得向着丈夫。至于她爹呀，那就扔到脑后了。夫妻双双合计了好大一阵儿，公主突然说道："有了！在我们这里，讲究三天回门，看望爹爹和王后。到那时，趁爹爹高兴之际，我便如此这般对他晓说。若能如愿，这宝马何愁不到咱手？"

"好！公主，全靠你鼎力相助。"

到了第三天，小夫妻身着新装，在宫女们的簇拥下，欢欢喜喜，赶奔内宫。

按照当地的风俗，三王和王后满面春风，早已等候在宫内。他们见小夫妻走来，乐得两只手都拍不到一块儿了。公主和田再镖来到父母面前，行完大礼，垂手站立在一旁。胡尔卡山手捻须髯，说道："驸马，女儿，快快坐在一旁。"

"多谢双亲。"说罢，小夫妻坐在一旁，便唠开家常。

公主略谈几句，将话题一转，归入正题："爹爹，母后，女儿有一事相求，不知二老可否答应？"

三王与王后溺爱公主，尤其今天，更是如此，所以忙说道："儿啊，有话只管讲来，何必如此客气？"

"父母非知，驸马是练武之人，生来好动不好静。这三天，他待在宫中，可憋得够呛。为此，他想到郊外去散散闲心。"

三王一听，不假思索地说道："哎，这算什么？你只管陪驸马前去。不过，眼前战事吃紧，你们要多加谨慎。"

"爹爹，若我俩前去，还真放心不下。您不如带领群臣，到郊外赛马。一来散散闲心，二来，也让驸马开开眼界。"

诸位，这赛马、摔跤，是胡尔卡山的平生嗜好。每当遇到此事，他连饭都顾不上吃了。所以，听了公主的言语，忙说："赛马？好，好得很，快将黑尔本宣来，让他去做准备，明日就赛。"

御前大臣黑尔本领命，急忙准备去了。

金马城北七里，有个地方，叫七里坪，地势平坦、宽阔，是天然的赛马场。黑尔本料理已毕，又按照公主的意思，将赛马的音信告知把儿葫芦绷，让他届时光临。

次日天光见亮，田再镖内披细甲，将浑身收拾紧称利落。公主一边收拾行装，一边合计道：这回，就要随驸马到中原神州了。唉，但不知何年何月，才能与爹娘见面？可是，事到如今，不得不如此呀！俗话说，嫁鸡随鸡，嫁狗随狗。我能守你们一辈子吗？爹，你也别恨我；娘，你也别骂我。她嘴里磨磨叨叨，也将东西准备齐备。

小夫妻出了内宫，纫镫扳鞍，飞身上马，朝宫门走来。

这阵儿，胡尔卡山和王后，已在宫门候等。

田再镖定睛一看：只见三王身穿跨马服，胯下压骑千里火龙驹。好，果然是匹宝马良驹。只见这匹马，浑身上下红如火炭，连一根杂毛也没有，毛梢极短，紧贴着肉皮，若不仔细观瞧，还以为没长毛呢！这马身材高大：蹄至背，八尺五；头至尾，长丈二。高蹄穗儿，大蹄碗儿，螳螂脖儿，竹签耳，蛤蟆眼睛，往外鼓鼓着。往那儿一站，真有腾云驾雾之势。

田再镖看到此处，心里乐不可支，不枉我费尽万苦千辛，今日，就能够得到手了。想到这儿，忙随公主来见三王。

三王胡尔卡山见文武已经到齐，便传下旨意，带领众人离开金马城，奔七里坪而去。

他们刚刚走出北门，就见黑尔本与常茂在那里等候呢。田再镖一看，只见常茂头戴大尾巴风帽，把那双雌雄眼都遮住了。看到这儿，田再镖心里明白，嗯，他是为迷惑元人。

这两天，常茂天天暗骂田再镖，这个小白脸，难道把茂太爷忘了？不行，我得闯进宫去，非揍他两个嘴巴不可。他正在发火，黑尔本前来送信儿，邀他参加赛马。常茂一听，立时就猜出了内情。因此，他把东西收拾停妥，按预定时间，随黑尔本一起，到北门等候。

七里地，眨眼就到。众人到了指定地点，放眼一看，但见对面已支好了金顶黄罗帐，两旁还有银披宝帐，帐内铺着地毯，设摆着桌案。桌上又摆着丰盛的酒宴。什么瓶酒、碗酒、把肉、马奶……按照当地的风俗，摆得满满当当。

此时，三王下了宝马，将缰绳交给侍从，说道："好好饮饮、遛遛，一会儿还要赛马呢！"说罢，领着王后、公主、驸马，步入金顶黄罗帐内。

文武群臣一看，也按照品级，到银披宝帐内落座。

时过片刻，公主问道："爹爹，什么时候开始赛马？"

胡尔卡山乐呵呵地说道："此事由你主持，什么时候都行。"

公主与驸马相视一笑，说道："爹爹，咱们一边吃喝，一边比赛吧，以助酒兴。"

"你就快快传话吧！"

"好！"银铃公主答应一声，站起身来，操起三角小旗，冲帐外摇了三摇，晃了三晃。

今天前来比试的，有文武百官、宫廷侍卫，还有普通骑手，足够一百余人。因为是赛马，所以不拘身份。凡愿比赛者，一律准许。优胜者，还有重奖。

公主摆开小旗，一行人策马站到指定地点。接着，咚！一声鼓响，第一拨儿比赛开始。

常茂一边吃着，一边观瞧。他心里说，这些骑手，骑技高超，果然名不虚传。再仔细观瞧，只见有不少人，专练花活。什么镫里藏身、金鸡独立、顺风扯旗……每练一招，都博得一阵喝彩。

赛来赛去，那田再镖可就坐不稳屁股了。他眼珠儿一转，站起身形，冲着三王抱拳施礼道："王驾千岁，看着人家赛马，我心里发痒，我也想去比试，不知妥当否？"

"好！驸马。你先将马遛遛。待一会儿，本王与你比试。"

"是！"田再镖走出帐来，跨上自己的照夜玉狮子，兜了两圈儿，来到金顶黄罗帐前，甩镫下马，冲胡尔卡山说道："王驾千岁，能不能将您的宝马借我一试？"

千里火龙驹是胡尔卡山的命根子，换个别人，那是绝对不准。可是，田再镖是自己的得意驸马，那能驳他的面子吗？于是，胡尔卡山说道："好，看看它的脚力如何。"说到此处，冲侍从喊话，"来呀，将千里火龙驹牵来！"

"喳！"亲兵答应一声，将宝马牵过。

田再镖纫镫扳鞍，飞身上马。接着，冲公主递了个眼色。他那意思是：我可先行一步了。

公主心领神会。就见田再镖双脚一点儿飞虎鞴，小肚子一碰铁过梁，便策马而去。真不愧是一匹宝马呀！只见它鬃毛乱乿，蹄跳刨壕，唏溜溜一声暴叫，摇脑袋，打响鼻，塌下腰来，如一溜红线，冲向远方。眨眼之间，踪迹不见。

开始，胡尔卡山十分高兴。他一手端着马奶酒，一手擎着骆驼肉，说道："妙，千里马得勇士骑哟！你们看，人借马力，马借人力，驸马爷跟飞腾一般。嗯，他果然身手不凡啊！"

时过片刻，三王又觉着不对劲儿。心里说，哎，那赛马是转圈儿跑啊，他怎么照直跑下去了？哎呀，是不是宝马不听他使唤呢？

胡尔卡山正在胡乱猜想，忽见常茂来到他面前，说道："王爷，驸马大概走错道儿了，待我追赶他去！"说罢，飞身上马，猛摇一鞭，嗒嗒嗒嗒，一溜土线，也奔前方跑去。

此时，公主心里合计，好，这回该我走了。她来到三王面前，说道："爹爹，他二人人生地不熟，说不定出什么差错。待我追赶一程，将他俩领回。"说罢，按着原定的办法，飞身上了照夜玉狮子。

临行前，三王嘱咐道："丫头，你要速去速回，以免为父挂念。"

"是！"别看银铃公主嘴这么说，可她心中却犹如刀绞一般。爹，娘，咱们后会有期。只见她催开战马，如闪电一般，也跑上前去。

胡尔卡山坐在帐内，等着他们。左等也不回来，右等也不回来，眨眼间，就等了一个时辰。三王转动着眼珠儿，琢磨了半天，站起身来，叫道："黑尔本！"

"有！"

"你赶紧追去看看，他们到哪里去了？"

"是！"黑尔本得令，忙带领五十名马队，急奔前方而去。

半个时辰过后，黑尔本满头大汗，带领骑兵，来到黄罗帐前，说道："回三王的话，他们三个人踪迹不见了！"

"啊？"这回，胡尔卡山可动开脑筋了。他思前想后，觉着此事有些蹊跷。心里说，难道他们把我的宝马拐跑了？

原来，黑尔本把粮草送到前敌，元顺帝曾给三王胡尔卡山捎来一封密信。信中的意思是，张天杰在火龙沟密布机关，要用火攻，来与明营决一雌雄。因此，命他严守金马城，以防细作盗马。

三王想到这里，便大声吩咐道："来人，给我鞴马抬刀，待本王将他们追赶回来!"

从人又给三王鞴了一匹战马。这回,马也不赛了,三王胡尔卡山亲领几百精兵,催开战骑,便紧紧追上前去。

按下三王领兵追赶不提,再表花枪将田再镖。他跨着千里火龙驹,一口气跑出五十余里,来到一面小山坡下,咯噔将马带住,手搭凉棚,回头观瞧。没过多久,就见远处出现了一个黑点儿。接着,越来越大,越来越大,眨眼间,来到了面前。谁?雌雄眼常茂。

常茂擦把汗水,喘吁吁地说道:"这马真快呀,好不容易才把你撵上。啊呀,差点儿把茂太爷累死!"

田再镖问道:"公主何在?"

时间不长,公主也策马而来。三个人凑到一起,商量道:"得赶快越过雁门关,不然的话,进不了万里长城。"于是,又要催马赶路。

可巧,他们刚一转身,正碰着一支骑巡。这支骑巡,归三王胡尔卡山辖管。带队的将官叫罗彪,外人送号浑胆太岁。这家伙人高马大,手使一对五刃锋,在金马城一带,那是第一员猛将。

罗彪正领人巡逻,见远处飞来三匹战马。到了近前一看,原来是公主领人前来。他把五刃锋交到单手,抱腕拱手道:"对面是公主吗?臣盔甲在身,不能施以全礼,望您见谅。"

银铃公主见罗彪拦住去路,吓了一跳。心里说,若被他识破真情,那可就过不去了,她眼珠儿一转,说道:"哟,原来是罗将军。"

"嗯,是我。"

"你在这儿做甚?"

"奉王爷之命,在此巡逻。"

"好!眼下战事吃紧,理当如此。罗将军,这位是我的驸马,那位是驸马爷的朋友。今日,天高气爽,我们乘兴到城外溜达溜达。罗将军,请放我们过去。"

"这——公主,您可有三王的旨意?"

公主听罢,杏眼一瞪,怒斥道:"胡说!你向我要什么旨意?哼,我就是旨意,快把道路闪开!"

罗彪见公主发开了脾气,也不敢再多言语。他马上传令,将道路闪开。

霎时间，三匹马冲了过去。

罗彪望着他们的背影，心中纳闷儿，这条大道通往雁门关，是禁地啊！三王早有旨意，不准随便出入。哎，公主这是到哪儿去呀？又一想，管她呢，王爷若要怪罪，有他姑娘顶着。

罗彪带人继续巡逻，又见尘土飞扬，跑来一哨人马。浑胆太岁定睛一看，原来是三王领兵前来。

胡尔卡山气色不正，冲浑胆太岁问道："罗彪，你可曾看见公主？"

"啊，看见了。"

"在什么地方？"

"过去了。"

"几个人？"

"三个。"

胡尔卡山听罢，气急败坏地说道："哎呀，你为何将他们放走？"

"啊——回王爷，公主她暴跳如雷，微臣不敢不放呀！"

"呸，你真是个饭桶！那两个人是明营的奸细，拐走了我的千里火龙驹。来人哪，追！"

田再镖他们纵有能耐，也不敢恋战。为什么？在人家的管辖之地，他们人单势孤啊！于是，拼命往连营奔跑。

这真是越渴越给盐水喝。跑来跑去，竟跑到一条沟内。田再镖一边向前奔跑，一边四外暨摸，但见两旁是陡壁悬崖，令人发瘆；脚下是盘山小路，坎坷不平。他们又往前跑了一程，刚拐过个山环，突然被一座大山横住去路。仔细观瞧，脚底再无道路，已经身逢绝地。田再镖不敢怠慢，磨头又往回跑。跑不多时，就见胡尔卡山率领亲兵，将山口严严堵死。

这时，公主才知道走错了道路，他们误进了牛角山内。这道沟像牛角一样，只有一个山口，可通沟外。若把山口堵住，哪儿也走不出去。

常茂瞪着雌雄眼，观察了一番，便对田再镖与公主说道："看来，不拼命是不行了。你们夫妻给我观敌掠阵，茂太爷跟他们见个高低！"说罢，就摘下了大槊。

公主一听，赶紧把他拦住，说道："等一等！你这样硬打硬拼，岂不伤了我父女的感情？待我过去，跟爹爹晓说真情。若能将咱们放过，那不更好！"

常茂听了，直扑棱脑袋："依我看哪，你白讲！现在，你们父女已变成仇敌了。"

银铃公主没听常茂规劝，催马来到山口，见元兵元将早已把这儿封严，再看爹爹，面沉似水，怒气冲冲，横刀立马，挡住了去路。公主看罢，心如刀绞。她略定心神，策马来到三王面前，娇滴滴地说道："爹爹，不肖的女儿这厢有礼了！"

三王一看，只气得哇呀呀暴叫，他怒声喝道："呸！丫头，为父算瞎了双眼，才如此娇惯于你。闹了半天，你是这等的无耻之辈。为了一个漂亮小伙，竟把祖宗父母都抛到了九霄云外。从现在开始，咱父女一刀两断。来来来，咱二人分个上下，论个高低！"说罢，催马舞刀，就下了毒手。

公主性命如何？且听下回。

第六十三回　痴公主香消牛角岭
矮徐方夜探龙口峰

　　银铃公主怎能与她爹还手？只见她一边躲闪，一边说道："爹爹息怒，儿有下情回禀！"

　　"畜生，你还有何话讲？"

　　"爹爹，我怎能为了一个驸马，就忘掉了列祖列宗和生身父母呢？常言说，识时务者为俊杰，您看看当今的世道，我四叔元顺帝，昏庸无道，已失去民心。咱元朝的江山社稷，已不可挽救了。此乃大势所趋，您何必执迷不悟呢？前几年，我姐姐胡尔金花，已与明营大将顾大英成亲。如今，女儿又嫁给了花枪将田再镖。只要我姐妹在朱元璋面前多加美言，准能保住父母的性命。女儿所为，有何过错？爹爹，驸马是为盗马而来，您就该顺水推舟，将千里火龙驹送给他们才是。"

　　三王听罢，只气得须眉皆乍，他大声呵斥道："丫头，休要胡说！"说罢，抢刀又剁。

　　公主仍然不敢还手，于是这爷儿俩一个真打，一个假斗，便战在一处。

　　这时，怒恼了一旁的浑胆太岁罗彪，他心里合计道，不行！照这样磨蹭，何时是个了手？若弄不好，那明营细作还许给跑掉啦！想到此处，操起五刃锋，催开战马，加入战群，高声喝道："王驾千岁，把公主交给我吧！"

　　这阵儿，胡尔卡山正在生气，他见罗彪赶来，便怒气冲冲说道："你给我往死打，打死这个丫头！"

　　这个浑胆太岁罗彪，若叫白了，就是混蛋太岁。为什么？别看他是四十大几的人了，其实什么都不懂。人家爷儿俩都舍不得动手，你跑过来，这不是仨鼻子眼儿——多出这口气吗？哎，他倒听话，三王叫他怎么干，他就真怎么干，只见他抢开五刃锋，来大战银铃公主。

你看那银铃公主，在她爹面前，不敢下手，在罗彪面前，那可就下了绝情。只见她晃动绣绒大刀，抽撤盘旋，施展开了浑身的本领。

罗彪摆开五刃锋，像刮风一样，嗖嗖紧逼银铃公主。十几个回合过后，趁公主撤招换式之际，噌！就扎中了她的左肋。可怜哪，公主惨叫一声，死于马下。

三王胡尔卡山见了，只惊得犹如万丈高楼失脚，扬子江心断缆崩舟，他大声吼叫道："哎呀，疼煞本王也！"

三王不能埋怨罗彪，为什么？他有言在先哪！因此，把一肚子火气，发泄到了常茂、田再镖身上。他暴跳如雷，高声吼叫道："好你这两个奸细！待我将你们抓住，与公主报仇！"说罢，率领元兵元将，闯上前来。

刚才，公主惨死于马下，常茂看得十分清楚。他对田再镖说道："好可怜的公主呀！想不到刚刚成亲，就一命呜呼了！走，待咱俩与公主报仇！"

他二人见三王率兵围来，常茂怒从心头起，恶向胆边生，一催战马，抢起禹王神槊，噼里啪啦一顿暴揍，把元兵打得四处逃窜。终于闯开一条血路，随田再镖奔雁门关跑去。

这阵儿，胡尔卡山已气红了双眼。他连声传令，紧追不舍。这里属于人家的地盘，处处都有元兵元将把守。因此，元兵越追越多，元将越战越勇，把田再镖、常茂累得盔歪甲斜，实在有点儿支持不住了。

田再镖、常茂且战且退，终于瞅着了雁门关。常茂眼睛一亮，心里说，这要退到关内，就能保住活命了。可是，刚刚来到关前，忽听传来一声炮响。田再镖心头一怔，心里说，不好！看来，今日性命难保。他眼睛一瞪，稳操花枪，摆好了拼命的架势。

出乎他俩意料的是，雁门关城门打开，冲出一支明营的军队。旗脚之下，立着三员大将。正中这位，腆着大草包肚子，手中平端大铁枪。谁？二王胡大海；上首这位，手端锯齿飞镰大砍刀，谁？蓝面瘟神于皋；下首这位，手使虎尾三节棍，谁？野人熊胡强。

田再镖看罢，乐得差点儿流出泪来。心里说，这么说，雁门关落到咱们手里了！这时，就听胡大海腆着肚子，高声叫喊道："茂儿，再镖，快快过来！胡强，你先替他二人抵挡一阵。"

"得令！"胡强晃动虎尾三节棍，施展开浑身本领，把胡尔卡山、浑胆太岁给挡住。

常茂和田再镖真是死里逃生啊！来到胡大海马前，这才定下了惊魂。

那位说，胡大海不是在白阳关吗，怎么来到雁门关了？

自田再镖和常茂出走，朱元璋君臣放心不下。文武百官议论道，田、常二位将军深入虎穴狼窝，如履薄冰，纵然将宝马盗出，也怕过不了雁门雄关。刘伯温觉得有理，便又献出一则妙计：胡大海带领于皋、胡强，出其不意，夜袭雁门关。就这样，把这座关口得下。他们这样做，就是为了接应田、常二将。今天，他俩果然来到。

常茂来到胡大海面前，说道："我说二大爷，那个胡尔卡山和浑胆太岁可够凶的，把我们追得好苦啊！您一定要想方设法给我们报仇！"

"孩子，放心，我一定会给你们出气。"说罢，冲两军阵前高吼道："胡强，狠狠地给我打！"

前文书说过，要讲能耐，胡强比常茂大。要讲力气，胡强比常茂足。只是他没什么心眼儿，有点儿发呆。不过，要真打起来，谁也不是他的对手。

胡强晃动虎尾三节棍，犹如一头雄狮，跟浑胆太岁战在一处。打过五六个回合，三节棍走下盘，奔马腿。浑胆太岁稍没注意，马腿就被打折了。罗彪一闪身形，大头朝下，出溜到尘埃。

胡强一看，咧开大嘴，大声叫道："噢，这回你可完了！"话音一落，把三节棍缠在腰中，伸出两手，将罗彪生擒。

胡强那意思是，提个活的，回营请功。没想到他回归本队一看，傻眼了。怎么？由于用力过猛，把浑胆太岁夹得七窍流血，死了。

胡强急得一抖搂双手，又冲到两军阵前，驱赶元兵元将。

胡尔卡山见明将来势凶猛，不敢恋战，只好带领残兵败将，狼狈逃窜。

常茂和田再镖进了雁门关，面见洪武皇帝朱元璋、大帅徐达和军师刘伯温。

朱元璋君臣走出帐外，围着千里火龙驹，仔细观看，嗐，果然是一匹宝马！

这匹马，真好看，
半根杂毛也不见。
精神足，如虎欢，
重枣红，似火炭。
长丈二，高八尺，
鬃尾乱参千条线。
能登山，会跳涧，
咳儿咳儿大叫声不断。
走八百，那不算，
日行千里还嫌慢。
火龙飞下九重天，
万两黄金也不换。

军师刘伯温又仔细瞅了片刻，不住地称赞道："妙，妙，妙，难怪它是千里火龙驹哟！"

朱元璋问道："军师此言从何讲起？"

"主公，你仔细观觑，这匹马的浑身上下，有绵竹护身啊！"

众人一瞅，果见这马匹的全身，外罩着一层极薄极薄的细纱。

说书人交代：那时候的绵竹，跟现在的石棉差不多少。一般情况下，不怕火烧。再加上这匹马的脚程忒快，因此，当它迅速从火中蹿过时，不会烧伤。

朱元璋看罢，十分欢喜。马上传旨，让专人喂养。同时，又设摆御宴，为田、常二位将军接风。

席间，常茂把详情述说了一番。说到热闹之处，朱元璋君臣捧腹大笑；说到银铃公主惨死于牛角山，众人也深感惋惜。并且面对田再

526

镖，连声劝慰。

朱元璋又传下口旨，为田、常二将各记大功一件。满营文武，无不夸赞。顿时，帐内笑声朗朗，热闹非凡。

这时，臊坏了明营的二位将军。谁呀？朱森朱永杰和小矬子徐方。前文书说过，他俩曾领命去盗宝甲。可是，一直到今天，也未盗回。人家那儿又论功，又祝贺，他俩心里能好受得了吗？只见朱永杰那张脸，跟块大红布一样。他偷偷拉着徐方，离开雁门关，到了僻静之处，说道："人家已将马盗回，可咱们呢？白混时光呀！今天，咱们无论如何，也得将宝甲偷出。不然，可真无法交代呀！"

徐方听罢，把小脑袋一扑棱，说道："可不是嘛！不过，大拇指掏耳朵——难哪！那宝甲穿在脱金龙身上，咱能把它扒下来吗？为了盗甲，咱曾三探沙雁岭，结果，还是没有得手。"

"不要气馁，今天咱再去试试。"

二人又商议一番，来了个兵分两路：三更天，到沙雁岭聚会，谁能得手，谁先去盗，天亮以后，回雁门关交令。就这样，二人分手。

按下朱森不表，先说小矬子徐方。他与朱森分手之后，眼珠儿一转，便去夜探天罡寺。

那位说，怎么又出来个天罡寺？诸位非知，沙雁岭地处山区，这个地方非常之大，共有七十二道山岔。其中有座主峰，叫龙口峰。龙口峰的半山腰上，有座古刹，叫天罡寺。元顺帝带领文武百官，将大本营安排此处，脱金龙也住到那里。所以，徐方也必须到这儿来。

今天，徐方是第四次到这里来了。他到了龙口峰，已经是二更时分。徐方手搭凉棚一看，前边有一片树林。走进林内，坐在地下，琢磨开了心思，怎么进寺、怎么探听、怎么盗宝……他琢磨来琢磨去，觉着有些困乏。于是，仰面往地上一躺，两手抱着后脑勺，二郎腿一担，就闭目养起神来。

正在这时，啪！不知什么东西，掉到了徐方脸上。他忙用手一扑拉，放到鼻底一闻：呀，怎么一股臭味儿？仔细瞧着，原来是口黏痰！他猛然抬头一瞧，但见树枝上坐着一人。

徐方看到此处，十分生气。心里说，妈的，人要倒霉了，喝水都塞牙。你这不是明欺负人吗？只见他站起身来，一蹦老高，用手指点，跳脚大骂道："好小子，怎么这样缺少家教？你给我下来，待我好好教训教训你。不然，我可要骂你的祖宗！"

徐方的嗓音本来就尖，他这么一叫喊，能传出多远！话音刚落，就见那树枝唰啦一下，往左右分开。紧接着，噌！跳下一个人来。

小矬子徐方一看：树上跳下之人，原来是个小孩儿。恍恍惚惚瞅他那模样，最多不过十三四岁。头上梳着日月双鬏髻，末根系着头绳，身穿采莲衣，腰系燕子三抄水的百褶裙，打着半截鱼鳞裹腿，蹬着一双大尾巴兜跟靸鞋，斜背着兜囊。往脸上看，两道细眉，一双大葡萄眼睛，两只扇风耳朵。丁字步往那儿一站，倒也有股子威风。

徐方看罢，用鸳鸯棒一指，厉声喝道："呔！你是哪儿来的狗崽子？这么大地方，怎么偏往我脸上吐痰？"

这小孩儿一听，乐了："你这个人也真怪，这么大的山林，怎么偏在我这棵树下待着呢？"

徐方一听，气得够呛，说道："哎呀，好小子，你还有理啊？不用问，你准是个贼皮子。休走，看棒！"说罢，便冲了过去。

这小孩儿闪过身形，说道："哎，小矬子，嘴里干净点儿！你不就是徐方吗，能有什么能耐？哼，夹巴夹巴不够一碟子，搋巴搋巴不够一碗。就凭你这两下儿，还想到天罡寺盗宝甲呀？你也不尿泡尿照照自己，是个什么德行！我先告诉你，你若老老实实跪在我面前，叫三声师兄，我就替你去盗甲。不然的话，我就去给脱金龙送信儿。"

徐方听罢，气得五内俱焚。心里说，这小子，太不是东西了。你那小小年纪，怎能当我的师兄？于是，抢棒又砸。

这小孩儿又闪过身形，说道："好啊，良言难劝该死的鬼。今天，我不给你点儿厉害，你也不知道马王爷几只眼睛。"说罢，一撩彩裙，扑棱！拽出一条鹿筋藤蛇棒。这条棒长有七尺五寸，是条宝棒，软中带硬，硬中带软，不用的时候，缠到腰里。凡是使这种武器的人，别问，必有软功夫在身。

徐方看罢，先是一愣。等二人过招，徐方更是大吃一惊。

这小孩儿受过名人传授，高人指点。他把这条鹿筋藤蛇棒舞开，那真是上下翻飞，令人眼花缭乱。一边打着，一边念叨："徐方，我来个卧看巧云的招数，准能把你搋出一丈五尺，你信不信？"

徐方气得直哆嗦，心里合计道，真不怕风大闪了你的舌头！就是我师父，也不敢说这种狂言。想到此处，说道："小子，大话不是吹的，你来吧！"

于是，二人又战在一处。

这小孩儿真有能耐，他打着打着，突然使了个卧看巧云的招数。这一招太漂亮了，但只见鹿筋藤蛇棒走下盘，腾！正把徐方的左脚缠住。接着，噌一下儿，用力往回就拖。徐方站立不稳，啪！摔倒在地，骨碌碌滚出有两丈挂零儿。

这阵儿徐方被摔得够呛，两眼直冒金花儿。心里说，我遇上了仇敌，不下毒手不行！于是，他略定心神，一个鲤鱼打挺站起身来，棒交单手，噌！拽出了暗器枣核镖。徐方打这玩意儿，那可是百发百中。当他把暗器托在掌上，再找那个小孩儿，怪了，他已经踪迹皆无。

徐方又踅摸了半天，还是不见人影。无奈将枣核镖带好，心里说，看来，有这个仇人作对，那宝甲是盗不成了。干脆，我回营得了！又一想，不行！我已与朱森约好相会地点，三更天在沙雁岭碰面儿。我若独自走了，岂不让他着急？他转着眼珠儿，合计了半天，这才背好镔铁鸳鸯棒，奔天罡寺走去。

徐方来到天罡寺，天色还不足三更。凭着他飞檐走壁的本领，登上大雄宝殿，居高临下一瞧，见下边灯光闪闪，元兵戒备森严。再一细瞧，殿内灯光明亮，侧耳细听，里边有人说话。

徐方略定心神，来到大殿后坡，用脚指头挂住阴阳瓦，使了个珍珠倒卷帘的招数，大头朝下吊在那里。他屏住呼吸，偷眼往殿内一看：正中央摆着一把龙椅，元顺帝正居中而坐。只见他：头戴软包巾，两扇金帽翅，顶梁门安着块无瑕美玉，身穿绣花团龙袍，腰束金带。往他脸上看，脑门上皱了个疙瘩，眼眶塌陷，面无光泽。看来，他是愁肠百转！上首坐着个老道，身材高大，形如骷髅，背背七星丧门剑，手拿铁拂尘。徐方认识此人，正是火龙祖张天杰。下首坐着三人：大王胡尔卡金、二王胡尔卡银和四宝将军脱金龙。再往两旁观瞧，便是无数元兵元将。他们一个个盔明甲亮，佩刀悬剑，站在那里鸦雀无声。

徐方看罢，心里说，要知心腹事，单听背后言。对，待我听他们说些什么？于是，屏气凝神，侧耳盗听。

这阵儿，就听张天杰说道："陛下，请放宽心。贫道在火龙沟内，已布好了天罗地网，准保能够取胜。朱元璋胆敢进兵，管叫他有来无回。到那时，咱定会转败为胜。"

胡尔卡金、胡尔卡银面对元顺帝，也不住地解劝道："陛下，请保重龙体。若要愁出病来，将来这一统江山，该靠何人执掌？方才军师讲了，我们定能转败为胜，你何必如此发愁呢？"

元顺帝听罢，不住地摇晃着脑袋，说道："唉！朕不该误用撒敦，以致落到这步田地。但愿苍天睁眼，神佛保佑。朕若能重新执掌江山，定要重用贤臣。"

徐方听罢，把嘴一撇，心里说，就凭你这模样，还想执掌江山？哼，白日做梦。徐方不爱听他们扯淡，两只眼睛盯着四宝大将脱金龙。他仔细一看，坏了！怎么？脱金龙已换了装束：头上没顶珍珠夜明盔，身上没穿防火绵竹甲。看到此处，徐方心中纳闷儿，这小子，把宝甲藏到哪儿去了？难道说，他事先有了防备？

徐方正在合计心思，又听元顺帝说道："近来，据探马报道，明军三番两次来探咱的天罡寺，咱不得不防啊！"

"哈哈哈哈！"脱金龙大笑一声，说道："陛下，您可猜着了。他们探寺，是冲我的宝甲而来。为此，微臣早把它藏起来了。他们纵然是有天大的本领，也弄不出去。"

徐方一听，立时就来了精神。他伸着脖子，竖着耳朵，仔细窃听。

这阵儿，元顺帝又问道："你藏的那个地方保险吗？"

"唉！主公放心，万无一失。"

元顺帝担心地说道："明营可有世外高人哪，你可得严加防范。"

脱金龙又说道："陛下既然放心不下，我派人再去看看。"说罢，和老驸马嘀咕了几句。左都玉站起身来，走出帐外。

小矬子徐方一看，心中暗喜，哟，这真是人走时运马走膘，兔子走运枪都打不着啊！双腿一飘，噌！轻轻落到地上。紧接着，一闪身形，就跟在了左都玉的身后。

第六十四回　沙雁岭北侠战恶道
雁门关军师迎将军

左都玉离开天罡寺正殿，带领四名亲兵，从角门出来，费了好长时间，穿过一片小树林，走到一座山崖底下。老驸马停住脚步，让亲兵在外边放哨，自己走到了石壁的近前。

此时，徐方已隐身在小树林中。他瞪起双眼，往对面观看，只见那面石壁，像大门一样光溜，高有一丈五尺。再一细瞅，见左都玉把右手伸进了右上方的窟窿里头，正在里边摸索。紧接着，就听那石壁发出咯吱吱吱的响声。啊！原来是一扇暗门。

老驸马冲四外趸摸了一番，走进洞内。片刻，就见他手提包裹，走出洞来，冲亲兵说道："咱们陛下总是不放心。嗐，这有什么不放心的！"说罢，将包袱放在地上，让亲兵掌过灯笼，打开瞧着。

徐方借灯光一瞅，好，正是珍珠夜明盔和防火绵竹甲。

老驸马看罢，将包裹包好，复又放回洞内。接着，走出洞外，一捅窟窿，将门关闭，领亲兵扬长而去。

徐方见左都玉走去，心里琢磨，嗯，待我把石门打开，这甲胄不就到手了吗？打定主意，便向前摸去。可是，刚走了两步，又合计道，不对！那脱金龙不傻，元顺帝也不呆，怎么单在我上房的工夫，他们就谈论宝甲的事呢？他们是不是有意设下罗网，让我往里头钻呢？哼，我才不上当呢！于是，迈开双脚，又进了树林。

徐方走进树林，蹲下身形，双手抱着脑袋，心里又合计道，唉！我这个人呀，太优柔寡断了。错过这个村，哪有这个店呀？再说，皇上还急等着宝甲打仗呢！我呀，何不挺身一试？想到此处，一提鸳鸯棒，飞开双腿二次来到石门切近。

徐方趑摸片刻，见四外无人，他学着左都玉的样子，翘起脚尖，也把手伸进了那个窟窿。到里边一划拉，原来里边有个八棱子消息儿。

这时，徐方明白了奥妙。为什么？他学艺的时候，北侠唐云教过他这个秘密。他往左拧拧，往右拧拧……突然，听到了石门的响声。他使劲又往右拧。果然，石门开放。他急转身形，见四外无人，噌！钻进洞内。

这孔石洞，深不足三丈，里边放着石头桌子，桌面上摆着个包袱。

徐方把火折子掏出，啪！将火打着，借火光一瞅，好，正是左都玉刚才放进的那个包袱。他一伸手，就把包袱擎在掌中。

这阵儿，可把徐方乐坏了，心都快从嘴里跳出来了。他手提包裹，转身就朝洞外走。正在这时，突然见洞门口站着一人，口诵道号："无量天尊！徐方，我张天杰等候多时了！"

就这一嗓子，把徐方吓得坐在了地上，连包裹也扔出了手。他心里明白，果然中计了！但事已至此，怕也无用。于是，一个鲤鱼打挺，站起身形，晃动鸳鸯棒，向张天杰扑去。

张天杰见徐方扑来，忙用宝剑一指，厉声喝道："徐方，矬鬼！近来，你五次三番来刹院捣鬼，在宝甲上打主意。哼，贫道了如指掌。今天，你小子一来，贫道就知道了。为此，才故意戏耍于你。你已中了我的圈套，还能往哪里去？"

徐方一听，跳着双脚高声骂道："张天杰，牛鼻子！今天，有你没我，有我没你。来来来，咱俩分个上下，论个高低。哼，你爷爷我不活了！"说罢，蹦起有一丈来高，抡双棒搂头便打。

别看徐方折腾得凶，他哪儿是张天杰的对手？没过三四个照面儿，被张天杰剑里夹脚，腾！踢中了后背。

徐方站立不稳，不由来了个趴虎。元兵往上一闯，抹肩头，拢二臂，将他捆绑起来。张天杰走到徐方眼前，问道："徐方，你服也不服？"

"不服，就是不服！"

"哈哈哈哈!"张天杰大笑一声,将宝剑一杵,说道,"你死到眼前,还敢嘴硬。矬鬼,你看这是什么?"

徐方一翻小眼,说道:"这是宝剑!"

"对!我叫你瞅着它,刺透你的心窝,摘出你的心肝。"

"你敢!告诉你吧,我徐方没有心肝,你摘也白摘。"徐方也真是,到了这阵儿,还要贫嘴呢!

张天杰听罢,恨得牙根都痒痒了。他又说道:"我一剑将你扎死,那倒便宜你了。今天,我来个妙招,好好折磨折磨你吧!"然后,他传令军兵,"在地上抠个坑儿,把他种到这儿。"

霎时间,军兵就抠开了土坑儿。

徐方听罢,这回可吓坏了。心里说,世上有种花种菜的,哪儿有种大活人的?要是别人,那就不言语了,这徐方可非同一般,他见还没被人家种上呢,便急忙喊叫起来:"来人呀,救人啊……"

张天杰听罢,大笑一声,说道:"矬贼,你就死了这条心吧!在我的治下,谁来救你?不是贫道我说大话,他来一个,我抓一个;他来两个,我抓一双。"

哟,张天杰这话可说过分了。他的声音还没落地,就见树林之中,蹿出一个人来,噌!蹿到老道面前,说道:"老道哎,你可真能吹啊!今天,我倒要试试你有什么本领?"

徐方见有人相救,真是喜出望外。他甩脸一看:啊?不由吓了一跳。怎么?来人正是跟他动手的那个小孩儿。心里说,这位到底是哪头儿的?

徐方正在纳闷儿,只见来人晃动鹿筋藤蛇棒,奔张天杰就砸。

张天杰将身形一闪,撇嘴说道:"看你胎毛未退,乳臭未干,能有什么本领?贫道我有好生之德,不跟你个小孩儿一般见识。快去,领你的长辈前来见我。"

这小孩儿一听,冷笑道:"什么,我的长辈能跟你伸手?张天杰,你若把我赢了,不用问,我家老人非露面不可;若赢不了,你也别想活了!"说罢,抢起鹿筋藤蛇棒,搂头又打。

这个人说大话行,真要想赢张天杰,那谈何容易呀!刚打三四个照面儿,就见张天杰把手一伸,噌!抓住了鹿筋藤蛇棒。接着,往怀里一扰，说道："撒手！"

这小孩儿一看，两手紧攥鹿筋藤蛇棒，拼命叫道："我就不给！"

他哪儿有张天杰的力气大呀！就见这个恶道，上头用手拽棒，底下飞起一脚，腾！奔小儿的肚子踹去。

这小孩儿见脚踹来，忙撒双手，噌！使了个倒毛跟头，跳出圈外。他站定身形，气呼呼地说道："好，张天杰，有本事你等着我！"说罢，转身蹿进树林。干什么？找人去了。

没过片刻之工，就听树林内有人说话："怎么，吃亏了？"

"是啊，我的鹿筋藤蛇棒让人家抢去了！"

"是吗？待为师前去看看！"话音一落，从树林中走出一人，迈大步来到张天杰面前。

徐方定睛一看，差点儿把他乐死。怎么？来的这位原来是他的恩师——北侠唐云。他看到此处，高声大叫道："师父，快来救我！"

唐云定睛一看，忙说道："徒儿，你为何被绑？"

前文书说过，北侠唐云是非常著名的武林高手。他心向朱元璋，为明营立过很多功劳。前者，朱元璋领兵攻打金龙搅尾阵，唐云深入虎穴，佐助朱森盗出阵图。破阵之后，朱元璋北赶大元，欲请唐云入朝。唐云他是行侠之人，不愿待在军中，又回到原籍唐家寨。不过，他人在家乡，心却在前敌。前不久，他听过路行商说，前敌战事吃紧，老道张天杰在火龙沟内密布埋伏，欲与明营决一死战。他放心不下，便往前敌赶来。半路上，正好巧遇他的徒侄——诙谐童子阎笑天。二人商量一番，便一同奔雁门关赶来。

这阎笑天是中侠严荣的弟子，他与徐方从未见过面。可是，徐方的大名和形象，阎笑天早有印象。

阎笑天身材矬小，一身诙谐。晚上看，像个小孩儿。可白天看，他已经是五十岁的人了。

他二人来到前敌，并没去明营。为弄清火龙沟内的奥妙，他们每天都在暗中查看。今天，又来到天罡寺，正巧遇见张天杰行凶。

唐云与张天杰三十年前就打过交道。他们都是武林高手，因此，互相间既尊重，又惧怕。

唐云看见徐方，便对张天杰说道："道长，这是怎么回事？你怎么把我徒儿徐方给抓住了?"

张天杰说道:"老侠客非知。我徒儿脱金龙,在元顺帝驾前称臣。自与明营交锋以来,屡打败仗。我是他的师父,焉能袖手旁观?为此,我才从金马城赶到这里。那徐方扶保朱元璋,是我们的仇敌。近日来,他多次夜探天罡寺,伤了我们不少将士。故此,才将他拿获。"

"噢!"唐云听罢,点了点头,说道:"原来如此。道长,老朽有话想讲当面,不知你肯听否?"

"愿闻高论。"

北侠唐云说道:"道长,你乃是很有名望的出家道人。你们常讲跳出三界外,不在五行中。既然如此,你何必到疆场杀生害命呢?若这样大开杀戒,还怎能修成正果?再说,眼前你抓住的明将,又是我的徒儿。俗话说,不看僧面看佛面,不看鱼情看水情。你将他放开,也就是了。"

张天杰听罢,鼻子眼儿里哼了一声,说道:"老英雄,休要如此教训贫道。你的所作所为,何人不晓?你本是行侠仗义之人,为何屡屡为明营出力,来攻打元军?哼,你与你徒儿徐方,都是一路货色。今天犯到我的手下,岂能听你一派胡言?"

这两个老头儿,光斗口就斗了有半个时辰。你有来言,我有去语,越说越恼,越恼越怒。最后翻了脸啦。只见北侠唐云苍眉倒竖,老眼圆翻,厉声喝道:"张天杰,你这样大话欺人,难道我怕你不成?"

"哼!若想伸手,贫道奉陪!"

唐云听罢,紧退两步,往腰里一伸手,锵啷一声,拽出了十三节链子点穴鞭。

张天杰一看,不敢怠慢,也拽出了七星丧门剑,他拉了个仙人指路的架势,往前一跟步,唰!奔北侠唐云的面门便砍。唐云一不着慌,二不着忙,将身形一闪,使了个海底捞月的招数,啪!往上一撩,兵刃直扑他的宝剑。张天杰将剑撤回,一转身形,人随剑走,剑随人转,直奔唐云的双腿砍来。唐云双脚点地,来了个旱地拔葱,轻轻往空中一蹿,将剑躲开。接着,他以上示下,使了个力劈华山,奔张天杰面门便砸。张天杰往旁边一转,也将宝剑躲开。就这样撤招换式，二人战在一处。

俗话说：行家看门道，力巴看热闹。他二人交锋，没有一般人花哨。一般人交锋又是蹶子，又是屁，连蹦带跳，啪啪啪带响，那才好看呢！这两个人打仗，那可没多大看头儿。俩人刚一比画，就算完事了。为什么？像他俩的身份和能为，那边一发招，这边就明白是怎么回事了，赶紧就去招架。那边一看这招不行，又马上换招。所以，两个人光比画，很少进招。外行人看了，跟假的一样。

这阵儿，小矬子徐方还被人家捆着呢！他见师父不能取胜，便高声叫嚷道："师父，这个牛鼻子武艺高强，不好取胜。快拿出你的绝招来吧，将他治死得了！"

唐云一听，顿开茅塞。心里说，是呀！若用一般的招数，万难取胜。对，待我用八步赶蝉赢他！

那位说，这八步赶蝉是怎么个使法呢？他俩交锋之后，你就明白了。他二人打着打着，就见唐云冷不丁双脚点地，腾！飞身而起。这一蹦呀，蹦起足有一丈五六，比猿猴的动作都敏捷。张天杰不明其详，急忙稳操七星丧门剑，等着他招数的变化。哪曾想，唐云并不用宝鞭伤他，单等身子往下落的时候，两只脚来踢张天杰的面门。唐云练过踢柏木桩的功夫，真要被踢中，张天杰当场就得丧命。

张天杰见势不妙，急忙向左撤过身形，打算把招躲开。

唐云这一脚可真厉害。头一脚是假的，又叫问脚。那是问问你，往哪里躲闪，等问清楚了，再踢另一只。张天杰刚刚往左边一躲，就见唐云奔他的脑门，啪！踢来一脚。张天杰赶紧使了个吐气吸胸，屁股往后使劲，嗖！退出有一丈多远。还好，将唐云这一脚躲过。

张天杰后退身形，并没站稳。身子一晃，立时摔了个仰面朝天。

唐云眼疾手快，双脚稍微一沾地，噌往前一纵，又跟了过来。只见他双脚一分，去蹬张天杰的左右肩头。若要蹬上，他就得骨断筋折。

张天杰一看，只吓得魂不附体，急忙脚后跟儿踩地，身子往后一捎，又出溜出三尺多远。于是，又躲过了这一招。

唐云并不怠慢，只见他两个膝盖往前一弯，用磕膝盖又点张天杰的两肋。老道慌里慌张，往上一蹿，又将这招躲过。

唐云一看，忙将身子往前一侧歪，两只胳膊肘又冲他的前胸砸来。

张天杰精疲力竭，躲闪不及，只好舌尖一堵上牙膛，使开了气功。霎时间，就见他的胸脯鼓起了两寸多高。

就在这时，只听砰的一声，被唐云击中前胸。霎时间，张天杰胸口发烧，嗓子眼儿发腥，顺着嘴角喷出了鲜血。唐云踢脑门儿、蹬肩头、砸两肋、磕前胸，这四招，每招两下，就叫八步赶蝉。

阎笑天一看，急忙捡起鹿筋藤蛇棒，蹿到老道近前，抢棒就打。

唐云急忙喝道："嗯！放肆，你要干什么？"

"师父，这家伙可恶至极，留他何用！"

"少说废话！快，先把你师弟徐方救下来。"

阎笑天不敢违背师命，来到小矬子徐方面前，说道："咱俩本是亲叔伯师兄弟，我让你叫师兄，你还张口骂人呢！你说，你该叫不该？"

北侠唐云说道："休要怪他，他与你未见过面呀！"说罢，便给二人作了引见。

徐方一听，喜出望外，忙说："哟！师兄，你可是我的好师兄。快，救救我吧！"

阎笑天一乐，为他解开绑绳。

徐方伸伸胳膊，伸伸腿儿，捡起镔铁鸳鸯棒，将脱金龙的宝盔、宝甲带好，来到北侠唐云面前，倒身下拜："恩师在上，不肖的徒儿给您叩头了！"

"冤家，快快起来。哼，若不遇上为师，焉有你的命在？"

徐方站起身来，说道："我就知道您非来不可。您要不来，我也不敢这样折腾。"

"休耍贫嘴。"

徐方看了眼张天杰，对唐云说道："师父，这个牛鼻子可不能留啊！若将他留下，早晚也是个祸害。他不要往这儿种我吗？这回，待我把他种上。"说罢，便向老道冲去。

"且慢！"

唐云将徐方喝住，自己来到张天杰近前，用手点指，问道："张天杰，你服也不服？"

张天杰见问，将牛眼一转，心里说，好汉不吃眼前亏。若再摽下去，非掉脑袋不可。于是，他急忙改换了一副容颜，忍气吞声地说道："老英雄，请您高抬贵手，贫道我认错了！"

"服了？"

"服了。"

"张天杰，你要记住，能人背后有能人。若再犯到高人手下，你活命难逃。念你告饶服输，将你放掉就是。快，逃命去吧！"

张天杰深施一礼，说道："老英雄之言，感人肺腑。今日一别，后会有期。"说罢，仓皇逃窜。

徐方一看，急得直跺双脚："师父呀，放虎归山，必要伤人呀！"

唐云说道："怕什么？恶人自有恶人降。他若再轻举妄动，管叫他不得善终。"

这场风波，就这样平息了。

小矬子徐方收拾起宝盔宝甲，就要带领师父、师兄赶奔明营。

唐云说道："眼下，火龙沟内的设防，还未探明白。你先回营送信儿，我俩再去打探。"说罢，带着阎笑天，扬长而去。

小矬子徐方也不怠慢，往下一哈腰，施展开陆地飞行术，噌噌噌噌奔雁门关而去。

此时，天光渐亮。徐方一边行走，一边合计，这回，我可立下了大功。不管别人帮忙也好，不帮忙也好，反正，宝盔、宝甲是弄到手了。我呀，得让他们好好迎接迎接。他边走边想，不觉来到关下。只见他丁字步往那儿一站，把小脑瓜儿一扑棱，厉声喝道："呔！你们可认识老子？"

守城军兵谁不认识他呀！忙说："哟，徐爷回来了？"

"不错。赶紧给大帅、军师报信儿，就说徐方凯旋。让他们敲三通，打三通，前来接我！"

大伙儿一听，差点儿把鼻子气歪。心里说，你是什么身份，叫军师、大帅迎接？又一想，大概他立下大功了，要讲讲价钱。于是，撒脚如飞，跑进行辕，向元帅、军师做了禀报。

军师、大帅听罢，相视一笑，说道："徐方舍生忘死，盗回宝甲，

538

理应赏他个面子。快，出营相迎。"

哎，真按徐方的嘱咐来了。

徐方正在关外等候，忽听关内鼓乐喧天。接着，城门大开。他定睛一看，左有元帅，右有军师，带领满营众将，迎出关外。看罢，乐得他直蹦。他急忙抢步进身，来到元帅、军师面前，躬身施礼道："参见大帅，参见军师，末将交令！"

刘伯温点了点头，说道："徐将军，你辛苦了！"

"不辛苦，不辛苦。为了大明的江山社稷，赴汤蹈火，万死不辞。"

"好，你的事办得如何？"

"大获成功！"

"噢！这么说，你把宝甲盗回来了？"

"盗回来了。"

"难为你。请吧，快到帅厅，给你记大功一件。"

这阵儿，小矬子犹如腾云驾雾一般。他往当间儿一站，众星捧月，把他拥进了雁门关。到了帅厅，刚坐稳身形，便把经过讲了一遍。接着，还把北侠夜探火龙沟的事儿，告知众人。

大家一听，立时振奋起来。

军师点了点头，说道："有北侠助阵，咱又添了一条臂膀啊！徐将军，你这功劳是用性命换来的啊！好了，快将宝甲交出来吧！"

"是！"徐方答应一声，赶紧去摸包袱。

徐方不摸便罢，一摸呀，这脑袋鸣隆一声，胀得比车轱辘都大。为什么？那盔甲包袱是踪迹不见。

欲知后事如何，请听下回分解。

第六十五回　施妙计八方伏将士
灭残敌一战定乾坤

　　小矬子徐方，吹呼了半天，结果把盔甲包丢了。他这一惊非同小可，心里说，哎呀，这可要了命啦！

　　徐方平时好诙谐，满嘴没有正经话。现在却不然，脸也变绿了，额头也冒汗了，下巴颏也哆嗦了，狗油胡也耷拉了，急得他团团乱转，啪啪直跺双脚。

　　军师、大帅一看，呵呵直乐，全营众将见了，也捧腹大笑。

　　时过片刻，徐达问道："徐将军，你把什么东西丢了？"

　　徐方瞪起猴眼，说道："盔甲包没了！"

　　"哎，你不说盗回来了吗？"

　　"是呀！怎么又没了？"

　　正在这阵儿，突然从屏风后走出一人。谁？朱森朱永杰。只见他乐呵呵走到徐方面前，说道："不要着急，那盔甲包，我替你拿回来了！"说话间，将包裹放在桌上。

　　徐方一看，这才真相大白。他非常恼火，大声叫道："好啊，弄半天是你偷的！"说罢，抢拳要打。

　　众人乐了，急忙将他拦住。

　　这是怎么回事呢？前文书说过，徐方与朱森到了沙雁岭，两路分兵，去盗宝甲。朱森刚进了天罡寺，不幸被元兵发觉，周旋了好大一阵儿，才摆脱险情。因此，晚来了一步。等他到了约定地点一看，没有徐方。找来找去，便走到石洞近前，定睛一瞧，正见北侠唐云胜了火龙祖张天杰。后来，见徐方送走师父、师兄，就赶奔连营。朱森见大功告成，也跟他走去。一路上，徐方乐得走路都扭起来了。他为了戏耍徐方，这才趁他不备，将包裹偷到自己之手，抢先一步，回到营内，并且向军师、大帅述说了详情。小矬子徐方不知其详，这才虚惊了一场。

如今宝马、宝甲都已盗回，就该商量破敌之策了。

书中暗表：元顺帝偏居一隅，要孤注一掷，作背水之战。对此，朱元璋早有所料，在田再镖、常茂盗马走后，便传下旨意，飞调各路人马，同时，又派出使臣，广请八方的豪杰。

连日来，各路人马和豪杰侠客，蜂拥而至：八臂哪吒宁伯标与朱文英、朱文治，由苏州领兵而来；孟九公、于化龙领着孟玉环、孟洪、孟恺、于天庆、于金萍，由台坪府带兵而来；通臂猿猴吴祯、中侠严荣来了；南侠王爱云来了；老隐士罗虹、罗决来了；景玄真人罗道爷也来了。

明营之中，战将云集。只见那校场、营房、寝帐、帅堂……将士军校，三个一群，五个一伙儿，指指点点，比比画画，共同磋商进兵之计。

这一日，大帅徐达升坐宝帐，正与众将官议论军情，忽有军兵进帐禀报说，北侠唐云和诙谐童子阎笑天进营。徐元帅大喜，忙带领众将，把老侠客师徒接进帐内。宾主寒暄已毕，坐定身形。北侠唐云说道："大帅，火龙沟的奥妙，老朽已经探明。"

众人一听，顿时振奋起来。

徐达高兴地说道："老英雄，快讲其详。"

唐云接着说道："火龙祖张天杰，自败归火龙沟，气急败坏，与脱金龙一起，加紧部署了设防。这些埋伏，名目繁多，总之，它的要害，是要以火取胜。如今，无论在悬崖峭壁之处，还是在沟底的蒿草之中，都备下了朽木、干柴和应用之物，同时，还由金马城运来了火枪、火炮。另外，在沟内的开阔地上，还筑了指挥台一座。看来，沟内固若金汤，不好攻克呀！"

众战将听说人家要以火取胜，不由举座哗然。怎么？他们知道这火龙沟的来历，心中发怵啊！

徐元帅见众人面带惊慌，忙说道："诸位休要如此。常言说，没有过不去的火焰山。只要咱群策群力，定能大获全胜。"

天到二更，夜阑人静。军师刘伯温紧皱双眉，独自来到营外，思索破敌之策。他时而低头瞅地，时而仰首观天。心潮起伏，思绪萦怀……

过了有一个时辰，忽然见月亮周围出现了阴圈儿，天上也现出块块阴云。看到此处，他心头一怔。他急忙摸摸树干，瞅瞅蚁洞，眼睛一亮，急转身形，冲大帅徐达的寝帐走去。

这阵儿，大元帅正与北侠唐云、南侠王爱云、中侠严荣、剑侠吴祯和老隐士罗虹、罗决共议军情。见军师走来，忙将他让到桌旁。

军师说道："真乃天助我也！"

众人一听，不解其意："军师何出此言？"

军师说道："破敌之事，需如此这般，这般如此……"接着便将自己的主意述说了一番。

众人闻听，不禁愕然起来："这样行事，妙倒妙，可有点儿悬哪！"

"无妨，为防万一，咱还可八路派兵。"接着，军师又说了一番。

大帅略一思索，啪！以手击案，说道："好，这就万无一失了！"

次日午时，明营之中，忽然鼓声大作。三军儿郎顶盔贯甲，挂剑悬鞭，浑身上下收拾紧称，一溜小跑来到校军场上。

此时，就见元帅徐达陪着皇上朱元璋，满身戎装，怀抱兵符令箭，腾腾腾走上帅台。他坐定身形，朝四外一瞧，好！只见那削刀手、捆绑手、弓箭手、刽子手分列左右，旗牌官、辕门官、中军官、押粮官分为西东。盔分五色，甲分五色。一个个虎视眈眈，威风凛凛，瘦小的精神，胖大的威风，站立在校军场上，犹如一群雄狮。

徐元帅看罢，朗声说道："众将官，元朝当灭，天助我大明也！现在，咱要请神仙为我军助阵，望尔等听从天命！"

众人听罢，不解其意，窃窃议论起来。

正在这时，就见帅台以上，飘飘然走来一位老道。但只见：

　　八尺高，好容颜，
　　善目慈眉唇如丹。

元宝耳，垂双肩，
五绺长髯飘胸前。
头上戴，鱼尾冠，
发髻高绾别金簪。
灰道袍，身上穿，
阴阳八卦绣上边。
乾三连，坤六断，
离中虚，坎中满。
变化八八六十四，
六十四卦人地天。
黄丝绦，系腰间，
灯笼穗，左右悬。
穿中衣，杏黄缎，
水袜云履二足穿。
背后背，青龙剑，
马尾拂尘掌上端。
脚步稳，如泰山，
敢比东海众神仙。
蓬莱真人下尘世，
飘飘然然到跟前。

众人看罢，认出来了。谁呀！正是军师刘伯温。

军师在帅台站稳身形，一甩拂尘，高诵道号："无量天尊！那妖道张天杰，在火龙沟内暗布埋伏，意欲火攻，殊不知他早已泄露天机，被贫道所探知。今日乃黄道吉日，我国当兴，大元必灭矣！待贫道念咒作法，拘雨神前来助阵。"说到此处，手擎狼毫，饱蘸朱砂，在黄表纸上圈圈点点，画符写字。接着，又口念真言，将符付之一炬。

全军将士听说雨神助阵，顿时欢呼雀跃起来。一个个摩拳擦掌，跃跃欲试。

徐达朗声说道："众将官！元兵火攻，咱有雨神助阵。今日之战，一仗便定乾坤。授受军令，尔等不得有误。"

"是!"众将官答应一声，似发惊雷。

元帅略停片刻，抽出令箭，按照乾、坎、艮、震、巽、离、坤、兑的方位，八路派兵：

第一路，胡大海、郭英、汤和、张兴祖；

第二路，常遇春、常胜、顾大英、汤琼、郭彦威；

第三路，宁伯标、朱文治、朱文英；

第四路，唐云、徐方、阎笑天、武尽忠、武尽孝；

第五路，严荣、罗道爷、朱永杰、罗虹、罗决；

第六路，吴祯、孟九公、孟洪、孟恺、孟玉环；

第七路，王爱云、于化龙、于天庆、于金萍；

第八路，田再镖、常茂、朱沐英、丁世英、于皋、胡强、韩金虎。

八路人马之中，田再镖这路是主力军。徐元帅又传下军令：命田再镖头顶珍珠夜明盔、身穿防火绵竹甲、跨骑千里火龙驹，率领众将，攻打山口。

余者，除留人在雁门关保护皇上外，均随大帅出征。

说来也怪，徐元帅刚派兵完毕，天空上就飘来了阴云。接着，唰唰唰唰下起雨来。

众人一看，立时高声叫道："雨神助阵来了!"他们眼盯着将台，待令出征。

过了半个时辰，不见传令。人们交头接耳，纷纷议论道：哟，就这样干淋着，怎么不传令呢?

又过了半个时辰，徐元帅与皇上、军师一使眼色，站起身形，高声喝道："众将官，出发!"

元帅一声令下，明营几十万军兵，顶着大雨，像潮水一般，奔火龙沟涌去。时间不长，就将火龙沟围在垓心。

单说田再镖。他乘跨宝马良驹，带领众家弟兄，一鼓作气，就冲到沟口。他勒马一看，未见元兵元将，眼珠儿一转，用枪向前一指，说道："冲!"

霎时，明营众将又向沟内冲去。他们刚拐过一个山环，定睛再看，脚下没有路径，全是蒿草。这蒿草挺高，都淹到马肚子底下了。再向前进，那可就困难了。怎么？一来，头上顶着雨；二来，蒿草绊马脚呀！顺着沟底又拐过一个山环，就见前边的开阔地上，栽着一根旗杆，旗杆顶上有一个吊斗，足有一丈见方。

众人看到这里，十分高兴。为什么？唐云说过，那是指挥台，是元兵的心脏啊！若将指挥台夺下，岂不大功告成了？于是，紧抖丝缰，又要策马向前。

就在这时，忽然传来一声炮响，紧接着，就见那吊斗内，不住地摆动着红、白、黄、青各种灯笼。这下可坏了，就见那元兵元将从树林、草丛、蒿草、石后钻了出来，把事先设置的干柴点着。常言说，火大没湿柴，霎时间，浓烟滚滚，烈焰熊熊，这条火龙吞噬着沟内的蒿草，向他们蹿来。

田再镖一看，并不惊慌。怎么？他听唐云讲过沟内的奥妙，毛病全出在指挥台上。那左右晃动的彩灯，就是调动军兵的命令，埋伏在各处的元兵，全看灯号行事。他心里明白：青为东方甲乙木，红为南方丙丁火，白为西方庚辛金，黑为北方壬癸水，黄为中央戊己土。只要能把点将台拆除，元兵就不战自乱了。想到此处，摆手叫过于皋，与他嘀咕了一阵儿。

于皋听罢，跳下马来，拿好兵刃，噌！骑到了田再镖身后，撩起他的宝铠，隐身于甲内。

田再镖见于皋料理已毕，二人一马双跨，就要冒火闯阵。

常茂把雌雄眼一转，冲身边喝道："田再镖、于皋往里冲，咱们得给他们打掩护。朱沐英、丁世英，你俩往西跑；胡强、韩金虎，你俩往东跑；茂太爷我呢，一人往南跑。记住，千万把元兵引过去。快，跑吧！"

众人听罢，晃动兵刃，连喊带叫，冲各个方向跑去。

元兵元将一看，分兵追上前去。好吗，元兵这么一追，正中了常茂的调虎离山之计。

田再镖见元兵向四外追赶，心中甚为高兴，于是，双腿一磕飞虎鞴，两脚一踹绷镫绳，就见这匹宝马良驹，像箭矢一般，奔火龙沟冲去。时间不长，终于穿出火海，来到被火烧过的焦土地上。

田再镖和宝马没事，怎么？有绵竹护身啊！那于皋可被烧得够呛，铠甲上起火，眉毛都燎没了。只见他翻身下马，噌！趴在地上，打起滚儿来。怎么打滚儿呢？地下有雨水呀！滚来滚去，火也熄灭了，自己也成了个泥人儿。

二人料理已毕，一个马上，一个步下，冲指挥台闯去。

把守旗杆的元兵一看，急忙前来阻拦。他们哪是花枪将和蓝面瘟神的对手？只听噼里啪嚓、乒里乓啷一阵厮杀，就把元兵杀得四处逃散。

田再镖一看，忙对于皋说道："快，砍！"

"好！"

于皋抡开锯齿飞镰大砍刀，对准旗杆，喀喀就砍。

书中交代，这阵儿，吊斗内坐着两个人。谁？脱金龙和张天杰。他们见有人砍旗杆，急忙探出头来，就要往下放箭。

田再镖在一旁看得清楚，他拈弓搭箭，对准敌将，嗖嗖嗖，连着就射了出去。

张天杰和脱金龙见箭来了，咻溜一下儿，又龟缩到吊斗之内。

工夫不大，旗杆开始晃悠起来。接着，呜——栽倒在地。

脱金龙是马上的战将，被这么一摔呀，立时就昏过去了。张天杰武艺高强，非脱金龙可比。他见旗杆倾倒，并不惊慌。等到离地面一丈高的时候，他嗖地一下儿，蹿到空中，一个云里翻，轻轻落地，向北就跑。

田再镖一看，忙说道："于将军，你守着脱金龙，待我去追赶恶道。"

张天杰身轻如燕，腿快如飞，一溜小跑，冲进金顶黄罗大帐。

此时，元顺帝面如灰瓦，体似筛糠，正坐在那里，等待救星。张天杰扑到他面前，也没行君臣大礼，就匆忙说道："万岁，快随贫道逃命去吧！"

元顺帝情知军情紧迫，也不多言，挎好龙泉宝剑，跟着火龙祖张天杰，溜出帐外。张天杰先将元顺帝扶在马后，自己骑在马前，一马双跨，忙朝北边的丛林中逃去。

田再镖追进黄罗大帐，生擒了大王胡尔卡金、二王胡尔卡银、铁胳膊老怀王达摩苏和老驸马左都玉，再找那元顺帝和张天杰，没了。他心里一怔，赶忙四处查找。

张天杰对火龙沟的地形非常熟悉，因此，带着元顺帝，紧催战马，顺着北山的小道，左拐右绕，眼看就到了山顶。他一边跑，一边合计道，若越过山顶，那就身离樊笼了。想到此处，又猛加了一鞭。

就在这时，突然山顶上杀出一哨人马。老道紧勒丝缰，定睛一看，原来是南侠王爱云和于化龙父子。他略定心神，说道："王老英雄，请你高抬贵手，放我君臣过去便了！"

王老英雄大声喝道："恶贯满盈的东西！今天，是你们自食其果，休想再逃活命！"说罢，摆开兵刃，就要动手。

张天杰见势不妙，沿着山梁，磨头往东山跑去。

王爱云并不追赶，大声喝道："你们已陷入天罗地网，还往哪里逃跑！"

老道沿着山梁，跑到东山，隐身于一棵大松树下，勒住战马，擦把汗水，说道："主公，咱们暂避一时吧！"

元顺帝颤抖着嗓音说道："多谢苍天保佑！"

话音刚落，就听头顶有人说话："呔！恶道，通臂猿猴剑侠吴祯，在此等候多时了！"

张天杰这一惊非同小可！他连头都没抬，又拼命向南山奔逃。他们刚躲藏到蒿草之中，忽然一块飞蝗石，击中元顺帝后背。昏君大叫道："军师快跑，此处有人！"

这时，就听有人叫道："中侠严荣在此，你们快拿命来！"

张天杰一听，绕着险路，冲到西山。紧接着，踏蒿草，钻密林，藏到了一个山洞里边。他二人侧耳细听，并无动静。于是，甩镫下马，坐在大石头上，喘开了粗气。

元顺帝擦把汗水，说道："看来，刘伯温是个无能之辈啊！"

"万岁何出此言？"

"他若在此埋伏重兵，焉有你我的命在？"

正在这时，就听洞内有人高喊："呔！唐云在此等候多时了，专要尔等的狗命！"

老道看罢，忙说道："万岁，唐矬子在此，咱不是对手。快，跨马逃跑！"说罢，便操起了丝缰，向洞外蹿去。

元顺帝心想，眼下军情正急，二人同乘一骑，多有不便。想到此处，眼睛一转，暗暗伸出双手，照着老道的后背，猛地就是一推，立时，张天杰摔落马下。

元顺帝操起丝缰，紧催战马，冲沟底跑去。

此时，再看那东西南北各个山头顶上，全布满了明营的军兵。元兵见势不妙，纷纷向沟底败退。

那位说，他们怎么不用火攻呢？今天有雨啊！雨下了一个时辰之后，早把备下的应用之物给淋湿了。纵然有火枪火炮，打上那么三下儿两下儿，能顶什么用呢！

明军站立山头，高举旌旗，放声吼叫，像山洪一般，冲沟底涌去。但只见明军围着元军，元军围着元将，包围圈儿越来越小，越来越小……

此刻，大帅徐达领兵冲进沟内，他见大局已定，忙派快马，向朱元璋红旗报捷。

这场战斗，空前惨烈。历经一个时辰，才将元军全部歼灭。元顺帝见大势已去，无可收拾，也上吊自缢了。

明军大获全胜，将士欣喜若狂，异口同声说道："多亏军师拘来雨神相助啊！不然，咱们会化为灰烬。"

其实，并非如此。那刘伯温熟悉战策，精通韬略，上知天文，下晓地理。夜观天象，明知有雨，才想出个祭天拘神之策，一来助了军威，二来以水克火，终于大获全胜。

这时，朱元璋与刘伯温也来到火龙沟内。君臣相见，脸上都绽出了笑容。

阴云散尽，晴空如洗。整个山沟，一片欢腾。

后 记

百花发时我不发，
我若发时都嚇杀。
要与西风战一场，
遍身穿就黄金甲。

　　这是明太祖朱元璋的《咏菊》，写得雄心勃勃，霸气纵横。我以这首诗作为《续明英烈》后记的开头，就是想让读者们透过这首诗，来领略元末明初烽火连天，群雄争霸的年代，感受那一段段豪气干云，纵横捭阖的历史风云。

　　时光过隙，似水流年，当我提笔整理《续明英烈》时，真是心潮澎湃，一幕幕精彩场面如电影般在脑海中闪现，不曾忘记，却历久弥新。

　　过去说书人都有自家的绝活，看家的本事。《明英烈》就是我家祖传的评书之一。我父亲单田芳1956年春节时，登台说的第一部评书就是《明英烈》。父亲曾经说过，这部评书非常不好说，但是要说好了也非常有意思。因为它涉及的场面大又有部分真实的历史。

　　早在明朝万历年间，就有了《皇明开运英武传》一书问世。它起初是一部"时书"——当代作品。随着历史的推移，经过明清两代文人和艺人的不断丰富，演变成一部讲史小说，版本很多，书名各异，如《云合奇踪》《英烈传》等。大约在清代康熙年间，此书已在民间艺人中普及。南方扬州评话称作《英烈》，北方评书称作《明英烈》。清末以来，东北评词（即评书）、西河大鼓等曲种均有此书。全书叙述了元末群雄四起，朱元璋率领徐达、刘伯温、郭英、常遇春、胡大海等开国英雄反元建明的传奇故事。描写这些大明英烈后代的续书也很多，如《少英烈》《燕王扫北》《大明五义》《五子传》等。《明英烈》的故事，很早就被搬上了京剧和地方戏曲舞台，如《兴隆会》《战滁州》《采石矶》《取金陵》《战太平》《九江口》等均很流传。鼓词、二人转《朱洪武放牛》《游武庙》《庆功楼》等故事也来自此书。

评书《明英烈》从"七雄大闹武科场"开笔，写朱元璋逃出险境，投奔舅父家中，去襄阳贩乌梅，在梅马店招亲，菊花会题反诗，于桥镇起义，取襄阳、战滁州，三请徐达，连败脱脱，最后占领南京，建明称帝。此书之后的《续明英烈》，朱元璋已由一位农民领袖变成了改朝换代的封建帝王。他为了巩固统治地位，一方面继续消灭元兵残部，一方面剿灭其他义军。作品情节紧张，敌我矛盾尖锐，故事一环套一环。朱元璋称帝，同时反元的各路反王不服，联兵抗明。苏州王张士诚把朱元璋困在牛膛峪。胡大海三闯连营搬兵救驾。陈友谅为报"兴隆会"之仇，摆下八卦金锁阵，明军又被南汉王陈友谅困在九江口。朱元璋的手下军师刘伯温巧施哭丧计，粉碎联军的围剿，统一江南七省。明军挥师北上，经过黄河决战，攻克燕京。元顺帝北走高阳关，收罗残兵败将进行反扑，常遇春被困乱石沟。朱元璋御驾亲征，英雄聚会大战聚宝山，大闹黄洋观，兵进盘蛇岭，勇闯天荡山，夜摆天罡阵，智取火龙沟。元顺帝自尽，明王朝统一天下。

先父单田芳（1934—2018）生于辽宁营口，青少年时代在沈阳读书。我的祖母王香桂是东北著名的西河大鼓演员，《明英烈》是家传大书。我的父亲多次录制《明英烈》及续书《续明英烈》，他口齿流利，表情逼真，刻画人物，绘声绘色，叙述故事，生动有趣。

此次由我重新整理这部书，以先父所留书道及录音为依托，参考了之前的文本，保留主干，避免冗长。不足之处，请读者海涵。

单慧莉

2024年元月